EMMA SCOTT
When You Come Back To Me

Die Romane von Emma Scott bei LYX:

Die Lost-Boys-Trilogie:
1. The Girl in the Love Song
2. When You Come Back to Me
3. The Last Piece of His Heart *(erscheint Mai 2023)*

Die Only-Love-Trilogie:
1. Be My Tomorrow
2. Forever Right Now
3. Someday, Someday

Das Beautiful-Hearts-Duett:
1. Bring Down the Stars
2. Light Up the Sky

Das All-In-Duett:
1. All In – Tausend Augenblicke
2. All In – Zwei Versprechen

Standalones:
The Light in Us
You Are My Light *(E-Book-Novella zu »The Light in Us«)*
Never Doubt
Between Your Words

Weitere Romane der Autorin sind bei LYX in Vorbereitung.

Emma Scott

WHEN YOU COME BACK TO ME

Roman

Ins Deutsche übertragen
von Inka Marter

LYX

LYX in der Bastei Lübbe AG
Dieser Titel ist auch als E-Book und als Hörbuch erschienen.

Die Bastei Lübbe AG verfolgt eine nachhaltige Buchproduktion. Wir verwenden Papiere aus nachhaltiger Forstwirtschaft und verzichten darauf, Bücher einzeln in Folie zu verpacken. Wir stellen unsere Bücher in Deutschland und Europa (EU) her und arbeiten mit den Druckereien kontinuierlich an einer positiven Ökobilanz.

FSC www.fsc.org
MIX
Papier | Fördert gute Waldnutzung
FSC® C014496

Die Originalausgabe erschien 2020 unter dem Titel
»When You Come Back To Me«

Textredaktion: Jana Karsch
Umschlaggestaltung: © ZERO Werbeagentur,
unter Verwendung von Motiven von © HNK/Shutterstock.com;
Kerem D. Erkisi/Shutterstock.com; Neti.OneLove/Shutterstock.com;
mono_eye/Shutterstock.com
Satz: Greiner & Reichel, Köln
Gesetzt aus der Adobe Caslon
Druck und Verarbeitung: GGP Media GmbH, Pößneck

Printed in Germany
ISBN 978-3-7363-1810-6

1 3 5 7 6 4 2

Sie finden uns im Internet unter lyx-verlag.de
Bitte beachten Sie auch: luebbe.de und lesejury.de

Liebe Leser:innen,
dieses Buch enthält potenziell triggernde Inhalte.
Deshalb findet ihr auf Seite 551
eine Triggerwarnung.

Playlist

Walkabout // Augustines (Vorspann)
Señorita // Shawn Mendes und Camila Cabello
Night Running // Cage the Elephant (feat. Beck)
When Doves Cry // Prince
Fix You // Coldplay
I Will Possess Your Heart // Death Cab for Cutie
Fine Line // Harry Styles
Wish You Were Here // Pink Floyd
Not Over You // Gavin DeGraw
Superposition // Young the Giant (Abspann)

Für Bill,
mit all meiner Liebe. Danke, dass du der Ruhepol
in meinem Sturm bist.

Lass dir Alles geschehn: Schönheit und Schrecken.
Man muss nur gehn: Kein Gefühl ist das fernste.

Rainer Maria Rilke

Prolog

Holden

Sanatorium du Lac Léman
Genf, Schweiz

»Soll ich dir ein Geheimnis verraten?«

Die Gestalt in dem Bett auf der anderen Seite des Raums antwortete mit einem mürrischen Schniefen.

Ich versuchte es noch mal. »Kein Witz, Milo. Es ist ein wirklich bedeutsames Geheimnis, das dein Leben verändern wird. Glaub mir.«

Mein Zimmergenosse zog sich noch tiefer unter seine Decke zurück. »Lass mich in Ruhe.«

Milo glich einem schneebedeckten Hügel in unserem weiß gestrichenen Zimmer. Weiße Laken, weiße Wände, weißer Linoleumboden. Wie im Inneren eines Iglus. Wenn ich mich zu lange auf das Weiß konzentrierte, fing ich unter meiner dünnen Decke an zu bibbern.

Nicht, dass es kalt gewesen wäre. Die Schweiz war im August sogar recht angenehm. Aber meine Eltern hatten mich für sechs Monate in ein brutales Konversionstherapie-Camp in Alaska geschickt, und das hatte wiederum diesen Urlaub im Sanatorium du Lac Léman erforderlich gemacht. Ein Jahr war vergangen, und mein Gehirn erfüllte die Zeit, wenn ich wach war, immer noch mit der lebendigen Erinnerung an einen Albtraum.

Dann verwandelten sich die Wände und die Decke meines Zimmers in die verschneiten Ebenen Alaskas. Die grünen Wälder, die das Sanatorium umgaben, weckten Erinnerungen an endlose Nachtmärsche durch bittere Kälte. Das warme Wasser des Hallenbads wurde zu den eisigen Tiefen des Copper Lake, wo man mich nackt und frierend untergetaucht hatte …

Ich werde ganz sicher nie wieder schwimmen gehen.

Dr. Lange würde sagen, dass ich mein vergangenes Trauma auf das Sanatorium projizierte, das in Wirklichkeit warm und einladend war. Aber einer PTBS ist es schnurzpiepegal, was irgendetwas *angeblich* ist. Ihre Gleichungen sind hirnlos. Weiß = Schnee = Alaska = Folter.

Außerdem würde ich das Zimmer, das ich mir mit Milo teilte, auch nicht gerade als *warm und einladend* bezeichnen. Das Sanatorium du Lac Léman war eine psychiatrische Klinik, die sich als Frühstückspension ausgeben wollte. Mondlicht fiel durch die vergitterten Fenster auf unsere wenigen Möbel. Zwei Betten, ein Bücherregal, in dem hauptsächlich meine Tagebücher standen, und an der Wand ein paar von Milos Zeichnungen (mit Klebeband angebracht, nicht mit Nägeln oder Reißzwecken).

Note 1 für Bemühen, aber Gitter vor den Fenstern waren eher *Knast-Chic* als *gemütliches Hotel*. Und Gefängnisse standen ganz oben auf der Liste der Orte, auf die ich mein Trauma projizierte. Ich hatte mich zweimal in die Falle locken lassen – zuerst in Alaska, jetzt hier.

Nie wieder.

Milo schniefte erneut unter seiner Decke, er war unglücklich, weil man mich morgen früh entlassen würde. Was mir unbegreiflich war. Ich selbst würde mich nicht vermissen, wenn ich weg wäre. Aber er war ein lieber Junge. Ich fand es schrecklich, dass er so traurig war. Ich lehnte mich aus dem Bett und versuchte es noch einmal.

»Hey Milo.«

»Halt den Mund.«

»Mein Geheimnis ist ein ziemliches Ding«, sagte ich. »Große Sache. Du willst dir das nicht entgehen lassen, glaub mir.«

»Ich hab gesagt: *Lass mich in Ruhe*.«

Der Schmerz in seiner Stimme – kindlich und tränenerstickt – durchdrang den verschrumpelten kalten Stein, der mein Herz darstellte. Milo Batzirkis, Sohn wohlhabender Exportmagnaten aus Buffalo, New York, war zwei Jahre jünger als ich mit meinen siebzehn Jahren, aber die Traumata, die ihn hierhergebracht hatten, hatten ihn so fertiggemacht, dass er klang und sich aufführte wie ein kleiner Junge, der sich verlaufen hatte.

Ich konnte es nachempfinden.

Ich wählte meine beste Großer-Bruder-Stimme und fuhr fort: »Ich sag's dir trotzdem, Milo. Bereit? Hier ist es: Dir wird's irgendwann wieder gut gehen.«

Er drehte sich zu mir um, seine dunklen Augen glänzten im Mondlicht, sein schwarzes Haar stand ihm in wirren Strähnen vom Kopf ab. »Machst du Witze? *Das* ist dein großes Geheimnis? Du redest so viel Scheiße.«

»Es stimmt.«

»Erstens ist es ein beknacktes Geheimnis und zweitens: Warum sollte ich dir glauben? *Dir* geht es nicht gut. *Du* hast 'ne Totalklatsche.«

Ich tippte mir ans Kinn. »Und ich dachte, ich hätte das so gut verborgen …«

»Du versuchst doch ständig, Dr. Picour anzumachen, obwohl er fünfundvierzig und verheiratet ist.«

»Hast du ihn bei der Schwimmtherapie gesehen? Ohne T-Shirt? Kein Gericht würde mich dafür verurteilen.«

»Du hast einen Todeswunsch. Das weiß jeder.«

»*Todeswunsch* ist ziemlich drastisch ausgedrückt«, sagte ich leichthin. »Ich ziehe es vor zu denken, dass das Leben und ich eher eine lockere Beziehung führen. Man muss sich nicht auf ewig binden.«

Milos Stimme wurde zu einem Flüstern. »Du hast in der Gruppentherapie gesagt, dass du sterben willst.«

»Ach das.« Ich drehte mich auf den Rücken und blickte an die Decke. »Das ist Ewigkeiten her. Da war ich gerade erst hier angekommen.«

»Aber ich weiß, dass du das immer noch denkst«, sagte Milo. »Ich hab keine Ahnung, wie du es hingekriegt hast, dass sie dich rauslassen, aber gesund bist du nicht.«

Ich wedelte mit den Händen in der Luft herum. »Klar bin ich im Arsch. Wir sind alle im Arsch. Wer ist das nicht? Aber das ändert nichts an der Tatsache, dass es dir wieder besser gehen wird. Man kann okay sein und gleichzeitig komplett im Arsch. Ich bin der lebende Beweis dafür.«

Er schniefte. »Es fühlt sich nicht so an, als würde ich je wieder gesund werden. Nicht ohne dich.«

»Natürlich wirst du das. Du glaubst mir nur nicht, weil ich Kassandra bin.«

»Wer?«

»Hast du etwa keine Ahnung von griechischer Mythologie?«

»Aber du kennst die auswendig oder was?« Er schnaubte. »Egal. Behalte deinen riesigen IQ für dich. Du gehst, und das ist scheiße – mehr gibt's nicht zu sagen.«

Milo drehte sich weg, doch ich redete unbeirrt weiter.

»Kassandra lebte im Altertum und war wie ich: so außerordentlich gut aussehend, dass die Götter vom Himmel herunterkamen und versuchten, sie flachzulegen.«

Milo schnaubte. »Hör bloß auf. So gut siehst du gar nicht aus.«

»Verzeihung? Hast du mich mal *angesehen*?«

Er lachte ein bisschen, und ich wertete das als kleinen Sieg.

»Apollo, der Sonnengott, warf einen einzigen Blick auf Kassandra und beschloss, dass er sie haben musste. Um ihr Herz zu gewinnen, schenkte er ihr die Gabe der Prophetie.«

»Was ist Prophetie?«

»Kassandra konnte die Zukunft voraussagen, was ehrlich gesagt ein wirklich guter Deal ist für ein bisschen Action unter der Toga. Mein letztes Date hat mich nicht mal zum Essen eingeladen, bevor ich ihm einen geblasen hab.« Ich strich mir in gespielter Nachdenklichkeit über das Kinn. »Oder *war* das das Essen …«

Milo schlug sich mit der Hand auf die Stirn. »*Oh Mann …*«

»Zu viel Information?«

»Wie immer.« Er drehte sich wieder zu mir um und stützte sich auf einen Ellbogen. »Wer war überhaupt dein letztes Date? Dating ist hier verboten. Oder hast du sie *mal wieder* überredet, für dich die Regeln zu ändern?«

»Dr. Picour musste gar nicht überredet werden, das kann ich dir versichern.«

Milo wäre um ein Haar aus dem Bett gefallen. »*Was?* Das ist so was von *falsch*! Er ist Arzt. Du bist Patient. Und erst siebzehn …«

»Nicht so laut«, zischte ich. »Ein bisschen Spaß mit einem Arzt …«

»Einem *verheirateten* Arzt.«

»… ist nur eine Fußnote in meiner schmutzigen Geschichte.« *Und mein Ticket raus aus diesem Laden.* »Jetzt halt den Mund und lass mich zu Ende erzählen. Wo war ich?«

»Kassandra und Apollo.«

»Genau. Kassandra wusste genau, was Apollo wirklich mit seinem schicken Geschenk bezweckte, und sie hatte keine Lust, sich in einen Magic-8-Ball auf zwei Beinen verwandeln zu lassen.«

Milo lachte wieder, und das gab mir ein wirklich gutes Gefühl. Was nicht sehr oft vorkam. Wie der Halleysche Komet – ein seltener heller Streif an einem kalten schwarzen Himmel, der bald wieder verschwunden war.

»Wie so oft bei privilegierten weißen Mackern«, fuhr ich fort, »ist Apollo total durchgedreht, als Kassandra ihn abblitzen ließ, und hat einen Fluch über sie verhängt, der dafür sorgen sollte, dass niemand ihre Prophezeiungen glaubte. Da ist sie nun also, die arme Kassy, wandert durch das alte Griechenland, sagt allen, dass Troja brennen wird, und niemand glaubt ihr. Alle halten sie für verrückt, und sie wird sogar eingesperrt. Verstehst du, worauf ich hinauswill?«

»Du bist die Reinkarnation einer griechischen Göttin?«

»Sehen wir uns mal die Beweislage an.« Ich zählte die Punkte an meinen Finger ab. »Ich bin rattenscharf. Alle halten mich für verrückt. Man hat mich hier eingesperrt, und niemand glaubt, was ich sage.« Ich lächelte sanft ins silbrige Halbdunkel. »Nicht einmal du, wenn ich dir sage, dass du gesund werden wirst, wenn ich weg bin.«

»Stimmt«, sagte Milo, und die Tränen kamen zurück und erstickten seine Worte. »Ich glaube dir nicht.

Mist.

Er drehte mir wieder den Rücken zu. Der Kometenstreif des guten Gefühls verblasste. Niemand hätte mir jemals vorgeworfen, ein Talent zum Trösten zu besitzen, und mir gingen langsam die Ideen aus.

Milo weinte leise, zitterte, als wäre ihm kalt, und eine Erinnerung – die einzige gute Erinnerung an Alaska – stieg in mir empor. Sie schlich sich an und legte die Arme um mich, und ich fühlte mich gleich besser.

Ich stieg aus dem Bett, legte mich neben Milo und rutschte dicht an ihn heran.

»Hau ab«, maulte er weinerlich. »Ich bin nicht einer von deinen Typen.«

»Ich will nichts von dir«, sagte ich. »Als ich in Alaska war, hat ein anderer Junge das für mich getan. Es hat geholfen. Aber wenn du das nicht willst …«

Milo umklammerte meinen Arm, sein Körper zitterte unter den stummen Schluchzern. Ich schmiegte mich an ihn und legte meinen blonden Kopf neben seinen dunklen auf das Kissen.

Nach ein paar Momenten schniefte er und sagte leise: »Alaska. Wo man dich für die Konversionstherapie hingeschickt hat? Bevor du hierhergekommen bist?«

Ich versteifte mich. »Ja.«

»Du redest fast nie davon. Nicht mal in der Gruppentherapie. Nur, wenn sie dich zwingen.«

»Dann musst du wohl jemand Besonderes sein.«

Ich spürte, wie Milo lächelte und die Anspannung in seinem dünnen Körper nachließ. »Was ist passiert?«

»Ich hab furchtbar gefroren«, sagte ich. »Das haben wir alle, als wir auf dem Boden einer alten Hütte lagen. Es gab kein Feuer, und der Wind blies durch die Ritzen. Ich hab mich nie elender oder einsamer gefühlt als in diesem Moment. Dann kam einer der anderen Jungs mit seiner fadenscheinigen Decke zu mir und meiner fadenscheinigen Decke. Er hat mich umarmt, wie ich dich jetzt umarme.«

»Wie war sein Name?«

»Silas. Er hieß Silas.«

»Hast du noch Kontakt zu ihm?«

»Nein.«

»Warum nicht? Habt ihr euch aus den Augen verloren? Wie heißt er mit Nachnamen?«

»Ist nicht wichtig.«

Es war wichtig. Es war sogar verdammt wichtig, aber sosehr ich auch wollte, dass Milo sich besser fühlte, Silas Marsh war tabu. Wenn ich zu viel von ihm erzählte, würde er nicht länger mir allein gehören. Er existierte vor allem in meinen Tagebüchern. In Geschichten. In meinem endlosen Schreiben, durch das ich mich von Alaska zu befreien versuchte, bis ich einen Krampf in der Hand bekam und Tränen die Tinte auf der Seite verschmierten.

Aber es gab immer noch mehr.

Meine Eltern hatten mich nach Alaska geschickt, um ihren kaputten Sohn zu »heilen«, das Ganze hatte meine ohnehin schon prekäre geistige Gesundheit jedoch fast zerstört. Ihnen war klar geworden, dass sie einen Fehler gemacht hatten, als ich angeschlagen und hysterisch zurückgekehrt war. Ein Jahr im Sanatorium du Lac Léman war ihr Versuch, mich wieder zusammenzukitten, doch es war zu spät. Was in Alaska passiert war, hatte sich für immer eingebrannt, war Teil meiner Zellen und Knochen geworden. Eine Kälte, die mich nie mehr loslassen würde.

Ich hielt Milo fester. »Wir durften uns nicht berühren, aber Silas hat sich trotzdem zu mir gelegt, um mich zu wärmen. Es war nur diese eine Nacht, aber er hat mir das Leben gerettet.«

Und ich hab es ihm nie gesagt. Ich hätte es ihm sagen sollen …

»Warum nur eine Nacht?«, fragte Milo.

»Sie haben uns erwischt. Sie haben uns verprügelt. Vor allem ihn. Sie haben ihn grün und blau geschlagen …«

Ein weiterer Schauer erfasste mich, und ich schloss die Augen, als die Erinnerungen auf mich einstürmten: Eine windschiefe Blockhütte und ein Dutzend Jungen unter dünnen Decken. Silas – groß und breit mit goldenem Haar, ein Adonis –, der von mir weggerissen wurde, die Betreuer, die ihn anbrüllten, weil er die Sünde begangen hatte, ein anderes menschliches Wesen getröstet zu haben.

»Hat Silas dir gesagt, dass es dir wieder gut gehen würde?«

»Nein«, sagte ich. »Das wäre eine Lüge gewesen. Wir haben uns in Alaska nicht angelogen. Alaska war nicht wie hier. Hier kriegt man gutes Essen und macht Sport, und die Leute sagen dir nicht, dass du nichts wert bist und dich ändern musst, sondern versuchen, dich zu heilen.«

»Du bist nicht geheilt, warum lassen sie dich also gehen?«

»Ich habe den Eindruck, dass diese Einrichtung mir nichts mehr bieten kann.«

»Das kannst du doch nicht selbst entscheiden. Das machen die Ärzte.«

»Die Ärzte sind meiner Meinung.«

»*Das* ist eine Lüge.«

»Meine Eltern bezahlen die Ärzte«, sagte ich. »Ich hab meinen Eltern gesagt, es sei Zeit für mich zu gehen, also haben sie aufgehört zu bezahlen.«

»Deine Eltern machen, was du willst?«

»Seit ich aus Alaska zurück bin, schon. Sie haben Angst vor mir. Und das sollten sie auch.«

Milo atmete geräuschvoll aus, als er meinen unheimlichen Tonfall hörte. »Wirst du ihnen was antun, wenn du rauskommst?«

Ich tat, als wäre ich gekränkt. »Sehe ich etwa wie ein gewalttätiger Psychopath aus? Ach egal, beantworte das lieber nicht.«

Er lachte schniefend.

»Nein, ich kann ihnen da wehtun, wo es zählt«, sagte ich. »Wenn ich der Presse von meinem Ausflug nach Alaska erzähle – oder es, schlimmer noch, auf Twitter ausplaudere –, könnte das Geldimperium meiner Eltern in Schimpf und Schande untergehen. Das macht ihnen höllische Angst.«

»Also kommst du raus und wirst irgendwann ein berühmter Schriftsteller, während ich ewig hier festsitze«, sagte Milo und klang wieder wie ein beleidigtes Kleinkind.

»Nicht ewig. Und du wirst gesund werden. Glaub's deinem Onkel Kassy.«

»Du bist echt schräg.«

Aber ich hörte das Lächeln in seiner Stimme. Er schmiegte sich seufzend an meine Brust, und ich spürte, wie er tiefer sank, sich dem Schlaf näherte.

»Holden?«

»Das bin ich.«

»Hast du keine Angst?«

»Doch, ständig.«

»Ich meine, hast du keine Angst davor, hier rauszukommen, obwohl es dir noch nicht besser geht?«

Ich dachte lange und gründlich nach, was ich darauf antworten sollte, brachte Ordnung in das Gewirr von Stimmen, die in meinem Kopf brüllten und schrien und blechern ihre Becken aneinanderschlugen wie Spielzeugaffen. Es ging mir nicht besser. Es würde mir nie besser gehen. Egal was die Psychologen und Ärzte mit Tabletten und Therapien versuchten, die Kälte würde mich immer finden. Alaska hatte etwas in mir zerbrochen.

»Machst du Witze?«, fragte ich mit lässiger Stimme. »Ich werde im sonnigen Kalifornien leben. In einer neuen Stadt, wo ich niemanden kenne und der Neue in der Schule bin und … na ja, nein. Jetzt, wo ich es laut sage, hört es sich furchtbar an.«

Milo lachte, und etwas von dem guten Gefühl kam zurück.

Tatsächlich war es mir ehrlich scheißegal, der Neue an der Schule zu sein. Das Universum hatte mich mit einem gequälten Verstand ausgestattet, allerdings feuerte dieser Verstand zufällig auch aus allen Rohren. Bei einem IQ von 153 war ein Jahr Highschool eher ein Versuch von Normalität, nicht etwas, das ich wirklich brauchte.

»Ich werde dich vermissen, Holden«, sagte Milo, seine Stimme schläfrig und schwer.

»Ach Quatsch. Du hast mich im Morgengrauen vergessen.«

Er packte meinen Arm fester. »Lass das.«

»Was?«

»So zu reden, als wärst du nicht wichtig. Du bist wichtig. Mir jedenfalls.«

Ich presste den Kiefer zusammen. Milos Sorge war verwirrend, und mein Herz wurde dadurch von einem merkwürdigen Gefühl erfüllt. Fast kamen mir sogar die Tränen, meine Güte.

»Es ist spät«, sagte ich mit belegter Stimme. »Versuch, etwas zu schlafen.«

»Okay. Gute Nacht, Holden. Bis morgen.«

Ich traute meiner Stimme nicht, also blieb ich still liegen, während das Halbdunkel im Zimmer weicher und schwärzer wurde. Schließlich wurden Milos Atemzüge ruhiger und gleichmäßiger. Vorsichtig schlüpfte ich aus seinem Bett und wieder in mein eigenes. Eine Stunde lang beobachtete ich die Schatten, die wie lange schwarze Finger über die Zimmerdecke krochen.

Als das erste Licht der Dämmerung den Himmel färbte, zog ich mich leise an und packte den Rest meiner Habseligkeiten in ein Kofferset von Louis Vuitton. Vor allem meine Tagebücher. Das Sanatorium erlaubte uns nicht, viel eigene Kleidung zu behalten; meine Garderobe des letzten Jahres bestand aus einer kriminell hohen Menge an T-Shirts mit Rundhalsausschnitt und Klamotten aus Polyester-Mischgarn.

Um sieben Uhr drehte sich der Schlüssel im Schloss unserer Tür. Ich stand schon davor. Ich bedeutete dem Wärter mit einem Blick auf Milo, leise zu sein. Er nickte und nahm wortlos mein Gepäck. Ich warf einen letzten Blick auf meinen Zimmergenossen.

Er würde nicht traurig werden, nur weil ich weg war. Oder höchstens für ein paar Minuten, dann würde er drüber hinwegkommen.

Ich ging und zog die Tür hinter mir zu. Sie schloss sich mit einem automatischen Klicken.

Der Familienanwalt, den meine Eltern geschickt hatten, um meine Entlassung aus dem Sanatorium du Lac Léman abzuwickeln, sah angemessen schleimig und teuer aus. Monsieur Albert Bernard saß in einem prächtigen Armani-Anzug neben mir im Büro des Direktors. An seiner Seite fühlte ich mich in Jeans und – Götter, erbarmt euch! – einem kurzärmligen Hemd, das mit kleinen gelben Ananas bedruckt war, ganz schön erbärmlich.

Dr. Lange, der Direktor des Sanatoriums, wirkte untypischerweise ziemlich nervös. Er nickte mir zu. »Guten Morgen, Mr Parish.«

Jetzt, wo ich die Eier des Sanatoriums in der Hand hielt – und sie, je nachdem, wie sauber meine Flucht an diesem Morgen vonstatten ging, zerquetschen oder massieren könnte –, war ich plötzlich *Mr Parish*.

Ich lächelte und zeigte dabei alle meine Zähne. »Sie sehen besorgt aus, Dr. Lange. Wenn alles glattgeht, sind Sie mich in ein paar Minuten los und werden nie wieder von mir hören.«

Dr. Lange rutschte unbehaglich auf seinem Stuhl herum. »Ja, nun, wir nehmen das, was zwischen Ihnen und einem unserer Ärzte hier vorgefallen ist, sehr ernst. Wir sind stolz darauf, dass wir nur die beste Behandlung …«

»Machen Sie sich nicht in die Hose, Doc. Abgesehen von dem einen Pädo haben Sie hier eine sehr schöne Einrichtung. Und diese unangenehme Sache mit Dr. Picour war auch gar nicht so unangenehm, wenn Sie wissen, was ich meine.« Ich zwinkerte ihm zu und lehnte mich im Stuhl zurück.

Dr. Lange wurde noch ein wenig blasser. Er blickte zu Monsieur Bernard, der seine Hände hob, als wollte er sagen: *Ich weiß auch nicht, was ich mit ihm machen soll.*

Lange räusperte sich. »Dr. Picour wurde gekündigt, und er hat mit sofortiger Wirkung seine Zulassung verloren. Hier sind Ihre Entlassungspapiere entsprechend unserer Abmachung.« Er schob Bernard eine Aktenmappe zu. »Und ich möchte Sie aufrichtig um Entschuldigung bitten, Holden. Ich hoffe, Sie bemühen sich nach Ihrer Rückkehr in die Vereinigten Staaten um eine Fortführung der Behandlung, um die Fortschritte, die Sie gemacht haben, nicht aufs Spiel zu setzen …«

»Nein, danke«, sagte ich, und mein Lächeln wurde dünner.

Ich hatte die Wahrheit gesagt – das Sanatorium du Lac Léman war ein passabler Ort. Dr. Picour hatte noch nicht viel anrichten können, was sexuelle Übergriffe anging; Gerüchte, dass er schon ein paarmal bei männlichen Patienten fast unmerklich die Grenzen überschritten hatte, hatten meine Aufmerksamkeit erregt. Es war nicht schwer gewesen, den verletzlichen, aber geilen Patienten zu spielen (dabei war keine große Schauspielkunst erforderlich gewesen) und den Perversling so zu Fall zu bringen. Picour war eingeknickt wie ein Strohhalm. Das Sanatorium wollte keinen internationalen Skandal, und ich wollte hier raus. Nicht schlecht für zehn Minuten Rummachen in einer Abstellkammer.

»Es sieht so aus, als wäre mit den Dokumenten alles in Ordnung«, sagte Monsieur Bernard.

Er unterschrieb meine Entlassungspapiere zusammen mit einer Verschwiegenheitserklärung. Dann gab er mir den Stift und die Mappe, ich unterschrieb ebenfalls und war frei.

Raus aus einem Gefängnis, auf dem Weg zum nächsten.

Schließlich folgte ich Bernard, mein Gepäck hinter mir herziehend, bis zur Einfahrt des Sanatoriums, wo zwei Wagen mit Chauffeur warteten – einer für ihn, einer für mich. Meiner kam mit einem furchterregenden Hünen, der komplett in Schwarz gekleidet war.

»Ist der mein Abschiedsgeschenk?«

»Nicht ganz. Antoine wird Sie zurück in die Staaten begleiten. Ihre Eltern sind um Ihre Sicherheit besorgt.«

»Seit wann das?«

Der Anwalt räusperte sich leise. »Ich wiederhole noch einmal die Bedingungen für Ihre Entlassung: Ihr Onkel und Ihre Tante haben sich bereit erklärt, Sie für ein Jahr in ihrem Ferienhaus in Santa Cruz aufzunehmen und als Ihre Vormunde zu agieren«, sagte Bernard, während Antoine mein Gepäck in den Kofferraum lud. »Ihrer Bitte entsprechend werden Ihre Eltern sich fernhalten ...«

»Sich verflucht noch mal fernhalten.«

»Verzeihung?«

Ich betonte meine Worte mit einer wie ein Dirigent erhobenen Hand. »Ich will, dass sie sich *verflucht noch mal* von mir fernhalten.«

Er rümpfte die Nase. »Sie haben sich einverstanden erklärt, sich nicht einzumischen und keinen Kontakt aufzunehmen, solange Sie einträchtig bei Ihrem Onkel und Ihrer Tante wohnen. Sie erhalten ein großzügiges Taschengeld, können allerdings keine größeren Summen in bar abheben, und alle Kreditkartenzahlungen werden überwacht. Ein Wagen mit Chauffeur wird Ihnen zur Verfügung gestellt, da man Ihnen nicht erlauben wird, selbst zu fahren.«

»Das ist wahrscheinlich das Beste, da ich vorhabe, viel zu trinken.«

Er verdrehte die Augen. »Ihr Onkel und Ihre Tante sind gottesfürchtige Menschen.«

»Ein Jahr lang werden Sie mich schon aushalten. Nicht mal ein Jahr. Ich werde im Februar achtzehn.«

»Sie müssen die Schule beenden, Mr Parish, sonst gibt es keine Erbschaft. Das Treuhandvermögen bekommen Sie erst nach Ihrem Highschool-Abschluss ausbezahlt. Dies ist der Bildungsgrad, der als Mindestqualifikation notwendig ist, wobei Ihre Eltern …«

»Mr und Mrs Parish«, korrigierte ich ihn. »*Eltern* sind Menschen, die sich um ihre Kinder kümmern. Keine Soziopathen, die ihren einzigen Sohn foltern lassen, weil er zufällig schwul ist.«

Ich sagte das Ganze ziemlich leichthin. Das tat ich immer. Ich riss Witze. Unterdrückte den Schmerz und verbarg ihn hinter einem Lächeln und einem Augenzwinkern und vielleicht zwei bis vier Litern Alkohol oder einer Nacht mit einem Fremden. Niemand bekam zu sehen, wie sehr ich wirklich litt.

Bernard antwortete gereizt. »*Mr und Mrs Parish* entbieten Ihnen herzliche Grüße und hoffen, dass Sie aufgrund Ihrer außergewöhnlichen Intelligenz einen höheren Bildungsgrad anstreben. Ich höre, Sie schreiben ein wenig?«

»Bei allem Respekt – das Einzige, was ich diesen Monstern entbiete, ist mein Mittelfinger. Hier.« Ich zeigte den genannten Finger und stieg dann hinten in den Wagen ein. »Und mein

Schreiben geht die beiden absolut nichts an. Wenn ich darüber nachdenke, geht sie nichts, was ich tue, irgendetwas an.« Ich knallte die Tür zu und ließ dann das Fenster herunter, während der Fahrer den Motor startete. »Danke für Ihre Hilfe, Bernie. Bis zu meinem nächsten Skandal können Sie nach Paris zurückkehren.«

Er presste die Lippen aufeinander. »Ich kann es kaum erwarten.«

Meine Tante und mein Onkel holten mich an der Gepäckausgabe des internationalen Flughafens in San Francisco ab. Antoine – dessen Kommunikation während des gesamten sechzehnstündigen Flugs aus Grunzen und drohenden Blicken bestanden hatte – folgte mir wie ein riesiger muskelbepackter Schatten.

Tante Margaret und Onkel Reginald (der Bruder meines Vaters) sahen aus wie kalifornifizierte Versionen meiner Eltern: mittleres Alter, makellose Kleidung, Stock im Arsch, aber braun gebrannt.

Ich sah vollkommen anders aus. Nach einem Jahr in Gefangenschaft war meine Haut blass, was meine grünen Augen hervorhob und vielleicht, vielleicht aber auch nicht dabei hilfreich war, mich flachlegen zu lassen. Man konnte nicht wissen, wie die Typen in Santa Cruz so drauf waren. Mein Dad – in seiner engstirnigen, vorurteilsbeladenen Art, die ich so gut kannte – nannte sämtliche Kalifornier dreckige, grün versiffte Hippies. Natürlich hatte er einige unserer Milliarden in die Tech-Industrie investiert, die sich von Santa Cruz aus praktisch nur ein Stück die Straße hinauf befand. Aber ich war mir sicher, dass das Motto der Parishs lautete: »Lass Scheinheiligkeit nie dem Profit im Weg stehen.« Wahrscheinlich zierte der Spruch unser Familienwappen.

Mein Onkel und meine Tante verabschiedeten sich von Antoine. Reginald drückte ihm ein Bündel Scheine in die Hand.

Ich salutierte meinem Reisebegleiter. »Paket erfolgreich abgeliefert. Ich werde den großen Kerl vermissen. Manche Körperteile mehr als andere, wenn ihr wisst, was ich meine.« Ich zwinkerte meiner Tante zu.

»Du siehst … gut aus«, stammelte sie und musterte mich von oben bis unten, als wäre ich ein geschmackloses Geschenk, das sie aus reiner Höflichkeit nicht ablehnen wollte. »Du bist so groß geworden, seit ich dich das letzte Mal gesehen hab.«

»In der Tat«, sagte Reginald. »Wie groß bist du inzwischen, eins achtzig? Und du hast Muskeln. In der Schweiz hat man dich anscheinend gut gefüttert.« Er sah aus, als wollte er mir auf die Schulter klopfen, besann sich dann aber eines Besseren.

»In der Tat«, erwiderte ich mit einem breiten Lächeln. »Jeden Tag Protein-Shakes.«

Sie tauschten einen peinlich berührten Blick, und ich ließ die Verlegenheit ein paar Sekunden in der Luft hängen, dann sagte ich fröhlich: »Danke, dass ich bei euch pennen kann, Tante Mags und Onkel Reg.«

»Tante Margaret, bitte«, sagte sie schüchtern, als wir zu dem Auto gingen, das sie gemietet hatten. »Oder … na ja, wenn du möchtest, *Mags* geht auch, schätze ich.«

»Nenn uns, wie du willst«, sagte Reg. »Wir freuen uns einfach, dich hier zu haben, Holden, mein Junge.«

Meine Fresse. Sie hatten also auch Angst, dass ich den Alaska-Song singen und der Presse verraten würde, was die Familie mir angetan hatte. Schon jetzt konnte ich spüren, dass Tantchen und Onkelchen mich behandelten wie eine tickende Bombe, die jeden Moment hochgehen konnte.

Damit konnte ich arbeiten.

Sobald das Gepäck verstaut war, setzte ich mich auf den

Rücksitz, Mags nahm rechts von mir Platz und Reginald vorn neben dem Fahrer.

»Ich muss noch einen kleinen Boxenstopp einlegen, bevor wir zum Landsitz fahren.«

»Ach ja?« Tante Mags blickte verstohlen auf die zarte goldene Uhr an ihrem Handgelenk.

Reginald drehte sich mit gerunzelter Stirn zu mir um. »Wo?«

»Union Square in der City. Ein bisschen shoppen, bevor die Schule anfängt.« Ich zupfte am Kragen meines Ananas-Hemds. »Es macht euch doch nichts aus?«

Wieder wechselten sie einen ihrer vielsagenden Blicke und lächelten dann beide dünn. »Natürlich nicht.«

Vier Stunden und 14 000 Dollar später hatte ich genügend schicke Jacken, Mäntel, Schuhe, Designerjeans, Pullis und Seidenschals, um durch das Schuljahr zu kommen.

»Bis Oktober ist es recht angenehm in Santa Cruz«, sagte Onkel Reginald und beäugte die Verkäuferin bei Gucci, als sie den Reißverschluss des Kleidersacks um einen knöchellangen Wollmantel zuzog. »Du solltest vielleicht auch an Kleidung für warmes Wetter denken.«

»Ich habe darüber nachgedacht, lieber Onkel«, sagte ich mit einem schneidenden Lächeln und reichte der Frau meine fette schwarze AMEX-Karte. »Aber wo ich jetzt wohne, ist immer Winter.«

Er und Mags schauten sich an, und Mitleid huschte über ihre Züge.

Leider zu spät, dachte ich. *Vor Alaska wäre der Moment gewesen, sich darüber Gedanken zu machen, was sie mir antun. Nicht hinterher.*

Ich verließ den Laden in Designerjeans, einem schwarzen Seidenhemd und einem schwarzen Marinemantel, den ich wie eine Rüstung um mich geschlungen hatte. Tante Mags spähte in den Kofferraum, in dem sich der Rest meiner Einkäufe stapelte, und lächelte fröhlich.

»Wollen wir jetzt nach Hause? Die Fahrt nach Santa Cruz dauert etwa anderthalb Stunden …«

»Ich bin noch nicht ganz bereit für meine triumphierende Rückkehr ins Land der Lebenden«, sagte ich und fuhr mir mit der Hand durch mein aschblondes Haar. »Warum geht ihr zwei nicht irgendwo einen Kaffee trinken, während ich kurz beim Friseur vorbeischaue?«

Ohne eine Antwort abzuwarten, ging ich zu dem Salon auf der anderen Straßenseite hinüber. Entweder war nicht viel los, oder der Friseur fand mich scharf (höchstwahrscheinlich Letzteres). Ich kam direkt dran.

Damon stand hinter mir und griff mit den Händen in mein volles Haar, das an den Seiten kurz und oben etwas länger war. »Eine Pracht«, sagte er. »Wag es ja nicht, mich zu zwingen, das abzuschneiden.«

Ich sah ihm über den Spiegel in die Augen und bedachte ihn mit meinem Wenn-alles-gut-läuft-könnten-wir-ficken-Blick. »Niemals. Vielleicht ein bisschen Farbe?«

»Perrrfekt. Was schwebt dir vor?«

»Ich bin offen für Vorschläge.«

»Ich glaub, was in Richtung Silber würde deine Augen total wow-mäßig zur Geltung bringen.«

»Dann mal los.«

Mehrere Stunden später trat ich mit silbernem Haar, das meine blasse Haut und die grünen Augen noch krasser betonte, ins Licht der untergehenden Sonne hinaus.

Zufällig hatte Damon genau dann Pause, sobald er mit meinen Haaren fertig war. Auf meine Bitte hin ging er mit mir in den Tabakladen ein paar Häuser weiter und kaufte mir mit meiner Kreditkarte vier Stangen Nelkenzigaretten der Marke

Djarum Black und einen silbernen Flachmann und dann eine Flasche meines Lieblingswodkas im Spirituosengeschäft daneben.

In einer Gasse hinter dem Union Square füllte ich den Wodka in meinen brandneuen Flachmann um, und wir lachten, als mir die Flüssigkeit über die Finger lief. Damon küsste mich. Zumindest hielt ich es für einen Kuss – seine Zunge versuchte offenbar, durch den Mund zu meinem Arschloch zu kommen. Er rieb sich an mir und war sofort geil und atemlos.

»Du bist so wahnsinnig heiß«, hauchte er an meinem Hals. »Wie alt bist du? Neunzehn? Zwanzig?«

Ich lächelte süß. »Siebzehn.«

Damon wich zurück und riss die Augen auf. »Scheiße … Willst du, dass ich verhaftet werde?«

Ich hielt die Tüte mit den Zigaretten und dem Alkohol hoch. »Danke für deine Hilfe. Und für die Haare. Sieht super aus. Fünf fette Sterne auf Yelp.«

»Arschloch«, schnaubte Damon und zog ab.

Ich holte meinen Onkel und meine Tante in einem Starbucks in der Nähe ab. Sie hatten inzwischen offensichtlich sämtliche Geduld mit mir verloren, waren jedoch zu feige, um irgendetwas deswegen zu unternehmen.

»Oh. Deine Haare sehen … nett aus«, sagte Mags.

»Sehr modern«, fügte Reginald hinzu.

»Danke.« Ich nahm einen Schluck aus meinem Flachmann, schraubte ihn zu und schob ihn zurück in die Jackentasche. »Wollen wir dann?«

Reginald schoss aus seinem Stuhl hoch. »Ja, in der Tat. Fahren wir nach Hause.«

Nach Hause.

Das Konzept war mir nicht vertraut. Als Kind war mein Zuhause ein kaltes, liebloses Museum gewesen – alles war sehr hübsch, sehr teuer, und man bekam nur dann jemanden zu Gesicht, der dort wohnte, wenn man etwas anfasste, was man nicht berühren durfte.

Dann kam Alaska und löschte jegliche Vorstellung, die ich von Zuhause und Familie hatte.

Mags und Reginald waren nichts weiter als Double. Schauspieler, die man angeheuert hatte, um die Rolle zu spielen. Sobald ich die Highschool abgeschlossen hatte, würden sie, erleichtert, dass es endlich vorbei war, aus ihren Verträgen entlassen werden. Ich würde eine Erbschaft erhalten, die das Bruttosozialprodukt diverser kleinerer Staaten übertraf, und wir würden getrennte Wege gehen und nie wieder ein Wort miteinander wechseln. Warum sollten wir auch?

Ich würde mein Geld nehmen und abhauen. Ich würde durch die ganze Welt reisen, jederzeit überall hinfahren und so lange dort bleiben können, wie ich wollte. Ich würde nie wieder jemandem erlauben, mich einzuschließen oder wegzusperren. Ich würde frei sein.

Aber vielleicht würde ich auch einfach verschwinden.

Teil 1

1. Kapitel

River

August

Ich stand breitbeinig und tief in der Hocke dicht hinter Chance Blaylock, die Hände zum Fang bereit, und betrachtete die Defense meines Teams, las ihre Deckung, suchte nach ihren Schwächen.

»Hut one, Hut two … *Hut!*«

Chance spielte mir den Ball zu und stürzte sich dann auf einen Verteidiger, der mich angreifen wollte. Bei Trainingsspielen trugen wir Flaggen im Hosenbund, aber unsere Defense war blutrünstig, selbst wenn sie ihren eigenen Quarterback ins Visier nahm. Ich war nicht wirklich in Gefahr, unsere Offense Line war die beste in der Liga. Außerdem musste jedes Teammitglied, das mich tackelte, mit sofortiger Vergeltung rechnen.

Ich ließ mich für einen Pass zurückfallen, überblickte das Feld, kalkulierte Winkel, Optionen, Distanzen. Coach Kimball hatte einen Spielzug angesagt, aber das hielt mich nicht davon ab, verschiedene Möglichkeiten auszuloten, die sich spontan auf dem Platz ergaben – eine der vielen Fähigkeiten in meinem Arsenal, die mich dem Coach zufolge direkt in die NFL befördern würden.

Donte Weatherly, unser schnellster Wide Receiver, war schon zur Hälfte an der rechten Seitenlinie entlanggesprintet, unser Safety hatte sich ihm an die Fersen geheftet. An der 30-Yard-Line würde er nach links abbiegen. Ich wich gekonnt einem Defender aus, den ich aus dem Augenwinkel auf mich zukommen sah, und holte aus für den Wurf. Innerhalb von Sekundenbruchteilen visualisierte ich die Fluglinie des Balls und warf ihn nicht dorthin, wo Donte jetzt war, sondern wo er sein würde.

Mein Arm schnellte nach vorn. Der Ball rotierte wie eine Pistolenkugel, während er durch die Luft sauste. Donte wich dem Safety tänzelnd aus und rannte blitzschnell weiter, wobei er sich erst im letzten Moment nach meinem Pass umschaute. Der Ball segelte über seine Schulter und landete in seinen ausgestreckten Händen. Ohne langsamer zu werden, schob er ihn sich unter den Arm, legte noch einen Zahn zu und preschte dem Safety davon in die Endzone.

Ein echtes Lächeln lag auf meinen Lippen. Der perfekte Pass. Der perfekte Fang. Es war wahnsinnig befriedigend.

Hier begann und endete meine Liebe für den Football.

Der Rest der Mannschaft hatte aufgehört zu kämpfen und sah zu, wie Donte punktete. Ich hörte den Jubel, Chance drehte sich um und hakte seine Finger in meine Facemask. Er riss mich an sich, sein Mund zu einer Grimasse des Triumphs verzogen.

»Yesss! Whitmore, du Irrer!« Er knallte seinen Helm gegen meinen und schubste mich dann.

Ich schubste ihn ebenfalls und biss die Zähne zusammen, als das Team mich umringte. Sie schlugen mir auf die Schulterpads und so hart auf den Helm, das mir die Zähne klapperten.

Donte kam von der Endzone zurückgejoggt und ließ sich feiern. Sein Lächeln war breit und blendend weiß im Kontrast zu seiner dunklen Haut. Er genoss die rabiate Aufmerksamkeit, die ich jeden Tag mehr hasste.

»Kommt, Jungs«, rief Coach Kimball und ließ grunzend

ein Knie auf den Rasen sinken. Auf seinem kahl werdenden Kopf trug er eine weiß-goldene Capitals-Kappe, das Polohemd spannte über seinem Bauch.

Wir umringten ihn in der heißen Augustsonne, die Jungs atmeten keuchend und legten sich reihum die Arme auf die Schulterpads.

»Und das, Gentlemen«, sagte der Coach, »ist der Grund, weshalb wir zum fünften Mal in Folge die Meisterschaft gewinnen werden.«

Das Team brüllte zustimmend, und seine Worte führten zur nächsten Runde Schulterklopfen und Helmschlagen.

Der Coach gab reihum Feedback, kritisierte ein paar Spieler, die nicht alles gegeben hatten. Das Team hing an seinen Lippen, ihre verschwitzten und dreckigen Gesichter grinsten breit und gierig. Zum millionsten Mal fragte ich mich, was sie denken würden, wenn sie wüssten, dass ihr Star-Quarterback den dringenden Wunsch verspürte, sich die Polster und den Helm abzureißen und einfach zu gehen.

Coach Kimball war fertig und beendete das Training mit der Anweisung, am nächsten Morgen um acht Uhr wieder hier zu sein. Ich wollte mit den anderen gehen, aber der Coach rief nach mir. Er holte mich ein und ging mit mir zur Seitenlinie, während der Rest der Mannschaft zur Umkleide latschte.

»Und?«, fragte er mit leiser Stimme. »Wie hältst du dich, mein Junge?«

»Ganz gut, denk ich.«

Er rieb sich mit den kurzen Fingern übers Kinn. »Ich weiß, der Sommer war hart für dich wegen der Sache mit deiner Mutter …« Er verstummte und räusperte sich. »In schweren Zeiten ist es manchmal das Beste, die ganze Energie auf etwas anderes zu konzentrieren. Sie zu kanalisieren. Auf etwas hinzuarbeiten, das einen glücklich macht.«

Etwas, das mich glücklich macht …

In der Werkstatt unserer Familie zu arbeiten anstatt den Sommer mit Training zu verschwenden … Etwas mit meinen eigenen Händen herzustellen, mir ein Leben in Santa Cruz aufzubauen … Das würde mich glücklich machen. Football gehörte noch nicht mal zu den obersten zehn Dingen auf der Liste, aber ich war ziemlich gut darin, so zu tun, als ob es so wäre. Dem skeptischen Blick des Coachs nach zu urteilen, begann meine Maske allerdings allmählich zu bröckeln.

»Ich fand, dass ich heute ziemlich fokussiert war«, sagte ich.

»Das warst du, absolut. Diese letzte Bombe, die du für Weatherly geworfen hast, ist was für die Highlight Reels. Ich will nur sagen, wenn es hart auf hart kommt, hast du dieses Team. Du hast uns.« Er legte mir eine Hand aufs Schulterpad. »Auf dem Platz kannst du alles rauslassen.«

Ich wusste klar und deutlich, was er damit eigentlich sagen wollte: *Wenn du traurig bist, weil deine Mutter Leberkrebs im Endstadium hat, dann trainier härter, aber hör niemals auf.*

»Danke, Coach. Ich hab's verstanden.«

Er rieb sich skeptisch das Kinn. »Ja? Mir scheint, das Feuer ist ein bisschen raus. Nicht, dass ich dir deswegen einen Vorwurf machen würde. Solche Neuigkeiten, wie du sie gerade gekriegt hast … Da muss man sich erst dran gewöhnen, kann ich mir vorstellen.«

Ich verschluckte mich fast bei der Vorstellung, mich daran zu *gewöhnen*, dass meine Mom starb. Und mein »Feuer« für Football war ein flackerndes Flämmchen, das bloß deshalb nicht ausging, weil mein Vater so hartnäckig und unnachgiebig darauf bestand, dass ich es am Leben erhielt.

»Alles in Ordnung, Coach. Versprochen.«

»Freut mich zu hören, Junge.« Er schlug mir noch einmal

auf die Schulterpads. »Dann geh mal duschen, wir sehen uns morgen. Komm ein bisschen früher, wenn du kannst. Ich will mit dir und Donte ein paar Plays ausprobieren. Dann könnt ihr die Scouts beeindrucken, die nächsten Monat kommen.«

»Okay, Coach«, erwiderte ich automatisch – wie ein Soldat, der seinem Offizier antwortete. Der seine Pflicht tat.

Seine Enttäuschung über meinen mangelnden Enthusiasmus wehte mir über den Nacken, als ich endlich zur Umkleide ging. Die Sonne war auf dem Weg Richtung Horizont und würde bald fort sein.

Bald fort …

Der Schmerz traf mich in die Brust wie ein Vorschlaghammer. Ich musste stehen bleiben, hielt mich am Flaggenmast vor der Sporthalle fest und war erschrocken, welche Macht Moms Diagnose selbst nach all diesen Wochen noch hatte.

Mein »Superhirn«, das der Coach gern mit komplizierten Plays füllte, spulte die Ereignisse des Sommers ab wie einen Film im Schnelldurchlauf. Meine Mom, fit und glücklich, während sie mit meiner kleinen Schwester Amelia im Pool badete. Amelias Lachen, das verstummte, als sie auf Moms eingefallenen Bauch zeigte …

Mom hatte abgenommen, ohne den Grund zu kennen. Sie tat es als eine mysteriöse Diät ab, von der sie gar nicht wusste, dass sie sie machte. Dann kam die Schwäche. Danach die Schmerzen. So furchtbare Schmerzen. Und nicht mal eine Woche später folgte die Diagnose.

Sechs Monate. Vielleicht mehr. Wahrscheinlich weniger.

Bald fort.

Ich blinzelte mir den brennenden Schweiß und die Tränen aus den Augen und trat zu den Jungs in die Umkleide. Sie duschten, liefen mit nackten Ärschen herum, prahlten mit dem letzten Spiel, zogen sich gegenseitig auf oder redeten über

Mädchen. Typischer Locker-Room-Talk, der den meisten Eltern die Tränen in die Augen getrieben hätte.

Wie immer schwieg ich und senkte den Blick, legte die Erschöpfung wie einen schweren Mantel um mich, damit sich niemand wunderte, warum ich nicht mitmachte.

»Hey, Whitmore!«, rief Donte, als ich auf dem Weg zur Dusche an ihm vorbeiging. »Heute noch was vor? Vielleicht mit der süßen kleinen Violet McNamara?«

Ein Chor aus Johlen und Lachen erhob sich. Obwohl alle in der Central High praktisch schon zusammen in den Kindergarten gegangen waren, war Violet McNamara neu in unserer Crew. Am Anfang des Sommers hatte Evelyn Gonzalez – die Queen Bee, die stets überall den Ton angab – Violet hinter ihren Büchern hervorgezogen, und das atemberaubende Mädchen mit dem rabenschwarzen Haar und den intensiven blauen Augen war erst jetzt allen aufgefallen.

Ich setzte mein König-der-Welt-Lächeln auf. »Vielleicht.«

»*Vielleicht.*« Donte lachte. »Du wickelst sie alle um den Finger, Whitmore.«

»Du Glückspilz«, sagte Chance. »Ich hätte sie mir zuerst schnappen sollen. Wer hätte ahnen können, dass sie so verdammt heiß und noch *unerschlossen* ist, wenn ihr wisst, was ich meine.«

Alle lachten. Ich bekam heiße Ohren.

Ich hatte Violet im Sommer nur ein paarmal zusammen mit den anderen gesehen, doch ich mochte sie. Schüchtern, aber durchaus fähig, sich zu behaupten. Ich fand sie irgendwie mutig.

Und möglicherweise war sie meine letzte Chance.

Ich hatte versucht, mit Mädchen von der Central High oder der Nachbarschule in der Nähe auszugehen, allerdings hatte ich nie eine Verbindung gespürt. Vielleicht war es mit Violet anders. Sie wollte Ärztin werden. Womöglich konnte ich mich mit ihr ernsthaft unterhalten und zwischen uns würde etwas passieren. Eventuell würde ich endlich spüren, dass es funkte – dass irgendwas funkte –, und die nagende Angst in meinem Hinterkopf würde verschwinden.

Ich zog die verschwitzten Sachen aus und stellte mich unter eine der Duschen. Das kalte Wasser rann über meinen Körper, und ich bekam eine Gänsehaut. Ich hielt mein Gesicht in den Strahl, und die hallenden Stimmen, das Zuknallen der Spinde und das Gelächter rückten in die Ferne, als käme der Lärm von einem anderen Planeten.

»Hey, River. Kommst du zu Chance' Party?«, fragte Isaiah, unser Running Back, ein wenig später, als ich mich gerade vor meinem Spind anzog.

Ein dicker Arm legte sich um meine Schultern und ließ mich zusammenzucken.

»Na klar kommt er«, brüllte Chance mir ins Ohr. »Das würde er nicht verpassen. Stimmt's, Whitmore?«

Ich knirschte mit den Zähnen und schüttelte Chance heftiger ab, als ich beabsichtigt hatte. Die Jungs in der Nähe stießen leise Rufe der Überraschung aus. Ich wurde selten wütend. Verlor nie die Fassung oder meine Coolness oder zeigte irgendeine Emotion, abgesehen von ruhigem, lässigem Selbstvertrauen.

»Arschloch«, sagte ich in die verlegene Stille, die folgte, ein glattes Grinsen im Gesicht. »Ich hab mir gerade die Haare gegelt.«

Die Jungs fingen an zu wiehern, und Chance mit seinem breiten roten Gesicht stieß brüllendes Gelächter aus. Er machte mir gegenüber auf hart, aber dank irgendeiner Laune des Schicksals – oder vielleicht, weil ich dem Team half, Spiele zu gewinnen – war ich der King an der Central High.

Während die anderen sich wieder um ihren eigenen Kram kümmerten, kam Donte zu mir. »Hey, Mann. Bist du okay?«

»Alles gut.«

»Ja, klar«, sagte er und grinste. »Der Gentleman unter uns Neandertalern. Wenn du wirklich auf die hübsche Miss Violet stehst, sag's einfach. Dann lassen wir die Sprüche.«

»Alles gut«, sagte ich wieder. »Die Sache mit meiner Mom ist gerade schwierig, weißt du?«

»Okay. Tut mir leid, Mann.«

»Danke«, sagte ich, und für einen kurzen Moment brachten sein ernster Tonfall und sein Blick mich auf den Gedanken, dass ich mich mit ihm richtig unterhalten könnte. Dann erschien ein breites Grinsen auf seinem Gesicht – das charmante Megawatt-Lächeln, das ihn bei den Mädchen so beliebt machte.

»Chance' Party ist genau das, was du jetzt brauchst«, sagte er. »Gib dir die Kante, und vergiss alles für eine Weile.« Er wackelte mit den Augenbrauen. »Vielleicht könnte die süße Violet McNamara dir bei dieser Sache helfen.«

»Klar«, entgegnete ich und ließ die Schultern hängen. »Ich frag mal, ob sie Interesse an dem Job hat.«

Donte schlug mir auf den Rücken. »Na also! Dann sehen wir uns frisch und munter morgen früh, Bro.«

Ich trödelte, bis die Umkleide sich geleert hatte, dann ging ich allein zu meinem Silverado. Die Abendsonne brannte immer noch heiß; bernsteinfarbene Strahlen fielen auf den schwarzen Asphalt. Ich startete den Motor, machte die Klimaanlage an und saß eine Weile im Wagen, bevor ich nach Hause fuhr.

Nach Hause.

Das Wort hatte eine neue Bedeutung, seit Mom krank geworden war. Ich war in diesem Haus aufgewachsen. In der Stadt, die ich liebte. Es war mir wie ein sicherer Ort vorgekommen, an dem nichts Schlimmes passieren konnte. Aber wir hatten uns alle getäuscht.

Meine letzte Zuflucht war die Werkstatt, wo ich kaputte Dinge reparierte, damit sie wieder funktionierten. Ich wünschte, es gäbe etwas – oder jemanden –, der das auch für mich tun könnte.

Das Abendessen war gerade fertig, als ich unsere geräumige Küche betrat. Dazia Horvat, Moms beste Freundin, rührte in einem Topf mit Nudelsauce und summte dabei vor sich hin. Sie war einen Tag nach Moms Diagnose aus Washington DC hergeflogen und seitdem geblieben.

Dad hatte sich schon hingesetzt und scrollte durch sein Telefon, während Amelia den Tisch deckte. Meine vierzehnjährige Schwester blickte zu mir herüber, bevor sie sich wieder auf das Besteck konzentrierte. Sie war bis vor zwei Monaten ein liebes, lebhaftes Mädchen gewesen. Jetzt sprach sie kaum noch, aß wenig, lächelte selten.

»Wie war das Training?«, fragte Dad und schaute eifrig von seinem Telefon auf. Seine Augen leuchteten, wie sie es in diesen Tagen nur taten, wenn wir über Football redeten. Sein Körper unter dem ölfleckigen Overall war stämmig und muskulös, ein Überbleibsel seiner eigenen früheren Footballkarriere. »Coach Kimball hat mir erzählt, dass er morgen ein paar neue Plays für dich und Weatherly parat hat.«

Ich biss die Zähne zusammen. Dad hatte einen direkten Draht zum Coach, ständig schickten sie sich Nachrichten übers Handy und redeten über meine Fortschritte, vor allem jetzt, wo das letzte Jahr der Highschool anbrach und es Zeit wurde, sich für ein College zu entscheiden.

»Ja«, sagte ich und nahm die Servietten vom Regal neben dem Tisch, um Amelia zu helfen. »Er hat es erwähnt.«

»River, mein Lieber«, unterbrach uns Dazia, sie besaß einen ganz leichten kroatischen Akzent. »Du musst am Verhungern sein. Zweimal Training am Tag ist zu viel!«

»Es ist überhaupt nicht zu viel.« Dad strahlte mich stolz an. »Das ist eben nötig, um ein Champion zu werden. Stimmt's, River?«

»Klar.«

»Und dieses Jahr ist es so weit. Es ist *das* Jahr.«

»Was meinst du damit?«, fragte Dazia. »Was ist daran so besonders?«

»Nächsten Monat kommen Scouts, um River spielen zu sehen«, erklärte Dad. »Dann geht's los mit den Collegebewerbungen, und danach entscheiden wir, welche Uni sein Talent am besten fördern und ihn in die NFL bringen wird.«

»Ach, das ist alles?« Dazia zwinkerte mir zu.

»Darauf haben wir hingearbeitet, seit River alt genug ist, um einen Ball zu halten. Stimmt's, Junge?«

Ich lächelte dünn. »Klar, Dad.«

Amalia überließ es mir, den Tisch zu Ende zu decken, und setzte sich mit dem Smartphone in der Hand an den Tisch. Ihr langes dunkles Haar hing wie ein Vorhang vor ihrem Gesicht und schloss alle anderen aus.

Ich stupste sie sanft gegen den Arm. »Was ist mit dir? Hast du was Schönes gemacht heute?«

Sie zuckte mit den Schultern. »Nicht wirklich.«

»Freust du dich, an der Central High anzufangen, Amelia?«, rief Dazia über die Schulter. »Das erste Jahr ist *so* wichtig. Genau wie das letzte. Deshalb muss man was Besonderes draus machen.«

»Ich hab keine Ahnung, was so besonders daran sein soll«, murmelte Amelia. »Es wird scheiße werden.«

Ich legte die letzte Serviette hin, und meine Schwester sah

mich an. Sie hatte recht. Mom würde es wahrscheinlich nicht bis Weihnachten schaffen, also versuchte ich gar nicht erst, Amelia aufzuheitern oder ihr zu sagen, dass sie falschlag. Ich selbst ließ meine Gefühle niemals zu, was ironischerweise dazu führte, dass ich das Recht der anderen Leute auf ihre eigenen Emotionen immer verteidigte.

»Hey«, sagte ich. »Wenn du Ms Sutter in Mathe kriegst, wird alles super. Sie sammelt nie die Hausaufgaben ein.«

Amelia lächelte, dankbar über den Themenwechsel. »Und wenn sie es doch tut, kannst du sie für mich machen. Streber.«

»Klar, mach ich«, neckte ich sie, weil ich das Lächeln in ihrem Gesicht unbedingt aufrechterhalten wollte. »Natürlich nur gegen eine kleine Gebühr. Vielleicht dein Taschengeld? Aber ich hab noch 'ne bessere Idee: Für deine Sammlung von angemalten Dingspuppen würde ich auf Ebay bestimmt ein bisschen was kriegen …«

»Das sind russische Matrjoschkas, du Blödmann, und bevor du die in deine dreckigen Finger kriegst, musst du schon deine gesamte Zeit am College über die Hausaufgaben für mich machen.«

Wir warfen uns gespielt herausfordernde Blicke zu. Ich wusste genau, wie die Puppen hießen, und das wusste sie auch. Die Regale in Amelias Zimmer waren voll mit den leuchtend bunt bemalten Holzpuppen, von denen jede eine kleinere Puppe in sich trug und immer noch eine kleinere, bis zur kleinsten von der Größe eines Fingerhuts. Amelia sparte ihr Taschengeld, um die Dinger von Verkäufern auf der ganzen Welt zu erstehen, und bekam sie außerdem zu Geburtstagen und Weihnachten. Sie waren ihr wertvollster Besitz.

»Bist du sicher?«, fragte ich. »Du schlägst da ein sehr gutes Geschäft aus.«

»Fass sie an, und du stirbst, Idiot.«

Ich lachte, und sie stimmte widerstrebend mit ein, dankbar für den kleinen Augenblick der Leichtigkeit.

»Stimmt es, dass du so was wie ein Mathegenie bist, River?«, fragte Dazia und brachte einen Korb mit Brot zum Tisch.

»Wohl eher ein Mathestreber«, sagte Amelia. »River ist der streberhafteste Sportler an der ganzen Schule.«

Ich zog an ihrem schwarzen Haar. Sie streckte mir die Zunge heraus.

»Wirklich?« Dazia lachte, dann nahm sie diskret ein Gedeck vom Tisch. »Deine Mom kommt heute nicht zum Essen runter, Liebes. Sie ist ein bisschen müde.«

Der leichte Moment knallte wie ein Amboss auf den Boden. Mein Vater starrte mit schwerem Blick auf Moms leeren Stuhl. Amelia zog sich mit ihrem Telefon hinter ihren Haarvorhang zurück.

Hier mal eine kleine Rechenaufgabe: Wir sind eine vierköpfige Familie. Wenn man eine Mutter abzieht, was bleibt übrig?

Ich habe keine Ahnung, wer wir sein werden, wenn sie fort ist …

»Ich geh kurz zu ihr hoch, um Hallo zu sagen«, verkündete ich.

»Guter Junge«, meinte Dazia. »Das wird sie freuen.«

Ich ging mit schnellen Schritten durchs Haus, nahm auf dem Weg nach oben zwei Treppenstufen auf einmal. Nicht weil ich es eilig hatte zu sehen, was der Krebs meiner wunderschönen Mutter angetan hatte, sondern um zu beweisen, dass ich gar nicht so ängstlich war, wie ich mich fühlte.

Leise klopfte ich an die Tür des Schlafzimmers. »Mom? Ich bin's.«

»Komm rein, mein Schatz«, kam die schwache Antwort.

Die Rollläden waren hochgezogen, und das Fenster stand offen, um die frische Luft und die goldene Dämmerung hereinzulassen. Mom lag in der Mitte des Betts und wirkte klein und schwach in dem zu großen Seidenpyjama, der aussah, als wäre er eigentlich für einen Mann gedacht. Um den Kopf hatte sie sich ein Tuch gewickelt. Sie legte ihr Buch beiseite und lächelte mich an.

Sie ist immer noch schön, dachte ich kämpferisch. *Scheiß auf Krebs.*

»Hey Mom.« Ich küsste sie auf die Stirn. »Wie fühlst du dich?«

Nicht, dass ich eine richtige Antwort bekommen würde. Sie hatte letzte Woche eine weitere Runde Chemotherapie und Bestrahlung beendet und litt deshalb unter Übelkeit und Erschöpfung. Aber sie beklagte sich nie. Kein einziges Mal.

Ich wünschte, ich wäre so tapfer.

»Es geht mir gut, mein Lieber. Ich bin nur ein bisschen müde heute.« Sie legte die Hand an meine Wange, als ich mich auf die Bettkante setzte. »Du siehst auch müde aus. Wie war das Training?«

»Gut. Genau wie gestern. Der Coach will noch einmal die Meisterschaft gewinnen.«

»Natürlich will er das. Und du? Was sind deine Ziele für dieses Jahr? Dein letztes Jahr an der Highschool!«

Irgendwie überleben, wenn du es nicht tust.

»Ich weiß es nicht«, sagte ich. »Eine gute Figur vor den Scouts abgeben. In Alabama angenommen werden, schätze ich.«

»Damit dein Vater stolz auf dich ist.« Mom schürzte die Lippen. »Ich habe viel nachgedacht über seine und deine Footballträume. Manchmal habe ich den Eindruck, dass sie nicht identisch sind.«

Es hätte so einfach sein sollen, ihr die Wahrheit zu sagen, aber ich hatte meine Gefühle vor Jahren in Kartons gepackt und eingelagert. Auf den Dachboden geschafft, wo sie einstaubten, damit Dad glücklich war. Er war in Alabama ein Star-Quarterback gewesen und ein sicherer Kandidat für die erste Runde des Drafts in die NFL. Bis zur Katastrophe.

Ich erinnerte mich noch daran, wie ich die Aufnahme gesehen hatte. Einmal. Mehr als einmal hätte mein Magen nicht geschafft. Dad hatte sich zurückfallen lassen, um zu passen. Seine Offense war zerfallen, zwei Defender stürzten sich auf ihn und rissen ihn zu Boden. Gleich darauf waren die beiden Typen aufgesprungen und hatten panisch die Sanitäter herbeigewunken, weil das Bein meines Vaters in einem ekelhaften Winkel abgeknickt gewesen war, in dem kein menschliches Bein abknicken sollte.

Das war's mit der Karriere.

»Er wünscht es sich so sehr«, sagte Mom. »Vor allem, weil sein eigener Traum nicht in Erfüllung gegangen ist. Er sieht in dir das Potenzial, all das zu erreichen, was er nicht erreichen konnte. Aber willst *du* das auch? Ich bin mir da manchmal nicht so sicher.«

Die Wahrheit wartete darauf, ausgesprochen zu werden. Und es wäre, wie eine tausend Kilo schwere Last abzulegen. Oder all die Kartons zu öffnen, die ich sorgsam verstaut hatte, wo niemand sie sehen konnte. Doch wenn ich Mom die Wahrheit sagte, würde sie darauf bestehen, dass Dad sie ebenfalls erfuhr. Und das würde ihn fertigmachen. Dann müsste er nicht nur ertragen, die Liebe seines Lebens zu verlieren, sondern auch noch seine Hoffnungen für mich begraben. Es war zu viel.

Ich hatte zu lange gewartet.

»Nee, alles gut«, sagte ich. »Ich bin nur müde. Viel Training. Aber vergiss mal diesen langweiligen Kram. Was ist mit dir? Kann ich dir was holen? Dazia macht Spaghetti …«

Moms hellblaue Augen wurden schmal. Sie wusste, dass ich

ihr etwas verheimlichte, hakte jedoch nicht nach. Zumindest für den Moment. »Diese Frau ist ein echtes Energiebündel, nicht wahr? Ich bin so froh, dass sie gekommen ist.«

»Ich auch. Allerdings muss sie bald nach Washington zurück, oder?«

»Bald, aber sie hat versprochen, so schnell sie kann wiederzukommen.« Moms schmale Hand drückte meine kräftige. »Es hat es leichter gemacht, sie hier zu haben. Nicht, dass irgendetwas leicht ist an dieser Sache.«

»Für dich am allerwenigsten«, sagte ich, und mir schnürte sich die Kehle zu.

Mom lächelte. »Ich bin krank, aber ich bin immer noch deine Mom, auch wenn ich mich nicht so um dich kümmern kann, wie ich will. Ich wollte nie eine Last sein …«

»Das geht überhaupt nicht«, stieß ich hervor. »Du bist keine Last.«

»Und du bist ein lieber Junge, der sich zu einem guten Mann entwickelt.« Sie holte einen Umschlag aus dem Stapel der heutigen Post. »Ich habe mich beim Programm für ehrenamtliche Patientenbetreuung der Klinik angemeldet. Zweimal die Woche kommt eine vielversprechende Schülerin von deiner Highschool nachmittags her, hilft im Haushalt und macht Erledigungen für mich.«

Ich faltete den Brief auf. »Violet McNamara? Sie wird deine Patientendings … person?«

»Ehrenamtliche Patientenbetreuerin. Kennst du sie?«

»In letzter Zeit macht sie mehr mit meinen Leuten. Sie ist sehr hübsch. Klug. Ehrlich gesagt …« Ich räusperte mich. »Ich hab überlegt, sie ein bisschen besser kennenzulernen. Vielleicht mal mit ihr auszugehen.«

Mom hob die Augenbrauen. »Ach ja?«

»Ja. Ich … ich mag sie.«

Gott, ich klang wie ein schlechter Schauspieler beim grauenhaftesten Vorsprechen der Welt.

Meine Mutter musterte mich aufmerksam, als könnte sie direkt in mich hineinblicken. Ich wünschte, sie wäre dazu in der Lage. Vielleicht könnte sie mir dann sagen, was sie sah, denn wenn ich mir überlegte, auf ein Date zu gehen, konnte ich mir nie vorstellen, mit wem. Alles, was mir dabei vorschwebte, war ein namenloses, gesichtsloses Mädchen, das mich zum Lachen brachte, dem ich alles erzählen konnte und das mich verstand. Ohne mich zu verurteilen. Eine echte Verbindung.

Und vielleicht war es gar kein Mädchen.

Ich packte diesen Gedanken schnell in den Karton zu den anderen und schob ihn weg.

»Es freut mich, dass du sie magst«, sagte Mom. »Ich kann mich nicht erinnern, wann du zuletzt an jemandem interessiert warst.«

Ich rieb mir den Nacken. »Football nimmt so viel Zeit in Anspruch. Aber ja, Violet ist … nett.«

Oh Gott.

»Nun, dann freue ich mich darauf, sie kennenzulernen. Und jetzt geh runter und iss, bevor es kalt wird.«

Ich sprang praktisch vom Bett auf, so eilig hatte ich es plötzlich, das Gespräch zu beenden. »Kann ich dir was bringen?«

»Vielleicht später ein Hot Pocket?«

Ich verdrehte die Augen und lachte. »Du und deine Hot Pockets.«

Sie grinste. »Ernährung vom Feinsten.«

Für mich war es jedoch schon ein Erfolg, wenn sie überhaupt etwas zu sich nehmen wollte.

Ich ging nach unten, um an einem stillen Abendessen teilzunehmen – wegen der ständigen Sorge waren Dad und Amelia und ich so angespannt, dass es mir so vorkam, als wären wir mit bis zum Zerreißen gespannten Stromleitungen verbunden, als könnte jeder von uns im nächsten Augenblick durchdrehen.

Die Luft im Haus hatte sich verändert, jede Sekunde schien vergiftet, weil sie uns einer Zeit entgegentrug, in der Mom nicht mehr da sein würde. Dad stand früh vom Tisch auf und suchte Zuflucht im Fernsehzimmer, wo er sich Football-Highlights ansah. Amelia nahm ihr Handy und verschwand in ihrem Zimmer, während ich den Abwasch erledigte, damit Dazia sich zu Mom setzen konnte.

Nachdem ich fertig war, machte ich das Licht in der Küche aus und ging in mein Zimmer. Ich zog mich bis auf die Retropants aus und versuchte zu schlafen, um am Morgen beim Training ausgeruht zu sein. Aber mein Körper war hellwach und gleichzeitig erschöpft von der Anstrengung, meine tiefsten Sehnsüchte zu unterdrücken. Ich spielte eine Rolle und hatte mich schon so lange selbst belogen, dass ich keine Ahnung mehr hatte, wer ich wirklich war.

Wie konnte es so weit kommen?

Ich wusste genau, wie das möglich war. Mein Leben – mein Ich – war mir aus der Hand geglitten, als ich zum ersten Mal meinen Dad angelogen hatte. Eigentlich hatte ich nicht vorgehabt, seine geplatzten Träume von einer Zukunft in der NFL wiederzubeleben, indem ich zuließ, dass er mein eigenes Leben für eine Art zweiten Versuch benutzte. Aber es war zu spät, und ich war auf einer einsamen Insel gestrandet, die ich selbst erschaffen hatte.

Und jetzt, wo Mom krank war, schien mir diese Insel immer weiter von allem entfernt zu sein. Isoliert.

Ich brauchte eine Ablenkung. Ich brauchte ein Gefühl, das allein mir gehörte, auch wenn es nur wenige Augenblicke anhielt.

Ich rief auf meinem Handy eine Pornoseite auf. Meine Daumen schwebten über den Kategorien, vor allem über einer bestimmten, und wanderten dann weiter. Ich wählte ein 08/15-Video aus, das sofort startete. Wie immer wanderte mein Blick vom rohen Akt mit der Frau zum Gesicht des Typen. Ich konzentrierte mich auf seine Reaktionen und Bewegungen und sagte mir, dass das okay sei. Was ich in Wirklichkeit brauchte, war sowieso nichts Körperliches. Ich brauchte Blickkontakt. *Eine Verbindung.*

Ein paar Minuten lang guckte ich mir das an, dann stellte ich es aus und griff in meine Unterhose. Ich war schon steif. Ich umfasste meinen Schwanz und holte mir mit schnellen Bewegungen einen runter, während ich vor meinem inneren Auge den Gesichtsausdruck des Typen sah, wie er sich bewegte, wie intensiv er der Frau in die Augen blickte. In meiner fiebrigen Vorstellung verschwand die Frau einfach, und da war nur noch der Typ, der sich selbst befriedigte, während ich zuschaute …

Ich kam so schnell, dass ich nicht mal die Zeit hatte, mir ein Taschentuch zu nehmen.

Schwer atmend lag ich flach auf dem Rücken und starrte an die Decke. Der Orgasmus verblasste rasch, weggespült von Schuldgefühlen und Scham.

Was stimmt nicht mit mir?

Der Schlaf zog mich in die Tiefe. Meine Hand suchte in meinem leeren Bett nach etwas – nach jemandem –, an dem ich mich festhalten konnte, und fand nichts.

2. Kapitel

Holden

»Der erste Schultag«, murmelte ich und betrachtete mich in dem hohen Ankleidespiegel in meinem Schlafzimmer. »Was für ein Witz.«

Was glaubte man, mir in einer erbärmlichen kleinen Highschool inmitten eines Redwood-Walds noch beibringen zu können? Ich war einmal in der Hölle und zurück gewesen. Ich konnte nichts mehr lernen, abgesehen davon, wie man mit den Narben überlebte, die ich davongetragen hatte.

Alles andere – und jeder andere – konnte mir gestohlen bleiben.

Willst du das Geld oder nicht?

»Nun, andererseits …«

Ich zog eine Gucci-Jeans, ein langärmliges schwarzes Hemd und schwarze Balenciaga-Stiefel an, während das Morgenlicht durch die Erkerfenster auf den Zedernholzboden des Gästehauses fiel, in dem Mags und Reg mich untergebracht hatten.

Zugegebenermaßen hatten sie bei meiner Unterkunft nichts falsch gemacht. Ich hatte ein Mini-Wohnzimmer, ein Bad, ein großes Bett, Blick aufs Meer und eingebaute Bücherregale an einer Wand. Ich hatte schon angefangen, sie mit den Dutzenden Büchern zu füllen, die ich in den letzten paar Wochen gekauft hatte, sowie mit meinen eigenen Tagebüchern.

Obwohl der Blick aus dem Fenster einen sonnenreichen Tag ankündigte, zog ich mir den schweren schwarzen Marinemantel über und wickelte mir einen smaragdgrünen Seidenschal mit goldenem Paisleymuster um den Hals. Meine Rüstung.

»Ihnen ist nicht körperlich kalt«, sagte der Geist der vergangenen Therapiesitzungen. *»Es ist eine psychologische Manifestation des Traumas, das Sie während der Konversionstherapie erlitten haben.«*

Ich war ein ganzes Jahr lang praktisch rund um die Uhr in Behandlung gewesen, dennoch kam mir die »falsche Kälte« immer noch verdammt real vor.

Es klopfte leise an der Tür zum Gästehaus.

»Mr Holden? Sie kommen zu spät zur Schule.«

Beatriz Alves, die brasilianische Haushälterin, war der einzige Mensch in diesem Haus, den ich ertragen konnte, mich selbst eingeschlossen.

»Bom dia, Beatriz. Estou indo.«

»Muito bem, senhor.«

Auf dem Weg nach draußen klappte ich mein Tagebuch zu – eins der billigen Notizbücher, die man überall bekam – und legte es zu den anderen auf den Stapel auf meinem Mahagonischreibtisch. Noch mehr Tagebücher befanden sich in einem abgeschlossenen Überseekoffer, der unter dem Fenster stand. Die Geschichte meines Lebens. Eine Geschichte, die ich schrieb, seit ich mit zehn Jahren verzweifelt nach einem Ventil für die schreienden Stimmen in meinem Kopf gesucht hatte.

Laute Stimmen, die mir sagten, ich solle kühn sein, das Leben in aller Fülle leben und mich einen Scheiß darum kümmern, was andere von mir dachten.

Ruhigere Stimmen, die mir unheimliche Dinge ins Ohr flüsterten; dass ich krank sei, mein Verstand ein Labyrinth, das ich niemals kartieren könnte.

Das Schreiben war meine Karte.

Irgendwann würde ich etwas Richtiges schreiben. Ich würde mein Leben in Form von Fiktion katalysieren. Meinen Schmerz auf einer hilflosen Figur abladen, die an meiner Stelle leiden würde. Vielleicht würde ich ihr sogar ein Happy End gönnen.

Wenigstens einer von uns sollte eins kriegen.

Ich steckte mir eine Packung *Djarum Blacks* in die eine Jackentasche, den silbernen Flachmann mit Ducasse-Wodka in die andere, dann ging ich durch den Garten, vorbei am Pool, in dem ich niemals schwimmen würde, zu Mags und Reginalds riesigem Craftsman-Haus in Strandnähe.

Weil sie mehr Geld besaßen als Gott und nicht das winzigste bisschen Fantasie, war das Haus in einem geschmacklosen maritimen Stil dekoriert. Alles war blau-weiß gestreift, an den Wänden hing Kunst mit Anker-Motiven, und es standen endlos viele Glasschüsseln mit Muscheln herum.

In der deprimierend fröhlichen Küche saßen Mags und Reginald beim Frühstück, die Becher mit dampfendem Kaffee gefüllt. Beatriz, klein, aber rüstig für eine Frau, die auf die siebzig zuging, fuhrwerkte im in Weiß und Chrom gehaltenen Arbeitsbereich herum.

»Da ist er ja«, rief Reginald, dann runzelte er die Stirn. »Du siehst … elegant aus, Holden.«

Hinter seinen Worten hörte ich den heutigen Wetterbericht, allerdings hatten mein Onkel und meine Tante in den letzten Wochen gelernt, meine winterliche Garderobe nicht infrage zu stellen.

»Danke, Reg«, sagte ich und goss mir einen Becher schwarzen Kaffee aus der French Press ein. Ich unterdrückte ein Gähnen, setzte mich zu ihnen an den Tisch und streckte meine langen Beine aus.

»Du scheinst mir eine richtige Nachteule zu sein«, wagte Reginald sich vor. »Ich habe dich gestern Nacht noch im Fitnessraum im Keller gehört.«

Und davor hab ich mich rausgeschlichen und bin in das leere Haus eurer Nachbarn eingebrochen, Reginald.

Das war so eine Angewohnheit von mir. Ich hatte als Kind in Seattle damit angefangen und meine Eltern mit diesen »soziopathischen Streichen« in den Wahnsinn getrieben. Einbrechen war einfacher, als man dachte – ein Schlüssel unter einem Blumentopf oder ein offen gelassenes Fenster. Ich stahl nie etwas; ich sah mir nur gern an, wie ein richtiges Zuhause so aussah.

Aber es war sinnlos, Onkel und Tantchen schon so früh verrückt zu machen. Das Jahr war noch jung.

»Was soll ich sagen? Ich bin ein Gesundheitsfanatiker.«

Meine Tante runzelte die Stirn. »Aber Sport um drei Uhr nachts? Ist das … normal?«

»Mit diesem Begriff bin ich nicht vertraut.«

Sie tauschten besorgte Blicke, und ich empfand den Hauch eines schlechten Gewissens.

»Ich schlafe nicht viel«, erklärte ich. »Rasende Gedanken, Angstgefühle … Manchmal ist Sport die einzige Möglichkeit, das loszuwerden.«

Ich fügte nicht hinzu, dass es auch ein Bestandteil meiner Rüstung war, zwanghaft zu trainieren. Ich stählte meinen Körper für künftige Liebhaber, formte ihn zu einem Tempel aus schlanken Muskeln und würde mich außerdem auf keinen Fall je wieder von jemandem überwältigen lassen.

Reginald lächelte fröhlich. »Du kannst in den Fitnessraum gehen, wann immer du willst. Ehrlich gesagt, ist er ein bisschen eingestaubt. Schön, dass jemand im Haus ist, der ihn nutzt.«

Ich schlürfte meinen Kaffee.

»Freust du dich auf deinen ersten Tag an der neuen Schule?«, fragte Tante Mags. »Das letzte Jahr der Highschool. Das muss aufregend sein.«

»Wie wir gehört haben, bist du hochintelligent«, warf Reginald ein. »Der Lehrplan an der Central High ist möglicherweise keine große Herausforderung für dich.«

»Ich bin in letzter Zeit schon genügend *herausgefordert* worden«, sagte ich bitter. »Findet ihr nicht?«

Wieder empfand ich kurz ein unangemessenes schlechtes Gewissen angesichts der betroffenen Mienen meines Onkels und meiner Tante. Sie hatten genau gewusst, was meine Eltern in Alaska für mich geplant hatten, und keiner von ihnen hatte auch nur ein verdammtes Wort gesagt oder einen Finger gerührt, um sie aufzuhalten.

Ich drehte mein Handgelenk um und blickte auf meine antike Philip-Patek-Armbanduhr. »Ich denke, für heute haben wir genug Vater-Mutter-Kind gespielt. Ich komme zu spät zur Schule.« Mein Stuhl kratzte über die Travertinfliesen, als ich abrupt aufstand. »Ist James bereit?«

»Äh, ja, er wartet sicher vor der Tür«, sagte Reginald.

»Hab einen schönen ersten Tag«, sagte Mags.

»Jepp.« Ich schob den Stuhl zurück, das dumme Schuldgefühl nagte an mir wie Zahnschmerzen. »Danke für den Kaffee«, murmelte ich. »Und den Fitnessraum und das Gästehaus und … alles andere.«

Bei ihrem überraschten, gerührten Lächeln wurde mir die Brust eng, also drehte ich mich um, um zu verschwinden, bevor jemand irgendetwas erwidern konnte. Beatriz hielt mich auf und drückte mir eine kleine braune Papiertüte in die Hand.

»Was ist das?«

Sie lächelte mich verwirrt an, warm und sanft. »Mittagessen, meu doce garoto.«

Mittagessen, mein lieber Junge.

Ich starrte sie an. Beatriz hatte mir ein Pausenbrot gemacht, wie Mütter es seit uralten Zeiten für ihre Kinder taten. Mein Herz zog sich noch mehr zusammen, und mein Kiefer arbeitete tonlos – ausnahmsweise hatte mein geschwätziges Gehirn mal nichts zu sagen.

Sie tätschelte meine Wange. »Haben Sie einen schönen Tag, Mr Holden.«

»Äh, danke.«

Ich eilte aus der Küche und tastete nach dem beruhigenden Gewicht des Flachmanns in meiner Jackentasche. Bevor ich zur Haustür kam, nahm ich einen großen, stärkenden Schluck. Das verstörende Gefühl in meiner Brust wurde in Wodka ertränkt, der brennend meine Kehle hinabwanderte und die scharfen Kanten der Realität leicht verschwimmen ließ.

Das reicht jetzt, danke.

Freundlichkeit, das hatte ich in meinen siebzehneinhalb Millionen Jahren auf diesem Planeten gelernt, wurde immer nur als Werkzeug benutzt, um etwas von mir zu bekommen. Die Ärzte im Sanatorium hatten sie eingesetzt, um mich dazu zu bringen, in der Therapie mein Herz auszuschütten, und meine Eltern …

Charles und Estelle Parish hatten sich extrem viel Mühe gegeben, warm und freundlich zu wirken, kurz bevor sie mich zur Konversionstherapie geschickt hatten. Sie hatten mich mit ihrer plötzlichen Zuwendung und Sorge dermaßen geschockt, dass mein naives fünfzehnjähriges Ich unter Tränen zugestimmt hatte, sich von einem Sadisten, der sich Coach Braun nannte, nach Alaska bringen zu lassen, wo er und seine »Betreuer« mit kalten Händen in meine Brust gegriffen hatten, um einen wesentlichen Teil von mir herauszureißen. Einen Teil, der für mich so essenziell war wie mein Blut und meine

Knochen, für meine Eltern jedoch lediglich eine »unverantwortliche Lebensentscheidung« darstellte. An jenem Abend, nachdem sie mir das Camp erklärt hatten, hatte Mom tatsächlich geweint und Dad mich zum ersten Mal seit Jahren an der Wange berührt. Also hatte ich zugestimmt. Ich hätte alles getan, um mehr *davon* zu bekommen.

»Darauf falle ich kein zweites Mal rein«, murmelte ich, als ich die Ausfahrt hinunterging, schnell weg von jenem schrecklichen Abend.

Ich trank noch einen Schluck aus dem Flachmann, aber der Tag war ärgerlich sonnig und klar. Der Geruch nach Salz und Tang lag in der Luft, und in Wald gehüllte Berge umarmten die Stadt am Meer und zwangen mich, ihre Schönheit anzuerkennen. Mags und Reg waren Spießer und irgendwie lächerlich, aber sie gaben ihr Bestes, um sich um mich zu kümmern. Und Beatriz und diese verfluchte Bemutterung … Was sollte das alles? Ich kam mir vor, als wäre ich wie Alice durch den Spiegel gefallen, aus einer kalten, lieblosen Einöde in eine Welt mit Pausenbroten und Vater- und Mutterfiguren, die mir einen schönen Tag wünschten.

Das wird nicht von Dauer sein. Gib ihnen einen Monat, und sie werden versuchen, dich loszuwerden.

Der Fahrer, den meine Eltern für das Jahr angestellt hatten, lehnte in schwarzem Anzug und weißem Hemd an der Seite eines schicken schwarzen Cadillacs und rauchte eine Zigarette.

»Morgen, James. Haben Sie Feuer?«

»Guten Morgen, Mr Parish. Selbstverständlich.«

James Costa ging auf die fünfzig zu, hatte grau meliertes Haar und etwas von einem Gangster. Wir hatten im Laufe des Sommers schon jede Menge merkwürdige Blicke geerntet, wenn er mich auf meinen Erkundungstouren durch die Stadt und zu dem mit Touristen überlaufenen Boardwalk kutschierte. Ich überlegte, wie es wohl aussehen würde, wenn wir zwei in dem schwarzen Wagen vor der Santa Cruz Central Highschool vorfuhren.

Ich holte eine *Djarum* raus, James gab mir Feuer, und ich inhalierte den Rauch. »Die werden glauben, dass wir zur Mafia gehören, James. Ich weiß nicht, ob das gut oder schlecht ist.«

»Wenn ich mir erlauben darf, Sir, ich hatte den Eindruck, dass Ihnen scheißegal ist, was andere denken.«

»Das ist wahr, guter Mann.«

Als ich aufgeraucht hatte, trat ich die Kippe mit dem Stiefel aus, und James hielt mir die Tür zur Rückbank auf.

»Tja. Die Highschool wartet. Können Sie sich das vorstellen, James? Ich? In der Highschool wie ein ganz normaler Typ?«

»Nicht wirklich, Sir. Nehmen Sie es mir nicht übel.«

»Tu ich nicht«, sagte ich und stieg ein. »Ich bin selbst eher neugierig.«

Ich brauchte nur bis zur ersten Pause, um zu erkennen, dass ich hier an der Central High niemals dazugehören würde.

Vor Alaska und der Zeit im Sanatorium hatte ich nur spießige Privatschulen besucht – oder war von ihnen geflogen. Eine normale Highschool wirkte so hoffnungslos und deprimierend normal. Eine gute Prozentzahl der Schülerinnen und Schüler hatte wahrscheinlich krasse Probleme, doch ich hatte absolut nichts mit ihnen gemein. Ich fiel auf wie ein elegant gekleideter bunter Hund.

Die Gerüchteküche hatte zu brodeln begonnen, sobald ich von meinem Chauffeur in dem schwarzen Cadillac abgesetzt wurde. Als der Vormittagsunterricht vorüber war, wurde hinter meinem Rücken bereits lautstark getuschelt, während ich durch die Gänge ging. Mädchen starrten mich mit kaum verhohlenem Interesse an. Andere glotzten wegen meiner Kleidung. Mehr als einmal fiel das Wort »Vampir«.

Ich schaffte es durch den ersten Teil des Tages, ohne eine einzige Person männlichen Geschlechts zu sehen, die auch nur im Entferntesten interessant war.

Bis zur Mittagspause.

Es klingelte, und ich folgte den Massen zur Cafeteria. Ein paar Leute setzten sich nach drinnen. Andere hockten in Grüppchen auf dem Rasen oder an den Tischen draußen. Ich wägte meine Möglichkeiten ab, während ich das Pausenbrot in Augenschein nahm, das Beatriz mir gemacht hatte: ein Sandwich mit Erdnussbutter und Gelee, Maischips, einen geschnittenen Apfel und einen kleinen Karton Milch.

Will sie mich umbringen?

Das konnte ich nie im Leben in der Öffentlichkeit verzehren, ohne die Chips mit Tränen zu durchweichen. Ich packte die Tüte in meinen schicken Lederrucksack und lehnte mich an einen Betonpfeiler, um meine Mitschüler zu betrachten.

Außerdem essen Vampire nicht. Wir trinken.

Ich nahm einen Schluck aus dem Flachmann und ließ ihn in meine Tasche gleiten, als zwei Mädchen auf mich zukamen. Eine war eine superheiße Latina mit glänzendem schwarzem Haar, das aus einem hohen straffen Pferdeschwanz herabfiel. Ihre dunklen Augen begutachteten mich schamlos. Die andere war eine schwarzhaarige Schönheit mit dunkelblauen Augen und porzellanblasser Haut. Sie besaß nicht die angeborene Dreistigkeit der ersten, hielt meinem Blick jedoch ohne Zögern stand.

Ich griff nach den Nelkenzigaretten, während die erste mich mit einem lüsternen Glitzern in den Augen von oben bis unten musterte. Ihre heteronormative Annahme, dass ich A) hetero und B) automatisch scharf auf sie sein musste, war amüsant.

»Ich bin Evelyn«, sagte sie. »Das ist Violet. Wir dachten, wir kommen mal rüber und sagen Hi, weil du ja neu bist und so.«

»Bin ich das? Es ist erst Mittag, und es kommt mir vor, als wäre ich schon eine Ewigkeit hier«, sagte ich und zündete mir mit meinem goldenen Zippo eine Zigarette an.

»Wir sind in Kalifornien, nicht in Paris«, sagte Evelyn, beeindruckt von meiner ungenierten Missachtung der geltenden Gesundheitsbestimmungen. »Rauchen ist in der Schule nicht erlaubt.«

»Hab ich mir fast gedacht«, sagte ich und nahm noch einen Zug.

Sie lächelte kokett und ließ sich nicht beirren. »Es gibt eine Ecke unter der Tribüne am nördlichen Ende des Footballfeldes. Da kann man rauchen oder *andere Dinge* tun, die sonst niemand sehen soll. Soll ich dich mal rumführen?«

Im Leben nicht, Schätzchen.

»So verlockend es auch klingt, ich verzichte. Ein andermal, Prinzessin?«

Ich grinste sie augenzwinkernd an, um die Abfuhr etwas abzumildern. Man musste ihr zugute halten, dass sie nicht so schnell aufgab.

»Klar«, sagte sie. »Samstag ist eine Party bei Chance Blaylock. Wir feiern den Schulbeginn. Sollte ziemlich episch werden.«

Ich blickte zu dem scheuen Reh, das bisher kein Wort gesagt hatte. »Was denkst du, Violet?«

Sie verschränkte die Arme. »Ich denke, Rauchen ist schlecht für deine Gesundheit und die der Menschen in deiner Umgebung.«

»Das stimmt«, sagte ich. Ihre Ehrlichkeit war überraschend. Genau wie die Tatsache, dass sie eindeutig kein Interesse an mir hatte.

Evelyn stieß ihre Freundin mit dem Ellbogen in die Rippen.

»Kümmer dich nicht um sie. Violet will Ärztin werden, also ist sie bei solchen Themen manchmal total analfixiert.«

Ich zwinkerte Violet zu. »Genau wie ich!«

Der total schlechte Witz entging den beiden offensichtlich komplett. Evelyn drehte ihr Lächeln noch eine Stufe auf.

»Wie auch immer, wenn du zur Party kommen willst, gib mir deine Nummer, und ich schicke dir die Adresse.«

»Ach, ich denke, ich werd das schon finden.«

»Cool. Und falls du deine Meinung über eine kleine Führung änderst, ich steh hier meistens irgendwo rum.«

»Du meinst, du vögelst rum«, sagte ein schlaksiger Typ mit roten Haaren, der übergroße Surfshorts anhatte und ein Skateboard unter dem Arm trug.

Er näherte sich den Mädchen zusammen mit zwei anderen Typen – Sportler, den Maßen nach zu urteilen. Einer war massig, rotwangig, das Haar blond wie Stroh. Aber mein Blick fiel auf den zweiten Typ und blieb kleben. An ihm.

Er wirkte kein bisschen stylish oder irgendwie interessant gekleidet, sondern war einfach nur unglaublich gut aussehend. Ein typischer Amerikaner. Superman in T-Shirt und Jeans. Sein Gesicht war eine geradlinige Anordnung perfekter Züge – volle dunkle Brauen über blauen Augen mit langen Wimpern. Eine kräftige Nase über einem sinnlichen Mund und einem Kinn mit Grübchen, das noch beeindruckender war als mein eigenes.

Kurz lächelte er Violet an, dann schaute er in meine Richtung. Eine dunkle Strähne fiel ihm in die Stirn, fast wie eine Herausforderung an irgendjemanden – *an mich* –, sie wegzustreichen.

»Ich habe unseren neuen Freund gerade auf deine Party eingeladen, Chance«, sagte Evelyn zu dem Blonden. »Jungs, das ist Holden.«

Der blasse Fleischberg hieß also Chance, aber den Namen von Superman hatte mir bisher niemand verraten, wahrscheinlich, weil er normalerweise nicht vorgestellt werden musste. Es war offensichtlich, dass dieser Typ ein Footballgott war, Prom-King – der Jake Ryan von Santa Cruz.

»Freut mich, Mann.« Er bot mir seine Hand.

»Ebenso«, erwiderte ich, ohne die Geste zu erwidern.

Die gesamte Schule mochte für Mr Perfect schwärmen – ich würde mich trotzdem nicht kampflos ergeben. Aber sobald wir uns ansahen, fiel ich in die überraschende Tiefe seines Blicks. Ein unerwarteter Ernst lag in seinen Augen, und sein lässiges Lächeln schien, als wäre es seine eigene Art von Rüstung.

Schnell ließ der Typ seine Hand sinken und tat es lachend ab. »Okay.«

»Holden ist aus Seattle. Das stimmt doch, oder …?«

Ich blieb nicht, um zu hören, wie Evelyn den Rest meines Lebenslaufs zitierte. Ich schob mich um den Pfeiler herum und entfernte mich von der kleinen Gruppe. Erste Regel im Showbiz: Lass die Leute immer dann stehen, wenn es interessant wird, damit sie mehr wollen. Es war besser, den heißen – und schmerzlich unschwulen – Sportler mit den tiefgründigen Augen weit hinter mir zu lassen.

Aber es nervte mich, dass ich seinen Namen nicht kannte.

Warum? Na und? Wen interessiert's?

Alles berechtigte Fragen.

Als ich beinahe die andere Seite der Wiese erreicht hatte, nahm ich ein hübsches Mädchen beiseite.

»Siehst du den Typ in dem weißen T-Shirt dahinten? Dunkles Haar? Sieht aus wie direkt aus der Hollister-Werbung?«

Das Mädchen bedachte mich mit einem komischen Blick. »Äh, ja?«

»Wie heißt er?«

»Das ist River Whitmore. Ist im letzten Schuljahr. Quarterback und Kapitän des Footballteams.«

»Besten Dank.«

Ich wandte mich zum Gehen, aber das Mädchen berührte meinen Arm und musterte mich unumwunden von Kopf bis Fuß. »Hey, warte mal. Du bist neu, oder? Ich bin Leah. Willst du …?«

»Nein, ich bin schwul, danke.«

Sie runzelte die Stirn. »Sorry, ich hab dich nicht verstanden …«

»Ich sagte, alles cool, danke. Ich weiß deine Hilfe zu schätzen.«

»Oh. Okay.«

River Whitmore, sagte ich wortlos auf dem Weg zu meinem Schließfach. *Na, also. Du weißt, wie er heißt. Bist du jetzt zufrieden?*

Zufriedenheit war nicht in Sicht, und Rivers Namen zu kennen dämpfte meine Neugier kein bisschen. Ganz im Gegenteil – mein durchgeknallter Verstand packte ihn, kostete ihn, drehte ihn hin und her wie einen faszinierenden Edelstein. Whitmore war mir egal, aber *River* würde verflucht sexy klingen, wenn man es kurz vor einem Kuss flüsterte …

»Nichts da. Wir sind hier fertig.«

Ich verstaute das unangetastete Pausenbrot in meinem Schließfach und knallte die Tür zu. Knallte sie zu, um Beatriz' Pausenbrot und Rivers traurige Augen wegzusperren … und den schwachen flackernden Funken in meiner Brust, der aus beidem etwas machen wollte.

3. Kapitel

River

Der Neue schlenderte davon und entließ mich aus dem Bann seines durchdringenden Blicks.

Gut.

Ich sollte weder Notiz davon nehmen, wie intensiv er mich anschaute, noch dass seine Augen vom reinsten Grün waren. Klar und hart wie Peridot.

Ich sollte nicht bemerken, dass er unter all der teuren Kleidung einen trainierten Körper hatte. Nicht so wie ich, aber er war muskulös und groß und besaß kein Gramm Fett zu viel.

Ich sollte nicht darauf achten, wie verdammt perfekt das Gesicht dieses Typen wirkte, kantig und klar umrissen wie eine Eisskulptur. Eisiges Haar, eisiges Auftreten, aber darunter brannte ein Feuer …

»Der ist angezogen, als wär Winter«, murmelte Frankie Dowd, der Skater, der mir und meinen Freunden ständig hinterherlief, vor allem weil wir uns alle seit dem Kindergarten kannten. »Was is'n das für'n Spinner.«

Unerklärlicherweise reizte mich das; ich presste die Lippen aufeinander, um ihn nicht anzuschreien, dass er die verdammte Klappe halten sollte.

»Hörst du jemals auf, dich wie ein Vollidiot aufzuführen?«, fragte Violet.

Gegen meinen Willen verweilte mein Blick dort, wo Holden

verschwunden war, der Duft nach Nelkenzigaretten und teurem Parfüm hing noch in der Luft. Ich atmete tief ein und erwischte einen Rest davon, der mir wie eine illegale Droge direkt zu Kopf stieg. Ein Schauder überlief mich.

Was zur Hölle …?

Frankie sagte irgendwas Blödes zu Violet, und ich drehte mich zu ihm um. »Verpiss dich, Arschloch.«

»Warum so empfindlich, Whitmore? Man sieht sich, Leute«, sagte er und ging davon.

»Du kommst doch zu der Party, oder, Vi?«, fragte ich.

Violet sah aus, als würde sie einen Moment lang ihren eigenen Gedanken nachhängen, bevor sie den Kopf schüttelte. »Äh, ja, ich komme.«

»Super, dann sehen wir uns«, sagte ich und wandte mich ohne ein weiteres Wort ab.

Weil ich ein Feigling bin …

Ich hatte es ganz deutlich vor Augen: Auf der Party würde ich sie fragen, ob sie mit mir zum Homecoming-Ball gehen wollte. Wir würden miteinander ausgehen, und ich würde das Jahr überstehen, ohne mich den Gefühlen zu stellen, denen ich mich nicht stellen wollte. Violet war genauso ehrgeizig wie ich. Wir würden also beide keine Zeit für eine ernste Beziehung haben. Ich würde ihr nicht das Herz brechen. Sie könnte meines nicht berühren. Einfach perfekt.

Ein bitterer Geschmack breitete sich in meinem Mund aus.

»Hey, Mann, warte«, rief Chance. Der massige Linebacker kam mir schwerfällig hinterher. »Du kommst am Samstag doch was früher, um mir bei der Vorbereitung zu helfen, oder?«

»Das hab ich doch schon gesagt.«

»Gut. Evelyn hat nämlich die halbe Schule eingeladen. Plus

schräge reiche Arschlöcher, die auf dem Schulhof rauchen, wie's aussieht.«

Ich biss die Zähne zusammen. Ich spürte, wie Chance mich beobachtete, während wir über den Rasen schlenderten, sein breites Gesicht verwirrt in Falten gelegt.

»Bist du okay?«

»Mir geht's gut«, entgegnete ich angespannt. »Ich … mach mir nur Sorgen wegen meiner Mom.«

»Oh, ja klar. Sorry.«

»Schon okay. Ich muss los. Ich komm zu spät zu Mathe.«

Er lachte leise. »Ich kapier's nicht, Mann. Es ist unser letztes Schuljahr. Du *brauchst* Mathe nicht mal.«

»Ich mag Mathe. Und ich brauch ziemlich viel davon für die Buchhaltung in der Werkstatt.«

»Ja, kann sein. In zwanzig Jahren oder so. Wenn du erst ein oder zwei Superbowls in der Tasche hast, kannst du jemanden bezahlen, der den ganzen Scheiß für dich erledigt.«

Ich betrachtete Chance Blaylock, den ich kannte, seit wir Kinder waren, mit dem ich seit der Grundschule befreundet war und mit dem ich schon in der Jugendliga Football gespielt hatte. In seiner Position als Center warf er mir den Ball zu, damit ich der Held sein konnte, während er die brutalen Angriffe der Defense abwehrte, die auf mich losging. Ein undankbarer Job, den er mit verbissener Entschlossenheit erledigte – er machte sich jedes Mal heftige Vorwürfe, wenn jemand zu mir durchdrang. Weil er mein Freund war. Mein bester Freund, wenn es drauf ankam.

Ich fragte mich, was er wohl davon halten würde, wenn er wüsste, dass ich lieber Maschinenöl an den Fingern hatte als Superbowl-Ringe. Und dass ich immer noch an das »schräge, reiche Arschloch« dachte, das vielleicht auf seiner Party auftauchen würde.

»Ich muss los«, sagte ich und drehte mich weg.

»Sehen wir uns beim Training?«, rief Chance mir hinterher.

Ich seufzte. »Klar.«

Nach dem Samstagstraining half ich Chance nachmittags bei den Partyvorbereitungen. Mr und Mrs Blaylock waren nicht in der Stadt. Sie besuchten Chance' älteren Bruder in Auburn.

»Ich weiß nicht, warum sie dich nicht jedes Mal in einen Käfig sperren, wenn sie wegfahren«, überlegte ich laut, während Chance die Bar seines Vaters plünderte – *zusätzlich* zu dem Fass Bier, das wir mit der Hilfe eines seiner älteren Cousins gekauft hatten. »Man sollte denken, dass sie ihre Lektion nach der letzten Party gelernt hätten.«

Chance grinste und trug drei Flaschen aus dem Wohnzimmer in die geräumige Küche. »Weil sie wissen, dass die Kings der Schule eben einen draufmachen müssen – vor allem im letzten Jahr. Solange ich das Haus und die Möbel nicht demoliere, ist alles cool.«

Er kippte eine Flasche Wodka in die teure Bowleschale aus Kristallglas, die seiner Mutter gehörte.

»Mein Dad würde das nicht witzig finden«, sagte ich und befreite einen Stapel Plastikbecher aus der Folie.

Nicht, dass ich im Moment bei mir zu Hause eine Party feiern könnte, selbst wenn ich wollte. Ich wollte ja nicht mal auf eine Party gehen. Es kam mir alles so sinnlos vor. Sich zu schlechter Musik zu besaufen und über unwichtigen Scheiß zu reden, als ginge es um Leben und Tod. Zu Hause ging es gerade wirklich um Leben und Tod.

Ich tauchte einen Becher in Chance' berüchtigten Partypunsch: ein Teil Kool-Aid-Kirsche, ein Teil Mountain Dew, eine Dose Red Bull und eine Million Teile billigen Wodka.

»Mein Gott ...«, krächzte ich, als das Zeug in meiner Kehle brannte.

»Red Bull ist die Geheimzutat«, erklärte Chance und grinste stolz. »Das gibt den Extra-Kick.«

»Schmeckt nach Arsch mit Kohlensäure.«

»In sechzig Prozent der Fälle funktioniert es – jedes Mal.«

Wir lachten über das Zitat aus *Anchorman*, Chance' absolutem Lieblingsfilm, und mir wurde etwas leichter ums Herz. Vielleicht war es auch der Alkohol. Ich wechselte zu Bier, als alles fertig war und langsam die Leute eintrudelten.

Und wie bei allen Partys blinzelte ich einmal kurz, dann war das ganze Haus plötzlich randvoll mit Leuten, die sich schreiend unterhielten, lachten oder zu der dröhnenden, basslastigen Musik aus Mr Blaylocks supermoderner Musikanlage tanzten.

Schließlich trafen Donte, Isaiah und der Rest des Footballteams ein, meine Freunde umringten mich und schrien von allen Seiten auf mich ein. Ich sagte gelegentlich etwas, ertappte mich allerdings dabei, die Gesichter der Leute abzusuchen, die in die Küche kamen, um ihre Becher am Bierfass oder mit Bowle aufzufüllen.

Donte stupste mich an. »Suchst du jemand Spezielles?«

Ich blinzelte. »Was?«

»Du siehst aus, als wärst du auf einem Date und hättest Angst, versetzt zu werden.«

»Nee, Quatsch«, sagte ich schnell. »Na ja, Violet vielleicht. Sie wollte eigentlich mit Evelyn kommen.«

»Ach ja? Fragst du sie, ob sie mit dir auf den Homecoming-Ball geht? Um es offiziell zu machen?«

Ich zuckte mit den Schultern, trank einen Schluck Bier. »Mal sehen.«

Donte lachte. »Immer Mr Cool. Tja, such nicht länger, dein Mädchen ist da.«

Mein Mädchen, dachte ich. Es klang selbst in meinem Kopf merkwürdig. Wie eine fremde Sprache.

Violet kam mit Evelyn durch die Tür und trug ein hautenges Kleid, das jede ihrer Kurven betonte. Das Haar fiel ihr in seidigen schwarzen Wellen über die Schultern, und ihre dunklen blauen Augen sahen sich nervös in der Küche um.

Sie war schön. Sogar spektakulär. Und sie würde eine großartige Patientenbetreuerin sein; Mom hatte gesagt, Violets erster Besuch gestern sei gut gelaufen und sie sei ein kluges, liebes Mädchen mit einem Herz aus Gold. Nur ein Idiot würde nicht versuchen, sich Violets Liebe und Respekt zu verdienen. Und doch hörte mein Blick nicht auf zu wandern.

»Hey, Jungs«, rief Evelyn mir und den anderen in der Küche zu. »Das ist Violets erste Party.« Sie bedachte mich mit einem demonstrativen Blick. »Seid einfühlsam.«

Ich wusste, das war mein Stichwort, und schob mich mit meinem typischen Scheißegal-Lächeln durch die Menge.

»Hi.«

Violet lächelte schüchtern. »Hi.«

»Also … das ist wirklich deine erste Party?«

Sie lachte. »Ist das so offensichtlich?«

»Nee, du hältst dich gut.«

»Irgendwelche Tipps?«

»Ja. Sag *Nein*, wenn Chance dir einen Becher von seinem ›weltberühmten‹ Partypunsch anbietet. Das Zeug ist wie Benzin.«

Sie lachte wieder, und es war an der Zeit, meinen Zug zu machen und sie zum Homecoming-Ball einzuladen. Aber ich war es so leid, diese König-der-Welt-Show abzuziehen, obwohl das echte Leben auf mich einhämmerte wie die pulsierende Musik und der Lärm auf dieser dämlichen Party.

Ich trat näher an Violet heran. »Hör mal …«

»Ja?« Sie blickte zu mir auf, ihre blauen Augen waren groß und sanft.

»Meine Mom hat gesagt, es war toll, dich kennenzulernen.«

»Oh. Klar.« Sie klang, als hätte sie erwartet, dass ich etwas anderes sagen würde. Oder etwas anderes *fragen* würde.

Ich will einfach nur mit jemandem reden und verdammt noch mal ein ehrliches Gespräch führen.

»Du hast sie glücklich gemacht, und das bedeutete mir viel. Also danke dafür.«

»Kein Problem. Sie ist wunderbar.«

»Ja. Ist sie.« Meine Augen brannten, und ich ertränkte den aufsteigenden Schmerz in einem großen Schluck Bier.

»Yo, Whitmore!«, rief Chance. »Bierpong.«

Ich seufzte. »Wir können uns ja später noch unterhalten.«

Violet setzte ein hübsches Lächeln auf. »Klar. Sicher, das wär nett.«

Ich schaffte es, das Lächeln zu erwidern. »Nicht den Punsch trinken!«

Ich ließ Violet stehen, um mit den Jungs Bierpong zu spielen, und trank die Zeit weg. Die Minuten verschwammen, und mein wandernder Blick gab seine Suche auf – nach wem oder was ich auch immer Ausschau gehalten hatte. Als das Spiel vorbei war, gingen wir für ein paar Shots in die Küche, während Evelyn anfing, uns zu einer Runde »Sieben Minuten im Himmel« zu überreden.

Hastig kippte ich den Rest meines Biers runter. »Hey, Chance, ich glaub, ich verschwinde.«

»Was? Nein, Mann. Es ist noch nicht mal zehn.«

»Ja, aber ich …«

»Ah, sehr schön, alle sind da …«, sagte Evelyn laut, dann senkte sie die Stimme zu einem zufriedenen Schnurren. »Ich nehme es zurück. *Jetzt* sind alle da.«

Ich hob meinen glasigen Blick, und mein verfluchtes Herz schaltete einen Gang höher.

Er ist hier. Ich musste nicht länger suchen.

Holden Parish lehnte an der Arbeitsplatte, als wäre er schon den ganzen Abend da gewesen. Bis auf einen blutroten Schal, der ihm locker um den Hals hing, war er ganz in Schwarz gekleidet. Er war so perfekt, dass er meine Aufmerksamkeit fesselte und nicht mehr losließ. Er erinnerte mich an Lestat, den Vampir aus den Büchern von Anne Rice, die ich als Kind aus dem Bücherregal meiner Mom stibitzt und heimlich gelesen hatte. Lestat bewegte sich, immer elegant, durch die Jahrhunderte und brachte die jeweilige Epoche dazu, sich an *ihn* anzupassen.

Holden ist es scheißegal, was irgendjemand über ihn denkt.

Er zündete sich eine Nelkenzigarette an und beobachtete die Gruppe der beliebtesten Leute der Schule mit absoluter Gelassenheit. Seine peridotgrünen Augen landeten auf mir und weiteten sich leicht. Das eisige Grün wurde wärmer und dann wieder kühl, als er mich mit seinem Blick sezierte. Evelyn zufolge war Holden eine Art Supergenie. Woran auch immer es lag, es schien, als könnte er einfach hinter meine sorgsam errichtete Fassade blicken und das Chaos und die Verwirrung sehen.

Evelyn glitt zu ihm hinüber und hakte sich bei ihm unter. »Leute, ihr erinnert euch doch an Holden Parish, oder?«, fragte sie, als wäre seine Existenz allein ihr Werk.

»Rauchen nur draußen, Mann«, grummelte Chance.

»Bist du da sicher? Im Wohnzimmer riecht's wie auf einem Snoop-Dogg-Konzert.« Holden übergab Chance eine kleine Papiertüte. »Zum Zeichen meiner Dankbarkeit, dass du mich auf deiner kleinen Feier empfängst.«

Chance' Stirnrunzeln verschwand, als er eine Flasche Patrón Silver aus der Tüte holte. »*Danke*, Mann.«

»Perfekt«, schnurrte Evelyn. »Gießt schon mal ein paar Shots ein, Jungs, es ist Zeit für ›Sieben Minuten im Himmel‹.«

Die Küche brach in Jubel aus, als Chance Plastikbecher auf der Kücheninsel aufreihte. Holden nahm ihm die Flasche aus der Hand und schenkte zwei Shots für sie ein.

»Auf unseren Gastgeber«, sagte er, und sein Blick huschte zu mir und dann wieder weg.

Die beiden kippten den Tequila runter. Chance tränten die Augen, und er schüttelte sich, aber Holden kippte das Zeug herunter, als wäre es Wasser, und goss sich noch einen Shot ein.

»Tretet näher, Ladys und Gentlemen, und lasst uns schöne Erinnerungen erschaffen«, sagte Holden und wurde sofort zum Mittelpunkt der Aufmerksamkeit, so als wäre er der Ehrengast.

»Willst du immer noch gehen?«, fragte Chance mich und wurde fast von dem lauten Gejubel übertönt.

»Nee«, sagte ich und trank einen Schluck Bier. »Hab's mir anders überlegt.«

»Geil, Mann!« Chance drückte mir einen Becher mit Tequila in die Hand. »Vielleicht hast du Glück und landest mit der süßen Violet in unserer Abstellkammer.«

Ich kippte den Tequila runter und spürte, wie der Leichtsinn mein Denken übernahm. Mein betrunkener Blick wanderte wieder zu Holden. »Vielleicht.«

Wir gingen durch das Esszimmer ins Wohnzimmer, wo Chance herumschrie, dass die Leute Platz machen sollten. Die Musik wurde leiser gedreht, und ein paar Partygäste kamen rein, um zuzusehen. Andere saßen schon in einer Ecke auf dem Boden, und ich bemerkte Miller Stratton, der eine Gitarre auf dem Schoß hatte. Ein anderer Neuer, Ronan Wentz, stand mit verschränkten Armen neben ihm wie ein Bodyguard.

Ich kannte Miller nicht sehr gut, wusste nur, dass er ein krasser Typ und mit Violet befreundet war. Vor vier Jahren war er in ihrem Garten umgekippt und wegen Diabetes ins Krankenhaus gekommen. Ich hatte in diesen vier Jahren kaum ein Wort mit ihm gewechselt, aber als wir uns auf den Boden setzten, um das Spiel zu beginnen, starrte er mich so wütend an, als hätte ich seinen Hund überfahren.

Chance und ich, Donte, Isaiah und Holden saßen auf einer Seite des Kreises auf dem Boden, fünf Mädchen – darunter Violet und Evelyn – auf der anderen. Ich nahm so weit weg von Holden Platz, wie es in diesem Rahmen möglich war, trotzdem kam es mir so vor, als wäre jeder meiner Sinne auf ihn eingestimmt. Er hatte sich seitlich auf dem Teppich ausgestreckt, den Kopf auf den Ellbogen gestützt, vor sich die Flasche Patrón. Jedes Mal, wenn ich zu ihm hinüberschaute, begegnete er meinem Blick, ganz unverhohlen und mit voller Absicht.

Ein Teil von mir wollte ihn am Kragen packen und fragen, was zur Hölle sein Problem war. Ein anderer Teil von mir wollte ihn packen …

Und was?

Nichts. Ich war betrunken.

Holden zog amüsiert und neugierig die Augenbrauen hoch, und ich merkte, dass ich ihn angestarrt hatte. Schnell richtete ich meine Aufmerksamkeit auf Evelyn, die ihre Version von »Sieben Minuten im Himmel« erklärte und Papierstreifen von einem Zettel abriss, um die Namen draufzuschreiben.

»Die Person, deren Name gezogen wird, geht in die Abstellkammer. Dann wird jemand ausgewählt, der oder die zu ihr in die Dunkelheit kommt. Es bleibt euch überlassen herauszufinden, wer es ist«, fügte sie mit einem durchtriebenen Lächeln hinzu. »Wenn die Zeit um ist, kommt die erste Person raus, aber die zweite bleibt drinnen, und ein neuer Name wird gezogen. Verstanden? Wie eine Kette. Wer nicht gezogen wird, muss trinken!«

Da ich meinen verdammten Blick nicht von Holden losreißen konnte, fiel mir auf, dass er einen Schluck aus der Tequilaflasche trank, als wäre es Wasser. Wieder erwischte er mich dabei, wie ich ihn anstarrte. Ein Tropfen Tequila hing auf seiner Unterlippe. Ohne den Blickkontakt zu unterbrechen, leckte er ihn langsam ab.

Ich kippte mein Bier runter; meine Haut fühlte sich plötzlich heiß an. Warum war er hier? Um sich mit mir anzulegen? Mich zu schikanieren?

Das geht nur, wenn dir wichtig ist, was er denkt. Oder wenn er *dir wichtig ist …*

»Es ist eine Woke-Version von ›Sieben Minuten im Himmel‹«, sagte Evelyn und schrieb unsere Namen auf die Zettel. »Das heißt, es ist scheißegal, ob du ein Typ bist und mit einem anderen Typ zusammen drin bist oder ein Mädchen mit einem anderen Mädchen. Ihr geht einfach rein und lernt euch kennen. Wie gut ihr euch kennenlernt, könnt ihr selbst entscheiden.«

Ich wurde sofort nüchtern bei dem Gedanken, mit Holden in der Abstellkammer zu landen.

Verdammt, Evelyn …

»Hat jemand eine Stoppuhr?«

»Ja, meine Königin«, hörte ich Holden sagen, doch diesmal blickte ich nicht zu ihm hinüber.

Evelyn zog einen Namen aus dem Haufen Papierstreifen. »Zuerst an der Reihe ist … Violet McNamara.«

Violet zögerte, dann ging sie zwischen den anderen Spielern hindurch in die Abstellkammer. Evelyn warf mir einen wissenden Blick zu, und mir wurde sofort klar, was als Nächstes passieren würde. Sie zog den zweiten Namen, zeigte ihn allerdings niemandem.

»River Whitmore!«

Die Jungs klopften mir auf den Rücken.

»Vergiss nicht«, sagte Chance etwas zu laut. »Sei *einfühlsam.*«

In der Ecke des Wohnzimmers ertönte ein Missklang auf Millers Gitarre. Jetzt starrte er mich an, als hätte ich seinen Hund überfahren und wäre rückwärts ein zweites Mal drübergerollt.

Ich stand auf, gefangen zwischen Strattons bösem Blick und Holden, der mich ebenfalls unverwandt im Auge behielt. Ich stolperte in die Kammer, schob schwere Mäntel beiseite, als ich meinen Weg an einer Wand entlang durch die fast völlige Dunkelheit tastete.

»Violet?«

»Ich bin hier«, rief sie von hinten.

»Es ist scheißdunkel …«

Ich tastete mich bis an die Wand ihr gegenüber vor, ich wollte sie nicht bedrängen, damit sie sich nicht unwohl fühlte. Ich rang nach irgendwelchen Worten, um das Eis zu brechen und sie dann zu fragen, ob sie mit mir auf den Ball gehen wollte. Mir fiel nichts ein.

»Das ist eine verrückte Party, oder?«, fragte Violet schließlich. »Dieser Holden ist sonderbar.«

»Äh, ja«, stieß ich hervor. »Der ist echt komisch. Erinnert mich an diesen Vampir. Lestat.«

»Oh mein Gott, ich hab fast genau das Gleiche gesagt! Ich wusste gar nicht, dass du Anne Rice liest.«

»Tu ich auch nicht. Ich hab den Film gesehen. Ich meine … meine Mom hat ihn mal gesehen. Hab mich wohl an was davon erinnert.«

»Okay.«

Wir schwiegen wieder. Ich lehnte den Kopf an die Wand und starrte an die schwarze Decke. Ich befand mich in einem dunklen, geschlossenen Raum – mit einem schönen Mädchen, das eindeutig auf mich stand. Und ich fühlte nichts. Hatte nichts zu sagen. Nicht einmal meinen vorgeschriebenen Text.

Violet ergriff wieder die Initiative. »Wie läuft das Footballtraining?«

»Gut. Es ist lang. Du machst auch Mannschaftssport, oder?«

»Fußball. Aber wir fangen erst im Frühling an.«

»Cool.«

Das Gespräch kam stotternd zum Stillstand.

Es reicht mit diesem Scheiß. Mach's einfach. Es ist, wie wenn man ein Pflaster abreißt.

»Also, Violet.«

»Also, River.«

»In ein paar Wochen ist Homecoming.«

»Ja.« Hoffnung erwachte in ihrer Stimme.

»Hast du schon jemanden, mit dem du auf den Ball gehst?«

Vielleicht Miller Stratton?

»Nein!«, schrie sie praktisch.

»Cool. Dann … würdest du mit mir hingehen?«

»Klar. Ja. Das würde ich gern. Danke.«

Mission erfüllt.

»Super. Alles Weitere besprechen wir später.«

»Sicher.«

Wir schwiegen wieder. Ich hatte getan, was ich musste, aber Violets Erwartungen füllten die Stille, bis ein Klopfen an der Tür uns zusammenfahren ließ.

»Die Zeit ist um! Komm raus, Violet. River, du bleibst.«

»Das ist mein Zeichen.«

Violet wollte aufstehen, und ich konnte nur an Holden Parish denken, der ausgestreckt auf dem Teppich lag und mich anschaute. Der in meinem Kopf war und sämtliche Aufmerksamkeit für sich beanspruchte.

Seine Zunge, die diesen Tropfen Tequila ableckte …

Ich packte Violets Hand wie einen Rettungsanker. Ich atmete ihr Parfüm ein – etwas Süßes, Blumiges, Feminines – und zwang es, die gleiche berauschende Wirkung auf mich zu haben wie Holdens Duft. Violet stockte der Atem, sie wartete darauf, dass ich sie küsste. Und ich wartete darauf, dass mein Körper auf das schöne Mädchen im Dunkeln reagierte.

Meine Lippen landeten auf ihrer Wange.

»Danke, Violet«, brachte ich lahm heraus. Sie verharrte einen Moment lang, weil eigentlich noch ein Kuss fehlte. Ein richtiger Kuss. Sie wollte es, und ich sollte es auch wollen …

Stattdessen ließ ich sie los und sank auf meiner Seite der Abstellkammer zu Boden; Scham brannte auf meinen Wangen. »Du solltest besser rausgehen, bevor Evelyn zu kreischen anfängt.«

»Oh. Klar.« Enttäuschung schwang in Violets Stimme mit, als sie aufstand und zur Tür ging. »Okay … äh. Bis dann.«

Ich legte den Kopf in die Hände. Gerade hatte ein schönes Mädchen darauf gewartet, dass ich sie in der Dunkelheit küsste; sie hatte *gewollt*, dass ich sie küsste. Irgendwo tief in mir, leise und unbeachtet, flüsterte eine Stimme: *Was willst du?*

Bevor ich über eine Antwort nachdenken konnte, ging die Tür auf, und Holden Parish trat in die Kammer.

War ja klar. Scheiß auf dieses dämliche Spiel.

Das Licht aus dem Wohnzimmer umrahmte seine Gestalt, und ich schob die Hände in die Jeanstaschen. Es wurde wieder dunkel in der Kammer, als er die Tür zumachte, aber ich hätte auch blind gewusst, dass es Holden war. Der ganze Raum wurde von seinem Geruch erfüllt – Nelken und Eau de Cologne, nur übertönt von der Schärfe des Tequilas. Er attackierte meine Sinne mehr als der Alkohol, den ich getrunken hatte, und war tausendmal mächtiger als Violets weiblicher Duft.

»Hey, Mann«, sagte ich. Lässig und cool.

»Hey, *Mann*«, äffte Holden mich nach, und sein dunkler Umriss rutschte rechts von mir an der Wand hinab, bis er neben mir auf dem Boden saß. Ein metallisches Ratschen erklang, und sein Zippo flammte auf, erhellte sein Gesicht und sonst nichts.

Ich hielt völlig still, betrachtete die Schatten, die seine Wangenknochen scharf umrissen, seine vollen Lippen und das Grübchen in seinem Kinn. Seine grünen Augen glitzerten über der Flamme, dann klappte er das Feuerzeug zu.

Es war zu dunkel, um etwas zu sehen; doch mein Körper nahm Holden wahr. Ich spürte seine Präsenz in dem kleinen Raum wie ein tiefes Summen. Eine unverkennbare Spannung lag zwischen uns, aber er sagte nichts, und ich schwieg ebenfalls. Ich fühlte mich eines Verbrechens schuldig, das ich nicht begangen hatte … oder erst noch begehen würde.

»Also«, sagte Holden nach einer Minute der Stille. »River, nicht wahr?«

»Whitmore, ja.«

»Sag mal, River Whitmore …« Das Licht flackerte auf, als er das Zippo wieder anmachte. Seine Augen bohrten sich in meine, sahen durch mich hindurch, als wäre ich aus Zellophan. »Wer weiß außer mir sonst noch, dass du … schwul bist?«

Ich erstarrte, jedes Molekül meines Körpers war wie versteinert. Ich konnte mich weder bewegen noch atmen, und doch stürzte ich in die klaren grünen Tiefen von Holdens Augen, golden und feurig im flackernden Licht. Er beobachtete den Sturm der Gefühle, die ich nicht kontrollieren konnte, auf meinen Zügen, und die scharfen Kanten seines Gesichts wurden weich.

»Du bist verrückt«, stieß ich heiser hervor. »Und betrunken. Du weißt nichts über mich.«

Holden beugte sich vor, bis unsere Gesichter nur Zentimeter voneinander entfernt waren, die tanzende Flamme flackerte zwischen uns. Seine Nähe überwältigte mich, ich spürte sie auf meiner Haut, einen prickelnden Schauder, der meine Arme hinauflief und meine Wirbelsäule hinabschoss, geradewegs in meinen Schwanz.

»Dein Geheimnis ist bei mir sicher«, flüsterte er. Dann öffnete er die Lippen – ich konnte nicht aufhören, seinen Mund anzustarren –, atmete langsam ein und pustete die Flamme aus.

Die Dunkelheit umspülte mich, befreite mich von dem beschissenen Voodoo-Zauber, mit dem dieser Typ mich belegt hatte. Abrupt stand ich auf, drängte mich zur Tür durch, riss sie auf und stürmte hinaus.

»Verdammtes Arschloch«, stieß ich hervor und entfernte mich mit großen Schritten von der Kammer. Ich zog Aufmerksamkeit auf mich. Machte eine Szene.

Scheiße.

Ich atmete tief durch und zapfte mir hastig ein Bier, als Chance, Donte und ein paar andere mir in die Küche folgten.

»Was war denn los?«, fragte Donte.

»Hat der Neue etwa was versucht bei dir?«, fragte Chance und verschluckte sich vor Lachen.

»Hat er was gemacht, wofür du nicht bereit warst, oder wie?«, fragte ein anderer, Mikey Grimaldi, mit noch mehr Schadenfreude, als wäre Einverständnis beim Sex bloß ein großer Witz.

Ich hätte mir irgendeine Geschichte ausdenken können. Wahr oder nicht, sie würden Holden zusammentreten, einfach, weil ich es ihnen sagte.

»Nee, Quatsch«, sagte ich und nahm einen großen Schluck Bier. »Der reißt einfach das Maul auf, und ich hatte keinen Bock drauf. Alles gut.«

Die Jungs nahmen meine Worte in sich auf, und weil ich ihr

King war, akzeptierten sie sie, ohne nachzufragen. Aber wie lange würde das noch gutgehen?

Wer weiß sonst noch, dass du schwul bist?

Die Frage war ein Funke in einer pechschwarzen Nacht, eine Bombe in einer dunklen Grube. Sie erschütterte das Fundament und gefährdete das gesamte Gebäude.

Ich schaute zu, wie die Jungs – meine angeblichen Freunde – lachten und Witze rissen, als hätte sich nichts geändert.

Weil sich nichts geändert hat, sagte ich mir grimmig. *Überhaupt nichts.*

Doch das Bild der grünen Augen, die mich über die flackernde Flamme hinweg beobachteten – die mich wirklich *sahen* –, verschwand nicht, egal, mit wie viel Bier ich es zu ertränken versuchte.

Es hatte nicht einmal sieben Minuten gedauert, aber alles hatte sich geändert.

4. Kapitel

Holden

»Das …« sagte ich in der leeren Kammer, »war eine ganz schön miese Aktion.«

Ich klappte das Zippo immer wieder auf und zu, und eine merkwürdige Energie durchströmte mich. Sie wurde intensiver, als ich mir Rivers Gesicht ins Gedächtnis rief und mich erinnerte, wie seine Züge in panischer Angst erstarrt waren, als ich meine Frage gestellt hatte. Angst, die sich schnell in Verwirrung und etwas anderes verwandelt hatte. Etwas, das verdächtig nach Erleichterung aussah.

Das hatte ich nicht erwartet. Ich war mir so sicher gewesen, einen Hetero zu verarschen.

Und wenn nicht?

Mein kleines schwarzes Herz stockte kurz bei der Vorstellung, ich könnte einen Nerv getroffen haben, von dem River nicht einmal wusste, dass er ihn hatte. Ihm derart die Pistole auf die Brust zu setzen war …

»Falsch«, murmelte ich. »Es war falsch, und jetzt muss ich mich entschuldigen. Uh, ich hasse das.«

Auf der positiven Seite hieß es allerdings, dass ich einen Vorwand hatte, um noch mal mit River zu reden, ihn noch einmal unter vier Augen ansprechen musste.

Ihn um Verzeihung zu bitten.

Auf den Knien …

»Platz«, sagte ich und drohte meinem Schwanz mit dem Finger. Mist, ich war betrunken.

Ich war bereits halb auf den Beinen, als Evelyn umgeben von einer Wolke aus weiblichen Hormonen und mädchenhaftem Parfüm die Abstellkammer betrat und meinen Steifen sofort zunichte machte. Ich setzte mich wieder und ließ den Kopf gegen die Wand sinken.

»Scheiße, ich hab vergessen, dass wir die Herpes-Edition von ›Sieben Minuten im Himmel‹ spielen.«

Sie lachte schrill. »Was soll das bitte heißen?«

»Das heißt, wenn eine Reihe von Leuten sich nacheinander küsst, ist das eine wunderbare Methode, Herpesbläschen zu übertragen.«

»Und trotzdem bist du hier.« Evelyn setzte sich direkt vor mich in die Mitte der Kammer. »Warte. Heißt das, du hast River Whitmore geküsst?«

Schön wär's.

Ich dachte an die Gerüchte, die Evelyn über River in die Welt setzen würde, falls sie Verdacht schöpfte. Ich hatte sowieso schon dafür gesorgt, dass er sich scheiße fühlte.

»Ich verrate nie, wen ich küsse. Aber nein. Wir haben uns nicht geküsst. Ehrlich gesagt, bin ich mir ziemlich sicher, dass er mich nicht ausstehen kann.«

»Gut«, schnurrte sie. »Ich teile nicht gern.«

Evelyn kam auf allen vieren auf mich zu, schob die Hände unter meine Waden und dann hinauf zu meinen Knien. Ich hatte wirklich zu viel getrunken. Oder vielleicht nicht genug. Rivers gequälter Gesichtsausdruck war wieder da, zusammen mit der Hoffnung, die er in mir geweckt hatte. Eine Sehnsucht, von der ich wusste, dass sie unmöglich war, zum Scheitern verurteilt, denn ich war für niemanden gut, es sei denn, es ging um was rein Sexuelles. Mich selbst eingeschlossen.

Evelyns Hände lagen jetzt auf meinen Oberschenkeln. Im Halbdunkel fiel ihr Haar sexy über ihren Ausschnitt. Sie erinnerte mich an Camila Cabello und den Song, den sie mit Shawn Mendes zusammen gesungen hatte.

»*I love it when you call me señorita*«, sang ich leise. »*Wish I could pretend I didn't need ya …*«

»Was laberst du da?«, fragte Evelyn mit einem kleinen Lachen. »Egal. Lass uns nicht mehr reden.«

Ich schnaubte geschmacklos. »Nicht mehr? Weil wir uns ja bis jetzt in einem fesselnden Zwiegespräch befunden haben?«

»Psst. Wir sind wegen was anderem hier.«

Ihre Lippen hatten meine beinahe erreicht, als mich eine manische Wildheit erfasste, angefeuert von altem Schmerz und Wut und Schuldgefühlen wegen meines Verhaltens River gegenüber.

Meine Gedanken rasten – Geflüster aus Alaska, dass ich wertlos und nicht liebenswert sei, dass ich alles zerstörte, was ich anfasste … weil es stimmte. Ich dachte immer wieder an Rivers Gesichtsausdruck und dass ich eine Saite in ihm angeschlagen hatte – die richtige Saite –, nur auf die schlimmste mögliche Art. Er hasste mich. Ich hasste mich selbst dafür, dass ich ihn verletzt hatte. Meine Eltern hassten mich, weil ich ich war. Ein Kreislauf, der sich aus sich selbst speiste, bis ich glaubte, in tausend Teile zu zerspringen.

Ich atmete geräuschvoll ein und schmetterte: »*I love it when you call me señorita …*«

Evelyn wich zurück und setzte sich auf ihre Fersen. »Was soll der Scheiß …?«

»Da da … *your touch is ooh la, la, la*!«

Ich konnte mich nicht mehr an den Text erinnern; ich hatte mir das Video nur wegen Shawn Mendes auf dem Motorrad tausendmal angeguckt. Aber die durchgeknallte Energie überwältigte mich, ich stieß mich von der Wand ab und landete auf allen vieren.

»*You should be running. I keep on coming for you* …«

Evelyn sprang auf die Füße. »Was machst du da?«

»Ich bringe dir ein Ständchen. Das ist doch *offensichtlich*, oder? Gefällt's dir etwa nicht?«

»Ähh, *nein*. Gott, warum musst du so schräg sein und alles ruinieren?«

»Ah, die Eine-Million-Dollar-Frage …«

»Pfft, was auch immer.«

Evelyn riss die Tür auf, und ich hechtete hinter ihr aus der Kammer, packte ihren Knöchel und sang laut. Ich ging auf ein Knie, nahm ihre Hand und flehte sie an, während das feiernde Volk zusah und die Handys rausholte.

Und unsere Liebe filmte.

Evelyn verzog das Gesicht vor Wut und Peinlichkeit. Sie riss ihre Hand weg. »Gott, du bist total irre.«

Sie stürmte aus dem Wohnzimmer in die Küche.

Ich stand auf und verbeugte mich. Ein paar vereinzelte Leute klatschten, bis die leisen Töne einer Gitarre durch die Musik und die Gespräche drangen.

Jemand spielte »Yellow« von Coldplay.

Und er spielte den Song nicht nur. Er holte alles aus ihm raus.

Ich reckte den Kopf und entdeckte einen Typ in Jeans, T-Shirt und Beanie, der in einer Ecke Gitarre spielte und sang, die Stimme rau und voller Gefühle. Sein direktes Publikum war gefesselt – eine kleine Oase der Ruhe, während ich in dem rasenden Wirbel der Party und meiner eigenen stürmischen Gedanken stand.

Die Stimme des Typen war tiefer und heiserer als die von Chris Martin und verlieh dem Song eine andere Tiefe, ließ ihn ganz neu wirken und machte ihn irgendwie perfekt.

Und abgesehen von der kleinen Gruppe um ihn herum verpassten alle hier seine atemberaubende Performance.

Die inzwischen leere Flasche Patrón lag verlassen auf dem Teppich. Ich rannte hin, hob sie auf und sprang auf den Esszimmertisch, von dem aus man das Wohnzimmer überblicken konnte. Meine eleganten Stiefel rutschten über das polierte Mahagoniholz. Ich schaffte es, das Gleichgewicht zu behalten, aber die Flasche rutschte mir aus der Hand und zerbrach auf der glatten Holzoberfläche; glitzernde Splitter verteilten sich auf der Tischplatte.

Ein krasses Party-Foul, doch das Positive war, dass ich nun die gesamte Aufmerksamkeit im Haus hatte.

»Können alle mal die Klappe halten?«

Verblüfftes Schweigen breitete sich im dunklen Wohnzimmer aus, die Gespräche erstarben. Ich rief dem Typen, der der Musikanlage am nächsten stand, eine Aufforderung zu, den Scheiß auszuschalten, was auch immer gerade lief, damit wir dem Typen in der Ecke zuhören könnten, der sich sein verdammtes Herz aus dem Leib sang.

Zu meiner Zufriedenheit wurde die Party halbwegs leise. Leute kamen aus der Küche und dem Garten herein, um dem Gesang zu lauschen. Chance erschien schnaubend und mit rotem Gesicht auf der Bildfläche und wollte wissen, was ich mit dem Esstisch seiner Eltern angestellt hatte, ich nahm seine Gegenwart jedoch kaum wahr. Feuerzeuge gingen an. Das sanfte Leuchten von Handydisplays erhellte das Dunkel, und sie filmten etwas, das beinahe wie ein echtes Wunder wirkte – einen Typen, der sich total verletzlich zeigte. Er ließ alles raus, offenbarte dem gesamten Raum seine Seele, und alle konnten es hören.

Der Song endete auf einer letzten leisen Note, und es wurde still. Ein paar perfekte Sekunden lang hielten alle den Atem an.

Ich atmete aus. »Heilige … Scheiße.«

Meine Worte entfachten Applaus und Jubel, und der Frieden war vorbei. Glassplitter zerkratzten das glatte Holz unter meinen Stiefeln.

Tja, so bin ich eben. Ich mach alles kaputt.

Es war unmöglich, alles zu reparieren, was ich je kaputt gemacht hatte; ich hatte längst aufgegeben, es überhaupt zu versuchen. Die Ruhe, die der Song heraufbeschworen hatte, verschwand. Ich konnte mich nicht daran festhalten, also übergab ich die Kontrolle an den Wahnsinn. Das Einzige, was mir nun übrig blieb, erklärte mir mein durchgedrehter, mit Tequila getränkter Verstand, war weiterzumachen. Mich in die Verrücktheit zu stürzen. Vielleicht würde ich sicher landen. Vielleicht nicht. Also konnte ich genauso gut tanzen.

»Hey, Mann! Was soll die Scheiße?«

Chance riss die Augen auf, als ich anfing, auf dem zerbrochenen Glas zu steppen, und das Schicksal herausforderte, mich ausrutschen und stürzen zu lassen. Mich an den scharfen Glasscherben zu schneiden und echten Schmerz zu fühlen anstatt der brüllenden Qualen, die permanent in meinem Herzen wohnten.

»*I'm singing' and dancin' in the raaain* …«, grölte ich.

Gar nicht schlecht. Wie Fred Astaire, wenn Fred Astaire ein siebzehnjähriger Typ wäre, der in Alk und Selbsthass ertrank.

»Meine Eltern werden mich umbringen, verdammt«, schrie Chance wütend. »Kann bitte jemand kommen und dieses Arschloch vom Tisch runterholen?«

Er holte aus und schlug nach mir, aber ich tanzte außer Reichweite, ohne aus dem Takt zu kommen, bis River Whitmore aus der Küche kam. Sein schönes Gesicht war gefasst, die Mundwinkel nach unten gezogen. Egal, welche Verletzlichkeit ich in der Abstellkammer gesehen hatte, sie war dort geblieben.

»Die Show ist vorbei«, sagte River, die Stimme tief und drohend. Männlich und hart und verdammt sexy. »Verpiss dich.«

Ich ließ mich auf ein Knie sinken, legte mir eine Hand aufs Herz und streckte die andere nach ihm aus. »*What a glorious feeling, I'm happy again.*«

Aber River spielte nicht mit. Sein sinnlicher Mund verzog sich zu einer genervten Grimasse, er schlug meine Hand beiseite und griff nach mir. Ich war allerdings ziemlich gut im Training, nachdem ich ein ganzes Jahr im Sanatorium vor den Pflegern weggerannt war – ich wich Rivers Griff aus und sprang vom Tisch ins Leere. Wie eine Katze mit neun Leben (die schon ein paar davon verbraucht hatte), landete ich auf den Füßen, hüpfte über die Couch und auf den Couchtisch.

»*Just singin' and dancin' in the raaaain …*« Ich beendete den Song mit einer überschwänglichen Handbewegung, stieß ein paar Bierdosen um und zertrat noch mehr Gläser.

»Du bist tot, Fucker«, knurrte jemand hinter mir.

Ich wirbelte herum und erspähte den schlaksigen Skater aus der Schule mit einem weißen Verband auf der Nase. Er zielte mit einem echten Polizei-Taser auf ein wunderschönes Biest von einem Mann in einem schwarzen T-Shirt, über dessen Arme sich Tattoos schlängelten. Der Musiker mit dem Beanie stand zwischen ihnen. Der Skater stürmte vor. Der große tätowierte Typ bewegte sich mit der Gewandtheit eines Kämpfers und schlug ihm den Taser aus der Hand, packte ihn am T-Shirt und schob ihn dann rückwärts durch die Menge. Direkt neben meiner improvisierten Bühne landeten sie kämpfend auf dem Teppich.

River und Chance blickten von mir zu den beiden Typen, die auf dem Boden miteinander rangen. Sie trennten sie voneinander, dann riss der Skater sich aus Chance' Griff los, mit schwerem Atem und zerknitterten Klamotten.

»Verdammte Scheiße«, schrie er, der weiße Verband war inzwischen mit frischem Blut getränkt. »Du bist so was von tot.« Er schnappte sich eine zerbrochene Bierflasche von meinem Tisch und richtete sie auf den tätowierten Typen. »Ich bring dich um, du mieses Arschloch.«

River und Chance versuchten, ihn zu beruhigen, doch er hielt sie mit ein paar Hieben mit der Flasche auf Abstand, dann schlug er damit nach dem großen Kerl. Die Menge schnappte nach Luft, als er ihn am Unterarm traf.

Der Typ zuckte nicht mal zusammen. Er blickte langsam auf das Blut herab, das ihm den Arm herunterlief, dann zurück zu seinem Gegner. Seine dunkle Stimme verhieß Gewalt. »Das war ein Fehler.«

Spannung hing in der Luft wie elektrischer Strom, der alle im Raum mit derselben surrenden Vorahnung verband. Und obwohl Groß, Dunkel und Irre eindeutig heiß war, würde es der Party einen ziemlichen Dämpfer verpassen, wenn er erstochen wurde. Wenn er den anderen umbrachte, würde es noch einen Hauch schlimmer werden.

Keiner der beiden verdiente die bevorstehende Gewalt, aber ich würde sie aushalten können. In diesem Moment, in dem die Schatten der gestrigen Albträume durch meine Adern flossen, *wollte* ich sie.

Ich sprang vom Tisch genau zwischen die beiden, riss meinen Mantel und das Hemd darunter auf und präsentierte dem Skater mit der zerbrochenen Flasche meine nackte Brust.

»Hier«, zischte ich und klopfte auf die Haut über meinem Herzen. »Da rein. Los. Tu's einfach. *Mach schon.*«

Die Menge erstarrte, als hätte jemand einen Film angehalten. Die Augen des Typen waren vor Schreck geweitet, als ich ihn stumm herausforderte, mich zu erstechen, neugierig, ob er es wirklich tun würde.

Der Musiker legte mir eine Hand auf den Arm, seine Stimme war leise und beschwichtigend. »Hey, Mann. Komm schon. Hey …«

Seine tröstliche Berührung und der weiche Tonfall seiner Stimme drangen in meine rasenden Gedanken vor. Ich ließ mich von ihm wegziehen, während River dem Skater die zerbrochene Flasche abnahm.

Vielleicht ist heute nicht der richtige Abend …

Alle fingen an zu murmeln, und ich spürte hundert Augenpaare auf mir: Schock vermischt mit Mitleid, während sie den Geisteskranken mit dem Todeswunsch anstarrten. Ich zog meinen Mantel zu, griff in die Tasche und fischte mit breitem Lächeln, ganz Sonnenschein und Regenbogen, eine Zigarette aus der Packung. Scheiß auf die Leute und ihr Mitleid.

»Hat vielleicht jemand Feuer?«

Chance kippte auf lächerliche Art und Weise die Kinnlade herunter. »Was zum …? Raus. Ihr drei.« Er stieß mit dem Finger nach mir, dem Musiker und dem tätowierten Hünen in Schwarz. »Sofort raus aus meinem Haus.«

Ich legte mir eine Hand auf die Brust und drehte mich entsetzt zu dem Musiker um. »Ganz schön *unhöflich*, oder?«

Der brach in Gelächter aus, was sogar ihn selbst zu überraschen schien, und ich fiel ein, als wäre es ansteckend.

»Raus!«, brüllte Chance.

Wir drehten uns um und rannten zur Tür, lachten beide wie Idioten, während der Skater uns machtlose Drohungen hinterherschrie. Wie liefen die Stufen vor der Haustür hinab, der Musiker stolperte und fiel hart auf den Rasen des Vorgartens. Ich folgte ihm, und wir lagen lachend auf dem Rücken und schnappten keuchend nach Luft.

»Ich glaube, wir wurden uns noch nicht vorgestellt.« Ich bot ihm die Hand. »Holden Parish.«

»Miller Stratton.«

Wir gaben uns die Hand, dann fiel ein bedrohlicher Sex-am-Stiel-Schatten auf uns. »Und wer ist der Schlägertrupp?«

Miller hielt sich die Seiten und konnte kaum ein Wort herausbringen. »R-Ronan Wentz.«

Ich streckte die Hand nach oben. »Ist mir ein Vergnügen.«

Ronan verschränkte die Arme, einer war bis zum Handgelenk voll mit Blut. »Ihr seid irre.«

»Wie hast du das gemacht?«, fragte ich Miller und wischte mir über die Augen.

»Was?«

»So gesungen und gespielt wie eben. Wie … ein verdammtes Wunder.«

Er schüttelte den Kopf, doch ich konnte sehen, dass die Worte ihn berührten. »Quatsch, Mann, den Song kennt doch jeder. Ist eine Million Jahre alt.«

»Den Song kannten sie, aber du hast ihnen dein Herz und deine Seele gezeigt. So was hört man nicht jeden Tag.«

Chance riss die Haustür auf. »Ich hab gesagt, runter von meinem Grundstück!«

Er stürmte die Treppe herab auf uns zu, River folgte ihm, sein Gesichtsausdruck immer noch hart und beherrscht.

Ich war das. Ich hab ihm wie ein Vampir das Lächeln weggesaugt …

Ein blondes Mädchen brachte Miller seinen Gitarrenkoffer, dann war es Zeit zu gehen. Er, Ronan und ich flohen zu James und seinem mafiös aussehenden Cadillac.

»Guten Abend, James«, sagte ich. »Wären Sie so freundlich, meine Freunde und mich aus der unmittelbaren Umgebung zu entfernen?«

James stellte keine Fragen, sondern tat, worum ich ihn gebeten hatte – genau diese Eigenschaft war es, die ich am meisten an ihm liebte. Das und die Tatsache, dass er fuhr wie Harvey Keitel in *Pulp Fiction*.

»Nach Hause, Sir?«, fragte er und steuerte mit halsbrecherischer Geschwindigkeit durch die dunklen Straßen.

»Auf gar keinen Fall.« Ich drehte mich zu meinen neuen Gefährten um. »Irgendwelche Ideen, Gentlemen?«

Miller und Ronan tauschten einen Blick, dann nickte der große Typ einmal.

»Zu mir«, sagte Miller. »Leuchtturm-Apartments.«

James lenkte den Cadillac durch die baumbestandenen Straßen in ein ärmeres Viertel der Gegend. Die Fahrt hätte normalerweise zehn Minuten gedauert. Er schaffte sie in fünf und stellte den Wagen auf einem heruntergekommenen Parkplatz mit aufgesprungenem Asphalt und Carports aus Aluminiumgestänge ab.

»Gemütlich«, sagte ich. »After-Party chez Stratton?«

»Nicht ganz.« Miller deutete mit dem Kinn auf James. »Wie lange wird er warten?«

»Solange wie nötig.« Ich zündete eine Nelkenzigarette an und wedelte den Rauch und ihre neugierigen Blicke weg. »Keine Angst, James wird für seine Zeit angemessen vergütet.«

»Okay. Gehen wir.«

Miller und Ronan führten mich abwärts zu einem abgelegenen Stück Strand, der Weg wurde immer schwieriger. Klippen ragten über uns auf, und der Pfad war schmal und felsig. Wasser leckte über meine Stiefel und ruinierte sie mit Sand und Salz.

Vielleicht ermorden sie mich ja und werfen meine Leiche ins Meer.

Nach der verrückten Party wäre ich nicht allzu überrascht.

Irgendwann führte der Pfad vom Wasser fort und wurde etwas leichter. Nachdem wir über besonders große löchrige Felsen geklettert waren, kamen wir zu einer kleinen Fischerhütte, die an einen riesigen Felsblock angebaut war. Davor gab es ein eigenes Stück Strand und eine Mulde für ein Lagerfeuer gegenüber dem Ozean, der sich jetzt in sicherem Abstand befand. Eingestürzte Klippen blockierten den Weg nach Osten und schützten die Hütte vor Eindringlingen.

Ich warf einen Blick in den kleinen Raum. Nicht viel zu sehen. Mondlicht fiel durch ein Fenster, das einfach in die Wand geschnitten worden war, und erhellte eine Holzbank und einen Tisch.

»Nicht schlecht. Könnte ein paar Upgrades gebrauchen.«

Ronan benutzte etwas Spiritus, um ein Lagerfeuer anzuzünden, während Miller sich schwerfällig auf einen von drei Steinen fallen ließ, die das Feuer wie improvisierte Stühle umgaben. Er wühlte in seinem Rucksack und schüttete sich ein paar Dragees in die Hand.

»CBD?«, fragte ich. »Teilen macht Freude, Stratton.«

»Kein CBD. Traubenzucker. Ich hab Diabetes.«

Ich ließ mich auf einem der anderen Steine nieder, und die Neuigkeit traf mich erstaunlich hart. Ich kannte den Typen kaum, doch irgendetwas sagte mir, dass er schon genug gelitten hatte. »Geht's dir gut?«

»Ja. Danke«, sagte er, als Ronan das Feuer mit einer Flasche Feuerzeugbenzin zum Lodern brachte. »Was hast du angestellt, um River Whitmore so wütend zu machen?«

Ich hab ihn wie ein Arschloch in Verlegenheit gebracht.

»Ich hab heute ziemlich viele Leute auf die Palme gebracht. Du musst schon etwas spezifischer werden.«

»Den Quarterback. Bei dem Sieben-Minuten-Spiel.«

»Ach ja«, sagte ich und blickte auf das schwarze Meer hinaus, beobachtete die Wellen mit den weißen Schaumkronen, die an Land schlugen und sich wieder zurückzogen. »Weiß ich nicht mehr.«

»Wirklich?«

»Du klingst enttäuscht.«

»Ich hatte gehofft, du hättest ihm in die Eier getreten.«

»Warum?«

Miller dachte einen Moment über eine Antwort nach, dann schüttelte er müde den Kopf. »Erzähl ich ein andermal.«

»Na gut«, sagte ich und war froh, dass das Thema fallen gelassen wurde.

Ronan ging in die Hütte und kam mit mehreren Flaschen Bier zurück. Dankbar nahm ich eine davon entgegen, Miller verzichtete.

»Ich fühl mich noch nicht so gut«, sagte er und holte eine Flasche O-Saft aus seinem Rucksack.

In zwanzig Metern Entfernung leckte die Brandung über den Strand und zog sich wieder zurück. Der Wind war kühl und erfrischend. Beruhigend.

Das Meer, überlegte ich, war nicht wie ein See. Ein Ozean war lebendig und bewegte sich – Energie floss hindurch, seine Wellen schwollen an und brachen sich, spülten über zerklüftete, kaputte Felsen und schliffen sie glatt.

Ein See war unheimlich. Still. Sein kaltes schwarzes Wasser drang in jede deiner Poren, und wenn er dich nach unten zog, hinterließ er keine Spuren.

Mich fröstelte, und ich versuchte etwas, was Dr. Lange immer vorgeschlagen hatte – mich selbst im gegenwärtigen Moment zu verankern, wo die Vergangenheit mich nicht erreichen konnte.

»Es ist nett hier«, sagte ich. »Echt verdammt nett. Als könnte ich hier einfach … durchatmen.«

Miller nickte. »Geht mir genauso.«

»Mir auch«, sagte Ronan, der auf dem Stein auf Millers anderer Seite saß.

Auf der Fahrt hierher hatte ich erfahren, dass Ronan erst vor Kurzem aus Wisconsin nach Santa Cruz gezogen war. Miller und er kannten sich also erst seit ein paar Tagen und gingen dennoch völlig entspannt miteinander um. Ich schaute mich um, betrachtete das Feuer, die Hütte, das Meer und die beiden Freunde, die in behaglichem Schweigen nebeneinandersaßen.

Ich habe alles Geld der Welt, aber das, was ich am meisten will, kann man nicht kaufen.

»Seid ihr oft hier?«

»Ständig«, sagte Miller. »Du kannst auch kommen. Jederzeit. Mi casa es su casa. Nur dass es kein Haus ist. Wie sagt man auf Spanisch ›unsere beschissene Hütte ist deine beschissene Hütte‹?«

»Nuestra choza de mierda es tu choza de mierda«, antwortete ich schnell, um das Glücksgefühl zu kaschieren, das drohte, mich in einen klebrigen Schleimhaufen zu verwandeln, genau wie Beatriz es schon mit ihrem Pausenbrot versucht hatte.

Miller hob die Augenbrauen. »Du sprichst Spanisch?«

»Und Französisch. Italienisch. Ein bisschen Portugiesisch und etwas Griechisch.«

»Bist du ein Genie oder so was?«, fragte Ronan.

»Das wird behauptet. Ich hab einen IQ von 153.«

Miller stieß einen ungläubigen Pfiff aus.

»Klingt, als wäre das hilfreich, stimmt's?«

»Hilfreich? Das ist, als hätte man den Lösungsbogen zum Leben.«

»Schön wär's«, sagte ich und genoss, wie leicht es mir fiel, mich mit diesen Typen zu unterhalten. »Was mich angeht, bedeutet es lediglich, dass die nie aufhörenden Gedanken in meinem Kopf noch schlauer sind und mich in mehreren Sprachen quälen können.«

Die beiden schwiegen kurz, und ich hielt die Luft an und wartete darauf, dass sie sich über mich lustig machten oder von ihrem Strand warfen.

»Also«, sagte Miller schließlich. »Soll ich dir meine Hausaufgaben per Mail schicken, oder willst du sie lieber in Papierform?«

Wärme durchflutete mich. »Keine Chance, Stratton.«

»War einen Versuch wert.«

»Ja, es ist wirklich verdammt schön hier«, sagte ich nach ein paar Augenblicken des Schweigens. »Als wären wir am Ende der Welt und niemand könnte uns hier zu nahe kommen.«

»Jepp«, sagte Miller, und Ronan nickte.

Ich atmete tief ein. *Okay. Wird schon schiefgehen. Oder eben nicht.*

»Ich bin schwul«, sagte ich. »Ich wollte es nur sagen. Falls es nicht sowieso offensichtlich ist. Ist das ein Problem?«

Millers Augenbrauen zogen sich zusammen. »Nein, warum sollte es?«

»Frag meine Eltern«, sagte ich und spürte die Hoffnung in meiner Brust. Ich warf Ronan einen Blick zu. »Was ist mit dir?«

Ronan kippte den Rest Bier runter und warf die Flasche zur Seite. »Nein, ich bin nicht schwul.«

Miller und ich wechselten einen Blick, und das Lachen kehrte zurück. Die Sorte Lachen, die immer weitergeht, bis man sogar vergessen hat, was genau eigentlich so komisch war. Die Sorte, die Freundschaften sofort besiegelt. Ein warmer Ballon dehnte sich in mir aus, hob mich für ein paar Minuten aus der Dunkelheit. Als ich wieder zu Atem kam und zurück auf der Erde war, gehörte ich an dieses Lagerfeuer mit diesen Jungs.

»Du bist echt total durchgeknallt, weißt du das?«, keuchte Miller, der noch nicht aufgehört hatte zu lachen.

»Sagt man mir ständig.«

»Du hättest dazugehören können, das weißt du, oder? Zu den coolen Kids.«

»Warum sollte ich, wenn es so viel witziger ist, sie zu verarschen?«

»Witzig«, sagte Ronan, den Blick auf die lodernden Flammen gerichtet. »Das war also *witzig*, dieser Scheiß mit Frankie?«

»Ich wollte ihn nur aus dem Konzept bringen«, log ich. »Das ist alles.«

Zweifel und Besorgnis spiegelten sich auf den Zügen der beiden, sie hakten jedoch nicht nach, und ich begriff, dass es einer der Grundpfeiler ihrer Freundschaft war, sich gegenseitig Raum zu lassen.

»Wo kommst du her?«, fragte Miller nach einer Weile.

»Aus den Tiefen der Hölle. Seattle«, erklärte ich. »Nicht, dass Seattle die Hölle ist, nur das Haus meiner Eltern. Jetzt wohne ich bei meinem Onkel und meiner Tante. Sie haben ein Ferienhaus im Seabright-Viertel und bleiben hier, bis ich mit der Schule fertig bin.«

»Warum gibst du dich überhaupt noch mit Schule ab?«, fragte Miller. »Solltest du mit einem IQ wie deinem nicht Krebs heilen oder am MIT Roboter bauen?«

»Für Medizin braucht man Disziplin. Die hab ich nicht.«

»Und was willst du machen?«

»Schriftsteller werden«, sagte ich und rieb meine tintenbefleckten Finger aneinander. »Keine Ahnung, ob ich sonderlich gut darin bin.«

»Warum nicht? Schlau genug bist du ja.«

»Ein hoher IQ heißt, dass ich die Fähigkeit habe, mit Sprache und Worten umzugehen, ist jedoch keine Garantie, dass diese Worte auch Herz haben.« Ich drehte mich zu Miller um. »Wie deine Musik. Die war voller Herz. Wenn ich schreibe, wie du spielst, mein Freund, dann werde ich mich selbst Schriftsteller nennen können.«

Er schien erstaunt über das Kompliment und wusste nicht, was er damit anfangen sollte. Allerdings kannte ich die Regeln hier inzwischen und drängte ihn zu nichts.

Daran hätte ich mich auch bei River halten sollen.

»Du hattest nur noch ein Jahr an der Highschool übrig«, sagte Miller schließlich. »Warum bist du umgezogen?«

»War nicht meine Entscheidung. Nach der Zehnten hat mein Vater einen kleinen Ausflug in die Wildnis für mich arrangiert.«

»Du meinst so was wie ein Feriencamp?«

»Klar«, sagte ich und schmeckte Bitterkeit auf meiner Zunge. »Ein *Feriencamp*. Und wegen dieses Camps musste ich ein Jahr in der Schweiz verbringen. Im Sanatorium du Lac Léman. Das ist übrigens der Genfer See.«

»Sanatorium …?«

»Irrenhaus. Nervenheilanstalt. Psychiatrische Klinik. Sucht euch was aus.«

Miller wandte den Blick ab. »Gott.«

»Gott gab's da nicht, soweit ich feststellen konnte«, sagte ich bedauernd. »Glaubt mir, ich hab nachgesehen.«

Wir schwiegen ein paar Augenblicke, und ich fragte mich, ob das Thema zu viel war für so eine Nacht. Dann spritzte Ronan, der eine Weile nichts gesagt hatte, in hohem Bogen Feuerzeugbenzin ins Feuer und ließ die Flammen wieder auflodern.

»Das muss ein verdammt krasses Feriencamp gewesen sein.«

Ich starrte ihn an, als die Wärme zurückkam und erneut das Lachen mitbrachte. »Ist dieser Typ echt?«

»Zu einhundert verdammten Prozent.« Miller stieß seinen O-Saft gegen mein Bier. »Auf dich. Darauf, dass du das Camp überlebt hast. Und die Schweiz.«

Ich schluckte plötzliche Tränen hinunter. »Auf dich, Ronan, du prächtiger Mistkerl«, sagte ich mit rauer Stimme und streckte den Arm aus, um auch mit ihm anzustoßen. »Weil du zu einhundert verdammten Prozent echt bist.«

Ronan holte ein kleines schwarzes Gerät aus der Jackentasche. »Auf Frankie, das dämliche Arschloch, das nicht bemerkt hat, dass ich ihm den Taser geklaut hab.«

Für den Bruchteil einer Sekunde stand die Welt still, dann prusteten wir los. Wir lachten, bis ich heulen wollte, weil ich sicher war, dass dieses fremde Glücksgefühl nicht von Dauer sein konnte. Irgendwann würde ich es versauen. Miller und Ronan würden keinen Bock mehr auf mich haben, oder ich würde wegen meiner mangelnden Selbstbeherrschung irgendeine Grenze überschreiten und sie würden beschließen, dass ich es nicht wert war, mit ihnen befreundet zu sein.

Aber in der Zwischenzeit war ich hier, und das war mehr, als ich zu hoffen gewagt hatte.

Es bedeutete alles.

5. Kapitel

River

»Zuerst will ich eure Gehirne mal aus dem Sommerschlaf wecken«, sagte Mr Reynolds. Der sympathische Mathelehrer mit dem buschigen Schnurrbart und den dicken Brillengläsern zeichnete mit blauem Marker eine x- und y-Achse auf das Whiteboard. »Fangen wir damit an, die Verbindung zwischen Differenzierbarkeit und Stetigkeit aufzufrischen.«

Ich seufzte erleichtert. Nach dem ganzen irren Mist, der Samstag auf Chance' Party passiert war, hatte ich den Rest des Wochenendes versucht, nicht an meine zwei Minuten mit Holden Parish in der Kammer zu denken. Es gab schon zu viele gemischte Gefühle in meinem Leben; ich konnte nicht noch mehr gebrauchen. Mathe war verlässlich. Exakt. Hier gab es unumstößliche Regeln.

Bis Samstagnacht hatte ich geglaubt, dass es die in meinem Leben ebenfalls gab.

Das Morgenlicht fiel durch die Fenster herein, als alle im Ergänzungskurs Analysis – wir waren nur zwölf, da es ein Wahlkurs war – die Stifte rausholten und die Hefte aufschlugen. Während ich meine baumwollene Collegejacke auszog, fiel mein Stift vom Pult und rollte hinter mich. Harris Reed, ein dünner, drahtiger Typ, den ich noch von letztem Jahr aus dem Algebra-II-Kurs kannte, hob ihn auf und gab ihn mir mit einem nervösen Lächeln zurück.

»Hier.«

Ich erwiderte das Lächeln so freundlich, wie ich konnte. »Danke, Kumpel.«

Die Typen, mit denen ich befreundet war, würden Harris einen Nerd oder Streber nennen, falls sie ihn überhaupt bemerkten. Aber wegen mir sollte sich nie jemand grundlos scheiße fühlen, das hatte ich mir geschworen. Davon abgesehen hatte ich mit Harris wahrscheinlich mehr Gesprächsthemen als mit irgendjemanden aus dem Footballteam.

»Oh, und Glückwunsch«, fügte Harris hinzu.

»Wofür?«

Er lächelte verwirrt. »Dass du heute morgen zum Homecoming-King gewählt wurdest?«

»Ah, stimmt«, erwiderte ich lachend. »Danke.«

Vorhin waren Violet McNamara und ich bei einer Veranstaltung in der Sporthalle zu Homecoming-Queen und -King ernannt worden. Schon zehn Minuten danach hatte ich das Ganze wieder komplett vergessen.

Nachdem ich meinen Stift zurückhatte, drehte ich mich um und hätte ihn um ein Haar wieder fallen gelassen. Holden Parish lehnte im Türrahmen.

Verdammt …

Er stand mit derart lässiger Haltung im Eingang, als würde ihm die verdammte Schule gehören. Trotz des warmen Tags trug er einen grauen Wollmantel über einem Hemd im gleichen Grün wie seine Augen. Sein silbernes volles Haar hatte er nach hinten gekämmt.

Er sah einfach beschissen gut aus. Schön. Atemberaubend und umwerfend *heiß*. Daran führte kein Weg vorbei. Meine Augen, mein Verstand und mein Körper kamen alle zu demselben Schluss, und ich hatte keine Chance, es zu leugnen.

Holden schaute sich aufmerksam im Klassenraum um, bis

sein Blick auf mir landete. Als hätte jemand einen Schalter umgelegt, raste elektrischer Strom von ihm zu mir und meine Wirbelsäule hinunter in meinen Schritt.

»Kann ich Ihnen helfen?«, fragte Mr Reynolds und lächelte warm. »Die Stunde hat schon angefangen …«

»Jedes Gebäude dieser gottverlassenen Schule sieht gleich aus«, beklagte sich Holden und gab Mr Reynolds ein DIN-A4-Blatt. »Ich wechsle den Kurs.«

Reynolds beäugte das Blatt und runzelte die Stirn. »Sie hören mit Französisch auf und wollen in diesen Kurs? Irgendwelche besonderen Gründe?«

»Cela ne m'apportait plus rien«, sagte er völlig akzentfrei. »Ich bezweifle ehrlich gesagt, dass *dieser* Kurs mir was bringt, aber …« Sein Blick wurde weich, als er auf mich fiel. »Möglicherweise gibt es noch ein paar Dinge, die ich lernen muss.«

»Sie sind bei uns herzlich willkommen.« Reynolds betrachtete Holdens Outfit mit einem perplexen Lächeln. »Setzen Sie sich. Und legen Sie doch ab«, sagte er scherzhaft.

»Nein, danke.« Holden ging durch den Klassenraum und ignorierte die neugierigen Blicke, die ihm folgten. Die Hälfte der Pulte war frei, dennoch setzte er sich natürlich ausgerechnet neben mich.

Scheiße …

Ich blickte nach vorn, konzentrierte mich auf den Unterricht, aber mein Herz schlug viel zu schnell. Holden saß seitlich auf seinem Stuhl und gab sich kein bisschen Mühe zu verbergen, dass er mich anstarrte. Ich spürte seinen Blick auf meiner Haut, fühlte, wie mir heiß-kalte Schauder über den Arm und den Nacken liefen.

Schließlich drehte ich mich zu ihm um. »Ist irgendwas?«, flüsterte ich.

»Ich muss mit dir reden«, flüsterte er zurück.

»Du hast in einen Mathe-Leistungskurs gewechselt, um mit mir zu reden?«

Er winkte verächtlich ab. »Ich hab diesen Kram hier schon vor Jahren gelernt. Und ich habe keine bösen Absichten, glaub mir.«

»Klar.« Ich verschränkte die Arme und wehrte mich gegen den Drang, der meinen Blick ständig zu seinem Mund wandern ließ. »Du hast den Esstisch der Blaylocks komplett ruiniert. Chance hat zwei Wochen Hausarrest. Außerdem wäre er fast vom Homecoming-Spiel nächste Woche ausgeschlossen worden.«

Holden verdrehte die Augen. »Oh, wie tragisch.«

Ich legte den Kopf schief. »Bist du Fremden gegenüber immer so ein Arschloch?«

»Ich bin niemals *immer* irgendwas«, gab er zurück. »Und krieg dich wieder ein. Mr Blaylock hat meinen Onkel angerufen, und sie hatten ein höchst erfreuliches Gespräch, in dem sie sich darauf geeinigt haben, dass ich für einen brandneuen Tisch bezahlen werde. Und zwar nicht aus dem Möbelhaus um die Ecke.«

»Also hast du eine riesige Sauerei angerichtet und benutzt Geld, um das Ganze wieder in Ordnung zu bringen.«

Er runzelte verwirrt die Stirn. »Ist Geld nicht dafür da?«

Um ein Haar hätte ich laut aufgelacht. »Hat persönliche Verantwortung auch nur einen Hauch von Bedeutung für dich?«

»Der Begriff ist mir vage bekannt«, sagte er, und sein harter Gesichtsausdruck wurde weicher. »Deshalb bin ich eigentlich hier. Wegen dir.«

Mein Puls schlug schneller, und ich verschränkte meine Arme als Reaktion auf diese Worte, obwohl ich nicht sagen konnte, ob ich sie abwehren oder an mich reißen wollte. »Was?«

»Ich will mit dir über die Party reden. Was ich in der Kammer gesagt hab …«

»Vergiss es«, sagte ich und blickte nach vorn. Plötzlich verspürte ich einen heftigen Anflug von Paranoia, dass uns gerade der komplette Kurs zuhörte.

»Aber ich …«

»Ich hab gesagt, vergiss es. Es ist nichts passiert. Ich war betrunken. Ich kann mich an nichts erinnern, also lass es einfach gut sein.«

»Mr Whitmore«, rief Reynolds vom Whiteboard zu mir herüber. »Da Sie gerade so gesprächig sind, kann der Kurs vielleicht davon profitieren. Können Sie mir bitte alle Werte von x nennen, bei denen f stetig, aber nicht differenzierbar ist?«

Holden lehnte sich in seinem Stuhl zurück, ein nerviges Lächeln auf den Lippen. Ich riss den wütenden Blick von ihm los, betrachtete die ein V bildenden Tangenten und rechnete ein paar Faktoren in meinem Collegeblock aus. Verlässliche Antworten, die immer gleich bleiben würden.

»Minus 2 und 0«, sagte ich.

Mr Reynolds strahlte. »Hervorragend.«

Auch viele der Schüler in der Klasse schauten mich an. Die Mädchen anerkennend, die Jungs voller Verehrung.

»Ein Hoch dem König«, murmelte Holden. »Ich bin überrascht, dass nicht alle aufstehen und applaudieren.«

»Tun sie«, sagte ich. »Wenn ich auf dem Spielfeld bin.«

Holden hob eine Augenbraue. »Touché, Whitmore.«

»Und Mr Parish«, sagte Mr Reynolds laut. »Welche Regel, denken Sie, hat River bei seiner Antwort geholfen?«

Holden antwortete nicht, und ich sah nicht weg. Wir hätten unsere Blicke selbst dann nicht voneinander lösen können, wenn unser Leben davon abhinge, und ein paar kostbare Sekunden lang war mir egal, was alle dachten. Die Unsicherheit verschwand, wir schauten uns nur an, lächelten leicht, und etwas Fremdes entfaltete sich in meinem Herzen.

»Mr Parish?«

Ohne den Blickkontakt zu unterbrechen, antwortete Holden: »Eine Funktion f kann an einer Stelle x_0 stetig, aber nicht differenzierbar sein.«

»Sehr gut! Wir haben einen wunderbaren Start dieses Jahr. Sie beide sind wirklich ein dynamisches Duo.«

Hastig blickte ich auf meinen Collegeblock, die Unsicherheit war wieder da, umklammerte mein Herz und knallte Türen zu, die sich öffnen wollten.

»Hast du gehört?«, fragte Holden nachdenklich. »Wir sind ein Duo.«

»Nein«, entgegnete ich leise und kalt. »Sind wir nicht.«

Es ist wie mit der Matheformel. Man kann uns nicht in etwas anderes verwandeln.

Ich schwieg für den Rest der Stunde. Ein Teil von mir fühlte sich scheiße, weil ich Holden ignorierte, der andere tat so, als würde es mir nichts ausmachen. Er hatte das Haus meines besten Freundes demoliert. Er war ein aufgeblasenes Arschloch, das glaubte, mich zu kennen. Ich schuldete ihm gar nichts.

Ich wiederholte diese Gedanken wie ein Mantra, um andere unerwünschte Gefühle zu übertönen. Wie etwa die Tatsache, dass Holdens Nähe meinem Körper übermäßig bewusst war und ich ihn ständig angucken musste. Seinen Anblick in mich aufnehmen wollte. Als wäre er ein klassisches Gemälde mit tausend Details, das darauf wartete, unter all diesen Schichten entdeckt zu werden …

Halt.

Als es klingelte, packte ich meine Sachen und versuchte, mich so schnell wie möglich aus dem Staub zu machen, während ich mich fragte, wie ich das Halbjahr mit Holden neben mir überstehen sollte. An der Tür ging es nur langsam voran, weil Reynolds ein Arbeitsblatt austeilte. Holden saß lässig auf seinem Stuhl und bemühte sich nicht im Geringsten zu verbergen, wen er ansah.

Es war frustrierend. Die gleiche Art von Frustration, die ich verspürt hatte, als ich ihn auf der Party am Kragen seines schicken Mantels hatte packen wollen und …

Ihn ihm runterreißen?

Verdammt, ich sollte solche Gedanken oder Reaktionen nicht haben. Und bevor Holden gekommen war, hatte ich sie auch nicht gehabt.

Nicht gehabt oder nicht wahrgenommen?

Darauf wollte ich nicht antworten.

Ein paar Schüler fragten mich, wie die Chancen der Central Capitals standen, dieses Jahr wieder die Meisterschaft zu gewinnen, und ob ich die letzte Staffel von *Ozark* gesehen hatte. Ich murmelte ein paar höfliche Antworten und wünschte, es würde verdammt noch mal schneller vorangehen. Holden war inzwischen aufgestanden und stand nur wenige Schritte hinter mir.

»Ich hab das von deiner Mom gehört, River«, sagte Angela Reyes, ein schüchternes, ruhiges Mädchen, mit leiser Stimme. »Es tut mir so leid.«

Die Worte trafen mich hart und abrupt wie ein Tritt in den Magen. Ich hatte meine Mutter für eine Weile vergessen und gab Holden auch daran die Schuld. Er hatte sich ungefragt in meinem Kopf breitgemacht und alles andere rausgedrängt.

»Danke.«

Ich riss Reynolds das Arbeitsblatt aus der Hand und stürmte in den strahlenden Sonnenschein hinaus. Hinter der nächsten Ecke lehnte ich mich an die Wand und knüllte das Papier zusammen.

Holden holte mich einen Moment später ein. »Bist du okay?«

»Klar. Großartig. Ging mir nie besser.«

»Was ist mit deiner Mom?«, fragte er leise. »Wenn ich fragen darf.«

Ich war kurz davor, es ihm nicht zu sagen. Warum sollte ich? Warum sollte ich ihn näher an mich heranlassen?

»Krebs im Endstadium. Hat in der Leber angefangen und ist jetzt in der Bauchspeicheldrüse und im Dünndarm.«

Holdens Gesicht wurde still. »Es tut mir leid.«

Ich stieß mich von der Wand ab. »Ja, danke, ich muss los …«

»River, warte …«

Ich wirbelte herum. »Zur Hölle, warum? Was *willst* du?«

»Ich will mich entschuldigen. Wegen dem, was ich in der Kammer gesagt hab.«

Mein ganzer Körper erstarrte auf der Stelle. »Es gibt nichts zu entschuldigen.«

Holdens Augen bohrten sich in meine. »Nicht?«

Wieder war es, als würde er mir direkt ins Herz und in den Kopf gucken und alle Geheimnisse sehen, die ich dort versteckt hatte … Sogar die, die ich so tief vergraben hatte, dass ich selbst ganz vergessen hatte, dass es sie gab. Bis er gekommen war.

»Hör zu, ich weiß nicht, was du hier abziehst, aber ich brauche diese Scheiße nicht«, fuhr ich ihn an. »Lass mich einfach in Ruhe.«

Holden presste den Kiefer zusammen, Schmerz blitzte in seinen Augen auf. Und obwohl es sich anfühlte, als würde ich eine Tür zuschlagen, die er geöffnet hatte, ging ich davon.

Der Schultag verging quälend langsam, und ich sehnte das Ende herbei. Als ich endlich zu Hause ankam, knallte ich die Haustür zu, rannte die Treppe hoch und hoffte, ein paar Minuten allein zu haben, um vor dem Footballtraining meine Fassung zurückzuerlangen.

»River?«

Die Stimme meiner Mutter war schwach, aber laut genug, dass ich sie durch die einen Spalt breit geöffnete Tür hörte.

»Hey, Mom«, sagte ich und trat ein. Sie wirkte so verdammt klein in dem riesigen Bett.

»Ich will dich nicht aufhalten, ich will nur kurz mit dir reden.«

»Natürlich.« Ich stellte meine Tasche auf dem Boden ab und setzte mich auf die Bettkante, versuchte, ein Lächeln auf meine Lippen zu zwingen. »Was gibt's?«

»Tu das nicht, bitte«, sagte sie sanft.

»Was?«

»So tun als ob.« Sie fuhr mit den Fingern an meiner Wange entlang und legte ihre Hand dann in meine. »Du siehst erschöpft aus. Oder aufgewühlt.«

»Es war ein komischer Tag. Ich bin zum Homecoming-King gewählt worden.«

Ihre Augen leuchteten auf. »Oh, Schatz, ich freu mich so für dich.«

»Danke.«

»Du freust dich nicht?«

»Ich freu mich, wenn du dich freust.«

»Du bist so lieb.« Mom umarmte mich, ihr Körper schien so furchtbar dünn und schwach in meinen Armen, dass ich fürchtete, sie zu zerquetschen. »Kann ich dich was fragen?«

»Klar.«

»Bist du glücklich?«

Ich schnaubte leise. »Wie könnte ich das sein?«

»Ich meine nicht wegen mir. Ich meine alles andere in deinem Leben. Bist du glücklich? Es ist dein letztes Schuljahr …«

»Ja, es läuft super. Die bisherigen fünf Tage davon jedenfalls.«

»Schlaukopf.«

»Besser als Blödkopf.«

»Stimmt.« Moms Lächeln verblasste ein wenig. »Ich mach mir nur manchmal Sorgen. Dein Vater ist so ernst und unbeirrbar, wenn es um deine Zukunft geht – ein Leben im Rampenlicht, das nur wenige Menschen führen. Und das überhaupt keine Bedeutung hat, wenn es nicht das ist, was man will.«

»So einfach ist das nicht. Was ich will …«

»Ja?« Sie beugte sich vor. »Du kannst mir alles sagen. Vor allem jetzt. Ich will nicht die Krebskarte ausspielen, aber …«

Ein schnaubendes Lachen brach aus mir heraus, aber es verging schnell. »Wir arbeiten beide seit Jahren darauf hin. Es würde ihm das Herz brechen, wenn ich plötzlich etwas anderes wollen würde.«

»*Willst* du etwas anderes?«

Ich überlegte, was ich antworten sollte, und begriff, dass ich es nicht wusste. Was würde ich machen, wenn ich nicht Football spielte? Würde es mir genügen, in der Werkstatt zu arbeiten?

»Ich weiß es nicht«, gestand ich schließlich.

»Was ist mit deinem Herzen?«

»Was soll damit sein?«

Sie lachte leise. »Du *hast* doch eins, oder?«

»Ich weiß nicht, was du von mir hören willst«, sagte ich. »Es ist … *da*.«

»Genau das meine ich. Es sollte mehr als nur *da* sein. Dein Herz sollte schlagen und lebendig sein, erfüllt von Dingen, die dich glücklich machen. Mehr als alles andere will ich, dass du glücklich bist.«

»Ich weiß nicht, Mom. Im Moment ist gerade viel los.«

»Das weiß ich doch. Aber verschließ dein Herz nicht. Mehr

will ich gar nicht. Und bitte, du sollst dich wegen mir zu nichts zwingen. Ich war nur neugierig, ob es vielleicht jemand Besonderen gibt.«

Vor meinem inneren Auge erschien Holdens auf diese wahnsinnig frustrierende Weise perfektes Gesicht.

»Violet«, stieß ich hervor.

»Meine Violet? Du hast sie nicht mehr erwähnt, also dachte ich …«

»Ja, und ich hab Neuigkeiten. Ich glaub, ich hab ihr Auto gehört. Warte.«

Ich ging eilig zur Tür, entschlossen, der Verwirrung und dem Aufruhr ein Ende zu setzen. Mein Leben endlich zurück auf die Bahn zu lenken, auf der es sich befand, seit ich einen Football halten konnte.

Ich riss die Schlafzimmertür auf und stieß fast mit Violet zusammen. Sie schrie überrascht auf.

»Mist. Sorry, dass ich dich erschreckt hab«, sagte ich und zwang meine Sinne, ihre weibliche Schönheit wahrzunehmen und Bedeutung darin zu sehen. Irgendeine.

»Kein Problem«, erwiderte Violet mit einem nervösen Lächeln. »Ich kann später wiederkommen, wenn …«

»Nein. Komm rein, bitte.«

»Hallo Liebes«, sagte Mom mit warmer Stimme, als wir neben ihrem Bett standen.

»Hi, Mrs Whitmore.«

»Nancy, bitte. Sie erinnern sich doch?«

»Ja, okay.«

Mom liebt Violet. Wir können sie glücklich machen. Was kann wichtiger sein?

Ich nahm Violets Hand, die in meiner so zerbrechlich und klein war. »Violet und ich gehen am Freitag nach dem Spiel zusammen zum Homecoming-Ball.«

»Wirklich? Wie schön.«

Violet lachte leise. »Er ist Homecoming-King, und weil es in der Matrix eine Störung gab, bin ich Queen geworden. Ich denke, er ist vertraglich dazu verpflichtet.«

»Ach, Quatsch, ich freue mich darüber«, sagte ich. Meine Handflächen schwitzten. Ich ließ ihre Hand los und hob den Rucksack vom Fußboden auf. »Ich muss zum Training.« Ich küsste Mom auf den Kopf. »Bye, Mom.«

»Pass auf dich auf, mein Lieber.«

Gerade noch rechtzeitig dachte ich daran, meiner Homecoming-Queen noch einen Blick zuzuwerfen. »Telefonieren wir nachher?«

»Äh, klar.«

»Toll.« Ich gab ihr ein Küsschen auf die Wange und eilte hinaus.

In meinem Zimmer ließ ich den Rucksack auf den Boden fallen und warf mich aufs Bett.

»Gott, war das peinlich«, murmelte ich zur Decke. »Was stimmt nicht mit mir?«

Wer weiß sonst noch, dass du schwul bist?, flüsterte eine Stimme.

»Fuck.«

Ich hatte Holdens Frage das gesamte schlaflose Wochenende lang aus meinen Gedanken verdrängt. Aber sobald ich für fünf Minuten die Augen schloss, um die kurze Ruhepause zu nutzen, die ich zwischen Schule und Training hatte, schlich sie sich an, bohrte sich in meinen Kopf und wollte eine Antwort.

Es war nur ein Witz. Er wollte bloß den Footballspieler verarschen, der mit einem Kerl in der Abstellkammer festsaß. Das Ganze hat rein gar nichts zu bedeuten.

Aber als die Worte ausgesprochen worden waren, hatten sie ins Schwarze getroffen. Ich hatte es gefühlt. Und er hatte es gesehen.

Ich fluchte noch einmal und sprang vom Bett auf, um mich für das Training fertig zu machen. Holden hatte keine Ahnung, was er da gefragt hatte. In der NFL gab es keine Spieler, die sich offen als schwul bekannten, und auch kaum welche auf Collegeniveau. So etwas existierte einfach nicht, und doch war mein ganzes Leben nur auf eine einzige Sache ausgerichtet – Footballprofi zu werden.

Dieser Plan war weder verlässlich noch genau, aber es war die einzige Antwort, die ich hatte.

6. Kapitel

Holden

»Ihr seid hier«, sagt Coach Braun, »weil eure Eltern das Beste für euch wollen. Sie wollen euch vor euren Fehlern bewahren, vor euren verqueren Ideen davon, was natürlich ist und was nicht. Sie wollen euch vor euch selbst retten.«

Sein dunkler Blick fällt auf mich, und er nickt einmal. »Er.«

Raue Hände packen mich an den Schultern und zerren mich über den steinigen Boden zwischen Lagerfeuer und See. Schmerz kratzt über meine nackten Füße und wird dann im Wasser betäubt, Eiseskälte schießt mir die nackte Haut hinauf und dringt in meine Knochen. Sie kriecht höher und höher, bis zu meiner Taille, meiner Brust – ich kriege keine Luft –, und dann werde ich untergetaucht.

Ich komme prustend wieder hoch, meine Zähne klappern. Starke Hände – Eisenklauen um meine Schultern – ziehen mich wieder ans Ufer. Ich trete und schreie, meine tauben Glieder schlagen unkontrolliert um sich.

»Lasst mich los!«, schreie ich heiser, meine Lippen können kaum die Worte formen. »Lasst mich los! Lasst mich los …«

Lasst mich los.

Überlasst mich dem Wasser.

Ich will lieber in seine kalte Tiefe sinken als glauben, dass meine Eltern das hier wirklich beabsichtigt haben …

Mit kaltem Schweiß bedeckt wachte ich auf, keuchend und zitternd, trat um mich und kämpfte gegen ein erdrückendes Gewicht an.

»Lasst mich los …«

Die Wildnis von Alaska verblasste, um mich herum materialisierte sich mein Schlafzimmer im Gästehaus, frische Luft drang in meine Lungen und entwich zischend meinen Lippen. Ein Streifen goldenen Lichts fiel auf den Holzfußboden.

»Ich bin hier. Nicht dort. Hier.«

Ich klammerte mich an die Bettdecke, verankerte mich in diesem Zimmer, diesem Haus. Als mein Herz sein panisches Hämmern verlangsamte, stand ich aus dem Bett auf und taumelte ins Bad. Ich drehte die Dusche so heiß auf, wie ich ertragen konnte, und hielt mein Gesicht in den Strahl, damit meine Tränen sich im dampfenden Wasser verloren.

Danach wischte ich den beschlagenen Badezimmerspiegel ab; mein Spiegelbild starrte mich an. Hohle, gequälte Züge mit glänzenden, blutunterlaufenen Augen. Gedanken und Erinnerungen rasten durch meinen Kopf und flüsterten bedrohlich.

Sie haben dich mit Absicht dort hingeschickt. Sie wussten es und haben dich trotzdem hingeschickt …

Das Spiegelbild zerbrach zu einem Spinnennetz aus Rissen, und ich ließ die Faust sinken. Von drei Knöcheln meiner linken Hand tropfte es rot auf das weiße Porzellanwaschbecken. Aber der Schmerz war scharf und lebendig und wach. Kein Traum. Er war real und gehörte mir.

Mein Atem wurde ruhiger, ich schob das Kinn vor und biss die Zähne zusammen. Das Spiegelbild, das mich jetzt anstarrte, war hart. Kalt. Ich hob die blutige Faust wie ein Versprechen.

»Nie wieder.«

Nachdem ich mir eine schwarze Hose, einen schwarzen Rollkragenpulli und meinen dicksten grauen Mantel angezogen hatte, verließ ich das Gästehaus und ging am Pool vorbei zum Haupthaus. Mags und Reg saßen beim Frühstück, Beatriz stand an ihrem üblichen Platz an der Arbeitsplatte und summte vor sich hin.

»Ah, Holden!«, sagte Onkel Reginald. »Guten Morgen. Gerade rechtzeitig zum Frühstück. Möchtest du …?«

»Der Spiegel im Bad muss erneuert werden«, stellte ich fest.

»Oh, wirklich?« Tante Mags fasste sich an den Hals. Ihr Blick fiel auf den Verband, den ich um meine linke Hand gewickelt hatte. »Was ist passiert?«

»Meine Faust hatte einen spontanen Zusammenstoß mit dem Spiegel. Sieben Jahre Pech. Oder waren es siebzehn? Ich kann mir das nie merken. Não, obrigado«, sagte ich zu Beatriz, die mir die Tüte mit dem Pausenbrot hinhielt. Ich klopfte auf den Flachmann in meiner Manteltasche. »Ich bin auf Flüssigdiät. Ciao.«

Ich ging, ohne Beatriz' weichem, verwirrtem Blick zu begegnen, sonst hätte ich die Fassung verloren. Ich konnte sie alle nicht ansehen – mit ihren eifrigen, hoffnungsvollen Mienen, die sagten: »Lass uns eine Familie sein«.

Sie haben mich damals nicht gerettet, sie können mich auch jetzt nicht retten.

Draußen griff ich nach meinem Flachmann. Der erste Schluck brannte etwas von der Traumerinnerung weg. Nach dem zweiten Schluck fühlte ich mich sicher genug, um das Wort an James zu richten, ohne dass er ahnen würde, dass ich noch vor wenigen Augenblicken kurz vor dem Zusammenbruch gestanden hatte.

»Mr Parish«, sagte er und hielt mir die Wagentür auf. »Sind Sie bereit?«

»Habe ich eine Wahl?« Ich lehnte mich im Rücksitz zurück und schloss die Augen. »Ein neuer Tag im Zirkus.«

Meine erste Stunde an diesem Tag war ein Leistungskurs zu Englischer Literatur, angeblich auf Collegeniveau. Ms Watkins, eine dünne, unscheinbare Frau mit bauschigem braunem Haar und Brille, begrüßte uns mit einer Passage aus *Nackt* von David Sedaris, die die Klasse in brüllendes Lachen ausbrechen ließ.

»In dieser Unterrichtseinheit«, erklärte Ms Watkins, »werden wir uns mit der Kunst des Schreibens von Memoiren beschäftigen. Sie werden ein paar der großen Verfasserinnen und Verfasser dieser Literaturgattung lesen – Sedaris, James Baldwin, Ernest Hemingway, Maya Angelou, Joan Didion –, und wir werden die Funktionsweisen des Schreibens dieser speziellen Form der Autobiografie betrachten.«

Ich setzte mich etwas aufrechter hin.

Gut. Es gibt also wenigstens einen Kurs, in dem ich nicht vor Langeweile tausend Tode sterben werde.

»Ihre Aufgaben werden zum einen aus Essays über die Schriftsteller bestehen, die wir durchnehmen, zum anderen haben Sie auch die Möglichkeit, ein paar Ihrer eigenen Geschichten zu erzählen.« Ms Watkins lächelte warm. »So was wie ein gewöhnliches Leben gibt es nicht.«

Sosehr wir es uns auch wünschen.

Nach einem vielversprechenden Start mit Englisch ging es bergab, die Kurse waren scheußlich einfach und sinnlos. Ich schaffte es durch den Tag, ohne dem Drang zu erliegen, die Schule anzuzünden – ein kleiner Sieg. Aber als der letzte Kurs näher rückte – Mathe –, spürte ich ein unvertrautes Gefühl in der Magengrube.

Ich bin nicht *nervös wegen einem Typen. Niemals. Auf keinen Fall.*

Nach allem, was wir zusammen durchgemacht hatten, konnte ich meinem Herzen nicht einmal die geringste Verletzung zumuten. Dass es noch pumpte, war schon viel verlangt. Aber, Scheiße, sobald ich River erblickte, schaltete mein Puls höher, und ein kleiner Schauder lief mir über den Rücken. Wie eine winzige Erinnerung daran, was es hieß, am Leben zu sein.

Ich setzte mich wieder auf den leeren Platz neben ihm und verbarg die verbundene Hand in meiner Manteltasche. Er weigerte sich, mit mir zu reden oder auch nur in meine Richtung zu blicken, trotzdem spürte ich, dass er mich wahrnahm; sein klopfender Bleistift und sein wippendes Bein verrieten mir mit ihren Morsezeichen, dass ich ihn nervös machte.

Fünfundvierzig quälende Minuten lang benahm ich mich und genoss einfach nur Rivers Nähe. Seinen Duft. Ein holziges Cologne, das vom Eau de Benzin unterstrichen wurde. Die Mischung war mächtig und berauschend und brachte mich auf unpassende Gedanken.

Mehr als sowieso schon.

Tu einmal etwas Gutes. Einmal. Und vielleicht lassen die Albträume dich in Ruhe.

Ich warf einen kleinen, perfekt geometrisch gefalteten Zettel auf Rivers Pult.

»Was soll das?«

»Unangekündigter Test«, sagte ich. »Magst du mich? Du kannst Ja oder Nein ankreuzen.«

»Das kannst du nicht ernst meinen!«

»Entspann dich. Es ist meine Telefonnummer.«

River entspannte sich nicht. Seine Augen weiteten sich, und tatsächlich kroch ihm ein plötzlicher Anflug von Röte den muskulösen Hals hinauf.

»Was soll ich damit?«, fragte er, aber seine Stimme klang heiserer als noch einen Moment davor.

»Falls du Nachhilfe brauchst. Stell dir vor, deine Noten verschlechtern sich und du läufst Gefahr, aus der Footballmannschaft ausgeschlossen zu werden. Dann rufst du den scharfen Neuen an, damit er dir hilft, die Klausur zu bestehen, gerade rechtzeitig, um noch beim großen Spiel dabei sein zu können.«

River zerknüllte den Zettel in einer Faust, und ich dachte schon, er würde ihn zu mir zurückwerfen.

»Schönes Klischee. Bemühst du dich aktiv, Leute zur Weißglut zu treiben, oder liegt dir das einfach?«

»Ich hab ein angeborenes Talent. *Von Natur aus begabt*, würde mancher sagen.«

River fand das offenbar nicht sonderlich witzig.

Ich atmete aus. »Hör zu, ich bin ganz offensichtlich schlecht in solchen Dingen. Ich will mit dir reden. Mich entschuldigen. Und ich überlasse es dir«, sagte ich hastig, als er protestieren wollte. »Du hast meine Nummer, also kannst du anrufen, wenn du dir anhören willst, was ich zu sagen habe. Oder … reden willst. Egal über was.«

River drehte den gefalteten Zettel in seinen Fingern, während verschiedene Emotionen über seine Miene huschten.

»Oder du wirfst sie einfach weg«, sagte ich. »Oder verbrennst sie. Oder schreibst sie im Jungsklo an die Wand zu: ›Für eine gute Zeit, wähl die …‹ Gute Werbung ist heutzutage alles.«

River starrte mich an, als wäre mir ein zweiter Kopf gewachsen, dann lachte er. »Du bist verrückt.«

»Das behaupten zumindest die Gerüchte«, erwiderte ich, und sein Lächeln brachte mich zum Lächeln.

Noch während sich dieser seltsame Moment zwischen uns ausdehnte, klingelte es. Die Klasse packte ihre Sachen zusammen, während Mr Reynolds etwas über bevorstehende Hausaufgaben murmelte. River verstaute sein Zeug im Rucksack.

Er sagte kein weiteres Wort mehr, sondern zog seine Collegejacke an.

Meine Telefonnummer landete in seiner Tasche.

Miller beobachtete stirnrunzelnd, wie sich der Ohrensessel in der Tür der Hütte verkeilte, während ich versuchte, ihn hineinzumanövrieren.

»Der passt da nie durch.«

»Das sagst *du*«, erwiderte ich und hielt den großen weißen Sessel in einen anderen Winkel, bis er endlich durch die kleine Tür passte. Ich setzte mich drauf und strahlte meine Freunde an. »Perfekt, oder?«

Ronan und Miller wechselten einen Blick. Beide waren verschwitzt und voller Sand, nachdem sie einen guten Teil des Nachmittags damit verbracht hatten, mir zu helfen, den Sessel von der Seitenstraße, die dem Strand am nächsten war, zur Hütte zu schleppen.

»Wozu brauchst du diesen Sessel überhaupt?«, fragte Ronan. »Wir haben die Bank.«

»Ich setze mich nicht auf ein morsches Holzbrett voller Splitter, auf das vor hundert Jahren vielleicht mal ein Pirat gepisst hat.«

Miller verdrehte die Augen. »Zu dieser Logik fällt mir echt nichts ein.«

Wir drei betrachteten unser kleines Refugium. Der Sessel nahm in der Hütte recht viel Raum ein, es war allerdings immer noch viel Platz, selbst mit den anderen Upgrades, die ich in den letzten Tagen beigesteuert hatte: eine leistungsfähige Camping-Lampe, ein Minikühlschrank mit Generator für Alk und die Snacks, die Miller brauchte, um seinen Blutzucker zu regulieren, sowie eine alte Truhe mit einem Vorhängeschloss.

An dieser blieb Millers Blick am längsten hängen. Der neue Freund seiner Mom war ein Arschloch, ARSCH in Großbuchstaben, und er machte sich Sorgen um seine Gitarre, nachdem Chet neulich damit rumgespielt hatte. Ich hatte die Truhe angeschafft, damit Miller das Instrument sicher verstauen konnte und nicht ständig mit sich herumschleppen musste.

Er sah mich dankbar an. »Der Sessel ist gar nicht schlecht.«

Wärme überflutete mich, und ich wandte den Blick ab. Ich war noch nicht daran gewöhnt, richtige Freunde zu haben, und musste mich dauernd daran erinnern, nicht gleich anhänglich zu werden. Es waren erst ein paar Tage vergangen. Miller und Ronan blieb noch genug Zeit, zur Vernunft zu kommen.

»Bier?«, fragte Ronan und beugte sich über den Minikühlschrank.

Ich klopfte auf den Flachmann in meiner Tasche. »Ich bin heute in Wodka-Stimmung.«

»Stratton?«

»Ich kann nicht. Muss arbeiten«, sagte Miller. »Ich hab um zehn frei.«

Er arbeitete in einer Spielhalle an der Strandpromenade, und wir hatten uns angewöhnt, ihn dort zu treffen und zwischen den Buden und Fahrgeschäften herumzustromern – ein wahrhaft fabelhaftes und verkommenes Dreiergespann.

»Wir holen dich ab«, sagte ich, und Ronan nickte.

Millers dankbare Miene kehrte zurück, als er seinen Rucksack aufsetzte und sich verabschiedete. Ich hatte den Verdacht, dass auch er vorher nicht viele Freunde gehabt hatte. Er war obdachlos gewesen und hatte mit seiner Mutter in einem Auto gewohnt. Und die Kids in der Schule, allen voran Frankie Dowd, hatten ihn deswegen die letzten vier Jahre über fertiggemacht. Daher auch die hässliche kleine Szene auf Chance' Party.

Bei dem Gedanken, dass irgendjemand auf Miller herumhackte, wollte ich etwas kaputt schlagen. Ronan *hatte* erwartungsgemäß etwas kaputt geschlagen: Frankies Nase. Wenn ich den großen Kerl nicht ohnehin schon geliebt hätte, hätte mich das endgültig überzeugt.

»Was ist mit dir?«, fragte ich und setzte mich auf den Stein am Lagerfeuer. »Arbeitest du?«

»Mal hier, mal da«, sagte Ronan, der ein bisschen Treibholz sammelte. Die Sonne würde erst in ein paar Stunden untergehen, aber ich sagte nie Nein zu einem Feuer, und er schaute gern dabei zu, wie etwas verbrannte.

»Ein Freelancer also«, sagte ich.

»Ja, klar.«

»Und du wohnst bei deinem Onkel?«

Mir war klar, dass ich hier gerade dünnes Eis betrat, indem ich Ronan etwas über ihn selbst fragte – das Thema, das er am wenigsten mochte. Er grunzte eine Antwort, die *Ja*, *Nein* oder *Verpiss dich* bedeuten konnte.

»Ich frag nur, weil ich auch bei meinen Eltern gewohnt hab und jetzt bei meinem Onkel und meiner Tante. Wir sind sozusagen Zwillinge.«

Ronan lächelte nicht, sondern tränkte das verrußte Holz – Überbleibsel des Feuers von letzter Nacht – mit Feuerzeugbenzin und riss ein Streichholz an. Das Feuer loderte auf und wurde dann schwächer. Ronan setzte sich auf seinen Stein.

»In Wisconsin ist was Beschissenes passiert«, sagte er schließlich. »Ich musste da weg.«

Ich schaute beiläufig in seine Richtung, ohne durchblicken zu lassen, dass ich ihn beobachtete, sämtliche Einzelheiten in mich aufnahm wie ein Künstler, der eine erste Skizze anfertigte. Ronan war achtzehn, ging auf die neunzehn zu und hatte mindestens sechs sichtbare Tattoos. Er trug seine Muskeln wie eine Rüstung, und seine grauen Augen wirkten, als wären Jahrzehnte schlimmer Erinnerungen darin gefangen.

»Was hat's damit auf sich?«, fragte er, als ich mit der verbundenen Hand einen Schluck aus dem Flachmann nahm.

»Oh, das?« Ich bewegte die schmerzenden Finger. »Oder fragst du dich, warum heute ein Wodka-Tag ist?«

Er zuckte mit den Achseln. »Mir kommt's vor, als wär jeder Tag ein Wodka-Tag.«

»Stimmt. Heute war was Besonderes.« Ich begegnete seinem Blick. »Willst du das wirklich hören?«

»Wenn du es erzählen willst.«

Wollte ich? Dr. Lange hatte immer gesagt, je mehr man über etwas redete, desto weniger Macht hatte es über einen. Ich fand das schwer zu glauben. Ich konnte für den Rest meines Lebens erzählen, was uns in Alaska angetan worden war, und die Kälte würde nicht verschwinden. Sie war für immer in mir.

Ich blickte zum Meer, die Wellen schlugen mit weißem Schaum gekrönt ans Ufer und zogen sich dann zurück. Ronan schwieg.

»Alkohol hält mich warm, weil Alaska mir etwas genommen hat«, erklärte ich schließlich. »Es hat mir etwas genommen und mir Albträume – Erinnerungen – hinterlassen, um mich daran zu erinnern, dass ich es nie zurückbekommen werde.«

»Dieses Camp?«

Ich nickte. »Es hat mich kaputtgemacht, dabei war ich vorher schon ein bisschen angeschlagen. Wir waren sieben Jungs. Man hat uns gebrochen, bis wir fast tot waren. Oder sterben wollten.«

Ronan erwiderte nichts. Als ich zu ihm hinübersah, wirkten seine grauen Augen aufgewühlt, er hatte die Fäuste geballt, die mit Tattoos überzogenen Muskeln seines Unterarms bewegten sich.

»Jedenfalls sind deshalb die meisten Tage Wodka-Tage. Und

der Grund, weshalb ich manchmal auf Badezimmerspiegel einschlage. Oder«, ich räusperte mich, »Leute auf Partys herausfordere, mich zu erstechen.«

Ich schwieg und duckte mich tiefer in meinem Mantel.

Tja, falls er noch hin und her überlegt hat, ob er mit mir abhängen will, wird er jetzt wohl seine Entscheidung treffen.

»Ich wohne nicht bei meinen Eltern, weil sie tot sind«, sagte Ronan plötzlich.

Ich blieb reglos sitzen. Dass Ronan etwas von sich preisgab, war, wie einen Diamanten in einem Haufen Kohle zu finden. Doch ich hatte ihm etwas von mir erzählt, und jetzt gab er etwas zurück. Um die Waage zu halten. Ein Gefühl breitete sich in meiner Brust aus, warm und weich und mir vollkommen fremd. Unvertraut.

Akzeptanz. So fühlt sich Akzeptanz an.

»Was ist passiert?«, fragte ich sanft.

»Als ich ein Kind war, hat mein Vater meine Mutter umgebracht. Ich habe es mit angesehen.«

»Oh Scheiße … Wie alt warst du?«

»Acht. Er ist in den Knast gekommen und dort gestorben. Ich kam in eine Pflegefamilie.«

Ich fühlte mit ihm und hatte keine Ahnung, was ich sagen sollte, ich fand es einfach furchtbar, dass Ronan solches Leid hatte ertragen müssen. Ich wünschte, ich könnte es auslöschen oder auf mich nehmen. Ich trug schon genug mit mir herum. Noch eine weitere scheißtastische Erinnerung würde mich nicht umbringen.

»Mir ging's ziemlich mies«, sagte Ronan, den Blick auf das heruntergebrannte Feuer gerichtet. »Ich musste die vierte Klasse wiederholen und hab zehn Jahre lang in Pflegefamilien verbracht. Irgendwann hat das Jugendamt den Bruder meiner Mutter ausfindig gemacht. So bin ich hier gelandet.«

»Es tut mir so leid, was deiner Mutter passiert ist, Ronan.«

Er nickte, und wir schwiegen, und es hätte eigentlich peinlich oder unbehaglich sein müssen, aber stattdessen spürte ich, dass unsere Freundschaft sich mit jeder vergehenden Minute verfestigte. Die Sonne versank inzwischen hinter dem Horizont, der Himmel war blutunterlaufen und doch schön. Friedlich.

»Was sind wir für ein fröhliches Paar, wir zwei«, sagte ich nach einer Weile. »Erzähl mir irgendwas Gutes, das dir heute passiert ist, Wentz. Egal was. Bevor ich mich ins Meer stürze.«

Er rieb sich das stoppelige Kinn und dachte nach. »Ich bin nicht suspendiert worden.«

»Hey, cool! Zwei Tage hintereinander.« Ich hob die Hand für einen High Five und bekam einen klatschenden Schlag ab. Ich atmete zischend ein und schüttelte die brennenden Finger. »Ganz ruhig, Tiger.«

Ronan lächelte fast. »Du bist dran. Etwas Gutes.«

»Hmm, ich weiß nicht, ob es *gut* ist oder eher *zum Scheitern verdammt und hoffnungslos*, aber …« Ich seufzte. »Da ist ein Typ.«

»Okay.«

»Ich kann nicht sagen, wer, also frag nicht.«

»Hatte ich gar nicht vor.«

»Natürlich nicht«, sagte ich. »Eine deiner liebenswertesten Eigenschaften. Jedenfalls, da ist ein Typ, und ich *will* nicht, dass da ein Typ ist. Nicht einer, den ich …«

»Ficken will?«

»Das sowieso.«

»Mögen könnte?«

»Genau. Ich kann niemanden mögen. Schlecht für mich, schlimmer für die anderen.« Ich starrte in die Flammen, die an dem verkohlten Holz leckten, während der Wind versuchte, sie auszupusten. »Es ist dumm. Und zu früh. Ich bin nicht hergekommen, damit jeder wache Gedanke von jemandem gekidnappt wird, den ich erst ein paar Tage kenne.«

Ronan riss die Augen auf.

»Nein, es ist nicht Miller«, sagte ich lachend. »Und es tut mir leid, dir das Herz zu brechen, aber du bist es auch nicht.«

»Was ist dann das Problem?«

»Das Problem ist, dass besagter Kerl nicht mein Typ ist, um es milde auszudrücken. Ein ganz normaler guter Junge. Warm, klebrig, alle lieben ihn. Er ist das menschliche Äquivalent eines Käsetoasts.«

»Und?«

»Und? Es ergibt keinen Sinn. Trotzdem kann ich nicht aufhören, an ihn zu denken und mich schuldig zu fühlen, weil … ich vielleicht was zu ihm gesagt habe, das ich nicht hätte sagen sollen.«

Ronan trank einen Schluck Bier. »Ich bin schockiert.«

»Ach, halt den Mund. Aber ja. Ich habe was in ihm aufgewühlt, wozu ich nicht das Recht hatte. Ich hab ihm sogar meine Nummer gegeben, falls er reden will. Mit *mir*! Als könnte ich tatsächlich jemandem *helfen*.« Ich schüttelte den Kopf und lachte trocken. »Die ganze Sache ist unmöglich.«

»Warum?«

»Ich bin mir nicht hundertprozentig sicher, ob er und ich auf derselben Wellenlänge sind, wenn du verstehst, was ich meine. Ich muss aufhören, mich einzumischen. Ihn in Ruhe lassen.«

Ronan verdrehte die Augen und warf einen Stein ins Feuer.

»Du bist anderer Meinung?«

»Wenn du ihn magst …«

»So weit würde ich nicht gehen.«

»… dann sag es ihm.«

»Das dürfte schwierig werden, da er explizit darum gebeten hat, dass ich nie wieder versuche, mit ihm zu reden. Und selbst wenn er wie durch ein Wunder wirklich schwul sein sollte, kann bei einer Geschichte mit mir nichts Gutes herauskommen. Abgesehen von Sex. Bedeutungslosen Sex kann ich gut.« Ich warf ihm einen Seitenblick zu. »Das soll jetzt kein Angebot sein.«

Ronan lächelte nicht.

Ich nahm einen Schluck aus meinem Flachmann und wünschte, der scharfe Wodka würde das weiche Gefühl in meinem Bauch auslöschen, das dort seit dem Tag wohnte, an dem ich River getroffen hatte.

Das Feuer flammte plötzlich auf, als Ronan Feuerzeugbenzin in die Glut spritzte. »Ist es das, was sie dir in Alaska genommen haben?«

»Was …?«

»Du hast gesagt, es könnte nichts Gutes dabei rauskommen, wenn du mit diesem Typ zusammen wärst. Haben sie dir das eingeredet? Dass du angeblich zu nichts gut bist?«

Die Ärzte im Sanatorium hatten mehr über die Konversionstherapie geredet, als ich je darüber reden wollte, mit verworrenen Ausdrücken und Fachsprache und Analysen. Ronan brach die Sache auf das Wesentliche herunter.

»Ja«, sagte ich. »Aber das hat schon früher mit meinen Eltern angefangen. Und es ist komplizierter …«

»Das ist absoluter Bullshit«, stieß Ronan hervor. »Wer auch immer dich dazu gebracht hat, das zu denken, egal wann es angefangen hat, es ist Bullshit.«

Er trank sein Bier aus und stand auf, um Nachschub zu holen. Er kam mit zwei Flaschen zurück und baute sich vor mir auf, seine Miene weicher, als ich es je gesehen hatte. Er bot mir eine der Flaschen an.

Ich nahm sie und steckte den Flachmann ein.

In der folgenden Nacht gingen Miller, Ronan und ich bei einem unserer nächtlichen Streifzüge über die Promenade. Die Leute starrten uns an – vor allem wegen meiner fabelhaften Garderobe –, und ich wusste, dass die Gerüchte und das Getuschel über uns auch in der Schule landeten. Aber uns allen war egal, was die anderen dachten. Vor allem mir.

Na gut, vor allem Ronan.

Mir war Ronan allerdings nicht egal. An diesem Nachmittag war Ronan mit einem blauen Auge in die Hütte gekommen, Blutergüsse guckten unter den Ärmeln seines T-Shirts raus. Als Miller und ich ihn fragten, was passiert sei, brüllte er uns an, dass wir uns um unseren eigenen Kram kümmern sollten.

Später ging Miller weg, um sich mit Violet zu treffen und ihr – endlich – zu sagen, was er für sie empfand. Ronan und ich latschten zur Hütte zurück.

»Stimmt es, dass Violet was mit River hat?«, fragte ich Ronan mit oscarwürdiger Beiläufigkeit.

Er zuckte nachlässig mit den Achseln. »Sie gehen zusammen zum Homecoming-Ball, wenn heute nicht endlich etwas passiert.«

Ich nickte.

Er musterte mich mit zusammengekniffenen Augen. »Was?«

Ich blinzelte, ein Bild reiner Unschuld. »Was *was*?«

»Du bist still.«

»Kommt vor.«

»Nein, tut es nicht.«

Ich lachte. »Kann ein Mann nicht in Ruhe über die Geheimnisse des Universums nachdenken?«

Ronan schnaubte, hielt sich jedoch zurück. Unbewusst rieb er sich den Oberarm, wo neben dem Tattoo einer schwarz-weißen Eule mit orangen Augen ein dunkler Bluterguss prangte.

Ich wollte ihn fragen, wer das gewesen war, doch auch ich musste mich zurückhalten.

Ein paar Stunden später war Miller zurück.

»Und? Wie ist es gelaufen?«

Das Lagerfeuer warf Licht und Schatten auf seine harte Miene. »So mies wie überhaupt möglich.«

Sein Boss in der Spielhalle hatte ihm drei Liegestühle geschenkt, um die Steine um das Feuer zu ersetzen. Miller ließ sich schwer in seinen fallen und warf den Gitarrenkoffer in den Sand.

»Was ist passiert?«

»Violet wollte ein Video von mir machen, wie ich spiele«, sagte Miller und starrte ins Feuer. »Um es auf YouTube zu stellen oder so was. Also hab ich mitgemacht, und … der Moment war so unglaublich intensiv. Ich hab gespürt, wie sich zwischen uns was verändert hat und tiefer wurde, also habe ich sie geküsst. Und sie hat mich auch geküsst.«

»Das klingt alles andere als mies«, sagte ich und bedachte Ronan, der mich das Gespräch allein bestreiten ließ, mit einem anklagenden Blick.

»Es ist alles schiefgelaufen«, sagte Miller. »Nichts hat sich geändert. Ich hab sie geküsst und nichts hat sich geändert …« Er fuhr sich mit den Händen durchs Haar und hielt dann seinen Kopf fest, die Ellbogen auf die Knie gestützt.

»Sie und River …?«

»Gehen immer noch zusammen zum Homecoming-Ball«, sagte Miller elend. Er setzte sich auf und warf einen Kiesel ins Feuer. »Scheiß drauf. Ich frag Amber, ob sie mit mir hingeht. Vielleicht kann ich was mit ihr anfangen und einfach versuchen, Violet … loszulassen.« Sein schwerer Blick wanderte zu Ronan. »Gehst du hin?«

»Nein.«

»Was ist mit dir?«, fragte Miller mich, und ich konnte sehen, dass er hoffte, wenigstens einer von uns würde ihm den Rücken stärken.

»Nein«, sagte ich. Ideen wirbelten in meinem Kopf herum – eine davon vielleicht sogar ganz gut. »Ich hab andere Pläne.«

7. Kapitel

River

Am Samstagmorgen kam ich zum Frühstück nach unten und sah Mom mit Dad und Amelia am Tisch sitzen, während Dazia in der Küche herumfuhrwerkte.

»Hey, River!«, sagte Dad, seine Stimme und sein Lächeln waren angespannt. »Bereit für das große Spiel heute? Coach Kimball meinte, drei Scouts von drei – *drei!* – Colleges hätten bestätigt, dass sie kommen werden. Alles gute Football-Unis.«

»Lass ihn doch erst mal frühstücken«, ermahnte Mom ihn sanft. Dunkle Schatten umringten ihre Augen, und sie schien blasser zu sein als gestern, als sie gesagt hatte, sie würde sich gut genug fühlen, um zum Homecoming-Spiel und zur Parade zu kommen.

»Ich weiß, ich weiß. Aber das ist der große Moment. Das Spiel, auf das wir hingearbeitet haben.« Dad stupste mich gegen den Arm. »Ich glaube, ich bin aufgeregter als er.«

Leider wahr.

»River, mein Lieber«, rief Dazia vom Herd. »Eier? Schinken? Oder langweilige kalte Cornflakes wie deine Schwester, die kleine Rebellin?«

»Eier mit Schinken wären toll.«

Ich setzte mich neben Mom, mein Magen verkrampfte sich wegen Dingen, die mit Scouts und dem »großen Spiel« nichts zu tun hatten.

»Hey«, sagte ich leise. »Wie geht's dir?«

Sie schaffte es zu lächeln. »Ich schlag mich so durch.«

Dad wurde still und nahm stumm ihre Hand. Sie drückte sie, und ich konnte beobachten, wie der Schmerz sie beide überwältigte. Amelia, die sich über ihre Cornflakes-Schale gebeugt hatte, warf mir durch ihren dunklen Haarvorhang einen Blick zu. Langsam schüttelte sie den Kopf und zog sich wieder zurück.

Mein Magen krampfte sich zusammen, und es fühlte sich an, als würde eine unsichtbare Hand meinen Oberkörper zusammendrücken.

Wenn Mom tot ist, werden die Speichen dieses Rads auseinanderfliegen, und wer weiß, wo wir dann landen.

Dazia kam herübergesaust, die Arme mit Tellern beladen wie die Kellnerin in einem Diner. »Bitte schön, Familie Whitmore, das Frühstück ist serviert.«

»Du bist zu gut zu uns«, verkündete Dad fröhlich, zögerte jedoch einen Moment, bevor er sich seinem Teller widmete. Aß, ohne zu schmecken. Als wäre es eine Aufgabe, die erledigt werden musste.

Ich wusste, wie er sich fühlte. Als Dazia einen Teller mit Rührei, Schinken und einer Scheibe Cantaloupe-Melone vor mir abstellte, konnte ich den Geruch kaum ertragen. Ich zwang mich um Dazias willen zu essen.

Mom bekam von ihr eine Schale Haferbrei, doch ich konnte sehen, wie Mom die Augen schloss und eine Hand auf ihren Magen legte. Meine Kehle war auf einmal wie zugeschnürt.

»Es tut mir so leid, River«, sagte sie schwach. »Ich wollte dich so gern heute spielen sehen. Und die Parade danach. Wie all diese Leute dir zujubeln …« Sie schluckte schwer. »Aber ich glaube, ich muss mich hinlegen.«

Ich nickte, weil ich meiner Stimme nicht traute.

»Amelia, komm später hoch und erzähl mir alles.«

»Okay.«

Mom stand auf, und Dad sprang auf die Beine, um ihr zu helfen.

»Iss dein Frühstück, Schatz«, sagte Mom. »Dazia, würdest du …?«

Dad setzte sich wieder hin, während Mom mir ein letztes Lächeln zuwarf und sich langsam in ihr Zimmer zurückzog, wobei sie sich schwer auf ihre Freundin stützen musste.

Es wurde still am Frühstückstisch, keiner von uns sprach oder nahm eine Gabel oder einen Löffel in die Hand. Plötzlich hörte man das Scharren eines Stuhls auf den Fliesen, und Amelia rannte mit wehenden Haaren aus dem Zimmer, eine Hand auf den Mund gepresst.

»Ein großer Tag«, sagte Dad mit belegter Stimme. »Es wird ein tolles Spiel werden. Dein Start in die Zukunft.«

Eine Zukunft, die er fast gehabt hatte, die ihm jedoch genommen worden war. Und jetzt zerbröckelte seine Zukunft mit Mom vor unseren Augen und schwebte wie Staub davon.

»Ja, Dad«, sagte ich und schaffte es, für ihn zu lächeln. »Es wird toll.«

»Bist du bereit?« Donte rammte mir beide Fäuste auf die Schulterpads. »Wir werden sie *fertigmachen* mit unserer Whitmore-Weatherly-Bombe auf der rechten Seitenlinie. Ihre Defense wird nach Hause fahren und ihren Lebenswillen hinterfragen. Hab ich recht?«

»Klar, Mann«, brachte ich heraus. »Drunter machen wir's nicht.«

»Das ist mein Junge!« Er hämmerte mir noch mal mit den Fäusten auf die Schultern, dann rannte er in der Umkleide herum und spornte die anderen Spieler an, bis sich alle lautstark unterhielten und herumblödelten.

Chance Blaylock, der das blau-goldene Trikot halb angezogen hatte, schob seine breite nackte Brust gegen meinen Arm. »Was ist, Whitmore? Du siehst aus, als würdest du gleich anfangen zu heulen.«

»Halt die Klappe, Blaylock.« Ich schubste ihn mit Wucht von mir weg, wobei ich so tat, als würde ich allein wegen des Testosteronüberschusses vor dem Spiel so heftig reagieren. »Wenn heute irgendwo geheult wird, dann auf der Bank der Soquels!«

»Das hab ich gehört. Und wir haben verdammtes Glück, dass ich überhaupt hier bin. Dieses Arschloch, Parish, hätte uns das Spiel heute fast vermasselt.«

Ich beugte mich vor, um mir die Schuhe zuzubinden und eine bittere Grimasse zu verbergen.

Selbst ohne Chance würde ich für mindestens zwei Touchdowns und zweihundert Yards den Pass werfen. Die Defense der Soquel Saints existierte praktisch nicht. Es war ein leichter Sieg gegen eine schlechtere Mannschaft, der uns gut dastehen lassen sollte. *Mich* vor den Scouts gut dastehen lassen sollte. Das Ganze fühlte sich falsch an. Unehrenhaft. Doch es war das Einzige, was meinen Dad glücklich machen würde.

»Du solltest mal den schicken Tisch sehen, den Parishs Onkel geschickt hat, um den alten zu ersetzen«, sagte Chance. »Meine Eltern sollten mir *danken*, dass dieser Idiot auf meiner Party war. Gott, Holden hat den Tisch wahrscheinlich selbst im Katalog ausgesucht, wenn du weißt, was ich meine.«

Ich knallte mein Schließfach zu, ein kaltes Gefühl im Bauch. »Nein, ich weiß nicht, was du meinst.«

»Doch, tust du. Er sieht aus wie die Sorte von Typ, die ständig in Modezeitschriften blättert. Und was ist Holden überhaupt für ein Name?«

»Er ist aus *Der Fänger im Roggen*«, sagte ich anstelle von etwas, das ich bereuen würde. Oder anstatt ihm den Arsch zu versohlen.

»Hä?«

»Das ist ein Buch über einen Außenseiter. Einen Typen, der das Gefühl hat, dass die ganze Welt ihn mit Blödsinn zuschüttet.«

Chance runzelte dämlich die Stirn. »Und?«

»Und … vielleicht ist er nach dieser Figur benannt.« Ich wandte mich wieder meinem Schließfach zu. »Vergiss es. Sind keine Bilder drin. Du würdest es eh nicht kapieren.«

Er lachte und gab mir einen gutmütigen Schubs, der in mir den Wunsch weckte, ihm den Arm abzureißen.

»Oooh, Whitmore will Streit anfangen! Ich vergess immer, dass du selbst ein halber Nerd bist. Aber hey, was auch immer du geil findest, denn heute ist der Tag, an dem wir zu Legenden werden.«

Chance schloss sich dem rauen Herumalbern in der Umkleide an, und ich atmete tief durch, um mich zu beruhigen. Seine Witze über Holden waren noch zahm im Vergleich mit dem, was ich in der Vergangenheit gehört hatte, und im College würde es nur schlimmer werden. Es schien mir, als gäbe es eine unsichtbare Grenze um die Umkleide und als könnten die Jungs sich beim besten Willen nicht vorstellen, dass jemand, der anders war als sie, die überschreiten könnte.

Der Coach ließ sich auf ein Knie sinken, und wir umringten ihn. Ich hielt mich am Rand und hörte nur mit halbem Ohr zu, während er seine Ansprache vor dem Spiel zum Besten gab. Danach nahm er Donte und mich beiseite.

»Es sind Scouts aus Auburn, A&M und Alabama hier, um unser Team in Augenschein zu nehmen. Aber seien wir ehrlich, Gentlemen. Die sind wegen euch beiden hier. Zeigt ihnen, was ihr könnt, dann könnt ihr euch nächstes Jahr aussuchen, an welches College ihr wollt.«

Dontes Gesicht wirkte untypisch ernst, als seine dunkelbraunen Augen meinen begegneten. »Alles klar, Coach. Whitmore hält mir den Rücken frei und ich ihm. Stimmt's?«

»Klar«, sagte ich, die Stimme ausdruckslos und hart. »Ich lass dich nicht hängen.«

Das konnte ich nicht. Es stand zu viel auf dem Spiel, um jetzt alles fallen zu lassen. Vor meinem inneren Auge erschien Dads hoffnungsvolles Gesicht.

Dich lass ich auch nicht hängen.

Und ich tat es nicht.

Die Soquel Saints setzten sich zur Wehr, doch in der zweiten Hälfte hatten wir sie in der Tasche. Ich warf für über dreihundert Yards und vier Touchdowns, praktisch auf Autopilot. Es war, als wäre mein Wurfarm unfehlbar und Donte immer dort, wo ich ihn brauchte.

Wenigstens kann mir niemand vorwerfen, dass ich das Spiel vermasselt hätte.

Weder Donte, der Homecoming-Prince, noch ich durften uns umziehen, bevor man uns für die Parade auf den Platz zerrte. Wir saßen auf den Rückbänken von schicken Cabrios, die langsam um das Feld fuhren, vor uns das Flag-Team und die Blaskapelle.

Donte saß neben Evelyn Gonzalez, während ich meinen Platz als King in einem kirschroten Mustang GT mit Violet McNamara einnahm. Sie war hübsch in schwarzem Samt, klein und zart neben meinem breiten Körper im stinkenden Trikot.

»Ich kann verstehen, wenn du auf den Vordersitz umziehen willst«, sagte ich, während ich ein falsches Lächeln aufsetzte und der Menge winkte.

Sie lachte und winkte schüchtern. »Solange du vor dem Ball duschst, ist es okay.«

Der Ball. Und davor das Dinner mit dem Team.

Scheiße.

Das unsichtbare Gewicht wurde schwerer. Mit der Mannschaft zu essen und mir die beschissene Selbstbeweihräucherung anzuhören und dann auf den Ball zu gehen, wo von mir erwartet wurde, vor der ganzen Schule mit Violet zu tanzen – das alles war wirklich das Letzte, was ich wollte.

Die meisten Typen würden dafür sterben, solche Probleme zu haben.

Ich lächelte, winkte und tat so, als würde ich die Menge nicht nach silbernem Haar und Klamotten absuchen, die eher auf eine GQ-Doppelseite als auf die Tribüne eines Footballfeldes der Highschool passten. Ich tat so, als würde mir Violets zarte weibliche Schönheit genügen. Tat so, als würde mein Körper sich nicht stattdessen danach sehnen, mit einem männlichen und starken Gegenüber die Kontrolle zu verlieren.

Aber ich konnte nicht länger so tun als ob. Die Wahrheit starrte mir direkt ins Gesicht, duckte sich nicht mehr jedes Mal weg, wenn ich versuchte, sie zu betrachten.

Ich war nicht wie die meisten Typen.

Und der, nach dem ich Ausschau hielt, war das auch nicht.

Am Ende der Parade zerstreute sich die Menge, und ich half Violet aus dem Cabrio.

»Ich hab jetzt dieses Mannschaftsessen«, sagte ich. »Ich weiß nicht, wie lange es dauert, aber wahrscheinlich bis kurz vor dem Ball. Wäre es sehr geschmacklos, dich zu bitten, dass wir uns dort treffen?«

Violet grinste. »Meine Eltern werden enttäuscht sein wegen des verpassten Fototermins, aber ich denke, sie werden es überleben.«

Ich lächelte. Violet war cool. Klug. Locker. Schön. Dennoch wanderten meine Gedanken zu der Tatsache, dass ich Holden Parishs Telefonnummer in der Tasche meiner Collegejacke hatte.

Violet gesellte sich zu Evelyn Gonzalez und ein paar anderen Freundinnen, und ich lief zur Spielerbank, wo der Coach, Donte und ein paar Männer in Khakis und Polohemden standen und sich unterhielten. Mein Dad war ebenfalls dabei. Als ich näher kam, schüttelte Donte allen die Hand und joggte Richtung Umkleide.

»Du bist dran«, sagte er und präsentierte im Vorbeigehen sein Megawatt-Lächeln.

»Hey, Champion!«, rief Dad und klopfte mir auf die Schulterpads. »Großartiges Spiel! Unglaublich. Ich denke, das gehört ins Buch der Rekorde. Oder, Frank?«

Coach Kimball lachte und nickte. »Das kann man wohl sagen. Komm, River, ich möchte dich diesen Herren vorstellen.«

Pflichtbewusst schüttelte ich den dreien die Hand und ertrug ihre positive Spielzusammenfassung. Dann sangen sie nacheinander Loblieder auf ihre Unis und stießen sich dabei gutmütig in die Rippen, während Dad und der Coach das Theater gleichermaßen stolz beobachteten.

»Wir denken, du bist etwas Besonderes, River«, sagte der Typ von Auburn. »Hast du das von deinem Dad? Waren Sie nicht Profi, Mr Whitmore?«

Ich zuckte innerlich zusammen.

»Beinahe«, sagte Dad, und sein Lächeln gefror. »Es hieß, ich hätte gute Aussichten für den Draft, aber dann ist eine ganze Schar Defense-Spieler auf meinem Knie gelandet.«

»Eine Schande«, sagte der Coach. »Aber River hier wird sein Vermächtnis fortsetzen. Nicht wahr, Junge?«

Ich nickte und spürte die Blicke auf mir. Spürte das Gewicht des Wortes – Vermächtnis –, das sich zu dem Druck zwischen meinen Schulterblättern hinzugesellte. »Ich geb' mein Bestes.«

»Und noch mehr«, sagte Dad. »River hat mehr Talent in seiner rechten Hand als ich im ganzen Körper.«

»Dad …«

»Es stimmt! Sie haben es alle gesehen. Haben Sie doch, oder?«

Das führte zur nächsten Runde Komplimente seitens der Scouts, die meine Haut mit einem unangenehmen Kribbeln überzogen. Endlich war das Meeting vorbei, und sie gingen, um noch einmal allein mit dem Coach zu reden.

Dad drehte sich zu mir um. »Was sagst du dazu? Jetzt hast du die Wahl.«

»Ja, cool. Ist Amelia nicht gekommen?«

Seine Miene war angespannt. »Sie hat gesagt, ihr sei nicht danach. Ich wollte sie nicht drängen.«

Damit sie nicht zusammenbricht. Weil wir jetzt schon alle am Ende sind.

»Du und Donte seid heiß begehrt«, sagte Dad und wechselte zu einem fröhlicheren Thema. »Wär das nicht toll, wenn ihr beide auf dasselbe College kämt? Dann könntet ihr dieses magische Duo aufrechterhalten.«

»Er braucht mich nicht, um ein großartiger Receiver zu sein.«

»Natürlich nicht. Und dein Talent braucht auch keine Hilfe. Ich dachte nur, weil …«

»Ich muss los, Dad«, sagte ich. »Ich bin schon spät dran, das Team-Dinner beginnt bald.«

»Oh ja, klar. Ich bin stolz auf dich, River. Du warst …« Er schüttelte den Kopf und senkte für einen Moment den Blick. »Nun, du warst einfach besonders gut heute. Das konnte jeder sehen. Ich wünschte nur, deine Mom hätte auch dabei sein können.«

Ich schluckte einen dicken Kloß im Hals herunter. »Erzähl ihr alles, okay?«

»Mach ich.«

Er tätschelte meine Wange und ging zum Parkplatz. Mit gesenktem Kopf, Händen in den Taschen. Allein.

Für mich konnte das Essen in der Sportbar mit angeschlossenem Restaurant nicht schnell genug vorbei sein – die Jungs verspeisten ihr Eigengewicht in Pommes, Hamburgern und Buffalo Wings, redeten Blödsinn und benahmen sich total bescheuert, immer noch high vom Sieg.

Zu Hause ging ich in Moms Zimmer, um Hallo zu sagen. Ich warf einen Blick hinein, aber sie schlief. Sie schlief in diesen Tagen ständig.

Ich war schon zwanzig Minuten zu spät für meine Verabredung mit Violet, stank allerdings nach Fett und Barbecue-Soße. Also duschte ich noch einmal schnell im Bad am Ende des Flurs, dann wickelte ich mir ein Handtuch um die Taille und rannte in mein Zimmer zurück.

Der Kleidersack mit dem Smoking hing innen an der Tür. Ich nahm ihn herunter und warf ihn aufs Bett, dann fiel ich mit einem erstickten Keuchen gegen den Schrank und hätte beinahe das Handtuch verloren.

An meiner Kommode lehnte Holden Parish. Vollkommen lässig und bis auf einen langen grauen Tweedmantel ganz in Schwarz gekleidet.

»Gott im Himmel!«

»Nicht ganz, aber ich kann die Verwechslung verstehen.« Er betrachtete träge seine Fingernägel. »Ehrlich gesagt nehme ich das zurück. Er und ich ähneln uns *kein bisschen*.«

»Wie bist du hier reingekommen?«, zischte ich mit einem schnellen Blick zu meiner Zimmertür, die ich glücklicherweise zugemacht hatte.

»Ich hab da so meine Methoden. Und eure Haustür war nicht abgeschlossen.« Sein verschlagenes Lächeln machte mich wahnsinnig, während seine durchdringenden grünen Augen schamlos über meinen nackten Oberkörper wanderten. »Zieh dich an. Ich bin eigentlich sehr dafür, dass du die ganze Nacht nur Handtuch trägst, aber das ist vielleicht ein bisschen viel für unser erstes Date.«

»Unser erstes ...?« Ich schüttelte den Kopf. »Hab ich einen Schlag auf den Kopf gekriegt? Hab ich Halluzinationen? Was zum Teufel *machst* du hier?«

»Ich rette dich.«

Ich lachte schnaubend. »Okay, ich bin ganz Ohr. Wovor?«

»Vor diesem Tag. Heute Abend hast du ein ... Wie nennt man das gleich in der Footballsprache? Time-out?«

»Ich muss nicht *gerettet* werden. Ich bin Homecoming-King, verdammt. Ich muss zu einem Ball, wenn du mich also entschuldigen würdest ...«

»Hast du die alle gelesen?«, fragte Holden und betrachtete mein Bücherregal. Es war nicht groß, nur drei Regalbretter, doch diese waren komplett vollgestopft, manche Bücher lagen quer obendrauf, andere stapelten sich auf dem Fußboden.

»Die stehen da nicht als Deko.«

»Hmmm. Du liest. Du bist nicht schlecht in Mathe ... Beeindruckend.«

»Danke«, sagte ich abwesend, während mein Gehirn ratterte.

Ich konnte keine Sekunde länger nur mit einem Handtuch bekleidet mit ihm in einem Zimmer verbringen. Zögernd ging ich zu meiner Kommode; trat direkt in seine unmittelbare Nähe, in diese Gewitterwolke namens Holden Parish, in seinen Geruch aus Eau de Cologne und der scharfen Note von Nelken und Wodka. Während ich in einer Schublade nach einer Unterhose suchte, hielt ich krampfhaft das Handtuch um meine Hüften fest.

Er zog meine zerlesene Ausgabe *Catch-22* aus dem Stapel und hielt mir das Cover hin. »Ein bisschen zu offensichtlich, findest du nicht?«

»Wieso offensichtlich?«, fragte ich, als wäre es völlig normal, mit irgendwelchen Typen zu plaudern, die in meinem Zimmer auftauchten, während ich versuchte, mich anzuziehen.

Es ist normal. Es ist genau wie in der Umkleide mit den Jungs.

Nur fühlte es sich völlig anders an, mit Holden allein in meinem Zimmer zu sein. Die Umkleide war für mich irgendwie ein steriler Ort geworden, frei von Emotionen oder Reaktionen meinerseits. Hier dagegen schien die Luft aufgeladen. Zäh. Schwer. Holden war umgeben von knisternder Elektrizität, und die Härchen auf meinen Armen stellten sich auf.

Ich ging in meinen kleinen begehbaren Wandschrank und zog die Unterhose an. Ich hatte das schon tausendmal gemacht und gespürt, wie der Baumwollstoff dabei über meinen Schwanz rieb, doch diesmal reizte er plötzlich meine empfindliche Haut. Ich biss die Zähne zusammen und zwang meinen Körper, sich verdammt noch mal zu beruhigen.

»In *Catch-22* geht es um Paradoxa«, sagte Holden. »Absurditäten. Eine Catch-22-Situation ist ein Problem, für das die einzige Lösung durch einen Umstand ausgeschlossen wird, der dem Problems selbst innewohnt.«

»Ich weiß, was es bedeutet«, entgegnete ich und zog eilig die schwarze Anzughose an.

»Dein Problem ist, dass du nicht mit einem Mädchen auf den Ball gehen willst. Die Lösung wäre, nicht hinzugehen. Aber du kannst nicht *nicht* hingehen, weil du mit einem Mädchen gesehen werden musst. Deshalb ist das Mädchen gleichzeitig das Problem und die Lösung.« Holden legte den Kopf schief und zog die Augenbrauen hoch. »Bin ich nah dran?«

»Soll das die Entschuldigung für deinen Spruch in der Abstellkammer sein?« Ich schlüpfte in das weiße Hemd und knöpfte es hektisch zu. »Klingt nämlich nicht nach einer Entschuldigung. Klingt nach exakt der gleichen Unterstellung.«

Holdens stechender Blick wurde weich, während er zusah, wie ich mich anzog. »Du musst da nicht hingehen.«

»Irgendwie schon. Mein *Date* wartet.«

»Dein Date ist die eine wahre Liebe meines besten Freundes. Sie hat es nur noch nicht begriffen.«

»Nicht mein Problem.« Ich zog die schwarze Weste an.

Holden legte *Catch-22* auf den Stapel zurück und verschränkte die Arme. »Bist du es nicht langsam müde?«

»Was?«

»Ein Kostüm gegen ein anderes zu tauschen«, sagte er und deutete mit dem Kinn auf den Smoking.

Ich stellte mich dumm und versuchte, mir nicht anmerken zu lassen, wie sehr er damit ins Schwarze getroffen hatte. »Ich hab gerade für 300 Yards weit geworfen, also ja, ich bin müde.«

Holden verdrehte die Augen. »Erspar mir deine Statistik, Tom Bundy.«

»Brady.«

»Wie auch immer. Macht es dir überhaupt Spaß?«

Ich ignorierte ihn und band mir einen Kummerbund um meine Taille.

»Kummerbund oder Weste, niemals beides«, sagte Holden. »Übertreib's nicht.«

»Was? Oh, der Laden hat beides mitgeschickt, damit ich es ausprobieren kann …« Ich schüttelte den Kopf und warf den

Kummerbund zur Seite. »Gott, was rede ich da? Du hast mir immer noch nicht gesagt, was du hier willst.«

»Doch, hab ich.«

»Stimmt, mich retten.« Ich verdrehte die Augen und hängte mir die Fliege um den Hals. »Ich muss nicht gerettet werden. Und du musst jetzt gehen.«

»Komm mit.«

Die Worte trafen und breiteten sich in meinem Körper aus. Mein Kopf, mein Herz, mein Schwanz wollten alle gehorchen. Ich versuchte vergeblich, die Fliege zu binden, und ließ die Hände schließlich sinken.

»Wohin?«

»Irgendwohin, wo du dich nicht verstellen musst.«

Ich schnaubte und fummelte weiter an der Fliege herum. »Red keinen Scheiß. Du kennst mich nicht.«

Holden legte wieder auf diese Weise den Kopf schief, die einen wahnsinnig machte, sein Blick durchbohrte mich, als er einen Schritt näher kam. »Vielleicht nicht. Vielleicht ist dies der Abend, an dem wir es herausfinden.«

»Was herausfinden?«, fragte ich, und mir war plötzlich bewusst, dass ich das schon die ganze Zeit tat. Fragen stellen. Um Antworten bitten.

Warum? Er weiß gar nichts. Er …

Holden stellte sich vor mich. Aus dieser Nähe hatte sein Aussehen eine derartige Wirkung auf mich, dass ich fast geblendet wurde. Ich musste ihn Stück für Stück betrachten, nicht im Ganzen; mein Blick wanderte über die Umrisse seines perfekten Gesichts, seine vollen Lippen, das Grübchen in seinem Kinn und das kleine Muttermal oben auf seinem linken Wangenknochen. Sein silbernes Haar war nach hinten gegelt und bildete eine Welle oben auf seinem Kopf, die Seiten waren kurz geschnitten, darunter spannten sich die Sehnen seines

Halses. Alles an ihm attackierte meine Sinne und reduzierte meinen Verstand auf ein Minimum.

Holden kam noch näher, und ich sah erstarrt zu. Jeder Nerv in meinem Körper befand sich in Alarmbereitschaft, mein Schwanz regte sich in der Hose. Seine Hände – elegant, aber männlich und voller Tintenflecken – banden mir die Fliege.

»Ein klein bisschen schief.« Sein Atem wehte über meine Lippen – Rauch und Wodka, Feuer und Eis. »So wie ich.«

Ich schluckte, und Holdens Blick fiel auf meinen Adamsapfel, folgte der Bewegung. Dann sah er zu meinen Lippen und blieb dort, während sein eigener Mund sich öffnete, seine Zunge sich herauswagte und seine Unterlippe berührte.

Oh, fuck …

Lust – reines, ungefiltertes Verlangen – raste durch meinen Körper wie ein Steppenbrand. Und ebenso mächtig waren die tausend Gefühle in meiner Brust. Anstatt mich beengt zu fühlen, konnte ich atmen. Vielleicht zum ersten Mal seit Monaten. Sogar seit Jahren.

Und Holden bekam alles mit; ein träges Lächeln breitete sich auf seinen Lippen aus. Er zog den Moment in die Länge – quälte mich mit den Möglichkeiten, die sich daraus ergeben konnten –, dann trat er von mir weg und brach den Bann.

»Du bist bereit für den Ball, Märchenprinz. *König*, sollte ich wohl sagen.« Er musterte mich in dem schicken schwarzen Smoking und der blassblauen Fliege von oben nach unten. »Du siehst absolut glaubwürdig aus.«

Ich bin es leid, diese Rolle zu spielen.

Ich atmete noch einmal ein, tief und gleichmäßig, während Holden sich wieder gegen die Kommode lehnte. Er zog eine Packung Nelkenzigaretten aus der Manteltasche, schwarz mit Goldprägung.

»Du kannst hier nicht rauchen.«

»Natürlich nicht. Nicht hier.« Er hob eine volle, aber perfekt gezupfte Augenbraue. »Woanders?«

Einatmen. Ausatmen.

Ich kann atmen …

»Gehen wir.«

8. Kapitel

River

Holden und ich schlichen uns aus der Haustür und liefen die Auffahrt hinab, als die Dämmerung in die Nacht überging. Ich fühlte mich wie ein Dieb, der sein eigenes Haus ausgeraubt hatte.

»Lass uns deinen Wagen nehmen«, sagte Holden und winkte einem Chauffeur, der ein Stück entfernt an einem schwarzen Cadillac lehnte.

»Warum? Wo fahren wir hin?«

»Ich will nicht, dass du mir später vorwirfst, ich hätte dich entführt.« Er warf mir einen durchdringenden Blick zu. »Aber vor allem will ich dir beim Fahren zusehen.«

Fuck.

Alles, was dieses Arschloch sagte oder tat, jeder Blick war unheimlich sexy.

»Und was die Frage angeht, wo wir hinfahren«, sagte er, als wir in meinen Chevy stiegen, »mach dir darüber keine Gedanken, ich navigiere.«

Ich startete den Motor, während der schwarze Wagen wegfuhr. »Das war dein persönlicher Chauffeur?«

»War er.« Holden drehte sich mit einem Grinsen zu mir um. »Aber heute bist du's.«

Noch mal fuck.

Im Schutz der Dunkelheit verließen wir mein Mittelschichtsviertel Richtung Süden. Die Häuser wurden größer, standen hinter dichten Bäumen und Toren, die für Privatsphäre sorgten. Es war eine kurze Fahrt – nach nur wenigen Minuten fuhren wir einen Hügel hinauf, und das Meer breitete sich vor uns aus; dunkles Blau durchzog das Orange der untergehenden Sonne, das sich darin spiegelte.

»Das Haus da.«

Holden zeigte auf ein großes modernes Gebäude in Weiß mit geometrischen, mit schwarzem Stahl gerahmten Fenstern. Die Fenster waren dunkel.

Ich stieß einen leisen Pfiff aus und wollte mit dem Pick-up in die Einfahrt fahren. »Hier wohnst du?«

»Park auf der Straße«, sagte er. »Wir dürfen keine Ölflecken auf der Einfahrt hinterlassen.«

Ich parkte, machte den Motor aus und wollte schon mit ihm aussteigen, als die Vernunft plötzlich zurückkehrte.

»Scheiße, warte. Was mach ich hier? Ich hab Violet einfach versetzt.« Ich holte das Handy aus der Tasche des Smokings. Es wartete schon eine Nachricht von ihr.

Ich bin schon da. Kommst du?

»Ich muss zurück. Ich kann ihr das nicht antun.«

»Sie wird drüber hinwegkommen. Vertrau mir.«

»Woher willst du das bitte wissen?«

»Ich hab's dir doch gesagt. Sie und einer meiner besten Freunde sind Seelenverwandte.«

»Auf der Party sah das nicht so aus«, sagte ich, dann erinnerte ich mich an Miller Strattons finsteren Blick, als er mich dabei beobachtet hatte, wie ich zu Violet in die Kammer gegangen war. »Du bist mit Miller befreundet?«

Holden nickte. »Wir müssen ihnen eine Chance geben.«

»Aber … sie will mit mir auf den Ball gehen. Ich kann sie nicht einfach sitzen lassen.«

»Doch, kannst du, wenn es für eine gute Sache ist. Und das ist es.«

Ich schüttelte den Kopf. »Ich weiß nicht …«

»Kannst du bitte wenigstens eine Sekunde lang mal an dich selbst denken?«, fragte Holden auf einmal mit schneidender Stimme. »Ist es wirklich das, was du willst? Mit Violet zusammen sein? Sei ehrlich. Wenn du das willst, steige ich aus, und du kannst zur Schule fahren, kriegst deinen Ball und deine Krone und machst weiter wie bisher. Oder …«

»Oder?«

»Du bleibst bei mir.«

Verdammt, Holdens Blick wirkte im Licht der Kabine des Pick-up intensiver denn je, und ich sah plötzlich die Möglichkeit vor mir, ein Leben zu beginnen, das dem, was ich wollte, wesentlich näher kam als alles, was ich bisher erlebt hatte. Das meinem eigentlichen Ich entsprach. Ich musste nur die Hand ausstrecken und es berühren. Ihn berühren …

Ich schluckte und tippte eine Nachricht an Violet.

Ich schaffe es nicht zu kommen. Tut mir leid.

»Eine ausgezeichnete Entscheidung«, sagte Holden, der jetzt lächelte. »Sei leise. In diesem Viertel wohnen lauter spießige Wichtigtuer. Ich hab keinen Bock darauf, dass sich jemand bei meinem Onkel und meiner Tante beschwert.«

»Du wohnst nicht bei deinen Eltern?«

»Sie sind bei einem tragischen Heißluftballonunfall über dem Panama-Kanal umgekommen.«

»Was …?«

»Ich mach nur Witze. Sie leben in Seattle und sind gesund und munter. Leider.«

Er stieg aus und ging los; ich musste mich beeilen, um hinterherzukommen. Leise liefen wir den gepflegten Weg zum Haus hinauf. Im Licht seines goldenen Zippos tippte er einen

Sicherheitscode in eine schwarze Tastatur. Es folgte ein mechanisches Geräusch, dann ging die Tür einen Spalt auf.

Ich folgte Holden nach drinnen. Mir klopfte das Herz in der Brust, und ich fragte mich, wie weit ich bei diesem Time-out gehen würde.

Der Eingangsbereich war dunkel, aber Holden machte kein Licht an. Fotos an der Wand waren schwarze Quadrate, man konnte keine Gesichter erkennen. Von der Haustür gelangte man in ein offenes Wohnzimmer mit Küchenbereich. Der schick und modern eingerichtete Raum überblickte eine Terrasse aus makellos weißem Zement und einen glitzernden Infinity-Pool mit Unterwasserbeleuchtung. Hinter dem Pool erstreckte sich der gesamte Pazifische Ozean im Licht des Vollmonds.

»Ziemlich nette Hütte«, bemerkte ich.

»Kann man sagen.« Holden ging zum Kühlschrank und machte ihn auf. »Ah, perfekt. Bier. Du magst doch Bier? Oder lieber was Stärkeres?«

»Ich muss noch fahren. Bier ist okay.«

Egal, was heute Abend passierte, ich würde mich nicht mit Holden Parish betrinken. Ich war schon weiter gegangen, als überhaupt vorstellbar war. Die Kontrolle zu verlieren war keine Option.

Ich schob die Hände in die Hosentaschen des Smokings. »Machst du Licht an oder was?«

»Ich mag's lieber dunkel«, sagte Holden mit einem schalkhaften Grinsen, als er mir das Bier reichte. Er ging ins Wohnzimmer, wo er sich im Halbdunkel suchend umsah, bis er eine Minibar fand. »Ah, da ist sie ja. Sei so gut und sieh nach, ob Oliven im Kühlschrank sind.«

»Du weißt nicht, ob welche da sind?«

»Seh ich aus, als würd ich den Einkauf erledigen?«, fragte

Holden und mixte Wodka, Eis und Martini in einem silbernen Cocktail-Shaker.

Ich fand ein Glas mit grünen Oliven in dem Kühlschrank aus rostfreiem Stahl. Gerade als ich ihn zumachen wollte, fiel das Licht auf ein Familienfoto, das mit einem Magneten an der anderen Tür befestigt worden war. Mom, Dad, zwei Kinder, alle dunkelhaarig und mit einem strahlenden Lächeln in den dunkelhäutigen Gesichtern, während sie vor einem goldenen Tempel umgeben von Wasser posierten. Unten auf dem Foto befand sich ein kleiner Schriftzug: *Unsere Reise nach Hause! Amritsar, Indien, Sommer 20…*

»Oh, Scheiße.«

Ich machte die Kühlschranktür zu und ging zu Holden in den dämmrigen Wohnbereich, überzeugt davon, jeden Moment von Scheinwerfern erfasst und von der Polizei angebrüllt zu werden, dass wir die Hände heben sollten.

Mit einer abgehackten Bewegung drückte ich Holden die Oliven in die Hand. »Du wohnst hier gar nicht, oder?«

»Hab ich nie behauptet.«

»Mein Gott, sind die zu Hause? Oben? Was zum …?«

»Entspann dich«, sagte er und ließ eine Olive in seinen Martini plumpsen. »Sie sind zwei Wochen in Urlaub. Meine Tante Mags ist mit den Sridhars befreundet und hat ihnen angeboten, die Blumen zu gießen, während sie weg sind.«

»Mann … das ist Einbruch und unbefugtes Betreten.«

»Betreten meinetwegen. Eingebrochen ist niemand.«

»So läuft so was aber nicht.«

Er nahm seinen Cocktail mit zur gläsernen Terrassentür und schob sie auf. »Kommst du jetzt oder nicht?«

Ich stand auf halbem Weg zwischen Holden und der Haustür. Ich konnte diesen Wahnsinn jetzt beenden und meinen Tanz mit Violet noch retten.

Um in dein künstliches, falsches Leben zurückzukehren.

Ich nahm das Bier von der Bar und trat zu ihm auf die Terrasse.

Er stellte seinen Martini auf einen kleinen Tisch und streckte sich auf einer Liege mit Blick auf den Pool aus. Ich setzte mich auf die Kante einer zweiten Liege, immer noch im Smoking.

»Wunderbare Nacht, findest du nicht?«, fragte Holden.

»Klar. Perfekt, um Mundraub zu begehen.«

»Niemand wird sich wegen einem fehlenden Bier und ein paar Oliven aufregen.« Er betrachtete das Glas und drehte es im Mondlicht. »Obwohl sie sich vielleicht fragen werden, wohin ein paar Deziliter von ihrem Ciroc-Wodka verschwunden sind. Das Zeug ist nicht gerade billig. Auf der anderen Seite kümmern wir uns wirklich ganz hervorragend um ihre Blumen.«

»Brichst du öfter in die Häuser anderer Leute ein?«

»Gelegentlich. Es ist leichter, wenn die Besitzer dir ihren Sicherheitscode geben, macht allerdings nicht so viel Spaß, wie sich unangekündigt reinzuschleichen. Du wärst überrascht, wie viele Leute ihre Fenster nicht abschließen.« Er warf mir einen Blick zu. »Oder ihre Haustür.«

»Warum machst du das?«

»Es ist vor allem der Nervenkitzel. Und weil ich immer nur in einem Haus gewohnt habe und nicht weiß, wie ein richtiges *Zuhause* aussieht. Deins ist übrigens das heimeligste Zuhause, in dem man zu Hause sein kann.«

Ich trank einen Schluck Bier, um den plötzlichen Schmerz in meiner Kehle zu beruhigen. »Nicht mehr lange.«

»Wie lange ist nicht lange?«, fragte Holden leise.

»Sie ist eine Kämpferin, also … ein paar Monate? Vielleicht.«

»Es tut mir leid. Aber ich freue mich umso mehr, dass ich

dich hergebracht habe. Du brauchst wirklich ein Time-out. Wie auch immer du es nennen willst. Eine Pause.«

Ich wollte protestieren, doch er hatte recht. Ich war müde. Mental erschöpft. Ich trank noch einen Schluck von meinem geklauten Bier. Die Anspannung in meinen Muskeln löste sich, und ich gewöhnte mich daran, hier zu sein. Mit ihm.

Es vergingen ein paar Minuten behaglichen Schweigens. Die Nachtluft war warm, selbst so nah am Meer. Ich löste die Fliege und zog das Jackett aus, während Holden sich in seinen warmen Sachen völlig wohlzufühlen schien.

»Ist dir nicht heiß?«

»Ob ich heiß bin? Ist das nicht offensichtlich?«

Ich verdrehte die Augen. »Kannst du die Witze mal lassen? Vielleicht nicht jetzt, aber am Tag? Bei fünfundzwanzig Grad?«

»Nein.«

»Okay, aber … warum?«

»Warum ich mich anziehe, als ob Winter wäre? Weil immer Winter ist.«

Die Worte klangen theatralisch, doch der Schmerz, der darin mitschwang, war nicht zu überhören; er zog den dicken Mantel fester um sich.

»Willst du darüber reden?«, fragte ich nach einer Weile.

»Bist du immer so?«, fragte er verwirrt. »So … *nett*? Ich habe dir keinen Grund gegeben, mir zu vertrauen oder mich zu mögen, und trotzdem bist du hier.«

Ich grinste und trank noch einen Schluck Bier. »Ich warte immer noch auf eine Entschuldigung.«

»Brauchst du immer noch eine?«

Oder hatte ich recht?

Ich nahm seine unausgesprochene Frage zur Kenntnis und seufzte, pulte am Etikett auf der Flasche herum. »Ich weiß es nicht. Ist wohl die Geschichte meines Lebens: Ich weiß es nicht.«

»Wie hat es angefangen?«, fragte Holden ruhig.

»Willst du das wirklich hören?«

Er breitete die Hände aus. »Wir sind hier, oder?«

Ich nickte und zupfte weiter an dem Bieretikett, schälte es langsam vom Glas und redete schließlich einfach drauflos.

»Seit ich groß genug war, um einen Ball in die Hand zu nehmen, gab's für mich nur Football. Mein Dad wollte Profi werden, aber wegen einer Verletzung war seine Karriere vorbei, bevor sie angefangen hatte. Er war am Boden zerstört, also hat er seine zerplatzten Träume auf mir abgeladen. Hat mich angetrieben, der Beste zu werden. Vom ersten Tag an war die NFL das einzige Ziel. Und anfangs hat mir das Spiel auch Spaß gemacht. Ich hab's sogar geliebt. Doch es hat alles andere verdrängt, und ich hab mich einfach … verirrt.« Ich schaute Holden an. »Was das angeht, was du mich auf Chance' Party in der Kammer gefragt hast …«

Er nickte langsam.

»Die Antwort ist: niemand. Nicht mal ich selbst.«

Ich zog weiter an dem Etikett, versuchte, es als Ganzes vom Glas zu lösen.

»Ich war dreizehn, als Dad mit mir über Sex geredet hat. Vor allem hat er mich gewarnt, bloß kein Mädchen zu schwängern, weil es unsere Pläne durchkreuzen würde. Aber er hat mich nie gefragt, ob ich überhaupt an Mädchen interessiert bin. Diese Möglichkeit ist ihm gar nicht in den Sinn gekommen, also hatte ich keine Ahnung, dass es auf mich zutreffen könnte.« Ich konzentrierte mich weiter auf die Bierflasche. »Es ist, als würden alle davon ausgehen, dass alle gleich sind – dass alle eine Standardeinstellung haben. Wenn du anders bist, denkst du erst mal, dass mit dir etwas nicht stimmt.«

Holden nickte. »Ich weiß, was du meinst.«

Etwas in seiner Stimme verriet mir, dass auch er eine Geschichte hatte – und keine schöne. Er wartete jedoch schweigend, dass ich fortfuhr. Ließ mich reden, dabei hatte ich noch nie über irgendwas so viel geredet.

Ich zupfte weiter, das Etikett war fast ab.

»Mit vierzehn hab ich mal mit einem Kumpel von mir abgehangen. Ich hab mich ertappt, dass ich beobachtet hab, wie er lachte, wie sein Mund sich bewegte, wenn er redete. Immer wenn er mich berührt hat – wenn unsere Hände sich gestreift haben oder so was –, schoss mir das Gefühl direkt durch den ganzen Körper. Wie elektrischer Strom. Man musste mir nicht erklären, dass man solche Gefühle nicht haben darf, wenn man Football spielt.«

»Beim Football gibt es wohl auch diese Standardeinstellung«, sagte Holden.

Ich sah ihn an und war so erleichtert und dankbar, dass es jemand verstand. Dass ich nicht verrückt war. Kleine Risse entstanden in der soliden Fassade meines Lebens, aber sie weigerte sich zu zerbrechen.

»Ja, und es ist unmöglich, sie zu ändern, also hab ich mitgespielt. Ich bin ein paarmal mit Mädchen ausgegangen, hatte allerdings nie die gleiche Reaktion wie bei dem Typen, also hab ich einfach … dichtgemacht. Hab mich geweigert, es zu hinterfragen.«

»Und jetzt?«

»Jetzt hinterfrage ich alles. Ständig. Und das ist absolut deine Schuld.«

»Damit kann ich *absolut* leben«, erwiderte Holden. »In jeder Hinsicht.«

Die kurze Entfernung zwischen uns schien sich zu verdichten, und die Luft schien schwerer auf uns zu lasten. Holden musterte mich, sein Blick war brennend heiß unter all dem Eis und versprach Antworten. Ich musste nur fragen …

Ich riss die Augen von ihm los und schüttelte den Kopf. »Es ist zu spät.«

»Warum?«

»Weil meine Mom stirbt.«

Das Etikett löste sich komplett und rollte sich zusammen; ich riss es in kleine Stücke, während mit meinem Herzen das Gleiche geschah. »Mein Vater hat meine Zukunft zu seinem großen Traum gemacht, und jetzt verliert er die Liebe seines Lebens. Meine Karriere ist das Einzige, was ihn glücklich macht. Es gibt ihm etwas zurück, das er verloren hat. Es würde ihn fertigmachen, wenn er wüsste, dass ich ein anderes Leben will.«

»Ein ziemliches Dilemma«, sagte Holden, und diesmal lag keinerlei Spott in seiner Stimme. Nur eine Schwere, als würde er die Last ebenfalls spüren. »Und wie sähe dieses andere Leben aus?«

»Du wirst es dumm finden. Oder kitschig.«

»Stell mich auf die Probe.«

»Außerhalb der Saison würde ich in der Werkstatt meines Dads arbeiten. Ich will das Vollzeit machen und irgendwann den Betrieb übernehmen und in Santa Cruz bleiben. Ich liebe diese Stadt. Ich will ein Zuhause und … eine Familie. Irgendwie.«

Holden blickte mich lange an; dann kippte er den Rest seines Martinis hinunter, presste das Glas gegen seine Brust und schloss die Augen.

Meine Ohren waren heiß. »Ich hab dir ja gesagt, es ist kitschig.«

»Ist es nicht. Nur … anders. Mein ideales Leben ist Lichtjahre von deinem entfernt.«

»Ach ja? Nun, jetzt bis du dran. Was ist der Titel deiner Lebensgeschichte?«

»*Wahn*«, sagte Holden. »*Es. Dead Zone. Desperation* … Mist, dieser Stephen King hat die besten Titel schon alle weggeschnappt.«

»Was für ein Arsch«, sagte ich und grinste.

Holden öffnete ein Auge und seufzte. »Wenn ich diese dunkle und deprimierende Tragödie erzählen soll, brauche ich mehr Alkohol. Du vielleicht auch.«

»Nein, danke, ich will nichts mehr.«

»Bist du sicher? Meine Story ist höchstens ab 16 freigegeben. Eigentlich nur für Erwachsene.«

»Und meine ist für Kinder?«

»Sagen wir ab 12.«

Ich lachte. »Halt die Klappe.«

»Hast du je einem verheirateten Psychiater in einem Sanatorium einen Blowjob gegeben?«

Ich verschluckte mich und hustete. »Äh … nein.«

»Siehst du? Für Erwachsene.«

»Okay, ich nehm noch ein Bier.«

Holden mixte sich einen weiteren Martini und füllte einen silbernen Flachmann, den er aus seiner Manteltasche holte, mit Wodka auf.

Ich runzelte die Stirn und beobachtete, wie er den Flachmann wieder verschwinden ließ. »Wie alt bist du?«

»Im Februar werd ich achtzehn. Aber was Alkohol angeht, bin ich ein Streber. Meiner Klasse weit voraus. Wodka-Jahrgangsbester …«

»Ich werd auch im Februar achtzehn«, sagte ich. »Am fünften. Du?«

»Am neunundzwanzigsten.«

»Echt? Schaltjahr.«

Holden nickte. »In drei von vier Jahren existiert mein Geburtstag nicht.« Er bedachte mich mit einem herausfordernden Blick. »Mach daraus, was du willst.«

»Ich find's irgendwie cool.«

»Ich denke, das Universum versucht, einen kosmischen Fehler auszubügeln.« Er senkte die Stimme. »Meine Eltern wären weiß Gott einverstanden damit.«

Ich wollte fragen, was er damit meinte, doch er fummelte an der modernen Musikanlage neben der Minibar herum. Der Song »Night Running« von Cage the Elephants erfüllte den Raum, und anstatt wieder auf die Terrasse zu kommen, winkte Holden mich in das dunkle Haus.

»Was …« Ich räusperte mich. »Was machst du?«

»Zeit, sich etwas umzusehen.«

»Mach wenigstens Licht an.«

»Kein Licht«, sagte er mit einem durchtriebenen Grinsen. »Im Dunkeln macht alles viel mehr Spaß.«

Wir tasteten uns langsam an Sesseln und Sofas entlang, nur vom Licht des Mondes geleitet, das durch die großen Fenster fiel.

Ich stieß gegen einen Beistelltisch, und Holden warf mir über die Schulter einen Blick zu.

»Versuch nicht, aus reiner Gewohnheit irgendwelche Gegenstände zu tacklen.«

Ich grinste schief. »Ich bin Quarterback. Wenn, dann werf ich damit.«

Wir schlichen durch das Wohnzimmer und ein Esszimmer, bis wir ein Spielzimmer mit einem Billardtisch erreichten. Ein halbes Dutzend Kugeln von einem unvollendeten Spiel lagen noch auf dem grünen Filz.

»Und überhaupt … Wenn ich eine Vase aus dem Fenster

werfe«, fragte ich, »würdest du sie dann nicht einfach ersetzen wie den Esstisch der Blaylocks?«

Holden trank seinen Martini aus und stellte das leere Glas in ein Bücherregal. »Verletzt das deine edlen Ehrgefühle?«

»Nein. Ich verschwende nur nicht gern Geld.«

»Ich schon.« Er nahm einen Queue und beugte sich über den Tisch, um einen Stoß zu machen. Der Song, der aus versteckten Lautsprechern drang, handelte von Geheimnissen und Dämonen.

»Warum?«, fragte ich. »Weil du so viel davon hast?«

»Das, und weil es das Geld meiner Eltern ist, bis ich die Highschool abschließe. Wenn es mir gehört, werde ich besser damit umgehen.«

»Ihres kann man wegwerfen, weil …?«

»Weil: *Scheiß auf sie*.«

Mit einem eleganten Stoß ließ er den Queue gegen die weiße Kugel knallen. Das Klacken durchbrach die Stille. Kugeln rollten quer über den Tisch, zwei landeten in den Löchern am Rand.

»Geld ist ihnen wichtiger als mein Glück«, sagte Holden, sein perfektes Gesicht grimmig und kalt. »Ich gebe es so schnell aus, wie ich kann, aber es ist immer noch mehr da.«

Gekonnt versenkte er eine weitere Kugel und bot mir dann den Queue an. Ich winkte ab.

»Kein Billard-Fan?«

»Ich will keine Fingerabdrücke hinterlassen.«

Er lachte leise, und ich war froh, dass ein wenig von seiner Wut verrauchte, als wir das Spielzimmer verließen.

»Wenn du sagst, dass da immer noch mehr ist, meinst du dann … Millionen?«, fragte ich und kam mir irgendwie geschmacklos vor, doch durch das Bier saß meine Neugier lockerer.

»Milliarden.« Holden warf einen Blick in ein Gästeklo und dann in eine Wäschekammer, bevor wir die Treppe hinaufgingen. »Die Parishs sind eine der letzten Familien des alten Geldadels wie Vanderbilt oder Rockefeller. Hast du mal *Titanic* gesehen?«

»Klar.«

»Meine Eltern gehören zu den Erste-Klasse-Arschlöchern, die in den Rettungsbooten sitzen, während die Leute vom Zwischendeck im eisigen Wasser erfrieren.« Holdens Blick wirkte kurz abwesend, dann schüttelte er den Kopf und ging weiter. »Sie sind alt geboren. Ich bin mir sicher, sie haben nur einmal gefickt, um einen Erben für ihr Vermächtnis zu erschaffen – mich. Was lächerlich ist. Selbst wenn ich nicht spektakulär versagt hätte, gibt es gar kein Vermächtnis. Sie bauen nichts auf, leisten nichts, was irgendwie etwas wert wäre. Sie tun nichts, außer herumzusitzen und reich zu sein.«

»Moment, wie meinst du das, dass du versagt hast?«

Holden blieb oben an der Treppe stehen. »Sie haben auch gedacht, dass hetero meine Standardeinstellung wäre.«

Einen Moment lang herrschte stumme Anteilnahme zwischen uns in der Dunkelheit. Ein tiefes Verständnis, das sich rasch veränderte. Für eine verrückte, mit wildem Herzklopfen erfüllte Sekunde stellte ich mir vor, wie er mich packte – oder ich ihn – und sich unsere Lippen in einem heißen Kuss trafen …

Ich blinzelte schnell und schüttelte mich. *Mein Gott …*

Holdens grüne Augen glitzerten in der Dunkelheit, als würde er das Gleiche denken, bevor er seinen Blick von mir losriss und wir uns weiter den Flur entlangtasteten.

Ich folgte ihm in das Zimmer eines kleinen Jungen, das mit einer Videospielkonsole, einem Flachbildfernseher und einem Bett in Form eines Rennautos ausgestattet war. Holden nahm ein Modellflugzeug von der Kommode des Kindes und drehte es zwischen den Fingern, als wäre es ein Relikt aus einer Welt, die er nicht verstand.

»Es war von vornherein klar, dass ich mich nicht brav damit abfinden würde, ein nettes Mädchen zu heiraten und den Fortbestand der Familiendynastie zu sichern. Ich war ein tasmanischer Teufel in einer Glasfabrik. Sie haben alles versucht, um mich zu ›heilen‹, haben mich zu Psychologen geschickt, in ein Reforminternat … haben gedroht, mich zu enterben, was ich nie ernst genommen habe. Schließlich haben sie zu einer letzten, verzweifelten Maßnahme gegriffen.«

»Was haben sie getan?«, fragte ich, unsicher, ob ich die Antwort wirklich hören wollte.

»Sie haben mich sechs Monate lang für eine Konversionstherapie nach Alaska geschickt«, brachte er in einem Atemzug heraus.

»Konversionstherapie«, murmelte ich, und mir wurde übel. »Solche Scheiße gibt es noch?«

Er nickte. In dem Song, der das ganze Haus erfüllte, sang jemand davon, biblische Flutwellen zu überleben.

»Wie alt warst du?«

»Fünfzehn.«

»Gott.«

Holden legte das Flugzeug vorsichtig zurück an seinen Platz. »Nach dem großen Alaska-Experiment haben sie erwartet, dass ich triumphierend als Hetero-Junge zurückkehren würde. Stattdessen war ich kurz davor auszuchecken.«

Mir wurde am ganzen Körper kalt. »Auszuchecken?«

»Ich hab mich mit Notizbüchern, Stiften und literweise Alkohol in meinem Zimmer eingeschlossen, um mich totzusaufen. Das war nicht Teil von Moms und Dads Plänen. Man denke nur an die schlechte Presse! Also haben sie mich für ein Jahr in ein Sanatorium in der Schweiz geschickt.«

Mein Magen fühlte sich an, als hätte ich einen riesigen Eisblock verschluckt. »Die Konversionstherapie war so schlimm, dass du ein Jahr in einer Klinik gebraucht hast, um dich zu erholen?«

»So in etwa.«

Er sagte es leichthin, aber ich erinnerte mich an Chance' Party und den Moment, als er Frankie herausgefordert hatte, ihn zu erstechen. Holden hatte es lachend abgetan, aber es war kein Spiel gewesen. In dem Augenblick war es ihm ernst gewesen. Mich überkam der verrückte Wunsch, ihn vor etwas zu beschützen, das bereits geschehen war.

»Was für Scheiße haben sie dir in Alaska angetan?«

Holden runzelte die Stirn, als würde meine Sorge ihn verunsichern. Oder verwirren. Er nahm einen großen Schluck aus seinem Flachmann, bevor er antwortete.

»Das willst du nicht wissen. Es genügt zu sagen, dass es nicht funktioniert hat. Meine ohnehin etwas prekäre geistige Gesundheit hat was abgekriegt, aber die Konversionstherapie ist gescheitert. Natürlich ist sie gescheitert. Man kann die fundamentale Seinsweise einer Person nicht ändern. Man kann nur versuchen, sie mit Scham und Schuldgefühlen zu unterdrücken. Oder in Grausamkeit zu ertränken. Aber ich hab gewonnen. Wer ich bin, ist geblieben. Die Kälte leider auch.«

»Scheiße.«

Angesichts meiner Reaktion runzelte Holden erneut die Stirn und wandte den Blick ab. »Aber das ist Schnee von gestern. Ich hab überlebt, mich aus dem Sanatorium rausgemogelt, und jetzt bin ich hier.«

Hier war er. In meiner Schule, in meiner Nähe, in meinen Gedanken. Er war ein Eindringling in meiner perfekt geordneten Scheinwelt, schlenderte einfach durch ihre imaginären Wände, um zu zeigen, wie dünn sie waren … wenn ich ihn ließ.

»Wie hast du dich aus dem Sanatorium rausgemogelt?«, fragte ich, während wir weiter den Flur entlanggingen.

»Der vorhin erwähnte Blowjob bei einem verheirateten Therapeuten. Ist schon lustig, wie positiv es sich auf deine Prognose auswirkt, wenn man eine Klinik mit einem kleinen Sexskandal erpresst.«

Ich lachte, obwohl das Ganze völlig absurd war.

»Prost«, sagte ich. »Das ist wahrscheinlich das Beste – oder Schlimmste –, was ich je gehört habe.«

Wir stießen an, und ich trank mein Bier aus. Wir waren im Elternschlafzimmer angekommen. Holden ließ sich auf das Bett fallen. Die Band Cage the Elephant fragte, ob wir echt waren oder nur so taten als ob.

Ich blieb stehen, wusste nicht so recht, was ich machen sollte.

Holden grinste sein verschlagenes Grinsen. »Ich geb dir hundert Dollar, wenn du die leere Flasche unter ein Kopfkissen legst.«

»Keine Chance«, sagte ich und setzte mich auf den Rand des Betts, auf dem Holden sich ausgestreckt hatte.

Gott, was mache ich hier?

Allerdings war ich es leid, diese Frage zu stellen. Und dass die Antwort immer *nichts* lautete.

»Gib mir einen Schluck von dem Wodka.«

Er hob eine Augenbraue. »Abenteuerlustig?«

»Ich schätze, jetzt bin ich schon so weit gekommen, sitze im Haus von Fremden, trinke ihr Bier …«

»Und schüttest einem anderen, besser aussehenden Fremden dein Herz aus?«

»Du kommst mir nicht mehr wie ein Fremder vor.«

Holdens wissendes Grinsen geriet ins Wanken. Er bot mir seinen Flachmann an. »Dann hör jetzt nicht auf.«

»Ah, Mist, ich muss fahren.«

»Ich rufe James an, damit er dich nach Hause bringt. Du kannst deinen Pick-up morgen früh abholen.«

Meine alten Mauern und Schutzmechanismen wehrten sich gegen den rauschhaften Leichtsinn dieser Nacht. All die Geheimnisse, die Holden und ich uns erzählt hatten, der persönliche Schmerz, den wir teilten.

Es ist nicht das echte Leben. Es ist ein Time-out. Morgen muss ich zurück, aber heute Nacht …

Ich setzte den Flachmann an und legte den Kopf in den Nacken. Der Wodka brannte in meiner Kehle, und ich hustete, meine Augen tränten.

»Süffig«, krächzte ich, und Holden lachte.

Der Alkohol wärmte mich von innen, lockerte die sonst so strikten Regeln und Vorschriften, die ich mir selbst auferlegt hatte. Der Teil von mir, den ich unterdrückte, wachte auf, erwachte zum Leben.

Holden Parish setzte sich auf und rutschte auf dem Bett zu mir herüber, bis er neben mir saß, schön und gefährlich, seine grünen Augen glitzerten im Mondlicht.

Sei vorsichtig …

Ich leerte den Flachmann und gab ihn zurück.

Scheiß auf die Vorsicht.

Holden drehte den leeren Flachmann um und beäugte mich mit hochgezogenen Augenbrauen. »Hast du etwas zu deiner Verteidigung zu sagen, Whitmore?«

»Ja«, sagte ich und grinste. »Wir sollten uns betrinken.«

Lachend und taumelnd füllten wir den Flachmann auf, diesmal mit dem hundertjährigen Whiskey der Sridhars. Holden sagte, er sei erste Klasse, doch als ich ihn probierte, brannte das Zeug genauso wie der Wodka. Holden machte sich wieder an der

Stereoanlage zu schaffen und »When Doves Cry« von Prince erfüllte die warme Nacht.

Wir gingen wieder auf die Terrasse, wo immer noch mein Jackett auf dem Boden lag. Eine merkwürdige Heiterkeit erfüllte mich und wärmte mich von innen. Obwohl ich total betrunken war, fühlte ich mich wach. Wacher als seit Jahren.

Ich stand auf und riss mir die Fliege ab, dann knöpfte ich das Hemd auf. Holden sah mir von seiner Liege aus zu, und seine Augen weiteten sich.

»Was machst du?«

»Ich weiß es nicht.« Ich zog das Hemd und die Hose aus. »Nein, Blödsinn, ich weiß es ganz genau. Ich geh schwimmen.«

»Jetzt?«

»Genau jetzt.«

»Schön für dich«, sagte Holden. »Noch schöner für mich.«

Ich spürte seinen Blick auf mir, als ich mich bis auf die eng anliegenden Retropants auszog, aber anstatt mich zu bremsen, spornte es mich an zu wissen, dass er mich beobachtete. Das Gefühl, lebendig und frei zu sein, intensivierte sich. Ich stellte mich ans Beckens, dort, wo es am tiefsten war, und machte einen Köpper. Das kalte Wasser sorgte dafür, dass sich meine Lunge zusammenkrampfte, dann wurde es weich und glitt wie kühle Seide über meine Haut.

Ich kam an die Oberfläche und schwamm an den Rand, legte meine Arme auf den Beton. »Kommst du rein?«

Der Alkohol machte mich leichtsinnig. Holden nur in Unterhose mit mir im Pool war keine gute Idee.

Oder die beste Idee seit Langem …

»Ich schwimme nicht«, sagte er.

»Du kannst nicht schwimmen?«

»Ich kann schwimmen. Ich ziehe nur vor, es zu lassen.«

»Warum?«

»Ich war seit Jahren nicht mal mehr in einer Badewanne. Nicht seit Alaska.«

Meine Brust schmerzte, und die Wut auf die Leute, die ihm wehgetan hatten, kehrte doppelt so stark zurück und machte mich ein wenig nüchterner.

»Was ist passiert? Und ich will nicht die jugendfreie Version. Erzähl mir alles.«

Seine Mundwinkel hoben sich zu einem schwachen Lächeln. »Ich mag den betrunkenen River. Der betrunkene River nimmt kein Blatt vor den Mund.«

»Es hat mir geholfen, dir alles zu erzählen. Ich will dir auch helfen.«

»Du kannst mir nicht helfen«, entgegnete er traurig. »Aber es ist nett, dass du es versuchen willst.«

»Erzähl es mir«, bat ich mit rauer Stimme. »Wenn du willst.«

Er dachte darüber nach und nickte schließlich. »Gut. Aber du bist zu weit weg.«

Holden erhob sich wankend von der Liege und legte sich neben dem Pool auf den Rücken, den Kopf nahe am Rand, wo ich meine Arme abgelegt hatte.

»In Alaska«, sagte Holden und blickte in den Himmel, »gibt es einen See. Den Copper Lake. Die Betreuer – und ich benutze dieses Wort im Scherz – haben uns ausgezogen, zum Wasser geschleift, für ein paar Sekunden untergetaucht und wieder rausgezerrt. Wir waren im Spätherbst und Winter da. Ich muss dir nicht sagen, dass die Wassertemperatur nur knapp über dem Gefrierpunkt war.«

Das Wasser im Pool fühlte sich plötzlich fünf Grad kälter an. »Verdammte Scheiße. *Warum*?«

»Vor allem zur Strafe. Für unangemessenes Verhalten. Unangemessene Gedanken, die sie uns unterstellten. In meinem Fall hatten sie durchaus recht.«

Ich lächelte nicht. Prince sang davon, in einer so kalten Welt alleingelassen zu werden.

»Es gehörte zu unserer *Rehabilitation*. Unerwünschte Triebe zu ersticken. Unser Begehren auszulöschen. Die Liebe und Zuneigung und Lust zu zerstören, die wir eines Tages vielleicht jemandem schenken würden, der zufällig auch ein Junge ist.« Er drehte den Kopf zu mir um, Schmerz lag in den Tiefen seiner grünen Augen. »Stattdessen haben sie den letzten Rest unserer Selbstliebe zerstört. Scham. Schuldgefühle … Damit haben sie uns geprügelt wie mit Fäusten und Knüppeln. Sie haben uns bei jedem Ausflug ans Ufer darin ertränkt.«

Ich presste die Zähne aufeinander. Schläge. Untertauchen. Hunderte Kilometer von Zuhause entfernt.

Ich konnte es mir nicht vorstellen.

Ich hasste die Tatsache, dass er das hatte ertragen müssen.

Holden bemerkte meine Reaktion und blickte wieder in den Himmel. »Ich verderbe dir das Baden.«

»Tust du nicht.«

»Und du bist ein guter Mensch, River Whitmore.« Er rollte sich auf den Bauch, offensichtlich ohne sich Gedanken zu machen, dass seine teure Kleidung schmutzig und nass wurde. Er tauchte die Finger ins Wasser. »Wirklich schade. Fühlt sich gut an.«

Tränen traten mir in die Augenwinkel. Ich verschwand einen Augenblick lang unter der Oberfläche, um sie wegzuwaschen, und tauchte vor Holden wieder auf, unsere Gesichter nur Zentimeter voneinander entfernt. Mein Herz pochte wie wahnsinnig in meiner Brust, aber der Alkohol sorgte dafür, dass meine Gedanken keine klare Form annehmen und daher auch nicht ihren üblichen Scheiß von sich geben konnten. Nur mein Instinkt leitete mich in diesem Augenblick.

Wir sahen uns in die Augen, langsam hob ich die Hand,

beinahe wie in Trance, und legte sie an Holdens Kiefer. Zuerst ganz vorsichtig, dann umfasste ich seine Wange und hinterließ Wassertröpfchen auf seiner glatten Haut.

»Es ist schrecklich, dass sie dir das angetan haben«, sagte ich heiser, meine Kehle war wie zugeschnürt. »Ich könnte diese Leute umbringen … jeden, der das noch mal versucht …«

Die Worte sprudelten aus meinem betrunkenen Mund. Holdens Augen weiteten sich, der erschrockene Gesichtsausdruck war wieder da. Als hätte ihn noch nie jemand verteidigt. Als hätte ihn noch nie jemand beschützen und nicht verletzen wollen.

Das Blut rauschte mir in den Ohren, als ich mit dem Daumen über sein Kinn strich, der Rundung folgte, das Grübchen spürte und schließlich über seine Lippen streichelte. Sie waren weich, während sein Kiefer hart und unnachgiebig war, und ich fragte mich, wie er schmecken würde.

Holden keuchte leise. Sein Atem fuhr heiß über meinen Daumen, mit dem ich jetzt langsam immer wieder über seine vollen Lippen strich. Er küsste ihn, dann öffneten sich diese Lippen, seine Zunge wagte sich heraus und leckte einmal vorsichtig darüber.

Ich atmete zischend ein, und er machte es noch einmal. Er leckte an meinem Daumen, und weiß glühende Hitze jagte mir über Arm und Rücken, wurde zu einem Ziehen zwischen meinen Beinen, und mein Schwanz wurde steif. Holdens unnachgiebiger Blick hielt mich gefangen, während er mit der Zunge meinen Daumen umkreiste – nass und weich und warm – und ihn schließlich in den Mund nahm und langsam saugte.

Ich schloss die Augen, und ein Stöhnen drang aus meiner Brust. *Touch, if you will, my stomach*, sang Prince, *berühr meinen Bauch, wenn du willst*, und meine Erektion unter Wasser war so hart wie Stahl und bettelte um Erlösung.

Ich ließ die Kante des Pools los und griff mit der Hand in

meine Unterhose, holte mir im Takt zum Saugen von Holdens perfektem Mund einen runter.

Er bemerkte die Armbewegung und presste seine Hüften einmal langsam gegen den Boden, die Augen verschleiert und nur halb geöffnet. Er nahm meinen Daumen zwischen die Zähne und biss dann so hart zu, dass ich es in meinem Schwanz spürte, der lieber von Holden angefasst werden wollte als von mir. Ich kämpfte gegen den Wunsch an, ihn ins Wasser zu ziehen, seine Haut unter all der Kleidung zu berühren und …

Was dann?

Ich riss die Augen auf, und die Realität traf mich mit aller Macht. Ich holte mir in einem Pool einen runter, den Daumen im Mund von einem Kerl. Keinerlei Vorsicht. Keine Kontrolle. Jahre der Disziplin hatten sich in einer Sekunde aufgelöst.

Holden sah den Zwiespalt auf meinen Zügen und ließ mich los, bevor ich mich von der Kante abstieß und rückwärts bis zur Mitte des Pools trieb.

»Ich … Scheiße. Ich bin betrunken. Ich weiß nicht, was ich tue. Ich … ich kann das nicht.«

Er verzog schmerzlich das Gesicht und schloss die Augen, rollte sich auf den Rücken, streckte Arme und Beine zur Seite aus. »Es ist meine Schuld«, sagte er leise zum Himmel. »Ich hätte nicht so weit gehen dürfen. Zu weit.«

Bedauern und Schmerz sickerten in die Risse zwischen seinen Worten, aber ich schwamm zum anderen Ende des Pools. Ich kletterte so hastig hinaus, dass das Wasser über den Betonboden schwappte, und hob meinen Smoking auf. Ein kleines Poolhaus stand etwas abseits auf der rechten Seite. Ich hielt mir das Kleiderbündel vor die Erektion und rannte hinein. Drinnen versuchte ich hektisch, mich anzuziehen, die Kleider klebten an meiner nassen Haut.

»Was für eine Witzfigur.«

Mein Schwanz wurde weich angesichts dieser Demütigung, das Gefühl von Freiheit verschwand und ließ lediglich die krasse, erdrückende Verantwortung zurück, der zu entfliehen ich versucht hatte.

Schließlich trat ich aus dem Poolhaus; Holden saß wieder auf der Liege und rauchte eine Nelkenzigarette.

»Hör zu, Mann. Es tut mir leid.«

»Vergiss es«, erwiderte er steif. »Es ist ein bisschen aus dem Ruder gelaufen. Ich gebe Prince die Schuld.«

»Es war ein Fehler.« Ich verzog bei dem Wort das Gesicht, und Holden zuckte zusammen, als ich es aussprach. »Ich ... ich habe nur noch nie ...«

»Ich weiß. Es ist meine Schuld. Ich hätte mehr ... *nicht ich* sein sollen.« Holden stand von der Liege auf wie ein alter Mann, die Arme herabhängend, der Rücken gebeugt. Mit Daumen und Mittelfinger schnipste er die Zigarette in den Pool. »Gehen wir.«

Wir gingen durch das große stille Haus zur Straße, die in regelmäßigen Abständen von gelben Lichtkegeln erhellt wurde. Das nicht ausgelebte Verlangen schwebte zwischen uns, während die Nähe, die wir die ganze Nacht über empfunden hatten, kurz davor war, sich aufzulösen.

»Ich rufe James an«, sagte Holden und griff nach seinem Telefon.

»Nein, ich geh zu Fuß. Ich muss den Kopf klar kriegen. Ich hol mein Auto morgen.« Ich spähte suchend die Straße entlang. »Welches ist dein Haus?«

Er deutete auf ein großes Haus im Craftsman-Stil ein Stück entfernt. »Das da.«

»Ohne Scheiß?«

»Ohne Scheiß.«

Ich hatte die Hände in die Taschen des zerknitterten feuchten Smokings geschoben, die Fliege hin mir lose um den Hals. »Okay, dann …«

»Du musst nichts sagen«, meinte Holden und schien vollkommen ernüchtert zu sein. »Geh einfach nach Hause. Kehr in dein Leben zurück.« Er lächelte schwach, seine grünen Augen waren ernst. Traurig. »Sie brauchen dich.«

»Ja, tun sie.« Ich blickte auf, sah zum Haus, dann zu ihm. »Okay, also … Nacht, Holden.«

»Nacht, River.«

Ich hasste es, wie mein Name aus seinem Mund klang. Wie ein Abschied. Weil es so sein musste. Ich machte etwas kaputt, das sowieso nie Realität werden konnte.

Als ich mich nicht bewegte, huschte ein Anflug von Ärger über Holdens Züge.

»Was?«, fragte er.

»Ich warte, dass du reingehst.«

»Warum?«

»Damit ich weiß, dass du sicher zu Hause ankommst.«

Holden starrte mich fassungslos an, dann verzog er das Gesicht. »Lass das. Ich hab dich um nichts gebeten«, sagte er herausfordernd. »Das habe ich nie, und das werde ich auch nie.«

»Okay. Schön.«

»Schön.«

Das Schweigen lud sich auf und wartete, dass einer von uns etwas tat oder sagte, was er nicht zurücknehmen könnte.

Endlich fluchte Holden leise, drehte sich mit hochgezogenen Schultern um und latschte zu seinem Haus. Der Teil von mir, der mutig gewesen war und das echte Leben ausprobiert hatte, wollte, dass er sich noch einmal umdrehte. Ein anderer, schwächerer Teil von mir war froh, dass er es nicht tat.

Ich wartete, bis er sicher im Inneren verschwunden war, und ging nach Hause.

9. Kapitel

Holden

Ich ging durchs Haus, durch den Garten und am Pool vorbei ins Gästehaus. Alles, was River und ich in der Nacht getan und gesagt hatten, verfolgte mich bis nach Hause. Mein verrücktes Gehirn blätterte durch die Erinnerungen, spielte jeden seiner besorgten Gesichtsausdrücke, die zu sehen gewesen waren, während ich meine Geschichte erzählt hatte, noch einmal ab.

Du kommst mir nicht mehr wie ein Fremder vor.

»Scheiße.«

Ich stapfte ins Gästehaus, warf mich aufs Bett und legte den Arm über die Augen. Ich hatte einen guten Teil der Nacht versucht, River auf die Summe seiner perfekten Teile zu reduzieren. Meine Anziehung zu ihm auf körperlicher Ebene zu halten. Aber er war wie ein verdammter Eisberg. Es war so viel mehr an ihm dran, als er an der Oberfläche verriet. Er war wahrscheinlich klüger, als die meisten ahnten. Bescheiden und rücksichtsvoll. Mein verkümmertes kleines dummes Herz fühlte sich an, als würde es nach allem greifen, was er war … und ich nicht.

»Es war ein Fehler«, sagte ich, wiederholte Rivers Worte. Sie hatten mich mitten ins Herz getroffen, doch er hatte recht. Es war ein Fehler gewesen, ihm von Alaska zu erzählen. Ein Fehler zuzulassen, dass er mein Gesicht berührte und sagte, er würde jeden umbringen, der mir wehtat …

Das war ein Witz, flüsterte eine heimtückische Stimme. *Du bist ihm nicht wichtig. Warum solltest du auch? Warum solltest du irgendwem wichtig sein?*

»Warum sollte ich irgendwem wichtig sein?«, flüsterte ich und nickte.

Tränen brannten in meinen Augenwinkeln, und ich blinzelte sie wütend weg. Meine Hand rutschte unter meinen Hosenbund, und ich umfasste mich, bereit, River Whitmore mental aus mir herauszuficken.

Ich stellte unser intimes Gespräch auf stumm und konzentrierte mich auf seinen Anblick, als er den Smoking ausgezogen hatte. Ich erinnerte mich an jeden harten Muskel, jede geschmeidige Linie seines Körpers, dessen Konturen vom Mondlicht hervorgehoben wurden. Meine Erinnerung zeichnete ihn neu – den gemeißelten Kiefer, die glatten Oberfläche seiner Brust, die Bauchmuskeln und das V, das meinen Blick direkt zu der beeindruckenden Ausbuchtung in seiner Unterhose gelenkt hatte.

Ich wichste hart und schnell, der Funke sprang jedoch nicht über, und eine schreckliche Angst sagte mir, dass ich ihn schon viel zu nah an mich herangelassen hatte.

Es ist schrecklich, dass sie dir das angetan haben. Ich könnte diese Leute umbringen, jeden, der das noch mal versucht …

»Verdammt, River.«

Wieder kamen mir die Tränen, und ich vergrub meine Augen fest unter der Armbeuge. Nichts konnte oder würde je zwischen uns passieren. Ich war schon als Wrack geboren worden; die Konversionstherapie hatte das Ganze lediglich zu Ende gebracht.

Mehr musste man nicht wissen.

Am Montagmorgen schleppte ich mich völlig verkatert in die Schule.

Ich stank immer noch nach Alkohol und warf eine oder zehn Minzpastillen für den Kurs zu englischer Literatur bei Ms Watkins ein. Sie musterte mich mit schmalen Augen, während ich mich hinsetzte, rief mich allerdings nicht auf. Ich schaffte es durch die Stunde und dachte, ich wäre in Sicherheit, bis es klingelte und sie mich an der Tür aufhielt.

»Holden? Kann ich kurz mit Ihnen sprechen?«

»Hustensirup«, stieß ich hervor.

»Wie bitte?«

»Ich bin erkältet … egal. Worüber wollten Sie mit mir reden?«

Sie blätterte durch die Arbeiten auf ihrem Schreibtisch und suchte meine heraus. »Ihr Essay über Joan Didions *Das Jahr magischen Denkens* war hervorragend. Wirklich bewegend und emotional, obwohl es eigentlich nur eine Buchbesprechung ist. Ich freue mich darauf, mehr von Ihnen zu lesen. Ich wusste nicht, dass Sie ein Schriftsteller sind.«

»Ich habe schon immer *geschrieben*. Das macht mich nicht gleich zu einem Schriftsteller.«

»Da muss ich widersprechen. Ich denke, dieser Essay gehört zum Besten, was ich in meinen fünfzehn Jahren als Lehrerin gelesen habe.«

Scheiße, mit ihr, Beatriz und Tante Mags war ich von netten Ladys umzingelt. Ich wollte hier weg.

»Haben Sie darüber nachgedacht zu studieren? Einen künstlerischen Studiengang?«

»Nein.«

»Was ist mit Ihren Eltern? Was denken die?«

»Sie haben kein Mitspracherecht«, sagte ich. »Und nehmen Sie es mir nicht übel, aber Sie auch nicht. Kann ich jetzt gehen?«

Ich hasste es, wie sehr meine Worte sie trafen. Ihr Lächeln verschwand, aber die Sorge blieb in ihren Augen.

»Sie können gehen. Aber ich werde Sie im Auge behalten.«

Ich wollte ihr sagen, dass Sie sich nicht die Mühe machen sollte, nickte jedoch stattdessen. Denn vielleicht war das gar nicht so schlecht.

Das gute Gefühl, für das sie gesorgt hatte, verendete allerdings elendig in Mathe. River und ich saßen so weit voneinander weg, wie es in diesem Raum überhaupt möglich war. Er sah mich nicht an, und ich sah ihn nicht an. Es war, als hätte es den Samstag nicht gegeben. Als die Stunde vorbei war und er immer noch nicht in meine Richtung geblickt hatte, fühlte es sich an, als hätten wir nicht nur die Nacht am Pool ausgelöscht, sondern auch jeden kleinen Moment zwischen uns, seit wir uns kennengelernt hatten.

Es war nichts mehr übrig.

Weil es ein Fehler war.

Nach der Schule fuhr James mich zu den Klippen. Ich stolperte zur Hütte, wo Miller und Ronan schon am Feuer saßen. Miller zupfte an den Saiten seiner Gitarre, Ronan trank ein Bier.

»Was gibt's, Gentlemen?« Ich ließ mich schwerfällig in meinen Liegestuhl fallen. Der Tag war grau und bedeckt, aber ich behielt meine Bulgari-Sonnenbrille auf, um meine glasigen Augen zu verbergen.

»Was ist los mit dir?«, fragte Miller. Seine Miene war so ernst und bekümmert wie immer. »Bist du okay?«

Ich hab mich mit River Whitmore betrunken und an seinem Daumen genuckelt, als wäre es sein Schwanz. Und wie war dein Wochenende?

Ich musste Rivers Geheimnis bewahren, auch wenn es ihn fertigmachte, aber wenigstens hatte ich ihn von Violet ferngehalten. Das war immerhin etwas.

»Super«, sagte ich. »Wie war der Ball?«

Ronan schnaubte und kippte sein Bier herunter. Miller zeigte ihm den Mittelfinger.

»Was hab ich verpasst?«, fragte ich.

»Das Arschloch Whitmore hat Violet beim Ball versetzt.«

»Was du nicht sagst«, sagte ich und spürte Ronans Blick auf mir. »Und dann kamst du, hast sie gerettet, und jetzt seid ihr glücklich bis ans Ende eurer Tage?«

»Nicht ganz«, erklärte Miller. »Ich hab mit Amber rumgemacht.«

»Überraschende Wendung. *Warum*?«

»Meine Werte waren niedrig, und ich war betrunken. Es war ein Fehler.«

»Wo hab ich das bloß schon mal gehört?«, murmelte ich..

Miller schüttelte den Kopf. »Egal, das ist keine Entschuldigung. Was passiert ist, ist passiert, und ich werd das Beste daraus machen. Vielleicht entwickelt sich ja was zwischen uns.«

Ronan schnaubte erneut, und Miller warf ihm einen wütenden Blick zu.

»Ihr habt diese Wendung des Schicksals offensichtlich schon vor meiner Ankunft ausgiebig diskutiert«, sagte ich. »Ronan, du siehst das Ganze anders?«

»Amber hat seinen Schwanz in den Mund genommen«, sagte er verächtlich. »Und Miller glaubt jetzt, er schuldet ihr was.«

»Halt die Klappe, Wentz«, schimpfte Miller, packte seine Gitarre in den Koffer und klappte ihn zu. »Ich muss zur Arbeit.«

Wir hörten, wie er die Gitarre in der Hütte einschloss, dann stiefelte er mit gesenktem Kopf und hochgezogenen Schultern davon.

»Was ist bitte los?«, fragte ich.

»Wie schon gesagt«, erwiderte Ronan. »Sie haben rumgemacht, und jetzt will er tun, was er für *ehrenhaft* hält.«

»Das Wort ist mir persönlich nicht bekannt, aber ist das nicht was Gutes?«

Er spielte mit seiner Bierflasche herum. »Wo warst du in der Homecoming-Nacht?«

Ich runzelte gespielt die Stirn. »Haben wir nicht vor acht Millisekunden noch über Miller geredet?«

Ronans Blick war unerbittlich. Ich wollte mir eine Lüge ausdenken, doch mein wodkagetränktes Gehirn kooperierte nicht.

»Ich hab mich eingemischt, für Miller«, gestand ich seufzend. »Ich dachte, es würde helfen. War wohl nicht so.«

Ronan hob leicht die Augenbrauen – ein Ausdruck, der verriet, wie schockiert er war, und bei jedem anderen wesentlich heftiger ausgefallen wäre. »Whitmore?«

Ich nickte. »Ich würde lieber nicht drüber reden. Nur dass Ambers und meine Nacht ein paar überraschende Ähnlichkeiten aufweisen.«

Ronan lachte schnaubend und schwieg dann eine Weile, seine Augen so grau wie der Ozean. »Ich hab überlegt, jemanden mit herzubringen.«

Ich runzelte die Stirn. »Wen kennst du außer uns? Vizedirektor Chouder zählt nicht.«

Chouder war dafür zuständig, die Schüler für Fehlverhalten zu maßregeln. Ronan verbrachte mehr Zeit in seinem Büro als in einem Klassenzimmer.

»Shiloh Barrera.«

»Ich kenne sie nicht. Oder ihn.«

»Sie.«

Es war nur eine Silbe und doch stellten sich die Härchen auf meinen Armen auf, als seine tiefe, knurrende Stimme sie mit so etwas wie Ehrfurcht aussprach.

»Meinetwegen gern. Brauchst du einen Mehrheitsbeschluss dafür?«

»Ich hab Miller noch nicht gefragt«, sagte Ronan. »Mach ich noch.«

Die Tatsache, dass er mich zuerst gefragt hatte, genügte, dass ich zu meinem Flachmann griff, doch leider hatte ich ihn schon vor Schulschluss geleert.

Ronan drehte sich langsam zu mir um. »Wenn du jemals auch jemanden ...«

»Nein«, unterbrach ich ihn ausdruckslos. »Wird nicht passieren. Seine Probleme plus meine Probleme überschreiten die zulässige Höchstgrenze.«

Ronan nickte. »Sollte sich das ändern ...«

»Wird es nicht.«

»*Wenn doch*«, beharrte er, und sein Tonfall war unnachgiebig, »bring ihn mit.«

Die Schatten der Nacht krochen über den Fußboden des Gästehauses. Es war nicht kalt genug für ein Feuer, doch ich hatte den Kamin trotzdem an, während ich an meinem Schreibtisch saß und in mein Tagebuch schrieb. Meine Hand hastete über das Papier.

River war zwei Tage nicht in der Schule gewesen.

Sein leerer Stuhl wurde eine Metapher für alle möglichen schrecklichen Dinge. Abwesenheit. Einsamkeit. Isolation. In den unsterblichen Worten von Miss Spears brachte meine Einsamkeit mich um, aber – auch wenn nie etwas zwischen uns sein konnte – war es wenigstens etwas, River einmal täglich in der Schule zu sehen. Jetzt hatte ich nicht einmal mehr das.

Kurz nach ein Uhr nachts dehnte ich die Finger, als eine Nachricht von einer unbekannten Nummer auf meinem Handy ankam.

Hey, ich bin's, River. Eine zweite folgte, während ich wie ein Idiot in Panik geriet. **Kann ich dich anrufen?**

Du kommst mir nicht mehr wie ein Fremder vor.

Ich tippte, so schnell ich konnte: **Ja.**

Mein Telefon leuchtete auf, und ich tat so, als würde ich mich zieren – ich ließ es zweimal klingeln, bevor ich ranging.

»Es ist spät«, sagte ich kalt.

»Ich weiß. Tut mir leid.«

Seine Stimme klang so mitgenommen, als hätte sie jemand durch den Dreck geschleift, und meine Verteidigung brach sofort zusammen.

»Was ist los?«

»Es ist meine Mom. Es ging ihr schlecht in letzter Zeit. Es könnte … es könnte bald zu Ende sein. Und es tut mir ehrlich leid. Ich sollte dich nicht anrufen. Ich wusste nicht, wen ich sonst … Ich *habe* sonst niemanden, mit dem ich reden kann. Von den Jungs schnallt es einfach keiner. Es ist viel zu real.«

Meine Kehle war plötzlich wie zugeschnürt. »Wo bist du?«

»Im Krankenhaus. Sie hat irgendeine Infektion … hat Fieber bekommen. Ich bin hier in irgendeinem Flur. Ich wusste nicht, was ich sonst machen soll. Ich hab das Gefühl, als würde ich jeden Moment durchdrehen.«

Rivers Worte wurden zu einem Flüstern, und ich konnte ihn in einem kalten Krankenhausflur vor mir sehen, vielleicht an eine Wand gelehnt, von der er sich stützen ließ.

Ich hasste die Tatsache, dass er allein war.

»Hör auf, dich zu entschuldigen«, sagte ich weich und sah ein anderes Bild vor mir; River, der seine Hand in die Dunkelheit ausstreckte, nach etwas – oder jemandem –, an dem er sich festhalten konnte. Ich durchsuchte meine Sammlung von Therapiesitzungen nach etwas, das ihm helfen könnte. Doch nichts hatte mir geholfen, weil niemand die eine Frage gestellt hatte, um die ich praktisch gebettelt hatte.

»River?«

»Ja?«

»Was brauchst du jetzt?«

Ich hielt den Atem an, bis ich ihn ausatmen hörte. Als er wieder redete, hatte der Schmerz in seiner Stimme ein wenig nachgelassen.

»Ich weiß es nicht. Rede einfach mit mir. Ich muss irgendwie aufhören nachzudenken. Ich hab solche Scheißangst. Ich weiß nicht, was als Nächstes passiert, und ich habe tausend schreckliche Gedanken, einen nach dem anderen.«

»Such dir einen aus.«

»Was?«

»Such dir einen schrecklichen Gedanken aus. Pflück ihn aus der Luft.«

»Okay.«

»Und jetzt sag mir, was es ist.«

»Ich … ich ertrage es nicht, dass sie leidet«, stieß er hervor, und seine Stimme brach. »Und dass ich ihr nichts davon abnehmen kann. Weil ich das würde. Ich würde all ihre Schmerzen auf mich nehmen …«

Diesmal gab etwas in ihm nach. Ich hörte ihn leise und gedämpft schluchzen.

»Ich bin hier«, sagte ich. »Ich bin hier, okay?«

Nach ein paar Augenblicken atmete er tief ein und zitternd wieder aus. »Danke, das hat geholfen. Es hat geholfen, ein bisschen davon loszuwerden.«

»Ich muss so was wohl auch mal versuchen.«

Es wurde still, und die Nacht am Pool schlich sich langsam zwischen all die Dinge, die wir nicht sagten.

»Holden …«

»Lass es.«

»Aber ich will. Ich will mich entschuldigen.«

»Ich hab dir gesagt, dass ich nichts von dir verlange.«

»Ich weiß, aber … in der Schule war ich scheiße zu dir, und jetzt ruf ich dich mitten in der Nacht an und lade meinen Kram bei dir ab. Es ist einfach alles gerade so am Arsch. Als würde man versuchen, ein sinkendes Schiff zu steuern. Mein Dad bricht zusammen, und meine Schwester redet kaum. Es ist einfach keine gute Zeit, um alles … auf den Kopf zu stellen. Die Sache neulich … das darf nicht wieder passieren. Und das *wird* es nicht. Ich war betrunken …«

Ich biss die Zähne zusammen. »Das hast du ziemlich deutlich gemacht.«

»Das ändert allerdings nichts an dem, was ich gesagt habe.«

Ich könnte diese Leute umbringen … jeden, der das noch mal versucht …

»Du hast viel gesagt. Ich weiß nicht einmal mehr …«

»Doch, das weißt du.« Rivers Stimme klang nun tief und fest. »Was sie dir angetan haben, war einfach nur falsch, und es bedeutet mir etwas, dass du es mir erzählt hast. Ich will, dass du das weißt.«

Zum ersten Mal seit Jahren hatte mein ratterndes, geschwätziges Gehirn nichts zu sagen. Keine witzige Erwiderung, keine spitze Bemerkung, um zu verbergen, dass seine Worte mich hart trafen und dann weich in mich einsanken.

River missverstand mein Schweigen und seufzte. »Okay. Das wollte ich nur sagen. Danke fürs Zuhören und alles andere. Diese Nacht war genau, was du gesagt hast. Ein Time-out. Und das hab ich gebraucht.«

»Kommst du morgen wieder in die Schule?«, fragte ich und wand mich angesichts der peinlichen Hoffnung in meiner Stimme.

»Ich glaube nicht. Ich versuch einfach, die Nacht zu überstehen.«

»Ich frag nur, weil du in Mathe viel verpasst hast«, fügte ich schnell hinzu. »Wenn ich dir Nachhilfe geben soll, sag's einfach. Kein Grund, dramatisch zu werden.«

Er lachte ein wenig. »Freut mich zu hören, dass das Angebot noch steht.«

»Immer.«

»Okay, dann … gute Nacht, Holden.«

»Gute Nacht, River.«

Die Verbindung brach ab, und ich starrte lange das Handy in meiner Hand an, bevor ich schließlich ins Bett ging.

Es darf nicht wieder passieren.

Da war es. Das offizielle Ende von was auch immer Samstagnacht passiert war. Nur ein weiterer schmerzlicher Moment wie all die anderen schmerzlichen Momente in meinem Leben; ein wackelnder Stapel, auf dem mein Verstand einen Stepptanz aufführte. Eines Tages würde er zusammenbrechen.

In der Zwischenzeit …

Ich betete eigentlich nie, vor allem weil da immer nur kaltes Schweigen gewesen war, wenn ich Hilfe gebraucht hatte, doch in dieser Nacht betete ich zu allen Göttern, die möglicherweise zuhörten, dass sie River und seiner Mom etwas mehr Zeit geben mochten. Wenigstens noch einen Tag. Wenn das Unvermeidliche schon passieren musste, dann erst, wenn die Sonne schien, und nicht in der schwarzen, gleichgültigen Nacht.

Am nächsten Morgen wartete eine Textnachricht auf mich.

Sie hat es geschafft. Vielleicht lassen sie sie sogar heute Nachmittag nach Hause. Ich weiß, du kannst diese krasse Scheiße nicht gebrauchen, aber es hat sich erst real angefühlt, als ich es dir geschrieben habe. Danke. R

Ich drückte mir das Handy an die Brust und umarmte es fast. Kurz darauf klopfte es an meiner Tür.

»Mr Holden?«, rief Beatriz. »Venha comer. Você vai se atrasar para escola.«

Kommen Sie zum Essen. Sie kommen zu spät zur Schule.

Ich schloss die Augen, als sich gegen meinen Willen ein kleines Lächeln auf meinen Lippen ausbreitete.

»Mr Holden? Você tá bem?«

Geht es Ihnen gut?

»Tô bem«, rief ich zurück. »Heute geht's mir gut.«

Teil 2

10. Kapitel

River

Dezember

Selbst wenn ich gewusst hätte, dass es das letzte Footballspiel meines Lebens sein würde – ich hätte trotzdem nichts anders gemacht.

Die Campbell Coyotes standen in unserer Liga auf Platz zwei, direkt unter uns. Wir hatten die Meisterschaft schon in der Tasche, doch wenn wir an diesem Tag gewannen, wären wir ungeschlagen, was in der Geschichte des Football an der Santa Cruz Central High noch nie passiert war.

Wir lagen 18 zu 21 im Rückstand und hatten noch vierzehn Sekunden, unser Ball befand sich auf ihren 47 Yards. Der Coach hatte als Spielzug einen kurzen Pass zur Seite zu unserem Tight End angesagt. Der sollte dann vom Spielfeld rennen, damit die Uhr angehalten wurde und unser Kicker die Chance bekam, Punkte zu machen.

Allerdings wollte keiner der Jungs Overtime. Wir wollten gewinnen. Dieses Team spielte heute das letzte Mal zusammen. Ich war seit Wochen bereit für das Saisonende, trotzdem empfand ich eine leichte Wehmut. Sie verdienten alles, was ich geben konnte.

»Der Coach hat es angesagt, also machen wir es so«, sagte ich, während wir zusammengedrängt im Kreis standen, warf

Donte dabei jedoch einen schnellen wissenden Blick zu. Er nickte unmerklich, und unser Pulk löste sich auf.

Unsere Offense stellte sich vor der Defense der Coyotes auf – eine Reihe finsterer Mienen, die es auf mich abgesehen hatten.

»Hut two, hut two!«

Chance spielte mir den Ball zu, und ich ließ mich zurückfallen, täuschte eine Übergabe an Isaiah vor und überblickte das Spielfeld.

Wie geplant hatte ihre Defense unseren Spielzug vorausgesehen und deckte unseren Tight End und unseren Running Back mit je zwei Mann. Donte hatte lediglich einen von ihnen an den Hacken. Ein Fehler.

Ich wich einem Defender aus, der es an meiner O-Line vorbeigeschafft hatte. Er zerrte an meinem Arm, aber ich riss mich los, wich ihm tänzelnd aus, und er stürzte. Donte war kaum mehr ein rennender Fleck links vorn. Innerhalb von Sekundenbruchteilen kalkulierten mein Gehirn und mein Arm Distanz und Winkel. Ich warf.

Zwei Defender keilten mich in dem Augenblick ein, als der Ball losflog. Die Atemluft wurde mit einem Zischen aus meiner Lunge gepresst, als wir alle zu Boden gingen und mein Kopf innen gegen den Helm knallte. Ein paar chaotische Sekunden lang bestand die Welt nur aus aufgewühltem Rasen, gemurmelten Flüchen und Grunzen und dem Rot und Weiß der Trikots der Gegner, die sich auf mich geworfen hatten.

Dann hörte ich den Jubel. Tosenden Applaus. Ich grinste schon am Boden, bevor Chance und Mikey Grimaldi mich auf die Füße hievten. Chance hakte seine Finger in meine Facemask und brüllte. Keine Worte, nur barbarisches Triumphgeheul.

Ich schaute mich um: Die besiegten Coyotes schüttelten die gesenkten Köpfe, die Hände in die Hüften gestemmt. Die

Menge war ein wogendes Meer aus Blau und Gold, als jetzt 24 zu 21 auf der Anzeigetafel erschien. Die Uhr zeigte noch zwei Sekunden.

Donte joggte von der Endzone zurück, den Ball, der das Spiel gewonnen hatte, unter dem Arm. Wir rannten aufeinander zu, sprangen hoch und stießen Brust an Brust in der Luft zusammen. Wir drückten die Helme gegeneinander, schrien uns im Adrenalinrausch an.

»Wer war das?«, brüllte er mir ins Gesicht.

»Du warst das!«, brüllte ich zurück. »Wer war das?«

»*Du* warst das!« Donte löste sich von mir und schlug sich dreimal mit der Faust auf die Brust. »Oh Mann! *Oh Mann!*«

Der Trainerstab und die Spieler auf der Bank stürmten auf das Feld, und unsere Mannschaft drängte sich in einer pulsierenden, hüpfenden, triumphierenden Masse zusammen. Ich löste mich aus dem Huddle und spähte zur Tribüne hoch. Ich entdeckte sie sofort – Dad, Amelia … und meine Mom.

Sie war von Kopf bis Fuß warm eingepackt, winkte begeistert und jubelte gemeinsam mit den anderen. Eigentlich hätte sie es nicht bis Weihnachten schaffen sollen, doch hier war sie. Nicht geheilt, aber die Medikamente, die sie nahm, hielten den Krebs in Schach. Gaben ihr Zeit. Sie war hier, hatte mein Spiel gesehen und mitbekommen, wie mein Dad sich freute und wie stolz er war.

Das war ein Sieg.

Noch Tage später behandelte man die Jungs und mich in der Schule wie Helden, für mich hatte der Sieg allerdings schon an Glanz verloren. Die Saison war vorbei, und ich konnte mehr Stunden in der Werkstatt arbeiten, obwohl Dad darauf bestand, dass ich meinen strengen Trainingsplan beibehielt, damit ich bis zum Sommer nicht »weich« wurde.

In Mathe applaudierten ein paar Schülerinnen und Schüler, als ich das Klassenzimmer betrat.

Ich spürte Holdens Blick auf mir, als ich mich setzte. Seit der Nacht, in der ich ihn verzweifelt und halb wahnsinnig aus dem Krankenhaus angerufen hatte, hatten wir kaum ein Wort gewechselt. Ich hatte mich noch nie so allein gefühlt, und er war da gewesen, hatte mich aus dem dunklen Loch herausgeholt.

Ich schulde ihm mehr als dieses Schweigen.

Mr Reynolds ging herum und teilte die Halbjahresklausuren aus.

»Zum größten Teil sehr beeindruckend.« Er legte die Blätter umgedreht auf die Pulte. »Ein paar von Ihnen hatten Probleme mit den Ableitungen, aber insgesamt bin ich sehr zufrieden mit Ihren Fortschritten.«

Er lächelte, als er die Arbeit auf mein Pult legte. Wieder spürte ich einen Blick auf mir und bemerkte Holden, der erwartungsvoll die Augenbrauen hob.

Ich grinste träge und hielt die Klausur mit dem großen roten A hoch.

Er schürzte nur leicht beeindruckt die Lippen und zeigte mir dann sein A+.

Arschloch.

Ich verdrehte die Augen mit einem Lachen, während er mit den Achseln zuckte, als könnte er nichts für sein unglaubliches Genie. Die Spannung und Verlegenheit zwischen uns löste sich ein wenig.

Nach dem Kurs nahm ich die Gelegenheit wahr und folgte ihm draußen zu einer niedrigen Mauer neben dem Streberbaum, wo die Kids von den Mathe-Leistungskursen und Bandmitglieder abhingen.

»Hey, Mann.«

»Jaaa«, sagte er gedehnt und drehte sich auf dem Absatz zu mir um, wobei sein Mantel sich um ihn herum blähte. Ich war fast froh, dass Winter war. Jetzt ergab seine Kleidung einen Sinn und erinnerte mich nicht ständig daran, welchen Horror er überlebt hatte.

Und er sah heute mal wieder absolut umwerfend aus in einem schiefergrauen Rollkragenpulli, schwarzer Hose und einem grauen Tweedmantel. Eigentlich sah er ja immer umwerfend aus. Allein seine Existenz war eine Herausforderung für meine Willenskraft.

»Wie geht's dir so?«, fragte ich.

»Großartig. Ging mir nie besser.« Er brachte ein trockenes Lächeln zustande. »Gratulation zum großen Sieg.«

»Ja, danke.« Ich schob die Hände in die Taschen meiner Collegejacke. »Und … hast du dich für Colleges beworben?«

»Machen wir jetzt Smalltalk?«

»Ich weiß nicht. Besser, als gar nicht zu reden, oder?«

Er musterte mich einen Moment lang, dann lehnte er sich gegen die Mauer. »Ich gehe nicht aufs College.«

»Was willst du denn nach der Schule machen?«

»Verschwinden.«

Ein Schauder überlief mich. »Was soll das heißen?«

»Ich werde reisen«, sagte Holden. »Oder vielleicht auch nicht. Ich habe noch nicht wirklich weiter geplant, als mein vorzeitiges Erbe von meinen Eltern zu kassieren und nie wieder etwas mit ihnen zu tun zu haben.«

»Mit deiner Intelligenz könntest du dir aussuchen, wo du studieren willst. Gott, du könntest wahrscheinlich längst drei Uni-Abschlüsse haben. Oder irgendwo unterrichten.«

»Kannst du dir wirklich vorstellen, dass ich in einem Klassenzimmer an der Tafel stehe? Dass ich Arbeiten benote und Sprechstunden gebe wie irgendein ganz normaler Typ?«

Ich verschränkte die Arme. »Ja. Kann ich.«

Er betrachtete mich, als könnte er sich nicht entscheiden, ob ich Witze machte oder nicht, dann schüttelte er den Kopf. »Das kommt für mich grade nicht infrage«, sagte er mit leiser Stimme.

Ich lehnte mich neben ihn an die Mauer, nicht zu nah. »Versuchen deine Eltern manchmal, dich zu kontaktieren?«

»Nein. Was mir auch lieber ist. Sie haben genug Schaden angerichtet, denkst du nicht?«

»Ich finde nicht, dass du beschädigt bist.«

»Du kennst mich nicht sehr gut.« Er bedachte mich mit einem stechenden Blick, eine Herausforderung. Er forderte mich heraus, mich an das zu erinnern, was in jener Nacht am Pool zwischen uns passiert war.

Als könnte ich das je vergessen.

»Was ist mit dir?«, fragte er schließlich. »Weißt du schon, welche Universität du mit deiner Gegenwart beehren willst?«

»Ich hab's auf ein paar eingegrenzt. Wahrscheinlich Texas A&M oder Alabama.«

»Das wird deinen Dad stolz machen.«

»Ja, wird es«, erwiderte ich und fixierte ihn mit einem harten Blick. Diesmal forderte ich ihn heraus, sich an das zu erinnern, was ich ihm und niemandem sonst über mein Leben erzählt hatte.

Er sah schnell weg, seine feindselige Miene wurde weich. »Tut mir leid. Ist deine Sache.«

»Ich hab's zu deiner Sache gemacht.«

»Stimmt. Du hast in der Nacht so einiges zu meiner Sache gemacht«, sagte er mit hochgezogener Augenbraue und fuhr sich mit dem Daumen über die Unterlippe.

Ich lachte, während mir gleichzeitig ganz heiß wurde. Gott, ich konnte nicht aufhören, diesen Typ anzustarren, der wie ein verfluchtes Kunstwerk aussah, ein in teurer Kleidung verpackter Körper, der darauf wartete, ausgewickelt zu werden.

»Was machst du mit all deiner Freizeit, jetzt, wo die Saison vorbei ist?«, fragte Holden.

»Mehr in der Werkstatt sein. Ich hab mir überlegt, meinem Dad vorzuschlagen, das Geschäft auf Autorestauration auszuweiten.«

»An alten Schrottkarren rumbasteln, bis sie wieder glänzen wie neu?«

»Ich stell's mir eher so vor, als würde ich sie wieder zum Leben erwecken.«

»Klingt nach einem noblen Unterfangen. Glaubst du, er ist einverstanden?«

»Wahrscheinlich nicht.« Holden wollte etwas sagen, doch ich ließ ihn nicht zu Wort kommen. »Im Moment ist alles gut. Mom geht es besser. Wir haben alle damit gerechnet, dass dieses Weihnachten völlig anders werden würde. Vollkommen unerträglich. Aber … es ist gut.«

»Und du willst, dass es so bleibt.«

»Ja. Das will ich.«

»Warum redest du dann noch mit mir, River Whitmore?«

»Weil …« Mein Kiefer arbeitete.

Weil ich nicht aufhören kann, an dich zu denken. Beim Autofahren. Beim Training. In der Schule. Nachts in meinem Bett …

»Weil ich will, dass wir Freunde sind. Oder uns wenigstens im Unterricht nicht ignorieren.«

Freunde war ein schwaches Wort für den mich in den Wahnsinn treibenden Strudel von Emotionen, die ich für Holden Parish empfand. *Aber mehr schaffe ich nicht.*

»Freunde«, sagte Holden, als würde ihn das Wort amüsieren.

»Hör zu«, sagte ich und senkte die Stimme. »Wir haben uns in dieser Nacht einiges erzählt. Und auch, als ich dich aus dem

Krankenhaus angerufen hab. Du hättest einfach auflegen können, und ich hätte es nicht anders verdient. Aber das hast du nicht, und das bedeutet etwas, okay? Ich will nicht so tun, als würden wir uns nicht kennen, nach allem, worüber wir geredet haben. Das kann ich einfach nicht.«

Er überlegte kurz. »Du willst nicht mit mir befreundet sein«, sagte er schließlich. »Ich bin kein netter Mensch.«

»Wie wär's, wenn du mich das selbst entscheiden lässt?«

Seine Stimme wurde hart. »Ist es wirklich das, was du willst? Dass wir *Kumpel* werden? Willst du mich einladen, samstagabends mit dir und deinen Jungs abzuhängen, um über Mädchen und Football zu reden?«

»Nein, aber …« Ich seufzte, fuhr mir mit der Hand durchs Haar.

Holden blickte nach vorn, sein Kiefer war vorgeschoben. Die Schulklingel zerriss das zähe Schweigen.

»Okay, also … ich muss los«, sagte ich und stieß mich von der Wand ab. »Man sieht sich.«

Aber das stimmte nicht. Im zweiten Halbjahr würden unsere Kurse sich ändern, wir hatten keinen Mathe-Leistungskurs mehr. Das war das Ende von was auch immer *wir* waren.

»River.«

Ich drehte mich um.

»Ich bin froh, dass es deiner Mom besser geht.«

Eine Handvoll Worte in einem weichen Tonfall, und mein dummes Herz ließ sich sofort tiefer in seine grünen Augen ziehen.

»Pass bloß auf, Parish«, sagte ich und grinste wie ein Idiot. »In meinen Ohren klang das ziemlich nett.«

An diesem Abend bestellten wir Pizza. Dad, Amelia und ich beobachteten, ohne uns etwas anmerken zu lassen, wie Mom zwei Stücke aß, und grinsten unsere Teller an. Dazia war wieder in Washington, hielt sich allerdings bereit, jederzeit zurückzufliegen, sobald wir sie brauchten. Auch wenn ich wirklich zu schätzen wusste, was sie für uns tat, war ich froh, dass wir wieder unter uns waren. Es fühlte sich fast an wie das echte Leben.

»Und dann hat Jared Michaela gefragt, ob sie mit ihm zum Winterball geht, und sie hat Nein gesagt«, erzählte Amelia gerade mit lebhafter Stimme. »Er war in letzter Zeit total blöd, also gehen ein paar von uns einfach als Gruppe hin.«

»Das klingt wie ein guter Plan«, sagte Mom. »Ich bin mir sicher, ihr werdet auf dem Ball jede Menge Spaß haben.« Sie wandte sich mir zu. »Gibt es in der Highschool auch einen Winterball?«

»Nein«, sagte ich. »Prom ist das nächste große Event.«

»Oh ja«, sagte Amelia kichernd. »Die Mädchen stehen schon Schlange, um auch mal die Chance bekommen, von River Whitmore versetzt zu werden.«

»Geht das schon wieder los«, murmelte ich, obwohl ich viel zu froh war, dass Amelia wieder Sprüche klopfte wie früher, um mich wirklich zu ärgern.

»Der war gut«, sagte Mom und gab Amelia einen High-Five.

Ich verdrehte lachend die Augen. »Ich hab mich schon hundertmal bei Violet entschuldigt. Sie hat mir verziehen. Das solltet ihr auch mal versuchen.«

»Das haben wir doch auch. Es hat nur so gar nicht zu dir gepasst.«

»Das ist jetzt Monate her, Mom«, sagte ich lächelnd. »Alle sind drüber hinweg außer dir.«

Amelia klimperte mit ihren Wimpern. »Wo warst du noch gleich in der Nacht?«

»Ich war unterwegs«, sagte ich schnell und streute Chiliflocken über ein Stück Salamipizza.

»Mit wem?«

»Einem Freund. Kennst du nicht.«

Ich spürte Moms Blick, als würde sie das Geschlecht des Wortes »Freund« anzweifeln wollen.

»Es war einer aus der Mannschaft«, sagte ich und versuchte, nicht genervt zu klingen. »Es war ein dummer Fehler, und ich bereue es und habe mich entschuldigt. Können wir das Thema jetzt vielleicht endlich hinter uns lassen?«

Allerdings konnte ich es nicht hinter mir lassen und bereute es auch nicht so sehr, wie ich mir selbst einredete.

»Ladys, lasst River doch mal in Ruhe«, rief Dad lachend. Während ich den Sieg vom Saisonende längst vergessen hatte, stand er ihm nach wie vor ins Gesicht geschrieben. »Jungs sind nun mal so!«

»Jungs sind so, bis man ihnen beibringt, sich wie Männer zu verhalten«, entgegnete Mom und warf ihm einen durchdringenden Blick zu.

Er lachte leise. »Meinetwegen. River, du hast Hausarrest.«

Amelia riss die Augen auf. »Ehrlich?«

»Nein, ich nehme deinen Bruder nur auf den Arm.«

Ich bedachte meine Schwester mit einem triumphierenden Blick. Sie streckte mir die Zunge heraus.

»Aber jetzt mal im Ernst: Nach dem Abendessen müssen wir deine Collegebewerbungen durchgehen. Die hast du lange genug aufgeschoben.«

»Ja, okay.« Ich wischte mir den Mund mit einer Serviette ab und knüllte sie zwischen beiden Händen zusammen. »Weißt du, Dad, ich hab mir was überlegt. Erinnerst du dich an den 74er Camaro, den Mr Brewster neulich in die Werkstatt gebracht hat?«

»Natürlich. Ein Klassiker. Brauchte einen neuen Vergaser, oder?«

»Ja, und der Kühlergrill war hin, die Polster waren eingerissen, und er könnte eine neue Lackierung vertragen. Aber das ist schon alles, um ihn wieder richtig schön hinzukriegen.«

Dad grinste. »Das ist alles?«

»Ich hab ihn drauf angesprochen, und er sagte, hier in der Gegend würde das niemand machen.«

»Worauf willst du hinaus?«

»Na ja … die Werkstatt läuft ziemlich gut. Vielleicht ist es Zeit, ein bisschen zu expandieren.«

»Mit Restauration?«

»Ja. Mr Brewster meinte, viele in der Stadt hätten Oldtimer, doch die müssen alle nach San José oder San Francisco in die Werkstatt gebracht werden.«

Dad nahm einen Schluck aus seinem Bierglas. »Es ist ein völlig anderes Paar Schuhe und würde einiges kosten. Wir müssten eine neue Garage bauen, das richtige Werkzeug kaufen, Beziehungen mit Verkäufern von Autoteilen aufbauen, neue Leute einstellen …«

»Wir können uns das alles leisten. Und ich würde helfen. Ich würde wirklich gern daran arbeiten.«

»Klingt wie eine großartige Idee«, sagte Mom und lächelte sanft.

»Ich habe keine Ahnung von Autorestauration.« Dad zeigte mit einem Grissino auf mich. »Und du auch nicht.«

»Nein, aber ich könnte es lernen. Nach der Schule und an den Wochenenden.« Ich schluckte schwer. »Und … im Sommer.«

Dad runzelte die Stirn. »Im Sommer fängst du mit dem College an. Du wirst in ein Trainingscamp der Uni kommen, für die du dich entschieden hast. Du wirst keine Zeit für so was haben.«

Ich sah Holdens Gesicht vor meinem inneren Auge, hörte Moms geflüsterte Worte:

Was ist mit deinem Herzen?

Ich atmete ein, um es noch einmal zu versuchen, doch die Argumente blieben mir im Hals stecken. War es der richtige Zeitpunkt? War heute der Abend, an dem ich mein Leben in Stücke sprengen würde?

»Mir gefällt die Idee, aber es ist viel zu viel Aufwand«, sagte Dad. »Deine Aufgabe ist einzig und allein, dich auf deine Collegebewerbungen zu konzentrieren.«

»Dad …«

»Die Werkstatt bleibt, wie sie ist – das ist mein letztes Wort. Ich will nicht wegen irgendeiner Neuerung noch mehr Zeit außer Haus verbringen.« Er nahm Moms Hand. »Ich bin zufrieden damit, wie es gerade läuft. Lass uns das nicht aufs Spiel setzen.«

Das Licht über unserem Küchentisch war golden und warm. Moms lächelndes Gesicht hatte Farbe bekommen, und ihr Haar wuchs nach. Amelia scrollte glücklich auf ihrem Handy, ihr Lächeln wirkte so unbeschwert wie früher.

»Du hast recht.« Ich zwang mich ebenfalls zu einem Lächeln. »Sorry, dass ich davon angefangen habe.«

»Hey, River.«

Chance, Donte, Mike Grimaldi, Isaiah Washington und ein paar andere Typen umringten mich am nächsten Tag an meinem Schließfach in der Schule. Es war der letzte Tag vor den Weihnachtsferien.

»Ein paar von uns hauen in der Mittagspause ab«, sagte Chance. »Kommst du mit?«

»Nee, ich wollte mir die Talentshow ansehen.«

Donte zog eine Grimasse. »Die *Talentshow*? Meint er das ernst?«

Ich zuckte mit den Achseln. »Ein Typ aus meinem Mathekurs spielt da Geige. Ich hab ihm letzte Woche gesagt, dass ich es mir ansehe.«

Chance starrte mich fassungslos an. »Du hast einem Mathe-Nerd gesagt, du würdest ihm beim Geigespielen zusehen?« Er lachte schnaubend. »Das ist das Schwulste, was ich je gehört hab.«

Mein Nacken wurde heiß. Ich knallte das Schließfach zu. »Ich hab gesagt, ich geh hin, also gehe ich auch hin.«

Ich fixierte Chance mit meinem besten Leg-dich-nicht-mit-mir-an-Blick. Er und Donte schauten sich an und zuckten mit den Achseln.

»Wenn du da Bock drauf hast, Mann.«

Donte stieß mich gegen den Arm. »Bis später?«

»Klar.«

Ich blickte ihnen hinterher, während sie durch den Flur davongingen, und fragte mich, warum sie mein Alpha-Männchen-Gehabe nicht sofort durchschauten.

Weil du diese Tarnung seit Jahren benutzt.

Nur Holden hatte es direkt erkannt.

Ich betrat die abgedunkelte Aula, wo die Talentshow schon angefangen hatte. Jeder Stuhl war besetzt, es gab nur noch Stehplätze. Mir blieb nichts anderes übrig, als mich hinten an die Wand zu lehnen, aber mit meinen eins fünfundachtzig hatte ich einen ungehinderten Blick auf die Bühne.

Ich kam gerade rechtzeitig. Harris Reed spielte ein klassisches Stück auf seiner Geige, und er war großartig. Die Musik war unglaublich komplex, und ich beobachtete ehrfürchtig, wie sein Bogen über die Saiten glitt.

Als es vorbei war, klatschte und pfiff ich … dann nahm ich Rauch und Nelken und Zederndufl wahr. Mein Puls hämmerte, und ein heiß-kalter Schauder überlief meine linke Seite, als Holden sich zu mir gesellte.

»Mir war nicht klar, dass du ein Bewunderer der Künste bist«, sagte er, den Blick auf die Bühne gerichtet. »Noch eine Schicht des rätselhaften River Whitmore.«

»Ich wollte mir Harris aus unserem Kurs ansehen. Bist du auch wegen ihm hier?«

»Nein, ich stalke dich.« Meine Augen weiteten sich, und Holden verzog spöttisch den Mund. »Bild dir bloß nichts ein. Ich bin wegen meines Freundes hier.«

Er deutete auf die Bühne. Miller Stratton trug gerade einen Hocker in die Mitte, seine Gitarre hing ihm um den Hals. Er setzte sich und justierte das Mikrofon, während sich ein einsamer Scheinwerfer auf ihn richtete und der Zuschauerraum noch dunkler wurde.

»Auf Chance' Party war er ziemlich gut«, flüsterte ich.

»Er ist einfach nur großartig«, antwortete Holden leise, und sein Handrücken streifte meinen. Ein Funken raste mir den Arm hoch, und die Härchen stellten sich auf. Ich rückte unauffällig ein Stückchen weg und schob beide Hände in die Taschen meiner Jeans.

Auf der Bühne sprach Miller leise, fast schüchtern ins Mikro. »Hey, ich heiße Miller Stratton. Ich werde einen Song von Coldplay spielen. Er heißt ›Fix you‹.«

Ich ließ meinen Blick zu Holden wandern, betrachtete sein klar umrissenes Profil – den gemeißelten Kiefer und die Wangenknochen, die kräftige Nase, die vollen Lippen. Er schluckte, und ich verfolgte die Bewegung seines Adamsapfels. Absolut männlich. Da war nichts Weibliches an ihm.

»Kann ich was für dich tun?«, wisperte er, den Blick nach vorn gerichtet.

»Es ist scheiße, nicht mit dir zu reden«, sagte ich, als Miller die ersten Akkorde des Songs anschlug. »Keine Ahnung, warum. Du bist nämlich verdammt arrogant.«

»Fair. Du bist ein Käsetoast.«

Ich schnaubte. »Ein was?«

»Psst«, sagte Holden. »Hör zu. Das ist unser Lied.«

Unser Lied. Nichts gehörte uns. Es gab kein Wir. Doch Miller sang darüber, dass man es nie wissen würde, wenn man es nicht versuchte, und die Worte durchbohrten mich wie Pfeile.

Ich nahm die Hand aus der Tasche und ließ sie seitlich neben mir hängen. Wieder streifte ich Holdens Handrücken, und Splitter aus Hitze tanzten meinen Arm hinauf, während Miller über Lichter sang, die uns nach Hause leiten und ein Feuer in unseren Knochen entzünden würden.

Ich sah Holden an, und er sah mich an.

Ohne weitere Gedanken zuzulassen, schob ich vorsichtig die Finger in seine Hand. Er keuchte leise – ein rasches Einatmen, das in der dunklen Aula nur ich allein hörte. Dann drückte er seine Handfläche an meine. Noch ein Herzschlag, und unsere Finger verschränkten sich.

»*And I will try*«, sang Miller, seine volle Stimme schwebte in der Luft über dem lauschenden Publikum. »*To fix you.*«

Einen Augenblick lang herrschte absolute Stille, bevor die Menge in tosenden Beifall ausbrach, anders als alles, was ich je gehört hatte. Und auch Millers Version des Songs war anders als alles, was ich je gehört hatte, als würde er allein für mich singen. Für uns.

Weil es unser Lied ist.

Unter dem Vorwand zu applaudieren, ließ ich Holdens Hand los, dann zog ich am Ärmel seines Mantels. »Lass uns gehen.«

Ich machte mich auf den Weg, ohne zurückzublicken, hörte jedoch, wie Holdens Schritte mir folgten. In meinem Kopf schrillten sämtliche Alarmglocken, doch sie wurden vom heftigen Pochen meines Herzens übertönt, das sich anfühlte, als wollte es sich aus seinem Gefängnis befreien, so wie damals am Pool. Nur diesmal war ich stocknüchtern. Ich hatte keine Ausrede.

Ich drückte die Tür neben der Aula auf – das Hinterzimmer eines Probenraums, wo Instrumente aufbewahrt wurden. Riesige Kontrabässe lauerten in der Dunkelheit, Trommeln in allen Größen und Formen standen an der Wand.

Holden folgte mir und schloss die Tür hinter sich. »Hallo, *Freund.*«

»Ich hab meine Collegebewerbungen abgeschickt«, sagte ich, als er im Halbdunkel auf mich zukam. »Im Sommer gehe ich nach Texas oder Alabama.«

»Du legst also Regeln fest?«, fragte er gedehnt, auch wenn seine Stimme belegt und nervös klang.

Ich schluckte schwer. »Nichts hat sich geändert. Es *kann* sich nichts ändern.

»Ich hab dir gesagt, dass ich nie irgendwas von dir verlangen werde«, sagte Holden, der jetzt vor mir stand. »Und ich hab nichts zu bieten. Außer dem hier.«

Ich wollte ihm sagen, dass das nicht stimmte, dass ich derjenige war, der nichts zu bieten hatte. Ich hätte uns nicht hierherbringen sollen. Ich hätte gehen sollen, aber seine verdammte Stimme, sein Geruch, seine Gegenwart waren überwältigend. Meine Hände wollten ihn berühren, ihn packen, um ihn …

Zu küssen?

Mein erster Kuss mit einem Typen. Irgendwie hatte ich ein Leben lang darauf gewartet, und doch raste der Augenblick auf mich zu wie ein Hochgeschwindigkeitszug.

»Hör auf zu denken, River«, flüsterte Holden. »Wir sind hier. Jetzt.« Er beugte sich vor. »Was wirst du tun?«

11. Kapitel

Holden

River beantwortete meine Frage, indem er meinen Mantel packte und mich an sich riss.

Unsere Gesichter waren nur Zentimeter voneinander entfernt, unsere Körper, hart und angespannt, berührten sich. Wir schwebten in diesem Augenblick, Hitze und Elektrizität knisterten zwischen uns, und ich schaute ihn an, betrachtete ihn mit gieriger Miene. Gott, seine Lippen waren leicht geöffnet und neckten mich. Ich wartete auf seinen Kuss – seinen ersten richtigen Kuss. Jetzt, da der Moment gekommen war, sehnte ich mich danach.

Mit einem gutturalen Laut – halb Stöhnen, halb Grunzen – zog River mich fester an sich. Besitzergreifend. Als würde er mich sich zu eigen machen. Dann presste er den Mund auf meine Lippen.

Ich hatte geglaubt, dafür bereit zu sein.

Hunderte Male war ich schon geküsst worden – nasses, kopfloses Aufeinanderdrücken von Mündern, das immer zu etwas anderem führte. Rivers Kuss entzündete sich wie ein warmes Feuer an einem kalten Ort in meinem Inneren. Seine Lippen waren hart, fordernd, doch es lag auch eine unbekannte Sanftheit in ihnen, die ich überall fühlte. Ich spürte *ihn* in dem Kuss, spürte ihn in jeder einzelnen Zelle meines Körpers, der drohte, in seinen Armen willenlos zu werden.

Es ist auch mein erster Kuss …

Rivers Zunge war heiß und weich, aber drängend, und erkundete jeden Winkel meines Mundes. Er legte eine seiner großen Hände um meine Taille, die andere auf meine Schulter, und zog mich so fest an sich, dass keinerlei Luft mehr zwischen uns war. Wir waren nicht länger getrennte Individuen, sondern verschmolzen zu einer Einheit. Es gab nur noch uns.

Mein Kopf fiel zurück bei diesem Ansturm von Empfindungen und Gefühlen, mein Kiefer entspannte sich, und ich ließ zu, dass er meinen Mund eroberte. River stöhnte angesichts dieser Aufgabe und drang weiter in mich. Tiefer. Er brannte vor Lust, allerdings trieb ihn auch etwas anderes an. Er packte mich hart und wild und irgendwie brutal, aber ich fühlte mich vollkommen sicher. Schwebte in einer erregten Glückseligkeit. Mein kaputter Verstand verstummte, sämtliche Gedanken und Erinnerungen wurden ausgelöscht, bis es nichts mehr auf der Welt gab außer ihm.

Wärme sickerte langsam wie Sirup in meine Knochen – Rivers Kuss war wie eine Infusion, die mich wieder ich selbst werden ließ. Und mein Mund wehrte sich gegen ihn, ich saugte und biss, meine Zunge wand sich um seine, schmeckte jeden Zentimeter von ihm. Meine Hände wanderten aufwärts über seine Schultern, dann sanken meine Finger in das volle, weiche Haar an seinem Hinterkopf.

Er gab mir von seiner Wärme ab, und mein Mantel war mir plötzlich zu dick. Da war viel zu viel Stoff zwischen uns. Wir küssten uns für ein paar berauschende Minuten, die sich wie Stunden anfühlten, bevor River sich schließlich bremste. Sein Mund wurde weich, strich zart über die von Bissen gerötete Haut. Seine Zunge wurde sanft, seine Lippen glitten über meine, dann löste er sich von mir.

Wir starrten uns an, mein trüber Blick fokussierte sich langsam, ich atmete ein, als hätte ich kein einziges Mal Luft geholt. Als wäre es nicht nötig gewesen. River wirkte leicht geschockt über das, was er getan hatte. Ein kleines, ungläubiges Lächeln huschte über seine Lippen, die noch feucht waren von unserem Kuss. Er sah mir tief in die Augen, und da war kein Bedauern. Nur eine stille Freude. Ein Teil von ihm, der verloren gewesen war, war nun wiederhergestellt.

Während ich innerlich auseinanderbrach.

Ich befreite mich aus dem schützenden Kreis von Rivers Armen, stolperte davon und stieß mit einem hohlen Scheppern gegen ein paar Schränke. Mein Puls hämmerte. Ich konnte ihn überall fühlen – in meinem Mund und meiner Lunge und meinem Herzen –, sein Kuss war wie eine Erweckung.

Er hat mich aus dem See gezogen und mir Leben eingehaucht …

Unsicherheit blitzte in seinen Augen auf. »Hab ich … was falsch gemacht?«

Stumm schüttelte ich den Kopf; die Wärme – seine Wärme – strömte noch immer durch meine Adern. Wie konnte ich erklären, dass es noch nie so gewesen war? Dass es nicht so *zu sein hatte*?

Niemand hatte mich je geküsst, als würde es etwas bedeuten.

Wortlos griff ich nach der Türklinke und stürmte in das zu helle Tageslicht hinaus. Die Talentshow war vorbei, und ich wurde von der Flut der Schülerinnen und Schüler, die die Aula verließen, mitgerissen. Zu viele Leute, zu viel dummes Gerede attackierten mein Gehirn. Ich kämpfte mich durch die Menge, lehnte mich schwer an eine Wand und griff nach meinem Flachmann.

Nach Rivers perfektem Mund schmeckte der Wodka wie Benzin. Ich nahm einen zweiten Schluck und löschte den Geschmack seines Kusses von meinen Lippen und meiner Zunge. Aber der Alkohol half nicht gegen die Erinnerung, die sich in meine Sinne gebrannt hatte – daran, wie sicher ich mich bei ihm gefühlt hatte. Als wollte er das Versprechen, nie wieder zuzulassen, dass mir jemand wehtat, wirklich wahr machen.

»Lächerlich«, murmelte ich und nahm einen dritten Schluck. »Es war nichts. Ein Kuss. Na und?«

Miller kam um die Ecke, seinen Gitarrenkoffer über die Schulter gehängt. Er trug Jeans, eine zerschlissene alte Jacke und einen Beanie, der einen Haufen Mädchen zum Durchdrehen brachte.

»Oh, hi, Holden. Alles okay?«

»Du hast wie ein verdammtes Wunder gespielt«, sagte ich, um seine Sorge abzuwehren. Doch Miller war so bescheiden, dass es einen auf die Palme bringen konnte. Komplimente prallten einfach an ihm ab.

»Danke. Bist du sicher, dass du okay bist?«

»Natürlich. Warum fragst du? Abgesehen von der Tatsache, dass ich mitten am Schultag betrunken bin.«

Miller lächelte nicht. Er war ein ziemlich ernster Typ.

»Ehrlich gesagt«, meinte ich, als wir über das Schulgelände gingen, »ist mein psychischer Zustand zum Teil deine Schuld.«

Er lächelte schief. »Wie kommt's?«

»Dieser Song. Oder genauer gesagt, wie *du* diesen Song gesungen hast. Er hatte die gleiche Wirkung wie ›Yellow‹ auf der Party vor ein paar Monaten. Du könntest ein Vermögen damit verdienen, Leute mit nichts als Coldplay-Covern fertigzumachen.«

»Ich wäre schon froh, wenn ich genug verdienen würde, um Chet rauszuwerfen.«

»Der Freund deiner Mutter ist immer noch da?«

Ich hasste es, wenn Leute Fragen stellten, deren Antwort sie bereits kannten, aber ich wollte auf keinen Fall an River denken.

»Ja«, sagte Miller. »Es ist, als wäre mein Zuhause nicht mehr mein Zuhause. Wir haben so viel durchgemacht, Mom und ich, um eine richtige Wohnung zu bekommen. Und jetzt ist da dieser Eindringling. Als hätte er die Wohnung einfach übernommen und nun wäre es *seine* und wir dürften auch da wohnen, weil er es erlaubt.«

»Was kann ich tun?«

Miller zuckte mit den Achseln, doch sein Blick war voller Dankbarkeit. »Man kann nicht viel tun.«

»Wenn du Geld brauchst, kannst du …«

»*Nein*«, sagte er bestimmt und ging weiter Richtung Ausgang. Der Schultag war noch nicht vorbei, aber wir waren fertig. »Das haben wir doch schon besprochen.«

»Und mein Angebot steht, unbegrenzt. Ich sitze auf einem beschissenen Haufen Gold, und weder du noch Wentz wollt es anrühren.«

»Ich nehme dein Geld nicht«, beharrte Miller, seine Augen hart wie blauer Topas. »Egal, was ich mache, ich mach es allein.«

Ich wollte ihm widersprechen, doch Millers sturer Stolz war unerschütterlich. Als säße ein Stein in ihm fest, seit sein Vater vor vier Jahren abgehauen war und ihn und seine Mom der Verzweiflung und der Obdachlosigkeit überlassen hatte.

Ich seufzte theatralisch. »Da ich an keinem einzigen Tag meines Lebens an materiellem Mangel gelitten habe, kann ich nur vermuten, dass eine Art Edelmut in diesem sinnlosen Leiden stecken muss.«

Miller lachte schnaubend. »Es bildet den Charakter. Du solltest es mal ausprobieren.«

Ich schubste ihn, und wir verfielen in friedliches Schweigen … bis die Erinnerung an River Whitmore – seinen an mich gepressten harten Körper und seinen mich verschlingenden Mund – mich erneut von Kopf bis Fuß erfüllte.

Verdammt noch mal.

»Du begleitest mich zu Fuß nach Hause, Parish?«, fragte Miller, als wir die baumgesäumte Straße entlanggingen.

»Sieht ganz so aus.«

»Was ist mit James?«

»Er ist an meinen unberechenbaren Stundenplan gewöhnt. Er kommt, wenn ich ihn anrufe.« Ich schob die Hände in die Tasche. »Wow, ich schätze, wir schwänzen gerade den Rest unseres letzten Schultags vor den Weihnachtsferien.«

Miller zuckte mit den Achseln. »Ich muss arbeiten. In den Ferien mach ich mehr Stunden. Was ist mit dir? Fährst du mit deinem Onkel und deiner Tante irgendwohin?«

»Sie fliegen nach Seattle zu meinen Eltern.«

»Du fliegst nicht mit?«

Du bist an Weihnachten allein?

»Ich bleibe hier«, antwortete ich steif. »Ich wurde eingeladen, habe aber höflich abgelehnt und gesagt, ich würde lieber mit Glassplittern und Hundepisse gurgeln.«

»Sehr subtil«, sagte Miller. »Nun, bei mir zu Hause wird Weihnachten scheiße. Bei Ronan wahrscheinlich auch. Wir können uns in der Hütte treffen.«

»Vielleicht.«

Miller blieb stehen und drehte sich zu mir um. »Nicht vielleicht. Wir treffen uns Weihnachten in der Hütte.«

»Wir haben uns sonst nie für irgendwas fest verabreden müssen.«

»Jetzt mach ich's aber.«

Sein besorgter Blick durchbohrte mich. Ich konnte praktisch sehen, dass er sich gerade vorstellte, wie ich mich im Gästehaus einschloss und zu Tode soff.

»Schön«, sagte ich. »Ich werde da sein.«

»Gut.«

»Aber nichts kann mich davon abhalten, Weihnachtsgeschenke mitzubringen.«

»Keine Geschenke«, sagte Miller schnell. »Ich … ich brauche nichts.«

Damit meinte er, dass er sich nichts leisten konnte. Ich schaltete einen Gang runter, um ihn nicht in Verlegenheit zu bringen.

»Ich meinte das Essen. Ein Festmahl. Das ist ja wohl erlaubt, oder?«

»Ich denk, das ist okay.«

»Danke.« Ich verdrehte theatralisch die Augen. »Gott, all diese Regeln und Vorschriften, Stratton.«

Er lachte schniefend, und ich machte mir im Geiste eine Notiz, diesen Winter die Heizkosten für die Wohngebäude zu zahlen, in denen er und Ronan lebten. Anonym natürlich.

Es würde nur nerven, wenn die beiden Sturköpfe sich sinnlos aufregten.

Am letzten Schultag vor den Weihnachtsferien betrunken das Schulgelände zu verlassen bedeutete, dass ich keinen Grund und keine Gelegenheit mehr haben würde, River wiederzusehen.

»Gut«, sagte ich mir ein paar Tage später, als ich im Gästehaus auf und ab ging. Allein. Es war dumm gewesen, mir diesen Moment mit ihm gegönnt zu haben. Ich verfolgte eine strenge Diät ohne emotionale Komplikationen, und er war ein ganzes Bankett. Ich sollte mich besser zurückhalten, bevor es noch schlimmer wurde.

Schließlich rief ich James an und sagte ihm, wir würden Weihnachtseinkäufe machen.

Wir spazierten durch die malerischen Straßen der City von Santa Cruz. Ich kaufte Beatriz eine Kette aus bunten Glasperlen. Sie würde sie nicht bei der Hausarbeit tragen können, aber genau das war der Punkt. Meine Tante und mein Onkel hatten mir stolz erzählt, dass sie ihr zusätzlich zum Weihnachtsgeld einen brandneuen Staubsauger gekauft hatten.

Toll. Wow.

Die Tatsache, dass Beatriz ein menschliches Wesen mit einem Leben außerhalb unseres Hauses war, kam ihnen offensichtlich nicht in den Sinn.

Für James kaufte ich einen Humidor voll mit kubanischen Zigarren. Ich würde ihn auf dem Rücksitz liegen lassen, bevor er in Urlaub fuhr. In der Zeit würde ich mich wie ein gewöhnlicher Idiot mit Taxis durch die Stadt kutschieren lassen müssen.

Für Onkel Reg kaufte ich ein neues Set Golfschläger und für Tante Mags einen Geschenkgutschein für einen zweitägigen Aufenthalt in einem Luxus-Wellnesshotel in einem Redwood-Park. Sterile, emotionslose Geschenke; eher ein »Danke, dass ihr es in den letzten Monaten mit mir ausgehalten habt« als irgendwas anderes.

Sie würden am Tag vor Weihnachten nach Seattle abreisen. Ich hatte vor, die Geschenke am Morgen ins Wohnzimmer zu legen und zu verschwinden, bevor sie mich sahen und eine Szene machten.

Nachdem die Einkäufe erledigt waren, stand ich an einer Straßenecke. »River.«

»Was haben Sie gesagt, Sir?«, fragte James, die lederne Golfschlägertasche über der Schulter.

»Nichts«, sagte ich und entdeckte eine kleine Buchhandlung auf der anderen Straßenseite. »Ich werd da mal reinschauen. Packen Sie die Tasche doch schon mal in den Kofferraum, und wir treffen uns in zwanzig Minuten?«

»Natürlich, Sir.«

Ich betrat die hell erleuchtete Buchhandlung. Überall auf

dem Holzfußboden waren Tische verteilt, an den Wänden standen große, deckenhohe Regale. Der Laden duftete nach Papier und Druckerschwärze, wie es sich für eine Buchhandlung gehörte.

Eine Abteilung mit Sachbüchern mit schönen Fotos erregte meine Aufmerksamkeit. Besonders eines fiel mir auf, mit einem roten Ford Falcon Sprint von 1965 auf dem Cover. Das Buch war ein Hochglanzprint über Autorestauration, offensichtlich für Sammler. Keine Anleitung, sondern ein Vorher/Nachher mit Bildern von alten Schrottkarren, die aus dem letzten Loch pfiffen, und denselben Wagen nach der Restaurierung, funktionstüchtig und mit glänzendem Lack.

Ich klappte das Buch zu und brachte es zur Kasse.

»Als Geschenk verpacken?«, fragte die Buchhändlerin.

Ich hatte mir noch nicht überlegt, wie ich River das Buch geben wollte, nur dass ich ihn dafür treffen müsste. Wobei es garantiert furchtbar sein würde, warten zu müssen, bis er das Geschenk ausgepackt hatte.

»Nein«, sagte ich. »Es ist kein Geschenk. Es ist nur … etwas. Eigentlich nichts.«

Die Frau zog die Augenbrauen hoch. »Das macht dann fünfundachtzig Dollar für nichts, bitte.«

Eine Klugscheißerin. Ich sollte wohl öfter mal in diesem Laden vorbeischauen.

James traf mich pünktlich auf dem Gehweg. »Wohin jetzt?«

»Ich muss das hier abgeben«, sagte ich und hielt die Tüte vom Buchladen fest. »Das geht ganz schnell.«

»Was auch immer Sie wollen, Sir.«

»Ich wollte nur sagen, dass es keine große Sache ist. Nur ein kurzer Abstecher, das war's schon.«

James runzelte die Stirn. »Ist es unprofessionell von mir zu sagen, dass Sie nervös wirken?«

»Ja. Extrem unprofessionell. Wie können Sie es wagen.« Ich fuhr mir mit der Hand durchs Haar. »Waren Sie je verliebt, James?«

»Ja, Sir.«

»Wie ist es?«

»Die wunderbarste Qual. Eine Folter, der man nicht entfliehen will.«

»Klingt grauenvoll.«

Er hob fragend die Augenbrauen.

»Gott, nein«, sagte ich und wedelte abwehrend mit den Händen. »Zu so was bin ich nicht fähig. Ich wollte nur wissen, was die Warnsignale sind. Aus … wissenschaftlichem Interesse.«

»Die Warnsignale sind Teil des Kicks, Sir«, erklärte James, während er mir die Wagentür aufhielt. »Es ist wie mit Skiern einen Berg runterzufahren. Man hat wahnsinnige Angst, weicht Buckeln aus, der Wind weht einem durchs Haar, und das Adrenalin rast einem durch die Adern. Bevor man sich versieht, ist man unten und erinnert sich nicht mehr an die Angst. Nur an das Hochgefühl.«

Ich starrte ihn mit offenem Munds an. »Mein Gott, James … Sie sind ein Romantiker.«

»Das höre ich öfter, Sir.«

»Eine Frage: Was passiert, wenn man auf dem Weg nach unten auf eine vereiste Stelle trifft, vom Kurs abkommt und gegen einen Baum knallt?«

»In diesem Fall hofft man, dass die Fahrt es wert war.«

Ich dirigierte James erneut zum Haus der Whitmores, zu dem er mich vor Monaten in der Nacht des Homecoming-Balls gefahren hatte. Wie damals ließ ich ihn ein Stück entfernt parken und auf mich warten. Ich ging unter dem mit schweren Regenwolken verhangenen Himmel zu Rivers Haus, meine Nerven blinkten wie eine Schaltzentrale.

Vielleicht ist er nicht mal zu Hause. Hast du darüber nachgedacht? Willst du das Buch vielleicht seinem Dad geben? »Hi, Mr Whitmore. Ihr Sohn hat mir neulich in der Schule einen Zungenkuss gegeben, und jetzt kann ich an nichts anderes mehr denken. Hier ist ein Buch über Autos. Einen schönen Tag noch.«

Plötzlich stand ich vor der Tür und klopfte, bevor ich mich davon abbringen konnte. River kam an die Tür.

Er trug Jeans und einen engen dunkelgrünen Pulli, der glatt über seiner breiten Brust lag und jeden Muskel seiner Arme und Schultern betonte. Mein Untergang war allerdings das Lächeln, das sich automatisch auf seinem Gesicht zeigte, als er mich sah. Ich spürte es in jedem verdammten Molekül meines Körpers.

River Whitmore ist ein einziges großes Warnsignal.

»Hey«, sagte er.

»Hey«, antwortete ich.

»Willst du reinkommen?«

»Ist das klug angesichts deines Dilemmas?«

»Mein Dad und meine Schwester sind einkaufen. Mom schläft.«

»Nur eine Minute. Ich kann nicht bleiben. Ich hab … viel zu tun und …«

Gott, ich faselte. Ich faselte nie.

River grinste wie ein Arsch, machte die Tür auf, um mich reinzulassen, und schloss sie hinter mir. Wir standen in der breiten Diele, er auf der einen Seite, ich auf der anderen. Er verschränkte die Arme und lehnte sich an die Wand, brachte mich mit seinem gnadenlos guten Aussehen halb um den Verstand. Die langen Ärmel des Pullis waren hochgeschoben, und am Handgelenk trug er eine große silberne Uhr, die seine Unterarme obszön sexy machte.

»Ich wusste nicht, ob ich dich wiedersehen würde«, sagte River mit leiser Stimme. »Du warst neulich ziemlich schnell weg.«

Neulich, sagte er. Beiläufig und schlicht, als hätte der Tag mein Leben nicht in jeglicher Hinsicht auf den Kopf gestellt. Und vielleicht auch seins. Er hatte zum ersten Mal einen Typen geküsst.

Und zwar mich.

Ich gewann meine Fassung zurück, zusammen mit einer Welle arroganten Stolzes. »An dem Tag ist mir eingefallen, dass ich einen wirklich dringenden Termin hatte, und ich musste sofort los.« Ich hob die Tüte. »Das ist für dich.«

Er stieß sich von der Wand ab, nahm sie und zog sich wieder zurück. Wir blieben beide auf Abstand, während ein Sog, mächtig wie Ebbe und Flut, uns aufeinander zu trieb.

River holte das Buch heraus und ließ die Tüte fallen. »Wow, das ist cool«, murmelte er und blätterte durch die Seiten. Er sah mich an. »Danke.«

Ich schob die Hände in die Manteltaschen, damit sie etwas anderes zu tun hatten, als ihn anzufassen. »Es ist nichts.«

»Es ist nicht *nichts*«, sagte er und klemmte es sich unter den Arm. »Warte kurz.«

Er verließ die kleine Diele und lief zwei Stufen auf einmal nehmend die Treppe hoch. Ich ließ mich gegen die Wand sinken und rieb mir das Gesicht.

»Geh«, flüsterte ich. »Hau einfach ab. Bring dich in Sicherheit …«

River kehrte mit einem rechteckigen Karton zurück, auf dem in Gold *Montegrappa* eingeprägt war.

»Ich hatte keine Zeit, es einzupacken«, sagte er, übergab mir den Karton und nahm wieder seine Position an der gegenüberliegenden Wand ein.

Ich fragte mich, ob er es genauso schrecklich fand wie ich, beim Geschenkeauspacken beobachtet zu werden. Wenn ja, wäre es eines der wenigen Dinge, die wir gemeinsam hatten.

Er ist die Ruhe. Du bist der Sturm. Das wird nie funktionieren …

Rasch öffnete ich den Karton und entdeckte darin ein Kästchen aus glänzendem Holz. Darin lag ein Montegrappa-Füller in Dunkelblau mit vergoldeter Feder. Diese Füller waren nicht billig – und der Gedanke, dass River ein paar Hundert Dollar für mich ausgegeben hatte, sorgte bei mir erneut für weiche Knie und das Gefühl, mein Herz könnte jederzeit explodieren, das ich auch im Proberaum gehabt hatte.

»Hältst du das kurz?«

Ich drückte River das Kästchen in die Hand, hielt ihn am Pulli fest und küsste ihn. Ich küsste ihn hart, drückte ihn an die Wand der Diele und ließ alle meine Gedanken verstummen.

River erstarrte und schien völlig betäubt, als ich seinen Mund eroberte, wild und tief mit meiner Zunge in ihn eindrang. Ich nahm meine Gefühle für diesen verdammt schönen Mann in die Hand und verwandelte sie in Lust.

River tastete blind nach dem Tischchen am Eingang und legte das Kästchen darauf ab, dann schlang er die Hände um meine Taille und riss meine Hüfte an sich. Durch den Stoff unserer Hosen rieb ich meine Erektion an seiner, während wir uns heftig und ungezügelt küssten. Ich machte mir seine männliche Essenz zu eigen, saugte sie in mich auf, im vollen Bewusstsein, dass ich der Erste war, der das mit ihm tat. Schwelgte in der Vorstellung, dass es niemanden vor mir gegeben hatte, zumindest nicht auf die Weise, wie er es sich wünschte.

»Fuck«, stöhnte er und klang, als hätte er Schmerzen.

Ich fühlte es auch. Die Tatsache, dass unser Zusammensein unmöglich war, rang mit unserem hemmungslosen Verlangen, während unsere Hände sich in den Stoff unserer Klamotten krallten und sich der weiß glühenden Lust ergaben, die wie ein reißender Strom von mir zu ihm und wieder zurück floss.

Endlich packte River mich am Kragen, trennte mühsam unsere Münder voneinander und hielt mich ein paar Zentimeter von sich weg. Unser Atem fuhr keuchend über unsere nassen Lippen.

»Ich will dich heute Abend treffen«, knurrte er, die dunklen Augen halb geschlossen, während sein Blick immer wieder zu meinem Mund huschte.

Ich konnte nur nicken und streckte die Zunge aus, um über seine Lippe zu lecken. Er stöhnte vor kaum unterdrücktem Verlangen und hielt uns davon ab, gleich hier in der Diele seines Hauses übereinander herzufallen.

»Wo?«

»Bei mir«, brachte ich hervor und fühlte mich genau wie auf Chance' Party. Ich forderte das Schicksal heraus. Entblößte meine Brust und provozierte River dazu, mir ein Messer ins Herz zu stechen. »Ich wohne im Gästehaus. Dort sind wir unter uns.«

Rivers Augen füllten sich mit Gedanken, und ich fragte mich, ob es für ihn zu viel war. Zu früh.

Sag mir, ich soll mich verpissen, River. Wirf mich aus deinem Haus, deinem Leben, ein für alle Mal …

Er atmete tief ein und hob das Kinn.

»Wie viel Uhr?«

12. Kapitel

River

»Was wirst du tun?«, hatte Holden gefragt. Und dann hatte ich ihn gepackt, ihn geküsst. Seine Zunge war in meinem Mund und meine in seinem, und irgendetwas, das ich verloren hatte, war wieder an seinem Platz …

»Hey, Whitmore? Bist du noch da?«

Ich blinzelte, schrak aus den verschwommenen, aufgeheizten Gedanken auf und kehrte in das grell erleuchtete Innere des Burger Barn zurück. Um sieben Uhr an einem Samstagabend war es laut in dem Restaurant. Der Lärm von Dutzenden Gesprächen erfüllte den Raum, ebenso wie das Zischen und Brutzeln des Fleischs auf dem Rost.

Chance, Mikey, Donte und ich hatten uns in einer Sitzecke breitgemacht, die eigentlich für acht Leute gedacht war. Wir lümmelten auf den Stühlen, die Arme auf die Rücklehnen gelegt; vor uns auf dem Tisch standen Burger und Körbchen mit Pommes, dazwischen hohe Milchshake-Gläser.

»Hey, was ist das für ein dämliches Grinsen auf deinem Gesicht?«, fragte Donte. »Hast du irgendwas am Laufen, von dem wir nichts wissen?«

Chance richtete sich auf. »Echt, hast du? Deshalb bist du so komisch in letzter Zeit.«

Scheiße.

Mikey beugte sich neugierig vor. »Raus damit, Whitmore. Wer ist es?«

»Kennen wir sie? Gib uns einen Tipp.«

Ein Tipp …

Holden Parish im Bandraum mit seinem Riesenständer.

Ein irres Lachen drohte, aus mir herauszubrechen, doch ich konnte es im letzten Moment mit einem Hustenanfall kaschieren. Ich griff nach meinem Wasserglas. »Ich weiß nicht, was ihr meint.«

»Sicher?«, fragte Donte. »Vor einer Minute hast du ausgesehen, als würdest du dir gleich hier am Tisch einen runterholen.«

»Halt die Klappe«, sagte ich, und mein Lachen erstarb. Ich lehnte mich lässig zurück und zwang mich, die Worte auszusprechen. »Da gibt's niemanden.«

»Das ist Bullshit«, rief Chance so laut, dass eine Mutter an einem Nebentisch ihm einen warnenden Blick zuwarf. »Irgendwas läuft da. Und es ist nicht neu.«

»Das hat doch bestimmt zu Homecoming angefangen«, sagte Donte. »Vielleicht schon früher. Seit der Party …«

Er musterte mich mit wachen dunklen Augen. Er war klüger als die beiden Holzköpfe, und ich verwünschte mich dafür, so unvorsichtig gewesen zu sein.

»Genau, Homecoming«, sagte Chance. »Als unser King vor der gesamten Schule seine Queen versetzt hat. Ich bin immer noch nicht drüber hinweg.«

Mikey nickte. »Episch.«

»Zum letzten verdammten Mal, zu Homecoming ist rein gar nichts passiert«, sagte ich. »Mir war einfach nicht danach.«

Ich hätte lügen und sagen können, dass meine Mom sich nicht gut gefühlt hatte, aber ich würde mich nicht wie ein totales Arschloch benehmen und sie als Ausrede für meine Feigheit benutzen.

»Sicher, dass du nicht 'ne heiße Braut vor uns versteckst?«

»Meine Güte.« Ich knirschte mit den Zähnen. »Es gibt niemanden.«

Mein Magen fühlte sich an, als hätte ich einen Stein verschluckt. Die Unterstellungen meiner Freunde waren wie Eimer voll mit kaltem Wasser und erinnerten mich daran, was das echte Leben war und was nur das Time-out.

»Vielleicht hast du blaue Eier«, überlegte Mikey ernst. »Das gibt's wirklich.« Sein Lächeln wurde schmierig. »Das sag ich jedenfalls meinen Dates.«

»Und das funktioniert?«, fragte Chance.

»Und ob das funktioniert«, entgegnete Mikey. »Ich erzähl denen allen möglichen Scheiß, sobald sie in meinem Jeep sitzen. Ich meine, wenn sie schon so weit gegangen sind, sind sie offensichtlich bereit, aufs Ganze zu gehen. Die meisten Mädchen brauchen nur einen kleinen Anreiz.«

Chance sah aus, als würde er sich in Gedanken Notizen machen. Mir wurde schlecht.

»Du bist echt ein Tier, Grimaldi«, sagte Donte.

Mikey schaute mich an. »Du hättest die süße Violet McNamara haben können. Wir reden von einer Kirsche, die absolut bereit ist, gepfl…«

»Halt die Fresse«, unterbrach ich ihn laut und erntete einen weiteren wütenden Blick von der Mom. Ich senkte die Stimme. »Rede nicht so über Violet. Sie ist cool.«

»Warum hast du sie dann sitzen lassen?« Seine Augen weiteten sich, als ihm etwas einfiel. »Du hast sie gefickt, und es war nicht gut?«

»*Mann*«, sagte Donte mit einem kurzen verlegenen Lachen.

»Oder fickst du sie jetzt?«, fragte Chance. »Ist sie die geheimnisvolle Bitch?«

Mein Gesicht wurde heiß, und ich kämpfte darum, meine Stimme zu beherrschen. »Es gibt kein Geheimnis. Ich hab mich auf meine Collegebewerbungen konzentriert. Dad hängt mir im Nacken, dass ich mich für eine frühe Aufnahme bewerben soll.«

Chance schnaubte. »Als würden die zehn größten Unis dir nicht sowieso zu Füßen liegen, Whitmore.«

»Tun sie«, sagte ich und setzte meine König-der-Welt-Maske auf. »Wir wollen sehen, wer am meisten um mich bettelt.«

Gott, ich hatte keinen Bock mehr auf mein eigenes beschissenes Gelaber, aber die anderen lachten. Zum Glück drehte sich das Gespräch kurz darauf um die Playoffs und darum, wer nächstes Jahr zum Super Bowl fahren würde, während ich in den Überresten meines Essens herumstocherte.

Ich stellte mir vor, wie meine Freunde gucken würden, wenn ich ihnen sagte, dass ich wegen Holden Parish unter dem Tisch einen Ständer hatte. Wie sie mich auslachen würden. *Ihn.* Zuerst würden sie denken, dass ich nur einen Scherz machte. Und dann, sobald sie begriffen, dass es kein Witz war – und sie jahrelang eine Umkleide mit mir geteilt hatten –, würden sie mich zerreißen wie ein Rudel Hunde. Natürlich gab es Schwule und Lesben an der Schule, aber Football war eine völlig andere Nummer, und es war zu spät, um einfach plötzlich die Regeln zu ändern.

Es ist unmöglich.

Mein Blick wanderte durch das Restaurant. Es war voll, an jedem Tisch saßen Eltern mit ihren Kindern. Ich versuchte, mir mein Leben in zehn Jahren vorzustellen. Wie ich mit Dad in der Werkstatt arbeitete, Autos restaurierte und mit meiner eigenen Familie zum Essen hierherkam. Ich versuchte, mir vorzustellen, wie diese Familie aussehen würde, und konnte es nicht. Ich konnte keine Frau sehen, aber auch keinen Mann. Nur einen leeren Fleck.

Weil es dieses Leben nicht geben wird.

Egal welches Szenario ich mir vorstellte, das Ergebnis war immer das gleiche. Wie bei einer Matheaufgabe gab es nur eine exakte und unabänderliche Lösung.

Es war unmöglich.

»Wen wirst du fragen?«

Ich blinzelte wieder. »Was?«

»Gott, Whitmore, du bist ein verdammter Zombie«, sagte Chance. »Wir reden über den Prom-Abend.«

»Das ist noch Monate hin.«

»Ja, aber die heißesten Mädchen muss man sich schnell schnappen, sonst werden sie hochnäsig und sehen sich unter den Collegestudenten um«, sagte Mikey, als wäre er ein Spezialist auf diesem Gebiet.

»Also, wenn willst du fragen?«, wiederholte Donte.

»Ich weiß es noch nicht. Ich wäge meine Optionen ab.«

»Das ist mein Junge«, sagte Chance und schlug mir auf die Schulter, aber Donte blickte mich aus schmalen Augen an.

Scheiße …

Das Licht im Restaurant war zu hell. Meine Jacke war zu dick, und meine Brust fühlte sich eng an, sodass mir das Atmen schwerfiel. Mein sorgfältig konstruiertes Leben zerquetschte mich in seiner Faust, kerkerte mich ein, bestrafte mich für meine Schwäche. Weil ich mit Holden zu weit gegangen war.

Etwas angefangen hatte, das nirgendwo hinführte.

»Ich muss los«, sagte ich und schob mich aus der Sitznische.

»Wohin?«

»*Mit wem* triffst du dich?«, fragte Donte mit erhobenen Augenbrauen.

»Mit deiner Mutter«, murmelte ich. »Sie hasst es, wenn ich zu spät komme.«

Die anderen lachten, doch Donte zuckte lediglich mit den

Achseln, ein schmales wissendes Lächeln im Gesicht, das mir nicht gefiel. »Grüß sie schön.«

Ich ging durch das Restaurant und stieß die Seitentür zum Parkplatz auf, mein Gesicht brannte, als hätte ich Fieber. Über dem Meer braute sich ein Sturm zusammen. Der Himmel hing voller Wolken, und ein kalter Wind wirbelte eine rot-weiße Schokoriegelverpackung über den schwarzen Asphalt. Als ich neben dem Restaurant stand, holte ich das Telefon heraus.

Ich schaff es heute nicht.

Die Antwort kam ein paar lange Sekunden später. **Klingt suspekt.**

Ich ließ den Kopf in den Nacken fallen und rief ihn an. Holden nahm ab, sagte jedoch nichts.

»Hallo …?«

»Ich höre«, sagte er.

»Also … ich kann das nicht.«

»Das.«

»Das mit uns. Was auch immer wir tun.«

»Seit wann?«, wollte Holden wissen. »Ist irgendwas Außergewöhnliches passiert, seit wir vor drei Stunden in eurer Diele geknutscht haben?«

»Nein, nichts ist passiert«, sagte ich und rieb mir den Nacken. »Okay, ja. *Das Leben* ist passiert. Mein kaputtes Leben. Es wäre nicht fair, dir mein Chaos zuzumuten, solange ich noch versuche, eine Lösung dafür zu finden. Du verdienst was Besseres als ein konfliktbeladenes Arschloch, das ständig herumeiert und dir widersprüchliche Signale gibt.«

»Halt die Klappe.«

Ich blinzelte. »Was …?«

»Ich hab gesagt, halt die Klappe«, schimpfte Holden. »Du machst dir Sorgen, was ich *verdiene*? Als hättest du das Monopol darauf, verkorkst zu sein. Ich habe Probleme damit, anderen zu vertrauen. Ich setze keine gesunden Grenzen. Ich verschließe mich emotional, bevor mir Menschen zu nahe kommen, und ich sabotiere Beziehungen, weil ich derjenige sein will, der zuerst Schluss macht.«

»Das sind … ziemlich viele Informationen.«

»Es steht in meiner offiziellen Beurteilung. Ich bin im Sanatorium mal nachts ins Büro des Direktors eingebrochen und hab meine Akte gelesen.«

Gegen meinen Willen lachte ich schnaubend. *Dieser Typ …* In diesem Moment tat mir irgendwie jeder leid, der Holden nicht kannte, und war stolz darauf, dass ich es tat. Auch wenn er mich ins Unglück stürzen würde.

Holden spürte, dass ich nachgab, und sein arroganter Tonfall kehrte zurück.

»Ich will dir nur sagen, dass ich kein Problem damit habe, dein schmutziges kleines Geheimnis zu sein. Mit Betonung auf *schmutzig*.«

»Das wäre okay für dich?«

»Erspar mir dein Mitleid. Ich werd's überleben, wenn du nicht in der Schule Händchen halten oder mich zu deiner Prom-Queen machen willst. Wir halten es einfach unverbindlich.«

»Unverbindlich.«

»Du wirst nach dem Abschluss weggehen, um Football zu spielen, und ich steige in ein Flugzeug und mache mich vom Acker. Was könnte also sonst zwischen uns sein?«

Nichts lautete die korrekte Antwort. Da sollte nichts zwischen uns sein. Nicht einmal das hier. Aber die Erinnerung an Holdens heißen Mund und seinen an mich gepressten Körper kam mit aller Macht zurück und lieferte schlagkräftige Argumente.

»Freunde mit gewissen Vorzügen«, flüsterte Holden mir leise und heiser ins Ohr. »*Heimliche* Freunde mit gewissen Vorzügen. Ist es nicht das, was du willst?«

Nein. Ich will dich. Ich will dich mit allem Drum und Dran.

»Also?«

»Ich bin auf dem Weg.«

Ich fuhr zu dem großen weißen Craftsman-Haus und parkte am Straßenrand. Holden hatte mir geschrieben, dass ich den Seiteneingang nehmen sollte, also ging ich durch die Pforte und trat in einen extrem ordentlichen Garten. Das Gras war mit militärischer Präzision geschnitten, der saubere Pool glitzerte, mehrere Liegen standen um ihn herum.

Allein der Anblick des Pools brachte Flashbacks dieser ersten gemeinsamen Nacht zurück. Ich klopfte an die Tür des Gästehauses, fühlte mich durch die Fenster des Haupthauses beobachtet. Holden öffnete die Tür, und mein Atem beschleunigte sich.

Verdammte Scheiße …

Er war offenbar gerade frisch aus der Dusche gekommen und hatte sich das nasse silberne Haar aus dem Gesicht gestrichen. Er trug einen dicken bordeauxroten Bademantel, der ihm offen von den Schultern hing, über einer gestreiften Pyjamahose und einem weißen T-Shirt mit V-Ausschnitt. Es schmiegte sich an seinen Oberkörper und ließ harte Bauchmuskeln und eine schmale Taille erahnen.

Mich durchfuhr eine heiße Welle aus Verlangen und Verleugnung, Begierde und Schuldgefühlen.

»Oh, oh«, sagte er, als er mein Gesicht sah, und trat beiseite, um mich einzulassen. »Hat da jemand Zweifel? Haben wir nicht *gerade eben* darüber geredet?«

Ich fuhr mir mit der Hand durchs Haar. »Ich weiß, aber ich war nie …«

»Allein mit einem Mann?«

»Vielleicht«, sagte ich. »Und vielleicht kannst du aufhören, dich deshalb wie ein Arsch aufzuführen?«

»Du hast recht. Sorry. Ich vergesse ständig, dass ich die Schlampe in dieser Beziehung bin. Bier?«

»Gern.«

Ich atmete ein und zog meine Jacke aus, während er in den Küchenbereich ging. Holdens Gästehaus war so groß wie die meisten Wohnungen. Im vorderen Zimmer standen eine Couch, ein Sessel und ein Couchtisch vor einem kleinen Gaskamin mit vollen Bücherregalen zu beiden Seiten. Das Feuer warf tanzende Schatten an die Wände.

Unter einem Fenster auf der rechten Seite befand sich ein großer Schreibtisch mit einer kleinen Lampe, die ein Tagebuch und einen Füller beleuchtete. Den Füller, den ich ihm zu Weihnachten geschenkt hatte. Links von der Wand mit dem Kamin gab es eine kleine offene Küche und einen Flur, der wahrscheinlich zum Schlafzimmer und zum Bad führte.

Ich blieb vor dem Regal stehen. Klassiker teilten sich den Platz mit modernen Romanen, von denen ich nie etwas gehört hatte, dazu Gedichtbände, griechische Theaterstücke, Lateinwörterbücher und mindestens drei Enzyklopädien.

»Hast du die alle gelesen?«, fragte ich. »Auch die Enzyklopädien?«

Holden kam mit zwei Flaschen zurück und reichte mir eine. Er stand dicht neben mir; ich konnte die Hitze spüren, die von seiner Haut ausging. Ich nahm einen großen Schluck kaltes Bier.

»Man kann kein Schriftsteller sein, ohne zu lesen«, sagte er. »Würde man das Konzept auf Autos übertragen, die du ja so zu schätzen weißt, entspräche das Schreiben dem Fahren und das Lesen dem Tanken.«

»Klingt logisch. Was ist dein Lieblingsbuch?«

Holden stellte die Flasche ab – ich war froh, dass er heute nur Bier trank – und zog einen großen biegsamen Softcover-Band aus dem Regal.

»*Calvin und Hobbes*? Machst du Witze?«

»Ich mache nie Witze über *Calvin und Hobbes*.« Holden blätterte durch den Comic über einen Jungen und seinen Plüschtiger. »Es ist nicht bloß ein Comic. Es ist ein Philosophiehandbuch über die menschliche Natur. Es benutzt nur eben Schneemannmonster und imaginäre Raumschiffe, um seine Argumente zu verdeutlichen.«

»Okay, weshalb ist es dein Lieblingsbuch?«

»Weil ich Dinge mag, die an der Oberfläche simpel erscheinen, aber kompliziert und tiefgründig sind, wenn man sie näher betrachtet. So wie du. Du bist wie Superman, der nie sein Clark-Kent-Kostüm auszieht. Wie viele deiner schwachköpfigen sogenannten Freunde wissen, dass du Joseph Heller liest? Oder weißt, wie man Funktionen mit der Kettenregel ableitet?«

»Ich schreie es nicht von den Dächern.« Ich warf ihm einen ironischen Blick zu. »Und ich steppe auch nicht auf Esstischen.«

»Weil du es nicht nötig hast«, sagte er. »Und sei nicht beleidigt, das ist ein Kompliment. Ich würde alles dafür geben, einen ruhigen Geist zu haben, anstelle von …« Er wedelte mit der Hand in der Nähe seines Kopfes. »Dem hier.«

Ich trank einen Schluck Bier und spülte die Wut auf all diese Leute herunter, die ihm das Gefühl gegeben hatten, weniger zu sein, als er war.

Er beäugte mich aufmerksam. »Mitleid? Lass es.«

»Hab ich gar nicht. Mir tun deine Eltern leid. Sie haben echt Scheiße gebaut.«

Holdens blasse Haut erwärmte sich, und er wandte den

Blick ab. Kein bissiger Kommentar. Bevor ich anfing nachzudenken, stellte ich unsere Bierflaschen beiseite und legte wie in der Nacht am Pool meine Hand um seinen Kiefer. Nur diesmal mit Absicht. Das hier war kein gestohlenes Time-out vom wirklichen Leben, bei dem man dem Eifer des Gefechts die Schuld geben konnte.

Er ließ zu, dass ich sein Gesicht zu mir umdrehte, und ich küsste ihn. Tief. Ausgiebig. Küsste ihn einfach nur, um ihn zu küssen, denn für mich war es auch okay, wenn sonst nichts passierte.

Ich spürte, wie Holden in den Kuss hineinsank, sich an mich lehnte, sich auf mich stützte. Ein Stöhnen drang aus meiner Brust, und ich spürte, wie perfekt die Welt sich anfühlte, wenn ich bei ihm war.

Holden löste sich atemlos von mir. »*Unverbindlich* geht anders.«

Er schob meine Hand weg und presste seinen Mund auf meinen, entzündete die Hitze, die immer zwischen uns knisterte. Sie explodierte in einer weiß glühenden Stichflamme, die dort begann, wo unsere Lippen sich trafen, und durch meinen ganzen Körper raste. Wir küssten uns, als wären wir völlig ausgehungert. Die harten, brutalen Küsse, die er vorzog.

Holden zog mir den Pulli über den Kopf, während ich den Bademantel von seinen Schultern schob und an seinem T-Shirt riss, weil ich nackte Haut wollte. Ich wollte ihn sehen und berühren, achtete allerdings auch darauf, mich nicht völlig in der Hitze des Augenblick zu verlieren. Weil ich ihn *mit* ihm erleben wollte.

Er ließ zu, dass ich ihm das T-Shirt über den Kopf zog, und mir stockte der Atem beim Anblick der glatten Haut über den perfekt trainierten Muskeln. Er war nicht so muskulös wie ich, aber stark. Stark genug für alles, was ich ihm zu bieten hatte.

Und was genau ist das? Was passiert gerade …?

»Warte, warte …«, hauchte ich und drückte meine Stirn an seine.

Holdens Augen, die sich so dicht vor meinen befanden, nahmen einen weicheren Ausdruck an. »Wir können langsamer machen. Ich vergesse ständig, dass das hier neu für dich ist.«

»Ich auch«, sagte ich. »Ich will mich nicht mitreißen lassen und es später bereuen.«

»Die Reue, die man empfindet, weil man sich hat mitreißen lassen, ist die beste. Aber wir müssen auch gar nichts tun. Ich glaube, mein Onkel und meine Tante haben ein paar Brettspiele hier. Wir könnten eine spannende Runde Mensch ärgere dich nicht spielen …«

Ich küsste ihn, um ihn zum Schweigen zu bringen. Um alles zu bremsen und zu Atem zu kommen. Ich bewegte meinen Mund sanft auf seinem, schlang die Arme um seinen Rücken.

»Also *kein* Mensch ärgere dich nicht …«

»Lass uns in dein Zimmer gehen.«

Draußen erwachte der Sturm. Durch die regenüberströmten Fenster fiel silbriges Licht, die einzige Beleuchtung, als wir uns zum Bett vortasteten und in der Dunkelheit nacheinander griffen. Wir legten uns auf die Seite, küssten uns und ließen unsere Hände wandern.

»Bist du nervös?«, fragte er.

»Nein«, sagte ich. »Ich hab es erwartet, aber ich bin es nicht.«

Es war das genaue Gegenteil. Jeder Kuss und jede Berührung war, als würde ich einen Teil meiner selbst wiederfinden, den ich von mir abgebrochen und an mein vorgetäuschtes Leben abgetreten hatte.

»Was willst du?«, flüsterte Holden heiß an meinem Hals. »Du kannst mit mir machen, was du willst.«

»Ich will nicht machen, was ich will. Wir sollten machen, was *wir* wollen. Was sich richtig anfühlt.«

Er rückte ein wenig von mir ab, um mein Gesicht zu betrachten, als könnte er nicht glauben, dass ich wirklich existierte. Als hätte bisher niemand je so etwas zu ihm gesagt. Und noch schlimmer, als wäre es ihm nicht einmal selbst eingefallen, dass er verdiente, diese Worte zu hören.

»Jetzt werd mal nicht edelmütig.«

»Ich fühl mich nicht edelmütig«, sagte ich. »Mir ist eher danach, dir die Klamotten mit den Zähnen vom Leib zu reißen.«

»*Mein Gott*, Mann. Worauf wartest du?«

Ich lachte leise und schüttelte den Kopf. »Nicht heute.«

»Und was passiert heute?«

»Ich weiß es nicht. Hör einfach auf zu reden.«

Ich küsste ihn, drückte ihn auf den Rücken und schob mich halb über ihn. Wir zerrten an meiner Jeans und seiner Pyjamahose, bis wir nur noch die Unterhosen anhatten und unsere Erektionen durch den Stoff aneinanderrieben. Ich ließ meinen Blick in der Dunkelheit über seinen Körper wandern und strich mit beiden Händen über seine nackte Brust.

Holden lehnte sich zurück und beobachtete, wie ich ihn erkundete, seine Bauchmuskeln zogen sich zusammen, als meine Finger zu der Erektion hinunterglitten, die sich gegen seine Retropants drängte. Ich zögerte, doch er nickte schnell, sein Hals war angespannt.

Ich hielt meinen Atem an, mein Herz pochte gegen meine Rippen, und ich wartete darauf, vom Blitz erschlagen zu werden oder dass Scham mich überkam. Doch dann schob ich die Hand in seine Hose, umfasste ihn und empfand nur Erleichterung und Lust. Ich wollte das hier – für ihn und für mich und für all die Jahre, die ich mich selbst verleugnet hatte.

Ein Laut ertönte in Holdens Brust, und ich stöhnte. Sein

Schwanz füllte meine Hand aus, weiche Haut glitt über hartes Fleisch.

Das ist es, kam mir flüchtig ein Gedanke in den Kopf. *Das ist es, was ich will …*

»Ich will, dass du kommst«, sagte ich mit belegter Stimme. »Und ich will zusehen.«

Holden stöhnte. »Und ich hab geglaubt, du wärst schüchtern.«

Er zog die Unterhose aus, ohne dass ich ihn losließ. Ich erhöhte den Druck, fuhr hart mit der Hand über seine Erektion nach unten, ließ dann los und fing wieder von vorne an.

»Was ist mit dir?«, stieß er hervor.

Ich schüttelte den Kopf, meine Hand arbeitete schneller. »Nur du.«

Wieder blitzte Verwirrung auf seinen Zügen auf, und ich war wütend auf alle, die vor mir hier gewesen waren und immer nur genommen hatten, ohne etwas zurückzugeben.

Mein Instinkt leitete mich. Ich ließ meinen Mund über seinen Hals wandern, atmete seinen warmen, sauberen Geruch ein, schmeckte einen Hauch von Salz auf seiner Haut. Ich leckte mit der Zunge über seine Brust. Die glatte Oberfläche veränderte sich, als ich einen seiner kleinen Nippel fand.

»Woher weißt du, wie das geht?«, keuchte Holden, als ich knabberte, saugte und mit der Zunge über das empfindliche Knötchen fuhr, während meine Hand weiter seinen Schwanz bearbeitete.

»Keine Ahnung«, murmelte ich. »Ich will es einfach.«

Für dich.

Holden stockte der Atem, und ich wusste, dass er kurz vor dem Höhepunkt war. Mein eigener Schwanz tat weh, als würde ich selbst gleich kommen. Ich küsste Holden, nasse Zungen wanden sich umeinander, dann waren meine Finger in seinem

Mund. Er leckte an ihnen, während ich ihn mit der anderen Hand bearbeitete und ihn immer schneller immer höher trieb, bis sein Kopf nach hinten fiel und er mit den Händen an den Laken riss.

»Oh fuck …«, keuchte er.

Ich setzte mich auf, während seine Hüfte sich mit wachsendem Drängen hob und senkte, und sah zu, wie er kam. Er spritzte heiß auf seinen Bauch und meine Finger – und es gehörte alles mir. Sein pochendes Herz und sein stockender Atem und sein Stöhnen, alles gehörte mir. Ich führte ihn mit langen, langsamen Bewegungen durch den Orgasmus, bis ich selbst so weit war.

Mit einem Stöhnen setzte ich mich auf die Bettkante und riss meine Unterhose runter. Ich umfasste mich selbst, Holdens Sperma war mein Gleitmittel. Dann spürte ich ihn hinter mir, sein Mund lag auf dem Muskel zwischen Hals und Schulter. Er biss mich wie der Vampir, der er war, und kribbelnde Stromschläge wanderten meinen Arm hinunter, dann griff er um mich herum und schlang die Finger um meine, bis auch seine Hand mit seinem eigenen Samen bedeckt war, der feucht und warm meinen Schwanz überzog.

»Uh, schmutzig«, flüsterte er und übernahm die Führung.

Er umfasste mich und bewegte seine Hand – ein Gefühl, dass ich Tausende Male selbst erzeugt hatte, das nun jedoch völlig neu war, realer und besser als alles, was ich mir vorgestellt hatte.

»Ich will … ich will …«

»Du willst kommen«, flüsterte Holden an meinem Ohr. »In meinem Mund.«

Ich nickte wortlos, während Holden anmutig vor mir auf den Boden rutschte. Er kniete sich zwischen meine Beine und nahm mich langsam in den Mund.

»Fuck«, zischte ich. »Oh fuck …«

Holdens Mund umgab mich komplett, es war die einzige feuchte Hitze, die ich je gewollt hatte, das Stöhnen in seiner Brust so unmissverständlich männlich und hart. Er grub seine Finger in meine Oberschenkel, und der Schmerz fügte Empfindungen hinzu, von denen ich nicht gewusst hatte, dass ich mich danach gesehnt hatte. Ich griff in sein Haar, und er stöhnte, bewegte seinen Mund an mir auf und ab wie ein Besessener.

»Ich komme«, hauchte ich, eine Hand auf das Bett gestützt, die Finger in die Laken verkrampft, die andere in seinem Haar, festgeklammert an dem perfekten Rausch, der Holden war.

»Dann komm«, forderte er und nahm mich tief in den Mund, dann wieder: »Komm für mich, Baby …«

Baby … Fuck.

Mein Körper gehorchte. Die Welle türmte sich auf und überschlug sich, ich biss die Zähne zusammen und kam in seinem Mund. Und er nahm alles in sich auf, saugte und leckte mit der Zunge an meinem Schwanz entlang.

»Oh Gott …« Ich ließ mich rückwärts aufs Bett fallen, erschöpft und doch lebendig auf eine Art, die ich nie zuvor empfunden hatte.

Holden stand auf und warf sich neben mir aufs Bett.

»River Whitmore«, murmelte er Richtung Decke. »Das war alles andere als unverbindlich.«

13. Kapitel

Holden

Wir lagen lange Minuten in der Dunkelheit, lauschten dem Regen und unserem eigenen langsamer werdenden Atem. Mein Körper summte, und ich fühlte River überall, wo er mich berührt hatte. Schmeckte ihn auf meiner Zunge und spürte ihn an meinem Körper, der sich zum ersten Mal warm und sicher anfühlte.

Zu gut. Es wird nicht halten. Es ist zu gut …

River bewegte sich als Erster und streckte die Hand nach mir aus, aber ich ging hastig ins Bad, um mich zu waschen. Ich wusch mir die Hände und betrachtete mein Spiegelbild. Mein Haar stand ab, wo River hineingegriffen und daran gezogen hatte. Die Haut um meinen Mund herum war gerötet von seinen Bartstoppeln und seinen heißen Küsse, die unter dem Ansturm eisigen Geflüsters bereits verblassten.

Das ist nicht das echte Leben. Es ist nur ein Time-out. Es ist nicht real.

Ich kehrte ins Schlafzimmer zurück und zog meine Boxershorts an, während River wortlos im Bad verschwand. Ich lehnte mich gegen das Kopfkissen, spürte, wie die Kälte in mich hineinkroch, und wünschte, ich hätte einen Flachmann oder eine Flasche im Nachtschrank.

River kam zurück, und ich zwang mich, die Arme nicht zu verschränken und mein Gesicht zu entspannen. Doch er spürte die plötzliche Anspannung; er war viel zu sensibel. Und zu gütig. Zu rücksichtsvoll …

Er zog seine Unterhose an und setzte sich mit dem Rücken zu mir auf die Bettkante. »Alles gut bei dir?«

»Ging mir nie besser. Und bei dir?«

»Ja. Ich meine … mir geht's gut, wenn es dir gut geht.«

Gott, River …

Mein Herz war schon vor langer Zeit zerbrochen, und jetzt sickerte River durch die Risse hinein. Sämtliche Alarmglocken schrillten in meinem Kopf, und meine Gedanken rasten im Kreis herum und drängten Rivers Wärme direkt wieder aus mir heraus.

»Du kannst nicht bleiben«, stieß ich hervor.

»Wollte ich gar nicht«, erwiderte er, allerdings konnte man ihm deutlich anhören, dass ihn das verletzt hatte.

Er zog sich Jeans und T-Shirt an, während ich mich gegen mein eigenes Gehirn wehrte, gegen den Kampf-oder-Flucht-Mechanismus, der ausgelöst wurde, sobald mir jemand das geringste bisschen Freundlichkeit oder Zuneigung zeigte. Die Stille war unerträglich.

»Ich hab es dir gesagt«, sagte ich kläglich und verzweifelt. »Es muss unverbindlich bleiben.«

»Ich erinnere mich«, sagte er mit leiser Stimme.

Noch mehr Stille. Ich wünschte, er würde mich anbrüllen. Schreien. Sagen, dass ich ein Arschloch sei und diese perfekte Nacht verdarb. Aber River zog sich an, dann stand er eine Minute da, den Kiefer vorgeschoben, den Blick zu Boden gerichtet.

»Ich weiß genau, was du machst«, sagte er endlich.

Er war still und ruhig, und ich war der Sturm. Ich wollte wieder ins Bett krabbeln, von ihm umschlungen schlafen, aber die Kälte hatte mich gefunden. Ich verschränkte die Arme fest vor der Brust, damit man das Zittern nicht sah.

»Was mache ich denn?«, fragte ich. »Ich mach gar nichts. Es ist spät ...«

»*Holden.*«

Ich klappte den Mund zu.

»Es ist okay«, sagte River, seine blauen Augen waren sanft. »Ich kapier's. Oder ... zumindest glaub ich, dass ich das tue.«

Er kapiert gar nichts, dachte ich, und Tränen drohten, mir über die Wangen zu laufen. River hatte keine Ahnung, wie gut er war und dass seine Güte mit allem clashte, was in mir kaputt war.

Ich werde ihn auch kaputtmachen ...

»Aber ich bereue das heute nicht«, sagte er. »Ich hoffe, du auch nicht.«

»Nein«, sagte ich, forderte die Kälte heraus. »Werde ich niemals.«

River nickte in der Dunkelheit, dann wandte er sich zum Gehen. Er blieb in der Schlafzimmertür stehen. »Sehen wir uns wieder?«

»Ich weiß es nicht. Vielleicht.«

»Ruf mich an, wenn ...« Er fuhr sich mit der Hand durch das dunkle Haar. »Ruf mich einfach an. Oder ich ruf dich an. Das ist doch erlaubt, oder? Es ist Weihnachten.«

»Du musst nicht ...«

»Ich *will* aber. Ich ruf dich an.«

Er zögerte, kämpfte mit sich. Und dann ging er. Regen prasselte gegen die Scheiben, und ich ließ River gehen. Ich schickte ihn hinaus in den Sturm.

Es ist besser so, flüsterte eine kalte Stimme aus Alaska. *Besser für ihn.*

Ich rannte praktisch in die Küche. Im Eisfach lag eine neue Flasche Ducasse – ein verfrühtes Weihnachtsgeschenk an mich selbst. Ich goss mir einen Shot ein, dann nahm ich die

Flasche und das Glas mit zum Schreibtisch. Ich schrieb, bis meine Hand verkrampfte, und trank, bis die Worte vor meinen Augen verschwammen. Ließ meine rasenden Gedanken auf dem Papier raus und ertränkte sie dann in Wodka.

Ein paar Stunden später ließ mich die Welt aus dem Stuhl kippen. Ich lag auf dem harten Holzboden und starrte an die sich drehende Decke. Der Regen prasselte, und Rivers Gesicht schwamm vor meinem trüben geistigen Auge.

»What a glorious feeling …«, flüsterte ich und versank in Dunkelheit.

Am nächsten Tag, Heiligabend, machten Tante Mags und Onkel Reg sich auf, um einen frühen Flug nach Seattle zu nehmen. Vor der Abreise klopften sie an die Tür zum Gästehaus und weckten mich, ließen mich von meinem gemütlichen Schlafplätzchen hochschrecken. Ich lag zitternd und nur in Unterhose auf dem Fußboden.

»Holden, mein Junge«, rief Onkel Reg. »Wir fahren jetzt los.«

»Bist du sicher, dass du allein zurechtkommst?«, zirpte Mags.

»Alles super«, rief ich und verzog das Gesicht, als ein böser Kopfschmerz hinter meinen Augen pochte.

»Kannst du kurz die Tür aufmachen?«, fragte Reg. »Damit wir uns richtig verabschieden können?«

»Würde ich total gern, Onkel Reg, aber ich hab gerade *wahnsinnig* viel zu tun.«

Ich krabbelte auf allen vieren zu meinem Bademantel, der dort lag, wo River ihn mir ausgezogen hatte.

Tante Mags klang, als würde sie die Hände ringen. »Oh … okay, in Ordnung. Es liegen Geschenke für dich unterm Baum, und unsere Telefonnummer hängt am Kühlschrank, falls du sie brauchst.«

Scheiße. In meinem Vollrausch hatte ich vergessen, die Golfschläger und den Wellness-Gutschein rauszulegen. Ich legte mich wieder auf den Boden und zog mir den Bademantel übers Gesicht.

»Wenn du was brauchst, ruf einfach an«, fügte Reg hinzu. »Okay?«

Ich brauche nichts. Habe ich nie und werde ich auch nicht.

Mein Mantra, das sich jeden Tag bedeutungsloser anfühlte.

Ich hörte sie leise debattieren – es klang, als hätte Mags Bedenken, mich allein zu lassen. Aber dann gingen sie. Erneut senkte sich Stille über das Gästehaus, und nur das sanfte Prasseln des Regens war zu hören, der die ganze Nacht nicht aufgehört hatte.

Mein Kopf dröhnte, und mein Magen drohte mit Rebellion, wenn ich nicht vorsichtig war. Ich hätte problemlos den ganzen Tag genau dort verbringen können, wo ich jetzt war, aber ich hatte Miller und Ronan zu Weihnachten ein Festessen versprochen. Ich kratzte den kläglichen Rest meiner Würde zusammen und schälte mich vom Boden los. Benommen suchte ich nach meinem Handy, um James herbeizurufen, dann fiel mir ein, dass er die ganze Woche frei hatte.

»Wow, ist das nicht absolut beschissen?«

In den quälenden nächsten zwanzig Minuten lud ich die Uber-App herunter, gab meine Zahlungsinformationen ein und bestellte einen Wagen. Leider hatte ich nach diesem entsetzlichen Martyrium wirklich keine Energie mehr übrig, um mich anzuziehen. Der Wagen kam an, und ich begrüßte den Fahrer in Pyjama und Bademantel. Er musterte mich und zuckte mit den Achseln.

Nachdem ich drei Minuten lang mit einem Einkaufskorb in einem Gourmetmarkt herumgelaufen war, erkannte ich meinen Irrtum.

»Miller und Ronan wollen keine Artischockenherzen und von Hand hergestellten Käse«, murmelte ich und erntete einen Blick von einer Frau, die meinen Bademantel und mein zerzaustes Haar beäugte, das unter normalen Umständen perfekt gegelt und gestylt gewesen wäre.

Letzte Nacht waren eben keine normalen Umstände.

River griff hart in mein Haar, und köstliche Schauder des Schmerzes schossen meine Wirbelsäule hinab, während ich seinen schönen großen Schwanz lutschte …

Ich blinzelte und schüttelte den Kopf. Gott, ich würde hier im Gang mit den Konserven noch einen Ständer kriegen. Ich starrte die Frau an, bis sie davonhastete, dann ging ich zum Ausgang und ließ den Korb einfach irgendwo stehen.

Ich rief noch einen Uber-Fahrer, der neun Jahrhunderte brauchte, bis er ankam, während ich mich an eine Mauer drückte, um dem Regen zu entgehen. Diesmal ging ich in einen ganz normalen Supermarkt, nahm mir einen Einkaufswagen und füllte ihn mit Jungsfraß.

Der Mann an der Kasse musterte mich einmal von oben bis unten, während ich im Bademantel auf einem Streifen Beef Jerky kaute und durch den *National Enquirer* blätterte.

»Wie geht es Ihnen, Sir?«, fragte er und scannte Wasser und O-Saft, Chips und Knabberzeug, Schokoriegel, Sandwiches, Hotdogs, einen ganzen Karottenkuchen und eine eingeschweißte Käseplatte.

»Haben Sie das hier gelesen?« Ich wedelte mit der Zeitung. »Bigfoot hat sich einen Holzfäller als Sexsklaven gehalten. Verrückte Welt, hab ich recht?«

»Äh, ja«, sagte der Typ. »Verrückt.«

Nachts im Gästehaus hörte ich, wie der Sturm Fahrt aufnahm. Zweimal flackerte das Licht, und Donner erschütterte das

Haus, als würde ein Riese durch Santa Cruz stapfen. Ich verbrachte den Abend mit einer Flasche von Regs hundertjährigem Scotch unter dem Arm im Bett und guckte *Tatsächlich … Liebe* mit meinem eigenen laufenden Kommentar.

»Kauf ja nicht die Scheißkette, Alan Rickman. Du wirst Emma das Herz brechen, du Snape, du.«

Ich warf einen Blick auf mein Handy. Nichts. Nicht mal eine Textnachricht.

Ich fragte mich, ob sie an Moms riesigem Esstisch saßen – dem, der für formelle Anlässe vorbehalten war. Vielleicht war noch mehr Familie da, Cousins, meine Großeltern, Onkel und Tanten wie Reg und Mags, die lachten und sich unterhielten und damit prahlten, wer besser darin war, sein Geld in Steueroasen im Ausland zu verstecken.

»Blutsauger«, murmelte ich, dann setzte ich mich auf. »Echt jetzt, Rick Grimes, du kannst nicht einfach so eine verheiratete Frau anbaggern, du Mistkerl.«

Ich trank noch mehr Scotch. Sah auf mein Handy. Brüllte den Fernseher an.

Nicht mein schlechtestes Weihnachten. Nicht, wenn man Alaska mitzählte.

Wieder starrte ich mein stummes Handy an. »Arschlöcher.«

Als ich am nächsten Morgen aufwachte, regnete es in biblischen Ausmaßen, und mein Kater fühlte sich an wie der Zorn Gottes. Ein körperlicher und seelischer Kater. Mein verfluchtes Herz sehnte sich nach meinen Eltern. Nach Reg und Mags.

Nach River.

Mein Handy lag da, wo ich es auf dem Nachttisch liegen gelassen hatte, still und ohne Nachrichten.

Ich zog mir Jeans, T-Shirt, Pulli, Mantel und Stiefel an, wickelte mir einen Schal um den Hals und packte das Essen in

Tüten, um es zur Hütte zu bringen. Das Uber-Taxi brauchte eine halbe Ewigkeit, bis es ankam, und der Mistkerl half mir nicht mal, das Zeug im Kofferraum zu verstauen. Ich war klitschnass, als ich mich auf den Rücksitz fallen ließ.

»Die Leuchtturm-Klippen?«, fragte er und schaute auf sein Handy. »Sind Sie sicher, dass Sie bei dem Scheißwetter da hinwollen?«

Hundert bissige Erwiderungen fielen mir ein. Stattdessen lehnte ich meinen schmerzenden Kopf ans Fenster.

Wir kamen an der Seitenstraße an, die dem Strandweg am nächsten war, und ich stieg aus. Der Regen war unerbittlich, und ich fragte mich inzwischen selbst, ob mein Vorhaben vernünftig war. Aber dass ich jemand war, der seine Versprechen hielt, war buchstäblich das Einzige, was für mich sprach.

Beladen mit vier vollen Einkaufstüten ging ich den Pfad zur Hütte entlang, während der Regen mich bis auf die Knochen durchnässte. Die verfluchte Kälte sickerte in meine nassen Klamotten und umgab mich, drückte zu wie eine eisige Faust. Langsam trottete ich über den steinigen Weg, die Schultern taten mir weh, und die Griffe der Plastiktüten gruben sich in meine Handflächen. Ich stolperte mehr als einmal; Wasser leckte über meine Stiefel. Blitze zuckten über den grauen Himmel und erhellten das aufgewühlte Meer.

»Just singing and dancing in the rain …«, sang ich schwach und mit klappernden Zähnen, um mein Gehirn abzulenken.

Aber Alaska kam trotzdem.

Der kalte Regen und die scheinbar endlose Strecke weckten Erinnerungen an die nächtlichen Zwangsmärsche durch pechschwarze Wälder, bei denen die Betreuer uns beschimpften, wie wertlos wir seien, während wir halb tot vor Schlafmangel und Kälte vorwärtsstolperten.

Als ich die Hütte erreichte, vermischten sich Tränen mit

dem Regen auf meinem Gesicht. Ich stellte die Tüten auf den Holztisch und machte mit zitternden Händen die Lampe an. Keine Spur von Ronan und Miller.

Natürlich nicht, du Idiot. In diesem Sturm?

Miller hatte jedoch gesagt, dass wir uns treffen würden, und auch er war jemand, der seine Versprechen hielt. Ich blies in meine Hände und rieb meine Finger aneinander, entschlossen zu warten. Doch zusätzlich zum Wetter plagte jetzt die PTBS meinen Körper mit Kälte. Sie durften mich nicht so sehen, durchnässt und zitternd und am Rande eines Nervenzusammenbruchs.

Sie sind deine Freunde. Sie werden dir helfen wollen.

Selbst wenn ich das geglaubt hätte, der Regen würde so bald nicht nachlassen. Niemand, der *bei Verstand* war, würde bei so einem Wetter hierherkommen.

Angst krallte sich in meinen Bauch, als ich mich aus der Hütte wieder in das Unwetter wagte.

Der Rückweg fühlte sich zehnmal länger an, die Erinnerungen an Alaska peitschten bei jedem Schritt auf mich ein. Das Uber-Taxi, das ich rief, während ich mich unter das Vordach eines Wartungsschuppens duckte, kam glücklicherweise schnell, und die Augen der Fahrerin weiteten sich besorgt, als ich einstieg und ihren Rücksitz durchnässte.

»Was ist passiert, Schätzchen?«

Ich schüttelte den Kopf, mein Kiefer war steif vor Kälte. »Tut mir leid, dass alles nass wird.«

»Es braucht dir nicht leid zu tun. Was kann ich tun, mein Junge? Was brauchst du?«

Ich versank tiefer in meinem Mantel und zwang mit aller Macht die Tränen zurück.

»Fahren Sie mich nur nach Hause.«

Mein Handy verkündete mit einem *Pling*, dass eine Nachricht angekommen war, gerade als ich das Gästehaus betrat und den ganzen Fußboden mit Wasser volltropfte. Mit zitternden Fingern holte ich es aus der Tasche. Miller.

Wo bist du?

Zu Hause.

Du hast das Essen hergebracht und bist wieder gegangen?

Ich hab doch gesagt, ich würde Essen kaufen, tippte ich.

Warum bist du wieder gegangen?

Da draußen wütet ein verdammter Hurrikan, falls du es nicht bemerkt hast.

In der Hütte ist es okay, schrieb Miller. **Nicht ein einziges Leck. Komm zurück. Oder wir kommen zu dir?**

Das Bedürfnis, bei Miller und Ronan zu sein – Menschen, für die ich mein Leben geben würde –, brachte mich fast dazu, wieder rauszugehen. Aber aus dem Spiegel über dem Kamin starrte mich der blanke Horror an: eine verstörte ertrunkene Ratte mit dunklen Schatten um rot geränderte Augen, die vor Angst geweitet waren. Ich konnte nicht wieder raus in diesen Sturm der Erinnerungen. Nicht noch einmal. Und wenn meine Freunde mich sähen, würden sie wissen wollen, warum ich so aussah. Ich würde ihnen Weihnachten versauen mit meiner beschissenen Vergangenheit, die mich überallhin verfolgte und mir ständig ins Gedächtnis rief, dass ein normales Leben für mich unerreichbar war.

Ich schaff es nicht, schrieb ich.

Blödsinn. Komm wieder her. Oder gib mir deine Adresse.

Ich stellte mir vor, wie sie den ganzen Scheiß durch den Regen schleppten. Für mich.

Eine weitere Nachricht kam. **Du hast dir solche Mühe gegeben mit dem Essen. Komm zurück.**

Noch eine. **Wir wollten die Überraschung nicht verder-**

ben, aber da du so blöd bist: Wir schenken dir einen Heizlüfter. Dir wird hier in der Hütte warm sein. Versprochen.

Ich schloss die Augen. Tränen brannten darin.

Das Ganze muss wohl ins Wasser fallen, schrieb ich. **Zu viel Regen.**

Nicht witzig. Dann schrieb er: **Bitte komm, H.**

Frohe Weihnachten, Miller, schrieb ich, meine Sicht trübte sich.

Das Handy leuchtete auf, mit seiner Nummer auf dem Display. Ich drückte auf *Ablehnen*. Er rief wieder an. *Ablehnen*.

»Tut mir leid«, flüsterte ich und schaltete das Handy aus.

Ich wollte gerade meinen tropfenden Mantel ausziehen, als es an der Tür klopfte.

River …

Es war Beatriz, in einen Regenmantel gehüllt und mit einem Schal über dem Kopf. Ihr warmes Lächeln verwandelte sich in blankes Entsetzen, als sie mich erblickte.

»Mr Holden? *Was ist passiert?*«, fragte sie auf Portugiesisch.

»*Nichts*«, antwortete ich. »*Ich war spazieren*.«

»*Bei diesem Wetter*?«

»*Im Nachhinein betrachtet keine gute Idee. Was tun Sie hier?* Eu pensei …« Mein Portugiesisch ließ mich im Stich. »Ich dachte, Sie wären bei Ihrer Familie.«

»Bin ich. Wir haben Biscoitos gemacht.« Sie trug einen mit einem roten Geschirrtuch bedeckten Korb im Arm.

»Für mich?«

»Sim.« Sie drückte mir den Korb in die Hand, ihre Miene war besorgt. Zitrusduft stieg von dem warmen Gebäck auf. »Sind Sie ganz allein heute, Mr Holden?«

»Nein«, flüsterte ich und räusperte mich. »Nein, meine Freunde kommen. Ich hab gerade mit ihnen telefoniert. Ich sollte mich fertig machen. Duschen und mich aufwärmen.«

Mein Kiefer zitterte vor Kälte, und Beatriz' braune Augen weiteten sich alarmiert.

»Sim, sim, tun Sie das. Wärmen Sie sich auf, damit Sie sich nicht erkälten. Ihre Freunde … sie kommen?«

»Jede Minute.«

»Okay, gut. Das ist gut.«

»Danke für die Biscoitos, Beatriz. Muito obrigado.«

»Gern geschehen, Mr Holden.« Sie hob die Hand und berührte meine Wange. »Feliz natal, doce menino.«

Frohe Weihnachten, lieber Junge.

Sie ging, und ich machte die Tür hinter ihr zu, dann lehnte ich mich dagegen und unterdrückte die Tränen.

Als würde ich an einer kaum verheilten Wunde kratzen, fragte ich mich, was meine Eltern wohl gerade taten. Ob die Familie sich um den riesigen Baum mit Hunderten glitzernden Lichtern und in teures Papier eingewickelten Geschenken versammelt hatte? Mom würde eine Platte ihres geliebten Bing Crosby auflegen, und Dad würde mit Tokio oder London telefonieren und über Ölgeschäfte streiten, bis jemand ihn mit einem Brandy und einer Zigarre weglockte.

Ich stellte den Korb ab und schaltete das Handy wieder ein. Eine Reihe Nachrichten und drei verpasste Anrufe von Miller und Ronan warteten. Keiner aus Seattle. Keiner von River.

Ich machte das Handy wieder aus.

Ich duschte so heiß, wie ich es aushielt, um die Kälte auszutreiben, die sich in meinen Knochen festgesetzt hatte, dann zog ich eine Schlafhose und ein langärmliges Unterhemd an, darüber noch ein T-Shirt und den Bademantel. Das Feuer prasselte, und ich drehte das Thermostat auf 25 Grad.

Mit Beatriz' Keksen und dem Rest von Regs Scotch machte ich es mir auf der Couch gemütlich. *Fröhliche Weihnachten* lief in Endlosschleife im Fernsehen. Der Sturm draußen wütete immer heftiger, Regen peitschte gegen die Fenster. Es blitzte, darauf folgte ein Donner, der das Haus wackeln ließ. Ich aß ein bisschen, trank viel, und die Zeit entglitt mir. Der Film fing immer wieder von vorne an, die Szenen mischten sich wie Karten. Bald konnte ich nicht mehr sagen, ob ich noch denselben Film schaute oder er erneut begonnen hatte.

Dem Grad der Dunkelheit draußen nach zu urteilen war es Nacht (#Wissenschaft). Irgendwann musste ich aufgestanden sein, um aufs Klo zu gehen, und es nicht zurück auf die Couch geschafft haben. Mein alter Freund, der Fußboden, hieß mich willkommen.

»Hier bleibe ich jetzt«, sagte ich und kicherte leise. »Ich wohne auf dem Fußboden.«

Donner erschütterte das Haus, wummernd, als würde er versuchen, die Tür einzutreten. Ich glaubte, jemand meinen Namen rufen zu hören.

»Holden?«

Der Sturm redet mit mir.

»Holden, bist du da?«

River.

Er hämmerte hart und beharrlich gegen die Tür. »Holden, mach die Tür auf.«

»Das ist eine neue Entwicklung«, murmelte ich, und mein dummes Herz flehte mich an, ihn reinzulassen.

Ich kann nicht. Ich kann ihn nicht reinlassen …

Das Hämmern veränderte sich zu langsamen kräftigen Schlägen. Einmal, zweimal, dann flog die Tür mit einem Knall auf und brachte das Geräusch von Regen und schweren Schritten mit sich.

»Gott, hier drinnen ist es ja so heiß wie in einem Ofen«, murmelte River, bevor er sich neben mich kniete, sein Gesicht schwebte als verschwommener Schemen über mir. Regenwasser lief an seiner Jacke herunter, und sein dunkles Haar hing ihm in die Stirn.

»Du hast die Tür eingetreten?«, fragte ich. »Mein Held …«

»Bist du okay? Gott, ich versuche seit Stunden, dich anzurufen.«

»Warum?«

»Warum …? *Warum?*« Er schaute sich um und schüttelte den Kopf. »Weil … was zur Hölle machst du hier?«

»Der Raum dreht sich, und ich halte den Fußboden fest.«

River setzte sich schwerfällig neben mich und seufzte entnervt. »Was soll das? Du besäufst dich an Weihnachten? Wo sind dein Onkel und deine Tante?«

»In Seattle. Bei meinen Eltern.«

»Sie haben dich allein gelassen?«

»Ich hab ihnen gesagt, dass sie hinfliegen sollen.«

Seine Augen verdunkelten sich, seine Stimme war wütend. »*So was* … solltest du nicht tun. Du solltest dich nicht selbst so verletzen. Und sie hätten verdammt noch mal nicht weggehen sollen.«

»Du machst es schon wieder«, sagte ich, und mir tat die Brust weh. »Ständig mischst du dich in Dinge ein, die dich nichts angehen.«

»Komm.«

Er legte seine starken Arme um mich und zog mich auf die Füße. Ich lehnte mich an ihn und hob meinen schweren alkoholisierten Kopf. Aus trüben Augen betrachtete ich sein Gesicht, wollte jedes Detail bewahren.

»Du siehst wirklich verdammt gut aus, weißt du das?«

»Du bist betrunken«, sagte er und wuchtete mich mit einem sexy Grunzen ein Stück höher.

»Es ist nicht bloß subjektiv«, fuhr ich fort, als er mich halb ins Schlafzimmer trug. »Einfach ein Fast. Fuck. *Fakt.* Niemand würde dich je aus seinem Bett werfen.«

Er verzog grimmig das Gesicht. »Außer dir.«

Der Boden kippte weg, und ich hielt mich am Kragen von Rivers Collegejacke fest. In seinen blauen Augen sah ich Sorge und etwas, das tiefer ging. Etwas, das ich nie zuvor gesehen hatte – ein Ausdruck, den ich für immer behalten wollte.

Ich lächelte traurig und berührte seine Wange. »Ich werde dieses Gesicht vermissen.«

»Holden …«

»Du hast es selbst gesagt, aber haben wir zugehört? Oooh, nein. Haben wir nicht. Ich jedenfalls nicht.«

»Was hab ich gesagt? Wann?«

»Im Pool. Es ist ein Fehler. *Das mit uns* ist ein Fehler.«

Er runzelte noch mehr die Stirn und umarmte mich fester. »An dem Abend war ich ziemlich durcheinander. Ich wusste nicht, was ich sagte. Ich …«

»Doch, wusstest du«, sagte ich leise. »Und du hattest recht.«

Ich befreite mich aus seiner Umarmung und krabbelte aufs Bett, legte mich auf den Rücken. Ich klopfte auf den Platz neben mir. »Bleib ein Weilchen bei mir. Nur ein bisschen … bis ich eingeschlafen bin. Dauert nicht lange.«

River zögerte, dann zog er seine Jacke aus und setzte sich auf die andere Seite des Bettes.

»Ich kapier nicht, was los ist«, sagte er. »Vor ein paar Tagen …«

»Ich habe gelogen. Meine große Rede, dass wir die ganze Sache unverbindlich halten sollten?« Ich schüttelte den Kopf. »Das kann ich nicht. Nicht mit dir. Und du kannst dich nicht mit mir sehen lassen.« Schwach und falsch sang ich: »*So let's call the whole thing off.*«

Er schluckte. »Ist es wirklich das, was du willst?«

»Ja. Es ist das Beste für uns beide.« Ich bohrte den Finger in seine Seite. »Und das weißt du auch.«

Wir schwiegen, das einzige Geräusch war der Regen, der gegen die Fenster prasselte, und der schwächer werdende Donner.

Eine Grimasse verhärtete Rivers schöne Züge. »Ich weiß nicht, was ich sagen soll. Oder tun.«

»Bleib einfach heute hier, okay? Und sei morgen früh weg.«

Er kämpfte mit sich und nickte dann – und mein letzter Hoffnungsschimmer erlosch.

Was hast du erwartet? Dass er um dich kämpfen würde? Das wird er nicht. Das kann er nicht …

Ich drehte mich mit dem Rücken zu ihm auf die Seite. Kurz darauf spürte ich, wie das Bett einsank, und wusste, dass er sich auch hingelegt hatte.

»Ich will nicht gehen, bis ich weiß, dass du wieder in Ordnung kommst«, sagte er.

»Werde ich.«

»Ehrlich gesagt kann ich das nach dem, was ich heute hier gesehen habe, nicht wirklich glauben.«

»So bin ich halt. Ich hab … Episoden. Dann trinke ich, krieg's irgendwie aus mir raus und mach weiter.«

»Glaubst du nicht, dass du professionelle Hilfe brauchst?«

»Warum? Soweit ich weiß, geht's mir ganz *hervorragend*.«

»Ich meine es ernst.«

»Ich hatte ein Jahr lang rund um die Uhr professionelle Hilfe«, sagte ich und drückte mein Gesicht ins Kissen. »Besser haben sie es nicht hingekriegt.«

Ich spürte, wie River sich zu mir umdrehte und näher heranrutschte. Seine Wärme wurde stärker. Sein Kopf war dicht an meinem. Ich musste mich nur umdrehen und …

Wir würden den gleichen Fehler wieder machen.

»Holden?«

»Mach dir keine Sorgen«, sagte ich. »Ich komm schon wieder in Ordnung, und unsere kurze Affäre wird bald eine ferne Erinnerung sein. Du wirst mich eines Tages in der Schule auf der anderen Seite der Wiese sehen und denken: ›Ah, da ist Holden Parish. Netter Kerl. Hat mal meinen Schwanz in den Mund genommen‹.«

River presste seine Stirn zwischen meine Schulterblätter. »Gott.«

Ich lachte leise, und dann wollte ich heulen, als er die Arme um mich legte und meinen Rücken fest an seine Brust zog. Ich umklammerte seine Arme, die mich hielten.

»Bist du sicher?«, fragte er heiser.

»Es ist besser so«, flüsterte ich, und die Augen fielen mir zu.

»Warum fühlt es sich dann so scheiße an?«

»Es ist ein Catch-22-Dilemma. Die Lösung ist Teil des Problems.«

»Und zwar?«

»Wir wollen beide etwas, das wir nicht haben können«, sagte ich, als der Schlaf mich auf Wodkawolken in die Tiefe zog. »Ein normales Leben.«

Teil 3

14. Kapitel

River

März

»Sie sind da«, verkündete Dad und grinste von einem Ohr zum anderen. Er hielt vier große Umschläge hoch. »Texas, Auburn, Alabama und Michigan. Nenn mich verrückt, aber Ablehnungsbriefe sind nie so dick.«

Er warf sie auf den Esstisch wie ein Kriegsheld die Beute, die er mit nach Hause gebracht hatte. Mom aß gerade ihren Nachtisch – ein kleines Stück Apfelkuchen –, während Amelia und ich den Abwasch erledigten.

»Das ist eine ziemliche Ausbeute«, sagte Mom, als ich aus der Küche zurückkam. »Ich bin stolz auf dich, mein Schatz.«

Ihre Stimme klang müde, als wäre sie gerade aufgewacht. Seit Weihnachten war es ihr gesundheitlich relativ gut gegangen, aber sie hatte immer noch gute und schlechte Tage. Heute war ein schlechter Tag. Sie hatte bald einen Termin bei ihrem Onkologen. Die Angst vor dem, was er sagen könnte, hing über dem Haus wie eine Wolke, die Dad mit seiner Begeisterung davon abhalten wollte, uns zu ersticken.

»Wir brauchen jede gute Nachricht, die wir kriegen können«, hatte er am Nachmittag gesagt, als ich ihm in der Werkstatt geholfen hatte. »Deine Mom will vor allem wissen, dass deine Zukunft abgesichert ist.«

Mom will, dass wir glücklich sind, hatte ich in dem Moment gedacht, und dieser Gedanke kam mir auch jetzt wieder, als er meine Zukunft auf dem Tisch vor uns ausbreitete.

»Und?«, fragte Dad. »Welchen willst du zuerst aufmachen? Ich würde sagen, wir heben uns Alabama für den Schluss auf.«

»Klar«, sagte ich und lächelte schwach.

Während meiner Bewerbungsphase für die Colleges hatten wir besprochen, welche Uni für meine Karriereaussichten am besten schien, und Alabama war ganz oben auf der Liste gelandet. Klar. Es war Dads Alma Mater. Durch mich bekam er eine zweite Chance auf das Leben, das er gewollt hatte. Seine Begeisterung brach mir ein bisschen das Herz.

»Ich hoffe, Liebling«, sagte Mom, »du denkst auch an Rivers *Studium*, wenn es zur Entscheidung kommt.«

»Natürlich«, sagte Dad und riss den ersten Umschlag auf wie ein Kind an Weihnachten. »Alabama hat einen guten akademischen Ruf.«

»Gut. Unser Sohn ist zu klug, um alles auf dem Footballfeld zu lassen.« Sie drehte sich zu mir um. »Was willst du als Hauptfach wählen, mein Schatz?«

Bei diesem Gespräch über meine Zukunft, die Mom nie sehen würde, drehte sich mir der Magen um.

»Ich weiß es noch nicht. Vielleicht englische Literatur. Oder Maschinentechnik. Oder beides.«

Dad schnitt eine Grimasse. »Die NFL wird sich auch um dich reißen, wenn du Unterwasserkorbflechten studierst.«

Mom warf ihm einen Blick zu. »Jerry …«

»Schon gut, du hast ja recht. Eine gute Ausbildung hat Priorität.« Er zwinkerte mir zu.

»Hat sie«, beharrte Mom. »Dein Gehirn ist wichtiger als dein Wurfarm, River.«

»Das ist Code für: *Du bist ein Streber*«, sagte Amelia, die aus der Küche zurückkam und sich neben mir auf den Stuhl plumpsen ließ.

»Amelia!«, rief Mom und unterdrückte ein Lachen. »River ist kein Streber.«

»Schon klar.« Sie wedelte mir mit einem der Umschläge vor der Nase herum. »Weiß die Sackschutz-Uni das auch?«

Ich nahm ihr den Umschlag ab und gab ihr damit einen Klaps auf den Kopf. »Das ist kein Geheimnis.«

Sie lachte, und das Lachen löste die harte Scheiß-auf-die-Welt-Fassade, die sie sich seit Moms Diagnose zugelegt hatte. Kleine lichte Momente wie dieser – Schnipsel eines normalen Lebens – führten oft dazu, dass sie ihre Deckung aufgab. Dann füllten Amelias Augen sich so plötzlich mit Tränen, dass sie selbst davon überrascht schien. Sie stand auf und murmelte etwas von Hausaufgaben.

Mom hielt sie am Handgelenk fest. »Hey. Alles okay?«

Meine Schwester nickte schnell.

»Ich hab dich lieb.«

Amelia beugte sich vor und küsste Mom auf das Kopftuch. »Ich dich auch«, sagte sie mit brechender Stimme und eilte dann die Treppen hoch, das Gesicht von uns abgewandt.

»Nun«, sagte Dad in die Stille, die folgte. »Wir müssen das nicht jetzt machen.«

Mom lächelte sanft. »Was du heute kannst besorgen …«

Dad und ich wechselten einen Blick. Sie hatte recht, denn heute war alles, was sie hatte.

Als ich am nächsten Morgen in die Schule kam, standen Schülerinnen und Schüler tuschelnd in Gruppen zusammen, Mädchen kicherten hinter vorgehaltener Hand. Ich folgte ihren träumerischen Blicken zu Miller Stratton, Ronan Wentz und Holden. Sie waren ein merkwürdiges Trio. Evelyn Gonzalez hatte angefangen, sie die Lost Boys zu nennen. Der Name war offenbar hängen geblieben, vor allem wegen des alten Vampirfilms, der in Santa Cruz gedreht worden war.

Holden ist der Vampir …

Der Tag war warm, da der Frühling näher rückte, doch er wirkte kühl und makellos wie immer, in schwarzen Jeans, einem weißen Hemd und einem grauen Tweedmantel. Bis auf seinen Kopf und seine Hände war jeder Zentimeter seiner Haut bedeckt.

Aber ich habe alles von ihm gesehen.

Der Gedanke ließ das Blut abwärts strömen. Es war Monate her, und doch konnte ich ihn nicht vergessen. Egal wie viele Tage ohne ein Wort von ihm vergingen oder wie viele Nächte ich mir einen runterholte, während ich mir die Erinnerungen an uns ins Gedächtnis rief, da war immer noch mehr. Mehr Einsamkeit, mehr Verlangen, mehr Sehnsucht nach ihm.

Ich ging über den Rasen, während Holden mit seinen Freunden redete und lachte, ohne dass man ihm auch nur einen Hauch davon ansah, was er in dieser schrecklichen Weihnachtsnacht durchgemacht hatte, als ich ihn wie ein Häufchen Elend auf dem Fußboden gefunden hatte. Falls er so oft an mich dachte wie ich an ihn – jede zweite Minute –, dann merkte man es ihm jedenfalls nicht an.

Evelyn Gonzalez näherte sich den Lost Boys und nahm Miller beiseite.

Holden legte die Hände trichterförmig um den Mund und rief ihnen hinterher: »Hast du auch von seinem magischen Schwanz gehört? Warum bin ich der Letzte, der davon erfährt?«

Miller zeigte ihm den Mittelfinger, und Holden lachte und stieß Ronan in die Rippen. Unsere Blicke trafen sich, und seine harten Züge wurden weich. Er starrte über den Rasen hinweg zu mir herüber – mit der gleichen Begierde und Sehnsucht in den Augen, die ich jeden Tag bei mir selbst sah, wenn ich in den Spiegel schaute.

Vielleicht ist da doch noch etwas …

Die Wirklichkeit knallte mir direkt ins Gesicht, als ich mit Donte Weatherly zusammenstieß.

»Hey!«, rief er lachend, und sein Blick wanderte zwischen mir und Holden hin und her. »Pass auf, Mann.«

»Sorry«, sagte ich schnell. »Du hast jetzt Bio, oder? Ich muss zu Chemie. Lass uns zusammen rübergehen.«

»Klar«, sagte Donte, ein lässiges, unbefangenes Lächeln auf den Lippen. »Hab ich mir das eingebildet, oder hast du gerade Parish angeglotzt?«

Fuck.

Meine Kehle wurde trocken. »Äh, was?«

»Du. Parish. Das sah nach einem ziemlich intensiven Blickkontakt aus.«

Fuck, fuck, fuck.

»Blickkontakt«, schnaubte ich spöttisch, mein Puls raste. »Das hast du dir definitiv eingebildet.«

»Sicher?«

»Sicher.«

»Hm. Interessant.«

Ich blieb stehen. »Gibt's was, das du mir sagen willst?«

Dontes lachende braune Augen wurden plötzlich hart. »Ich wollte dich gerade das Gleiche fragen.«

Adrenalin rauschte durch meine Adern, und mir wurde am ganzen Körper heiß.

Scheiße. Jetzt ist es so weit. Nach all dieser Zeit.

Nackte Angst packte mich, gefärbt mit Erleichterung, dass der Moment endlich gekommen war. Dass mein vorgetäuschtes Leben gleich wegen eines achtlosen Blicks zusammenbrechen würde. Ich wankte, während ich am Abgrund stand, und versuchte, das Gleichgewicht zu halten, wobei ein Teil von mir hoffte, dass Donte mich über den Rand stoßen würde.

Er steckte seine Hände in die Jackentaschen und wich in seinen Air Jordans ein Stück zurück. »Ich hab einfach ein paar Dinge im Kopf zusammengezählt. Du benimmst dich seit geraumer Zeit schon komisch. Wie kurz vor Weihnachten im Burger Barn. Und wenn ich *wirklich* darüber nachdenke, hast du in den ganzen letzten Jahren nicht viel über deine Geschichten mit den Ladys erzählt. Fast ... als hättest du nie welche gehabt. Und deshalb nimmt dieses komische Gefühl, das ich habe, langsam Form an.«

Ich zwang mich, meine Miene neutral zu halten. »Ja, du hast mich erwischt, Weatherly. Du hast mich ertappt. Ich prahle nicht jedes Mal, wenn ich eine flachlege, teile keine Privatfotos auf Insta und behandle Frauen nicht wie beschissenes Klopapier, so wie Grimaldi und Blaylock es machen, also bin ich ... was?«

Sag es, Arschloch.

»Hör zu, ich will dir keinen Ärger machen ...«

»Nein? Klingt aber so.«

Dontes feindselige Haltung ließ nach, und er senkte den Kopf. »Ich meine nur, wenn du was zu sagen hast, dann sag es. Sei ehrlich zum Team. Damit wir wissen, wo wir stehen.«

»Warum müsst ihr wissen, wo wir stehen? Ich dachte, wir sind Freunde.«

»Sind wir auch. Aber ich weiß gern, wer meine Freunde sind, Mann. Das ist alles.« Es klingelte. Er zögerte, sah aus, als würde er seine Unterstellungen bereuen. »Bis später.«

Er ging, und ich trat vom Abgrund zurück.

Der Rest des Tages verging nur zäh, meine Nerven kribbelten unter meiner Haut, als wäre ich ein Verbrecher, der auf die

Polizei wartete, die nicht kam. Die Tuscheleien gingen weiter, vor allem Mädchen beugten sich zusammen über ihre Handys und kicherten. Meine Paranoia sagte mir, dass sie mich und Holden ansahen. Jemand hatte uns gefilmt. Vielleicht war es sogar Holden gewesen, und jetzt breitete sich das Video, wie er mir einen blies, in der Schule aus wie ein Flächenbrand.

Du spinnst. Reiß dich zusammen.

Ich sprach Julia Howard an, als sie auf dem Weg zum Mittagessen über ihr Display wischte. »Hey, Julia. Hast du eine Ahnung, worüber alle reden?«

Das beliebte Mädchen, eine von Evelyn Gonzalez' besten Freundinnen, zeigte mir ihr Handy. »Miller Stratton. Evelyn hat ihn auf ihr Vlog gestellt und … tja, sieh selbst. Er wird garantiert ein großer Star.«

»Ja. Cool.« Ich wandte mich ab, Erleichterung überkam mich, während sich mein Magen fester zusammenzog.

»Ähm, River. Hast du schon eine gefragt, ob sie mit dir zur Prom geht?«, wollte Julia wissen und wickelte sich eine blonde Locke um den Finger.

»Nein. Warum?«, gab ich barsch zurück.

»Wow, entspann dich. Ich war nur neugierig.«

Ein zweites Mädchen hakte sich bei Julia ein, die beiden tuschelten, während sie davongingen, und sahen sich mehrmals nach mir um.

Beruhig dich, verdammt.

Donte, Chance und die anderen Jungs saßen an unserem üblichen Tisch. Ich zwang mich, mich so lässig und selbstbewusst wie immer dazuzusetzen. Donte hatte keine Ahnung. Niemand wusste etwas. Ich war immer noch der King dieser beschissenen Schule, soweit alle wussten.

Die Jungs waren ohnehin mit einem anderen Drama beschäftigt. Am Wochenende hatte jemand *Vergewaltiger* auf

Mikey Grimaldis weißen Jeep Rubicon gesprüht. Offiziell war Mikey nichts zur Last gelegt worden, aber er war nicht zum Unterricht gekommen, und Kimberly Mason, das Mädchen, mit dem er ausgegangen war, hatte plötzlich die Schule gewechselt.

»Das ist nicht gut«, sagte Chance. »Schlecht für das Team. Ein Fleck auf unserer makellosen Saison.«

»Jepp«, sagte Isaiah. »Auf unserem Vermächtnis. Wir brauchen diese Scheiße nicht.«

»Ganz abgesehen vom Schaden für unseren Ruf.«

Ganz abgesehen von Kimberly, dachte ich und zog eine Grimasse.

Donte musterte mich von der Seite. Ich warf ihm einen wütenden, fragenden Blick zu. *Willst du diesem Gespräch etwas hinzufügen?*

Er schüttelte einmal kurz den Kopf – Waffenstillstand. Er hatte Chance und den anderen gegenüber nichts erwähnt, würde es vielleicht aber noch tun, wenn dieser andere Mist vorüber war. Oder wenn ich erneut einen Fehler beging. Einen weiteren Fehler konnte ich mir also echt nicht leisten.

Jede Minute, in der ich meine lächerliche Scharade aufrechterhielt, fühlte sich an, als würde ich Holden betrügen. Und mich selbst. Doch er hatte mich aus seinem Leben verbannt, und außer mir gab es niemanden, der meines leben konnte. Meine Mom würde sterben, und mein Vater würde daran zugrunde gehen. Unsere Familie würde sich für immer verändern. Niemand würde unverhofft für mich einspringen und alles in Ordnung bringen oder leichter machen.

Ich war allein.

15. Kapitel

Holden

Ich erwiderte Rivers Blick, bis er mit einem seiner Footballkumpel zusammenstieß, Donte Weatherly. Die Augen des großen Typen huschten zwischen mir und River hin und her, als würde er kopfrechnen und zwei und zwei zusammenzählen. Ich stieß mich von der Mauer ab und zog an Ronans Ärmel.

»Gehen wir.«

»Warum?«

»*Beweg dich*, Wentz. Ich erklär's dir später.«

Wir gingen in die entgegengesetzte Richtung, fort von River, aber der Schwachkopf blickte über die Schulter zurück. »Whitmore?«

Ich verzog das Gesicht. »Gott, sag's noch lauter, ja? Bisher hat dich nur die halbe Schule gehört.«

»Warum ist es dir nicht egal?«

»Weil es niemanden außer ihn selbst etwas angeht, wann, wie oder *ob* er sich outet.«

Ronan schnaubte. »Und trotzdem habt ihr euch drei Monate lang jeden Tag schmachtende Blicke zugeworfen. Ich dachte, du hättest die Sache beendet.«

»Hab ich auch. Er ist ein insgeheim schwuler Sportler, der eine großartige, aber sexuell frustrierende Karriere in der NFL vor sich hat, und ich bin ein geouteter, aber geistig labiler Milliardär und werde das Land verlassen, sobald ich das Abschlusszeugnis in meinen Patschehändchen halte. In welchem Universum ergeben wir irgendeinen Sinn?«

»All diese Scheiße ist völlig egal. Wenn ihr euch mögt, kriegt ihr das hin.«

»Als wenn das so einfach wäre«, sagte ich. »Und warum bist du überhaupt plötzlich der Experte? Weil Shiloh Barrera regelmäßig bei uns in der Hütte abhängt? Ihr zwei habt neulich Nacht ziemlich eng beisammengesessen.«

Ronan schwieg.

Ich seufzte. »Ich verstehe. Dein Privatleben bleibt privat, während ich dir mein Herz ausschütte.«

Wir kamen zu der Stelle, wo wir uns für unsere unterschiedlichen Kurse trennen mussten. Er trat einen Schritt näher, überragte mich – der Mann war ein Biest.

»Das alles hier?« Er ließ einen Finger in der Luft kreisen und meinte die Schule. »Das ist nur beschissenes Hintergrundrauschen. Alles Bullshit. Wenn du was willst, dann kämpf dafür.«

»Leider müsste ich dafür an zwei Fronten kämpfen. Für ihn« – ich tippte mit dem Finger an meine Stirn – »und für mich.«

»Mr Wentz.« Die Stimme von Vizedirektor Chouder durchschnitt die Morgenluft. »In mein Büro. Sofort.«

Ich legte den Kopf schief. »Schon wieder? Zahlst du hier Miete?«

Er zuckte mit den Achseln. »Wie schon gesagt. Bullshit.«

Chouder räusperte sich. »Wentz.«

Ich salutierte vor Ronan und summte den Zapfenstreich, während er Chouder zum Verwaltungsgebäude folgte, um seinem Schicksal – und wahrscheinlich einer weiteren Suspendierung – entgegenzutreten, während ich zum Englischkurs ging. Wir hatten die Aufgabe gehabt, eine Erzählung in der ersten

Person über einen Tiefpunkt in unserem Leben zu schreiben. Ich hatte kurz überlegt, den Überseekoffer mit meinen Tagebüchern mitzuschleifen und auf Ms Watkins' Schreibtisch auszukippen, aber ich war kein Angeber.

Ich hatte im Prinzip über Weihnachten und meinen Gang zur Hütte geschrieben, die Geschichte allerdings verändert. Ich hatte mich in zwei Figuren aufgespalten: eine reale und eine, die in der Fantasie der ersten existierte. Eine Figur ging durch den Schnee auf einen See zu, die andere durch den Regen an einem Strand entlang. Eine kämpfte mit den körperlichen Folgen der PTBS. Die andere betrank sich bis zur Besinnungslosigkeit. Es endete damit, dass beide Figuren sich schließlich in einem Badezimmerspiegel sahen.

Nicht gerade *Der Tag, an dem mein Hamster gestorben ist*, aber so war ich eben.

»Insgesamt war ich sehr angetan von Ihren Arbeiten«, sagte Ms Watkins zu den Kursteilnehmern. »Sie alle haben bewiesen, dass es so etwas wie ein gewöhnliches Leben nicht gibt.« Sie blieb in der letzten Reihe in der Ecke vor mir stehen, wo ich mich auf meinen Stuhl gefläzt hatte. »Ich muss Ihre Ehrlichkeit loben. Ich bin, ehrlich gesagt, davon beeindruckt.«

Ihr sanfter Blick streifte meinen, ihre Miene unlesbar, als sie meine Erzählung umgedreht auf mein Pult legte und wieder nach vorn ging. Ich drehte die Seiten um. Statt einer Note stand oben am Rand ein Satz in Ms Watkins' sauberer Handschrift.

Kommen Sie nach dem Kurs zu mir.

Ich murmelte einen Fluch, doch in Wahrheit fühlten sich diese Worte so an wie der Moment, als ich Weihnachten die Tür geöffnet und Beatriz gesehen hatte. Vielleicht würde etwas Gutes passieren, wenn ich es zuließ.

»Danke, dass Sie geblieben sind«, sagte Ms Watkins, nachdem der Kurs vorbei war. Sie lehnte sich vor mir an meinen Tisch. »Ich würde gern mit Ihnen über Ihren Text reden.«

»Sie haben mir keine Note gegeben. Habe ich ein Partizip falsch benutzt?«

»Nicht ganz.« Sie nahm den Text und blätterte darin. »*Seine Augen sind wie die Memoiren eines Alkoholikers, dem das Wissen fehlt, am Tiefpunkt angelangt zu sein. Er fällt noch immer.*« Sie ließ die Seiten auf ihren Schoß sinken. »Es ist eine Erzählung in der dritten Person, trotzdem geht es um Sie, oder etwa nicht?«

»Namen und Orte wurden teilweise geändert, um die Schuldigen zu decken.«

Sie lächelte sanft. »Vielleicht schreiben Sie den Schmerz diesen Figuren zu, anstatt ihn selbst auszuleben?«

Ich rutschte auf meinem Stuhl herum. »Vielleicht.«

Ms Watkins faltete die Hände im Schoß. »Holden, Ihre Geschichte ist wunderschön, traurig und ehrlich gesagt ein wenig besorgniserregend. Ich muss das fragen … Wo sind Ihre Eltern?«

»In Seattle. Ich wohne bei meinem Onkel und meiner Tante. Sie sind nett. Langweilig und naiv, aber nett.«

»Haben Sie einen Psychologen? Einen Therapeuten?«

Ich verdrehte die Augen und fing an, meine Sachen zu packen – ich schlug ihr mental die Tür vor der Nase zu. Watkins war klug und freundlich, am Ende war sie jedoch bloß eine weitere Erwachsene, die mich zu jemand anderem abschob, der sich um mich kümmern sollte.

Wie meine guten alten Eltern.

»Ich mache eine Therapie. Sie halten sie in den Händen.« Ich streckte die Hand aus. »Kriege ich jetzt eine Note oder nicht?«

Ms Watkins seufzte und gab mir meinen Text zurück. »Sie sind diesem Kurs um Lichtjahre voraus, Holden, und wahrscheinlich auch jedem anderen Kurs in dieser Schule. Aber ich mache mir Sorgen um Sie. Es ist offensichtlich, dass Sie etwas extrem Traumatisches erlebt haben.«

»Uuuh, wie kommen Sie bloß darauf?«, murmelte ich und stopfte den Text in meine Tasche. Ich bekam ein schlechtes Gewissen, als ich ihren schmerzlichen Gesichtsausdruck sah. »Sie müssen sich keine Sorgen um mich machen, Ms Watkins. Ehrlich gesagt wäre es mir lieber, wenn Sie es nicht täten.«

»Ist es Ihnen unangenehm, wenn man um Ihr Wohlergehen besorgt ist?«

»Haben Sie auch eine Psychologen-Lizenz bekommen, als Sie Lehrerin geworden sind?«

»Es tut mir leid, Sie haben recht«, sagte sie. »Ich bin keine Psychologin. Aber als Lehrerin habe ich eine Fürsorgepflicht gegenüber Schülern, die Probleme haben. Ihre Beschreibungen von Alkoholmissbrauch sind zu realistisch, um fiktional zu sein.«

»Vielleicht habe ich nur eine sehr lebhafte Fantasie.«

»Und vielleicht erkenne ich die Wahrheit in Ihren Worten, weil ich dasselbe durchgemacht habe.«

Ich hielt inne, bevor ich mir die Tasche über die Schulter legte.

Ms Watkins winkte ab. »Sie müssen nichts sagen. Es ist lange her, und trotzdem ist es auch gestern, heute, morgen und übermorgen. Weil dieser Kampf niemals endet.« Sie lächelte sanft. »Und ich hatte Hilfe. Ich würde Ihnen das ebenfalls wünschen.«

Ich versteifte mich. »Leute haben mein ganzes Leben lang versucht, mich zu heilen. Es bringt nichts.«

»Ich verstehe, warum es sich so anfühlt, aber bitte, geben Sie sich nicht auf. Versuchen Sie es weiter, bis Sie irgendwann verstehen, dass Sie es wirklich verdient haben, glücklich zu sein. Denn das tun Sie.«

»Ich werde glücklich sein. Sobald ich die Schule abschließe, kassiere ich meine vorzeitige Erbschaft und ziehe nach Paris. Oder Lissabon. Oder Madrid …«

Ms Watkins' besorgtes Stirnrunzeln vertiefte sich. »Sich noch mehr zu isolieren scheint mir nicht die gesündeste Entscheidung. Vor allem nicht mit einer Suchtpersönlichkeit und viel Geld zu Ihrer Verfügung.«

»Und was ist die Alternative, Ms Watkins?« Mein Tonfall war hart, doch mein Herz sehnte sich nach einer Antwort, die es glauben konnte.

»Bleiben Sie hier, zu Hause, und denken Sie über den Studiengang nach, den ich erwähnt habe. So würden Sie nicht nur Ihr Talent entfalten, Sie bekämen auch psychologische Unterstützung …«

»Falsche Antwort. Hier ist nicht mein Zuhause. Es gibt hier nichts für mich.«

Und niemanden. Nicht, wenn River weggeht …

Ms Watkins seufzte. »In Ordnung. Aber wenn Sie es sich anders überlegen oder vorher reden wollen, dann bin ich für Sie da, Holden. Bitte vergessen Sie das nicht. Okay?«

Ich schluckte einen dicken Kloß herunter, weil plötzlich unerwünschte Emotionen in mir hochstiegen.

»Okay«, sagte ich und ließ die Tür einen winzigen Spalt offen.

An diesem Abend fühlte sich das Gästehaus durch seine Leere schrecklich beengt an. Ich versuchte zu schreiben, aber das Geräusch des Füllers, der über das Papier kratzte, machte mich wahnsinnig. Jeder noch so kleine Laut schwoll an, verstärkte meine Einsamkeit und machte sie zu einem lebendigen, atmenden Ding.

Ich warf den Füller beiseite – Rivers Füller – und ging zum Kühlschrank, wo eine neue Flasche Ducasse auf mich wartete.

Die eisige Luft aus dem Inneren leckte über meine Haut und brachte Erinnerungen an Alaska mit sich. Eine weitere Nacht im Alkoholrausch lag vor mir, gefolgt von einem verkaterten Morgen. Ein schier endloser Kreislauf.

Ich knallte den Kühlschrank zu.

»Es ist möglich«, sagte ich in die Stille hinein, »seinen eigenen Scheiß total sattzuhaben.«

Ich zog Pyjama und Bademantel an, ließ mich mit einer Tüte Käse-Popcorn auf die Couch fallen und zappte durch die Kanäle. Ich wollte meine Suche nach einem vernünftigen Film gerade aufgeben, als ich bei *Vergiss mein nicht!* landete, einer Geschichte über einen Typen, der seine Ex-Freundin komplett aus seiner Erinnerung löschen lässt.

»Glückspilz«, murmelte ich und drückte auf Play.

Wenn ich dazu in der Lage gewesen wäre, hätte ich River Whitmore aus meiner Erinnerung gelöscht, angefangen mit der Sekunde, in der ich ihn zum ersten Mal erblickt hatte.

Dann hättest du noch weniger als jetzt.

Ein paar Minuten später klopfte es an der Tür. Ich öffnete, es war Beatriz. Sie trug eine Stoffhose, eine Jacke über der geblümten Bluse und ihre Handtasche über dem Arm.

»Ich gehe für heute nach Hause, Mr Holden, aber ich wollte zuerst fragen, ob Sie etwas brauchen.«

»Alles gut, danke.«

»Sie sind heute nicht zum Abendessen gekommen.«

»Ich komme nie zum Abendessen.«

Sie runzelte die Stirn. »Mr und Mrs Parish fragen jeden Tag nach Ihnen.«

»Wirklich? Nein, tun sie nicht.«

Beatriz wackelte mit dem Zeigefinger. »Ich lüge nie. Es ist nicht gut für die Seele. Sie haben auch erzählt, dass Sie Ihren Geburtstag letzten Monat nicht feiern wollten.«

»Ich hatte letzten Monat nicht Geburtstag.«

Sie schürzte die Lippen. »Sie haben Geburtstag, egal was im Kalender steht. Sie sind hier, oder nicht?«

»Theoretisch gesehen, ja.«

Ihr Gesicht nahm einen sanften Zug an, und ihr Lächeln entsprach dem, wie ich es mir bei einer Mutter vorstellte, die versuchte, ihr Kind in einem schmerzlichen Augenblick zu trösten. Sie blickte an mir vorbei und musterte den Fernseher mit zusammengekniffenen Augen.

»Das Mädchen hat sehr rote Haare.«

Ich öffnete die Tür komplett und ließ Beatriz herein, da klar war, dass sie mich nicht in Ruhe lassen würde. Und vielleicht wollte ich das auch gar nicht.

»Das ist Kate Winslet«, erklärte ich. »Ihre Haare sind rot, damit wir wissen, *ab wann* sie mit Jim Carrey zusammen ist.«

Beatriz runzelte die Stirn. Sie war offenbar mehr interessiert an der Tüte mit Käse-Popcorn auf der Couch. Sie hob sie mit zwei Fingern hoch. »Was ist das?«

»Popcorn?«

Sie roch an der Tüte und verzog das Gesicht. »Nein, nein, nein. Isso é um lixo. Das ist Abfall. Ich mache etwas Besseres.« Sie stellte ihre Handtasche auf die Couch und ging zur Tür. »Im großen Haus ist alles, was ich brauche. Bin gleich zurück.«

Bevor ich diese merkwürdige Wendung wirklich begreifen konnte, kehrte Beatriz bereits mit Zutaten beladen zurück und huschte an mir vorbei in meine kleine Küche.

»Ich mache Pipoca«, sagte sie und stellte braunen Zucker, Honig, Butter und eine Dose Dulce de Leche auf die Arbeitsplatte. »Viel besser.«

Sie und Ms Watkins haben offensichtlich ein Team gebildet, um mich abwechselnd mit mütterlicher Fürsorge zu überschütten.

Und ich fiel wie ein Idiot darauf herein. Sehnte mich danach.

Beatriz summte, während sie die Zutaten in einem Topf verrührte, und bald war meine kleine Wohnung mit dem Duft von warmem Honig und Zucker und dem Geräusch der Maiskörner erfüllt, die in einem Topf explodierten.

Als sie fertig war, kam sie mit einer Schüssel fluffigem weißen, mit braunem Sirup beträufelten Popcorn und einem Stapel Servietten zur Couch. Sie runzelte die Stirn, als sie den Fernseher betrachtete. »Jetzt ist ihr Haar blau.«

Ich lachte ein bisschen, als Beatriz sich mit einem Seufzer neben mich auf die Couch setzte. Sie bot mir die Schüssel an. »Probieren Sie. Es ist kein Abfall.«

Ich nahm eine klebrige Handvoll *Pipoca* und schob sie mir in den Mund, während Beatriz mich aufmerksam beobachtete.

»Es ist gut, ja?«

Ich unterdrückte ein Stöhnen, als mir der zuckrig-salzige Leckerbissen auf der Zunge zerging. »Ja, ganz okay. Nicht schlecht. Kann man essen.«

Sie schnaubte und schlug mir auf den Arm. »Nicht schlecht. Fica quieto. Es ist gut.«

»Es ist großartig. Danke, Beatriz.«

Danke, dass Sie hier sind.

Sie nickte zufrieden und lehnte sich zurück, nahm sich auch eine Handvoll Pipoca. »Kann ich den Film mit Ihnen gucken? Über den traurigen Mann und das Mädchen mit den bunten Haaren?«

»Ja«, sagte ich mit enger Kehle. »Das wär schön.«

Wir saßen in angenehmem Schweigen nebeneinander und schauten uns den Film an, in dem die Figuren, die sich gegenseitig aus ihrer Erinnerung gelöscht hatten, unvermeidlich wieder zusammenkamen. Weil sie dazu bestimmt waren, zusammen zu sein, egal wie viel Mühe sie sich gaben, es zu verhindern.

Gegen Ende, als Jim und Kate auf einem schneebedeckten Strand umherrollten, seufzte Beatriz.

»Sind Sie eine Romantikerin, Beatriz?«

»Nein, ich denke nach. Sie sind hier viel allein, Mr Holden.«

Mein Lächeln verblasste. »Das stimmt. Aber Beatriz … einfach du und Holden, okay?«

Sie lächelte, die mütterliche Zuneigung verstärkte sich. »Hast du nicht jemanden, Holden? Eine Freundin?«

»Keine Freundin. Ich steh auf Jungs.«

Beatriz dachte darüber nach. Ich wartete mit angehaltenem Atem, wie meine Worte bei ihr ankommen würden. Ob sie mir ihre Wärme und Fürsorge entziehen und mich in der Dunkelheit alleinlassen würde.

»Na gut. Wo ist dann dein Freund?«

Ich atmete aus. Gott, wie oft hatte ich mir vorgestellt, dass meine Mutter etwas so Simples sagte? So voller Akzeptanz … Ich schluckte die Tränen herunter, die in meiner Kehle lauerten, und sie brannten wie Wodka, während sie sich ihren Weg hinab bis zu dem gähnenden schwarzen Loch in mir bahnten.

»Ich habe keinen.«

Sie lachte auf, nahm mein Kinn in die Hand und schüttelte es leicht. »Gehst du mit Blinden zur Schule? Wie kann man dieses Gesicht sehen und sich nicht verlieben?«

»Ich mach's ihnen nicht leicht.«

»Ich glaube, das stimmt nicht«, sagte sie. »É fácil amar você, meu doce menino. Mas você tem que se deixar ser amado.«

Sie wandte sich wieder dem Fernseher zu, und die Worte sanken in mich ein, an dunkle Stellen, die seit Jahren kein Licht gesehen hatten. Der alte Schmerz flüsterte, dass Beatriz insgeheim über mich lachte oder nur dafür bezahlt wurde, nett zu mir zu sein. Ich ignorierte diese Gedanken, so gut es ging, und legte ihr langsam und vorsichtig den Kopf auf die Schulter. Und sie ließ mich gewähren.

Sie legte den Kopf schief, bis er meinen berührte, und wir schauten den Rest des Films in perfekter Stille; die Stimmen in meinem Kopf hatten ausnahmsweise nichts zu sagen, die Kälte konnte mich für ein paar kostbare Momente nicht erreichen. Ich schlief ein, gehüllt in diesen warmen Nebel, Beatriz' Worte waren ein zartes Flüstern, wie ein Wiegenlied.

Es ist leicht, dich zu lieben, mein lieber Junge. Aber du musst dich auch lieben lassen.

16. Kapitel

River

Nach einem langen, sinnlosen Schultag kam ich nach Hause – nun war ich dem Tag, an dem ich mein Zuhause verlassen und zur Uni gehen würde, wieder einen Schritt näher. Ich schloss die Haustür, als mir Schritte entgegenkamen. Meine Schwester rannte mit wehenden Haaren die Treppe herunter, die Tasche fest an die Brust gedrückt. Sie blieb abrupt vor mir stehen.

»Oh, hey«, sagte Amelia, ohne mich anzusehen.

»Die Schule ist gerade erst aus«, sagte ich und schob meinen eigenen Rucksack etwas höher. »Wann bist du nach Hause gekommen?«

»Gerade eben, aber ich … treff mich mit ein paar Freunden.«

»Wie lange wirst du unterwegs sein?«

»Das geht dich nichts an«, fauchte Amelia und verzog dann selbst das Gesicht über ihren harschen Tonfall. »Dad hat Mom zum Arzt gefahren. Sie sind schon den ganzen Tag weg.«

»Und deshalb bist du nicht zur Schule gegangen?«

»Ja, kapiert? Weil ich diesen ganzen Scheiß nicht ertrage«, sagte sie, und ihre Stimme brach. »Wie kann ich Ms Sutters zuhören, während sie irgendwas über Brüche labert, wenn Mom und Dad vielleicht mit schlechten Neuigkeiten nach Hause kommen? Mit den allerschlechtesten Neuigkeiten.«

»Das wissen wir nicht.«

»Ich schon. Ich geh mit Kayla ins Kino, okay? Ich … muss

einfach ein bisschen raus. Und ich kann nicht hier sein, wenn sie zurückkommen. Ich kann nicht.«

»Ich weiß, ich kann's verstehen«, sagte ich. »Es ist okay. Geh. Amüsier dich.«

»Und sag ihnen nicht, dass ich geschwänzt hab, ja?«

»Nein, aber nur, wenn du versprichst, dir unterwegs keinen Ärger einzuhandeln. Und es nicht wieder tust.«

»Ja, Sir«, sagte sie, und der Sarkasmus verhärtete ihre Züge, doch dann kam ein kleines Lächeln durch. »Danke, River.«

Sie rannte an mir vorbei zur Tür hinaus, und ich ging in die Küche, um mir was zu essen zu machen, obwohl ich kaum Appetit hatte. Ich wollte auch nicht hier sein, wenn Mom und Dad zurückkamen. Ich wollte nirgendwo sein. Wieder überkam mich der Drang, einfach durch die Tür zu rennen und nicht stehen zu bleiben. Ohne Ziel, einfach *weg*.

»Ich werde immer noch Ich sein, egal, wo ich lande.«

Ich saß ein paar Minuten in der stillen Küche und versuchte, nicht daran zu denken, wie die tröstliche und gemütliche Wärme dieses Raums sich in ein paar Monaten verändern würde, dann machte ich mich auf den Weg nach oben. Violet stand unten im Flur. Sie musste vergessen haben, dass Mom heute einen Termin hatte und keine Patientenbetreuung brauchte. Völlig in Gedanken verloren, hatte ich sie nicht hereinkommen hören.

»Hey.«

»Hi«, flüsterte sie. Sie rang die Hände, und ein Ausdruck von Sorge, der beinahe panisch wirkte, huschte über ihr Gesicht.

»Geht's dir gut? Du siehst ein bisschen traurig aus.«

»Die letzten Tage waren etwas schwierig«, sagte sie.

»Okay. Wollen wir irgendwo was essen gehen? Damit du auf andere Gedanken kommst?«

Sie zu bitten, mir eine zweite Chance zu geben und mit mir zur Prom zu gehen, war immer noch ein wichtiger Teil des großen Plans, um meine Welt vor dem Zusammenbruch zu bewahren, doch in diesem Augenblick sah sie aus, als bräuchte sie genauso dringend einen Freund wie ich.

Meine Einladung schien Violet mehr zu berühren, als sie erwartet hatte, kurz darauf verhärteten sich ihre Züge, bis nur noch eiserne Entschlossenheit darauf zu erkennen war. Aus dunkelblauen Augen musterte sie mich von oben bis unten.

Ich lächelte. »Du musst nur mit Ja oder Nein antworten …«

Der Rest meiner Worte wurde erstickt, als Violet auf mich zustürmte und ihren Mund in einem harten Kuss auf meinen drückte.

Erschrocken taumelte ich zurück, meine Lippen waren fest verschlossen, als sie die Arme um mich schlang und mein Gesicht mit harten Küssen bedeckte, als wäre sie ein Specht, der einen Baumstamm bearbeitete. Ein wilder, verzweifelter Gedanke wurde in mir wach: *Es ist okay, wenn ich Jungs mag, solange ich Mädchen mehr mag.* Das war meine Chance, mein Leben zu retten. Aufzuhören, jeden Moment damit zu verbringen, mich selbst zu betrügen.

Entschlossen, ein Feuer zwischen uns zu entfachen, erwiderte ich Violets Küsse, und sie schien ebenso beharrlich darauf erpicht, dass etwas zwischen uns passierte. Jedes peinliche Aneinanderklacken der Zähne, jede uninspirierte Berührung unserer Zungen schien sie noch mehr anzuspornen. Sie presste ihren Mund auf meinen, bis ich nach Luft schnappen musste.

»Violet …?«

»Wo ist dein Zimmer?«

»Bist du sicher?«

»Ja. Hör auf zu reden.«

Wir schafften es zwischen ungeschickten, peinlichen und leidenschaftslosen Küssen in mein Zimmer. Violet schob mir die Jacke von den Schultern, und wir fielen auf mein Bett, wo sie sich auf mich setzte, ihr Körper leicht und zart, ein Kontrast zu Holdens festen Muskeln. Mir schauderte angesichts der Erinnerung an diese perfekte Nacht, als er den Arm um mich geschlungen hatte, um meinen Schwanz in die Hand zu nehmen, als wäre es sein eigener. Er hatte seinen eigenen Samen als Gleitmittel benutzt, bevor er auf die Knie gegangen war und …

Hitze durchfuhr mich und erkaltete wieder, als ich abrupt in mein Zimmer zurückkehrte – mit Violet.

»Ich hätte so was nie von dir erwartet«, stammelte ich zwischen dem unkoordinierten Aufeinandertreffen unserer Lippen.

»Ich auch nicht.«

Sie küsste mich wieder, und ich versuchte, Holden aus meinem Kopf zu vertreiben, aber es war sinnlos. Ohne es zu wollen, verglich ich jede ihrer Berührungen mit seinen. Violet war zu weich an meiner harten Brust. Ihr kleiner Mund und ihre zarten Lippen würden die rauen Küsse, die ich wollte, nicht aushalten.

Sie war nicht *er*.

Auch Violet musste ein Verlangen erzwungen haben, das sie nicht empfand. Wir begriffen im selben Moment, wie sinnlos es war – sie rollte sich von mir herunter, und wir lagen steif vor Scham nebeneinander in meinem Bett.

»Tut mir leid«, sagte sie mit leiser Stimme.

»Mir auch. Ich bin normalerweise besser … in so was. Du hast mich nur so überrascht.«

»Okay.«

»Deshalb war ich nicht … besser.«

Gott, ist das peinlich.

»Das hast du schon gesagt«, sagte sie, ihr Körper erbebte vor leisen Schluchzern. »Es tut mir so leid.«

»Hey.« Vorsichtig zog ich die Hand von ihren Augen weg. »Es ist okay.«

»Ist es nicht. Ich hab keine Ahnung, was mit mir los ist.«

»Mit dir ist alles in Ordnung. Ich bin hier der Verkorkste. Glaub mir.«

Sie schüttelte den Kopf. »Nein. Du hast das nicht verdient. Alles läuft total schief. Ich war immer so organisiert, hatte immer den Überblick. Und jetzt ...« Sie warf die Hände in die Luft. »Jetzt bricht alles in sich zusammen. Ich breche zusammen. Tue Dinge, die ich nie tun würde. Bin jemand, der ich nicht bin.«

Ich starrte an die Decke. »Ja, das kenne ich.«

»Wirklich?«

»Absolut.«

Sie rollte sich auf die Seite und sah mich an. »Wie das? Ich meine ... bei dir scheint alles so zu laufen, wie es sollte.«

»Weil ich wirklich gut darin bin, es so *aussehen* zu lassen, als würde alles laufen, wie es sollte.« Ich gab ihr ein Taschentuch.

»Danke.« Sie tupfte sich die Augen ab. »Nancy hat mir erzählt, dass du an der Uni in Alabama und in Texas angenommen wurdest.«

»Stimmt«, erwiderte ich.

»Du siehst nicht aus, als wärst du besonders glücklich darüber.«

Glücklich. Dieses Gefühl erschien mir so weit weg, so unwirklich, der Weg dahin war mit Steinen gepflastert, die zu schwer waren, um sie je zu bewegen.

»Kann ich dir ein Geheimnis verraten?«

»Natürlich.«

»Schwör, dass du es niemandem weitersagen wirst.«

»Großes Ehrenwort.«

Ich seufzte. »Ich will nicht mehr Football spielen.«

»Was? Wirklich?« Violet stützte sich auf den Ellbogen und riss die Augen auf.

»Ich will schon aufhören, seit … Ich hab's eigentlich noch nie gewollt. Es war eher der Traum meines Dads als meiner. Er war zu seiner Zeit ein richtig guter Spieler und hätte Profi werden können, bis er wegen einer Knieverletzung aufhören musste.«

»Wow«, hauchte Violet. »Aber du bist so gut. Wie Tom Brady oder Peyton Manning.«

»Es wäre Verschwendung, stimmt's? Das alles wegwerfen zu wollen?«

»Na ja, nein. Nicht, wenn es dich unglücklich macht. Was willst du wirklich machen?«

Ich lehnte mich zurück und blickte an die Decke. »Du wirst lachen. Oder mich für einen uncoolen Idioten halten.«

Sie verzog das Gesicht. »Du hast mein Wort als eine, die für kurze Zeit ausprobiert hat, keine uncoole Idiotin zu sein, bis Evelyn Gonzalez mich ins Land der uncoolen Idioten zurückgeschickt hat, aus dem ich gekommen bin.«

Wir lachten, und ich erzählte ihr von meinem Traum, hier zu bleiben, in der Werkstatt zu arbeiten und eine Familie zu gründen – und davon, wie hart es meinen Vater treffen würde, wenn er wüsste, dass ich das Footballspielen sofort dafür aufgeben würde.

»Bitte erzähl es niemandem«, flehte ich. »Ich weiß nicht mal, warum ich es dir gesagt habe, nur dass ich mich in deiner Gegenwart wohlfühle.« Ich grinste. »Nur nicht, wenn wir uns küssen.«

Sie lachte. »Passiert mir ständig.«

Wir starrten beide an die Decke und gewöhnten uns an eine Freundschaft, die sich jetzt schon realer anfühlte als die mit meinen anderen Freunden. Zum Beispiel mit Donte. Seine Unterstellungen ratterten in meinem Kopf herum, und Holden war so weit weg.

»Also, Violet.«

»Also, River.«

»Da wir beide heimlich uncoole Idioten sind, wie wär's, wenn wir zusammen zur Prom gehen?«

Ein Lachen entfuhr ihr. »Ja, schon klar.« Sie beäugte mich, und ihr Grinsen verschwand. »Meinst du das ernst?«

»Todernst. Wir gehen einfach als Freunde hin.«

»Gibt es nicht eine ganze Schar von Mädchen, die nur darauf warten, dass du sie fragst?«

Ich musste fast laut lachen, als ich mir vorstellte, wie Holden auf diese Frage reagieren würde.

»Ha, nein. Ehrlich gesagt, will ich eigentlich gar nicht hingehen …«

»Du machst mir die Sache echt schmackhaft, Whitmore.«

Ich lachte erneut. »Sorry. Ich meine, ich *will* hingehen – für meine Eltern. Dad fragt ständig, mit welchem Mädchen ich hingehe … und Mom liebt dich. Also sollten wir das einfach zusammen durchziehen, du und ich. Es ist unser letztes Schuljahr.«

Violet tat so, als würde sie nachdenken. »Ich glaube, ich erinnere mich an einen anderen Ball, zu dem du mich eigentlich hättest begleiten sollen, was du dann *nicht* getan hast.«

»Ich weiß, es tut mir so leid. Aber so kann ich es wiedergutmachen.«

»Ja, vielleicht«, sagte sie und war einen Moment lang still. »Ich geh mit dir zur Prom. Aber nur als Freunde.«

Natürlich nur als Freunde. Unser peinliches Geknutsche

hatte mir auf schmerzliche Weise klargemacht, dass ich ihr sonst nichts zu bieten hatte, und ich würde niemals mit Violets Herz spielen. Ich war kein komplettes Arschloch.

»Nur Freunde.« Ich grinste und berührte eine kleine Wunde an meiner Lippe. »Ist auch sicherer.«

Violet verdrehte die Augen. »Das wird mich für immer verfolgen, oder?«

Ich stupste sie gegen den Arm. »Ist schon vergessen.«

Wir schwiegen für eine Weile, aber es war nicht unangenehm. Ich spürte, wie ehrlich und vertrauenswürdig dieses Mädchen war. Violet war klug. Rücksichtsvoll. Sie wollte Ärztin werden. Ärzten konnte man Sachen erzählen, und sie durften sie nicht weitersagen. Genau wie Priestern. Als ich ihr mein Footballgeheimnis erzählt hatte, hatte ich gespürt, dass es bei ihr sicher war.

Und wenn ich ihr von Holden erzähle …

»Violet?«

»Ja?«

»Wegen Homecoming …«

»Was ist damit?«

Die Worte waren da, bereit, ausgesprochen zu werden. Stattdessen seufzte ich. Ich hatte nichts mit Holden, da war lediglich der ständige Schmerz, weil ich ihn vermisste. Wie ein leichtes Fieber, das nicht wegging. Er hatte mich aus seinem Leben verbannt, und mein eigenes Leben lief wie auf eisernen Schienen – ohne eine Möglichkeit, den Kurs zu ändern.

»Es tut mir leid, dass ich dich versetzt hab, Violet.«

Sie runzelte die Stirn. »Du hast dich schon hundertmal entschuldigt.«

»Ich weiß. Nur … ich vermisse dich irgendwie.«

»Wirklich?«

»Ich weiß, wir haben nie viel geredet, aber wenn wir mal die Gelegenheit dazu hatten, dann war es … gut. Glaubst du, wir könnten öfter mal einfach reden? Ab und zu?«

Sie lächelte. »Das wäre schön.«

»Finde ich auch.«

17. Kapitel

Holden

Der Samstagnachmittag war so sterbenslangweilig, dass ich mich dabei ertappte, mir die Anforderungen und das Bewerbungsverfahren für den Studiengang Kreatives Schreiben an der Uni Santa Cruz anzusehen. Die Bewerbungsfrist war schon vorbei, allerdings gab es Sommerkurse, und ich könnte auch nächstes Frühjahr anfangen.

Die Anforderungen schienen nicht allzu hoch zu sein. Aus Spaß hatte ich den SAT-Test gemacht und mit 1590 von 1600 Punkten bestanden. (Ich hatte absichtlich ein paar Fehler eingebaut, damit die anderen sich nicht zu schlecht fühlten.) Die Noten meiner Leistungskurse waren alle sehr gut, und die schriftliche Begründung, warum ich mich bewarb, konnte ich mit verbundenen Augen verfassen.

Und falls ihnen die Begründung nicht gefiel, könnte ich mir immer noch auf die altmodische Art einen Studienplatz sichern: durch eine dicke Spende.

Für einen Moment erlaubte ich mir, von einem anderen Leben zu träumen als jenem, zu dem ich mich entschlossen hatte. Einer farbenprächtigen Website zufolge besaß die Uni eine »lebendige LGBTQA+-Community«. Dort war ein Foto von schönen und glücklichen queeren Studierenden zu sehen. Ich ließ den Cursor sogar zur Abteilung für psychologische Betreuung wandern. So sehr langweilte ich mich.

Du willst wie ein durchschnittlicher Idiot über den Campus latschen? Du willst in einem stickigen Seminarraum sitzen, mitschreiben und jemanden mit einem halb so hohen IQ beurteilen lassen, was du schreibst?

Wow, mein Ego war heute mal wieder besonders auf Krawall gebürstet. Ich verglich das Studentenleben in Santa Cruz mit meiner Vorstellung von Paris mit Partys, Champagnerspringbrunnen, dem Schreiben meiner Texte in einer Mansarde mit Blick auf die Seine und bedeutungslosem Sex, bis mir der Schwanz abfiel.

In der Vergangenheit hätte ich gesagt, kein Vergleich, aber jetzt …

Mir fällt noch einer ein: Du willst irgendwelchen Amateuren erlauben, an deiner PTBS rumzupfuschen, bis sie aufwacht und dich frisst?

Ich klappte den Laptop zu und sagte mir, dass ich mir den kleinen Stich in meiner Brust nur einbildete.

Ich rief James an und ließ mich von ihm zu dem Parkplatz fahren, der den Klippen am nächsten war. Ich wanderte über den steinigen Pfad zur Hütte und hoffte, dass Miller oder Ronan oder beide da wären. Miller musste samstags arbeiten, doch vielleicht hatte ich Glück und er hatte frei. Womöglich würde er ja etwas für mich spielen, und ich würde eine Weile an etwas anderes denken können.

Als ich mich der Hütte näherte, hörte ich Stimmen. Eine leise und tief, eine weich und sanft. Ich spähte durchs Fenster und entdeckte Ronan und Shiloh Barrera, Violets beste Freundin und ein häufiger Gast unserer regelmäßigen Lagerfeuerabende. Ich kannte sie nicht gut, ihre scharfe Zunge und die Tatsache, dass sie immer gleich Tacheles redete, hatten mich gleich jedoch zu ihrem Fan gemacht.

»Geht es ihr gut?«, fragte Ronan.

»Ja. Miller ist jetzt bei ihr.«

»Wurde auch Zeit.«

»Ja, schon, aber ich krieg echt ein Magengeschwür von den beiden. Es ist buchstäblich nur ein paar *Stunden* her, seit River Whitmore Violet gefragt hat, ob sie mit ihm zur Prom geht. Als Freunde. Und Violet war so dämlich und hat *Ja* gesagt.«

Mein Herz brach durch meine Rippen und fiel in den Sand, während ich von wilder Eifersucht gepackt wurde, ein mieses, säuerliches Gefühl wie Übelkeit.

»Das bedeutet nichts«, erwiderte Ronan. »Wenn Miller jetzt bei Violet ist, wird er sie nicht wieder gehen lassen.«

»Ich frage mich nur, was River sich davon verspricht.«

Er will akzeptiert werden. Nicht allein sein. Ein normales Leben führen.

Der Stich der Eifersucht ebbte ab und wurde zu einem dumpfen Pochen in meiner Brust. Ich wartete mit angehaltenem Atem, dass Ronan Shiloh alles verriet, was ich ihm über River und mich erzählt hatte.

»River hat doch gesagt, sie wollen als Freunde hingehen.« Ronan zuckte mit den Achseln. »Vielleicht braucht er einfach jemanden, der bloß als Freund an seiner Seite ist.« Er trat dicht an Shiloh heran, mit einer Vertrautheit, die verriet, dass sie sich nicht zum ersten Mal so nah waren. »Und vielleicht geht uns das Ganze auch einen Scheiß an.«

Und das, Ronan Wentz, ist der Grund, weshalb ich dich liebe.

Shiloh lächelte anerkennend. Verführerisch. »Gute Antwort.«

Ich hätte verschwinden sollen, aber die Energie zwischen den beiden nahm mich gefangen. Es war ein Tanz, Tauziehen, von dem ich den Blick nicht losreißen konnte.

Ronan kam noch näher, sein großer Körper überragte ihre

schlanke Gestalt. Sie sah schön aus in ihrem fließenden weißen Rock und dem engen weißen T-Shirt. Metallarmbänder glitten über ihre warme braune Haut und Hunderte kleiner Braids fielen ihr über die schmalen Schultern. Sie wich nicht zurück, blickte Ronan herausfordernd an. Zwischen ihnen herrschte eine knisternde Hitze, die ich selbst draußen vor der Hütte noch spüren konnte.

»Hier und jetzt?«, fragte Shiloh, ihre Stimme kaum mehr als ein Flüstern.

Ronan nickte. Mit seinen großen Händen umfasste er ihre schmale Taille, hob sie mühelos hoch und setzte sie auf den Tisch. Ihre Finger glitten an seinen tätowierten Armen hinauf, zeichneten die Muskeln nach, ihre Blicke waren miteinander verschmolzen. Ronan schob ihre Beine auseinander und stellte sich zwischen sie. Shiloh hieß ihn willkommen, ihr Rock rutschte hoch, sie verschränkte die Knöchel hinter Ronans Oberschenkeln. Sie hob das Kinn und sagte etwas, das ich nicht hören konnte. Vielleicht forderte sie ihn heraus.

Was auch immer sie gesagt hatte, es ließ Ronans konstant brennende Flamme auflodern. Er packte ihre Braids und riss ihren Mund an seinen. Shiloh begegnete seinem Kuss und erwiderte ihn mit ebensolchem Feuer, ihre Fingernägel kratzten über seinen breiten Rücken, während sie sich auf den Tisch legte und ihn mit sich zog.

Ich riss mich von dem Anblick los und trat vom Fenster zurück.

»Gratuliere. Jetzt kannst du deiner langen Liste von Verderbtheiten auch noch Voyeurismus hinzufügen«, murmelte ich tonlos, als ich den Weg, den ich gekommen war, wieder zurückstapfte. Es war jedoch nicht bloß perverse Neugier, die mich festgehalten hatte. In jenem Moment hatte es für Ronan niemanden außer Shiloh gegeben. Die Welt hätte explodieren können und er hätte nur sie gesehen und gefühlt. Die Intensität zwischen ihnen war einzigartig. Mächtig.

Ich hatte das mit River gehabt, und ich wollte es zurück.

Also unternimm was.

James lehnte am Auto und rauchte eine Zigarette. Er zog eine Augenbraue hoch, als ich näher kam. »Das ging schnell.«

»Ich hatte etwas wegen der Stabilität eines Tisches, aber meine Freunde testen seine Haltbarkeit in diesem Moment.«

Er nickte ungerührt. »Also nach Hause?«

»Nein, in die Innenstadt. Zur Buchhandlung«, sagte ich mit einer vagen Idee im Kopf. »Um noch einmal Ihre Ski-Metapher zu bemühen, ich werde so oder so stürzen. Da kann ich genauso gut versuchen, die Fahrt ein bisschen aufregender zu machen.

Er lächelte. »Gute Entscheidung, Sir.«

In der Stadt ging ich in dieselbe Buchhandlung, in der ich das Buch über Autorestauration für River gekauft hatte. Ein zweites Buch kam mir ein bisschen übertrieben vor, aber unter seiner Footballjacke und dem lässigen Lächeln war so viel mehr an ihm dran, als irgendjemand ahnte. Er hatte mich in meinem schlimmsten Moment gesehen und war nicht weggelaufen. Ich konnte ihn wenigstens wissen lassen, dass auch ich ihn so sah, wie er war. Dass er nicht allein war.

Ich durchsuchte die Regale, bis mein Blick an einem Titel hängen blieb.

»Perfekt.«

Ich kaufte das Buch und ließ mich erneut von James zu River fahren, wo ich, einmal angekommen, reglos auf dem Rücksitz sitzen blieb, das Buch in den verschwitzten Händen.

»Sir?«

»Das ist keine gute Idee.«

»Warum?«

»Weil ... Was ist, wenn er nicht allein ist und jemand anders an die Tür geht?«

James runzelte im Rückspiegel die Stirn. Er wollte etwas sagen, doch ich ließ ihn nicht zu Wort kommen.

»Nein, Sie haben recht. Vergessen Sie das. Es ist kein Verbrechen gegen die Menschlichkeit, einem Freund ein Buch vorbeizubringen. Danke für die Aufmunterung, James.«

»Jederzeit, Sir.«

Ich ging zur Haustür der Whitmores und klopfte. Ein junges Mädchen von vierzehn oder fünfzehn Jahren öffnete mir, sie hatte die gleichen blauen Augen und dunklen Haare wie River. Sie musterte mich neugierig, betrachtete meinen dicken Mantel, den ich trotz des eher warmen Nachmittags trug.

»Kann ich dir helfen?«

»Ist River da?«

»Er ist in der Werkstatt. Whitmores Autowerkstatt? Er arbeitet da fast jeden Nachmittag. Wer bist du?«

»Ich bin ein Freund von ihm aus der Schule.«

»Wie heißt du?«, fragte sie, Neugier ging praktisch in Wellen von ihr aus.

»Holden. Ein Schulfreund. Und du bist ...?«

»Seine Schwester Amelia.«

»Ist mir ein Vergnügen.« Ich hob meine Tüte aus dem Buchladen hoch. »Ich bringe ihm sein Buch zurück.«

»Sieht total neu aus.«

»Ja, ich meine, ich will es ersetzen. River hat mir seins geliehen und ich habe ... Bratensoße drübergegossen.« Ich zog innerlich eine Grimasse. *Bratensoße. Meine Güte.* »Egal, kann ich es dir einfach geben?«

»Könntest du«, sagte Amelia nachdenklich. »Aber du kannst es ihm auch in der Werkstatt vorbeibringen.«

»Ich glaube, das ist keine gute Idee. Ich will nicht stören.«

Amelia lehnte sich an den Türrahmen und verschränkte die Arme. »Ich glaube, es ist eine *sehr* gute Idee. Ich denke sogar, River könnte einen Besuch von dir wirklich gut gebrauchen, Holden. Es ist nicht weit, einfach von der Charleston Street abbiegen, die Werkstatt ist im südlichen Teil der Innenstadt.«

»Ja, aber …«

»Hat mich gefreut, dich kennenzulernen«, sagte Amelia mit einem sonderbaren Lächeln, dann machte sie die Tür zu und ließ mich auf dem Treppenabsatz stehen.

»So viel dazu.«

Ich drehte mich um und kehrte zum Auto zurück, wobei ich im Stillen mit mir selbst diskutierte, ob es klug war, River in der Familienwerkstatt zu besuchen. In der Öffentlichkeit. Am helllichten Tag.

Dann stellte ich ihn mir in Jeans und einem ärmellosen Unterhemd vor, die Muskeln mit Öl verschmiert, während er sich über irgendwelche dreckigen Maschinenteile beugte.

»Andererseits …«

Ich nannte James unser neues Ziel und ließ ihn in der Straße dahinter parken. Ich schlich durch eine Gasse zur Seite der Garage und versicherte mich, dass mich keine Kunden sehen konnten. Durch ein Fenster an der Rückwand der Garage spähte ich in ein kleines, vollgestopftes Büro.

Meine Fantasie wurde nur teilweise erfüllt: River beugte sich nicht über ein Auto, sondern über irgendwelche Bücher. Er trug ein dunkelblaues kurzärmliges Hemd mit seinem Namen, der in roter Stickschrift auf einem weißen Aufnäher prangte. Seine Arme glänzten vor Schweiß und Öl, und er hatte einen Fleck auf einem seiner Wangenknochen.

Das Herz hämmerte mir in der Brust, als ich an die Scheibe klopfte.

Wie in der Schule hellte sich Rivers Blick auf, als er mich entdeckte, dann riss er ängstlich die Augen auf. Er klappte die Bücher zu und verschwand aus dem Raum. Ein paar Sekunden später kam er außen um das Gebäude und wischte sich die Hände an einem Tuch ab.

»Was machst du hier?«, zischte er.

»Wenn das deine Standardbegrüßung ist, solltet ihr mal an eurer Kundenbetreuung arbeiten.«

»Das war kein Witz, Holden. Warum bist du hier?«

»Deine Schwester hat gesagt, ich würde dich hier antreffen, also …«

Seine Augen traten praktisch aus den Höhlen. »Du hast mit meiner *Schwester* geredet?«

»Klar«, stieß ich hervor, seine Reaktion tat weh und verhärtete mein Herz. »Ich hab an deiner Tür geklopft und gesagt: ›Hallo Amelia, mein Name ist Holden. Ich hab deinem Bruder vor einer Weile einen geblasen und bin mir ziemlich sicher, dass es ihm ziemlich gut gefallen hat.‹«

River ließ die Schultern hängen und fuhr sich mit der Hand durchs Haar. »Du weißt, was ich meine …«

»Ja, tu ich. Aber, hey, Eilmeldung: Ich bin ein menschliches Wesen und habe das Recht, zu existieren und mit Leuten zu reden. Hier. Das hab ich für dich gekauft.«

»*Blumen für Algernon*?«

»Es handelt von einem Idioten, der ein bisschen schlauer wird, was aber nicht von Dauer ist. Er kehrt in seine alte enge dumme Welt zurück.«

Rivers Augen verdunkelten sich. »Und? Hast du das gekauft, weil du mir eine Lektion erteilen willst? Weil du es mir unter die Nase reiben willst?«

»Ich weiß nicht, warum ich es gekauft habe. Ich wollte dir etwas schenken, und das habe ich.«

»Warum? *Du* hast Schluss gemacht, falls du dich erinnerst?«

»Weil ich nicht aufhören kann, an dich zu denken, okay? Pausenlos, jeden Tag und jede verdammte Nacht. Und ich wollte etwas *tun*, anstatt nur unglücklich herumzusitzen. Aber es war offensichtlich ein Fehler. Unser Lieblingswort.« Ich wandte mich zum Gehen. »Wirf das Buch meinetwegen weg.«

»Holden …«

Ich wirbelte herum. »Und ja, es ist leichtsinnig und dumm, es noch einmal zu versuchen, aber was, wenn wir uns brauchen? Vielleicht ist es ja gut, dass wir so verschieden sind. Vielleicht ergänzen wir uns, bringen genau das mit, was dem anderen fehlt. Jemals daran gedacht?«

»Ja, hab ich. Oft. Aber …«

»River?« Eine Männerstimme rief nach ihm. »Bist du da hinten?«

»Scheiße.«

River packte mich am Hemdkragen und zog mich um die Ecke. Unsere Blicke trafen sich für einen halben Herzschlag, dann drückte er mich gegen die Wand, presste seinen Körper an meinen, unsere Gesichter nur Zentimeter voneinander entfernt.

»Wie kriegst du das immer wieder hin?«, flüsterte er, seine Augen geweitet und dunkel. »Dass ich kaum denken kann. Jedes verdammte Mal …«

»Ich hab keine Ahnung, wovon du redest«, brachte ich mit schwacher Stimme hervor, meine Knie wurden weich in seiner Nähe, als ich seine Luft atmete und seinen harten Körper spürte, nachdem ich so lange auf ihn verzichtet hatte.

»River?« Sein Dad kam nicht näher, gab allerdings offenbar nicht auf.

»Er ruft nach dir«, flüsterte ich, dann stellte ich mich breitbeiniger hin, um Rivers Unterleib dichter an meinen zu bringen. Gott, er war so groß und hart, und ich stöhnte, weil ich jeden Zentimeter von ihm vermisste.

»Psst.« Er drückte mir eine ölverschmierte Hand auf den Mund. »Kein Wort.«

»River«, rief sein Dad. »Bist du hier?«

»Ich bin nur kurz pinkeln«, krächzte River.

Ich befreite mich aus seinem Griff und biss ihn in den Finger, schmeckte das Salz seiner Haut und die scharfe Note von Terpentin. Seine Nasenlöcher weiteten sich, und er rieb seine Hüfte an mir, fast gegen seinen Willen reagierte sein Körper mit kopflosem Verlangen. »Ich … komme gleich.«

»Beeil dich bitte. Ms Stanlin wartet auf ihre Rechnung.«

Wir warteten und blickten uns in die Augen, während die Schritte leiser wurden. Langsam und widerstrebend ließ River mich los und sank mit dem Rücken an die Wand neben mir.

»Fuck, Holden«, keuchte er und klang erschöpft. »Du kannst nicht einfach hier auftauchen. Oder bei mir zu Hause. Meine Freunde … sie schöpfen langsam Verdacht. Wenn das mit uns rauskommt, ist meine Footballkarriere vorbei.«

»Oh, wie dramatisch.«

River schüttelte den Kopf. »Das Ganze würde sich nicht öffentlich abspielen. Die würden mich einfach langsam rausdrängen. Im College würde man mich auf der Bank sitzen lassen, damit die NFL mich nicht draftet. Ich wünschte, es wäre nicht so, aber so läuft das nun mal. Die Leute outen sich erst, wenn sie aufhören. Nicht, wenn sie spielen wollen.«

»Du willst nicht spielen.«

»Doch«, sagte er. »Für meinen Dad. Er verliert meine Mom. Es ist das Einzige, was ich ihm geben kann.«

Wir schwiegen. Mein Herz fühlte sich an, als würde es zerspringen, und schien gleichzeitig merkwürdig voll zu sein.

»Du bist ein guter Mensch, River. Zu gut für einen wie mich.«

Ich drückte mich von der Wand ab und ging. Wenn ich ihn ansah, ihm ins Gesicht schaute, das so freundlich war wie schön, würde ich heulen.

»Holden …«

»Mach einfach weiter«, sagte ich, ohne mich umzudrehen. »Ms Stanlin braucht ihre Rechnung.«

James wollte schon seine Zigarette wegwerfen, als er mich kommen sah. Ich bedeutete ihm, es zu lassen, und zog meine Djarums hervor. Ich zündete mir an seiner eine an, und wir rauchten schweigend.

»Tja«, sagte ich schließlich. »Ich kann zumindest sagen, dass ich es versucht habe. Sorgen Sie dafür, dass man das auf meinen Grabstein schreibt, James. *Hey, wenigstens hat er's versucht.*«

»Mach ich, Sir«, sagte er leise.

Er brachte mich zum Gästehaus zurück. Ich war kaum eine Minute zu Hause, als eine Nachricht von River kam.

Ich hätte dich nicht gehen lassen sollen.

Ich atmete bebend aus und sank auf die Couch. Meine Finger zitterten leicht, als ich eine Antwort tippte.

Was für ein Auftakt, mein Freund.

Es ist die Wahrheit. Das erste Wahre, das ich seit langer Zeit gesagt habe. Es tut mir leid, dass ich so lange dafür gebraucht habe.

Ist schon okay, tippte ich. **Ich verstehe das.**

Ich will nicht, dass du es verstehst, schrieb River zurück. **Ich will, dass du mich schlägst, bis ich aufhöre, die ganze Zeit so einen Hammel zu haben.**

Ich lehnte mich gegen die Polster und lächelte, als ich mir River in seiner Mechanikeruniform vorstellte, den breiten

Footballspielerkörper über das Telefon gebeugt. Hoffnung und Glück stiegen in meiner Brust auf und machten mich dumm.

Hammel?, tippte ich.

Es folgte eine kurze Pause, dann leuchtete Rivers Nummer auf meinem Telefon auf.

»Ich will dich nicht schlagen«, sagte ich, sobald ich ranging. »Erstens steh ich nicht auf so perversen Kram …«

»Holden …«

»Und zweitens …«

»Kannst du mal eine Minute den Mund halten?«

»Wow, du bist sexy, wenn du mich herumkommandierst.«

Er seufzte, doch es war ein halbes Lachen. »Warum bist du nicht sauer? Ich war scheiße zu dir. Du hast was Besseres verdient.«

Ich ignorierte diesen letzten Teil, auch wenn mein Herz sich danach sehnte. »Ich bin nicht sauer. Du tust dein Bestes.«

»Ich kann es besser.«

»Was soll das heißen?«

»Ich will dich wiedersehen.«

Ich legte mir die Hand auf die Brust. »Ich auch. Aber du musst trotzdem irgendwann aufs College, und ich werde trotzdem weggehen.«

»Ich weiß. Ist es deshalb eine schlechte Idee? Ist es falsch?«

»Ein Fehler?«

»Ja«, sagte er leise. »Ich will dich nicht noch einmal so sehen wie an Weihnachten. Nie wieder. Ich … will dir nicht wehtun.«

Ich drückte das Handy fester gegen mein Ohr. »Ich will dir auch nicht wehtun.«

»Also versuchen wir es noch einmal. Gehen es langsam an. Sehen, was passiert. Aber … oh, Scheiße«, sagte River plötzlich und stöhnte. »Ich hab Violet gefragt, ob sie mit mir zur Prom geht.«

Ich grinste. »War ja klar.«

»Du und ich haben seit Monaten kein Wort gewechselt, und …«

»Ich wusste schon davon.«

»Woher?«

»Ich hab dir doch gesagt, Miller und Violet sind Seelenverwandte.«

River seufzte. »Aber soweit ich weiß, gehe trotzdem ich mit ihr da hin. Und selbst wenn nicht, kann ich …«

»Nicht mit mir in der Öffentlichkeit gesehen werden?«

Er gab einen schmerzerfüllten Laut von sich.

»Ich verarsch dich nur«, sagte ich. »Ich hab's verstanden, und meine Probleme haben sich schließlich auch nicht plötzlich in Luft aufgelöst. Mein seelischer Ballast wird nicht verschwinden, nur weil ich etwas Zeit mit deinem großen perfekten Schwanz verbringe.«

Er verschluckte sich und hustete. »Verdammt, Mann.«

»Alaska ist noch da. Ich kann nicht versprechen, dass es mich nicht noch mal so runterzieht wie an Weihnachten.«

Ich wartete mit angehaltenem Atem, dass River sagte, er habe es sich anders überlegt und dass es zu viel verlangt sei, meine Probleme zu ertragen. Dass ich es nicht wert sei.

»Vergiss, dass ich gesagt habe, ich will dich nicht so sehen«, meinte River. »Ich will für dich da sein und … dir helfen, so gut ich kann.«

Ich schüttelte den Kopf, Tränen brannten mir in den Augen. »Das ist ziemlich viel.«

»Lass es mich versuchen«, sagte er. »Ich will es. Ich weiß nicht, wie es mit meiner Mom weitergehen wird, aber wenn es so weit ist, wird es schrecklich. Wenn wir uns gegenseitig helfen, wird es vielleicht leichter, oder? Möglicherweise fühlen wir uns dann nicht so …«

»Allein.«

»Ja. Okay, dann …« River räusperte sich. »Wir hören bald voneinander.«

Enttäuschung nagte an mir. *So läuft das wohl, wenn man es langsam angehen lässt.*

»Jepp. Bis dann, River.«

»Bis dann, Holden.«

Wir legten auf, und ich starrte mein Handy an, unterdrückte das Grinsen, damit es nicht allzu breit und dämlich wurde.

Ich will dich wiedersehen …

»Nur Geduld, junger Grashüpfer«, sagte ich zu mir selbst. »Gut Ding will Weile haben oder was auch immer.«

Zwanzig Minuten später hatte ich die Pyjamahose und ein V-Ausschnitt-T-Shirt angezogen, legte mich auf die Couch und zappte ziellos durch die Programme, als es an meiner Tür klopfte.

»Beatriz«, sagte ich und stand mit einem Grinsen auf. »Machen wir jetzt regelmäßig einen Filmabend? Klingt gut …«

Meine Worte erstarben, als ich die Tür öffnete und River entdeckte, der immer noch seine Arbeitsklamotten anhatte. Er füllte meinen Türrahmen aus, roch nach Benzin und Eau de Cologne und starrte mich an.

»Du bist nicht Beatriz.«

»Ich bleibe nicht«, sagte er.

»Das ist … enttäuschend.«

Er trat näher, hörte nicht auf, mir in die Augen zu blicken. »Ich hab mich nicht für das Buch bedankt.«

»Deshalb bist du gekommen? Um …«

River küsste den Rest der Worte von meinen Lippen. Schluckte sie zusammen mit meinem Atem und einem überraschten Stöhnen herunter. Sein Mund nahm meinen voller Verlangen in Besitz, und ich ließ mich gegen ihn sinken.

Ein paar rauschhafte Momente lang war es, als würde ich in River ertrinken: in seinem Duft, seiner Haut, seinem sauberen und minzigen Geschmack in meinem Mund. Ich kam so weit zur Vernunft, dass ich ihn am Hemd packen und ins Haus ziehen konnte. Er beförderte die Tür mit einem Tritt ins Schloss, und ich drückte ihn dagegen, erwiderte den Kuss; meine Zunge erkundete jeden Winkel seines Mundes, schmeckte ihn, saugte ihn auf, denn jetzt, wo ich ihn zurückhatte, konnte ich nicht genug von ihm kriegen.

River stöhnte und rieb seine Hüfte an meiner, seine Zunge leckte über meinen Gaumen.

»Scheiße, ich hab dich vermisst«, stöhnte er.

Mein Körper verwandelte sich angesichts der nackten Emotionen, die zwischen seinen Küssen aufstiegen, in Pudding.

»Ich hab dich auch vermisst.« Ich sagte die Worte ohne Ironie, ohne Hohn. Sagte einfach die Wahrheit. Ich vermisste ihn und seine Verlässlichkeit und Stärke in meinem Leben, das sich so oft zerrissen und kaputt anfühlte.

River drehte uns um, sodass nun mein Rücken gegen die Tür gedrückt wurde, dann zog er mir das T-Shirt aus. Seine Hände strichen dreist und ohne Scham über meine Brust. Eine rutschte hinab zu meiner Erektion, über der meine Hose spannte, und rieb sie durch den Stoff.

»Darf ich?«, fragte er zwischen rauen, beißenden Küssen.

Ich nickte mit klopfendem Herzen. »Tu dir keinen Zwang an …«

Er ließ die Hand unter das Bündchen gleiten und umfasste mich. Seine warme raue Handfläche fuhr einmal über meine ganze Länge und drückte dann hart zu. Ich ließ den Kopf an die Tür sinken, als sämtliches Blut in meinen Schwanz floss und ihn in Rivers Hand noch mehr anschwellen ließ.

»Ich will dir mehr geben«, grollte River und betrachtete

mich mit sanften Augen und dunklem Blick, während er mit quälender Langsamkeit über meinen Schwanz strich. »Okay?«

Ich nickte, es zerriss mir das Herz, dass er mir seine ganzen ersten Male schenken wollte. Jedes Nervenende war empfindlich und hellwach, sehnte sich nach seiner Berührung, die auch für mich neu war. Alles, was River tat und sagte, war so voller Verehrung und Rücksicht. Er saugte an meiner Unterlippe, dann küsste er mich innig, bevor er sich hinkniete.

»Oh, verdammt«, stöhnte ich, als sein Mund den langsamen Weg über meinen nackten Körper begann und seine Zunge heiß und nass über meine Haut fuhr. »Und du hast noch deine Mechanikerkluft an. Das ist der Anfang jeder guten Fantasie. Oder von jedem Porno …«

»Halt den Mund«, befahl River und biss mich in den Bauch, woraufhin meine Hüften sich nach vorn bogen.

Im nächsten Augenblick verlor ich die Fähigkeit zu reden, zu denken, zu atmen, als River ganz langsam zum ersten Mal meinen Schwanz in den Mund nahm. Mein Kopf sank nach hinten, ich öffnete die Lippen und schnappte nach Luft, als seine Zunge einmal über meine Erektion leckte. Schließlich nahm er mich tief in sich auf und ließ mich wieder los, immer wieder, nahm die Hand dazu und fügte immer mehr Empfindungen hinzu. Die Welt verblasste um mich herum, bis es nur noch meinen Schwanz in seinem nassen heißen Mund und die hungrigen Laute gab, die tief aus seiner Brust kamen, während er mich nahm.

»So bedankst du dich für ein Buch?«, brachte ich heraus, als seine Zunge wild um meine Schwanzspitze kreiste. »Was passiert, wenn ich dir eine komplette Buchhandlung kaufe?«

Rivers Antwort war nur, dass er seine Bemühungen intensivierte, bis ich mich an der Tür festhalten musste und schließlich an seinen Schultern, um mich irgendwie auf der Erde zu verankern. Unwillkürlich griff ich in sein volles dunkles Haar und klammerte mich daran fest, während er mich immer näher an die Schwelle zum Höhepunkt brachte. Die Hitze seines Mundes drang bis in jeden Winkel meines Körpers vor.

»Oh Gott«, stöhnte ich. »River … ich komme.«

Er drückte fester mit der Hand zu und nahm mich tiefer in den Mund, führte mich hinten an seine Kehle und schluckte. Das Gefühl an meiner Eichel ließ sämtliche Sicherungen in meinem Kopf durchbrennen, und ich kam in einer weiß glühenden Explosion. Sterne blitzten hinter meinen geschlossenen Lidern auf.

»Mein Gott …«, stöhnte ich, aber River hörte nicht auf. Langsam und bewusst leckte und saugte er alles auf, bis ich vollkommen leer war.

Ich sank gegen die Tür, konnte mich kaum auf den Beinen halten, während River meine Hose wieder hochzog und aufstand. Er grinste ein bisschen über meinen benommenen Gesichtsausdruck, fuhr sich mit den Zähnen über die Unterlippe.

»War es … okay?«, fragte er, obwohl der freche Mistkerl die Antwort genau kannte.

Tausend anzügliche Witze kamen mir als Antwort in den Sinn, doch ich nickte nur und zog ihn an mich. Küsste ihn langsam, schmeckte ihn und mich. Die Mischung von uns beiden auf seiner Zunge war berauschender als jeder Wodka.

Er lächelte an meinen Lippen. »Vorsicht. Das war nicht besonders unverbindlich.«

»Dieser Zug ist längst abgefahren«, sagte ich und suchte nach Zeichen von Bedauern oder Scham. »Müssen wir über das reden, was gerade passiert ist?«

»Nein.«

»Okay. Ich wollte nur nachfragen, weil es neu für dich ist. Glaub ich jedenfalls. Schwer zu sagen.«

»Ich hab einfach gemacht, was dir meiner Meinung nach gefallen würde«, erklärte River schlicht. »Und was ist mit dir los? Du bist plötzlich so umsichtig.«

»Kommt schon mal vor.«

»Ich weiß. Öfter, als du denkst.« Er lächelte weich, fast schüchtern. Glück zeigte sich in jeder Facette seines schönen Gesichts. »Ich muss los. Meine Mom hat vor Kurzem gute Neuigkeiten vom Arzt bekommen, und ich hab versprochen, zum Abendessen zu Hause zu sein.«

Ich nickte, und der Moment überwältigte mich einfach. River war so unglaublich, seine angeborene Güte, seine Tapferkeit, wie unglaublich sexy er war ... all das zusammen.

Und er ist mein. Zumindest für eine kleine Weile ...

»Geh«, sagte ich und stieß mich von der Tür ab, obwohl ich nicht überrascht gewesen wäre, wenn meine Haut mit dem Holz verschmolzen wäre. »Genieß es.«

River wollte schon gehen, doch dann packte er meinen Nacken und zog mich für einen letzten Kuss an sich. Ein tiefer, forschender Kuss, der keinen Teil meines Mundes unberührt ließ. Schließlich ließ er mich los und trat in die Nacht hinaus.

Ich schloss die Tür und fühlte mich betrunken. Die beste Art von betrunken. River war durch alle meine Poren in mich eingedrungen, sein Kuss ließ mich dermaßen glücklich und euphorisch zurück, dass ich das Gefühl hatte, mein Verstand hätte mich verlassen.

Er ließ mir ein Stück von sich da, damit ich nicht allein war.

Teil 4

18. Kapitel

River

Mai

Als es klingelte, verließ ich das Klassenzimmer, wo der Chemieunterricht stattfand, und schlenderte gemächlich zum Trinkbrunnen vor dem Proberaum, wo ab und zu die Schulbands ihre Stücke übten. Ich tat so, als würde ich einen Schluck Wasser trinken, während ich mich umsah, ob jemand mich bemerkte, dann schlüpfte ich hinein.

Holden war schon da, lag seitlich auf einem langen Tisch. Licht fiel durch die Jalousie eines einzelnen hohen Fensters und glänzte auf seinem silbernen Haar.

»Du bist spät dran«, sagte er gedehnt, setzte sich auf und ließ seine Beine baumeln.

Ich war gar nicht spät dran; Holden war einfach Holden, ein sexy Luder, von dem ich nicht genug kriegen konnte.

Mein Puls beschleunigte sich, als der Duft von Nelken, seinem Eau de Cologne und seiner teuren Kleidung zu mir herüberwehte.

»Neuer Mantel?«, fragte ich.

»Gestern gekauft«, sagte er, als ich zwischen seine Beine trat. Ich legte die Hände auf seine Oberschenkel, drückte leicht und spürte seine Muskeln. Seine grünen Augen weiteten sich im Halbdunkel. »Fühl mal.«

Bei Holden war alles Anmache, Anspielung oder Herausforderung. Ich strich über den Ärmel des Mantels – Wolle und Kaschmir –, der wahrscheinlich mehr gekostet hatte als sämtliche Klamotten in meinem Schrank zusammen.

»Nett.«

»Gefällt er dir? Ist aus Boyfriend-Material.«

Ich stöhnte über den schlechten Witz, dann stöhnte ich erneut, als ich ihn küsste. Leidenschaftlich. Irgendwie waren unsere Küsse in der letzten Zeit besonders leidenschaftlich. Intensiver als vorher. Die Nächte bei ihm waren ein Rausch aus verworrenen Gliedern, schweißgetränkten Laken und greifenden Händen. Wir hatten noch nicht *alles* gemacht, doch jede von Lust befeuerte Berührung fühlte sich an, als würde sie sich für immer in meine Haut graben.

Weil unsere Zeit beinahe um ist.

Holden versteifte sich und wich zurück. Er spürte ebenfalls, dass die Uhr tickte.

»Und wo gehen wir heute Abend hin?«, fragte er. »Noch eine Autoausstellung? Vielleicht eine Fahrt mit einem Monstertruck?«

Ich verdrehte die Augen. »Wir waren *ein einziges Mal* bei einer Autoausstellung.«

»Und es kam mir so unendlich lang vor, dass ich Narben fürs Leben davongetragen habe.«

Ich lachte leise. »Ich habe meine Lektion gelernt. Heute Nacht soll es einen Sternschnuppenschauer geben. Ich dachte, wir könnten zu einem Aussichtspunkt fahren und ihn uns ansehen.«

Holden schürzte die Lippen, seine klugen Augen wirkten nachdenklich. In letzter Zeit war es schwieriger geworden, uns Orte einfallen zu lassen, wo niemand aus der Schule oder der Stadt uns sehen würde. Ich wartete täglich darauf, dass Holden es satthatte, sich zu verstecken, und mich zum Teufel schickte. Möglicherweise war dieser Tag jetzt gekommen.

»Warum fahren wir nicht nach San Francisco?«, fragte er. »James kann uns hinbringen, und ich besteche einen Türsteher in einem Schwulenclub im Castro-Viertel. Wir können tanzen und high werden, zusammen mit Leuten, die wie wir sind.«

»Ich kann nicht tanzen«, erinnerte ich ihn.

Außer bei der Prom.

Ich war immer noch mit Violet McNamara für die Prom verabredet, obwohl wir beide mit jemand anderem zusammen waren. Aber sie und Miller Stratton hatten irgendeine Absprache getroffen, und ich hinterfragte das Ganze nicht. Es bereitete mir Magenschmerzen, es zugeben zu müssen, aber ich brauchte Violet nach wie vor.

Ich wartete, dass Holden mich deswegen zur Rede stellte, doch das tat er nicht.

»Ich weiß, dass du nicht tanzen kannst«, sagte er. »Darum geht's ja. Es ist ziemlich lustig, wenn du *versuchst* zu tanzen.«

Ich lachte. »Clubs sind nicht mein Ding. Zu laut. Ich könnte nicht mit dir reden.«

»Oh mein Gott.« Holden drückte das Gesicht an meine Brust. »Es sind inzwischen Monate vergangen, Whitmore. Du hast mich hundertmal nackt gesehen. Es ist nicht mehr nötig, süße Sachen à la River zu sagen, um mich zu umwerben. Du hast es geschafft. Ich bin dir komplett verfallen.«

Ich packte seinen Nacken und drückte sanft, aber fest seinen Mund an meinen. »Du redest zu viel.«

»Sagt der Typ, der behauptet, mit mir reden zu wollen.«

»Ich will beides. Dich küssen und mit dir reden.«

»Mit nichts Geringerem als einem glitzernden Sternschnuppenschauer über uns am Himmel«, sagte Holden, und unsere Lippen berührten sich. »Du bist ein Softie. Ein Plüschtier. Ein Käsetoast.«

Ich küsste ihn stumm, und die Flamme, die stets zwischen uns brannte, loderte sofort auf. Holden zog meine Hüften an sich und legte die Hand auf meine Erektion. Er wollte gerade den Knopf aufmachen, als ich zurückwich.

»Ich kann nicht. Das ist eine kurze Pause. Bewahr's dir für heute Nacht auf.«

Unsere Lippen hatten bereits alles erkundet, dennoch wurde mein Körper sofort ungeduldig und wollte mehr. Ich wusste, dass es Holden genauso ging, er beschwerte sich allerdings nie, machte keinen Druck und riss nie einen Witz darüber. Nur im Bett konnte ich seine Anspannung wahrnehmen und das Verlangen in seinen Augen sehen.

Vielleicht ist es heute Nacht so weit.

Weiter dachte ich nicht. Ich wollte nur die Dinge tun, für die wir beide bereit waren. Holden mochte erfahrener sein als ich, doch das war mir egal. Keiner von den Typen, mit denen er vorher zusammen gewesen war, hatte ihn zu schätzen gewusst. Ich schon.

»Soll James uns fahren?«, fragte er.

»Nein, ich hol dich um zehn ab.«

Wir küssten uns ein letztes Mal – rau und zügellos; Holden versuchte, mich mit seiner Zunge zum Bleiben zu bewegen, damit er mit meinem Schwanz machen konnte, was er wollte. Aber ich unterbrach den Kuss, und er schnappte mit den Zähnen nach mir.

»Bis heute Abend.«

Ich schlüpfte aus dem Proberaum, nachdem ich nachgesehen hatte, ob die Luft rein war. Holden würde mir eine Minute später folgen.

Es war kein perfektes Leben, aber mehr schaffte ich nicht.

Als ich am Nachmittag nach Hause kam, lief ich zwei Stufen auf einmal nehmend die Treppe hoch und klopfte an Moms Tür.

»Komm rein«, rief sie, ihre Stimme sanft und hauchig.

Im März hatte sie die gute Nachricht bekommen, dass ihr neuester Medikamentencocktail den Krebs in Schach hielt. Aber in letzter Zeit war sie oft müde, noch dazu hatte sie Gewicht verloren, obwohl es nicht mehr viel zu verlieren gab. Dad würde in ein paar Wochen für weitere Untersuchungen mit ihr in die Klinik fahren, doch ein Schatten hing über dem Haus. Eigentlich hätte sie nicht einmal bis Weihnachten überleben sollen. Jetzt war seit der Diagnose fast ein Jahr vergangen, und wir hatten alle wahnsinnige Angst, dass ihre geschenkte Zeit ein jähes Ende haben könnte.

Mom wurde von einem Stapel Kissen aufrecht gehalten, der seidene Bademantel war ihr viel zu weit. Ihr Haar war so kurz wie das eines Soldaten. Ich sagte ihr gern, dass sie wie Furiosa, Charlize Therons Figur in *Mad Max: Fury Road*, aussah und genauso eine knallharte Kämpferin war.

Amelia saß neben ihr auf dem Bett.

»Ich kann wiederkommen«, sagte ich.

»Nein, ist schon gut, setz dich zu uns«, sagte Mom. »Erzähl uns von deinem Tag.«

Ich habe meinen heimlichen Freund im Proberaum getroffen, wie schon seit Monaten.

Ich hustete. »Da gibt's nicht viel zu erzählen. Ich soll heute eigentlich in der Werkstatt helfen, aber ich kann zu Hause bleiben, wenn du mich brauchst.«

»Alles gut. Dazia wird jede Minute hier sein.«

Ein Besuch von Moms bester Freundin war inzwischen wie ein böses Vorzeichen; Dazia war eine Quelle von Energie, die wir als Familie dringend brauchten, kam jedoch nur, wenn es Mom besonders schlecht ging.

»Dann werde ich vielleicht heute Abend mit ein paar Freunden einen Film gucken«, sagte ich. »Eventuell komme ich spät nach Hause.«

»Schon wieder?« Amelia war plötzlich neugierig. »Du warst in letzter Zeit ziemlich oft abends lange unterwegs, River. Was ist da los?«

Ich versteifte mich und wandte den Blick ab. Sie machte schon seit Wochen derart komische Bemerkungen.

»River ist achtzehn«, sagte Mom. »Er ist jetzt ein Mann, geht aus und macht Sachen, die Männer tun.«

Ich presste ein nervöses Lachen heraus. »Was soll das bitte heißen?«

»Es heißt, dass du erwachsen bist und bald die Schule abschließt. Solange du unter diesem Dach lebst, gibt es natürlich Regeln, aber …«

»Willst du damit sagen, dass er nach Hause kommen kann, wann er will?«, fragte Amelia. »Das ist nämlich total unfair.«

»Er kann *nicht* einfach nach Hause kommen, wann er will«, sagte Mom und zwinkerte mir zu. »Er muss genau eine Minute vor dem Moment zu Hause sein, in dem seine Eltern anfangen, sich Sorgen zu machen.«

Amelia schnaubte und verschränkte die Arme. »Oh mein Gott, dass ist sexistisch. Er geht doch erst *los*, wenn ich ins Bett muss.«

»Wenn du achtzehn bist, ändert sich das.« Mom tippte sich nachdenklich ans Kinn. »Oder auch nicht. Dein Vater könnte beschließen, dass du schon um sechs Uhr abends zu Hause sein musst, um die Jungs fernzuhalten.«

Amelia würde erst in dreieinhalb Jahren achtzehn werden. Niemand hatte eine Ahnung, was ohne Mom aus unserer Familie werden würde und wie Dad eine Teenagerin allein großziehen sollte.

Es wurde still im Schlafzimmer, und Amelia murmelte etwas von Hausaufgaben. Sie gab unserer Mutter einen Kuss auf die blasse Wange und eilte hinaus.

»Ich hätte keinen Witz darüber machen sollen. Es ist schwer für sie und wird noch schwerer werden.« Mom seufzte und musterte mich mit ihren müden blauen Augen. »Ich will, dass du mir einen Gefallen tust, River.«

Ich wappnete mich. Worum auch immer sie mich bitten würde, ich würde es tun. »Für dich, alles.«

»Du bist für diese Familie der Fels in der Brandung.«

»Das bist wohl eher du, Mom.«

»Nein … aber wenn doch, dann gebe ich die Position an dich weiter. Du bist verlässlich, kannst klar denken und bist wahnsinnig klug. Du kümmerst dich immer um alle, und ich weiß, dass du das auch tun wirst, wenn ich nicht mehr da bin.«

»Ich werde mein Bestes tun. Ich schwöre es.«

»Das ist nicht der Gefallen, um den ich dich bitte, das ist meine Vorhersage, wie die Dinge sein werden.« Mom lächelte sanft. »Ich kenne dich, mein lieber Junge. Ich weiß, du wirst alles tun, was nötig ist, um die Familie zusammenzuhalten. Dein Dad und deine Schwester sind stark. Sie werden es verkraften. Du wirst es verkraften. Das spüre ich in meinem Herzen. Aber wenn es mal hart wird …«

»Das wird es ziemlich oft werden«, sagte ich, und Tränen traten mir in die Augen. »Du bist irgendwie wichtig, falls du es noch nicht bemerkt hast.«

Mom berührte meine Wange. »Ich weiß, du wirst dein Bestes tun, um allen Halt zu geben. Ich bitte dich nur darum, dich selbst nicht zu vergessen. Nimm dir Zeit für dich. Vergiss nicht zu atmen. Zu weinen, wenn es nötig ist.«

Die Tränen liefen mir inzwischen die Wangen hinunter, und

mein Atem stockte. Ich spürte, wie sie meine Hand nahm und schwach drückte.

»Versprich es mir, River.«

Ich nickte und hielt den Atem an, um die Schluchzer zu unterdrücken. Ich biss die Zähne zusammen und wischte mir die Augen an der Schulter ab.

Als ich aufsah, lehnte Mom sich zurück. »Das ist das Schwerste. Nicht das Sterben. Das ist leicht, weil es unvermeidlich ist. Am schwersten ist es, das Gefühl zu haben, euch allein zu lassen.«

»Wie wär's dann, wenn du es einfach nicht tust?«, neckte ich sie schwach. Bedrückt.

»Werd ich auch nicht«, sagte Mom. »Ich werde trotzdem bei euch sein. Immer.«

Unten in der Diele wurde die Haustür zugeschlagen. »Hallo Whitmores! Tante Dazia ist da.«

»Geh«, sagte Mom. »Amüsier dich mit deinen Freunden. Mit wem triffst du dich noch gleich? Du hast Chance und Donte und die anderen länger nicht erwähnt.«

»Mit denen hab ich mich letztes Wochenende getroffen.«

Ab und zu verbrachte ich Zeit mit den Jungs, um den Schein zu wahren. Donte war schwer mit seiner neuen Freundin beschäftigt und machte mir weniger Druck. Mit den Jungs im Burger Barn zu essen oder über die Promenade zu gehen und ihrem dämlichen Geschwätz zu lauschen, anstatt mit Holden zusammen zu sein, machte mich allerdings wahnsinnig.

»Immer noch niemand Besonderes?« Sie lächelte weich. »Kein Druck. Ich habe nur … Hoffnung.«

Ich schluckte und amtete ein. Jetzt war der Moment, ihr von Holden zu erzählen. Worauf wartete ich?«

»Also …«

»Hallo, meine Lieben!«, rief Dazia und kam ins Zimmer gerauscht. Ihr Lächeln wankte nur leicht, als sie Mom blass und abgezehrt im Bett sah. Ich stand schnell auf, und sie nahm mein Gesicht in beide Hände und küsste mich auf die Wangen.

»River, du siehst jede Minute besser aus. Die Mädchen müssen sich vor Begeisterung überschlagen.«

Ich brachte ein Lächeln zustande. »Schön, dich zu sehen, Dazia. Danke, dass du gekommen bist.«

»Ihr werdet mich nicht los.« Sie setzte sich aufs Bett und berührte Moms Wange. »Wie fühlst du dich, Liebes. Nicht so toll?«

»Bye, Mom«, sagte ich.

»Bye, Schatz«, sagte Mom. »Amüsier dich!«

Ich ging aus dem Zimmer und lehnte mich neben der Tür an die Wand. Was ich Mom versprochen hatte, fühlte sich unmöglich an. Meine eigene Trauer war ein Abgrund, und sobald ich hineinfiel, würde ich immer weiter fallen und nie wieder herauskommen. Ich musste stark sein. Nicht nur für meinen Dad und meine Schwester, sondern für mich. Damit ich nicht in eine Million Teile zersprang.

Um zehn Uhr fuhr ich nach Seabright und parkte vor dem großen Craftsman-Haus der Parishs. Ich machte mich auf den Weg zum Seiteneingang und erstarrte, als ich eine ältere Frau aus dem Gästehaus kommen sah. Sie tätschelte Holdens Wange, dann drehte sie sich um und ging zum Haupthaus. Holden blickte ihr nach, dann legte er die Finger auf die Stelle, die sie berührt hatte.

Mein Herz schwoll bei dem Anblick vor Glück an. Wer auch immer diese Frau war, ich liebte sie jetzt schon.

Holden entdeckte mich und winkte. Ein paar Minuten später kam er zu meinem Wagen.

»Wer war das?«, fragte ich, als er in die Kabine stieg. »Ist da etwas, das du mir sagen musst?«

Er bedachte mich mit einem vorwurfsvollen Blick. »Das meinst du nicht ernst.«

»Nein«, gestand ich mit einem kleinen Lachen und küsste ihn. »Aber im Ernst, wer war sie?«

»Beatriz Alves. Sie kümmert sich bei meinem Onkel und meiner Tante um den Haushalt, aber …«

»Du verstehst dich mit ihr.«

Er nickte. »Wenn du mich allein lässt, um mit den Neandertalern abzuhängen, gucken wir Filme zusammen.«

»Weiß sie von mir?«

»Ja.« Ein seltener Ausdruck von Verletzlichkeit erschien auf Holdens Zügen. »Manchmal ist es so schön mit dir, dass es sich unwirklich anfühlt. Ich musste es jemandem erzählen, um es etwas realer zu machen. Ich hoffe, das ist okay.«

»Ja, natürlich«, sagte ich leise.

Unsere Heimlichtuerei zehrte offenbar an ihm. Wie sollte es auch anders sein? An mir zehrte sie ebenfalls, zermürbte mich ganz allmählich, so wie das Meer, das mit jeder zurückfließenden Welle ein Stück der Küste mitnahm.

»Und?«, fragte Holden, und sein sarkastischer Tonfall war wieder da. »Wollen wir uns nun diesen Haufen Steine ansehen, die vom Himmel fallen, oder was?«

Ich fuhr durch den Pogonip-Wald, eine gewundene Straße führte immer weiter hinauf. Wir parkten auf einer Lichtung, und ich dankte insgeheim dafür, dass niemand sonst auf die Idee gekommen war, hier hochzukommen.

Ich breitete eine Decke auf der Ladefläche meines Pick-ups aus, und Holden und ich legten uns unter dem dunkelblauen, mit glitzernden Sternen übersäten Himmel auf den Rücken. Es dauerte nur ein paar Minuten, bis die erste Sternschnuppe sich zeigte, eine silberne Kugel, die Funken hinter sich herzog, bis sie verglühte.

»Nicht schlecht, oder?«, fragte ich.

»Besser als ein Haufen alter Typen, die alte Autos anglotzen.«

Ich wollte etwas erwidern, allerdings huschten inzwischen immer mehr Sternschnuppen über uns dahin, eine nach der anderen. Wir schwiegen beide und schauten einfach zu, während das Universum sein ganz persönliches Feuerwerk veranstaltete und vor dem dunklen Hintergrund Licht herabregnen ließ. Von unserem Aussichtspunkt aus, ohne andere Menschen in der Nähe, konnte man sich leicht vorstellen, dass dieses Spektakel nur für Holden und mich bestimmt war.

Ich wandte ihm den Kopf zu und beobachtete, wie sich die Lichter in seinen Augen spiegelten und sein hartes Äußeres beim Anblick all dieser Schönheit weicher wurde.

»Kann ich dich was fragen?«

Holden hob die Augenbrauen. »Klingt ernst.«

»Wie war dein erstes Mal?« Ich drehte mich auf die Seite. »Ich meine, du musst es mir nicht erzählen – wenn du nicht willst.«

»Ich kann's gern erzählen. Es war nicht unbedingt weltbewegend, und doch war es absolut weltbewegend, wenn man alles zusammennimmt.«

Ich versuchte, die Eifersucht zu ignorieren, die an mir nagte. »Was meinst du damit?«

»Es war an einer Privatschule. Ich war fünfzehn. Er war siebzehn. Der Akt selbst war nichts Besonderes. Rauer, als mir lieb war.« Er schüttelte den Kopf, als ich zischend einatmete. »Das lag eher an unserer mangelnden Erfahrung als an irgendetwas anderem. Wobei ich ehrlich gesagt auch nicht wirklich in der Lage war, um etwas anderes zu bitten, und aufgehört hätte ich auf keinen Fall. Die ultimative Rebellion gegen meine Eltern. Nur dass ich am Ende der Angeschmierte war.«

»Was ist passiert?«

»Mein Partner – nennen wir ihn Blake, weil er so hieß – fand es eine witzige Idee, uns zu filmen. Blöd wie ich war, war ich einverstanden und hab mir nichts weiter dabei gedacht. Aber da diese erste sexuelle Erfahrung nicht ganz so befriedigend war, hab ich mich selbstständig gemacht. Hab andere Leute getroffen. Und mit treffen meine ich, ich habe mich durch den schwulen Anteil der Schule gevögelt, plus ein paar Typen, die sich noch für keine Seite entschieden hatten. Blake hat sich ziemlich darüber geärgert und unser Video ein paar Freunden gezeigt. Und die haben es ihren Freunden gezeigt …« Holden ließ einen Finger in der Luft kreisen. »Es ging viral, sprang von einem Handy zum nächsten über, bis die gesamte Schule infiziert war.«

Ich biss die Zähne zusammen. Meine Hand griff nach Holdens und hielt sie, während Meteore über den schwarzen Himmel flogen.

»Dann hat der Direktor der Schule Wind davon bekommen. Er ließ uns in sein Büro schaffen, wo schon beide Elternpaare saßen. *Der größte Skandal in den hundertdreißig Jahren seit Bestehen der Schule.* Ich hab das bezweifelt, doch meine Eltern waren auch dieser Meinung. Charles und Estelle Parish haben sich in der Art um die Angelegenheit gekümmert, wie reiche Leute das nun mal machen: Sie haben der Schule mit einer Klage gedroht, falls jemand davon erfahren sollte. Außerdem haben sie jedes Handy dort konfisziert, alle gezwungen, eine Verschwiegenheitsvereinbarung zu unterschreiben, jeden bestochen, der es gesehen hatte, und mich von der Schule genommen. Für ein paar herrliche Tage war es das Wunderbarste, was mir je passiert war.«

Ich runzelte die Stirn. »Wie das?«

Holden lächelte traurig. »Zum ersten Mal waren meine Eltern auf meiner Seite und haben mich beschützt.« Er blickte wieder in den Himmel. »Letzten Endes war ich ihnen jedoch scheißegal. Sie haben nur ihren Ruf beschützt. Wir sind nach Hause geflogen, und eine Woche später war ich in Alaska.«

»Gott.«

»Das war also die romantische Geschichte meines ersten Mals, mit einem Klick verfügbar fürs besondere Fernsehvergnügen.«

Ich riss die Augen auf. »Das Video ist immer noch da draußen?«

Er zuckte mit den Achseln. »Ich hab nicht nachgesehen, aber wir befinden uns im digitalen Zeitalter. Gott weiß, wie oft mein *Liebhaber* das Video geteilt hat, bevor er erwischt wurde.«

»Scheiße.« Wut brannte mir hinten in der Kehle.

Holden rollte sich auf die Seite. »Es gibt nicht viel, was ich jetzt noch deswegen unternehmen könnte.« Er strich mir eine Strähne aus der Stirn. »Nicht alle sind so gute Menschen wie du, River.«

Der Moment nahm uns gefangen und dehnte sich in die Länge, verlor jeglichen Anschein von Unverbindlichkeit. Holden zog rasch die Hand zurück und stupste mich gegen die Schulter. »Du bist dran. Bist du je *bis zum Äußersten* gegangen? Ich brauche keinen Videobeweis.«

Er wollte, dass ich das Thema wechselte, also tat ich es. »Ich bin mit keinem Mädchen weit gekommen. Es hat mich absolut nicht interessiert.«

»Hast du dich nicht gefragt, warum? Noch dazu während der geilen Jahre am Anfang der Pubertät?«

»Schon, aber ich hab mir nicht erlaubt, darüber nachzudenken oder irgendwas zu hinterfragen. Ich habe das Thema zusammen mit allem anderen weggepackt. Ich hab Heteropornos geguckt und mich auf den Mann konzentriert.« Ich verzog den Mund. »Hab mir eingeredet, so würde ich lernen, was ich tun muss.«

Holden schnaubte. Sein leises Lachen nahm Fahrt auf, bis er sich gackernd die Seiten hielt.

»Wie schön, dass du das so komisch findest«, sagte ich trocken, während ich mein eigenes Lächeln unterdrückte.

»Ich stell mir gerade vor, wie du irgendeiner Hausfrau zuguckst, die sich über einen Tisch beugt und vom Klempner genagelt wird … während du dir mit Stift und Zettel Notizen machst.«

Ich verdrehte die Augen. »Halt die Klappe.«

Ich ließ den Idioten in Ruhe, und irgendwann hatte Holden zu Ende gelacht und seufzte.

»Es tut mir leid. Ich sollte über deine sexuelle Identitätskrise keine Witze machen. Verzeihst du mir?«

»Nein«, sagte ich, schubste ihn auf den Rücken und legte mich auf ihn. »Ich bin tief bestürzt. Ich werde mich nie davon erholen.«

Er bewegte sich unter mir, kippte sein Becken und drückte es an mich. »Wie kann ich das je wiedergutmachen?«

Über uns leuchteten die Meteore auf und verbrannten in der Atmosphäre. Keiner von ihnen war von Dauer.

»Es gibt nichts wiedergutzumachen. Aber … lass uns zurück zu dir fahren.«

Holdens Augen weiteten sich, er konnte mir offenbar ansehen, was ich wollte. Ich hatte jahrelang eine Maske getragen, doch Holden hatte mich immer durchschaut. Von Anfang an.

»Bist du sicher?«

Ich nickte. »Ich bin sicher.«

Ich war sicher, dass meine Nacht gekommen war; dass es

außer Holden nie jemand geben würde, mit dem ich es tun wollte. Und selbst wenn ich alles falsch machte, würde er nicht daran zweifeln, dass ich wollte, dass es für ihn eine schöne Erfahrung war. Natürlich konnte ich das, was ihm geschehen war, nicht einfach ausradieren, allerdings konnte ich es vielleicht mit neuen Erinnerungen übermalen.

Schweigend fuhren wir den Berg hinunter. Ich parkte am Straßenrand und folgte Holden nach drinnen. Ich zog meine Jacke aus, er zog seinen Mantel aus, dann stürzten wir uns aufeinander, packten uns. Küssten uns heftig und tief.

Aber die Küsse waren anders. Die Berührungen waren anders, brachten uns dem Moment näher, auf den ich mein ganzes Leben lang gewartet hatte – die Essenz dessen, wer ich war und wen ich wollte.

Nur Holden …

Wir stolperten in sein Schlafzimmer, zogen uns bis auf die Unterhosen aus und fielen auf sein Bett.

»Ich will dich in mir«, hauchte Holden an meinen Lippen, seine Hand strich über meine nackte Haut.

Fuck …

Lust und Erleichterung durchströmten mich; ich wollte in ihm sein, wollte es mehr als meinen nächsten Atemzug.

»Ich weiß nicht, was ich tun soll«, gestand ich, und das Herz hämmerte mir in der Brust. »Ich will dir nicht wehtun …«

»Das wirst du nicht«, sagte er. »Kannst du dich daran erinnern, wie ich dir deine Prostata vorgestellt habe?«

»Äh, *ja*.«

Als könnte ich das jemals vergessen. Holden hatte Gleitmittel auf zwei Finger getan, war in mich eingedrungen und hatte einen Punkt in mir massiert. Eine tiefe Lust war in mir erwacht und hatte mein Innerstes nach außen gekehrt. Ich war noch nie im Leben so heftig gekommen.

»Da fängst du an«, sagte Holden. »Bei mir.«

Gott, seine Worte, seine Lippen, seine Hände auf mir … ich verlor mich in ihm und kämpfte um Kontrolle.

»Ich hab dich nicht gefragt, ob du dir *auch* sicher bist«, brachte ich heraus.

»Bin ich. Ich will das hier schon so lange.« Er küsste mich langsam, mit untypischer Ernsthaftigkeit. »Mit dir.«

Ich erwiderte den Kuss, und wir zogen uns komplett aus. Unsere Körper berührten sich überall, wir rieben unsere Erektionen aneinander; die Reibung machte mich wahnsinnig und reichte nicht. Alles, was ich für Holden empfand, war in meiner Brust eingeschlossen, es war zu groß, zu viel, um es in Worte zu fassen. Nichts würde genügen, außer in ihm zu sein. Aber jede Zelle, jedes Molekül in mir vibrierte, und ich zitterte.

»River«, sagte Holden an meinen Lippen. »Wir müssen nicht …«

»Ich will«, sagte ich schnell. »Ich will es so sehr, ich kann kaum denken. Aber …«

»Langsam«, flüsterte er. »Wir machen ganz langsam. Und wir können jederzeit aufhören. Egal wann, egal was wir gerade tun …«

»Das gilt auch für dich«, erwiderte ich und sah ihm aufmerksam in die Augen, meine flatternden Nerven beruhigten sich ein wenig. »Jederzeit. Egal wobei.«

Holden seufzte. »Deine Rücksicht ist sexy, River, und ich hab nie …« Er schüttelte den Kopf. »Vergiss es.«

Er ist noch nie so behandelt worden, wie er es verdient. Hat es nie eingefordert.

Wir küssten uns, bis die glühende kleine Flamme aufloderte. Ich erkundete seine warme Haut mit den Lippen, bewegte mich nach unten und leckte dann über seine Erektion. Ich nahm sie tief in den Mund und pumpte mit der Hand, bis er keuchend den Kopf schüttelte.

»Halt, halt. Noch nicht. Ich will dich in mir, wenn ich komme.«

Oh Gott.

Ich erzitterte einmal am ganzen Körper, als würde eine Sternschnuppe aufglühen und dann verlöschen und den Rest meiner Nervosität mitnehmen. Ich hatte mich nie gefragt, wie es wohl sein würde, mit einem Mann zusammen zu sein. Jetzt, wo der Augenblick gekommen war, begriff ich, dass ich genau dort war, wo ich hingehörte. Bei Holden.

Er holte ein Kondom und eine kleine Flasche Gleitmittel aus der Nachttischschublade. Ich nahm beides und legte mich Brust an Brust auf ihn. Unsere Herzen klopften, unsere Hüften rieben sich aneinander, und wir atmeten die Luft des anderen.

Ich stützte mich auf einen Arm, während ich ihn weiter küsste. Ich konnte nicht aufhören. Mit der anderen Hand öffnete ich das Fläschchen und drückte Gleitmittel auf Holdens Erektion. Ich fuhr langsam mit der Hand auf und ab und überzog auch meine Finger damit.

»Sehr umsichtig«, meinte Holden und atmete dann zischend ein, als ich mit den Fingern tiefer zu seinem Eingang glitt. »Oh, fuck, River …«

Er packte meine Schultern, grub schmerzhaft die Finger hinein, als ich langsam mit einem Finger in ihn eindrang und den festen Muskelring öffnete.

»Gott, wie schaffst du es, dass es sich so anfühlt?«, stöhnte er.

»Ist es okay?«

Er nickte einmal kurz, sein Hals war angespannt. »Es ist so gut. Es hat sich noch nie so angefühlt.«

Ich küsste ihn, Emotionen durchströmten mich. Ich mochte

vielleicht nicht sein erster Liebhaber sein, doch ich wollte verdammt noch mal der sein, an den er sich erinnerte. Mein erstes Mal und auch seins.

Gott, er war eng, und mein Schwanz schwoll an bei dem Gedanken, dort einzudringen und diesen unglaublichen Druck zu spüren. Allein bei der Vorstellung kam ich fast. Ich konzentrierte mich jedoch auf ihn, nur auf ihn, während ich einen zweiten Finger dazunahm. Holdens Brust zog sich an meiner zusammen, und er küsste mich rauer, gröber, biss mich beinahe so heftig, dass Blut kam.

Vampir …

Ich lächelte und bewegte vorsichtig die Finger in ihm, massierte die empfindlichen Nervenenden. Holden drückte unter mir den Rücken durch und saugte Luft ein.

»Oh, fuck … Fuck, ja …«

Wieder und wieder drückte ich auf diesen Punkt und beobachtete Holdens Reaktion, genoss seinen Anblick. Wie seine Bauchmuskeln sich zusammenzogen, wie sein wunderschönes Gesicht sich in eine Grimasse aus schmerzlicher Lust verwandelte. Ich hätte die ganze Nacht so weitermachen können, aber Holden schüttelte den Kopf.

»Halt«, keuchte er. »Jetzt … Ich will dich jetzt.«

Ich tastete nach dem Kondom auf dem Bett, riss die Verpackung auf und griff zwischen uns, um es über mich zu rollen. Dann legte er sich auf den Rücken und schluckte, seine grünen Augen wirkten hell und glasig.

»River …«, hauchte er.

Ich nickte, der Atem stockte mir in der Brust. Ich nahm mehr Gleitmittel und überzog meinen Schwanz damit. Aber verdammt, ich war zu groß. Ich wollte wieder die Finger nehmen, doch Holden schob sie weg.

»Reicht das?«, fragte ich.

»Es reicht«, sagte er. »Fick mich, River, und es wird okay sein, versprochen. Gott, mehr als okay.«

Ich stützte mich über ihm auf und er hob die Knie, sein Blick hielt meinen gefangen. Vertrauen und noch etwas Tiefgründigeres schimmerte in der grünen Unendlichkeit seiner Augen. Etwas, in das ich hineinfallen würde, wenn ich nicht achtgab.

Ich nahm meinen Schwanz und richtete mich aus. Mit angehaltenem Atem drang ich in ihn ein. Langsam. Ganz langsam, als er mich in eine Enge aufnahm, die ich kaum begreifen konnte.

Holden stieß rau und schnell den Atem aus. Er hob den Kopf vom Kissen und starrte mich an, in seinem Blick lag eine Ekstase, die ich noch nie bei ihm gesehen hatte. Zentimeter für Zentimeter drang ich in ihn ein.

»Okay?«, brachte ich heraus. »Holden … ist das okay?«

Er nickte, seine Bauchmuskeln traten hervor angesichts der Anstrengung, mich aufzunehmen. »Hör nicht auf. Gott, River, bitte hör nicht auf.«

Ich ging tiefer, diese Enge war anders als alles, was ich je gespürt hatte. Sie saugte mich an, zog mich in ihn hinein, bis schließlich unsere Becken aneinanderstießen.

»Oh, fuck«, hauchte ich, meine Stirn fiel gegen seine. Ich stützte mich jetzt auf beide Unterarme, hielt komplett still. Hatte Angst, ihn zu zerbrechen, wenn ich mich bewegte. Oder mich. »Holden …?«

»So gut«, wisperte er stockend in der heißen Dunkelheit, in der es nichts gab außer ihm und mir. »Gott, du fühlst dich so gut an.«

Ich küsste ihn und zog mich langsam zurück. Ein Stöhnen entfuhr mir, als Holden gleichzeitig »*Ja*« zischte. Die Enge gab nur ein wenig nach, genug, dass ich wieder hineinstoßen konnte. Noch einmal. Und noch einmal. Jetzt ein bisschen schneller.

»Ja«, stieß Holden erneut hervor, seine schweißnasse Stirn immer noch an meine gedrückt, seine Hände packten meine Arme. »Genau so.«

Ich bewegte mich rein und raus, sein Körper nahm mich ganz auf und ließ mich gerade genug los, aber niemals komplett, bis wir einen Rhythmus fanden. Völlig neue Empfindungen umhüllten mich bei jeder Bewegung. Ich verlor mich und wurde zu uns, bewegte mich schneller, trieb uns beide auf den Höhepunkt zu.

Ich packte die Laken, drückte mich mit durchgebogenem Rücken hoch und stieß mit der Hüfte in ihn hinein. Holden klammerte sich an meinen Unterarmen fest. Zusammenhanglose Worte drangen über seine Lippen. *Ja* und *mehr* und mein Name. Mit einem erstickten Laut nahm er sich selbst in die Hand und kam nach nur wenigen Bewegungen. Sein Samen spritzte über seinen Bauch und tropfte über seine Finger.

»Gib es mir«, hauchte ich, selbst geschockt über die Worte, die aus meinem Mund kamen. Über das ungezügelte Verlangen, das meinen Körper in seinem fieberhaften Griff gefangen hielt, während ich immer wieder in ihn stieß.

Holdens Augen weiteten sich, und er schob mir die Finger in den Mund. Ich stöhnte, als ich seinen salzigen Geschmack auf meiner Zunge schmeckte, und schloss die Augen. Meine Hüften stießen in ihn, Haut klatschte auf Haut.

»Genau so«, feuerte Holden mich an und fuhr mit den Fingern über meine Lippen. »Komm, River. Komm in mir. Jetzt.«

Ein erstickter Laut brach aus meiner Kehle hervor, als die Ekstase, die sich immer weiter aufgebaut hatte, zum Höhepunkt kam, sich überschlug und eine Flut von Empfindungen mit sich brachte – ein Orgasmus, der mich erbeben ließ und in ihn überging. Ich gab ihm alles, und er nahm es, seine Hände lagen jetzt auf meinen Hüften, er zog mich an sich und schob mich zurück, führte mich durch jede langsame Bewegung, bis nichts mehr übrig war.

Ich brach auf ihm zusammen, und er umarmte mich und hielt mich fest.

»Heilige Scheiße«, hauchte ich an seinem Hals, während die letzten Schauder des Orgasmus mich durchzuckten. Ich versank in perfekter Glückseligkeit, in *ihm*. Ich hätte eine Million Jahre in seinen Armen schlafen können.

Holden legte die Hand sanft auf meinen Hinterkopf, und das holte mich aus meiner Betäubung. Ich hob den Kopf und suchte seinen Blick.

»Bist du …? Bist du okay?«

Erschrocken bemerkte ich, dass Holden Tränen fortblinzelte.

»Es war perfekt«, sagte er mit belegter Stimme und schniefte. »Einfach perfekt, du Mistkerl.«

Ein leises Lachen entfuhr uns beiden. Vorsichtig zog ich mich mit einem kleinen Grunzen aus ihm heraus, und wir blieben ein paar Minuten liegen, seine Finger spielten träge mit meinem Haar.

Ich war kurz davor einzuschlafen, aber in all den Monaten, die wir zusammen waren, hatte ich nie bei ihm übernachtet. Eine unausgesprochene Regel unseres Arrangements. Ein sinnloser Versuch, unsere Beziehung unverbindlich zu halten.

Ich zwang mich aufzustehen und ging ins Bad. Ich machte mich sauber, warf das Kondom weg und ließ dann warmes Wasser über einen Waschlappen laufen. Ich kam zurück; Holden lag auf der Seite und beobachtete mich. Ich wusch Holden, fuhr mit dem Lappen über seinen Penis, zwischen seine Beine.

Er schloss die Augen, runzelte mit einem schmerzlichen Gesichtsausdruck die Stirn. So sicher, wie ich meinen eigenen Namen kannte, wusste ich, dass das noch nie jemand für ihn getan hatte.

Frischer Zorn brannte in mir. Ich warf den Waschlappen zur Seite, legte mich hinter Holden, umarmte ihn und zog ihn an mich. Sein Rücken an meiner Brust, seine Hände in meinen.

»Musst du nicht nach Hause?«, fragte er misstrauisch.

Ich versteifte mich. »Noch nicht. Es sei denn …?«

»Gut.« Er kuschelte sich an mich und war nach wenigen Augenblicken eingeschlafen.

Ich lag lange wach, nahm wahr, wie seine Brust sich in meinen Armen hob und senkte, spürte seinen Herzschlag unter meiner Hand.

Er ist mein …

Aber Holden war nicht mein. Ich war nicht sein. In wenigen Wochen würden wir beide fortgehen.

Ich kniff die Augen zusammen und verbannte den Gedanken aus dieser perfekten Nacht. Ich schlief ein.

Als ich wenig später erwachte, hielt ich Holden immer noch im Arm. Beschützend. Der Wecker auf dem Nachttisch zeigte vier Uhr.

Ich drückte einen Kuss zwischen seine Schulterblätter und löste mich vorsichtig von ihm. Kalte Luft traf meine Haut an den Stellen, wo wir uns nicht länger berührten. Ich deckte ihn zu, damit ihm nicht kalt wurde, dann zog ich mich hastig an und schlich mich hinaus.

Zu Hause ging ich durch die Garage, von der eine Tür in die Küche führte. Ein gelber Lichtkegel fiel auf den runden Tisch. Mein Dad saß dort, vor ihm die Annahmebriefe der Colleges.

»Hey«, sagte ich vorsichtig. »Tut mir leid, dass ich erst so spät komme. Ich hab die Zeit vergessen …«

»Schon okay, Junge. Ich konnte nicht schlafen. Deine Mom …« Er schluckte. »Ich denke heute wohl einfach zu viel nach.«

Ich nickte und setzte mich zu ihm.

»Was hast du gemacht?«, fragte er mit einem gezwungenen Lächeln. »Hast hoffentlich nichts angestellt, oder?«

Es brach mir ein wenig das Herz. Weil er so litt und auch wegen mir, weil ich ihm nicht wie ein Sohn seinem Vater von den wichtigen Ereignissen meines Lebens erzählen konnte.

Ich habe heute meine Jungfräulichkeit verloren, wollte ich sagen. *Mit einem Jungen. Und es war einfach perfekt.*

»Nein, nein.« Ich beäugte die Briefe. »Was ist los?«

»Du hast keinen davon beantwortet«, sagte er.

Ich blinzelte. »Nein? Doch, hab ich. Alabama …?«

Er schüttelte den Kopf. »Noch nicht. Und die Frist ist abgelaufen.«

Die Erde schien unter mir auf ihrer Achse zu kippen, und eine unglaubliche Erleichterung überkam mich und verschwand dann in der nächsten Sekunde.

»Heute hat eine Frau von der Verwaltung angerufen und wollte dich sprechen. Ich hab ihr gesagt, wir hätten die Frist einfach vergessen, und sie hat gesagt, sie würde eine Ausnahme machen.« Sein Lächeln wurde etwas breiter. »So sehr wollen sie dich, Junge. Ich bin so stolz.«

Ich schluckte. »Und was passiert als Nächstes?«

»Du nimmst den Studienplatz an, und in ein paar Wochen wird gepackt. Das Trainingscamp beginnt in der ersten Juliwoche …«

»*Dad*«, sagte ich und legte meine Hand auf seine. »Wie kann ich sie jetzt allein lassen?«

Er schüttelte langsam den Kopf. »River … sie wird uns vorher verlassen.«

»Vielleicht auch nicht«, sagte ich und versuchte, mir das einzureden.

»Doch, Junge«, sagte Dad, und Tränen schimmerten in seinen Augen. »Und wenn nicht … wir gehen einfach immer nur den nächsten Tag an. Mehr können wir nicht tun. Niemand kann mehr tun, oder?«

Seine Stimme brach, und er legte sich die Hand über die Augen, seine Schultern bebten. Holz schrappte über Linoleum, als ich aufstand und zu ihm ging. Ich legte den Arm um ihn, gab ihm, was ich zu geben hatte.

Und selbst als ich meinen schluchzenden Vater umarmte, fragte ich mich noch, ob er Holden an mir riechen konnte oder ob sein Duft bereits verflogen war.

19. Kapitel

Holden

Ich warf einen Blick ins Klassenzimmer, wo der Englischkurs stattfand. Ms Watkins saß am Schreibtisch und korrigierte Arbeiten, neben ihr stand ein halb aufgegessener Nudelsalat in einem Plastikbehälter. Ich holte Luft und klopfte.

Sie lächelte strahlend, als sie mich hereinbat. Ich setzte mich an einen Tisch in der ersten Reihe direkt vor ihr und beugte mich vor, legte die Faust auf das Holz und stützte mein Kinn darauf. Jemand hatte *Martin Blasely lutscht Schwänze* in die Oberfläche geritzt.

»Das werde ich selbst beurteilen.«

Ms Watkins sah mich an. »Beschäftigt Sie etwas, Holden?«

River Whitmore beschäftigte mich. Ich konnte ihn nach wie vor überall an mir spüren. In mir. Gott, ich hatte mich für einigermaßen erfahren gehalten, was Sex anging, aber River hatte alle ausgelöscht, die vor ihm gekommen waren, und wahrscheinlich auch alle, die nach ihm kommen würden.

Vorher war ich emotional kaputt, und jetzt bin ich auch sexuell praktisch für niemanden mehr zu gebrauchen. Außer für ihn.

Ms Watkins räusperte sich leise.

»Äh, ja, ich wollte etwas mit Ihnen besprechen.« Ich lehnte mich zurück, in träger Lässigkeit. »Sagen wir mal – rein hypothetisch natürlich –, jemand hätte Interesse an einem Master in Kreativem Schreiben an der Uni Santa Cruz …«

Sie legte den Rotstift des Todes beiseite, den sie für ihre Korrekturen benutzte, und verschränkte die Hände auf dem Tisch. »Diese Person möchte das Bachelorstudium überspringen?«

»In der Tat. Er würde vor Langweile sterben, wenn er Kurse wie ›Kommas und Seitenränder für Anfänger‹ belegen müsste.« Ich betrachtete meine Fingernägel. »Die Person ist, was Köpfchen angeht, so was wie ein Wunderkind.«

»Verstehe.« Ms Watkins sah aus, als würde sie ein Lächeln unterdrücken.

»Nicht, dass es irgendwie relevant wäre«, fügte ich mit plötzlich zugeschnürter Kehle hinzu, »aber diese Person hat seit Monaten keinen Tropfen Alkohol mehr getrunken. Außer Bier, doch wir wissen ja alle, dass das nicht zählt.«

»Darüber lässt sich streiten, aber …« Ms Watkins legte sich eine Hand aufs Herz. »Das ist wunderbar, Holden.«

»Also … was denken Sie?«

»Ich denke, wenn diese Person es ernst meint, könnte man ein Treffen mit Verantwortlichen des Fachbereichs Englische Literatur an der Uni arrangieren. Meint er es ernst?«

Ich trommelte mit den Fingern auf die Tischoberfläche, dachte nach, warnte mich selbst davor – so wie ich es bereits das ganze Wochenende über getan hatte –, mir die Post-Sex-Euphorie nicht direkt zu Kopf steigen zu lassen. Oder ins Herz.

Nur weil River fickt, als würde er mich lieben …

Ich sprang auf die Beine und ging zur Tür. »Er wird sich wieder melden.«

Ms Watkins lächelte auf ihre Papiere herab und nahm den Rotstift des Todes wieder zur Hand. »Ich hoffe sehr, dass er das tut.«

Draußen lehnte ich mich an die Mauer und zündete mir zur Beruhigung meiner Nerven eine Nelkenzigarette an. Es war leichtsinnig und dumm zuzulassen, dass nur eine einzige Nacht alles veränderte. Allerdings war es nicht bloß eine Nacht. Es waren Monate voller Nächte mit River, jeder Kuss, jede Berührung, jedes Gespräch verringerte die Distanz, die wir zwischen uns aufrecht zu halten versuchten. In wenigen Wochen würde diese Distanz allerdings sehr real werden.

»Es sei denn …«, murmelte ich und atmete die Worte mit einer Rauchwolke aus. Es war kein Geheimnis, dass River seine Abreise ebenso fürchtete wie ich.

Glaubst du, er wirft sein Leben in der NFL weg und enttäuscht die Hoffnungen seines Vaters? Für dich?, fragte eine höhnische Stimme, die verdächtig nach meinem eigenen Vater klang.

Ein Schauder überlief mich, und die Zigarette fiel mir aus den tauben Fingern. Ich trat sie in dem Moment aus, als Mr Chouder vorbeikam. Er blieb stehen und reckte die Nase in die Luft, dann drehte er sich mit zusammengekniffenen Augen zu mir um.

Ich wackelte mit den Fingern und warf ihm eine Kusshand zu.

Er schnaubte und ging weiter.

Als er weg war, zündete ich mir eine neue Zigarette an und wägte meine Möglichkeiten ab. Alarmiert stellte ich fest, dass es nur eine gab.

Sag es River.

Der Chor schnatternder Stimmen in meinem Kopf lachte über die Idee. Sich nackt vor ihn hinzustellen und ihn zu bitten, sich für mich zu entscheiden …

»Es könnte klappen«, murmelte ich. »Bei Julia Roberts und Hugh Grant hat es auch funktioniert.«

Zwei Mädchen, die vorbeigingen, warfen mir komische Blicke zu.

Ich verzog den Mund. »Als hättet ihr nicht auch schon hundertmal *Notting Hill* gesehen.«

Es klingelte, und ich warf die Zigarette weg, Ronans Worte hallten lauter in meinem Kopf als die wispernden Stimmen. Ich musste für River kämpfen – und vielleicht auch für mich selbst.

In der Mittagspause ging ich wie immer zum Proberaum, aber er war leer. Auf meinem Handy erschien eine Nachricht von River.

Ich bin bei den Tribünen. Komm zu mir.

Ich runzelte die Stirn. **Zur Knutschecke?**

War da noch nie. Will's ausprobieren. Mit dir.

Die kleine Flamme der Hoffnung, die ich genährt hatte, loderte hell auf. Die Knutschecke unter der Tribüne war vor der allgemeinen Öffentlichkeit abgeschirmt, allerdings kamen dort regelmäßig Pärchen hin. Das Risiko, entdeckt zu werden, war hoch. Vielleicht plante River ja, das Schicksal entscheiden zu lassen.

Er wartete im Schatten unter der Tribüne, wo Hotdog-Verpackungen verstreut lagen und es nach abgestandenem Popcorn roch. Er küsste mich leidenschaftlich, und wir schmiegten uns aneinander. Die Nacht des Sternschnuppenschauers erwachte in jeder Berührung, jedem Blick, jedem Atemzug erneut zum Leben.

»Hey«, stieß er schließlich rau hervor und unterbrach unseren Kuss.

»Das hier ist ganz schön riskant. Und es passt nicht zu dir.«

»Scheiß drauf«, knurrte er, seine blauen Augen brannten wie der heiße Teil einer Flamme.

Ich hob eine Augenbraue. »Ah, verstehe. Jemand ist am Wochenende flachgelegt worden und jetzt plötzlich bereit, die Welt zu ficken oder gegen sie zu kämpfen.«

»Kämpfen«, sagte er und drückte sein Becken an mich. »Ficken will ich niemanden außer dich.«

Gott hilf mir, ich auch nicht.

Er küsste mich wieder, und ich ließ ihn gewähren, meine Gedanken füllten sich mit Hoffnung und Möglichkeiten. River spürte, dass ich nicht bei der Sache war, und löste sich mit gerunzelter Stirn von mir.

»Ist alles okay?«

»Das Gleiche hast du mich seit Samstag hundertmal in Nachrichten und Anrufen gefragt«, sagte ich. »Ja, es ist immer noch alles okay. Die Nacht war magisch und perfekt. Die Engel haben geweint. Der Himmel hat gebebt …«

»Okay, okay«, sagte River mit einem kurzen Lachen. »Worüber denkst du dann nach?«

Ich atmete ein, das Herz hämmerte in meiner Brust wie eine Trommel. Ich trat einen Schritt zurück, damit er meinen rasenden Puls nicht wahrnehmen konnte.

»Es ist eigentlich nichts. Ich habe da diese Englischlehrerin, Ms Watkins. Sie hat einen meiner Aufsätze gelesen und fand ihn gar nicht schlecht.«

»Natürlich nicht. Du bist brillant.«

Uff. Die schlichte Ehrlichkeit in seinem Tonfall traf mich mitten ins Herz – dieser Bastard.

»Sie glaubt außerdem, ich könnte meine Zeit besser für ein Masterstudium nutzen, anstatt betrunken unter dem Eiffelturm Pirouetten zu drehen.«

»Sie hat recht«, sagte River, dann veränderte sich sein Gesichtsausdruck. Erkenntnis – und ein Verdacht – krochen langsam über seine schönen Züge. »Warte, was bedeutet das genau?«

»Es bedeutet, ich würde studieren gehen.«

»Wo?«

»Wo ich will.« Ich atmete ein. »Vielleicht an der Uni von Santa Cruz.«

Und du könntest bei mir bleiben ...

Rivers Augen weiteten sich – nicht, weil er plötzlich überglücklich war. Er starrte mich an, seine Gedanken rasten. Jede Sekunde, die in Stille verging, bohrte Löcher in mein Herz, die Hoffnung blutete aus mir heraus und versickerte im staubigen, mit Abfall übersäten Boden zu unseren Füßen.

»Oh, verdammt, entspann ich«, sagte ich und nahm die gesamte Überlebenskunst zusammen, die ich mir in Alaska antrainiert hatte, um meinen Tonfall oberflächlich zu halten. »Ich mach dir dein Fantasieleben in der NFL schon nicht kaputt. Ich kann an die Sorbonne gehen. Oder nach Yale. Oder ans Community College in Schweinefurz.«

»Warte, du würdest in Santa Cruz bleiben?«, fragte River und schüttelte immer noch den Kopf. »Ich dachte, es wäre dir hier zu langweilig.«

»Ist es auch«, sagte ich hastig. »In diesem verschlafenen Nest zu bleiben und jeden Tag an Langeweile zu sterben wie in einem Murmeltiertag-Albtraum ist wirklich das Letzte, was ich will.«

Rivers Mund verwandelte sich in eine grimmige Linie. »Du bist sauer.«

»Warum sollte ich sauer sein?«, fragte ich mit zitternder Stimme. »Worüber zur Hölle sollte ich denn bitte sauer sein?«

River fuhr sich mit der Hand durchs Haar. »Ich habe das Angebot von Alabama angenommen. Offiziell.« Er klang, als würde er mir sein eigenes Todesurteil übermitteln. »Du kannst nicht ... Ich meine ...«

Der letzte Rest Hoffnung sickerte aus mir heraus.

»Mitkommen?«, fragte ich, und meine Stimme klang schwach und lächerlich. »Wer hat behauptet, dass ich das will? Ich hab gesagt, ich würde nie irgendwas von dir verlangen. Nie.«

Wir haben's dir ja gleich gesagt, säuselten die Stimmen in meinem Kopf und wurden lauter. *Wir haben's dir gesagt, haben's dir gesagt, haben's dir gesagt …*

»Holden …« River klang gequält. »Tu das nicht.«

»Was? Ich hab keine Ahnung, wovon du redest.«

Was soll ich sonst tun?

Er wollte etwas erwidern, doch ich ließ ihn nicht zu Wort kommen. »Je länger wir hierbleiben, desto größer ist die Chance, dass Evelyn Gonzalez vorbeikommt, was uns sofort auf die Titelseite der Klatschpresse befördern würde.«

»Holden …«

»Also beeilen wir uns besser. Bevor uns keine Zeit mehr bleibt.«

Ich stürzte mich auf ihn und küsste ihn. Zuerst traf ich auf eine Mauer, dann gaben Rivers steife Lippen mit einem frustrierten Knurren nach. Er ließ mich in seinen Mund, erwiderte meinen Kuss. Grob. Verzweifelt. Wir packten uns, rangen miteinander, führten einen unsichtbaren Krieg. Lust und Schmerz vermischten sich, als wir hart aufeinandertrafen, während die Umstände uns auseinanderrissen.

Es muss nicht so sein. Er kann alles mit einem Wort ändern.

Doch auch wenn es mich umbrachte, River war in einer unmöglichen Situation gefangen.

Mein Verstand wusste das, der Schmerz heulte jedoch trotzdem in mir. Wie ein Unwetter, das mit jeder Sekunde an Kraft gewann, sich in leichtsinnige, manische Energie verwandelte und wie ein Wirbelsturm in mir wütete, um die Kälte von mir fernzuhalten. Meine Küsse wurden brutal. Ich biss ihn, strich mit der Hand über seinem T-Shirt nach unten und fasste ihn so an, dass er steif wurde, nur weil ich wusste, dass ich es konnte.

River stöhnte und schob meine Hand weg, obwohl er mich an sich zog und festhielt, als würde er mich nicht gehen lassen wollen.

Aber das wird er.

Ich rupfte sein T-Shirt aus der Hose, um unter das Bündchen seiner Jeans zu kommen, weil ich ihn packen und foltern wollte. Ihn bestrafen.

Er ergriff mein Handgelenk.

»Holden …«

Seine Worte wurden zu einem Schmerzenslaut, als ich in den harten Muskel zwischen seinem Hals und seiner Schulter biss. Er fluchte und schubste mich weg.

»Scheiße, was soll das?« Er legte die Hand auf das Mal, das meine Zähne hinterlassen hatten, und blickte mich mit einer Mischung aus Schmerz und Unglauben an.

Ich starrte zurück, atmete schwer, ein freudloses Lächeln lag auf meinen Lippen. Hinter meinem Rücken tuschelte man, dass ich ein Vampir sei, und jetzt hatte ich River als mein Eigentum markiert. Nur würde das Mal irgendwann verblassen, und niemand würde wissen, dass ich derjenige war, der es dort hinterlassen hatte.

Rivers Wut verrauchte, und er trat auf mich zu. »Holden …«

Ich wich zurück. »Wir waren schon viel zu lange hier. Zeit zu gehen.«

Ohne auf eine Antwort zu warten, drehte ich mich um und trat in den viel zu hellen Sonnenschein hinaus. Violet McNamara kam direkt auf uns zu und erstarrte, ließ das Handy sinken, als sie erst mich und dann River hinter mir entdeckte.

Gut, dachte ich grausam. *Soll er doch zusehen, wie er mit seinem verfluchten Scheinleben fertig wird.*

Ich lächelte selbstzufrieden und tippte mir an den imaginären Hut. »Lady Violet.«

Ich hörte, wie sie und River leise miteinander redeten, während ich mich hastig aus dem Staub machte, verbannte jedoch jeglichen Gedanken daran aus meinem Kopf und konzentrierte mich allein auf die Frage, wie ich so schnell wie möglich an Alkohol kommen konnte. Die Kälte kam unaufhaltsam näher, und keine Collegebewerbung, kein verschlafenes Nest und keine sinnlosen Gefühle für River Whitmore würde sie von mir fernhalten können. Sie war meine Konstante.

Wie dumm von mir, jemals etwas anderes gehofft zu haben.

Ein paar Tage später trafen Ronan, Shiloh, Violet und ich uns an der Hütte, um Miller zu verabschieden. Die Videos von ihm, die Evelyn auf ihrem Vlog gepostet hatte, hatten die Aufmerksamkeit eines hohen Tiers bei Gold Line Records geweckt. Miller würde am Abend nach Los Angeles fliegen.

Sie würden ihn unter Vertrag nehmen, da war ich mir sicher. Alle waren sich sicher, bis auf Miller selbst. Nun musste ich das Gefühl, wie sehr ich ihn vermissen würde, meinem wackeligen Stapel aus Schmerz hinzufügen und nahm einen Schluck aus dem Flachmann, an dem ich schon den ganzen Tag genippt hatte.

Ronan und Shiloh waren bereits da. Ronan war damit beschäftigt, Holz für ein Feuer aufzuschichten, und hielt kurz inne, um sanft ihr Gesicht zu berühren. Bei dem Anblick wollte ich am liebsten kotzen.

»Du machst das falsch«, herrschte ich ihn an und ging über den Sand zur Feuergrube. »Das Holz ist viel zu nass. Das wird nie brennen.«

Ronan und Shiloh sahen mich verblüfft an. Ich ignorierte sie und fing an, Treibholz von der Feuerstelle zu nehmen und wegzuwerfen.

Ronan starrte mich an. »Was ist los, Mann?«

»Du regelst alles, indem du es in Feuerzeugbenzin ertränkst und anzündest«, sagte ich und fiel eher in meinen Klappstuhl, als dass ich mich hinsetzte. »Versuch zur Abwechslung mal, mit deinen eigenen Händen etwas *aufzubauen*.«

»Was soll die Scheiße?« Ronan musterte mich aus schmalen Augen. »Geht's dir gut?«

Bevor ich antworten konnte, kamen Violet und Miller aus der Hütte. Mein Magen zog sich zusammen, als ich die Abschürfungen auf Millers Wange und ein paar blaue Flecken in Form von Fingerabdrücken an seinem Hals entdeckte.

Ich sprang auf, Angst und Sorge machten mich sofort stocknüchtern.

Miller hob eine Hand. »Ich will nicht darüber reden. Der Freund meiner Mutter ist ein Arschloch. Belassen wir es dabei.«

Ich schüttelte den Kopf. »Aber Miller, verfluchte Scheiße ...«

»Ich hab gesagt, ich will nicht drüber reden. Ich kümmere mich darum, wenn ich wiederkomme.«

Ronan ballte die Fäuste, als er auf Miller zutrat, seine Stimme war leise und hart. »Wir gehen das an, wenn du zurückkommst. Okay?«

Miller hatte Tränen in den Augen. »Okay.«

»Gut.« Ronan packte kurz seine Schulter, dann warf er mir einen fragenden Blick zu. Ich nickte, um zu zeigen, dass ich ihn gehört hatte und einverstanden war. Für Miller würden wir alles niederbrennen.

Ein paar Stunden lang vergaß ich meinen Liebeskummer und konzentrierte mich darauf, Miller aufzuheitern. Während Ronan Hotdogs machte, unterhielt ich alle mit Geschichten über meine Gefangenschaft im Sanatorium.

Alle lachten, nur Violet, die Medizin studieren wollte, betrachtete mich mit der sanften Sorge einer Ärztin. Morgen würde die Prom stattfinden. Da Miller in L.A. war, würde sie mit River hingehen – daran hatte sich nichts geändert. Ich versuchte, sie zu hassen, konnte es jedoch nicht.

Die Sonne versank hinter dem Horizont, und es wurde Zeit für Millers Aufbruch. Es sollte der aufregendste Moment seines Lebens sein, aber in Miller rang die Hoffnung mit der Angst, dass die Verantwortlichen bei Gold Line ihn nur einmal ansehen würden – arm, verletzt, geprügelt – und ihn fortschicken würden.

Ich stand unsicher auf und legte die Hände auf seine Schultern, setzte meinen krassesten Es-ist-ernst-Blick auf.

»Hör zu. Wenn du in diesem Meeting bist und Panik kriegst oder durchdrehst, hab ich eine absolut sichere Methode, die ich immer anwende, wenn es heikel wird.«

»Und zwar?«, fragte Miller skeptisch.

»Ich stelle mir eine ganz simple Frage: Was würde Jeff Goldblum tun?«

Miller grinste schief. »Danke, das ist wirklich hilfreich.«

Mein Blick fiel auf die blauen Flecken, die sich nur allzu deutlich auf seiner Haut abzeichneten. Ich nahm meinen Schal ab und legte ihn ihm locker um den Hals.

»Du musst denen nichts erklären, okay? Überhaupt nichts.«

»Verdammt, Parish.« Er blinzelte und umarmte mich. »Danke, Mann.«

Ich hielt ihn fest und schloss die Augen.

Danke, Miller, dass du mir für eine kurze Zeit einen Platz auf der Welt gegeben hast.

Zu Hause saßen mein Onkel und meine Tante am Tisch auf der Terrasse – es war nicht zu übersehen, dass sie auf mich warteten. Sie sprangen auf, um mich abzufangen, bevor ich im Gästehaus verschwinden konnte.

»Holden, mein Junge«, rief Onkel Reg und lief mit einem kurzen Lachen auf mich zu. »Gar nicht so leicht, dich in diesen Tagen mal zu erwischen.«

»Wir wollten mit dir über den Schulabschluss reden«, sagte Mags mit einem strahlenden, nervösen Lächeln.

»Was ist damit?«

»Wir würden gern zur Zeremonie kommen. Beatriz auch. Um dich zu feiern.«

»Es ist ein wichtiger Schritt«, fügte Reg hinzu. »Nicht zu vergessen die Traditionen, der Doktorhut und die ganzen lustigen Bräuche.«

»Ich werde nicht teilnehmen«, sagte ich. »Sobald ich das Zeugnis habe, verschwinde ich aus der Stadt. Ihr werdet mich los sein.«

Sie tauschten einen flüchtigen Blick.

»Es war schön, dich hier zu haben, Holden«, sagte Mags langsam. »Wir haben uns darüber unterhalten. Falls du glaubst, gehen zu müssen, weil das Jahr um ist, dann …«

»Pläne können sich ändern«, beendete Reg den Satz. »Wenn du zum Beispiel bleiben willst …«

»Will ich nicht«, hörte ich mich sagen, und meine Stimme klang eisig, obwohl ein Teil meines dummen Herzens auf sie zugehen und in den Arm genommen werden wollte. »Hier gibt es nichts für mich.«

20. Kapitel

River

Bitte rede mit mir.

Ich schickte die Nachricht ab. Und wie alle anderen Nachrichten, die ich Holden in den letzten Tagen geschickt hatte, blieb sie unbeantwortet. Anrufe gingen direkt auf die Mailbox.

Ich saß gebeugt auf meinem Bett. Mein Smoking für die Prom hing auf einem Bügel hinter der Tür, genau wie am Abend des Homecoming-Balls am Anfang des Schuljahrs. Ich schloss die Augen, im Herzen die dumme Hoffnung, dass Holden mit diesem arroganten Lächeln im Gesicht, das ich so sehr liebte, an meiner Kommode lehnen würde, wenn ich sie wieder aufmachte.

Er war nicht da, und seine Abwesenheit erschien mir wie ein Loch, das leer und kalt in meiner Brust klaffte.

Blumen für Algernon lag aufgeschlagen auf dem Bett. Ich hatte es erst vor ein paar Tagen gelesen, nachdem wir uns unter der Tribüne getroffen hatten. Am selben Abend hatte ich es in die Hand genommen und in wenigen Stunden durchgelesen. Charlie, ein Mann mit einem niedrigen IQ, nimmt an einem Experiment teil, um seine Intelligenz zu steigern. Seine mentalen Fähigkeiten gehen zunächst durch die Decke, aber das Experiment scheitert, und schließlich kehrt Charlie in sein altes Leben zurück.

»Und er verliert seine große Liebe.«

Holden hatte vergessen, das zu erwähnen, als er mir das Buch geschenkt hatte.

Ich seufzte schwer und legte es beiseite. Mein Handy schwieg. In ein paar Stunden würde ich Violet abholen, bei ihren Eltern für Fotos lächeln und dann mit ihr herfahren und dasselbe bei Mom und Dad tun müssen. Ich würde den Arm um Violet legen und so tun, als wären wir ein glückliches Paar.

Im Flur hörte ich, wie Moms und Dads Schlafzimmertür leise zuging, gefolgt von einem gedämpften Schluchzen. Ich stand vom Bett auf und entdeckte Amelia im Flur, eine Hand auf den Mund gedrückt, die Schultern bebend.

»Hey«, sagte ich und ging zu ihr.

Sie schüttelte den Kopf, ließ sich allerdings umarmen. Ich hielt sie fest, während sie leise in mein Hemd weinte. Moms Aufnahmen waren gekommen. Dad hatte kaum sprechen können, als er sich vor ein paar Tagen abends mit mir und Amelia an den Küchentisch gesetzt hatte. Es ging zu Ende. Höchstens noch ein paar Wochen. Und diesmal würde es kein Wunder geben.

»Komm«, sagte ich und ging mit Amelia in ihr Zimmer, das neben meinem lag. Wir setzten uns auf ihr Bett, umgeben von Postern von BTS und *Riverdale* und den russischen Matrjoschka-Puppen, die überall auf den Regalen und Fensterbrettern standen.

»Mom schläft«, schniefte Amelia. »*Schon wieder*. Ich wollte mit ihr reden, aber sie war schon müde.« Sie hob ihr tränenüberströmtes Gesicht. »Dabei hat sie den ganzen Tag geschlafen, River. *Den ganzen Tag*.«

»Ich weiß.«

Mehr gab es nicht zu sagen. Keine tröstlichen Worte, die ich selbst so sehr brauchte. Wir saßen Seite an Seite, die Hände im

Schoß, und die Wirklichkeit kroch auf uns zu wie ein Schatten auf dem Teppich, wenn die Sonne untergeht.

Endlich hob Amelia den Kopf und wandte sich mir zu. »Gehst du wirklich heute zur Prom?«

»Denkst du, ich sollte nicht gehen? Soll ich bei Mom bleiben?«

Sie schüttelte den Kopf, das dunkle Haar fiel ihr zerzaust um die Schultern. »Ich meine, gehst du mit Violet?«

»Äh … ja.«

Amelia atmete aus und putzte sich die Nase. »Weißt du, worüber ich mit Mom reden wollte?«

»Nein.«

»Über alles. Ich will ihr alles erzählen. Ich will hundert Gespräche mit ihr, all die, die wir nicht haben werden. Ich wollte so lange reden, bis alles gesagt ist, das man in einem Leben sagen kann, damit ich … ich …« Tränen erstickten ihre Worte.

Mich verabschieden kann.

Ich wollte den Arm um meine Schwester legen, doch sie schob ihn weg.

»Was soll das also?«, fragte sie.

»Ich weiß nicht, was du meinst.«

»Warum bringst du Violet her, um sie Mom zu präsentieren, und nicht Holden?«

Mein Magen zog sich zusammen, als hätte meine Schwester mir einen Schlag verpasst. »Woher …?«

»Ich weiß es schon seit Ewigkeiten. Oder hab es zumindest geahnt. Seit dem ersten Ball, zu dem du eigentlich gehen solltest. Ich hab gesehen, wie du dich mit Holden rausgeschlichen hast. Der mit den silbernen Haaren? Damals hab ich mir nichts dabei gedacht, aber dann ist er vorbeigekommen, um dir ein Buch zu bringen.«

»*Blumen für Algernon*«, murmelte ich.

Amelia nickte. »Da wusste ich es. So wie er deinen Namen gesagt hat … Er hat versucht, ganz beiläufig zu klingen, konnte es aber nicht. Es war, als würde er strahlen.«

»Strahlen? Nein …«

»Doch«, sagte Amelia. »Na ja, nicht wirklich. Allerdings hab ich dich oft genug mit deinen beknackten Freunden gesehen, um zu wissen, wie eine normale Freundschaft aussieht. Du und Holden?« Sie schüttelte den Kopf. »Keine Chance.«

Mir lagen tausend Worte auf der Zunge, um das Ganze zu leugnen, doch ich schluckte sie alle herunter und war plötzlich selbst den Tränen nah.

Amelia rutschte näher an mich. »Hast du dich mit ihm getroffen, wenn du spät nach Hause gekommen bist?«

Ich nickte.

Sie tätschelte meinen Arm mit ihrer kleinen Hand. »Liebst du ihn?«

Ich seufzte. »Ich weiß es nicht. Aber was soll ich tun? Ich gehe bald aufs College.«

»Weiß es sonst noch jemand?«

»Violet«, sagte ich mit einem rauen Lachen. »Welche Ironie.«

»Dieselbe Violet, die du beim Homecoming-Ball versetzt hast und die heute mit dir zur Prom geht?« Amelia zog eine Grimasse. »Wow. Das ist echt ein verständnisvolles Mädchen.«

»Da sagst du was.«

»Du solltest es *Mom* erzählen«, sagte Amelia, und ihre Stimme brach wieder. »Erzähl ihr alles. Es wird sie nicht stören, dass du … schwul bist? Bi?« Sie winkte ab. »Schon okay, du musst es mir nicht sagen. Aber wenn Holden dir etwas bedeutet, solltest du es *ihr* sagen. Sie will solche Dinge wissen. Sie will, dass du glücklich bist.«

»Es ist nicht so einfach«, sagte ich mit einem schweren Seufzer. »Du weißt, wie Dad ist, was Football angeht. Es würde alles verändern.«

»Wäre das denn so schlimm?«

Ich seufzte erneut, und mein Blick fiel auf ein Set ihrer russischen Puppen, in leuchtenden Rot-, Blau- und Gelbtönen bemalt, jede immer kleiner als die andere.

»Es ist so«, sagte ich und nahm die kleinste Puppe, die etwa so groß wie eine Erdnuss mit Schale war. »Das bin ich. Mein wahres Ich.« Ich legte die Erdnusspuppe in die nächstgrößere, dann beide in die wieder nächstgrößere und so weiter, bis nur eine große Puppe übrig war, schwer beladen mit all den anderen, die in ihr eingeschlossen waren.

Zu meiner Überraschung nickte Amelia, Verständnis schimmerte in ihren Augen. »Da ist ein Junge in meiner Klasse. Er hat sich vor seiner Familie geoutet und wohnt jetzt in Pittsburgh bei seiner Oma. Dad wäre nicht so krass, aber ... ich versteh's.« Sie legte ihre kleine Hand in meine und lehnte die Wange an meine Schulter. »Du kannst mir vertrauen, River. Ich werde niemandem was sagen, bis du selbst so weit bist.«

»Danke, Amelia. Und du kannst mir auch vertrauen. Wenn es dir schlecht geht, komm zu mir, okay? Zieh dich nicht zurück.«

»Ich versuche es. Aber du wirst fast am anderen Ende des Landes sein.« Frische Tränen quollen aus ihren Augen. »Was machen wir bloß?«

»Ich weiß es nicht«, sagte ich.

Es kam mir vor, als wäre dies das Motto meines Lebens.

Das Schild vor dem Pogonip Country Club war geändert worden, jetzt stand dort: *Heute – Central High Senior Prom.* Lichterketten säumten den Weg zum Eingang, und Pärchen – Mädchen mit Jungen – schlenderten ins Innere.

Drinnen war der Raum abgedunkelt, und runde Tische standen in einem Halbkreis um die Tanzfläche herum. An einem Ende befand sich ein DJ-Pult, Tische mit Häppchen und alkoholfreien Getränken waren wie bei einer Hochzeit an der Seite aufgestellt worden.

Ich entdeckte Chance und Donte in einer kleinen Gruppe.

»Lass uns mal rübergehen«, sagte ich.

Ich führte Violet, die ganz in Dunkelblau wunderschön aussah, zu meinen Freunden, als wäre sie mein Schutzschild gegen ihren Verdacht, eine weitere Schicht, die verbarg, wer ich wirklich war. Sie grinsten, als ich näher kam, Donte warf mir einen anerkennenden Blick zu und zwinkerte. Ich hätte erleichtert sein sollen.

Stattdessen war mir schlecht. Ich war ein Betrüger. Nicht wegen der Dinge, die meine sogenannten Freunde über mich wussten oder nicht wussten, sondern wegen allem, was ich selbst über mich wusste. Was ich fühlte. Tausend Gefühle kochten in mir hoch, alle für Holden.

Ich kann das nicht mehr.

Meine enge, flache Welt erstickte mich. Wenn ich diese Farce noch eine Minute länger aufrechterhielt, würde ich explodieren. Wenn meine Mutter starb und nicht erfuhr, wer ich war …

Euphorie gemischt mit Angst durchströmte mich – die Sorte von Gefühl, die man nur empfindet, wenn man das Richtige tut, auch wenn es schwer ist. Das Bedürfnis, durch die Tür zu rennen und direkt zu Holden zu fahren, überwältigte mich fast, doch ich musste mich zusammenreißen. Ich konnte Violet auf keinen Fall hier sitzen lassen. Nicht noch einmal. Nicht bei ihrer Prom.

Noch ein paar Stunden. Dann ist es vorbei.

Am Ende dieses Abends würde meine vorgetäuschte Welt enden, weil ich sie niederreißen würde, Stein für Stein, Schicht für Schicht, bis ich frei war.

Ich schaute auf mein Handy, ob Holden mir geschrieben hatte. Nichts. Die Freude und Erleichterung blieben jedoch bestehen, und bevor die alten Ängste und Zweifel zurückkamen, musste ich meinen Gedanken Realität verleihen. Sie aufschreiben.

Bleib in Santa Cruz, tippte ich. **Mit mir.**

Keine Antwort.

Der Abend verging schleppend, aber ich gab mir wirklich Mühe, ihn für Violet so schön wie möglich zu gestalten. Ich kaufte ihr Drinks, redete und lachte und tanzte mit ihr. Nicht nur zur Show oder um irgendjemandem etwas zu beweisen, sondern weil sie einen perfekten Abend verdient hatte.

Wenn es vorbei ist, bekomme ich dafür eine perfekte Nacht.

Es wurde Zeit zu verkünden, wer zum Prom-King und zur Prom-Queen gekürt worden war. Violet beugte sich über den Tisch zu mir herüber. »Hast du eine Rede vorbereitet?«

Ich dachte an Dontes Verdacht und daran, dass ich mich in den letzten Monaten praktisch aus dem sozialen Leben der Schule verabschiedet hatte, um mit Holden zusammen zu sein. »Ich glaube nicht, dass ich es bin.«

»Wer sollte es sonst sein?«

»Wir werden es herausfinden.«

Vizedirekter Chouder und die Vorsitzende des Prom-Komitees, Layla Calderon, betraten die Bühne und lasen die Nominierungen vor.

Dann bat Layla mit einer Geste um Ruhe. »Eure Santa Cruz Central High Prom-Queen ist …«

Der DJ spielte einen elektronischen Trommelwirbel ab.

»Evelyn Gonzalez!«

Die Menge jubelte, als Evelyn ihre Krone und die Schärpe in Empfang nahm und Layla auf beide Wangen küsste.

Ich lehnte mich zu Violet hinüber. »Erinnert mich an diesen Schönheitswettbewerb für Kleinkinder, den meine kleine Schwester immer guckt. *Toddlers & Tiaras*?«

Sie kicherte hinter vorgehaltener Hand. »Sei lieber vorsichtig, was du sagst. Du bist der Nächste.«

Layla nahm das Mikrofon. »Und jetzt freue ich mich wahnsinnig, den diesjährigen Central High Prom-King zu verkünden … Miller Stratton!«

Der Saal explodierte vor Lärm, die Mädchen kreischten und hielten sich aneinander fest, als hätte der Abend sich plötzlich in ein One-Direction-Konzert verwandelt.

Ich wartete auf das Gefühl der Enttäuschung, dass ich nicht King geworden war. Es kam nicht. Nicht mal ein Hauch davon.

»Wow, das ist ja mal was«, sagte ich und lachte, als noch ein Stück meines falschen Lebens verrottete und abfiel. »Hast du davon gewusst?«

Violet schüttelte den Kopf und wirkte ein wenig benommen. »Ich hatte keine Ahnung.«

Evelyn verkündete, dass Miller nicht hier sei, weil er gerade in L.A. war, um dort einen Plattenvertrag bei Gold Line zu unterschreiben, und Violet wurde noch blasser.

»Auf der nächsten Party werd ich dann wohl die Stücke eures Kings spielen«, dröhnte der DJ in sein Mikro. »Ein Hoch auf euren King und eure Queen, Miller Stratton und Evelyn Gonzalez!«

Die Menge jubelte lauter, und Evelyn sonnte sich in der Aufmerksamkeit. Violet sah krank aus.

»Alles okay?«, fragte ich.

»Alles gut.« Sie brachte ein kleines Lächeln zustande. »Die letzten Tage waren einfach heftig.«

»Ja, ohne Scheiß. Aber im Ernst, du siehst aus, als würdest du frische Luft brauchen. Oder vielleicht was zu trinken?«

»Wasser wäre toll.«

»Ich geh dir was holen.«

Ich stand auf, und mein Blick fiel auf eine große Gestalt in Schwarz. Holden lehnte in seiner persönlichen Version von formeller Kleidung an einer Wand – schwarze Hose, schwarzes Hemd und ein langer Mantel, der fast den Boden berührte. Sein silbernes Haar war zerzaust, und er blickte sich mit glasigen, blutunterlaufenen Augen um.

Das Herz pochte mir bis in die Kehle, die Freude und Erleichterung breiteten sich weiter in mir aus, bis ich kaum Luft bekam.

Weil ich ihn liebe. Oh Mann, ich liebe ihn.

Die Wahrheit leuchtete hell und lebendig in meinem Herzen, ohne all die Schichten aus Lügen und Bullshit, um sie zu verbergen. Ich liebte ihn, und einen verrückten Moment lang sah ich mich selbst auf ihn zugehen, seine Hand nehmen und ihn auf die Tanzfläche führen. Stellte mir vor, wie ich es der ganzen Welt zeigen und Holden beweisen würde, dass er verdient hatte, geliebt zu werden, und zwar am helllichten Tag und für alle sichtbar, nicht nur, wenn wir uns heimlich in seinem Gästehaus trafen.

Aber er war betrunken und nippte von seinem Flachmann; ich hatte ihn seit Monaten nicht mit dem Ding in der Hand gesehen. Sein Blick wanderte umher, bis er mich entdeckte.

»Hi«, formte ich stumm mit den Lippen, während ich ihn durch den Raum hinweg anschaute.

Er antwortete mit einem merkwürdigen Lächeln, das mir einen Angstschauder über den Rücken jagte. Es war das gleiche wilde Lächeln wie bei Chance' Party vor all dieser Zeit, als er Frankie Dowd herausgefordert hatte, ihn ins Herz zu stechen.

Ohne den Blick von mir abzuwenden, wischte er sich den Mund mit dem Handrücken ab und schleuderte den stählernen Flachmann plötzlich auf den nächsten Getränketisch. Er traf eine Reihe Cider-Flaschen, von denen eine zerbrach. Erschrockene Schreie ertönten, als Lehrer und Schüler sich umsahen, um den Ursprung des Lärms zu entdecken. Holden öffnete eine Seitentür und war weg.

Violet berührte meine Hand. »River …?«

»Ich hab ihm gesagt, dass ich nach Alabama gehe«, sagte ich, und ein tiefer Schmerz erfüllte mich. »Und dass er nicht mitkommen kann.«

Ich hab ihm mitten ins Herz gestochen. Jeden Tag, an dem ich uns geheim gehalten habe, aufs Neue …

»Geh«, sagte Violet.

Ich blinzelte und starrte sie an. »Was? Nein …«

»Geh ihm hinterher.«

»Dann würde ich dich schon das zweite Mal bei einem Ball sitzen lassen.«

Sie lächelte. »Beim dritten Mal zählt's als Aus.«

»Violet …«

»Ich fühl mich sowieso nicht so gut. Ich werde gehen.«

Ich hatte das Gefühl, als würde ich entzweigerissen. »Ist das wirklich okay für dich? Nein, vergiss es. Ich kann dich nicht allein lassen.«

»Es ist schon in Ordnung. *Geh.*« Violet drückte beruhigend meine Hand »Verlier ihn nicht, River.«

»Ich glaub, dafür ist es schon zu spät«, sagte ich, während Holdens todunglückliches Gesicht vor meinem inneren Auge schwebte. »Aber danke.«

Ich küsste sie auf die Wange und eilte zur Tür. Dann rannte ich los.

Draußen auf dem Parkplatz suchte ich fieberhaft die Dämmerung ab. Reifen quietschten, und ich sah, wie ein schwarzer Wagen – James' Cadillac – die Auffahrt des Country Club hinabraste. Er kam leicht ins Schleudern und schoss dann die dunkle Straße entlang. Holden saß am Steuer.

»Scheiße, Gott, nein …«

Mein Puls jagte in die Höhe, Angst und Adrenalin strömten durch meine Adern wie Feuer, als ich zu meinem Pick-up sprintete. Ich ließ ihn an und fuhr vom Parkplatz. Auf der Auffahrt ging ich aufs Gas, ich musste ihn einholen.

Der Cadillac fuhr schlingernd über glücklicherweise leere Straßen. Holden bog Richtung Westen ab, wo ihn der Weg an der Küste entlangführte, weg von Santa Cruz. Ich verfolgte ihn über den verlassenen Highway, links von mir lag der Ozean.

Ich ließ das Fernlicht ein paarmal aufblitzen, doch er wurde nicht langsamer, und der Herz hämmerte mir in der Brust, als er kurz darauf beschleunigte.

Die dunkle Landschaft bestand jetzt aus Feldern, und ich fragte mich, wie weit Holden fahren würde, als er mit quietschenden Reifen scharf links abbog. Die Hinterräder schlingerten, dann fanden sie Halt, und er raste eine Seitenstraße Richtung Meer hinunter.

»Scheiße«, fluchte ich, als ich an dem Abzweig vorbeifuhr. Ich stieg auf die Bremse, wendete und fuhr wieder zurück, suchte in der Dunkelheit verzweifelt nach der Abfahrt, die Holden genommen hatte. Endlich fand ich den schmalen gewundenen Weg und folgte ihm, so schnell ich es wagte. Es sah aus, als würde er direkt zum Meer führen.

Nein, verdammt …

Angst schnürte mir die Kehle zu, und ich zwang mich, mich zu beruhigen. Die Straße endete auf einem kleinen sandbedeckten Parkplatz. Der Wagen stand quer, als hätte Holden einfach angehalten. Die Tür war offen, das Licht war an, der Motor lief noch. Holden zeichnete sich als schwarze Gestalt mit silbernem Haar in der Landschaft ab, die wankend auf das Wasser zuging.

»Scheiße.«

Ich parkte den Pick-up und rannte ihm hinterher, wobei ich mit den Schuhen im Sand einsank. Zwanzig Meter vor mir zog Holden seinen schwarzen Mantel aus und ließ ihn einfach auf den verlassenen Strand fallen.

Ich brüllte seinen Namen, schrie gegen die Brandung und den Wind an, der weiße Gischt über das schwarze Wasser peitschte.

Aber Holden blieb nicht stehen, sondern watete mit großen Schritten ins Meer. Wellen brachen sich an ihm und durchnässten ihn bis zur Taille. Als ich das Wasser erreichte, war er bereits bis zur Brust durchnässt. Ich schnappte nach Luft, als die Kälte mich mit scharfen Zähnen anfiel.

Dann hielt er inne und ließ sich von den schwarzen Wellen umherschubsen. Er stand ganz still da … und verschwand dann senkrecht im Wasser, als hätten seine Knie nachgegeben.

»*Holden*!«, schrie ich und kämpfte mich vorwärts gegen die Wellen, die an meine Schenkel schlugen, gegen Sand, der an meinen Füßen saugte.

Ein paar entsetzliche Sekunden lang dachte ich, ich hätte ihn verloren. Ich konnte nicht zu ihm. Das Meer zerrte an mir, hielt mich von ihm fern. Schließlich kam er wieder hoch, stand erneut vollkommen still und ruhig da, bis auf ein Zittern, das seinen Körper erfasst hatte. Endlich überwand ich die Distanz zwischen uns, packte ihn an den Schultern und drehte ihn zu mir um.

»Holden …«, brachte ich hervor. »Was machst du denn?«

»Was sie uns gesagt haben«, erwiderte er. Sein Gesicht war

blass, ein schrecklich trauriges Lächeln lag auf seinen blauen und zitternden Lippen. »Wenn du unerwünschte Gefühle und Gedanken hast … gehst du ins Wasser.«

Ein erstickter Laut entrang sich meiner Brust, und ich zog ihn an mich und umarmte ihn. Seine Arme hingen schlaff herab, und er ließ sich gegen mich sinken. Tränen brannten heiß auf meinen Wangen und tropften auf seinen kalten Hals.

»Es tut mir leid«, flüsterte ich. »Es tut mir so leid.«

Holden schüttelte den Kopf an meiner Schulter. »Es muss dir nicht leidtun. So bin ich eben. Ich weiß nicht, was ich sonst tun soll.«

Ich löste mich von ihm und umfasste mit beiden Händen seinen Hals und seinen Kiefer. »Hör mir zu. Ich werde es ihnen sagen. Meinem Dad und … allen anderen. Ich gehe nicht nach Alabama. Ich werde nicht Football spielen.« Ich schluckte. »Ich verlasse dich nicht. Ich will dich nicht verlassen. Ich kann es nicht.«

Holden sah aus, als würde er gleich heulen, und er schüttelte den Kopf. »Nein. Sag das nicht. Bitte … nein.«

»Ich sag es aber«, schrie ich, um das tosende Meer zu übertönen. Damit er mich hörte und mir glaubte. »Ich hätte es schon längst sagen sollen.«

»River … du willst das nicht. Ich bin ein komplettes Wrack. Ich …«

»Wer ist das nicht? Manche können es einfach besser verbergen. Ich habe mich mein ganzes Leben lang versteckt.« Ich verstärkte meinen Griff, hielt sein Gesicht in meinen Händen. »Du bist stark. Du hast etwas Schreckliches überlebt und bist immer noch da.« Meine Stimme überschlug sich. »Du bist verdammt mutig, Holden. Du bist immer du selbst. Ich wünschte, ich wäre halb so mutig wie du. Aber ich werde es versuchen. Bitte lass es mich versuchen.«

Holden schüttelte den Kopf, Tränen liefen ihm über die Wangen und über meine Finger. »Gib nicht alles auf. Nicht für mich.«

»Ich gebe es für mich auf. Ich kann so nicht weiterleben. Und ich gebe es auch für dich auf.« Ich lächelte unter Tränen. »Du bist eine totale Nervensäge, das weißt du, oder? Aber zufällig kann ich ohne dich nicht leben.«

Holden starrte mich an. Es brach mir das Herz, wie die Hoffnung in seinen Augen versuchte, Fuß zu fassen. Er hob die Hände, legte sie schwach auf meine Arme, als hätte er Angst davor, mich festzuhalten.

»Ist das hier wirklich real?«, fragte er.

Ich nickte, drückte meine Stirn an seine. »Ist es«, erwiderte ich, und unsere Lippen berührten sich bei jedem Wort. »Endlich weiß ich, was real ist.« Ich atmete ein, als ein Schwall von Gefühlen in mir aufstieg. »Ich liebe dich, Holden. Das ist real. Es kann nichts Realeres geben für mich.«

21. Kapitel

Holden

Ich liebe dich, Holden …

Rivers Stimme war so voller Emotionen, seine Augen waren erfüllt von Liebe zu mir. Er küsste mich mit kalten Lippen, doch sein Mund war warm. Wie eine Wiederbelebungsmaßnahme nach meiner schrecklichen Taufe der Scham. Ich klammerte mich an ihn, meine Lippen zitterten an seinen.

»Du bist eiskalt«, sagte River. »Wir müssen dich aufwärmen.«

Er legte den Arm um mich, und wir taumelten gemeinsam zum Strand. Die Kleider klebten mir am Körper und umgaben mich mit Kälte. Rivers Smoking war ruiniert. Die Hose war klitschnass und das Jackett voller Sand.

»Ich schätze, ich habe mal wieder einen Ball verdorben«, brachte ich hervor, als wir zu der Stelle hochstapften, wo ich meinen Mantel ausgezogen hatte.

»Vielleicht auch nicht.« Sein Lächeln war verlegen, fast schüchtern, als er sein Jackett auszog und mir über die Schultern legte. »Im Country Club hatte ich eine Vision, wie wir beide miteinander tanzen. Irgendwie dämlich, aber … irgendwie auch nicht.«

Ich schloss die Augen, als er auch den Mantel um mich legte. Dieser Moment kratzte Stück für Stück an der Kälte, die mein Innerstes wie eine Eisschicht umgab.

»Du wolltest mit mir tanzen? Vor der ganzen Schule?«

»Ich hab's doch gesagt. Ich will mich nicht mehr verstecken.« Sein schüchternes Grinsen kehrte zurück. »Und ja, ich hätte nichts dagegen, mit dir zu tanzen. Ich kann es echt nicht, aber … ich will es trotzdem. Zuerst müssen wir dich allerdings aufwärmen.«

Wir schafften es zum Parkplatz, wo River sich in James' Wagen beugte, den ich geklaut hatte. Er machte das Licht und den Motor aus. »Den holen wir morgen früh.«

»River, was ist mit deinem Dad?«

Er richtete sich auf, sein Gesicht grimmig.

»Mom hat nur noch ein paar Wochen. Dad wird mich brauchen. Das ist wichtiger für ihn, als dass ich Footballspiele gewinne. Er weiß es zwar noch nicht, aber ich schon. Amelia wird mich ebenfalls brauchen. Ich kann auf keinen Fall Hunderte Kilometer von zu Hause weg sein, wenn …«

Er blinzelte heftig und wandte den Blick ab. Ich wusste nicht, was ich sagen sollte, wie ich ihn trösten konnte. Ich konnte diese wichtigen Augenblicke noch nicht ganz begreifen, die wie Stufen in eine Zukunft führten, die ich mir nie für mich vorgestellt hatte.

River liebt dich …

Wir gingen zu seinem Wagen, und meine eigene Liebeserklärung steckte in meiner Kehle fest. Die Scham meldete sich, flüsterte, wie lächerlich es war, sich von alten Dämonen dazu treiben zu lassen, sich fast zu ertränken. Jemand zu sein, der gerettet werden musste, auf den man aufpassen und um den man sich kümmern musste.

»Hey«, sagte River, als er die düsteren Gedanken in meinen Augen sah. »Tu das nicht. Was auch immer passiert … wir gehen es einfach Tag für Tag an. Wir kriegen das hin, okay?«

Ich nickte und setzte mich ins Auto, aus meinen ruinierten

Klamotten rieselte Sand, und ich durchfeuchtete den Sitz. River setzte sich hinters Steuer und machte die Heizung an. Warme Luft wehte mir entgegen, während er in die gewundene dunkle Straße einbog, um uns nach Hause zu bringen.

Die Wärme aus den Lüftungsschlitzen drang langsam in meine durchnässten Klamotten, und mein Tauchgang im Meer hatte mich ausgenüchtert. Oder vielleicht lag es einfach an River. Ich betrachtete ihn von der Seite – er war so verdammt schön, hielt den Blick auf die Straße gerichtet, ein kleines Lächeln auf den Lippen. Er sah aus, als hätte er endlich eine schwere Last abgeworfen, die er seit Jahren mit sich herumgeschleppt hatte.

Vielleicht ist es real. Vielleicht kann ich ein anderes Leben haben. Zusammen mit ihm …

Langsam und zögernd nahm ich seine warme starke Hand und hielt sie fest. Er drehte sich zu mir um, sein Lächeln wurde breiter, er verschränkte seine Finger mit meinen. Noch nie hatte mich jemand so angeschaut wie er in diesem Moment, und die plötzliche Wärme, die mich flutete, hatte nichts mit der Heizung des Pick-ups zu tun. Sie umspülte die zerbrochenen Teile meines Ichs, ließ sie schmelzen, damit sie womöglich doch noch eine Chance hatten, sich wieder zusammenzufügen.

Liebe. Das ist Liebe. Ich liebe ihn.

Ich schluckte, die Worte lagen mir zum ersten Mal im Leben auf der Zunge. »River, ich …« Aus den Augenwinkeln nahm ich zehn Meter vor uns einen dunklen Schatten auf der Fahrbahn wahr. »Vorsicht!«

River ließ meine Hand los und packte das Steuer. »*Scheiße*«, stieß er hervor und trat auf die Bremse, lenkte hart nach rechts, als die Scheinwerfer ein Reh erleuchteten, das vor das Auto sprang.

Ich konnte die Augen des Rehs erkennen, groß und schwarz, dann geriet der Wagen ins Schleudern und rutschte seitlich von der Fahrbahn. Meine Welt kippte auf furchtbare Weise zur Seite. Stand plötzlich kopf. Der Lärm von zersplitterndem Glas, knirschendem Metall und meinem eigenen Puls dröhnte mir in den Ohren.

Der Wagen schwebte einen ewigen Moment lang in der Luft, bevor er krachend auf seinen vier Rädern landete. Der Aufprall hallte in meinem Kopf wider. In meinen Knochen. Einen Moment lang wurde mir schwarz vor Augen, dann sah ich plötzlich das Weiß eines Airbags, der in mein Gesicht knallte.

Stille. Das einzige Geräusch war der Wagen, der knackte und knirschte, und mein zischender Atem. Ich wartete auf den Schmerz, aber der Schock hüllte mich in eine Blase, und der Alkohol hatte mich schlaff und biegsam gemacht.

Langsam drehte ich den Kopf, und diesmal entfuhr mir ein schmerzlicher Laut – der direkt aus dem Herzen kam.

River saß nach vorne gebeugt in seinem Sitz und wurde nur von seinem Sicherheitsgurt gehalten. Blut rann dunkel über den weißen Airbag, aus dem Luft entwich. Mit zitternden Fingern griff ich nach oben, machte das Licht an und stieß erneut einen erstickten Schrei aus. River war totenblass, das Kinn hing ihm auf der Brust, die sich mit fast unmerklichen Atemzügen hob und senkte.

»River!«

Meine Stimme war heiser, zerrissen vor Angst, meine Hände zitterten, als ich mich erst an meinem Gurt, dann am Türgriff zu schaffen machte. Die Tür gab nach, und ich fiel aus dem Wagen auf den mit Kiefernnadeln bedeckten Boden. Ich beugte mich vor und übergab mich, eine saure Fontäne aus Wodka und Galle.

Als ich wieder stehen konnte, ging ich um den Pick-up herum, die Beine knickten bei jedem zweiten Schritt ein. Das Dach war eingebeult und Rivers Seite zerdrückt.

Wir haben uns überschlagen. Heilige Scheiße …

Mit ersticktem Stöhnen kam ich zur Fahrertür. Das Fenster war eingedrückt; Splitter von Sicherheitsglas glitzerten auf Rivers schwarzer Hose wie Diamanten. Im Licht der Fahrerkabine schien es, als würde er schlafen, wäre da nicht das Blut auf seinem Hemd gewesen. Er hatte eine Platzwunde an der rechten Schläfe, und sein Atem war unregelmäßig und flach. Wieder durchfuhr mich die Angst, als ich Blut aus seinem Ohr tropfen sah.

»River, nein …«

Ich riss am Griff, aber das Metall war verbogen, der Seitenspiegel weg. Ich sackte gegen die Tür, griff durch das zerbrochene Fenster und nahm Rivers Hand. Er rührte sich nicht, wirkte völlig leblos.

»Bitte … wach auf. River, wach auf …«

Tränen trübten meinen Blick, als ich mit der anderen Hand in meiner Manteltasche nach dem Handy suchte. Das Display war gesprungen, aber es funktionierte. Ich wählte den Notruf und hielt es mir ans Ohr. Den Mantel mit dem Handy darin auszuziehen, bevor ich ins beschissene Wasser gelaufen war, war das Einzige, was ich heute Abend richtig gemacht hatte.

»Sie haben den Notruf gewählt, was ist Ihr Notfall?«

»Wir hatten einen Unfall. Es ist schlimm. Bitte beeilen Sie sich.«

»Wo sind Sie?«

Ich lehnte mich gegen die Tür und schaute mich um. Mein Blick huschte über den dunklen Wald und das Meer dahinter; Panik und Hoffnungslosigkeit überkamen mich, während ich versuchte, mich an irgendein Straßenschild zu erinnern.

Ich bin schuld. Er wird sterben …

»Ich weiß es nicht … Auf dem Highway 1 westlich von Santa Cruz.« Dann durchdrang eine Erinnerung die dunkle Nacht. »Wir sind an einem Schild vorbeigekommen … Wilder Ranch.«

»Okay, bleiben Sie dran. Ich schicke Ihnen ein Notfall-Team. Ist jemand verletzt?«

Ich packte Rivers Hand fester. »Ja. Er wacht nicht auf. Bitte, beeilen Sie sich. Bitte.«

»Atmet er?«

»Kaum. Ich kann die Tür nicht öffnen.«

»Er ist im Fahrzeug eingeklemmt?«

»Ja …« Tränen liefen mir heiß über die Wangen, und ich beobachtete, wie Rivers Brust sich hob und senkte. Ich ließ seine Hand los, um seinen Puls zu fühlen. Schwach und unregelmäßig, aber vorhanden. Doch das Blut, das aus seinem Ohr kam …

»Bitte beeilen Sie sich, scheiße …

»Okay, Hilfe ist auf dem Weg, Sir. Legen Sie nicht auf.«

Ich ließ das Handy wieder in meine Tasche gleiten, meine Finger fühlten sich taub an. Es gab nichts, wobei sie mir helfen konnte. River war in dem Wagen gefangen; ich war hier draußen, und ich konnte lediglich seine Hand halten und ihn bitten, mich nicht zu verlassen.

Nach gefühlten Stunden ertönten Sirenen in der Stille. Feuerwehr, Polizei und ein Krankenwagen trafen ein. Der Nachthimmel wurde in flackerndes Blau und Rot getaucht. Weißes Scheinwerferlicht flutete die Kabine des Pick-up und ließ das Blut, das aus Rivers Ohr kam, auf seiner blassen Haut schwarz aussehen.

Polizisten und Rettungskräfte umringten mich, und ich musste seine Hand loslassen. Ein Polizist führte mich weg, leuchtete mir ins Gesicht.

»Hast du getrunken, Junge?«

»Ich schon, aber er nicht. Da war ein Reh …«

»Aha. Komm mal mit.«

Er nahm meinen Arm und führte mich sanft zum Straßenrand, wo ich mich auf den Seitenstreifen plumpsen ließ, die Unterarme auf die Knie gestützt. Ich blickte immer wieder zu dem Team von Rettungskräften hinüber, das versuchte, die Tür zu öffnen und zu River zu gelangen. Die Kälte kehrte zurück und machte mich taub und gefühllos.

Wenn er stirbt …

Ein leiser schmerzlicher Laut entfuhr mir, und ich fing an zu zittern.

»Was ist passiert?«, fragte der Polizist. Er hatte ein freundliches, aber ernstes Gesicht. Auf seinem Namensschild stand Tran.

Ein anderer Polizist, auf dessen Schild der Name Dowd zu lesen war, beugte sich über mich und starrte höhnisch auf mich herab. »Warum sind deine Klamotten nass?«

»Ich bin schwimmen gegangen«, sagte ich, und meine Zähne klapperten.

»Schwimmen?«, fragte Dowd. Er schnaubte. »Hast du versucht, dich umzubringen?«

Officer Tran warf ihm einen Blick zu. »Hey, langsam.«

Ich schüttelte den Kopf. »Ich hab nur gemacht, was sie mir beigebracht haben.«

Mein Blick wanderte wieder zu dem zerbeulten Wrack und den Sanitätern, die Rivers reglosen Körper gerade auf eine Trage legten. Sie hatten eine Manschette um seinen Hals befestigt, und eine Sauerstoffmaske bedeckte seinen Mund.

»Es ist meine Schuld«, flüsterte ich. »Alles meine Schuld.«

»Tut dir irgendwas weh?«, fragte Officer Tran freundlich.

»Nein«, murmelte ich mit einem rauen, harten Lachen. »Was für ein Witz. Ein mieser, kranker Witz.«

Abgesehen von ein paar brennenden Striemen, die der Airbag mir verpasst hatte, hatte ich keinen Kratzer abgekriegt – River dagegen wurde in einen Krankenwagen geschoben. Bewusstlos. Vielleicht mit einem Hirnschaden. Oder gelähmt. Er konnte schon tot sein, während ich atmete und herumlief und lebte.

Das ist falsch. Alles ganz falsch. Ich sollte da liegen …

Die Cops stellten mir weitere Fragen, wollten meinen Namen und mein Alter wissen, dann begann der Krankenwagen loszufahren …

»Halt.« Ich rappelte mich auf. »Halt, ich muss mit ihm mitfahren. Bitte …«

Dowd streckte einen Arm aus und stieß mich zu Boden. »Du gehst nirgendwohin.« Er zog eine Grimasse. »Mann, siehst du fertig aus. Ist der etwa dein *Freund*, Junge?«

Ich starrte zu ihm hoch. *Dowd.* »Frankie Dowd.«

»Das ist mein Sohn, ja. Willst du irgendwas über ihn sagen?«

Officer Tran kam mit einem Sanitäter zurück. Er kniete sich vor mich. »Wir bringen dich gleich ins Krankenhaus, okay? Aber zuerst müssen wir dich untersuchen. Dann kannst du zu deinem Freund.«

Ein Sanitäter setzte sich zu mir und überprüfte, ob ich eine Gehirnerschütterung davongetragen hatte. Ich bestand den Test mit Bravour, also verfrachteten sie mich auf den Beifahrersitz von Officer Trans Dienstwagen. Wir rasten die Straße entlang, vor uns der Krankenwagen mit kreischenden Sirenen und blinkendem Blaulicht.

Als wir in der Uniklinik Santa Cruz ankamen, hatte man River schon hineingerollt und Gott weiß wohin gebracht. Officer Tran nahm meinen Arm und führte mich ins Wartezimmer. Er und ein paar andere Cops besprachen sich, wahrscheinlich um zu überlegen, was sie mit mir machen sollten.

»Können wir jemanden für dich anrufen?«, fragte er.

»Nein. Aber River … wir müssen es seinem Dad sagen. Oh, Gott …« Ich beugte mich vor und hielt den Kopf zwischen die Knie, als mir schwindelig wurde.

»Wir haben seinen Ausweis«, erklärte Officer Tran freundlich. »Seine Eltern wurden schon benachrichtigt.« Er legte mir eine Hand auf die Schulter. »Was ist mit dir, Junge? Wie wär's, wenn wir dir was Warmes zum Anziehen besorgen …?«

Ich riss mich los und stand auf. »Ich muss auf die Toilette.«

Er deutete mit dem Kopf auf den Flur des geschäftigen Krankenhauses.

»Ich warte hier.«

Verhaften Sie mich endlich, wollte ich schreien. *Womöglich habe ich heute jemanden umgebracht*.

Ich ging über den Flur zu den Toiletten und drückte die Tür auf, die hundert Kilo wog. Dann sah ich mein Spiegelbild – im Licht der grellen Leuchtstoffröhren konnte ich mich selbst kaum wiedererkennen. Blassgrüne Augen in einem noch blasseren Gesicht, nur unterbrochen durch einen roten Fleck auf meinem linken Wangenknochen. Ich sah aus, wie sie mich nannten – ein Vampir, hager, aus weißem Porzellan gemeißelt. Leblos.

Meine Klamotten waren noch feucht und voller Sand. Rivers Smoking-Jackett schaute unter meinem Mantel hervor, und ein Schluchzen entrang sich meiner Kehle. Ich schlang die Arme um mich, als könnte ich mich so irgendwie an ihm festhalten.

Als ich keine Tränen mehr übrig hatte, trocknete ich mir das Gesicht mit einem Papierhandtuch ab, warf es in den Müll und ging hinaus, wo ich Jerry Whitmore mit Officer Tran reden sah.

Er sah verzweifelt aus, trug Jogginghose, Schuhe ohne Socken und eine Windjacke – offensichtlich war er aus dem

Schlaf gerissen worden, als sie ihn hergerufen hatten. Die beiden redeten kurz, dann drehten sie sich zu mir um. Officer Tran sagte noch etwas, und Mr Whitmores Miene veränderte sich. Er näherte sich mir, und ich schloss die Augen, wartete auf den Schlag.

»Holden, richtig?«

»Mr Whitmore …«, brachte ich heraus und verstummte dann, als er meine Hand nahm und schüttelte.

»Wir wissen noch nicht, was mit meinem Sohn ist«, sagte er mit rauer Stimme. »Aber sie sagen, er wäre gestorben, wenn du nicht da gewesen wärst.«

Ich starrte ihn an.

»Sag mir nur eins«, bat er, schluckte und schob sich die Hände in die Jackentasche. »Hat er getrunken?«

Ich schüttelte den Kopf. »Nein. Das würde er nie tun. Nicht er …«

Rivers Dad stieß einen kurzen Seufzer der Erleichterung aus. »Ich wusste es. Ich wusste, er würde sein Ansehen an der Uni nicht gefährden.«

Oh, Scheiße, ich kann nicht …

Ein Arzt kam um die Ecke. Groß und gut aussehend, mit der intelligenten Würde eines Denzel Washington. »Whitmore?«

Mr Whitmore wurde blass und hob die Hand. »Ich bin sein Vater.«

Er und der Arzt sprachen kurz außer Hörweite. Ich blieb reglos stehen und versuchte, in ihren Gesichtern zu lesen. Jede Sekunde würde Rivers Vater in den Armen des Arztes zusammenbrechen und um seinen Sohn weinen …

Doch Jerry Whitmore nickte eifrig, saugte jedes Wort des Arztes mit einem verzweifelten, hoffnungsvollen Lächeln auf. Dann schüttelte er ihm beinahe hektisch die Hand und dankte ihm wieder und wieder.

Die Erleichterung überwältigte mich fast. Mr Whitmore winkte mich heran. Wie in einem Traum durchquerte ich das Wartezimmer, die Officers Tran und Dowd folgten mir.

»River geht es gut«, verkündete er hastig.

»Er ist stabil«, korrigierte der Arzt freundlich. Auf seinem Namensschild stand Stansfield. »Er hat eine schwere Gehirnerschütterung erlitten, mit einer Gehirnblutung, die nach erster Einschätzung klein aussieht, die Schwellung ist minimal.«

»Gehirnblutung«, murmelte ich.

Oh Gott, River …

»Außerdem hat er sich den linken Arm und das linke Schlüsselbein gebrochen. Die Gehirnerschütterung zu überwachen ist allerdings unsere oberste Priorität.« Der Arzt drehte sich zu mir um. »Du hast mit River im Auto gesessen?«

Ich nickte. »Es hat sich überschlagen. Er hat versucht, einem Reh auszuweichen, und der Pick-up hat sich überschlagen.«

Ohne mich wäre er gar nicht auf dieser Straße unterwegs gewesen.

»Alles in allem haben Sie beide großes Glück gehabt.«

Ich hätte lachen können. Oder weinen.

Dr. Stansfield berührte meine Schulter. »Geht es dir gut, Junge? Hat jemand dich untersucht?«

Ich duckte mich unter seiner Berührung weg. »Mir geht's gut.«

»Können wir ihn sehen?«, fragte Mr Whitmore.

»Wir bringen River zum MRT, um das Ausmaß der Blutung genauer zu bestimmen, die Schwellung zu begutachten und eventuelle Schäden festzustellen. Danach können wir mögliche Langzeitfolgen oder Probleme einschätzen. Ich begleite Sie zum Warteraum der Intensivstation. Wenn die Untersuchung fertig ist, können Sie zu ihm.«

»Danke.« Mr Whitmore drehte sich zu mir um. »Kommst du, Holden?«

»Moment mal«, sagte Dowd. Im sterilen Licht der Neonröhren wirkte er noch hässlicher, massig, mit matten Augen. »Dieser Junge hat unerlaubt Alkohol konsumiert. Das ist keine Kleinigkeit.«

Tran hob die Hand. »Haben Sie eine Blutuntersuchung bei River gemacht?«, fragte er Stansfield.

»Bei ihm wurden keine Drogen nachgewiesen, Blutalkohol lag bei 0,0.«

Tran nickte, presste die Lippen zu einer schmalen Linie zusammen und dachte nach. »Anscheinend hast du heute Abend ohnehin schon einiges mitgemacht«, sagte er zu mir. »Ich lasse dich mit einer Verwarnung davonkommen. Pass in Zukunft besser auf dich auf, okay?«

Ich nickte und folgte wortlos Mr Whitmore und dem Arzt. Ich musste mit eigenen Augen sehen, dass River noch lebte. Irgendwo hinter mir stritten sich Dowd und Tran, doch der Fahrstuhl schloss sich und ließ sie verstummen.

Ich hielt mich zurück, während die beiden Männer redeten, fragte mich, wann Jerry endlich herumwirbeln, mich am Kragen packen und mich fragen würde, was ich mit seinem Sohn angestellt hatte.

Im Wartezimmer setzte er sich auf eine Seite, ich setzte mich ihm gegenüber. Er rief jemanden namens Dazia an.

»Noch nichts Neues. Sie machen ein MRT. Wir werden es bald wissen. Wie geht es Nancy?«

Ich schloss die Augen, legte die Arme um mich und döste ein.

»Holden?«

Ich riss die Augen auf. Jerry lächelte mich an. »Du musst erschöpft sein. Ich hab mich nur gefragt, woher du River kennst. Nicht vom Football, oder?«, fragte er und betrachtete mein silbernes Haar und meine ruinierten – aber teuren – Stiefel.

»Nicht vom Football.« Ich machte den Mantel zu, damit er nicht bemerkte, dass ich Rivers Jackett trug. »Wir kennen uns ... aus dem Mathekurs.«

Jerry nickte, dann kam ihm ein Gedanke. Er runzelte die Stirn. »Bei der ganzen Aufregung habe ich gar nicht nachgedacht, aber ... River ist mit Violet zur Prom gegangen. Warum war er draußen unterwegs und nicht bei ihr?«

»Er hat mir das Leben gerettet.«

Jerry richtete sich in seinem Stuhl auf, Verwirrung lag auf seinen Zügen. »Nun ... das klingt ganz nach meinem Jungen. Er hat es dir vielleicht erzählt, seine Mom ist krank. Sehr krank. Ihr bleibt nicht mehr viel Zeit, ehrlich gesagt. Und das hier ...« Er schüttelte den Kopf und presste kurz die Lippen aufeinander. »Sie zu verlieren ist hart genug. Wenn River auch noch etwas passiert ...«

Wenn River etwas passiert, ist es allein meine Schuld.

Zum Glück versuchte Jerry nicht länger, sich mit mir zu unterhalten, und blätterte durch Zeitschriften. Stunden vergingen, die sich wie Jahre anfühlten, und endlich kam Dr. Stansfield zurück.

»Gute Neuigkeiten«, verkündete er. »Das MRT zeigt, dass Rivers Gehirnblutung eingedämmt ist. Die Schwellung ist minimal. Wir müssen ihn weiter überwachen, momentan sieht es jedoch so aus, als wäre eine Operation nicht notwendig.«

Ich hielt mich erleichtert an der Stuhlkante fest, Tränen der Erleichterung und des schlechten Gewissens brannten mir in den Augen.

Es tut mir leid, River. So leid ...

Jerry sah aus, als würde er gleich anfangen zu heulen, und legte sich eine Hand auf die Brust. »Oh mein Gott ... Gott sei Dank. Danke. Ich danke Ihnen so sehr.«

»Noch haben wir mögliche Folgen nicht ausgeschlossen.

Wahrscheinlich Kopfschmerzen und Schwindel, vielleicht Taubheitsgefühle oder einseitige Bewegungseinschränkungen.«

Bei diesen Worten riss Jerry die Augen auf. »Er ist Footballspieler. Quarterback. Einer der besten. Er wird im Herbst an der Uni in Alabama anfangen …«

Dr. Stansfield hob eine Hand. »Es ist zu früh, das Ausmaß seiner Verletzungen einzuschätzen, aber das MRT stimmt mich optimistisch.«

»Ich will meinen Sohn sehen.«

Der Arzt nickte. »Wir ziehen es vor, nur Familienmitglieder zu den Patienten zu lassen, doch wenn es für Sie in Ordnung ist, Mr Whitmore, können Sie beide ein paar Minuten zu ihm.«

Jerry tätschelte meinen Arm. »Es ist in Ordnung.«

Auf der Intensivstation führte Stansfield uns zu einem hufeisenförmigen Gang. In der Mitte befand sich der Schwesternarbeitsplatz, drum herum waren die Zimmer angeordnet. Wir betraten Zimmer 3. River lag reglos auf einem Bett. An der Wand piepten Apparate, die seinen Puls und sein Sauerstoffniveau überwachten. Schläuche kamen aus seinem rechten Arm, der linke war von der Hand bis zum Ellbogen verbunden und lag in einer Schlinge. Die Platzwunde an der Schläfe war genäht worden und mit weißer Gaze abgedeckt, durch einen dünnen Schlauch wurde Sauerstoff in seine Nase gepumpt.

Jerry atmete geräuschvoll ein, und Dr. Stansfield lächelte sanft.

»Ich lasse Sie kurz allein.«

Er verließ den Raum, und Jerry näherte sich langsam und behutsam seinem Sohn, als hätte er Angst, sich zu schnell zu bewegen oder zu laut zu sein. Ich taumelte rückwärts, bis meine Beine an eine Bank stießen, die in einen Fenstererker gebaut war. Ich setzte mich, während das erste Licht der Dämmerung hinter mir den Himmel erhellte.

»Hey, River. Wie geht es dir, Sohn?« Er nahm Rivers schlaffe rechte Hand. »Du wirst wieder gesund werden. Das weiß ich. Du bist so stark …« Er senkte den Kopf zu Rivers Hand und schluchzte. »Oh, mein Junge …«

Mein Magen regte sich; hätte sich noch etwas darin befunden, hätte ich mich übergeben.

Jerry saß ein paar Minuten bei River, bevor er seine Fassung zurückgewann. Er wischte sich über die Augen und drehte sich zu mir um. »Ich muss eine Freundin der Familie anrufen, die gerade bei uns zu Besuch ist. Ich muss ihr Bescheid sagen, dass er wieder gesund wird. Seine Mom wird sich solche Sorgen machen. Bleibst du bei ihm, während ich kurz rausgehe? Damit er nicht allein ist?«

Ich nickte, und mein Herz zerbrach in noch kleinere Stückchen, als der Mann mich anlächelte. Sein mutiges, gütiges Lächeln war das gleiche wie Rivers.

Jerry tätschelte seinem Sohn die Hand und stand auf. Draußen im Gang hielt er sich das Handy ans Ohr.

Das Piepen der Apparate erfüllte den Raum. Ich erhob mich von der Bank und ging zu River. Sein blasses Gesicht war reglos, seine Züge stiller als im Schlaf. Ich wusste das. Ich hatte ihn Hunderte Male schlafen sehen. Sein Gesicht auf meinem Kissen …

»Du musst überleben, River«, flüsterte ich und wollte seine Hand nehmen, erlaubte es mir jedoch nicht. Ich verdiente es nicht, ihn zu berühren. »Du musst es schaffen und ein erfülltes reales Leben führen. Du kannst nicht zulassen, dass ich dir das antue, hast du verstanden?«

Jerry hatte seinen Anruf beendet und redete erneut mit den

Ärzten. Die Stimmung wirkte nun lockerer; es wurde mehr gelächelt. Das Schlimmste war vorbei.

Zeit zu gehen.

Ich stand auf und beugte mich über River. Unter all den Krankenhausgerüchen nach Desinfektionsmitteln und Verbänden konnte ich *ihn* wahrnehmen. Warm und sauber. »River … ich …«

Jerry kam zurück, und ich sprang vom Bett zurück, als hätte er mir einen Elektroschock verpasst.

»Ich muss gehen«, sagte ich.

»Oh, okay. Ja, also, noch mal vielen Dank …«

»Es tut mir leid«, sagte ich schnell. Wenn er mir noch einmal dankte, würde ich schreien. »Es tut mir so leid. Sagen Sie ihm … sagen Sie ihm, dass es mir leid tut, wenn er aufwacht.«

Ich wich vor Jerrys verwirrtem Gesichtsausdruck zurück, ging auf die Tür zu, eilte durch den Warteraum, dann aus dem Krankenhaus hinaus und ins frühe Morgenlicht, das sich grau und matt über der Welt ausbreitete.

Mein Handy meldete eine Nachricht von Miller: **Los geht's.**

Er war aus Los Angeles zurück, und Ronan und ich sollten ihm helfen, den gewalttätigen Freund seiner Mutter aus ihrer Wohnung zu werfen. Die Nacht war vorbei. Erledigt. Ich musste alles wegschieben und für meinen Freund da sein. Ich konnte ihm helfen. Nützlich sein. Dieses eine Mal noch, dann konnte ich tun, was ich längst hätte tun sollen.

Verschwinden.

22. Kapitel

River

Ich keuchte, Luft füllte meine Lunge, als ich scharf einatmete. Ich riss die Augen auf und sah nur Weiß und dann Dad, sein Gesicht erschien über mir. Er drückte meinen Arm, und die Empfindung holte mich in die Realität zurück. Ein Krankenhauszimmer. Mein linker Arm fühlte sich schwer und unbeweglich an. Ich hatte Kopfschmerzen.

»Was ist passiert?«

»Sch, es ist okay«, sagte Dad. »Du hattest einen Unfall, aber du bist okay. Die Ärzte sagen, dass du wieder gesund wirst.«

»Was ist mit mir?«

»Du hast eine ziemlich heftige Gehirnerschütterung und einen gebrochenen Arm. Aber gute Neuigkeiten! Es ist nicht dein Wurfarm. Und du musst nicht operiert werden. Sie machen noch ein paar Tests, und wenn alles gut aussieht – was der Fall sein wird –, bist du in ein paar Tagen hier raus.«

Ich sank ins Kissen, meine Gedanken huschten davon wie Staub im Wind. Ich hatte so ein komisches Gefühl im Magen, als hätte ich irgendetwas Weltbewegendes vergessen.

Blitzschnell setzte ich mich auf und verzog das Gesicht, als der Schmerz auf meinen Kopf einhämmerte. »Wie geht es Mom? Ist sie …?«

»Ganz ruhig, mein Junge. Es geht ihr gut. Sie macht sich natürlich Sorgen. Sie wäre so gern hier. Und sie wäre auch gekommen, wenn Dazia es ihr nicht ausgeredet hätte. Ihr könnt später telefonieren.«

»Nein. Ich muss hier raus. Irgendwas stimmt nicht. Ich sollte bei ihr sein.«

»Nur ein paar Tage …«

»Sie hat nur noch Tage, Dad«, sagte ich, aber es ging nicht nur um meine Mom. Da war noch etwas … »Erzähl mir von dem Unfall. Was ist passiert?«

Dad runzelte besorgt die Stirn. »Sie haben gesagt, es wäre normal, sich nicht an die Zeit vor und nach dem Unfall erinnern zu können. Was ist das Letzte, was du noch weißt?«

Ich schloss die Augen. Scheinwerfer auf einer Straße. Das Meer bei Nacht. Holden, der ins Wasser läuft …

»Holden!« Ich riss die Augen auf, Panik durchfuhr mich. Einer der Apparate an der Wand piepte schneller. »Wo ist er? Wo ist Holden?«

»Ganz ruhig«, sagte Dad. »Es geht ihm gut, Junge. Er ist okay.«

Ich sank zurück, mein Körper erschlaffte vor Erleichterung und Erschöpfung. »Er ist okay? Wo ist er? Was ist passiert?«

»Ihr wart auf dem Highway 1 unterwegs. Holden hat gesagt, dass du einem Reh ausgewichen bist. Der Pick-up ist einen kleinen Abhang runtergerutscht und hat sich überschlagen. Du hast solches Glück gehabt …«

»Und er ist okay? Sicher?«

»Hat nicht einen Kratzer abbekommen.« Dad rutschte auf seinem Stuhl herum. »River, du hättest doch eigentlich mit Violet bei der Prom sein sollen. Wer ist Holden?«

Bevor ich antworten konnte, kam ein hochgewachsener Arzt um die fünfzig mit dem Namen Stansfield auf seinem Schild herein. Er lächelte freundlich.

»Ah, er ist wach. Das ist schön. Wie geht es dir, River?«

»Ich bin müde. Mir tut der Kopf weh.«

Dr. Stansfield zog sich einen Stuhl heran. »Das ist zu erwarten. Du hast einen ordentlichen Schlag auf den Kopf gekriegt.«

Er holte eine Stiftleuchte heraus und prüfte meine Augen, dann stellte er mir ein paar Fragen zu den Schmerzen und woran ich mich noch erinnerte, was den Unfall anging. Viel war es leider nicht.

Dr. Stansfield nickte. »Ich habe Neuigkeiten.«

Dad wurde blass. »Wie sieht es aus?«

»Wir haben ein paar neue Untersuchungsergebnisse. Meine erste Einschätzung hat sich bestätigt: Du hast eine leichte Gehirnblutung, River, die keine Operation erfordert. Unser Neurologenteam meint ebenfalls, dass die sich von selbst wieder auflöst.«

Dad fasste sich mit einem Lachen an die Brust. »Das ist toll. Meine Güte, Doc, Sie haben mir schon Angst gemacht …«

Dr. Stansfield schürzte die Lippen.

»Was?«

»Ich habe eben gesagt, River hätte einen ›ordentlichen Schlag auf den Kopf‹ bekommen, aber offiziell nennt man so etwas ein Schädel-Hirn-Trauma. Verstehe ich es richtig, dass du Football spielst?«

»Ja, aber …«

»Er geht nach Alabama und dann in die NFL«, unterbrach mich Dad. »Er ist ein einmaliges Talent.«

»Ich fürchte, nach diesem Unfall könnte das ein Problem sein«, sagte Dr. Stansfield. »Beim Football kommen Gehirnerschütterungen häufiger vor. Wer ein solches Schädel-Hirn-Trauma erlebt hat wie River, hat ein höheres Risiko für nachteilige Auswirkungen, wenn er weiterspielt. Vor allem durch das Second-Impact-Syndrom.«

»Was ist das?«, fragte ich.

»SIS ist eine akute Gehirnschwellung, die vorkommt, wenn eine zweite Gehirnerschütterung erlitten wird, bevor die erste völlig ausgeheilt ist. Eine erneute Verletzung kann zu erhöhtem Schädelinnendruck führen, und dieser Zustand ist schwer bis unmöglich zu kontrollieren. Manchmal kann dies sogar tödlich enden.« Dr. Stansfield faltete die Hände. »Wenn ich es richtig verstanden habe, sollst du in einem Monat oder so mit dem Training beginnen?«

Ich nickte, während Dad die Augen aufriss.

»Moment mal. Was wollen Sie damit sagen?«

»Ich versuche, Ihnen das Schädel-Hirn-Trauma Ihres Sohns und die möglichen Risiken möglichst umfassend darzustellen. Selbst wenn diese Gehirnerschütterung abheilt, können weitere Schläge auf den Kopf – wie sie bei einem Sport wie Football üblich sind – zu längerfristigen Problemen führen. Wenn Sie sich regelmäßig über Football informieren, haben Sie vielleicht bereits von neueren Studien über Spieler gehört, die eine chronisch-traumatische Enzephalopathie entwickelt haben.«

»Ich weiß, was eine CTE ist«, sagte Dad. »Aber das kriegt man von *wiederholten* Kopfverletzungen. Wenn man sein ganzes Leben lang ständig eins auf den Schädel bekommt …«

»Ich rede von der allgemeinen Gehirngesundheit Ihres Sohns, Mr Whitmore. Sie wurde beeinträchtigt. Mein professioneller Rat ist, dass River aufhören sollte, Football zu spielen.«

Ich hätte gelacht, wäre Dad nicht so untröstlich gewesen.

»Sie verstehen das nicht, Doktor. Er ist kein gewöhnlicher Spieler. River hat eine Gabe. Er wird …«

»*Dad.*« Ich schüttelte den Kopf. »Können Sie uns kurz allein lassen, Dr. Stansfield?«

»Natürlich.« Er stand auf. »Ich werde in ein paar Stunden wieder nach dir sehen, River.«

Er ging, und Dad starrte ihm wütend hinterher, bevor er ein fröhliches Lächeln für mich aufsetzte. »Ärzte müssen so was sagen. Die gehen vom Schlimmsten aus, damit du sie hinterher nicht verklagen kannst …«

»Ich höre auf mit Football.«

Eine Last hob sich von mir, als hätte ein Elefant auf meiner Brust gesessen und sei endlich aufgestanden und davongeschlendert.

»Jetzt warte doch. Lass dir von dem keine Angst machen. Wir können eine zweite Meinung einholen. Es gibt noch Hoffnung.«

»Nein, gibt es nicht«, sagte ich sanft. »Weil ich in jedem Fall mit Football aufhören werde, Unfall oder nicht. Ich wollte es dir nicht auf diese Weise sagen, aber …« Wieder schüttelte ich den Kopf. »Ich hätte es dir schon vor Jahren sagen sollen.«

»Vor *Jahren*? Was meinst du damit?«

»Ich meine, dass ich nicht nach Alabama will. Ich will es nicht in die NFL schaffen. Ich will nicht Football spielen.«

Dad rieb sich mit der Hand über die Lippen, tausend Gedanken spiegelten sich in seinen Augen. »Das ist doch verrückt. Liegt das an der Kopfverletzung?« Er lachte schwach. »Sollen wir die Schwester rufen? Hey, Schwester …?«

Tränen brannten in meinen Augenwinkeln, als ich mitansehen musste, wie seine Hoffnung starb. »Dad, das ist kein Scherz. Es tut mir leid. Ich weiß, du wünschst dir das für mich, aber ich will es nicht.«

Er sah fast so benommen aus, als wäre er derjenige, der den Schlag auf den Kopf gekriegt hatte. »Aber … River, mein Gott. Was willst du *dann*?«

Ich atmete tief ein, mein Herz klopfte, doch ich war eher froh und aufgeregt als ängstlich.

»Holden.«

Dad blinzelte. »Was ist mit ihm?«

»Ich liebe ihn.«

»Na ja, er ist dein Freund. Ich bin froh, dass er da war …«

»Nein, Dad. Ich *liebe* ihn. Ich bin in ihn verliebt.«

Das Gesicht meines Vaters war ausdruckslos. »Ich … ich verstehe nicht.«

»Es ist so einfach, und dennoch habe ich es mein ganzes Leben lang verkompliziert. Ich habe meine wahren Gefühle unterdrückt. Aber das kann ich nicht mehr. Ich will in Santa Cruz bleiben. Ich will in unserer Werkstatt arbeiten, Dad, und den Betrieb ausbauen. Wir sind bereit dafür. Ich will für dich und Amelia da sein. Und für Mom. In jeder Stunde, die ihr noch bleibt.« Ich schluckte schwer. »Und ich will mit Holden zusammen sein.«

Dad starrte mich an, als würde er mich zum ersten Mal sehen. Und das war wohl auch so. Es war der erste Tag des Lebens, das ich schon immer hätte leben sollen.

Mein Vater stand auf und ging neben dem Bett auf und ab, rieb sich die Lippen. »Ich … ich verstehe nicht … Du bist *schwul*? Ist es das, was du mir sagen willst? Wie ist das möglich?«

»Glaubst du, es ist *nicht* möglich? Glaubst du, ein Sportler kann nicht schwul sein?« Ich schüttelte den Kopf. »Niemand sollte ein Etikett verpasst bekommen und in eine Schublade gesteckt werden, Dad. Und ich selbst werde mir das sicher nicht antun. Also ja, das ist es, was ich dir sagen will«, erklärte ich und fühlte mich hundert Meter groß, obwohl ich in einem Krankenhausbett lag. »Ich bin schwul.«

Ein verblüfftes Schweigen senkte sich über den Raum, und ich hatte mich Holden nie so nah gefühlt wie in diesem Moment. Er hatte diese Erfahrung mit seinen eigenen Eltern ertragen und wäre fast deswegen gestorben. Ich wünschte mir so sehr, dass er jetzt hier wäre, um meine Hand zu halten, während dieser angespannten Sekunden, in denen ich nicht wusste, ob mein Vater noch mein Vater war.

»Ist das … okay?«, fragte ich, und Tränen brannten in meinen Augen. »Ich würde wirklich gern hören, dass es okay für dich ist, Dad. Weil sich nichts verändert hat. Ich bin immer noch ich.«

»Ich weiß nicht, was ich denken soll«, brachte Dad schließlich hervor. »Aber … ich hab dich lieb. Das weiß ich. Ich finde es schrecklich, dich in diesem Bett zu sehen. Ich hatte solche Angst um dich. Ich dachte, ich könnte dich verlieren. Können wir da anfangen?«

»Ja«, flüsterte ich. »Da können wir anfangen.«

Mein Vater legte die Arme um mich, und dann drang ein Schluchzer aus meiner Brust, der jahrelang in mir eingeschlossen gewesen war. Die Schuldgefühle und die Scham lösten sich, rissen die Wände meines künstlichen Lebens ein und ließen Luft herein.

Ich hielt mich an ihm fest, drückte mein Gesicht an seine Brust, meine Tränen liefen über den Nylonstoff seiner Jacke. »Es tut mir leid, dass ich dir dieses Leben nicht geben kann. Ich wollte es. Ich wollte es wirklich.«

Dad strich mir übers Haar. »Oh, River, mein Junge. Du bist noch hier. Nichts ist wichtiger als das.«

Ein paar Tage später wurde ich aus dem Krankenhaus entlassen, das gebrochene Handgelenk eingegipst und den Arm in einer Schlinge, um mein gebrochenes Schlüsselbein zu schonen. Ich bekam Schmerztabletten verschrieben und wurde davor gewarnt, dass ich Kopfschmerzen, Schwindelgefühle, Schlaflosigkeit und eine Menge anderer Symptome von der Gehirnerschütterung bekommen könnte.

Ich blieb drei Tage bei Mom, anstatt zur Schule zu gehen, als Ausgleich für die Zeit, die ich weg gewesen war. Denn als ich zurückkam, war noch deutlicher, dass ihr nur noch Tage blieben.

Ich saß bei ihr, und wenn sie schlief – was oft der Fall war –, rief ich Holden an oder schrieb ihm Nachrichten. Keine Antwort. Jeder Tag, der verging, ohne von ihm zu hören, machte mir größere Angst. Ich kannte ihn. Ich wusste, dass er sich selbst die Schuld für den Unfall gab. Dad hatte mir erzählt, wie blass und verängstigt er in der Nacht ausgesehen hatte.

Tu das nicht, schrieb ich ihm. **Mir geht es gut. Bitte rede mit mir.**

Ich fragte mich, ob er sich mit Alkohol zuschüttete.

Ich fragte mich, ob er schon fort war.

Da meine Schulzeit in einer Woche vorbei sein würde, bestand Mom darauf, dass ich hinging, um die letzten Schultage zu genießen und Zeit mit meinen Freunden zu verbringen, bevor das College uns in alle Winde zerstreute.

Ich erklärte mich bereit, einen Tag hinzugehen, und stellte fest, dass die gesamte Schule über Holden und mich tuschelte.

Sie hatten gesehen, wie ich ihm bei der Prom hinterhergerannt war, kurz darauf war Frankie Dowds Vater zum Unfallort gerufen worden. Er hatte Frankie alles brühwarm erzählt und besonders betont, wie »aufgelöst« Holden wegen mir gewesen sei.

»Er hat geheult und gekotzt, solche Angst hat er gehabt«, sagte Frankie und kicherte mit ein paar Freunden, als ich an diesem Tag in der Schule an ihm vorbeiging. »Tst, tst.« Er schüttelte den Kopf. »Wie fies von dir, deinem Freund solche Sorgen zu machen, Whitmore.«

»Halt den Mund, Frankie!«, rief Violet McNamara, als sie mich einholte und sich bei mir unterhakte. »Er ist ein Arschloch. Ignorier ihn einfach.«

Violet hatte mich als Einzige im Krankenhaus besucht, obwohl sie selbst kurz davorstand, das Herz gebrochen zu bekommen. Miller Strattons Plattenvertrag würde sich bald in trockenen Tüchern befinden, und die Firma wollte, dass er für Aufnahmen ins Studio ging. Sie würden sich in wenigen Tagen trennen müssen.

Sie musterte mich aus dunklen blauen Augen. »Wie geht es dir?«

»Seit du das letzte Mal gefragt hast?«, fragte ich und lächelte.

»Ich will Ärztin werden. Ich brauch ein bisschen Übung.«

»Mir geht's gut. Irgendwas Neues von Holden?«

»Seit du das letzte Mal gefragt hast?«, erwiderte sie sanft. »Er war nicht in der Schule und auch nicht mit Miller und Ronan bei der Hütte. Nicht seit dem Tag nach dem Unfall.«

»Die Hütte?«

»Eine alte Fischerhütte am Strand, die die Jungs gefunden haben. Shiloh und ich treffen uns manchmal da mit ihnen.«

Holden hat mir nie davon erzählt. Hat mich nie mitgenommen, um meine Privatsphäre zu schützen.

Wir gingen an einer anderen Gruppe tuschelnder Schüler vorbei, die sehr schlecht verbargen, dass sie über mich redeten.

»Ignorier die auch«, sagte Violet. »Wobei es natürlich nicht jeden Tag vorkommt, dass der breitschultrige, muskulöse Quarterback sich als schwul outet. Die Hälfte der Schule ist im Schockzustand; die andere Hälfte findet dich noch sexyer als vorher.«

»Quatsch …«

»Ich sag nur, wie's ist.«

Harris Reed aus dem Mathekurs kam auf uns zugelaufen, der Geigenkasten schlug gegen seinen Oberschenkel. »Hi, Violet. Hi, River.«

»Siehst du?«, murmelte Violet aus dem Mundwinkel.

Ich grinste. »Hey, Harris. Wie geht's?«

»Ich wollte nur sagen, dass ich von deinem Unfall gehört hab. Ich bin wirklich froh, dass es dir gut geht.«

»Danke, das ist echt nett von dir.«

Sein Blick fiel auf meinen Arm in der Schlinge. »Kein Football mehr?«

»Nein, aber aus anderen Gründen.« Ich lächelte. »Es ist eine lange Geschichte, aber es geht mir gut. Richtig gut.«

Und das war die Wahrheit. Die Gerüchte und die neugierigen Blicke prallten an mir ab – auch die von Chance und Donte und den anderen Jungs. Es tat ein bisschen weh, dass sie so taten, als würde ich nicht mehr existieren, aber wenn unsere Freundschaft mein Coming-out nicht überlebte, dann waren sie ohnehin keine echten Freunde.

Wir plauderten kurz mit Harris, dann bemerkte ich Ronan Wentz, der an einer Mauer lehnte, wo er und die anderen Lost Boys normalerweise abhingen. Heute war er allein und kam auf uns zu, als er mich entdeckte.

»Oh oh«, sagte ich zu Violet und deutete auf ihn. »Glaubst du, er wird mir den Arsch versohlen?«

»Wenn man ihn näher kennt, ist er ein großer Teddybär.« Dann wurde ihr Lächeln schief. »Wobei ich es nicht ausschließen würde …«

Ich lachte schnaubend und betrachtete die Tätowierungen auf Ronans Armen.

»Hey«, sagte Ronan und nickte Violet zu. »Ich muss mit Whitmore reden. Allein.«

»Okay.« Violet gab mir einen Kuss auf die Wange. »Bis später, River. Und sag deiner Mom, ich denke an sie. Immer.«

»Das mache ich«, erwiderte ich mit rauer Stimme, bevor ich mich Ronan zuwandte. »Was gibt's?«

»Es ist wegen Holden.«

»Hab ich mir gedacht. Was ist mit ihm? Ist er okay?«

»Er ist völlig fertig. Er wär schon in Paris oder sonst wo, wenn er nicht auf das Geld warten müsste. Danach ist er weg.«

»Einfach so? Ohne Abschied?« Ich biss die Zähne zusammen, um nicht zu zeigen, wie sehr das wehtat.

»Zu mir hat er gesagt, er hätte sich im Krankenhaus von dir verabschiedet.«

»Das zählt nicht, verdammt!«

Ronan beugte sich vor. »Hör zu. Ich kenne ihn. Er braucht … Hilfe. Oder was auch immer. Er braucht dich.«

Ich schluckte. »Ich brauche ihn auch. Genauso sehr.«

»Zeig es ihm.«

»Wie denn? Er redet nicht mit mir. Er geht nicht ran, wenn ich anrufe, und meine Mom ist krank. Ich kann nicht stundenlang auf Holdens verdammter Terrasse kampieren …« Ich fuhr mir mit der Hand durchs Haar, meine Stimme klang heiser vor Frustration. »Ich will alles für ihn tun, ganz egal, was er braucht, aber … *Scheiße.* Mein Leben wird bald komplett auf den Kopf gestellt werden.«

Ronan rieb sich über das Kinn und dachte nach. »Da ist ein Parkplatz in der Nähe der Klippen. Ganz klein. Mit einem Werkzeugschuppen am westlichen Ende. Geh da heute hin. Vier Uhr, bleib außer Sicht.«

»Mann, ich hab keine Zeit für so einen Nacht-und-Nebel-Scheiß …«

»Willst du ihn sehen oder nicht?«, fragte Ronan. »Komm einfach hin. Ich kümmer mich um den Rest.«

Die Stunden krochen dahin, bis es endlich zum letzten Mal klingelte. Wir hatten noch sechs Schultage, aber ich war hier fertig. Auf keinen Fall würde ich meine Zeit mit irgendwelchem Unterricht verbringen, der nicht mehr wichtig war, anstatt mit Mom.

Ihre Eltern waren gestorben, als sie noch klein gewesen war, aber Familie von außerhalb trudelte ein – Onkel und Tanten und Cousinen und Cousins. Sie gingen im Haus aus und ein – machten Einkäufe, kochten und putzten oder saßen einfach bei Mom.

Als ich an dem Tag nach Hause kam, waren nur Amelia und Dad bei Mom, während Dazia sich um alle anderen kümmerte. Das Elternschlafzimmer war der Mittelpunkt des Hauses geworden, alles schien davon angezogen zu werden – meine Bücher, Amelias Puppen und die Zeitungen, die Dad immer noch las. Mom war die Sonne, und wir anderen umkreisten sie, solange wir konnten, bevor sie ausbrannte.

Auf ihrem Nachttisch lagen Medikamente und Taschentücher. In der Ecke dröhnte leise ein Luftbefeuchter, und ihre Sauerstoffflasche, die an eine Nasenbrille angeschlossen war, stand neben dem Bett. Ihr Arzt hatte gesagt, sie könne zu Hause bleiben, solange sie sich hier wohlfühlte. Hospizpflegerinnen und -pfleger kamen in Schichten – das war neu dazugekommen, seit ich im Krankenhaus gewesen war.

»Ich muss kurz weg«, sagte ich und beugte mich vor, um sie auf die Wange zu küssen. »Ich bin gleich zurück.«

Da mein Auto seit dem Unfall in der Werkstatt war, fuhr ich den alten Pick-up meines Vaters zu dem Parkplatz, von dem Ronan mir erzählt hatte. Ich parkte hinter dem Werkzeugschuppen und wartete.

James' schwarzer Cadillac kam pünktlich an, und Holden stieg aus. Die Brust tat mir weh, als ich ihn sah. Es war nur ein paar Tage her, allerdings kam es mir vor, als seien Jahre vergangen seit der Nacht am Strand, als ich ihn umarmt und geküsst und ihm die Wahrheit gesagt hatte. Dass ich mit Leib und Seele ihm gehörte.

Sein Anblick war furchtbar – Ringe unter den Augen und wirres Haar – und gleichzeitig vollkommen perfekt mit Jeans, einem schwarzen Rolli und einem langen grauen Tweedmantel.

»Warten Sie hier, ja?«, hörte ich ihn zu James sagen. »Ich bleibe nicht lange.«

»Natürlich, Sir.«

Als Holden einen kleinen Weg Richtung Strand hinabgehen wollte, kam ich hinter dem Schuppen hervor.

»Hey.«

Er blieb stehen. »Ronan, du Arsch«, murmelte er leise. Er beäugte mich forschend, sein Blick huschte von Verletzung zu Verletzung – der Verband an meiner Schläfe, der Arm in der Schlinge, das eingegipste Handgelenk. Schmerz zeichnete sich auf seinem Gesicht ab. »Wie geht's dir?«

»Gut. Sehr gut sogar.«

»Dein Kopf?«

»Man hat mir gesagt, ich soll nicht mehr Football spielen. Aber das spielt keine Rolle. Ich habe das, was ich in der Nacht am Strand gesagt habe, ernst gemeint. Ich hab's meinem Dad gesagt. Ich hab ihm alles gesagt.«

»Du hast ihm von mir erzählt?«

»Oh ja, das habe ich.«

»Wie hat er es aufgenommen?« Holden zwang sich zu lächeln. »Er hat dir doch kein Ticket nach Alaska gekauft, oder?«

»Nein«, entgegnete ich mit rauer Stimme. »Aber ich wünschte, du wärst da gewesen. Ich hätte dich so gern an meiner Seite gehabt, als ich ihm gesagt habe, dass ich dich liebe.«

Holden zuckte zusammen und schüttelte den Kopf. »Gott, River, sag das nicht.«

»Warum nicht? Weil wir einen Unfall hatten? Ich weiß, du glaubst, es wäre deine Schuld gewesen …«

»War es das nicht? Ohne mich wärst du gar nicht auf dieser Straße unterwegs gewesen.«

»Ohne dich wäre ich vieles nicht. Aber ich weiß, dass du mir nicht glaubst, und ich habe keine Zeit, hier rumzustehen, um mit dir zu streiten. Komm mit.«

»Wohin?«

»Komm einfach.«

»River …«

Ich näherte mich ihm, so weit ich wagte. »Tu es für mich. Ich weiß, du willst abhauen und … verschwinden. Tu das nicht. Noch nicht.«

Holden erwiderte meinen Blick, Sehnsucht brannte in seinen grünen Augen. »Okay.«

Ich fuhr zurück zu mir, Holden folgte mir in James' Wagen. Ich wartete in der Auffahrt, als er langsam näher kam und sich umsah.

»Was machen wir hier?«, fragte er, als ich ihn nach drinnen führte.

Ich nahm seine Hand. »Da ist jemand, den ich dir vorstellen möchte.«

Er blieb stehen, wich zurück. »River, nein …«

»Bitte«, sagte ich, und Tränen trübten meinen Blick. »Bitte.«

Ein Muskel zuckte in seinem Kiefer, und er nickte.

Wir gingen die Treppe hoch zum Elternschlafzimmer. Holden packte meine Hand fester, als ich die Tür öffnete. Dazia war bei Mom. Die beiden schauten auf, als wir hereinkamen, ihre Augen weiteten sich.

»Hey, Daz«, sagte ich. »Wo sind Dad und Amelia?«

»Sie holen gerade Pizza fürs Abendessen. Sie mussten mal raus. Uuund mir fällt gerade ein, dass ich einen Anruf machen muss.«

Sie lächelte freundlich und ging hinaus. Die beiden Menschen, die ich am meisten auf der Welt liebte, waren endlich im selben Raum.

»Hey Mom, das ist Holden Parish.«

Sie lächelte, so etwas wie Wiedererkennen leuchtete in ihren Augen, obwohl sie ihn nie zuvor gesehen hatte. Ihr Blick fiel auf unsere Hände, dann auf uns, und ihr Lächeln wurde breiter.

»Hallo, Holden. Ich freue mich so sehr, dich kennenzulernen. Nach all dieser Zeit.«

»Ebenso, Mrs Whitmore«, sagte Holden schroff.

»Nenn mich Nancy, bitte.«

»Holden ist mein Freund«, sagte ich. »Wir sind zusammen seit … na ja …«

»Homecoming?«, fragte Mom mit einem durchtriebenen Lächeln. Sie musterte uns und schüttelte den Kopf. »Ehrlich, River«, neckte sie. »Hättest du dir nicht jemanden aussuchen können, der ein bisschen besser aussieht? Wenigstens ein bisschen?«

Holden ließ den Kopf sinken und gab einen erstickten Laut von sich – unmöglich zu sagen, ob es ein Lachen oder ein Weinen war.

Ich schluckte und packte Holdens Hand fester. »Du hast mich einmal danach gefragt, was mit meinem Herzen ist, Mom. Du hast gesagt, du willst, dass es schlägt, dass es lebendig und erfüllt ist. Das ist es jetzt. Mit ihm. Und egal, was passiert, ich war glücklich.« Ich sah zu Holden. »Das war ich.«

Holden sah mich an und schüttelte den Kopf, den Blick voller widerstreitender Emotionen.

Die Luft im Raum war schwer vor Liebe und Schmerz, Trauer und Hoffnung.

»Komm her, mein Lieber«, sagte Mom sanft.

Ich stupste ihn an. »Sie meint dich.«

Er blinzelte überrascht, und es machte mich wütend, dass er so lange ohne die Liebe einer Mutter zugebracht hatte und sie nicht erkannte, wenn er damit konfrontiert wurde.

Sie wird ihn auch lieben. Immer.

Holden ging zu meiner Mom, und sie nahm die Hand, die ich vorher gehalten hatte.

»Danke«, sagte sie.

»Ich habe nichts getan ...« Seine Stimme war belegt.

»Du machst meinen Sohn glücklich. Das ist ein Geschenk. Das größte Geschenk, das ich je bekommen werde.«

Holden schüttelte den Kopf, seine Schultern bebten.

»Oh, Schätzchen.«

Mom streckte die dünnen Arme nach ihn aus, und zu meinem Erstaunen beugte Holden sich vor und umarmte sie. Sie hielt ihn fest, und ich sah, wie sie die Augen an seiner Schulter schloss.

Nach ein paar Momenten richtete er sich steif auf. »Verzeihung, normalerweise habe ich mehr Persönlichkeit.« Er wischte sich über die Augen und strich seinen Mantel glatt. »Es war außergewöhnlich, Sie kennenzulernen, Nancy, aber wenn Sie mich jetzt entschuldigen würden ...«

Er ging hinaus und warf mir einen tränenvollen Blick zu, als er an mir vorbeiging.

»Er ist wunderschön«, sagte Mom.

»Er macht einen wahnsinnig«, sagte ich. »Aber ich liebe ihn. Ich wünschte, ich hätte es dir früher gesagt.«

»Du hast es mir jetzt gesagt – das ist alles, was zählt.« Sie streckte die Arme aus, und ich umarmte sie vorsichtig, atmete ihren Duft ein, flehte meine Zellen an, sich zu erinnern, wie sich das anfühlte. »Ich hab dich lieb, River.«

»Ich dich auch, Mom.« Tränen schnürten mir die Kehle zu und brannten in meinen Augen.

Sie nahm, vorsichtig wegen meiner Verletzung, meine Schultern. »Geh zu ihm. Er wartet auf dich.«

»Vielleicht wird er nicht bei mir bleiben. Vielleicht verliere ich euch beide.«

»Du verlierst mich nicht, mein Schatz. Bitte vergiss das nicht.« Dann lächelte sie und strahlte regelrecht vor Glück. »Und noch ist er nicht weg. Es gibt immer Hoffnung.«

23. Kapitel

Holden

Ich ging den Flur vor dem Schlafzimmer der Whitmores auf und ab, bis River herauskam und leise die Tür hinter sich zumachte.

Ich drehte mich zu ihm um. »Warum hast du das gemacht?«

»Du weißt, warum.«

Ich starrte ihn an, die Wärme, die Nancy Whitmores Gegenwart mir in diesen wenigen Minuten geschenkt hatte, wurde von der Kälte Alaskas zerkaut und ausgespuckt.

»Gott, River, du bringst mich in dieses Zimmer? Zu deiner Mom? Das ist …«

»Wie ein heiliger Ort?«, erwiderte er. »Ja, ist es. Genau darum geht es ja. Ich habe ein paar ihrer letzten Momente mit dir geteilt, weil ich dich liebe, du Idiot. Kapierst du es endlich?«

Ich liebe dich auch. Ich liebe dich so sehr …

Ich wollte es laut herausschreien, um die flüsternden Stimmen zu übertönen. Doch sie waren lauter und ihr Atem so schrecklich kalt.

Du kannst nicht mit ihm zusammen sein. Du würdest ihn kaputt machen, so wie alles andere. Fast hättest du es schon geschafft …

»Wenn ich nicht bei der Prom aufgetaucht wäre, wärst du mir nicht gefolgt«, sagte ich und unterdrückte die Tränen. »Ich habe dich beinahe umgebracht.«

»Ich war selbst schon dabei, mich umzubringen. Ich war im Begriff zu ersticken. Ich bin dir nachgefahren, weil du der eine für mich bist. Ich will nur dich. Ich würde es tausendmal wieder tun, wenn es nötig wäre. Und ich habe dich hergebracht, weil …« Tränen füllten seine Augen. »Meine Mom soll wissen, dass ich weiß, was Liebe ist. Dass ich wahre Liebe empfunden habe.«

Ich schüttelte den Kopf. »Ich zerstöre alles, was ich anfasse. Du kannst mich nicht lieben …«

»Ich kann, und ich tu's.« Rivers Kiefer verkrampfte sich. »Bitte geh nicht.«

Er hatte keine Ahnung, wovon er redete. Er war in Hochstimmung, nachdem er sich vor seinem Dad geoutet hatte, und glaubte, er könnte die ganze Welt erobern und meine Dämonen gleich mitbesiegen. Aber in sehr kurzer Zeit würde seine Familie einen unaussprechlichen Verlust erleiden. Es war unmöglich, sie zusammenzuhalten und gleichzeitig noch meinen Scheiß zu ertragen.

River las in meinem Gesicht, und ihm brach das Herz. Sein dummes, irregeleitetes Herz, das ich reingelegt hatte, damit es mich liebte, brach vor meinen Augen.

Es tut mir leid. Es tut mir so leid …

»Egoist«, stieß River hervor, sein Gesicht eine Grimasse.

»Nein«, sagte ich mit zitternder Stimme. »Es ist das Selbstloseste, was ich tun kann. Du kannst das nur noch nicht erkennen. Aber das wirst du. Zu bleiben wäre egoistisch.«

Er wollte etwas sagen, aber die Haustür ging auf und sein Vater und seine Schwester kamen mit Pizzakartons und Getränken herein. Sie blieben stehen, als sie mich sahen. Amelia war überrascht, lächelte allerdings, während Mr Whitmore die Stirn runzelte, als wüsste er noch nicht genau, was er über die Enthüllung seines Sohns denken sollte.

Ich drehte mich zu River um.

Er schüttelte den Kopf. »Bleib …«

Ich könnte bleiben. Sie würden mich an ihrem Tisch sitzen lassen und ihre Pizza mit mir teilen, und ich wäre zum ersten Mal im Leben Teil einer richtigen Familie. Ich könnte mich noch ein paar Minuten zu Nancy setzen und ihre mütterliche Liebe aufsaugen, bis ihr Licht erlosch. Ich könnte River durch den schlimmsten Schmerz helfen. Und dann? Das Bild, wie er in seinem zerbeulten Pick-up hing und ihm Blut aus dem Ohr tropfte, war eine Warnung, dass Alaska noch nicht mit mir fertig war. Und das würde es nie sein.

Ich lächelte zitternd. »Dein Abendessen ist da!«

»Holden …«

Er griff nach mir. Ich spürte, wie seine Finger meinen Mantel berührten – ganz knapp –, doch ich wich ihm aus, rannte die Treppe hinunter, an seiner Familie vorbei, die mir nachblickte, und aus dem Haus in die fahle Dämmerung.

James wartete am Auto auf mich, lehnte rauchend an der Tür.

»Steigen Sie ein«, blaffte ich und riss die hintere Tür auf. Ich warf mich auf den Rücksitz und versteckte mich, feige wie ich war. »Fahren Sie los.«

James wusste, wann er besser keine Fragen stellte.

Er fuhr uns durch die stillen Straßen an den Reihen perfekter Häuser vorbei. Häuser mit perfekten Vorgärten und Zäunen und Familien, die sich gleich zum Abendessen an den Tisch setzen würden.

Nur noch ein paar Tage, sagte ich mir und duckte mich in meinen Mantel, zitterte wie Espenlaub. *Dann krieg ich mein Geld und kann verschwinden …*

Aber wie lange würde das dauern? Ein paar Tage waren zu viel.

»Nein, warten Sie«, fuhr ich James an. »Nicht nach Hause. Fahren Sie mich zur Schule.«

»Ja, Sir.«

James wendete und brachte mich zur Schule, wo ich ihm befahl, auf dem Lehrerparkplatz zu parken.

»Warten Sie hier.«

Es war früher Abend; auf dem Schulgelände war es ruhig, im Verwaltungsgebäude tummelte sich allerdings nach wie vor das Lehrerpersonal und eine Handvoll Schulpsychologen, erledigten die Formalitäten des Schulabschlusses und anderen Schreibkram.

Ich stürmte ins Sekretariat und riss die Tür auf. »Ich brauche mein Abschlusszeugnis. Sofort.«

Ms Reed, die zuständige Sekretärin, betrachtete mich über ihre halbmondförmige Brille hinweg. »Wie bitte?«

»Ich will mein Zeugnis. Oder irgendein anderes Dokument, das beweist, dass ich meinen Abschluss gemacht habe.« Ich lächelte gezwungen und zeigte alle meine Zähne. »Bitte.«

»Name?«

»Holden Parish.«

»Nun, Mr Parish, ich muss Sie enttäuschen, aber wir verschicken die Zeugnisse erst in der Woche nach der Zeremonie …«

»Ich nehme nicht an der Zeremonie teil. Ich verlasse die Stadt.«

»Wir schicken Ihnen das Zeugnis per Post. Das ist so üblich.«

Ich biss die Zähne zusammen. »Ich werde keine Adresse haben. Ich werde … eine Rucksacktour durch Europa machen.«

Ich hatte gehört, dass so etwas unter normalen Menschen üblich war. Und das mit Europa war nicht einmal gelogen, das sprach also für mich.

Ms Reed hob zweifelnd eine Augenbraue. »Ich kann Ihnen

die Unterlagen nicht geben, aber wenn Sie unter einer anderen Adresse erreichbar sind als der momentan bei uns gespeicherten, dann geben Sie mir die, und ich werde dafür sorgen, dass Ihnen Ihr Zeugnis sobald wie möglich zugeschickt wird.«

»Gut.« Ich suchte nach meiner Brieftasche, zog die Visitenkarte des Familienanwalts, Albert Bernard, heraus und schrieb meinen Namen auf die Rückseite. »Hier können Sie es hinschicken. An sein Büro in Paris.«

Ms Reed nahm die Karte und beäugte sie.

»Haben Sie das verstanden? Albert Bernard. Paris.«

»Ich kann durchaus lesen, mein Lieber«, sagte Ms Reed und lächelte dünn. »Ich lasse es ihm zukommen.«

»Danke. Sie waren mir eine große Hilfe«, murmelte ich bitter und stürmte hinaus.

Ich hatte es fast in die Freiheit geschafft, als Ms Watkins' Stimme hinter mir erklang.

»Holden? Holden, warten Sie …«

Ich ging schneller, doch die Frau war hartnäckig. Ihre Absätze klapperten auf dem Gehweg, als ich zum Parkplatz zurückeilte.

»Holden, bitte …«

Ich fluchte und drehte mich um. »Was ist? Ich habe es ein bisschen eilig.«

»Ich habe nichts mehr von Ihnen gehört, was das Masterprogramm an der Uni betrifft.«

»Es hat sich was anderes ergeben.«

»Sie meinen, Sie laufen weg?« Sie legte den Kopf schief, Sorge zeichnete sich auf ihren Zügen ab. »Sie wollen wirklich das Land verlassen? Allein?«

»Das ist sicherer für alle Beteiligten.«

Ms Watkins' Gesicht wirkte dank ihrer Besorgtheit auf nervtötende Weise süß. »Ich bin nicht dieser Ansicht. Ich mache mir Sorgen um Sie. Ich glaube nicht, dass es gesund ist. Sie brauchen Stabilität. Gemeinschaft …«

»Bitte hören Sie auf, mich zu analysieren. Das haben schon andere versucht und sind gescheitert. Sie sind Lehrerin. Eine großartige Lehrerin, Ms W.« Ich ging rückwärts zum Auto. »Die beste, die ich je hatte.«

»Holden, warten Sie …«

»Dabei sollten wir es allerdings belassen«, presste ich kalt und voller Hohn hervor, weil sie tatsächlich immer noch versuchte, mich umzustimmen. »Denn mehr sind Sie nicht für mich. Eine Englischlehrerin an der Highschool – das ist alles.«

Sie blieb stehen, die Kränkung zeigte sich auf ihrer Miene, als hätte ihr jemand unvermittelt eine Ohrfeige gegeben.

»Bye, Ms Watkins.«

Ich stieg ins Auto und machte die Tür zu. Der Selbsthass bohrte sich noch ein Stück tiefer in mich hinein, als wir losfuhren und sie einfach stehen ließen.

Na und? Soll sie doch jemanden retten, der es wert ist!

James fuhr mich nach Hause, und ich stürzte mich kopfüber in meinen Wodkavorrat und verließ drei Tage nicht das Haus. Das Geld war immer noch nicht da, River allerdings schon. Nur ein Stück die Straße entlang. Ich könnte jederzeit hingehen, anklopfen, mich ihm vor die Füße werfen und ihn bitten, mir zu verzeihen.

Doch jedes Mal, wenn ich das in Erwägung zog, raste der Unfall mit quietschenden Reifen und zersplitterndem Glas in meine Gedanken und zerstörte die Illusion. Rivers Blut, schwarz auf dem weißen Airbag.

Wie würde *Ich liebe dich* dann aus meinem Mund klingen? Besudelt. Blutbefleckt.

»Es ist zu spät«, murmelte ich. »Der Schaden ist schon angerichtet.«

Und er war irreversibel.

Spät eines Nachts sagte mir der Wodka, dass es eine gute Idee sei, aus dem Haus zu stolpern und durch das stille dunkle Viertel zu wandern. Ich gehorchte und wäre um ein Haar gegen das »Zu Verkaufen«-Schild vor einem großen Haus gerannt, das sich nur ein paar Türen neben dem Zuhause von Mags und Reg befand. Ein Blick ins Fenster offenbarte, dass es leer war und darauf wartete, dass eine Familie einzog.

Ich wankte ums Haus herum nach hinten und fand ein unverschlossenes Fenster. Nicht gerade leise kletterte ich hinein und schlenderte durch das leere Gebäude, während ein imaginärer Makler mich von Zimmer zu Zimmer führte.

Und hier ist der Pool, wo Sie ohne Angst schwimmen können.

Und hier ist die Garage, wo er glücklich und zufrieden an alten Schrottkisten herumschrauben kann.

Und hier ist die Küche, wo er kocht oder Sie etwas zu essen bestellen.

Und hier ist das Esszimmer, wo Sie gemeinsam essen und über Ihren Tag reden.

Und hier ist das Arbeitszimmer, wo Sie schreiben werden.

Und hier ist das Schlafzimmer, wo Sie verschwitzt und ineinander verschlungen Ihre Nächte verbringen werden; wo er die Arme um Sie legt, um die Kälte zu vertreiben.

Mir entfuhr ein ersticktes Lachen, das verdächtig nach einem Schluchzer klang.

»Es ist perfekt«, flüsterte ich zu dem leeren Haus. »Ich nehme es.«

Eine Woche später war es Zeit, sich von Miller zu verabschieden.

Wir trafen ihn vor der Hütte – Violet, Shiloh, Ronan und

ich – unter einem kalten grauen Himmel. Niemand sagte sonderlich viel, aber die Blicke, mit denen sie mich bedachten, sprachen Bände. *Vor allem Mitleid*, dachte ich, als ich an dem Flachmann nippte, der inzwischen Teil meiner Hand geworden zu sein schien. Mitleid, weil ich es nie geschafft hatte, River mit zur Hütte zu bringen und Arm in Arm mit ihm am Lagerfeuer zu sitzen wie alle anderen.

Wie heute.

Violet kuschelte sich an Miller. Shiloh saß mit dem Rücken an Ronan gelehnt, der seine tätowierten Arme schützend um sie gelegt hatte. Ich saß allein da und trank meinen Wodka.

Es ist eine Catch-22-Situation, dachte ich und sah, wie Miller Violet gedankenverloren auf den Kopf küsste.

Ich will, dass River hier bei mir ist, aber er kann wegen mir nicht hier sein.

Ich war das Problem, das Teil der Lösung war, und das würde sich nie ändern.

Schließlich versank die Sonne hinter dem Horizont, und Miller musste los, um in ein Flugzeug nach Los Angeles zu steigen.

Shiloh umarmte ihn und küsste ihn auf die Wange. »Pass auf dich auf. Du machst das schon.«

Ich kam wankend auf die Füße und umarmte ihn länger und fester, als ich sollte. Als ich ihn losließ, hielt ich ihm einen Finger vors Gesicht.

»Wenn du je was brauchst und ich erfahre, dass du mich nicht zuerst gefragt hast, werde ich dich persönlich jagen und umbringen.«

Miller lächelte ein wenig. »Ich brauche nichts. Pass einfach auf dich auf, okay?«

»Ich?« Ich schnaubte. »Ich bin ein Paradebeispiel für gute Entscheidungen.«

»Von wegen.« Er runzelte die Stirn, als würde ihm plötzlich etwas einfallen, dann umarmte er mich noch einmal. »Ich meine es ernst. Pass auf dich auf.«

»Vorsicht, Stratton, sonst muss ich annehmen, dass du mich liebst.«

Weil ich dich liebe und Ronan und den, dessen Namen wir nicht aussprechen ...

Violet und Miller gingen, und ich ließ mich schwerfällig in meinen Stuhl vor dem halb heruntergebrannten Feuer fallen.

Ronan und Shiloh redeten leise miteinander, aber ich spürte ihre Blicke auf mir. Dann kam Ronan auf die Beine und baute sich breitbeinig und mit verschränkten Armen vor mir auf.

»Übst du diese finsteren Blicke vor dem Spiegel, Wentz? Denn ...« Ich machte einen Kreis mit Daumen und Zeigefinger und schnalzte mit der Zunge. »Echt gut.«

»Was ist der Plan, Parish?«

»Austrinken, mir den Sonnenuntergang ansehen und dann nach Hause gehen.«

»Und danach?«

»*Die Stadt der Liebe*, mein Freund.« Ich nahm einen Schluck aus dem Flachmann. »Ich werde dafür sorgen, dass sie ihrem Namen alle Ehre macht.«

»Wann?«

»Sobald ich das Geld habe. Kann jeden Tag so weit sein.«

Ronan strich sich mit der Hand über das Gesicht und hockte sich hin. »Mach nichts Dummes, okay?«

Ich presste mir entrüstet die Hand auf die Brust. »*Moi*?«

»Ich meine das ernst«, sagte Ronan, seine Stimme klang leise und gefährlich, doch ich wusste, dass die Drohung darin nicht mir galt. Er würde jeden fertigmachen, der mir wehtat. Aber selbst der große starke Ronan war machtlos gegen meine Dämonen.

Ich tätschelte ihm die Hand. »Ich komm schon in Ordnung, versprochen. Ich werde frei sein.«

»Und River?«

»Der auch. Vertrau mir.«

Ronan betrachtete mich mit forschenden grauen Augen, dann seufzte er und stand auf. »Sehen wir uns, bevor du abreist?«

Keine Chance. Ich konnte mich nur jetzt von ihm verabschieden, wenn ich so tat, als wäre es kein Abschied.

»Klar, Mann.«

Ronan nickte und gesellte sich zu Shiloh, die sich erhoben hatte. Sie lächelte freundlich und winkte. Ich hob meinen Flachmann zum Gruß und beobachtete, wie mein bester Freund hinter dem großen Felsen verschwand, der die Hütte von der Außenwelt abschirmte.

Ich blieb noch lange dort sitzen. Die Sonne war kaum mehr als eine schmale brennende Linie, die im Meer versank, als mein Handy klingelte und die perfekte Ruhe störte. Ich holte es aus der Tasche und sah eine internationale Nummer.

»Hallo?«

»Holden Parish?«, fragte eine Stimme mit einem schweren französischen Akzent. »Hier spricht Albert Bernard.«

»Bernie. Wie geht's Ihnen, alter Knabe? Ich hoffe, Sie haben gute Neuigkeiten.«

»Die habe ich in der Tat.« Er schniefte. »Ich wurde über Ihren Schulabschluss an der Central High School in Santa Cruz informiert und habe Ihre Eltern benachrichtigt. Mr und Mrs Parish haben Ihnen, wie vereinbart, vorzeitig Ihr Erbe überschrieben.«

»Und?«

»Und …?«

Haben sie nach mir gefragt? Schicken sie schöne Grüße? Sind sie stolz …?

»Was sonst noch?«

»Ich fürchte, ich verstehe nicht ganz«, sagte Bernard. »Ich kann Ihnen Ihre Investitionen, Kapitalanlagen und Aktienanteile einzeln aufführen, aber ich ziehe vor, das nicht am Telefon zu tun …«

»Ich meine, das war's? Sie haben mit ihnen geredet und ihnen gesagt, dass ich den Abschluss gemacht habe.«

»Nun … ja. Wie …«

»In der Vereinbarung.« In der ich explizit gefordert habe, dass sie nie wieder das Wort an mich richteten. Ich hätte froh sein sollen, dass sie sich daran hielten, doch als *meine Eltern* sollten sie das eigentlich nicht tun.

»Wie viel?«, fragte ich und blinzelte.

Monsieur Bernard räusperte sich gekünstelt. »Sie wollen eine Zahl …?«

»Ja, ich will die kalte, harte Zahl. Wie hoch ist das Bestechungsgeld?«

Er senkte die Stimme. »Wenn man sämtliche Vermögenswerte zusammenrechnet – sofort verfügbar oder nicht –, dann liegt die Summe bei etwa 750 Millionen Dollar.«

Eine riesige Summe. Man würde ein halbes Leben brauchen, um bis dahin zu zählen, dennoch hätte ich jeden Penny hergegeben, wenn meine Eltern stattdessen richtige Eltern gewesen wären.

»Es ist ein bisschen wenig, aber ich denke, ich kann damit arbeiten.«

»Mr Parish, ich schlage vor, dass wir uns, sobald es Ihnen passt, in meinem Büro in Paris treffen, um die Details zu klären und Ihnen …«

»Ich bin auf dem Weg.«

Ich legte auf und beobachtete, wie der letzte Rest der Sonne im Ozean versank und sich als schimmernder Teppich aus Gold und Bernstein auf dem Wasser ausbreitete. Ein Stück weiter die Küste entlang ragten die Felsen ins Meer, dahinter machten die Grau- und Brauntöne Platz für das Grün des Waldes.

»Man könnte sich an so einen Ausblick gewöhnen«, sagte ich. Der Wind riss mir die Worte von den Lippen und trug sie mit sich fort.

Aber es war Zeit zu gehen.

Ich wuchtete mich aus dem Stuhl hoch und trat ein letztes Mal in die Hütte. Sie war dunkel, der kleine Raum voller Schatten – und Erinnerungen. Die besten Erinnerungen. Ich stellte den Flachmann auf den langen Holztisch und machte, als ich ging, die dünne Tür hinter mir zu.

Ich hatte den Parkplatz fast erreicht, als mein Handy eine Nachricht von River meldete.

Sie ist tot.

24. Kapitel

River

Mom hatte hohes Fieber bekommen und war um vier Uhr morgens ins Krankenhaus eingeliefert worden. Ein paar Stunden später fiel sie ins Koma, dann versagten ihre Organe schnell hintereinander, und um vier Uhr nachmittags war sie tot.

Das Personal der Onkologie erkannte uns; wir waren im letzten Jahr oft hier gewesen, und sie konnten sich ausrechnen, was unser neuster Besuch bedeutete. Vier von uns waren in der Nacht ins Krankenhaus hineingegangen. Drei kamen wieder raus. Die Leute am Eingang stellten keine Fragen. Sie lächelten sanft, als wir schweigend und betäubt vor Schock und Trauer an ihnen vorbeigingen.

»Ich dachte, ich wäre vorbereitet«, sagte Amelia dumpf auf dem Rücksitz. »Sie war so lange krank. Ich … ich dachte, ich wäre vorbereitet.«

Ich saß auf dem Beifahrersitz und drehte mich zu ihr um. Sie starrte aus dem Fenster, das Licht der Straßenlaternen spiegelte sich im Glas. Sie weinte nicht. Ich auch nicht, ebenso wenig wie Dad. Er fuhr wie ein Roboter, stumm, den Blick auf die Straße gerichtet.

Schock kommt nicht immer plötzlich, und er haut einen nicht immer um wie ein Schlag auf den Kopf. Dieser Schock fühlte sich an, als hätte man mich mit Watte ausgestopft, meine Haut war trocken und spannte. Durch meine Adern floss kein Blut, meine Augen starrten alles an und sahen nichts. Im Radio warb der DJ für irgendwelche Konzertkarten. Es klang wie eine Sendung von einem anderen Planeten, etwas, das mit meinem Leben nichts zu tun hatte.

In den Tagen nach Moms Tod bewegte ich mich in diesem mit Watte ausgestopften Schockzustand durch die Gegend. Pläne wurden gemacht, Anrufe getätigt. Weitere Mitglieder unserer kleinen Familie trudelten ein, bekannte Gesichter, die Fremden gehörten. Sie redeten mit mir, aber ich verstand nicht, was sie sagten. Ich nickte einfach, wusste, dieses Aus-der-Wirklichkeit-Treten würde nicht von Dauer sein. Der Schock würde verblassen, und ich würde mit der Realität klarkommen und mich um meinen Dad und meine Schwester kümmern müssen.

Ich erwartete immer noch ständig, Mom zu sehen, wenn ich im Haus um die Ecke ging, aber sie war nie da.

Die Beerdigung fand unter einem grauen Himmel statt. Trauergäste in Schwarz versammelten sich um den Sarg, auf dem Gänseblümchen und Sonnenblumen arrangiert waren. Mom hatte die Farben Weiß und Gelb geliebt. Außer Violet McNamara war keiner meiner Freunde aufgetaucht.

Auch Holden hatte sich nicht blicken lassen.

Während der Pastor sich langatmig über das ewige Leben ausließ, ließ ich den Blick ziellos über die Grabsteine huschen und rechnete damit, irgendwo Holden lauern zu sehen. Den Vampir. Ich hatte ihm mein Herz geschenkt, und er hatte es ausgesaugt und nur eine leere Hülle zurückgelassen.

Violet drückte meine Hand und holte mich in die Gegenwart zurück. Der Gottesdienst war vorbei. Alle standen auf, und Dad, Amelia und ich warfen Blumen in das Erdloch. Dad schluchzte hinter vorgehaltener Hand, während einer seiner Brüder, Onkel Greg, den Arm um ihn legte. Amelia starrte mit glasigem Blick geradeaus, nach wie vor in Schock gehüllt. Gut. Vielleicht würde das so bleiben und sie würde diese ersten Tage überstehen, ohne das ganze Ausmaß des Schreckens zu spüren.

Bei der Trauerfeier in unserem Haus gab Onkel Tony mir ein Bier, und ich trank es. Dann noch eins. Gestalten in Schwarz wanderten von Zimmer zu Zimmer, redeten leise und aßen das Essen, das Dazia hatte liefern lassen. Ich glaube, die Erde hätte aufgehört, sich zu drehen, wäre sie nicht da gewesen, um sie am Laufen zu halten.

Die Stunden zogen sich zäh dahin, und endlich begannen die Gäste, sich zu verabschieden. Die Verwandten kehrten in ihre Hotels zurück. Violet saß neben mir in einer Ecke im Wohnzimmer.

»Am liebsten würde ich bei dir bleiben, solange du mich brauchst, aber ich muss mich auf den Weg machen.«

»Ich weiß.« Ich lächelte schwach. »Du hast die Fahrt lange genug aufgeschoben.«

Violet ging nach Baylor in Texas, um ihr Medizinstudium anzufangen. Sie hätte schon vor Tagen abreisen sollen, war jedoch wegen Mom geblieben. Und wegen mir.

Nicht wie andere Arschlöcher, die ich kenne …

Ich war nicht betrunken, kam der Sache allerdings langsam näher. Ich nahm noch einen Schluck Bier.

»Du siehst aus, als könntest du etwas Schlaf gebrauchen. Deinem Dad geht es gut«, sagte sie, als ich protestieren wollte. »Deine Onkel sind bei ihm, und Dazia hat Amelia schon längst ins Bett gebracht.«

Das Haus war nahezu leer. Sobald endgültig alle weg waren, würde diese Leere uns verschlingen.

Ich kam unsicher auf die Beine und brachte Violet zur Haustür.

»Danke, dass du hier warst. Die ganze Zeit. Du …« Meine

Kehle schnürte sich zu. Ich schluckte die Tränen herunter. »Du hast dich wirklich gut um sie gekümmert. Sie hat dich sehr gemocht.«

»Ich mochte sie auch«, sagte Violet, und Tränen schimmerten in ihren dunkelblauen Augen. »Ich glaube, jeder, der sie kannte, mochte sie. Sie war so liebenswert. Und du bist es auch.«

Nicht liebenswert genug. Nicht genug, um ihn zum Bleiben zu bewegen.

»Ich meine es ernst«, sagte Violet, die meine Zweifel bemerkte. »Es war ein bisschen schräg, wie wir uns kennengelernt haben, aber ich bin froh, dass wir Freunde geworden sind, River. Lass uns Kontakt halten, okay? Ruf mich an, wenn du traurig bist. Egal wann. Tag und Nacht. Und ich mache das auch, wenn ich Miller vermisse. Es ist natürlich nicht dieselbe Art von Vermissen, aber vielleicht können wir uns gegenseitig durch die schlimmsten Nächte helfen.«

»Das wäre schön«, sagte ich mit rauer Stimme. Ich umarmte ihren schmalen Körper. Die Schlinge war ich los, dennoch achtete ich darauf, sie nicht mit dem Gips zu kratzen, den ich noch ums linke Handgelenk trug.

Sie umarmte mich fest und gab mir einen Kuss auf die Wange. »Wir hören bald voneinander, okay?«

»Gute Reise, Violet.«

Ich schloss die Tür und trat ins Wohnzimmer, in dem Teller, Gläser und ein paar Bierflaschen herumstanden. Partyreste. Aus der Küche drangen Gelächter und laute Stimmen. Es klang, als würden meine Onkel meinen Dad ordentlich betrunken machen.

»Fantastische Idee«, murmelte ich und fand eine fast volle Flasche Heineken auf dem Couchtisch. Ich nahm sie mit hoch und trank die Hälfte unterwegs aus.

In meinem Zimmer setzte ich mich schwerfällig aufs Bett, die Bierflasche in der Hand, die Schultern vorgebeugt. Die Stille war zu laut. Seit dem Abend, als wir aus dem Krankenhaus gekommen waren, hatte ich bis drei oder vier Uhr morgens Musik gehört und gelesen. Ich las, bis mir die Augen zufielen und ich einschlief, sobald ich den Kopf aufs Kissen legte, damit ich nicht im Dunkeln wach lag und nachdachte.

Mich erinnerte.

Ich löste die Krawatte und wollte mein Jackett ausziehen, als meine Nase etwas wahrnahm. *Ihn*. Rauch, der nach Nelken duftete, Zedernholzcologne, Wodka.

Langsam drehte ich den Kopf. Er lehnte ganz in Schwarz an meiner Kommode. Sein silbernes Haar glänzte, und seine Augen waren noch nie so grün gewesen. Wie Peridot, aber nicht hart, sondern blutunterlaufen und glasig.

Verfluchter, wunderschöner Mistkerl.

Ich hasste es, wie mein Herz in der Brust hämmerte und für ihn schlug. Ich hasste es, wie mein Blut sich erhitzte und schneller durch meine Adern floss, sich durch die Betäubung brannte und all die Gefühle weckte, die ruhiggestellt gewesen waren.

»Was willst du hier«, zischte ich wütend. »Jetzt? *Jetzt* lässt du dich blicken?«

Holden hatte keine Zeit, um zu antworten. Meine wilden Gefühle überschlugen sich, und ich stürmte auf ihn zu, packte ich am Mantelkragen und drückte ihn gegen die Wand; unsere Gesichter waren nur Zentimeter voneinander entfernt. Meine Augen brannten, als ich ihn anstarrte.

»Was *zur Hölle* willst du hier?«

Holden erwiderte meinen mörderischen, fiebrigen Blick, ohne zu blinzeln. »Mich verabschieden.«

Seine Worte sanken ein, bohrten sich in mein Herz, und doch spürte ich jede Stelle, wo unsere Körper sich berührten.

Ich ließ ihn los, taumelte zurück. »Hau ab.«

Er strich sich den zerknitterten Mantel glatt und zog sich das Hemd zurecht.

»Hast du mich gehört? Verschwinde von hier.« Ich drehte ihm den Rücken zu.

Holden ging an mir vorbei, und ein paar schreckliche Sekunden lang dachte ich, er würde tun, was ich verlangte. Doch anstatt zu gehen, schloss er die Tür ab und lehnte sich mit dem Rücken dagegen.

»Scheiße, verdammt. Was machst du da?«

»Ich gebe dir, was du brauchst.«

Er kam langsam auf mich zu, seine Augen dunkel und geweitet, eine leichte Röte auf seinen markanten Wangenknochen.

»Von dir brauche ich gar nichts. Du haust ab …«

»Ja. Morgen. Ich reise ab, weil ich muss.« Hinter dem lüsternen Glitzern in seinen Augen konnte ich Schmerz erkennen. Seine kalte Stimme bebte. »Weil ich dir nicht wehtun will.«

»Du tust mir aber weh.«

»Ich würde dir mehr wehtun, wenn ich bleibe.« Er kam näher, sein Blick wanderte über mein Gesicht, blieb an meinem Mund hängen. »Wir haben diese Nacht.«

»Wovon redest du?«, fragte ich, meine Stimme kaum mehr als ein leises, stockendes Flüstern. Weil ich wusste, was er meinte. Die Verheißung von Sex umgab ihn so greifbar wie sein Duft.

Holden nickte. Er las meine Gedanken. Er war so nah, dass ich seinen Atem auf meinem Kinn spürte, warm und süßlich scharf – so wie ich mir den Geschmack von Absinth vorstellte. Er zog mir die Krawatte aus und warf sie zur Seite, dann glitten seine Hände zu meinem Gürtel hinab. Er zog ihn aus den Schlaufen, und kaum hatte das Ding den Boden berührt, als seine geschickten Hände bereits den Knopf und den Reißverschluss geöffnet hatten. Ich stand still, zitterte, während tausend Emotionen in mir rangen, doch reine, ungezügelte Lust stieg zuerst nach oben. Suchte verzweifelt nach einem Ausgang, nach Erlösung.

»Du brauchst das hier.« Er griff in meine Hose und fand meinen harten und schmerzenden Schwanz. Er drückte zu. »Ich werde es dir geben.«

»Holden …«

»Du brauchst es«, sagte er wieder, und seine Lippen strichen über meinen Mund. »Du brauchst Sex.« Mein Blut fing Feuer. Ein Knurren erklang in meiner Brust, und ich packte ihn am Nacken und küsste ihn hart. Das Knurren schmolz zu einem hilflosen Stöhnen, als ich ihn nach einer gefühlten Ewigkeit endlich wieder schmeckte. Er öffnete den Mund, um mich einzulassen, und ich verschlang ihn. In diesem Augenblick wurde mir klar, was er vorhatte. Er wollte, dass ich mich die ganze Nacht auf diese Weise an ihm weidete. Immer nur nahm und nahm, weil er glaubte, sonst nichts zu geben zu haben.

»Nein.« Ich löste meinen Mund von seinem. »Holden …«

»Doch«, flüsterte er, und seine Augen schimmerten plötzlich. Ein flehender Blick. »Wir haben diese eine Nacht, und dann musst du mich gehen lassen.«

Bevor ich etwas sagen konnte, küsste er mich erneut, heiß und intensiv, während er mir das Jackett von den Schultern schob. Mit jeder Berührung seiner Hände, jeder Bewegung seiner Zunge verlor ich mich mehr. Meine Trauer und mein Verlangen waren ein und dasselbe – ein unstillbarer Hunger. Ein Bedürfnis, die Leere zu füllen, die er hinterlassen würde. Ihn zu lieben, während ich ihn jetzt schon so sehr vermisste.

Wir haben diese eine Nacht.

Ich riss ihm den Mantel von den Schultern. Er zog an meinem Hemd. Knöpfe rollten über den Boden, Schnallen klickten, und Kleidungsstücke fielen herab. Wir rangen miteinander, während unsere Münder saugten und bissen, während wir die Köpfe neigten, um den anderen so innig zu küssen, wie es möglich war. Als unsere Klamotten zu unseren Füßen lagen, strichen die Hände über nackte Haut. Packten zu. Wanderten. Unsere erigierten Schwänze schwollen an.

Ich küsste ihn wild, umarmte ihn fest. Füllte jede Berührung mit Hitze und betete, die Kälte all der Dinge durchdringen zu können, die sie mit ihm angestellt und die dafür gesorgt hatten, dass er glaubte, es nicht wert zu sein, echte, reale Gefühle entgegengebracht zu bekommen.

Aber Holden war zu klug. Sein Verstand zu scharf, zu wach. Er spürte, was ich vorhatte, und unterbrach den Kuss, um zur Sache zu kommen. Er holte ein Kondom und eine kleine Flasche Gleitmittel aus seinem Mantel und warf beides aufs Bett.

»Das ist für dich«, wisperte er und kam wieder zu mir, seine Stimme heiser vor Verlangen. »Mach mit mir, was du willst, River. Was immer du willst.« Seine Hand schloss sich um meinen Schwanz, und er leckte sich über die Lippen. »Sonst geb ich dir, was du brauchst.«

Er wollte sich auf die Knie sinken lassen, doch ich hielt ihn auf, erkannte meine eigene keuchende Stimme nicht. »Nein … ich … ich will in dir sein.«

»Gut«, flüsterte er und griff nach dem Kondom und dem Gleitmittel. Wir standen Brust an Brust, und der Atem fuhr mir scharf durch die Nase, als ich zusah, wie er das Kondom über meinen harten Schwanz rollte. »Du brauchst das hier«, flüsterte er an meinem Mund, während er meine Finger mit Gleitmittel überzog. »Ich *will* es.«

Mit einem unmenschlichen Knurren drehte ich ihn grob

um. Ich legte den linken Arm mit dem Gips um seine Brust und hielt ihn fest. Mit der rechten Hand umfasste ich hart seinen Schwanz und fuhr langsam daran auf und ab.

»Das willst du also?«, knurrte ich wie von Sinnen und trunken von ihm. »Du willst gefickt werden?«

»Ja«, zischte er. »Gott, ja …«

Ich ließ seinen Schwanz los, fuhr mit den Fingern abwärts zwischen seine Beine. Holden sank an mich, sein Atem keuchend und schnell, als ich ihn für mich öffnete.

»Jetzt«, stieß er hervor, sobald ich in der Lage war, zwei Finger leicht hinein- und herauszubewegen. »Bitte …«

Er lehnte sich auf das Fußende des Bettes, den Rücken gerundet. Muskeln spielten unter seiner perfekten glatten Haut. Sein Arsch, rund und fest, war mir entgegengereckt. Langsam drang ich in ihn ein, packte seine Hüften und zog ihn gleichzeitig zu mir.

»Ah, Gott, ja«, zischte er. »Mehr. Härter.«

Ich befand mich in einem wilden Rausch, besaß allerdings noch genug Selbstkontrolle, um nicht vollkommen rücksichtslos zu sein. Ich konnte ihm nicht wehtun, obwohl ich das wollte. Ich wollte ihn bestrafen.

Holden stützte sich mit beiden Händen aufs Bett und wiegte sich rückwärts gegen mich. Ich griff um ihn herum und packte seinen Schwanz, bearbeitete ihn gleichzeitig mit meinen Stößen, erschuf einen Rhythmus aus dem Chaos von Lust und Liebe, das wie ein Tornado in mir wütete.

Wie konnte man sich gleichzeitig so kaputt und so vollkommen fühlen? Wie konnte mein Herz so voller Trauer und zugleich voll Liebe sein? Wie war es möglich, dass mein Körper von der größten Lust erschüttert wurde, die ich je erfahren hatte, während Schmerz meine Seele erdrückte? Wie konnte ich ihn festhalten wollen und mich dennoch von ihm verabschieden? Ich fickte ihn, weil er fortging. Ich fickte ihn, damit er blieb. Ich packte seine Hüften und nahm seinen Körper, zog ihn an mich, während ich bereit war für den Orgasmus.

Noch nicht …

Ich jagte dem Höhepunkt hinterher und wollte ihn zugleich hinauszögern. Ich wollte in dieser blinden Glückseligkeit schweben, während Holdens Körper mit der Lust erzitterte, die ich ihm schenkte. Wollte die Nacht festhalten und bis in alle Ewigkeit ausdehnen. Denn seine Abwesenheit am Morgen würde mich erneut fertigmachen.

Und ihn ebenfalls.

Holden sank auf dem Bauch aufs Bett, und ich stützte mich über ihm ab, legte meine Brust auf seinen Rücken, wollte so viel von seiner Haut spüren wie möglich. Wir bewegten uns gemeinsam, unsere Körper aneinandergeschmiegt. Seine Hand fand meine, und wir verschränkten die Finger; ich hörte ihn zitternd einatmen. Heiße Tränen liefen über seine Wangen, und ich küsste sie weg, während ich mich in ihm bewegte, unsere Körper in perfekter Harmonie, Geben und Nehmen.

»Oh Gott …«, stieß Holden hervor. »River …«

»Komm.«

Ich wollte, dass er in meinem Bett kam, auf meine Laken. Es war irgendwie schmutzig, doch ich würde mich im Schlaf in ihn einhüllen können.

Holden spannte sich an, ein Schrei entrang sich seinen Lippen und brach abrupt ab, dann versteifte sich sein ganzer Körper, bis auf meine unerbittlichen Stöße, die ihn vor- und zurückbewegten, sein Schwanz gefangen in der Reibung zwischen seinem Körper und dem Bett. Ich küsste ihn zwischen die Schulterblätter und unterdrückte dann einen Fluch, als mein eigener Orgasmus mich überkam.

Ich sackte auf Holden zusammen, lag auf ihm wie eine Decke, und wir blieben eine ganze Weile so, unsere Atemzüge hoben und senkten sich gemeinsam. Aber ich war zu schwer; sanft zog ich mich aus ihm raus und rutschte auf die Matratze. Ich rollte zur Seite, warf das Kondom in den Papierkorb und blieb mit dem Rücken zu ihm liegen. Erschöpft. Die Reste des Orgasmus durchzuckten mich noch, aber die schreckliche, hohle Trauer nahm mir schon jetzt alles weg.

Das Bett sank ein, und Holdens warme Haut legte sich an meine. Er umarmte mich und schlang die muskulösen Beine um meine. Unsere Finger verschränkten sich, und ich hielt ihn fest, während ich spürte, wie der Schlaf sich viel zu schnell näherte.

»Holden …«

»Sch«, flüsterte er, sein Atem war heiß in meinem Nacken. »Schlaf jetzt, River.«

Ich kämpfte dagegen an, doch die schlaflosen Nächte und die überwältigenden Emotionen der letzten paar Wochen trieben mich in ein gnädiges Vergessen. Ich konnte die Augen nicht offen halten. Ich konnte mich nur an ihn schmiegen, das Gefühl dieser letzten Momente genießen.

Kurz bevor alles schwarz wurde, dehnte seine Brust sich an meinem Rücken aus, und sein Atem fuhr mir warm über den Hals.

»Ich liebe dich.«

Am Morgen war er fort. Das Bett war leer und kalt. Vielleicht hatte ich seine letzten Worte nur geträumt.

25. Kapitel

Holden

Die ersten Lichtstrahlen fielen durch das Fenster, als ich mich vorsichtig von River löste. Ich spürte die kalte Luft auf meiner Haut, nun, da unsere Körper sich nicht länger berührten.

Leise zog ich mich an, zuckte bei jedem Geräusch zusammen und wünschte doch, dass er aufwachen würde. Wenn er die Augen aufmachte und mich bat zu bleiben, würde ich das vielleicht tun.

Aber River schlief weiter, schwer und gesättigt von der letzten Nacht. Ich hatte seine Kraft gespürt, als er mich gepackt, sich in mir bewegt, sein Orgasmus uns beide erschüttert hatte. Dieser Mann weigerte sich jedoch einfach, lediglich zu ficken. Weil River eben River war, hatte seine Liebe zu mir jede Berührung durchdrungen, und ich hatte unter dem Gewicht nachgegeben.

Als ich angezogen war, stellte ich mich neben das Bett.

Wach auf und sag mir, dass ich bleiben soll …

Es war geschummelt, so etwas von ihm zu verlangen.

Genau wie ihm zu sagen, dass ich ihn liebte.

Ich hätte es nicht sagen sollen, allerdings hatte er wahrscheinlich sowieso schon geschlafen. Es zählte nicht. Ich würde verschwinden, ohne dass er diese Worte gehört hatte – auf diese Weise würde er mich schneller vergessen. River war der stärkste Mensch, den ich kannte. Er würde den Tod seiner

Mutter überleben; und garantiert konnte er auch mich überleben.

Um ein Haar hätte ich mich vorgebeugt, um ihn zum Abschied zu küssen, aber auch das wäre geschummelt gewesen.

Ich ging die Treppe nach unten zur Haustür. Das Haus wirkte still und ernst, erfüllt von der Trauer, die wie Dampf in der Luft hing. Es war leicht gewesen, gestern während der Familienfeier einzubrechen.

Niemand hatte auf einen weiteren Trauergast in Schwarz geachtet.

Niemand bemerkte es, als ich nun durch die Tür schlüpfte und sie leise hinter mir zuzog.

Unter einem bleigrauen Himmel ging ich nach Hause. Ein frühmorgendlicher Walk of Shame ohne Scham. Nur mit einem rasenden Schmerz, den ich unterdrückte – und den ich den Stimmen in meinem Kopf zufolge verdient hatte.

Das große Haus war dunkel, als ich mich ins Gästehaus schlich, ganz leise, um niemanden zu wecken. Meine Koffer waren bereits gepackt, der Überseekoffer mit meinen Tagebüchern schon auf dem Weg zu Bernies Pariser Büro, bis ich einen Platz zum Schlafen gefunden hatte.

Mein Brief für Tante Mags und Onkel Reg war geschrieben. Darin drückte ich ihnen meinen Dank für ihre Gastfreundschaft aus und die Hoffnung, keine allzu große Last gewesen zu sein. Der Brief fühlte sich zu leicht an in meiner Hand. Er genügte nicht. Aber sie hatten ihr Gästehaus zurück und waren nicht länger gezwungen, in Santa Cruz zu bleiben. Sie waren ebenfalls frei.

Ich duschte, wusch Rivers Geruch von mir ab, bis nichts mehr übrig war, dann zog ich eine Hose an, einen schwarzen Rollkragenpullover, um die Bissmale auf meinem Hals zu verbergen, und darüber den langen grauen Tweedmantel.

Die Uhr verriet mir, dass ich noch zwanzig Minuten hatte, bevor James mich für unsere letzte Fahrt zum Flughafen abholen würde.

Ich setzte mich mit Füller und Papier an den leeren Schreibtisch und schrieb einen letzten Brief, den ich gerade zuklebte, als James auf der Straße vorfuhr. Ich legte beide Briefe nebeneinander auf den Tisch, nahm meine Rollkoffer und ging, ohne mich noch einmal umzusehen.

James eilte mir entgegen, um mir mit dem Gepäck zu helfen. Er verstaute es, während ich mich auf die Rückbank setzte, den Blick auf das große Haus gerichtet. So wie ich River insgeheim gebeten hatte aufzuwachen, konzentrierte ich meine Gedanken auf die Hintertür, wünschte mir, sie würde sich öffnen und Mags und Reg würden herauskommen, mir zuwinken und ihr freundliches Lächeln lächeln …

»Noch etwas, Sir?«, fragte James und sah mich im Rückspiegel an. »Noch irgendwas zu erledigen?«

»Nein«, sagte ich. »Nichts.«

Liebe Beatriz,
ich schreibe Ihnen auf Portugiesisch, weil das hier nur für Sie bestimmt ist. Wenn Mags oder Reg den Brief läsen, würden sie glauben, ich wäre von einem unglaublich lieben und netten Menschen gekidnappt worden und das hier wäre die Lösegeldforderung.
Danke, Beatriz. Für Pipoca. Für Sandwiches mit Erdnussbutter und Gelee. Dafür, dass Sie bei jedem Film, den wir zusammen geguckt haben, gefragt haben, was als Nächstes passiert. Ich mochte unsere Filmabende. Ich mochte es, dass es sich so angefühlt hat, als würden Sie alles über mich wissen, ohne dass ich ein Wort sagen oder irgendetwas erklären müsste. Oder mich entschuldigen müsste.

Danke dafür.

Und machen Sie sich keine Sorgen um mich. Ich weiß nicht, was als Nächstes passiert. Wir werden beide einfach abwarten müssen.

Ich werde immer an Sie denken und mich wirklich bemühen, mich zu benehmen.

Aber ich kann nichts versprechen.

Alles Liebe,

Ihr Holden

Teil 5

26. Kapitel

River

Ein Jahr später …

»Ich glaub, das war es«, sagte ich und klappte die Motorhaube des 67er Chevy Impala zu. »Versuch's noch mal, Julio.«

Der Mechaniker saß hinterm Steuer und drehte den Zündschlüssel. Der V8-Moter erwachte brüllend zum Leben. Julio warf mir durch die Windschutzscheibe ein triumphierendes Lächeln zu.

Er stellte sich zu mir neben den riesigen Schlitten, der in der zweiten, letztes Jahr von mir angebauten Werkstatt im Leerlauf vor sich hin brummte. Aufmerksam begutachteten wir den Rest des Wagens mit all den Beulen und der verblassten Farbe. Für die Innenausstattung würden wir mindestens einen Monat brauchen, nicht eingerechnet die Suche nach sechzig Jahre alten Ersatzteilen. Den Wagen wieder zum Laufen zu bringen stand allerdings immer an erster Stelle. Niemand wollte ein überdimensioniertes Spielzeug, das nur in der Garage herumstand. Die Leute wollten damit angeben können.

»Gratuliere, Mann«, sagte Julio. »Du hattest recht mit dem Zylinderkopf.«

»Du hattest mit allem anderen recht.« Ich klopfte Julio auf den Rücken, als er sich ins Auto beugte und den Motor abstellte.

Julio Morales war zwanzig Jahre älter als ich und schon immer der beste Mechaniker in Santa Cruz gewesen, doch dann hatte sich herausgestellt, dass er außerdem ein Händchen fürs Restaurieren hatte. Ich lernte nebenbei und übte zu Hause an einem 72er Chevelle, während ich in der Werkstatt alles an Wissen aufsaugte, was Julio mir vermitteln konnte.

Momentan konnten wir immer nur einen Kundenauftrag annehmen – komplette Restaurationen brauchten Monate, und wir mussten gleichzeitig an den Rest des Betriebs denken. Sobald jedoch etwas weniger zu tun war, verschwanden wir in der zweiten Werkstatt, wo ich außerdem die meisten Abende und Wochenenden verbrachte.

»Hallo?«, rief eine Frauenstimme in der Hauptwerkstatt. »Arbeitet hier jemand?«

Julio lächelte leicht. »Er hat wahrscheinlich die Bürotür zugemacht und sie nicht gehört. Ich geh schon.«

»Danke«, sagte ich. Wir hatten beide lange genug für meinen Dad gearbeitet, um zu wissen, dass er nie einen Kunden warten lassen würde. Aber das war *früher* gewesen. Jetzt war *jetzt*.

Julio begrüßte die Kundin, und ich ging ins Büro. Dad saß an seinem üblichen Platz vor einem Haufen Papierkram, ohne ihn wirklich zu sehen. Sein Haar war in diesem Jahr grauer geworden, sein Gesicht um zehn Jahre gealtert. Das war die Trauer. Amelia sagte, wir seien wie die Podlinge in *Der dunkle Kristall* und die Trauer sei wie die bösen Skekse, die die Lebenskraft aus uns heraussaugten.

Ich glaubte ihr aufs Wort.

Dad sah jedenfalls ganz klar so aus, als sei ihm ein Stück Lebendigkeit abhanden gekommen. Das Licht in seinen Augen wirkte jetzt trüber. Das galt auch für Amelia. Und für mich.

Wenn ich in den Spiegel schaute, sah ich wieder die Maske, die ich mein ganzes Leben lang getragen hatte. Doch anstatt zu verbergen, wer ich war, benutzte ich sie jetzt, um den Schmerz einzudämmen und für Dad und Amelia weitermachen zu können. Jemand musste die Rechnungen bezahlen, die Einkäufe erledigen und dafür sorgen, dass Amelia zur Schule ging. Jemand musste dafür sorgen, dass Dad sich daran erinnerte zu essen. Ich übernahm diese Aufgaben und füllte jede wache Sekunde mit Verantwortung.

Es war anstrengend, aber leichter, als sie zu vermissen.

Und *ihn*.

»Dad?«

Er zuckte zusammen. »Oh, hey. Ich wollte gerade die Rechnung für McKlowski fertig machen.«

»Das kann ich übernehmen. Willst du vielleicht nach Hause fahren und dich kurz hinlegen?«

»Mich hinlegen? Es ist ein Uhr.« Er schüttelte den Kopf. »Nein, nein, ich mach das schon. Wie ist die Lage da draußen?«

»Gut. Wir konnten den Chevy starten.«

Dad schürzte die Lippen. Er war immer noch nicht davon überzeugt, dass es eine gute Idee war, Autos zu restaurieren; das Ganze dauerte viel zu lange und brachte nicht viel ein. Er verstand nicht, dass ich es nicht fürs Geld tat. Bisher hatte ich mit Julios Hilfe nur einen einzigen Wagen restauriert – der alten Schrottkiste zu ihrem ursprünglichen Glanz zu verhelfen war das Schönste gewesen, was ich erlebt hatte, seit Mom gestorben war.

Seit Holden mich verlassen hat.

Ich schob den Gedanken beiseite, aber der Schmerz traf mich trotzdem.

»Ich hoffe nur, unsere Stammkunden werden nicht vernachlässigt«, sagte Dad. »Wir haben einen Ruf zu verlieren.«

»Klar«, erwiderte ich angespannt. Er brauchte nicht zu wissen, dass unser Ruf bereits gelitten hatte. Nicht, dass irgendjemand in der Stadt Dad irgendetwas verübelte; alle wussten, wie sehr er litt. Er war jedoch nicht hundertprozentig bei der Sache, und das war für alle außer ihn selbst offensichtlich.

Ich muss einfach härter arbeiten.

Ein weiterer Kunde fuhr auf den Hof.

»Ich geh schon. Mr McKlowski ist bald zurück …« Ich warf einen demonstrativen Blick auf den Papierkram.

Er lachte leicht und winkte ab. »Los, raus. Dein alter Herr hat noch nicht komplett den Verstand verloren.«

Ich lächelte schwach.

Nein, nur seine Frau und den lebenslangen Traum, den er für seinen Sohn gehegt hatte.

Ich verließ das Büro, als das Handy in der Tasche meiner dunkelblauen Arbeitshose klingelte. Meine Schultern sackten herab, als ich die Nummer sah.

»River Whitmore?«

»Am Apparat.«

»Hier ist Deborah vom Büro der Central High.«

»Hi, Deborah.« Ich setzte mich auf die Bank vor dem Büro und blinzelte in die helle Sonne des Märznachmittags. »Ich habe Amelia heute Morgen persönlich zur Schule gefahren. Ich habe gesehen, wie sie reingegangen ist.«

Sie seufzte. »Ja. Ihre Lehrer haben bestätigt, dass sie vormittags beim Unterricht war, doch anscheinend ist sie nach dem Mittagessen nicht zurückgekommen.«

»Scheiße.« Ich rieb mir über das Gesicht. »Entschuldigung.«

»Ist schon okay.« Deborahs Stimme wurde zögerlich. »River … wäre es vielleicht möglich, dass Ihr Vater etwas strenger sein könnte? Ich weiß, Sie tun Ihr Bestes, aber …«

»Aber ich bin nur ihr Bruder.«

Im Verlauf des letzten Jahres hatte Amelia es allmählich aufgegeben, sich um irgendetwas zu bemühen, und die Schule hatte meinen Dad aufgegeben. Er kam nicht zu Elternabenden und vergaß zurückzurufen. Dann hatte eine von Amelias Lehrerinnen ihren Honda für einen Ölwechsel in die Werkstatt gebracht, und wir waren ins Gespräch gekommen. Seitdem rief das Sekretariat immer nur mich an.

»Ihr Mathelehrer meinte, wenn Amelia die nächste Klassenarbeit nicht besteht, läuft sie Gefahr, den ganzen Kurs in den Sand zu setzen und im Sommer nachholen zu müssen.«

Ich knirschte mit den Zähnen. »Verstehe. Ich rede heute Abend mit ihr.«

Und nehme ihr das Handy weg.

Ich hatte mir bereits angewöhnt, schon um neun Uhr abends das WLAN im Haus auszuschalten, da sie statt Hausaufgaben zu machen nur noch TikTok-Videos guckte.

»Danke, River«, sagte Deborah und Mitleid lag in ihrer Stimme. »Es tut mir so leid, dass ich schlechte Nachrichten habe.«

»Kein Problem. Ich kümmer mich drum.«

Ich legte auf und schaute wie immer nach, ob ich eine Nachricht oder einen Anruf verpasst hatte.

Nichts.

Also steckte ich das Handy zurück in die Tasche und machte mich wieder an die Arbeit.

Eine Stunde später, als Julio und ich gerade dabei waren, die Reparatur eines 2017er Mazda zu besprechen, bremste ein weißer Jeep Rubicon mit quietschenden Reifen auf der Kreuzung vor der Werkstatt. Mikey Grimaldi saß hinterm Steuer, Chance Blaylock auf dem Beifahrersitz und Donte Weatherly lachte auf der Rückbank. Wahrscheinlich waren sie von der Uni für einen kurzen Besuch nach Hause gefahren und erzählten sich gerade Footballgeschichten.

Alle drei hielten inne, als sie mich entdeckten. Chance sagte etwas, woraufhin Mikey schnaubend lachte. Nur Dontes Lächeln wirkte steif und reichte nicht bis zu den Augen. Die Ampel sprang auf Grün, und der Jeep fuhr mit röhrendem Motor davon.

»Was war das denn?«, fragte Julio.

Er wusste nichts über mein Privatleben. Vor allem, weil ich keins hatte.

»Ich hab in der Highschool mit ihnen Football gespielt.« Ich atmete ein und seufzte. »Dann haben sie herausgefunden, dass ich mit einem Typ zusammen war.«

Julio schürzte nachdenklich die Lippen. »Sind sie eifersüchtig geworden oder was?«

Ein echtes Lachen entfuhr mir. »So was in der Richtung.«

Julio grinste und boxte mich leicht gegen die Schulter. »Los, komm. Wir haben eine halbe Stunde bis zum nächsten Termin. Der Chevy ruft.«

Beim Abendessen stocherte Amelia in ihren Curry-Nudeln. Ich war auf dem Heimweg extra bei ihrem Lieblings-Thai-Imbiss vorbeigefahren. Vielleicht war es nicht gerade die beste Erziehungsmethode, sie noch dafür zu belohnen, dass sie die Schule schwänzte und kurz davor war, in Mathe durchzufallen, doch es brachte auch nichts, sauer zu werden, denn wenn ich es tat, hasste ich mich hinterher jedes Mal dafür. Meiner Wut nachzugeben war wie ein kleines Loch in einem Damm. Wenn ich nicht schnell aufhörte, würden weitere Löcher entstehen, mehr Gefühle würden herauslaufen, bis ich darin ertrank.

»Die Schule hat angerufen«, sagte ich und schob mit den Stäbchen eine Garnele über den Teller. »Mal wieder.«

Amelia zog die Schultern hoch, das dunkle Haar fiel ihr über die Augen. »Na und?«

»Was ist?«, fragte Dad. »Wann haben sie angerufen?«

»Heute Nachmittag. Amelia ist kurz davor, in Mathe durchzufallen.« Ich wandte mich ihr zu. »Wenn du die nächste Klausur nicht schaffst, musst du vielleicht im Sommer den Kurs nachholen.«

»Mir doch egal«, murmelte meine Schwester.

»Einen Kurs im Sommer nachzuholen ist nicht *egal.* Es ist scheiße. Aber ehrlich, *Mathe*, Amelia? Ich hab dir hundertmal gesagt, dass ich dir helfen kann. Ich helfe dir *gerne.* Ich bin ein peinlicher Streber, schon vergessen?«

Sie lächelte nicht.

Dad hob die Hände. »Ich dringe auch nicht zu ihr durch.«

Ich biss die Zähne zusammen und zwang mich, ruhig zu bleiben. »Amelia, du kannst nicht weiter die Schule schwänzen. Sonst werde ich dein Handy konfiszieren.«

Ihr Kopf fuhr hoch, ihre Augen waren groß und funkelten. Sie schaute Dad an. »Das darf er nicht«, erklärte sie, dann zischte sie mich an. »Das darfst du nicht. Du bist nicht mein Zweitvater, River. Bild dir bloß nichts ein. Du bist nur mein Bruder.«

»Ja, ich bin dein Bruder, und ich hab es satt zu sehen, wie meine Schwester ihr Leben wegwirft.«

»Du kriegst mein Handy nicht. Ich geb's dir nicht.«

Ich zuckte mit den Achseln. »Ich zahl einfach die Rechnungen nicht mehr. Und dann wird's nicht mehr funktionieren.«

Amelia starrte mich wütend an. Dad stocherte geistesabwesend in seinem Essen.

Ich schob seufzend den Teller weg. »Hör zu, Amelia, bitte. Geh einfach in die Schule. Du hast nur noch ein paar Monate, bis das Schuljahr zu Ende ist. Kannst du das für mich tun? Bitte.«

»Kann ich dann mein Handy behalten?«, fragte sie und bemühte sich, die harte Schale nicht bröckeln zu lassen, auch wenn diese längst Risse hatte. Sie war nicht sie selbst. Das war Amelia ohne ihre Mutter.

»Du kannst es behalten, wenn du mir schwörst, dass die Schule mich nicht mehr anrufen wird. *Und* wenn du mich dir helfen lässt, für die Mathearbeit zu lernen.«

»Okay«, sagte sie leise. »Danke.«

Wir aßen in angespanntem Schweigen weiter, in der Stille, die das ganze Haus infiziert hatte, seit Mom gestorben war.

»Also, ich habe nachgedacht«, sagte ich leise. »Das Geschäft läuft ganz gut. Das Geschäft mit den Restaurationen kommt langsam in Schwung …«

»Dein kleiner Nebenjob?«, fragte Amelia mit einem seltenen Lächeln.

»Genau der.« Ich grinste. »Also hab ich überlegt, mir was Eigenes zu suchen. Eine Wohnung zwischen hier und der Werkstatt …«

Meine Worte erstarben, als Dad und Amelia mich entgeistert anstarrten. Dad ließ klappernd die Gabel auf den Teller fallen.

»Du willst ausziehen?«

Er musterte mich, als hätte ich verkündet, ich wollte den Mars kolonisieren. Er und Amelia wechselten einen vielsagenden Blick; beide hatten offensichtlich gleich viel Angst vor einer Zukunft, in der sie in diesem Haus miteinander allein wären.

»Na ja … irgendwann schon, ja. Ich werde bald zwanzig, und ich hab das Gefühl, ich muss …«

»Hast du dir schon Wohnungen angeguckt?«, fragte Dad und sah aus, als würde er jeden Augenblick in Panik ausbrechen. »Planst du das schon länger?«

»Nein, ich dachte nur …«

Amelia knallte ihr Glas auf den Tisch, sodass Limo auf das Holz spritzte, und schob abrupt den Stuhl zurück. Sie warf mir einen verletzten Blick zu und rannte in ihr Zimmer.

Dad lehnte sich im Stuhl zurück, sein Mund war vor Schreck geöffnet. »Meinst du das ernst, River?«

»Na ja, schon, aber es muss nicht so bald sein. Ich denke, es kann warten.«

»Jag mir nie wieder so einen Schreck ein«, sagte er mit einem rauen Lachen, die Hand auf der Brust, als hätte ich ihm einen schlimmen Streich gespielt. »Wenn du ausziehst … Ich weiß nicht, was wir ohne dich tun würden, aber es wäre nicht schön.«

»Okay, Dad.«

»Lass das ruhig stehen. Ich wasche später ab.« Er stand auf, legte seine Hand kurz auf Moms leeren Stuhl und verließ das Esszimmer.

Ich seufzte. »War nur so eine Idee.«

27. Kapitel

Holden

Ich saß am Kopfende eines Tisches im privaten Speiseraum des *Epicure*, dem Restaurant im Hotel *Le Bristol*, wo ich momentan residierte, lehnte mich zurück und sah mich um. Auf dem langen ovalen Tisch befanden sich die Überreste eines Drei-Sterne-Dinners – Teller mit halb gegessener Tarte Tatin und Crème brulée, Kaffeetassen und leere Champagnerflaschen.

»Wartet, wartet, *silencieux*!«

Alexandre Caron, der Rädelsführer der heutigen Party, bat um Ruhe.

Fünfzehn meiner engsten Freunde – von denen ich einige erst seit Stunden kannte – ließen langsam ihr Lachen ausklingen, und ihre betrunkenen Gespräche in einer Handvoll Sprachen verstummten. Unter den heutigen Partygästen waren Franzosen, Deutsche, Italiener, Bretonen, mein libanesischer bester Shopping-Freund, ein Russe, ein Amerikaner, den ich nicht kannte, und ein wunderschöner Schweizer.

Mein heutiges Ziel.

Hätten der Künstler Basquiat und der Schauspieler Michael B. Jordan ein Kind bekommen, dann hätte es als Erwachsener wie dieser Mann ausgesehen – perfekte glatte braune Haut und oben auf dem Kopf zusammengebundene Dreadlocks. Ich hatte ihm den ganzen Abend schöne Augen gemacht, aber er war nicht auf mein unausgesprochenes Angebot eingegangen.

Noch nicht.

»Lasst uns auf unseren Schutzheiligen der endlosen Party und unseren auteur extraordinaire anstoßen …«, sagte Alexandre und hob ein Glas Champagner. Er war unglaublich heiß – schlank, kantiges Gesicht und Hakennase. Glücklicherweise war er hetero und in dieser Hinsicht auch kein bisschen abenteuerlustig, sonst wäre er auf der langen Liste unserer gemeinsamen Bekannten gelandet, mit denen ich geschlafen und danach kein Wort mehr geredet hatte.

Mit der anderen Hand hielt Alexandre zwei Zeitschriften empor. »Auf Holden – oh, pardonnez-moi, auf Gordon Charles, den ersten Schriftsteller, der gleichzeitig im *New Yorker* und dem *Paris Review* eine Kurzgeschichte veröffentlicht hat!«

Jubel wurde laut, Gläser wurden erhoben, und alle stießen auf meinen Erfolg an. Der Amerikaner – ein blasser drahtiger Typ mit rotblondem Haar und Brille – warf mir einen Blick zu, der besagte, dass er etwas vorhatte.

Zu spät, mein Freund. Heute gibt es Basquiat B. Jordan zum Nachtisch.

Das hoffte ich jedenfalls. Ich blickte erneut in die Richtung des Schweizers und war erfreut, endlich ein kokettes Lächeln auf seinen Lippen zu entdecken. Heute würde ich mich in diesen Lippen, diesem Mund und jedem anderen Körperteil von ihm verlieren – und dabei wie immer versuchen, River Whitmore aus meiner Erinnerung zu löschen.

Schön wär's …

Keiner meiner alten Tricks – Alkohol und bedeutungsloser Sex – funktionierte, wenn es um River ging. Jede Nacht, die ich in verzweifelter Umklammerung mit einem Mann, der nicht er war, verbrachte, bettete ihn nur tiefer in meine Erinnerung ein, die nach wie vor alle meine Sinne beherrschte. Trotz flüchtiger Momente der Lust sehnten sich meine Haut und meine Zellen und meine Sehnen regelrecht nach ihm. Mein dämliches Herz *schrie* nach ihm, ein niemals endendes Geheul, das sich weigerte, mit Alkohol oder den verschwitzten, sich windenden Körpern von Fremden zum Schweigen gebracht zu werden.

Aber ich geb nicht so leicht auf. Ich nahm das Champagnerglas und zwinkerte dem Schweizer zu.

Alexandre schlug mit den Zeitschriften auf den Tisch und kippte dabei ein Glas Wasser um, das beide durchtränkte.

»Putain de merde«, fluchte er grinsend. »Jetzt hab ich deine Geschichten ruiniert, Holden, und du kannst nicht daraus vorlesen.«

»Darauf trinke ich«, sagte ich und nahm einen großen Schluck Champagner.

Ich hatte ohnehin nicht die Absicht gehabt, meine eigenen Werke laut vorzulesen. Wie Ms Watkins uns in einem anderen Leben gelehrt hatte, schrieb ich fiktionale Geschichten mit vielen autobiografischen Elementen und klatschte dann das Pseudonym Gordon Charles darunter. Sobald eine Story niedergeschrieben war, war sie aus meinem Bewusstsein verschwunden. Ich hatte mich von ihr gereinigt. Noch einmal auf sie zurückzukommen war nicht vorgesehen.

Mehr Champagner wurde bestellt, die Gäste fanden sich zu kleinen Grüppchen zusammen, und es gab keinerlei Anzeichen, dass die Party bald enden würde, obwohl das Restaurant vor Stunden geschlossen hatte.

»Darf ich mich zu Ihnen setzen?«

»Wenn es sein muss.«

Der Amerikaner wechselte anmutig auf den Stuhl neben mir. Er trug einen braunen Anzug mit Hahnentrittmuster und eine antike Rolex ums Handgelenk. Er sah aus wie der reichste Bibliothekar der Welt.

»Elliot Lash«, sagte er und bot mir seine Hand an. »Ich bin

Literaturagent für Amanda Boyle Literary. Vielleicht haben Sie ja schon mal von uns gehört.«

Er kokettierte. Jeder, der sich in der Welt der Literatur halbwegs auf dem aktuellen Stand hielt, kannte diese Agentur. Sie vertraten ein paar der größten Namen in der Belletristik, die meisten standen auf Bestsellerlisten oder wurden für Booker- oder Pulitzerpreise nominiert.

Ich lächelte süß. »Der Name sagt mir nichts.«

Elliot schaute mit einem leisen Lachen zu Boden. »Ich komme gleich auf den Punkt. Ich würde Sie gern vertreten.«

»Vor Gericht? Mir steht keine Verhandlung bevor. *Soweit ich weiß.*«

»Mr Parish …«

Ich winkte ab. »Nein. *Ich* komme gleich auf *Ihren* Punkt. Sie haben die Geschichten gelesen, die ich – ein Niemand ohne Name – *unaufgefordert* an die größten Literaturzeitschriften der Welt geschickt habe und die trotzdem veröffentlicht wurden, und jetzt wollen Sie fünfzehn Prozent meiner lächerlichen Einnahmen. Ist das so korrekt?«

Elliot stützte sich auf die Oberschenkel, ein Glas Bier in der Hand. »Wo wir bei Niemanden ohne Namen sind, warum Gordon Charles?«

Ich runzelte die Stirn über den plötzlichen Themenwechseln. »Haben Sie je *Blumen für Algernon* gelesen? Mein Pseudonym ist eine Anspielung auf den Namen des Protagonisten Charlie Gordon.«

Elliots Blick wurde leer, als er nachdachte, dann erinnerte er sich. »Ach, ja. Es geht um einen Mann mit sehr geringer Intelligenz, der sich einem Experiment unterzieht. Es macht ihn zu einem Genie, doch das Experiment scheitert, nicht wahr? Er fällt zurück in seinen alten Zustand und verliert alles, was er gewonnen hatte. Sehr traurig.«

»Er verliebt sich«, murmelte ich.

»Verzeihung?«

»Als er klug ist, verliebt Charlie sich in eine Lehrerin, muss sie jedoch verlassen, als er wieder dumm wird.« Ich fuhr mit dem Finger über den Rand des Glases. »Ich hab das Buch mal jemandem geschenkt. Er glaubte, ich würde denken, dass *er* Charlie sei, die dumme Figur. Aber es hat sich herausgestellt, dass ich es die ganze Zeit war.«

Ich schloss die Augen unter dem Sperrfeuer der Erinnerungen. River hinter seiner Werkstatt, wie er mich mit seinem Körper gegen die Wand drückt, die Augen dunkel und halb geschlossen, die Lippen geöffnet …

Ich wischte die Bilder beiseite und deutete mit dem Kinn auf den Schweizer.

»Wissen Sie, wer das ist? Der Gentleman, der wie Basquiat aussieht, mit dem perfekten … nun ja, alles?«

»Das ist Jean-Baptiste Moreau«, sagte Elliot. »Er erinnert an Basquiat, nicht wahr? Passt. Er ist auch Künstler.«

»Kennen Sie ihn gut?«

»Wir verkehren in denselben Kreisen.«

»Ich würde ihn auch gern kennenlernen. Im biblischen Sinne, wenn Sie verstehen, was ich meine.«

Elliots Augen weiteten sich. »Bitten Sie mich etwa, Sie mit ihm zu verkuppeln?«

Ich runzelte die Stirn. »Ist das nicht die Aufgabe eines Agenten?«

»Mr Parish …«

»Vergessen Sie's. In dem Bereich hab ich noch nie Hilfe gebraucht. Zumindest bis jetzt.«

Elliot Lash presste die Lippen zu einer dünnen Linie zusammen und zog eine Visitenkarte aus seiner Brieftasche aus edlem Krokodilleder. »Ich will ehrlich zu Ihnen sein, Holden.

Ich denke, Ihre Texte sind erstaunlich. Und ich weiß, dass die Verleger der großen Häuser ebenfalls dieser Meinung sind. Wenn Sie einen kompletten Roman schreiben könnten – vielleicht Memoiren …«

»Ich schreibe keine Memoiren. Ich schreibe Fiktion.«

»Autobiografische Fiktion?«, schlug Elliot vor und schob die Brille hoch. »Ehrlich gesagt könnten Sie auch eine Einkaufsliste schreiben, und ich hätte zehn Verlage an der Hand, die sie kaufen wollen würden. Sie sind gerade heiß begehrt.«

»Gordon Charles ist heiß begehrt. Ich bin ein Niemand.«

Was den größten Teil der Welt betraf, existierte Holden Parish nicht. Und ich wollte, dass das so blieb. Dieser Elliot erwies sich allerdings als ein beharrlicher kleiner Mistkerl.

»Wissen Sie, wie selten es ist, gleichzeitig im *Review* und im *New Yorker* mit zwei verschiedenen Storys publiziert zu werden? Im Alter von zwanzig?«

»Neunzehn.« Ich verzog das Gesicht und trank einen Schluck Champagner. »Gefallen Ihnen meine Texte, Mr Lash, oder gefällt es Ihnen einfach, dass es endlich mal wieder ein hübsches kleines Novum gibt? Ich ertrinke nämlich schon in meinem eigenen Bullshit, es ist nicht nötig, dass Sie mir noch mehr davon in den Schoß schaufeln.«

»Manchmal ist ein Schriftsteller der ›neuste Schrei‹, und manchmal ist er oder sie wirklich etwas Besonderes«, erwiderte Elliot. »Sie sind zufällig beides. Und ich wäre kein guter Agent, wenn ich nicht alles täte, was in meiner Macht steht, damit die Welt das auch erfährt.«

Ich spielte mit meinem Glas, ließ die goldene Flüssigkeit darin herumwirbeln. »Ich werde drüber nachdenken.«

»Bitte tun Sie das. Ich glaube, Sie sind bereit für den nächsten Schritt. Und es wird ein großer sein.«

Er trank sein Bier aus und stand widerstrebend auf, als hätte er Angst, er würde mich nie wiedersehen, wenn er aus der Tür ginge.

Was angesichts meiner Erfolgsgeschichte wahrscheinlich nicht ganz unbegründet war.

Bleib …

Ich verbannte Rivers schmerzerfüllte Stimme für gute zehn Sekunden aus meiner Erinnerung, während ich über Elliot Lashs Angebot nachdachte. Aber, puh, ein ganzes Buch? Für ein Buch musste man einen Plot entwerfen und recherchieren und überarbeiten und lektorieren. Ein Buch war ein verdammter Haufen Arbeit.

»Ich hasse Arbeit«, murmelte ich.

Doch anstatt Elliots Karte in die Schale mit Kerzen in der Mitte des Tisches zu werfen und zuzuschauen, wie sie verbrannte, steckte ich sie in die Tasche, kippte den Rest Champagner hinunter und schlenderte quer durch den Raum zu Jean-Baptiste Moreau hinüber.

»Und?«, fragte ich.

Er verzog amüsiert die Lippen und musterte mich aus dunklen Augen. »Kann ich was für dich tun?« Seine Stimme klang leise und rauchig, und er hatte einen starken Akzent.

»Das hoffe ich.« *Hilf mir, JB. Hilf mir, ihn zu vergessen.* »Ich bin Holden Parish.«

»Ich weiß, wer du bist«, sagte er. »Ich bin Jean-Baptiste Moreau.«

Er nahm meine Hand, und die Sache war besiegelt.

»Ich habe eine Frage, JB.«

»Niemand nennt mich so.«

»Aber für mich machst du eine Ausnahme, nicht wahr?«

»Ich denke schon.« Sein Blick wanderte über mein Gesicht, blieb an meinem Mund und dann an meinem Haar hängen. »Silber. Das gefällt mir.«

Meine einzige kleine Schummelei in meinem Bestreben um Anonymität. *River könnte mich in einer Menschenmenge erkennen.*

»Meine Frage ist folgende«, sagte ich. »Wir sind seit hundert Stunden im selben Raum. Warum lernen wir uns jetzt erst kennen?«

JB lachte und zeigte schöne weiße Zähne in einem perfekten dunklen Gesicht. »Vielleicht bin ich schüchtern?«

»Gott, ich hoffe nicht.«

Sein Lächeln wurde verführerisch, er sah mir direkt in die Augen. »Warum nimmst du mich nicht mit nach oben und findest es heraus?«

»Ich dachte schon, du würdest nie fragen.«

Stunden später lag JB schlafend in meinem zerwühlten Bett, während ich im Nebenzimmer meiner Suite saß und im Licht einer kleinen Schreibtischlampe blindwütig in mein Tagebuch schrieb. Neben mir stand eine halb leere Flasche Ducasse.

In den letzten drei Monaten war die Suite 1925 mein Zuhause gewesen. Es war nicht die größte des Hotels, aber sie bot einen Blick auf den Eiffelturm, und Josephine Baker hatte eine Weile hier gewohnt, was ihr einen angemessenen künstlerischen Touch verlieh.

Während JBs Geruch an meiner Haut haftete und mein Körper nach unserem kleinen Gerangel im Bett noch immer vor Energie summte, schrieb ich über River, bis meine Hand sich verkrampfte. Ich schrieb *an* River, rief nach ihm, mein Stift kratzte über das Papier, huschte verzweifelt über die Seite, bis da nur noch sein Name war, immer wieder, verwischt von meinen Tränen.

»Scheiße …«, flüsterte ich stockend. »Ich kann das nicht …«

Ich konnte mich durch Europa schreiben, trinken und ficken – und hatte genau das für einen guten Teil des letzten Jahres getan –, und River konnte mich nicht hören. Irgendwo unter dem kalten Flüstern wusste ich, dass ich nicht viel länger so weitermachen konnte.

Mein mit Alkohol getränktes Gehirn heckte einen Plan aus, um mein gebrochenes Herz zu retten. Wie eine Marionette, deren Fäden jemand anders in der Hand hielt, stand ich wankend auf und torkelte zu dem Telefon auf dem Tischchen unter Josephines lächelndem Gesicht. Ungeschickt hob ich den Hörer ab.

»Was können wir für Sie tun, Monsieur Parish?«, fragte die Rezeptionistin mit französischem Akzent.

»Den Portier«, sagte ich und betrachtete den Überseekoffer mit meinen Tagebüchern unter dem Fenster. Meine Lebensgeschichte, über Jahre aufgezeichnet. Alles, was ich war, befand sich in diesem Koffer, ungefiltert und roh.

Der Portier kam ans Telefon. »Wie kann ich Ihnen helfen, Monsieur Parish?«

»Ich muss etwas nach Amerika schicken. Sofort.«

Wir redeten ein paar Minuten, dann taumelte ich wieder ins Schlafzimmer. JB schlief friedlich, sein kräftiger Körper lag ausgestreckt in meinem Bett und nahm es in Besitz, so wie er letzte Nacht meinen Körper in Besitz genommen hatte.

Zu spät, dachte ich und kehrte ins Wohnzimmer zurück. *Ich gehöre schon einem anderen. Und ich werde ihm immer gehören …*

Vor der gestreiften Couch im Wohnzimmer schnitt der Puppenspieler die Fäden durch. Ich brach zusammen und schlang eine dünne Wolldecke um mich. Zitternd rollte ich mich zusammen und stürzte ins Vergessen.

28. Kapitel

River

»Amelia, komm sofort zurück!« Ich folgte meiner Schwester durch die Haustür nach drinnen. »Wir sind noch nicht fertig.«

Sie ignorierte mich. Sie hatte schon im Auto die ganze Fahrt über beharrlich geschwiegen, nachdem ich sie von der Polizeiwache abgeholt hatte, weil sie wegen Schulschwänzens aufgegriffen worden war. Sie polterte die Treppe zu ihrem Zimmer hoch. Ich wollte ihr gerade folgen, als ich gegen etwas rannte und ein heftiger Schmerz durch mein Schienbein schoss. Ich stolperte und hielt mich am Geländer fest.

»Mist.«

Jemand hatte einen Überseekoffer in der Diele abgestellt. Er kam mir irgendwie bekannt vor, vielleicht hatten wir Besuch von Dazia bekommen. Ich rieb mir fluchend das Bein und wollte Amelia hinterherrennen, aber ihre Tür knallte so hart zu, dass das Haus erzitterte.

»Scheiße.«

Ich trat gegen den Koffer, Wut und Frustration kochten in mir hoch. Ich kämpfte darum, die Fassung zurückzugewinnen. Wenn diese Gefühle es schafften, sich aus meinem Inneren zu befreien, würde die Trauer ihnen direkt folgen.

»Aber musste es ausgerechnet die *Polizei* sein?«, schimpfte ich und stürmte durchs Haus in Dads Fernsehzimmer.

Dad saß in seinem Sessel. Er hatte sich frei genommen. In letzter Zeit tat er das immer öfter. Auf dem Flachbildschirm lief eine Wiederholung des Super Bowls von 2018, Eagles gegen Patriots.

»Dad, wir müssen reden.« Ich setzte mich auf den Stuhl neben seinem Liegesessel und schaute ihn an.

»Natürlich, Junge«, sagte er, den Blick auf den Fernseher gerichtet. »Was gibt's?«

»Es geht um Amelia. Sie hat schon wieder geschwänzt. Die Cops haben sie in der Mall aufgelesen.«

Dad setzte sich auf und hob die Augenbrauen. »Die Polizei?«

»Ich weiß nicht, was ich noch machen soll. Ich habe alles versucht. Du musst …« *Tu etwas. Irgendwas …* »Rede mit ihr. Bitte. Sie braucht dich, Dad.«

Ich brauchte ihn auch. Er musste von dort zurückkehren, wohin er sich verzog, um der Trauer zu entfliehen.

»Das werde ich«, sagte er. »Wenn die Polizei beteiligt ist, ist sie zu weit gegangen.« Doch er widmete sich bereits wieder dem Spiel. »Sieh dir Bradys Pass an.« Er schüttelte staunend den Kopf. »Das könntest du sein, weißt du. Es ist noch nicht zu spät.«

Ich biss die Zähne zusammen. »Dad …«

»Ich weiß, ich weiß. Es ist zu gefährlich.«

Ich wollte ihm – noch einmal – sagen, dass der Autounfall nichts mit meiner Entscheidung, mit dem Footballspielen aufzuhören, zu tun hatte, ließ es jedoch bleiben. Er redete selten über den Unfall, und Holden oder mein nicht existierendes Liebesleben erwähnte er nie. Aus den Augen, aus dem Sinn.

»Dad, *wann* wirst du mit Amelia reden?«

»Bald. Heute Abend.«

Ich seufzte. Amelia hatte mit Ach und Krach die Klausur geschafft, nachdem wir zwei ganze Wochen zusammen gelernt hatten. Ich dachte, es würde besser werden, aber jetzt fiel sie wieder in ihr altes Verhalten zurück und nichts, was ich sagte oder tat, half ihr.

»River«, sagte Dad. »Ich rede mit ihr. Versprochen.«

Ich nickte und erhob mich. Ich hatte bereits die Tür erreicht, als er sagte: »Oh, da ist ein großes Paket für dich gekommen. Ich hab ihnen gesagt, sie sollen es in der Diele stehen lassen – es ist zu schwer, ich hab es nicht geschafft, es in dein Zimmer zu tragen.«

»Das ist für mich?«

»Jepp. Aus Paris.«

Mein gesamter Körper erstarrte, bis auf das Herz, das anfing zu rasen. Dann rannte ich förmlich in die Diele und kniete mich neben den Koffer, den ich sofort hätte erkennen müssen.

»Sein Lebenswerk«, murmelte ich und fuhr mit der Hand über die Oberfläche.

Ich hob das Monstrum an den Griffen hoch. Es war verdammt schwer; mir tat die linke Schulter weh, während ich es die Treppe hochwuchtete.

In meinem Zimmer schob ich die Tür mit einem Fuß hinter mir zu und ließ den riesigen Koffer auf mein Bett fallen. Die dunkelrote Oberfläche war verkratzt und mit Zollaufklebern aus Paris und New York beklebt. Die Absenderadresse war das Hotel *Le Bristol*. Der Verschluss war mit dickem Industrieklebeband zugeklebt worden, und ich brauchte ein paar Minuten, um ihn freizulegen.

Mein Puls pochte mir in der Kehle, als ich den Überseekoffer mit Holdens Tagebüchern öffnete. Es waren an die hundert Stück; er hatte mir erzählt, dass die Einträge bis in seine Kindheit zurückreichten. Ich nahm eines und hielt es einen Augenblick lang in der Hand. Es wirkte neuer, weniger abgegriffen als die anderen. Ich wollte es aufschlagen, seine Worte lesen und etwas von ihm zurückbekommen, nachdem ich so lange auf ihn verzichtet hatte.

Das geht nicht. Es ist zu privat.

Allerdings hatte er sie mir ja geschickt. Er wollte, dass ich sie las, oder etwa nicht?

Langsam klappte ich die Kladde auf und blätterte zu einer Seite, die auf den letzten November datiert war.

Die grausamste Lektion der Konversionstherapie erteilte man uns nicht in den schlimmsten Momenten – bei den Nachtmärschen, den Schlägen oder im See. Die Grausamkeit lag in den Worten, die man uns einflößte, eine stetige Diät aus Selbsthass. Eine Infusion aus Verachtung und dem Gefühl von Wertlosigkeit, die wir jeden Tag direkt ins Blut bekamen. Lange nachdem die Blutergüsse verheilt sind, ist das Gift noch da, strömt durch jeden Teil von mir und lässt alles verrotten, das ich berühre.

Wenn River mir sagt, dass er mich liebt, flüstert das Gift, dass er lügt.

Wenn ich es erwidern will, sagt das Gift, dass meine Worte den Atem nicht wert sind, den ich brauche, um sie auszusprechen.

Das Gift hat mir befohlen wegzulaufen, und ich habe es getan, obwohl ich alles dafür gegeben hätte zu bleiben.

Ich ließ zu, dass die Worte mich trafen wie ein verdienter Schlag in die Magengrube, und überflog noch andere Seiten. Doch jedes Mal kam dasselbe Thema an die Oberfläche. Was Holden in Alaska angetan worden war, reichte tiefer, als ich geahnt hatte, obwohl ich miterlebt hatte, wie er sich bis zur Besinnungslosigkeit besoff, wie er bei zwanzig Grad gezittert hatte und wie er in jener schwarzen Nacht ins Meer gegangen war. Er verbarg es unter eleganter Kleidung, der Scheiß-auf-alles-

Haltung und einem Sinn für Humor, der jedem versicherte, dass es ihm gut ging. Aber darunter …

Ich klappte das Tagebuch zu, mir brach erneut das Herz, und Schuldgefühle sickerten durch die Risse ins Innere. Holden litt ununterbrochen, und dieser Koffer war voll von seinen Hilfeschreien. Seite für Seite, Tausende und Abertausende Hilferufe.

Und niemand hatte sie gehört.

Er ruft nach mir.

Ich klappte den Überseekoffer zu und meinen Laptop auf. Google verriet mir, dass sich das Hotel *Le Bristol* im 8. Arrondissement von Paris befand. Das sagte mir nichts, allerdings hatte ich jetzt eine Adresse.

Ich lief aus meinem Zimmer und klopfte bei Amelia. Mein zähflüssiges Blut war wie elektrisiert. Angst und Hoffnung und Liebe – Gott, die Liebe stürmte auf mich zu und rammte mich mit voller Kraft, als ich gerade angefangen hatte zu vergessen, wie stark sie war.

»Ich will nicht mit dir reden«, sagte Amelia in ihrem Zimmer.

»Amelia, ich muss mit dir reden.«

»*Hau ab*, River.«

»Hast du den Koffer unten gesehen? Er ist von Holden.«

Ich hörte ein Rascheln, dann wurde die Tür aufgerissen. Amelia zog mich ins Zimmer und machte die Tür zu. »Du hast von ihm gehört? Oh mein Gott, setz dich hin. Erzähl mir alles.«

Ich lachte leise. »Viel weiß ich leider nicht. Er hat mir alte Tagebücher geschickt, die er in einer ziemlich schweren Zeit seines Lebens geschrieben hat.«

»Okay, und … warum? Was bedeutet das?«

»Es bedeutet, dass ich nach Paris muss.«

Amelia legte ironisch den Kopf schief. »Ah. Klar. Oh, ich

hab übrigens vergessen zu erwähnen, dass mein Exfreund mich angerufen hat. Er ist wirklich traurig, ich muss unbedingt einen Flieger nach Tahiti nehmen, um ihn aufzuheitern.«

»Ich weiß, es klingt verrückt, aber ich glaube, Holden geht es wirklich schlecht, und ich …«

»Vermisse ihn?«

»Und das ist noch milde ausgedrückt. Aber ich brauche deine Hilfe, Amelia. Ich kann hier nicht weg, solange ich fürchten muss, dass du dir wieder Ärger einhandelst. Oder dir etwas zustoßen könnte.«

»Was soll mir denn bitte zustoßen? So ein Blödsinn.«

»Sagt das Mädchen, das ich gerade von der Polizei abgeholt habe.«

Amelia erwiderte herausfordernd meinen Blick, dann warf sie sich rücklings aufs Bett. »Ich weiß, es tut mir leid. Es fühlt sich einfach alles so sinnlos an. Meine Freunde in der Schule reden nur über den größten Schwachsinn, und ich will sie packen und anschreien, dass der ganze Scheiß *unwichtig* ist.« Sie schüttelte den Kopf und war plötzlich den Tränen nah. »Ich vermisse sie einfach, River. Ich vermisse sie so sehr.«

Ich legte mich neben sie, Schulter an Schulter. »Ich weiß. Ich auch.«

»Wirklich?«, fragte Amelia mit einem Hauch von Vorwurf in der Stimme. »Von uns dreien bist du der Einzige, der wirkt, als würde er halbwegs was geregelt kriegen.«

»Wir wechseln uns ab, jeder darf mal ein Wrack sein.« Ich stupste sie gegen den Arm. »Du warst jetzt übrigens schon 'ne ganze Weile dran.«

»Ha ha.«

Mein Lächeln verblasste. »Amelia, ich habe seit fast einem Jahr nichts von Holden gehört. Und es tut verdammt weh. Jeden Tag.«

»Und Mom vermisst du noch zusätzlich.«

Ich nickte, auch mir brannten nun Tränen in den Augen. »Und jetzt habe ich eine Chance. Sollte ihm irgendwas zustoßen, ohne dass ich wenigstens versucht habe, für ihn da zu sein, würde ich nicht damit klarkommen. Ich würde komplett zusammenbrechen.«

»Was hast du vor?«

»Ich weiß es nicht. Ich werde sehen, was passiert, wenn ich dort bin. Wenn er nicht schon weitergereist ist.«

Ein Schauder lief mir über den Rücken, wenn ich daran dachte, dass Holden es möglicherweise bereute, mir seine Tagebücher geschickt zu haben, und wieder verschwand.

»Holst du ihn zurück?«

»Das ist nicht meine Entscheidung. Er macht einiges durch.«

»Was zum Beispiel? Du hast mir nie gesagt, warum er überhaupt abgehauen ist.«

»Weil er glaubt, er wäre nicht gut für mich.« Ich wandte ihr den Kopf zu. »Kann ich dir was Persönliches anvertrauen?«

Sie nickte schnell. »Ja, klar.«

»Holdens Eltern haben ihn mit fünfzehn zu einer Konversionstherapie geschickt.«

Meine Schwester riss wütend die Augen auf. »Damit er aufhört, schwul zu sein? Arschlöcher!«

»Dort hat man ihm beigebracht, dass er so, wie er ist, wertlos wäre, und diese Denkweise ist hängen geblieben. Sosehr ich ihn auch … mag, ich kann ihn nicht heilen. Das geht nicht. Aber ich kann ihn wissen lassen, dass ich noch da bin.«

»Ein Jahr ist eine lange Zeit, River«, sagte Amelia sanft. »Wie lange willst du warten?«

»Solange wie nötig.«

»Du liebst ihn wirklich, was?«

Ich nickte. »Aber dich liebe ich auch. Und ich kann nicht nach Frankreich fliegen und die ganze Zeit fürchten, dass hier etwas passiert. Ich muss dir vertrauen können.«

»Du kannst mir vertrauen, River. Auch wenn es so aussieht, als wäre ich nur mit mir selbst beschäftigt, und wenn ich manchmal sauer auf dich bin …«

»Oft. Du bist oft sauer auf mich.«

»Halt den Mund, ich versuch gerade, mich zu entschuldigen. Ich sehe ja, wie viel du für uns tust. Und wie traurig du bist, obwohl du es nicht zeigst. Ich sehe es.«

»Danke, Amelia«, sagte ich, und die plötzliche Erleichterung in mir mischte sich mit einer spannungsgeladenen Nervosität, weil ich in weniger als vierundzwanzig Stunden bei Holden sein würde.

»Wann willst du los?«, fragte sie.

»So bald wie möglich. Ehrlich gesagt sofort«, sagte ich und stand auf. Amelia ging mit mir zu ihrer Zimmertür.

»Glaubst du, du bleibst lange weg?«

»Ich komme zurück, so schnell ich kann.« Mein Magen krampfte sich angesichts ihrer zweifelnden Miene zusammen. »Es sei denn … Vielleicht sollte ich gar nicht fliegen …«

»Doch, doch. Solltest du. Ich weiß, das ist wichtig für dich. Wir halten hier die Stellung, ich schwöre.«

Ich fühlte mich hin- und hergerissen. »Bist du sicher?«

Sie verdrehte die Augen. »*Geh*, Mann. Holden wartet in seinem Hotelzimmer auf dich – wahrscheinlich nackt auf einem Bärenfell mit einer Rose zwischen den Zähnen.«

Ich lachte hüstelnd. »Äh …«

»Was denn? Du musst dringend flachgelegt werden, das ist eindeutig.«

»Ich fliege nicht nach Paris, um flachgelegt zu werden, und könnten wir bitte aufhören, darüber zu reden?«

Sie lachte, und ein Funkeln erschien in ihren Augen, das ich eine Weile lang nicht gesehen hatte. »Wenn du meinst.« Sie boxte mich gegen die Schulter. »Schnapp ihn dir, Champion.«

»Idiotin.«

»Streber!«

Ich grinste und fühlte mich so leicht wie schon lange nicht mehr. Ein unvertrautes Gefühl erfüllte mich. Hoffnung.

Nach einer Besprechung mit Julio, damit die Werkstatt auch ohne mich weiterlief, war alles bereit. Am Nachmittag würde ich in ein Flugzeug nach Paris steigen.

Es war Vormittag, als ich Dad über meine Pläne informierte. Er reagierte ziemlich skeptisch. »Du fliegst nach *Frankreich*?«, fragte er, während er wie immer im Liegesessel seines Fernsehzimmers saß. »Wegen … ihm?«

Innerlich zuckte ich zusammen. Da ich praktisch kein Sozialleben führte, hatte mein Vater meine sexuelle Orientierung nicht wirklich akzeptieren müssen. Ich hegte den Verdacht, dass er glaubte, das Ganze wäre lediglich eine Phase oder läge ausschließlich an der unruhigen Zeit nach dem Unfall und Moms Tod.

»Ja, ich fahre wegen ihm hin. Weil ich ihn liebe. Ich habe nie aufgehört, ihn zu lieben, Dad.«

Mein Vater schürzte die Lippen. »Was ist mit der Werkstatt?«

»Es ist alles abgesprochen. Ich bleibe nicht lange weg.« Ich umarmte ihn. »Pass auf Amelia auf, okay?« *Sei endlich mal wieder ihr Dad* … »Und pass auf dich selbst auf.«

Er lachte leise, während er angesichts meiner Ernsthaftigkeit verblüfft die Stirn runzelte. »Natürlich. Ich werde hier sein, wenn du zurückkommst.«

Mein Blick wanderte durch das Fernsehzimmer, landete auf alten Verpackungen von Chips und Fastfood, dem Sessel, den er in ein Bett verwandelt hatte, und dem ununterbrochen laufenden NFL-Network.

Genau das ist es, was ich befürchte.

Das Flugzeug landete, ich versuchte, mich im Flughafen zurechtzufinden, und schaffte es schließlich durch die Stadt bis in mein Hotel im 8. Arrondissement, wobei mein derzeitiges Aussehen – ich war eindeutig ein Amerikaner mit Jetlag – sicher nicht von Vorteil war. Das Hotel war klein und dunkel, besaß keinen Fahrstuhl, und es gab lediglich ein gemeinsames Badezimmer am Ende des Flurs. Mehr konnte ich mir allerdings nicht leisten, nachdem ich ein kleines Vermögen für einen Last-Minute-Flug ausgegeben hatte. Mein Zimmer bestand nur aus einem Bett und einem Tisch mit Stuhl – die abblätternde grüne Tapete sah aus, als wäre sie 1950 neu gewesen.

Nach einem kurzen Nickerchen auf dem durchgelegenen Bett duschte ich und zog mir Jeans, ein frisches T-Shirt, Stiefel und eine abgewetzte braune Lederjacke an. Mein Herz pochte so laut in meiner Brust, dass ich sicher war, der Taxifahrer, der mich zum *Le Bristol* brachte, müsste es hören.

Das Hotel war ein weißer Koloss in klassischer französischer Bauweise; an jedem schmiedeeisernen Balkongitter hingen rote Blumen. Es hatte nichts mit meinem schlichten Quartier ein paar Straßen weiter gemeinsam.

»Ein feines Hotel«, sagte der Taxifahrer, während ich die Euros für sein Fahrgeld zählte. »Eins der besten in Paris.«

»Wie viel pro Nacht?«, fragte ich.

»Kommt drauf an«, sagte er. »Zimmer oder Suite?«

»Suite«, sagte ich und lächelte freundlich. Holden Parish würde sich kaum dazu herablassen, in einem gewöhnlichen

Hotelzimmer abzusteigen. Nicht mal in einem Fünf-Sterne-Hotel.

»Hmm, vielleicht fünftausend Euro pro Nacht.« Der Taxifahrer grinste offensichtlich stolz. »Sehr gutes Hotel.«

Mein Magen krampfte sich zusammen, als das Taxi vor dem eleganten Eingang hielt. Ich bezahlte den Fahrer, während mir ein Mann in einer weinroten Uniform die Tür aufhielt.

»Äh, danke«, sagte ich.

Ich gab ihm eine Zwei-Euro-Münze. Es kam mir zu wenig vor, doch ich ermahnte mich, nicht zu vergessen, dass ich ihm gerade nur fürs Türöffnen zwei Dollar bezahlt hatte. Im *Le Bristol* befand ich mich in einer anderen Welt. Der polierte Boden der Lobby glänzte so sehr, dass ich Angst hatte, mit meinen Arbeitsstiefeln Kratzer reinzumachen oder Schmieröl darauf zu hinterlassen.

Ich ging zur Rezeption.

»Kann ich Ihnen helfen, Monsieur?«, fragte ein Mann in einem makellosen Anzug auf Englisch, bevor ich etwas sagen konnte.

»Ist es so offensichtlich?«, fragte ich und verzog ironisch den Mund. »Ich möchte zu Holden Parish.« Plötzlich war ich den Tränen nah, nur weil ich seinen Namen aussprach. Ich räusperte mich. »Ist er da?«

Bitte, Gott, lass ihn noch hier sein …

Der Rezeptionist lächelte dünn. »Das ist er. Aber leider kann ich Besucher, die keine Gäste sind, nur mit einer Einladung hinauflassen. Ihr Name?«

»River Whitmore.«

»Einen Moment, bitte.« Er nahm den Hörer eines schicken schwarzen Telefons ab und drückte einen Knopf. »Monsieur Parish? Monsieur River Whitmore vous attend à la réception.« Er lauschte und hielt sich das Telefon einmal kurz vom

Ohr weg, wobei er das Gesicht verzog. »Très bien, monsieur.« Er legte auf und schenkte mir ein angespanntes Lächeln. »Er kommt sofort herunter.«

Ich atmete aus, um mich zu beruhigen, schob die Hände in die Taschen und ging auf dem perfekt polierten Boden auf und ab. Elegant gekleidete Männer und Frauen kamen und gingen; andere saßen an kleinen Tischen und tranken Cocktails oder Kaffee.

Zehn Minuten vergingen. Dann zwanzig. Dann fünfundvierzig. Gerade wollte ich mich noch einmal an den Portier wenden, als der Fahrstuhl sich mit einem hellen *Pling* öffnete und Holden da war.

Sein Haar war immer noch silbern und feucht von einer Dusche. Er trug eine perfekt geschneiderte weiße Hose, ein weißes Hemd und – trotz des warmen Frühlingstags – eine schwarze Weste und ein schwarz-weiß gestreiftes Jackett. Mir stockte der Atem, und ich spürte, wie mein Blut schneller floss.

Seine Abwesenheit hatte ihn nur noch perfekter gemacht, er füllte seine Kleider besser aus, seine Schultern und seine Brust waren breiter geworden. Doch seine grünen Augen waren blutunterlaufen und von merklichen Schatten umgeben – er hatte das vergangene Jahr ganz offensichtlich mit Alkohol, zu wenig Schlaf und Partys verbracht.

Und mit anderen Männern?

Holden kam langsam näher, er schlenderte lässig auf mich zu, aber ich bemerkte, wie sein Adamsapfel sich einmal auf und ab bewegte, als er schluckte, während sein Blick auf mir lag.

»Hey«, sagte ich, meine Kehle war wie ausgetrocknet.

Seine Miene blieb ungerührt. »Ich sollte dich fragen, was du hier machst, aber ich kann es mir wohl denken. Meine Tagebücher?«

»Du hast sie mir nicht ohne Grund geschickt.«

»Es war ein Fehler. Ich war betrunken.«

»Das glaube ich dir nicht.«

»Nein?«, fragte er und kämpfte darum, seine übliche Leichtfertigkeit aufrechtzuerhalten. »Hast du eine Theorie?«

Meine Stimme versagte. Ohne nachzudenken, rauschte ich auf Holden zu und schlang die Arme um ihn. Er versteifte sich, dann ließ er sich gegen mich sinken. Tränen drohten, aus meinen geschlossenen Augen zu sickern, als ich ihn einatmete und genoss, wie er sich in meinen Armen und unter meinen Händen anfühlte. Der Duft von Nelken, teurem Eau de Cologne und Duschgel stieg mir in die Nase und darunter – er. Sein Körper fühlte sich größer an, stärker, auch wenn seine Augen etwas anderes sagten.

Langsam hob Holden die Hände und erwiderte die Umarmung. Er krallte die Finger in meine Jacke, vergrub das Gesicht an meiner Schulter. Ich spürte seinen stockenden Atem an meinem Hals und an der Stelle, wo mein Schlüsselbein gebrochen war, in der Nacht, die uns auseinandergerissen hatte.

Für eine lange Weile hielten wir uns einfach im Arm, und ich wollte diesen perfekten Augenblick, in dem die Zeit stillzustehen schien, für immer festhalten – nach so langer Zeit hatte ich Holden endlich wieder. Doch er ließ mich zu schnell wieder los und drehte sich weg, um sich über die Augen zu wischen.

»Also …« Er räusperte sich und verbannte die Gefühle aus seiner Stimme. »Du hast meine Frage nicht beantwortet.«

»Warum ich hier bin? Wegen dir. Können wir irgendwo reden? Vielleicht in deinem Zimmer?«

»Mein Zimmer ist … besetzt.«

Die Worte trafen mich mitten in die Brust, und schon wieder brach mir das Herz.

»Du hast jemanden zu Besuch«, stellte ich fest.

Holden antwortete nicht. Das musste er nicht.

»Es ist ein schöner Tag«, sagte er stattdessen. »Lass uns einen Spaziergang machen, vielleicht etwas trinken.«

Ich nickte stumm, und als wir schweigend in den perfekten Pariser Frühlingstag hinaustraten, fragte ich mich, was von meinem Herzen am Ende dieser Reise noch übrig sein würde.

29. Kapitel

Holden

Er ist hier. Er ist gekommen …

Ich konnte nicht aufhören, River anzustarren, als wir den Boulevard entlangschlenderten. River besaß immer noch dieselbe raue Schönheit in Jeans, Stiefeln und abgetragener Lederjacke über einem engen T-Shirt. Aber sein Körper war größer, kräftiger. Ich hatte seine Kraft gespürt, als er mich umarmt hatte. Ich hätte ewig so bleiben können, von ihm umhüllt und geschützt. Trauer und Erschöpfung zeichneten sich allerdings in seinen Augen ab, seine Schultern waren gebeugt, als würde er eine schwere Last tragen.

Das tut er. Seine Trauer und die seiner Schwester und seines Vaters obendrein. Ich würde mein wertloses Leben darauf verwetten.

Doch ungeachtet dessen war er hier, weil ich geschummelt hatte und mein Verschwinden egoistischerweise rückgängig gemacht hatte. Ein schwacher Moment. Ich erinnerte mich nicht einmal mehr daran, ihm die Tagebücher geschickt zu haben, als der Koffer am Morgen vor zwei Wochen jedoch plötzlich fort gewesen war, hatte ich genau gewusst, was ich getan hatte. Und warum. Diese Tagebücher waren *ich*. Er war so weit weg, also hatte ich mich ihm an den Hals geworfen – ihm jedes Wort aus meinem Herzen geschickt, weil ich zu feige war, selbst zurückzukehren.

Wir gingen schweigend zu einem meiner Lieblingscafés. Wie bei fast allen Cafés in Paris standen Tische auf dem Gehweg, kleine Zweiertische mit Korbstühlen, die zur Straße ausgerichtet waren, damit man die Umgebung betrachten konnte. Paris war viel zu schön, um nicht bewundert zu werden, und die Stadt wusste das.

Wir wählten einen Tisch am Ende der vordersten Reihe mit freiem Blick auf die Straße. River zog seinen Stuhl beiseite und nahm mir gegenüber Platz, anstatt sich neben mich zu setzen.

»Ich kann nicht mit dir reden, wenn wir so sitzen.«

Ich nickte. Wenn wir Seite an Seite säßen, unsere Oberschenkel sich berührten, unsere Lippen nur Zentimeter voneinander entfernt wären, würden wir lediglich den Kopf umdrehen müssen, und sein Mund wäre auf meinem …

Ich schlug die Beine übereinander und zündete mir eine *Djarum* an, als der Kellner kam.

»Un kir, s'il vous plait«, sagte ich. »River?«

Mein Herz geriet ins Stocken, als ich seinen Namen zum ersten Mal seit fast einem Jahr zu ihm sagte.

»Irgendein Bier.«

»Un bière pression, je n'ai pas de préférence.«

Der Kellner warf zwei Bierdeckel auf den Tisch und ging.

»Wir sind beide noch nicht einundzwanzig«, sagte River. »Ist denen das egal?«

»Gott segne die Franzosen, man darf hier schon mit achtzehn trinken. Aber fühlst du dich wie neunzehn?«, fragte ich. »Neunzehn hoch zehn vielleicht. Ich weiß nicht, wie es dir geht, aber ich bin völlig erschöpft.«

»Ja, irgendwie schon. Es war nicht leicht.« Er klopfte mit dem Bierdeckel auf den kleinen Tisch. »Du wohnst jetzt also in einem Hotel?«

»Nicht erst seit Kurzem. Ich habe in Paris, Berlin, Wien,

Budapest und London in Hotels gewohnt und jetzt wieder in Paris.«

»Warum kaufst du dir keine Wohnung?«

»Warum sollte ich? Das Schöne am Hotelleben ist, dass die Möbel inbegriffen sind und das Essen aufs Zimmer gebracht wird.« Ich tippte mit der Zigarette auf den Rand des kleinen Aschenbechers zwischen uns, um die Asche loszuwerden. »Davon abgesehen war ich nie sehr häuslich.«

River lächelte nicht. »Ich wollte dich fragen, wie es dir ergangen ist, aber ich glaube, ich kann's mir vorstellen.«

»Wie viel hast du gelesen?«

»Nicht viel. Ich glaube nicht, dass du sie mir geschickt hast, damit ich sie lese.«

»Wirklich?«, fragte ich und bemühte mich, meine kalte Fassade aufrechtzuerhalten, während Rivers angeborene Wärme und Freundlichkeit daran arbeiteten, sie zu schmelzen. »Das ist interessant, da ich nicht mal selbst weiß, warum ich sie dir geschickt habe.«

»Du hast sie geschickt, weil du Hilfe brauchst.«

»Pah«, schnaubte ich. »Vielleicht wollte ich einfach nur die Effizienz der französischen Post testen.«

»Holden …«

Der Kellner kam zurück und stellte meinen Drink – Cassislikör mit Weißwein – und ein hohes Bierglas für River nebeneinander auf den Tisch. Aus irgendeinem dämlichen Grund traf dieser krasse Kontrast mich mitten ins Herz. Ich hatte ihn so wahnsinnig vermisst, und das Gefühl war plötzlich so gegenwärtig, dass ich erstaunt war, dass ich unter dem Gewicht nicht aus dem Stuhl kippte. Aber es war ihm gegenüber nicht fair. Ich hatte geschummelt und die Regeln gebrochen, die ich allein dafür aufgestellt hatte, um ihn zu schützen.

Er darf nicht hier sein. Seine Familie braucht ihn.

Mein Verteidigungsmechanismus schaltete von Reserviertheit in den Arschlochmodus.

»Sieh dich nur an, du mit deinem Bier«, sagte ich kopfschüttelnd und mit vor Hohn triefender Stimme. »Du stichst heraus wie ein bunter Hund. Ein großer dummer Amerikaner in Jeans und abgetragenen Stiefeln und dieser altmodischen Jacke.«

Rivers Augen weiteten sich, dann wurden sie düster. »Ehrlich gesagt ist es mir scheißegal, was die Leute denken. Und du bist übrigens auch Amerikaner, falls du es vergessen hast.«

»Ich passe hier wenigstens ins Bild«, sagte ich und deutete auf meine Kleidung. »Ich spreche die Sprache. Du gehörst nicht hierher. Wenn ich dich zu einer meiner Partys mitnehmen würde …«

Wenn ich River auf eine Party mitnähme, würde er sich in jeder Hinsicht von allen anderen abheben. Bei solchen Anlässen machten Tragödien die Runde wie ein Kellner mit einem Tablett voller Horsd'œuvres. Die Leute labten sich an Völkermord oder Krieg oder Hungersnöten, kauten sie klein und spuckten sie aus wie Olivenkerne. Doch River würde echtes Mitgefühl empfinden. Er würde nicht ernst den Kopf schütteln oder irgendeinen Blogpost zitieren und das Ganze innerhalb der nächsten Sekunde vergessen, wenn jemand mit Champagner vorbeikam.

River wäre das nicht egal, und ich liebe diesen großen dummen Amerikaner, verfluchte Scheiße …

»Ich will nicht auf eine deiner Partys«, sagte River düster. »Das ist wirklich das Letzte, was ich will.«

»Was willst du dann?«

»Dir helfen. Oder … ich weiß es nicht, Holden. Ich weiß einfach nicht, was ich tun soll.«

»Kommt mir bekannt vor«, sagte ich in mein Glas. »*Ich weiß nicht* war schon immer dein Ding.«

»Warum bist du so ein Arschloch?«, stieß er hervor, die Stimme und der Blick hart. River beugte sich über den kleinen Tisch. »Ich bin den ganzen Weg hergekommen. Sag wenigstens mal was Ehrliches. Irgendwas.«

Ich machte den Mund auf, eine zickige Erwiderung auf der Zunge, dann klappte ich ihn wieder zu. Meine Kehle war wie ausgetrocknet. Ich kippte den Rest meines Drinks herunter, der mir hinten in der Kehle brannte, und meine Augen tränten.

»Ich bin froh, dass du hier bist.«

Rivers harte Miene wurde weich, er vergab mir sofort. »Ich auch.«

River legte seine Hand auf meine, und mir war zum Heulen zumute. Wir verschränkten die Finger ineinander, und wir saßen einfach eine Weile lang schweigend da und beobachteten die Leute, die vorbeigingen. Ich rührte mich nicht, wollte mich nicht bewegen, weil ich Angst hatte, dass dieser perfekte Moment enden und ich seine Haut nicht länger auf meiner spüren könnte.

Schließlich kehrte der Kellner zurück, und River entzog mir schüchtern seine Hand und trank sein Bier aus.

»La meme chose?«

Ich wollte schon Ja sagen, als ich Rivers Blick auf mir spürte.

»Non, merci«, sagte ich, und der Kellner ging wieder. »Wie lange wirst du hier sein?«

»Ich weiß es nicht«, sagte River und bedachte mich mit einem herausfordernden Blick: *Das hängt von dir ab*. »Ich kann nicht lange bleiben. Mein Dad geht durchs Leben wie ein Schlafwandler, und meine Schwester schafft die Highschool nicht, wenn ich sie nicht jeden Morgen hinfahre.«

»Und die Werkstatt?«

»Gar nicht schlecht. Ich halte sie über Wasser.« Er lächelte müde. »Es ist ein ewiger Balanceakt.«

Ich nickte. Genau wie ich angenommen hatte, hatte Nancys Tod die Familie der Whitmores in winzige Einzelteile zersprengt, und es blieb an River hängen, alles aufzufegen und wieder zusammenzusetzen.

Wäre ich geblieben, hätte ich ihn nur zusätzlich belastet. Und daran hat sich nichts geändert …

»Komm«, sagte ich, stand auf und warf einen Zwanzig-Euro-Schein auf den Tisch. »Du musst mehr von Paris sehen als diese Straßenecke. Ich zeige dir meinen Tagesablauf. Das war das Frühstück.«

»Es ist ein Uhr nachmittags.«

»Sei nicht so voreingenommen. Das ist nicht sexy.«

Sein Stirnrunzeln vertiefte sich, und ich konnte mit ansehen, wie seine Gedanken in mein Hotelzimmer zurückwanderten, zu meinem Bett, das nicht leer war. Ich ging los, zwang ihn, mich einzuholen, und lenkte ihn ab.

»Wo gehen wir hin?«, fragte er.

»In die Kirche.«

Ich winkte ein Taxi herbei, und wir fuhren ins Zentrum, zur Île de la Cité, der kleinen Seine-Insel, auf der Notre-Dame stand. Wir stiegen aus und gingen über eine Fußgängerbrücke zum Platz vor der Kathedrale. Dann betraten wir das kühle Innere des Gebäudes, und River betrachtete die Bogendecke, die Nischen mit Statuen, die Altäre und Tische voller kleiner Votivkerzen – von denen manche brannten und manche darauf warteten, angezündet zu werden.

»Kommst du jeden Tag hierher?«, fragte River leise.

Ich nickte. »Ich bin genauso schockiert wie du, dass ich nicht vom Blitz erschlagen werde, sobald ich über die Schwelle trete. Aber meiner Erfahrung nach hatte Gott schon immer einen merkwürdigen Sinn für Humor.«

»Warum kommst du her?«

»Ich zünde eine Kerze für deine Mom an. Und eine für Beatriz. Für meinen Onkel und meine Tante. Und manchmal auch für dich – wenn ich mich besonders mutig fühle und nicht fürchte, für meine Scheinheiligkeit niedergestreckt zu werden.«

Wir gingen zu einem Tisch mit Kerzen. Ich warf fünfzig Euro in die Opferbüchse und nahm eines der langen Streichhölzer. Ich hielt es in die Flamme einer Kerze und zündete eine neue an. Ich spürte den tiefgründigen sanften Blick von Rivers blauen Augen auf mir.

»Was ist mit dir?«, fragte River.

»Die Kerzen sind nicht für einen selbst. Es ist eine Art Gebet für einen anderen Menschen.«

River nickte, hielt ein Streichholz in eine Flamme und gab sie an eine andere Kerze weiter, dann blies er das Holzstäbchen aus. Er sah mir in der halb dunklen Kathedrale in die Augen, die gedämpften Stimmen und die Schritte anderer Besucher verblassten um uns herum.

Ein merkwürdiges Gefühl durchströmte mich, seine Geste berührte mich, und gleichzeitig wollte ich ihn so sehr. Das war das Problem mit River Whitmore – er war zu gleichen Teilen liebenswürdig und fickwürdig. Anstatt die beiden Wünsche getrennt zu halten, verflochten sie sich in mir, verschmolzen miteinander und verdoppelten meine lächerliche Verzweiflung.

»Komm«, sagte ich schroff. »Ich will dir noch was zeigen.«

Bevor ich dir vor den Augen der Jungfrau Maria die Zunge in den Hals stecke.

Ich führte River über eine weitere Fußgängerbrücke auf die andere Seite der Seine, ins Quartier Latin mit seinen Kopfsteinpflastergassen und den mittelalterlichen Kirchen. Wir betraten *Shakespeare & Company*, eine Buchhandlung mit einem kleinen Café mit Blick auf Notre-Dame.

»Cool«, sagte River und schlenderte durch den vollgestopften Laden, der sich über mehrere Etagen erstreckte, betrachtete die hohen Regale mit derselben Ehrfurcht, die er vorher in Notre-Dame an den Tag gelegt hatte.

»Ich hab mir gedacht, dass es dir gefällt.«

River lächelte, und wir trennten uns eine Weile und stöberten in den Regalen. Ich schaute mir ein paar Bücher an, doch vor allem beobachtete ich River von Weitem, während er seinen großen Körper durch die schmalen Gänge schob, die eng anliegende Jeans betonte seinen perfekten Arsch. Er war Kraft und Männlichkeit, verpackt in Liebe und Güte. Maskuline Perfektion mit einem Herz so groß wie …

»Der Mount Everest«, murmelte ich.

Ich traf ihn in einer Ecke des Buchladens, wo zwei hohe Regale mit einem kleinen Tisch davor aufeinandertrafen. Er hielt ein Buch in der Hand und las konzentriert.

»Hast du was Gutes gefunden?«, fragte ich.

Es war mir ehrlich gesagt scheißegal. Als River antworten wollte, machte ich rasch einen Schritt auf ihn zu und küsste ihn.

Sofort kamen all die Gefühle hoch, nach denen ich mich gesehnt hatte. Sein sauberer Geschmack, die durch den Dreitagebart raue Wange, seine warme weiche Zunge an meiner.

Er erwiderte den Kuss sofort, als hätte er nur darauf gewartet. Das Buch fiel ihm aus der Hand, und er stöhnte, packte das Revers meines Jacketts und drückte mich so grob gegen das Regal, dass es wackelte. Sein Mund eroberte meinen, als würde er mir Mund-zu-Mund-Beatmung geben, nachdem ich ein Jahr lang in einem See aus Alkohol ertrunken war.

Meine Hände waren überall, auf seinem breiten Rücken, in seinem Haar, ich konnte nicht genug von ihm berühren. Ich spürte, wie eine harte Erektion in seiner Jeans anschwoll und gegen meine eigene drückte.

Ein Buchhändler räusperte sich leise, als er vorbeiging, und River ließ abrupt von mir ab.

»Scheiße«, keuchte er atemlos, sein Mund gerötet, das Haar zerzaust. Er starrte mich frustriert und gleichzeitig voller Verlangen an. Dann bückte er sich, hob das Buch auf, knallte es auf den kleinen Tisch und rannte zum Ausgang.

Ich strich meine zerknitterte Kleidung glatt und folgte ihm durch eine Seitentür, die zu einer kopfsteingepflasterten Gasse führte.

»Ich wollte das nicht«, sagte er. »Deshalb bin ich nicht hier.«

»Dein Schwanz sagt was anderes«, meinte ich und zog dann sofort den Kopf ein, als sein mörderischer Blick mich traf. »Sorry. Ich kann nicht anders.«

»Ich auch nicht, das ist das Problem. Ich kann dich nicht vergessen. Und ich will es nicht. Aber verdammt …« Er wurde sehr still, seine Miene nahm einen harten Zug an. »Ich kann dich nicht küssen, wenn du erst letzte Nacht mit jemand anderem im Bett warst.«

Meine Schultern sackten herab, und die Scham brannte auf meinen Wangen, als hätte ich plötzlich Fieber bekommen. Die Sonne sank langsam gen Horizont und warf lange Schatten auf die Straßen.

»Wer ist es?«, fragte River leise.

»Du willst wirklich über ihn reden?«

»Ja, will ich.«

»Er ist niemand. Ein netter Junge«, korrigierte ich mich. »Aber er wird nicht von Dauer sein. Wie die anderen.«

»Andere.«

»Ja, andere. *Viele* andere. Weil ich das eben so mache.«

Meine Worte trafen River mit voller Wucht, und ich hasste mich noch mehr.

Er starrte mich an, dann lachte er auf. »Gott, ich bin so ein

Idiot. Ich dachte, du würdest mich vielleicht brauchen. Ich dachte, es würde etwas bedeuten, dass du mir deine Tagebücher geschickt hast. Aber nein, nichts hat sich geändert. Nur dass du hier bist und das Leben genießt, während ich wie ein verfluchter Mönch lebe und mir jede Nacht mit dem Gedanken an dich einen runterhole.«

Ich atmete geräuschvoll ein, die Wahrheit traf mich so hart, wie meine ihn getroffen hatte. »Niemand?« Ich biss die Zähne zusammen. »Ich hab nie von dir verlangt, dich mit niemandem zu treffen. Ich habe nie …«

»Du hast nie irgendwas von mir verlangt und wirst es auch niemals tun. Ja, ich kann mich an dein kleines Mantra erinnern.«

Ich starrte ihn an und versuchte verzweifelt, mich gegen ihn zu stählen. »Was willst du? Warum bist du hier? Um mich zurückzuholen?«

»Warum nicht? Was tust du hier schon, außer zu saufen und alles zu ficken, was nicht bei drei auf den Bäumen ist?«

»Aus deinem Mund klingt es, als wäre das was Schlechtes.«

River rieb sich übers Gesicht. »Gott … Holden.«

»Was soll ich denn machen, River?«, schrie ich ihn an. »Mit dir zurückgehen und was tun? Ich wäre dort genauso am Ende wie hier.«

»Du kannst dir Hilfe suchen. Du kannst es noch einmal versuchen.«

»Klar, und was machst du, während ich durch die Gegend taumle, mit den Armen rudere und hinfalle? Du hilfst mir hoch, während du dich um deine Schwester und deinen Dad kümmerst und gleichzeitig die Werkstatt am Laufen hältst. Willst du alles auf deinen Schultern tragen wie der beschissene Atlas aus der griechischen Mythologie? Was ist mit dir?«

»Was soll mit mir sein?«

»Bei dir hat sich auch nichts geändert. Du packst deine Gefühle in Kartons und hebst sie dir für später auf. Wann hat das je funktioniert?«

»Wenigstens mache ich etwas. Wenigstens *versuche* ich, was zu tun.«

Da hat er recht, sagte eine Stimme, die verdächtig nach Beatriz klang. Oder Ms Watkins mit portugiesischem Akzent.

Wir starrten uns wütend an, dann ließ ich mich auf eine schmiedeeiserne Bank neben der Buchhandlung sinken und spürte plötzlich eine bleierne Erschöpfung, die bis in meine Knochen reichte. Ich war diesen alten Schmerz, der mich nicht in Ruhe ließ, so leid. Ich war es so leid, ihn zu vermissen.

River stand vor mir, die Hände in die Hüften gestemmt, den Blick zu Boden gerichtet. »Liebst du ihn?«

»Natürlich nicht. Er ist eine Ablenkung. Das sind sie alle.«

Er ist nicht du.

River nickte und setzte sich neben mir auf die Bank. »Was ist heute Abend?«

»Noch eine Party.«

»Für die du bezahlst?«

»Natürlich.«

»Sag sie ab. Schreib deinen sogenannten Freunden eine Nachricht und sag, du kommst nicht.«

»Und was mach ich stattdessen?«

»Du siehst müde aus, Holden. Lass uns was essen und dann gehen wir in mein Hotel.«

Ich schaffte es, eine Augenbraue zu heben und ihn kokett anzulächeln, um der guten alten Zeiten willen. »Klingt vielversprechend.«

»Wir werden nicht *miteinander* schlafen. Du brauchst echten Schlaf.« River seufzte. »Und ich auch.«

Ich nickte, dann lehnte ich mich an ihn und legte meinen Kopf auf seine Schulter. Nach einem Moment legte River den Arm um mich. Ich hätte genau hier und jetzt einschlafen können, während ich allein seinem Herzschlag lauschte und sonst nichts anderes wahrnahm. Aber es wurde dunkel.

Irgendwann quälten wir uns von der Bank hoch und gingen zurück ins 8. Arrondissement zu einem kleinen Bistro in der Nähe seines Hotels. Bei Kiewer Kotelett und Bœuf bourguignon erzählte er mir von seiner ersten Autorestauration.

»Es ist langwierig und kostet fast mehr, als es einbringt – zumindest bisher –, aber ich liebe es.«

»Wenn du mit irgendwas Hilfe brauchst«, fing ich an. »Ein bisschen Startkapital …?«

»*Nein*«, entgegnete er entschieden und spießte die Gabel in sein Hühnchen. »Ich krieg das schon hin.«

Ich verdrehte die Augen. »Gott, Leute sind echt komisch, wenn's ums Geld geht. Ich hab so viel davon verschwendet, dass ich dir damit locker sechs moderne Werkstattgebäude hätte bauen können.«

River grinste. »Ich hab so ein Gefühl, dass ich eine moderne Werkstatt mehr zu schätzen wissen werde, wenn ich sie mit meinen eigenen Händen erbaut habe.«

»Ist vermerkt.« Ich stocherte in meinem Essen herum. »Es wird dich vielleicht schockieren, aber ich kann mir tatsächlich annähernd vorstellen, wovon du redest.«

Er grinste zweifelnd. »Willst du mir etwa erzählen, dass Holden Parish so was wie einen Job hat?«

Ich schnaubte. »Wir wollen nicht gleich übertreiben. Aber ja, ich habe ein bisschen was verdient. Zwei meiner Kurzgeschichten sind in Zeitschriften veröffentlicht worden.«

River strahlte vor Freude. »Ehrlich? Das ist großartig. Herzlichen Glückwunsch.«

»Schon gut, schon gut.« Ich winkte ab. »Der Punkt ist, ich verstehe, was du meinst, wenn es darum geht, selbst für etwas zu arbeiten. Die Bezahlung ist ein Tropfen auf dem heißen Stein, aber die Schecks mit meinem Namen darauf zu sehen hat sich eine Million Mal besser angefühlt, als mein Erbe ausgezahlt zu bekommen. Bei dem Geld von meinen Eltern hab ich immer das Gefühl, es würde ihnen nach wie vor gehören. Das Geld von den Zeitschriften ist meins. Ich habe es verdient. Was für eine Vorstellung.«

»Glaubst du, du wirst je wieder mit deinen Eltern reden?«, fragte River leise.

»Niemals. Sie sind der Grund, weshalb du in Santa Cruz bist und ich hier.«

»Es muss nicht so sein.«

»Doch. Du hast mich gesehen, als ich an meinem absolut schlimmsten Tiefpunkt war.« Ich schluckte. »Und ich habe dich in einem zerbeulten Auto gesehen, und es kam Blut aus deinem Ohr.«

Rivers Gabel fiel klirrend auf seinen Teller. »Der Unfall war nicht deine Schuld.«

»Du verstehst das nicht …«

»Ich verstehe es *sehr wohl*. Es ist diese verdammte Konversionstherapie, Holden. Jedes einzelne Wort war eine Lüge.«

»Logisch betrachtet weiß ich das auch. Aber das Ganze reicht tiefer als reine Gedanken. Was sie getan haben … so was gräbt sich dir bis ins Mark, und du frierst, obwohl die Sonne scheint.« Ich blinzelte heftig. »Und wenn der Mensch, den du liebst, dir sagt, dass er dich ebenfalls liebt, ist deine erste Reaktion, ihn einen Lügner zu nennen. Die zweite ist wegzulaufen. Die dritte ist, jemand anderen zu vögeln. Und die vierte ist zu trinken, um alles zu vergessen.«

»Und wie lange wirst du das noch durchhalten?«

»Was ist die Alternative? Ich war ein Jahr lang in einem Sanatorium. Rund-um-die-Uhr-Betreuung. Es hat nicht geholfen. Nichts wird helfen.«

»Du hast einen zweiten Versuch verdient. Du verdienst noch wesentlich mehr als das.«

»Um es mit den unsterblichen Worten von *Pretty Woman* zu sagen: Wenn man mir hässliche Sachen sagt, fällt es mir leichter, die zu glauben. Vor allem, wenn sie dir von Geburt an eingebläut werden. Meine Eltern haben mir immer wieder gesagt, dass ich ein Fehler sei, seit sie erfahren haben, wer ich wirklich bin. Und damit willst du dich belasten?« Ich schüttelte den Kopf. »Ich tu dir das nicht an, River. Ich werde dir meinen Scheiß nicht aufbürden.«

Er sah aus, als würde er noch etwas erwidern wollen, behielt es jedoch für sich. Für den Rest des Abendessens unterhielten wir uns über leichtere Themen. Ich musste praktisch einen Ringkampf mit ihm ausfechten, bis er mir die Rechnung überließ, aber ich triumphierte und genoss es, wie süß River aussah, während er mir wütende Blicke zuwarf, als wir das Bistro verließen.

Wir gingen in sein schmuddeliges kleines Hotel, bis nach oben in den vierten Stock – es gab keinen Fahrstuhl. Er schloss die Tür eines kleinen Zimmers auf, das kaum größer war als mein Kleiderschrank im *Le Bristol*.

»Gemütlich«, sagte ich und sah mich um. »Wo ist das Bad?«

»Den Flur runter.« River grinste schief über meine entsetzte Miene. »Es ist nicht Versailles, aber es ist in Ordnung.«

Eine bissige Bemerkung kam mir in den Sinn, doch ich war bei River. Das Zimmer hätte ebenso gut ein Erdloch sein können, und nichts in der Welt hätte mich dazu gebracht, wieder gehen zu wollen.

Wir zogen uns bis auf die Unterwäsche aus, ich behielt ein

ärmelloses T-Shirt und Boxershorts an, er trug ein schlichtes weißes T-Shirt und enge Retropants.

»Wie genau soll das gehen?«, fragte ich. »Das Bett ist klein, und du kannst nicht auf dem Boden schlafen. Das werde ich nicht zulassen.«

»Wir schlafen beide im Bett. Aber mehr nicht. Wir schlafen.«

Ich verdrehte die Augen. »Jaja, du hast mehr als deutlich gemacht, dass nicht gefickt wird.«

Er lächelte grimmig. »Ich erinnere mich bloß selbst noch mal daran.«

Wir legten uns nebeneinander in das zu kleine Bett, River auf den Bauch, ich auf den Rücken. Er legte seinen Arm auf meine Brust, mein Arm darunter war angewinkelt, ich spielte mit den Fingern in seinem Haar. Die Erschöpfung legte sich über mich wie ein schwerer Mantel.

»Ich weiß nicht, was ich tun soll«, sagte River nach einer Weile, seine Stimme schwer von Müdigkeit. »Ich will dir helfen, aber ich weiß nicht, wie.«

»Ich auch nicht.«

»Aber ich kann dir sagen, dass ich auch am Ende wäre, wenn ich kein Auto zum Restaurieren hätte. Es hilft, auf etwas hinzuarbeiten. Etwas Richtiges, nicht bloß dieses andauernde *Grübeln*.«

Ich atmete ein. »Vor ein paar Wochen hat mich ein Agent angesprochen. Ehrlich gesagt war es an dem Abend, an dem ich dir später meine Tagebücher geschickt habe. Er will, dass ich ein Buch schreibe.«

River hob den Kopf. »Holden … Mann, dass ist großartig. Mach das.«

»Ich kann kein Buch schreiben.«

»Du hast schon hundert Bücher geschrieben«, sagte er und grinste. »Was ist schon eines mehr?«

»Hör auf«, warnte ich. »Wenn du noch mal so lächelst, werde *ich* auf dem Boden schlafen müssen. Ich werde mich nicht davon abhalten können, dich zu küssen.«

»Ich hab's mir anders überlegt«, sagte River mit rauer Stimme. »Ich geb dir einen Gutenachtkuss.«

Er drückte sich auf die Ellbogen hoch. Mein Herz blieb stehen, als sein Mund sich meinem näherte, und fing wieder an zu schlagen, als er meine Lippen berührte. Ein leises Stöhnen kam aus seiner Brust, als ich meinen Mund öffnete und seine Zunge hineinglitt. Er küsste mich tief, gründlich, dann übernahm ich und schmeckte jeden Winkel seines Mundes, saugte an seiner Zunge, biss in seine Unterlippe. Keiner schmeckte so wie River, so sauber und rein und gut. Ihn zu küssen war intimer als alles, was ich im letzten Jahr mit irgendjemandem sonst getan hatte, und löschte sämtliche Erinnerungen an andere Männer in mir aus. Hinterließ ein weißes Blatt Papier. Niemand war nach River je von Bedeutung gewesen, und niemand würde es je sein.

Der Kuss war viel zu schnell vorbei, und River ließ den Kopf schwer auf das Kissen sinken, während ich nun mit einem Steifen fertigwerden musste, der meine Boxershorts zeltförmig ausbuchtete.

Stirnrunzelnd zeigte ich darauf. »Nun, ich hoffe, du bist stolz auf dich.«

Er lachte leise. »Du bist nicht allein. Ich bin hart wie Stein da unten.«

»Es gibt ein Mittel dagegen. Ehrlich gesagt sogar mehr als eins.«

»Schlaf, Holden«, befahl er. Ihm fielen bereits die Augen zu. »Gute Nacht.«

»Gute Nacht«, sagte ich, doch obwohl ich todmüde war, wollte der Schlaf einfach nicht kommen.

Sag es ihm. Sag ihm mit deiner eigenen Stimme, dass du ihn liebst.

Rivers Atem war jedoch längst tief und gleichmäßig geworden. Sein Gesicht wirkte entspannt. Zufrieden.

Ich sag es ihm morgen früh, dachte ich. *Am helllichten Tag. Und vielleicht ist es okay. Vielleicht bleibt Alaska auf Abstand, und wir können zusammen glücklich werden …*

Beim Einschlafen gaukelte die Vorstellung von einem anderen Leben durch meine Gedanken, aber als ich aufwachte, offenbarte das Tageslicht ein leeres Bett. Rivers Sachen waren fort, und ein Zettel lag auf dem kleinen Tisch vor dem Fenster.

Holden,
ich habe eine Nachricht von meiner Schwester bekommen. Dad hatte einen Unfall. Nichts Schlimmes, nur ein Blechschaden, aber Amelia dreht total am Rad. Ich fliege zurück. Und vielleicht ist das sowieso besser. Wenn ich bliebe, würde meine Willenskraft irgendwann versagen, und ich würde nicht mehr aus diesem Bett aufstehen.
Außerdem ist das nicht der Grund, weshalb ich gekommen bin. Ich wollte dir sagen, dass ich immer noch für dich da bin, selbst Tausende von Kilometern entfernt. Ich kann dich nicht zwingen, mir zu glauben, dass ich dich liebe, aber ich sage es trotzdem. Ich glaube, du liebst mich auch, und wenn du zu mir zurückkommst, werde ich hier auf dich warten.
In Liebe,
River

Das Blatt fiel mir aus der Hand. Paris verschwamm vor dem Fenster. Ein seltsames Gefühl breitete sich in meiner Brust aus – der Schmerz, dass er schon wieder fort war, aber auch etwas Gutes. Etwas Größeres. Wie eine Dämmerung, die nach der dunklen Nacht den Himmel erhellte. Ich bewegte mich mit steifen Gliedern, aber so schnell ich konnte, zog ich mich an und ging. River hatte die Hotelrechnung bereits bezahlt. Ich rief ein Taxi und fuhr zurück ins *Le Bristol*.

Die Überreste einer kleinen Zusammenkunft standen in der Suite herum – leere Gläser, ein Servierwagen vom Zimmerservice und überquellende Aschenbecher. Alles Zeichen, dass Alexandre die Party hierher verlegt hatte, damit alles auf meine Rechnung ging. Jean-Baptiste schlief wieder in meinem Bett, seine Haut wie brauner Samt auf den weißen Satinlaken.

Ich weckte ihn sanft und erklärte ihm, dass unsere kurze Affäre zu Ende sei. Er nahm es gut auf – wir waren nie mehr füreinander gewesen als nette Gesprächspartner und guter Sex. Als er weg war, durchsuchte ich meine Jackentaschen im Kleiderschrank, bis ich Elliot Lashs Visitenkarte fand.

Ich rief ihn an, das verfluchte Herz klopfte mir bis zum Hals, doch zum ersten Mal vor Hoffnung, nicht vor Angst.

»Elliot Lash«, meldete er sich.

»Elliot, hier ist Holden Parish.« Ich atmete ein. Atmete aus. »Lassen Sie uns ein Buch schreiben.«

30. Kapitel

River

Zwei Jahre später …

»Hallo?«, rief ich und stieß die Tür zu Dads Haus auf. »Ich hab Pizza mitgebracht.«

Ich balancierte den Karton mit einem Sixpack Cola obendrauf in einer Hand und machte die Tür hinter mir zu. Im Haus war es still.

»Hallo?«, rief ich erneut.

»Hier drinnen.« Dads Stimme kam aus dem Fernsehzimmer.

Mein Vater hatte die Jalousie heruntergezogen und saß mit hochgelegten Füßen auf seinem Sessel. Eine Wiederholung des Wildcard-Spiels Niners gegen Giants von 2003 lief auf dem Flachbildschirm.

Dad lächelte, als ich hereinkam. »Riecht lecker. Lass uns hier essen, okay?«

Ich runzelte die Stirn. »Wo ist Amelia?«

»Ausgegangen. Sie hat einen Angeber in einem Camaro kennengelernt, und er hat sie auf eine Tour zur Promenade eingeladen.«

Ich sank auf den Stuhl neben ihm. »Sie wusste, dass ich komme, oder?«

»Wer weiß, was ihr durch den Kopf geht«, sagte er, den Blick auf den Bildschirm gerichtet.

Ich knirschte mit den Zähnen. Ich war vor sechs Monaten in eine eigene Wohnung nicht weit von der Werkstatt gezogen. Amelia hatte die Veränderung nicht gut aufgenommen, allerdings bisher keinen meiner Besuche verpasst, wenn ich zweimal die Woche zum Abendessen kam.

»Was ist das für ein Typ?«, fragte ich, legte den Pizzakarton auf den Couchtisch und gab meinem Dad eine Serviette und eine Cola.

»Du kennst die Sorte – schlimmer Finger, Lederjacke, kein nennenswerter Ehrgeiz.«

Ich biss die Zähne zusammen. Meine Schwester war kurz davor, die Schule hinzuschmeißen, und hatte in letzter Zeit noch eine ganze Reihe suspekter Typen ›ohne nennenswerten Ehrgeiz‹ zu ihrer Abwärtsspirale hinzugefügt.

»Scheiße«, murmelte ich.

»Was können wir tun?«

»Du könntest versuchen, mit ihr zu reden, Dad«, sagte ich und bemühte mich, die Bitterkeit und die Vorwürfe in meiner Stimme zu verbergen.

»Das hab ich, aber sie hört nicht auf mich. Sie will meinen Rat nicht, Junge. Sie braucht ihre Mutter.«

Genau wie ich.

Ich schob den Gedanken von mir weg. Da war schon genug, um das ich mich kümmern musste, ohne dass ich zusätzlich in diese dunkle Grube abtauchte.

Dad und ich aßen Pizza und guckten uns das Spiel an.

»Sieh dir das an«, rief Dad, als Jeff Garcia einem halben Dutzend Tackles auswich und zwanzig Yards weit rannte. »Du hast dich auch mal so bewegt, River. Hattest einen sechsten Sinn dafür, woher die Defender kamen. Du konntest Laufwege sehen, bevor sie sich auftaten, und hattest trotzdem noch die Receiver im Blick. Sämtliche Möglichkeiten standen dir offen.«

»Ja, ich weiß.« Ich schluckte einen Klumpen Pizza runter, der wie Lehm schmeckte.

»Ich habe neulich mit Sam Blaylock gesprochen. Er meinte, Chance und Donte Weatherly würden dieses Jahr wahrscheinlich früh gedraftet. Ist das nicht was?«

»Toll«, erwiderte ich dumpf.

Drei Jahre waren vergangen, und mein Dad hielt sich nach wie vor an meiner imaginären Footballkarriere fest, klammerte sich daran wie an die Fernbedienung und spielte sie immer wieder in seinem Kopf durch.

Ich räusperte mich und lächelte.

»Hey, ich hab gute Neuigkeiten. Ich bekomme ein Darlehen für einen weiteren Werkstattausbau. Wir können nächsten Monat damit anfangen. Ich habe schon zwei Kunden auf der Warteliste und stelle noch zwei Leute ein, die im Rest der Werkstatt helfen.«

»Das ist fantastisch, Junge«, sagte Dad, ohne den Blick vom Spiel zu lösen. »Du hast den Betrieb wirklich vorangebracht, mehr als ich mir je hätte vorstellen können. Ich bin stolz auf dich.«

»Ich wünschte, du wärst öfter da, Dad. Hier herumzusitzen ist nicht gut für dich.«

»Du hast die Zügel in der Hand, River. Du brauchst mich nicht.«

»Doch, tu ich. Es ist immer noch deine Werkstatt, und das wird auch so bleiben.«

»Quatsch, es ist deine, River. Mit all den Anbauten …«

»Das ist nur für die Restauration. In der Reparaturwerkstatt brauchen wir dich nach wie vor. Die Kunden fragen ständig nach dir. Es genügt nicht, ein- oder zweimal die Woche vorbeizukommen.«

»Wir werden sehen.«

Ich seufzte und räumte den Pizzakarton und die Servietten weg.

»Amelia ist bestimmt traurig, dass sie dich verpasst hat«, sagte Dad, als ich aus der Küche zurückkam. »Vielleicht kannst du morgen noch mal kommen. Kann nie schaden, deine hässliche Visage hier sehen zu lassen.«

»Morgen kann ich nicht.« Ich räusperte mich. »Ich gehe aus.«

»Mit Freunden?«

»Auf ein Date. Mit einem Mann.«

Dads Lächeln gefror, und sein Blick schoss wieder zum Bildschirm. »Jemand, den ich kenne?«

»Nein. Jemand, den ich in der Werkstatt kennengelernt habe.«

Mein Vater nickte und sagte nichts weiter, und plötzlich wusste ich, wie Amelia sich fühlte – völlig verloren. Ich wünschte, Mom wäre noch da und ich könnte mit ihr darüber reden, wie es war, zum ersten Mal mit jemandem auf ein Date zu gehen, der nicht Holden war. Mir war unwohl, weil ich nervös war, noch dazu hatte ich ein hässliches Gefühl. Als würde ich uns beide betrügen.

Allerdings gibt es kein ›uns‹.

Nachdem ich Holden in Paris verlassen hatte, hatte er sich anscheinend zusammengerissen. Letztes Jahr hatte er ein Buch mit dem Titel *Mitternachtsgötter* veröffentlicht, das inzwischen ganz oben auf den Bestsellerlisten stand und überall in der literarischen Welt Anerkennung fand. Einem Artikel in *Vanity Fair* zufolge würde er bald eine Lesereise durch dreißig Städte machen.

Lesereisen und Interviews, aber für mich hat er kein einziges Wort übrig.

Ich hatte Holden versprochen, auf ihn zu warten, egal wie lange es dauerte, aber die Jahre zogen sich schier endlos in die

Länge. Mit jedem Tag schien klarer zu sein, dass er mich vergessen hatte. Vielleicht hatte er jemand anderen kennengelernt. Oder viele andere, während mein Herz allein auf ihn fixiert war.

Ich hatte eine eigene Wohnung gemietet, um etwas Privatsphäre zu haben, doch wenn ich nach Hause kam, erwartete mich jeden Abend dieselbe Leere. Ich aß allein. Ich schlief allein. Mir kam die Privatsphäre zu den Ohren wieder raus, welche Ironie.

Das nennt man Einsamkeit.

Als Brad Martin mit seinem unbeschwerten Lächeln und den schönen Augen mich also gefragt hatte, ob ich mit ihm in dem mexikanischen Restaurant in der Nähe der Werkstatt etwas essen gehen wollte, hatte ich Ja gesagt. Ich musste etwas unternehmen, anstatt Holdens Buch jede Nacht von vorne bis hinten zu lesen, bis ich die Augen nicht mehr offen halten konnte. Seine Tagebücher hatte ich an ihn zurückgeschickt – sie hatten mir nie gehört – und tauchte nun immer wieder in die Worte ein, die er mit der ganzen Welt geteilt hatte. Weil er dort war.

Das war alles, was mir von ihm blieb.

Ich befreite mich blinzelnd aus meinen Gedanken und klopfte meinem Dad auf die Schulter. »Was ist mit dir, Dad? Denkst du je daran, es noch mal zu versuchen?«

»Oh nein, nein«, erwiderte Dad ernst und schüttelte den Kopf. »Deine Mom … sie war die Einzige für mich, River. Sie war jemand Besonderes.«

»Ja, das war sie«, sagte ich mit rauer Stimme.

Dad blickte abwesend und mit glasigen Augen auf den Fernseher. »Eine Frau wie sie trifft man nur einmal im Leben. Wir haben in Alabama gewohnt, als wir uns kennengelernt haben, weißt du.«

Ich wusste es nur allzu gut. Er hatte mir die Geschichte schon hundertmal erzählt.

»Sie wäre überall hingezogen, wo meine Karriere mich hingeführt hätte, aber sie liebte das Meer. Nach meiner Verletzung sind wir hergekommen. Die leichteste Entscheidung meines Lebens. Es ging mir wirklich schlecht. Nicht nur wegen der Knieschmerzen, auch weil ich meine Chance auf die NFL verpasst hatte. Aber sie strahlen zu sehen, als ich ihr sagte, dass wir nach Santa Cruz ziehen würden …« Seine Augen füllten sich mit Tränen. »Das war es wert.«

Seine Stimme brach, und sein Körper krümmte sich unter Schluchzern. Ich legte den Arm um ihn, so gut es ging, lieh ihm meine Kraft. Aber seine Tränen lockten meine eigenen beinahe hervor; ich stand wankend am Rand dieses Abgrunds der Trauer, konnte mir jedoch nicht erlauben, mich hineinfallen zu lassen. Zu viel hing davon ab, dass ich mich zusammenriss.

In der Auffahrt erklang das Grollen eines Motors, gefolgt von einem ungesunden Rattern.

»Da hat jemand ein Loch im Auspuff«, sagte ich.

»Das ist Amelias Märchenprinz«, sagte Dad, riss sich zusammen und schnäuzte sich. »Verpass ihm einen Tritt in den Arsch, ja?«

Ich lächelte. »Ich muss jetzt los. Ich geh noch kurz zu Amelia.« Ich blieb an der Tür stehen. »Du bist okay?«

»Mach dir um mich keine Sorgen.«

Dafür ist es leider zu spät.

Sorgen um ihn und meine Schwester türmten sich über mir auf. Anstatt sich zu verkriechen wie Dad, rannte Amelia ziellos umher, ohne irgendetwas zu erreichen. Ich kam genau in dem Moment die Treppe hinab, als sie hereinkam. Sie sah mich und blieb stehen.

»Oh. Hi.«

»Wer war das?«

Sie verdrehte sofort die Augen. »Mach dir darüber keine Gedanken.«

Ich nahm ihren Arm, bevor sie nach oben verschwinden konnte. »Hey. Rede mit mir. Ich will nur sichergehen, dass er gut für dich ist.«

Sie schnaubte. »Nein, er ist ein Serienkiller. Dad hat mit dir geredet, oder? Garantiert hat er dir allen möglichen Scheiß über Kyle erzählt.«

»Ich will es nicht von Dad hören. Ich frage dich.«

Amelias harter Gesichtsausdruck wurde eine Sekunde lang weich, als würde sie die Distanz zwischen uns wahrnehmen und genauso schrecklich finden wie ich. Dann verhärtete sich ihre Miene wieder.

»Es geht dich überhaupt nichts an, mit wem ich ausgehe.« Sie riss sich los und stürmte die Treppe hoch. »Geh nach Hause, River. Du wohnst hier nicht mehr, schon vergessen?«

Sie knallte ihre Tür zu. Ich rieb mir übers Gesicht und lehnte mich in der Diele an die Wand, wo Holden und ich uns einmal geküsst hatten. Wir hatten uns brutal und hart geküsst, bis ich nicht mehr atmen oder denken konnte und es auch nicht wollte, solange er bei mir war …

Das war allerdings vor einer Million Jahren gewesen. In einem anderen Leben.

Ich ging hinaus, zurück in meine kleine Wohnung, die dunkel und leer war.

Am nächsten Morgen war ich mit Julio und drei anderen Männern in der Werkstatt, ein neues Team, das ich angestellt hatte, sobald sowohl die Autorestaurierung als auch die eigentliche Reparaturwerkstatt besser lief. Dad kam nicht, obwohl er auf dem Schichtplan stand.

Julio lächelte mich mitfühlend an. »Er wird wieder zurückkommen.«

»Wann? Das geht jetzt drei Jahre so.«

»Wenn er bereit ist. Wie geht es dir? Du siehst müde aus.«

»Mir geht's gut.«

»Das sagst du jedes Mal, wenn ich frage.«

Ich brachte ein Lächeln zustande. »Dann frag einfach nicht mehr.«

»Geht leider nicht, Boss. Du arbeitest zu viel, Überstunden, Wochenenden …«

»Dad lässt sich nicht mehr blicken. Irgendjemand muss hier sein.«

»Du bist immer hier. In den vier Jahren, seit ich mit dir zusammenarbeite, hast du dir keinen einzigen Tag frei genommen.«

Stimmt nicht. Ich bin nach Paris geflogen. Zu Holden …

Ich schob den Gedanken von mir weg, aber er tat trotzdem weh.

Julio runzelte die Stirn. »Ich will nur sagen, dass ich hier bin, Mann. Wenn du dir mal freinehmen willst, dann mach das.«

»Danke, Mann. Werde ich.«

Das war gelogen, und das wussten wir beide. Außer der Arbeit hatte ich nichts mehr.

Julio widmete sich einem Kunden, der vor der Werkstatt parkte, und ich machte mich daran, die Kosten für eine komplette Karosserieerneuerung bei einem 67er Mustang GT500 einzuschätzen, als ich hinter mir eine vertraute Stimme hörte.

»Hi, Whitmore.«

Donte Weatherly stand in der Auffahrt, die Hände in den Taschen vergraben. Er sah gut aus – hochgewachsen und muskulös, wie ein Wide Receiver sein sollte. Er trug eine teure

Jeans, schicke Basketballschuhe, eine Lederjacke. Eine dicke Goldkette hing ihm um den Hals. Sein Lächeln war charmant wie immer; falls er je keinen Bock mehr auf Football hatte, könnte er locker nach Hollywood wechseln.

»Hi«, sagte ich, mein Magen zog sich zusammen. Ich legte Klemmbrett und Stift weg und trat in den Sonnenschein hinaus. »Kann ich was für dich tun?«

»Nee, Mann, ich komm nicht als Kunde, obwohl der Mustang ziemlich nice aussieht.«

»Er macht sich langsam.« Ich verschränkte die Arme. »Wie läuft's beim Football? Bald ist der Draft, oder?«

»Ja.« Er rieb sich den Nacken. »Man munkelt, ich komm vielleicht in die Top Ten.«

»Hab ich gehört. Cool, Mann.« Ich wartete darauf, dass mich der Neid überkam, weil er das Leben lebte, das ich hätte haben können, doch das Gefühl blieb aus. »Auf welches Team hoffst du?«

»Egal, solange es nicht die Browns sind«, sagte er und lachte. »Ich mach Witze. Ich will einfach spielen.« Er legte den Kopf schief. »Vermisst du es nicht?«

»Nicht mal ein bisschen.«

»Das trifft mich jetzt schon ein bisschen. Unsere Whitmore-Weatherly-Bombe war *extrem* befriedigend.«

»Ja, das war ziemlich cool, aber ich mag Autos lieber.«

»Okay, okay.« Dontes typisches Lächeln verwandelte sich in eine nervöse Grimasse. »Also, na ja, ich wollte nur mal sehen, wie es dir geht. Ist 'ne Weile her. Hast du Zeit, heute essen zu gehen oder ein Bier trinken?«

»Ich kann nicht«, sagte ich und sah ihm in die Augen. »Ich hab ein Date.«

Donte schob die Hände tiefer in die Taschen. »Cool.«

»Findest du?«

»Ja. Klar, wenn's dich glücklich macht!«

»Seit wann das denn?«

»Der Bruder meiner Freundin ist schwul. Ich hab ihn ein bisschen kennengelernt und …«

»Und siehe da, dir ist klar geworden, dass Schwule auch Menschen sind?«, fuhr ich ihn an. Alte Wut schäumte in mir hoch. Ich zügelte sie. »Sorry.«

»Braucht dir nicht leid zu tun. Ich hab's verdient. Und nein, *mir ist klar geworden*, dass ich ein Arsch war. Dass du meine Freundschaft gebraucht hättest und ich sie dir nicht gegeben hab. Ich hab sie dir zur beschissensten Zeit verweigert und auch noch aus dem beschissensten Grund. Du bist immer noch du, und ich vermisse dich. Ich vermisse meinen Freund.«

»Ich auch«, sagte ich und merkte erst, als ich es sagte, wie sehr es stimmte.

Donte schüttelte den Kopf, das schlechte Gewissen stand ihm ins Gesicht geschrieben. »Mir tut echt leid, was passiert ist. Ich hätte dich nach dem Unfall im Krankenhaus besuchen sollen. Ich hätte … Scheiße, ich hätte zur Beerdigung deiner Mom kommen sollen. Es tut mir leid, River. Was auch immer das jetzt noch bringt.«

»Ich nehm die Entschuldigung an. Ich bin froh, dass du hier bist.«

»Echt?«

»Echt.«

Dankbarkeit zeichnete sich auf seinen Zügen ab, und er umarmte mich. »Tut mir leid, Mann.«

Ich klopfte ihm auf den Rücken und ließ ihn los, bevor der Damm Risse bekam. »Alles gut.«

»Also, dieses Date …« Donte räusperte sich. »Ist er heiß oder was?«

Ich fing an zu lachen.

»Halt die Klappe.« Er lachte leise. »Es ist eine berechtigte Frage.«

»Ich schätze, er sieht ganz gut aus. Ich hab nicht wirklich drüber nachgedacht.«

Er ist nicht Holden.

Donte runzelte die Stirn, als könnte er meine Gedanken lesen. »Hey, was ist aus dem Typen mit den silbernen Haaren geworden? Holden, oder? Wart ihr nicht zusammen?«

»Waren wir, aber nicht mehr«, sagte ich, und meine Kehle schnürte sich zu. »Er ist in Europa. Ehrlich gesagt ist gerade ein Buch von ihm rausgekommen.«

»Wirklich? Ist es gut?«

»Es ist absolut großartig«, sagte ich mit mehr Nachdruck, als ich beabsichtigt hatte. »Ich meine, ja, es ist gut.«

»Cool. Ich lass dich mal weiterarbeiten«, meinte Donte. »Aber lass uns mal abhängen, bevor ich abreise.«

»Ja, lass uns das machen.«

»Okay. Schön, dich zu sehen.«

»Ebenso.«

Ich beobachtete, wie Donte wie eine Geistererscheinung aus meinem früheren Leben davonging. Ich hatte die letzten Jahre auf Autopilot gelebt, hatte die Tage an mir vorbeiziehen lassen, hatte sie mit Arbeit gefüllt, damit ich nicht durchdrehte, weil ich all die Leute vermisste, die aus meinem Leben verschwunden waren. Es fühlte sich gut an, dass Donte wieder da war, doch die schlimmsten Lücken blieben leer und wund.

Ein paar Stunden später ging ich von der Arbeit nach Hause, duschte und zog mich an – und hatte immer noch das Gefühl, Holden zu betrügen.

»Lass es«, befahl ich mir und zog mir ein schwarzes T-Shirt, Jeans und Stiefel an. »Er kommt nicht zurück. Keine Anrufe, keine Nachrichten. Leb dein Leben.«

Mein Leben. Was auch immer das war.

Ich traf Brad im *El Palomar* in einer Seitenstraße der Pacific Avenue. Er war schon da und winkte mich zu einem Tisch in der Mitte des Restaurants herüber. Brad trug Jeans, ein blaues Hemd und ein Sakko – ich fühlte mich im Vergleich irgendwie underdressed.

»Hey, schön dich zu sehen«, begrüßte er mich und lächelte strahlend. Er hatte ein nettes Lächeln. Volles hellbraunes Haar, nette Figur, nette Augen.

Er ist so … nett, sagte eine durchtriebene Stimme in meinem Kopf, die wie Holden klang. *Wie* nett *für dich …*

Ich verzog das Gesicht, aber der Phantom-Holden hatte recht. Brad Martin war der Inbegriff von *nett,* und er würde für irgendjemanden einen großartigen Partner abgeben, allerdings nicht für mich. Schon bevor der Kellner unsere Getränkebestellung aufnahm, wusste ich, dass es kein zweites Date geben würde.

Ich hörte aufmerksam zu, während Brad mir von sich erzählte, ich ließ ihn reden, während die Verzweiflung ihre Fänge mit jeder Minute tiefer in mich schlug. Ich wollte Holden. Drei Jahre waren vergangen, ohne dass ich ihn gesehen hatte, bis auf meinen kurzen Besuch in Paris, und ich wartete immer noch auf ihn.

Als die Rechnung kam, griff ich schnell danach, damit der Abend endlich vorbei war.

Brad legte seine Hand über dem kleinen Tablett auf meine. »Ich sollte zahlen. Ich habe dich schließlich nach dem Date gefragt.«

»Nein, ich mach das schon.«

Ich entzog meine Hand seiner trockenen Berührung. Ich hatte seinen Abend verschwendet. Das Mindeste, was ich tun konnte, war, das Essen zu bezahlen.

Vor dem Restaurant zogen wir unsere Jacken an und standen in dieser peinlichen Stille herum, die üblicherweise nach einem Date entstand.

»Willst du noch irgendwo hingehen?«, fragte Brad. »Etwas trinken?« Sein *nettes* Lächeln wurde zweideutig. »Ich fand den Abend schön. Ich will irgendwie noch nicht, dass er vorbei ist.«

Er beugte sich vor, sein Atem war salzig mit einem Hauch der scharfen Süße seiner Margarita. Einen Herzschlag lang erstarrte ich; ich wollte es geschehen lassen. Wollte zulassen, dass Brad Holden aus mir herausküsste oder sogar -vögelte, damit ich endlich weiterleben konnte.

Instinktiv wich ich zurück, bevor Brads Lippen meine berührten. »Sorry. Ich kann nicht. Muss morgen früh raus.«

»Aha«, erwiderte Brad und lächelte angespannt. »Das war wohl eher Code für: *Das hier wird nicht funktionieren*.«

»Es tut mir leid. Ich hätte es dir sagen sollen … Ich komm gerade aus einer Beziehung.«

»Ach so? Noch nicht lange vorbei?«

Sie ist gar nicht vorbei.

»Ja, ist noch ganz frisch. Ich dachte, ich wäre bereit für was Neues, aber ich bin es einfach nicht.«

»Okay, aber es war trotzdem ein netter Abend.«

Brad umarmte mich, und wieder wartete ich, dass mein Körper – der drei Jahre keinen Sex gehabt hatte – reagierte. Doch Brad roch anders, fühlte sich in meinen Armen anders an, und ich ließ ihn einfach wieder los.

»Schönen Abend noch, River.«

»Jepp. Dir auch.«

Holden, du Arschloch. Wo bist du?

Wir gingen auseinander, und ich fuhr in meine Wohnung zurück. Ich schaltete das Licht ein und warf meine Schlüssel auf das Tischchen neben der Tür. Mit Schwung. Das Herz pochte mir in der Brust, und ich rang innerlich um Kontrolle.

Ich zog mich bis auf die Unterwäsche aus und ging mit *Mitternachtsgötter* ins Bett. Schon wieder.

Weil ich total erbärmlich bin.

Allerdings verlor ich mich bereits in wenigen Momenten in der komplexen Geschichte um einen Mann namens Oliver, der ein scheinbar perfektes Leben lebte – liebender Ehemann, beruflich erfolgreich –, aber jede Nacht träumte, jemand anders zu sein: nämlich Jules, der ein wildes, leichtsinniges Leben voller Sex, Drogen und Alkohol führte … und wiederum von Oliver träumte.

Holden verwob die beiden Erzählstränge nahtlos miteinander, bis zum Höhepunkt, wo Oliver und Jules sich auf entgegengesetzten Seiten desselben Toilettenspiegels in einem zwielichtigen Club in Amsterdam sahen. Als ihre Spiegelbilder sich berührten, wurden sie in einen schwarzen See in einer verschneiten Einöde transportiert. Beide kämpften sich an die Oberfläche, doch nur einer schaffte es zitternd und nackt heraus. Der Leser wusste nicht, wer an Land kam oder ob überhaupt einer der beiden überlebt hatte. Vielleicht war das Leben des einen nur die durch Drogen hervorgerufene Halluzination des anderen, während er in dieser Toilette in Amsterdam starb. Vielleicht auch nicht.

Jede Seite erzählte mir von Holdens Kampf, seiner Sehnsucht, sich von seinen Dämonen zu befreien, und von der unerbittlichen Macht, die sie über ihn hatten. Das offene Ende war jedoch ein großes Fragezeichen und gab mir keine Antworten.

Plötzlich erklang ein Knurren in meiner Brust, und ich schleuderte das Buch durch das Zimmer. Ich traf die Kommode, und das Buch landete aufgeklappt mit den Seiten nach unten, zerknickt, der Buchrücken eingedellt.

»Scheiße.«

Die Stille in der kleinen Wohnung drang auf mich ein, und um ein Haar hätte ich die Kontrolle aufgegeben. Fast hätte ich laut geschrien, um all der Trauer um meine Mutter und um Holden freien Lauf zu lassen. Ich spürte die Gefühle in meiner Brust aufsteigen, wie einen Felsbrocken, den ich ausspucken musste.

Es würde wehtun.

Es würde mich zerreißen.

Aber ich kämpfte alles nieder, obwohl ein Teil von mir darum bettelte, den Schmerz endlich herauszulassen.

Mein Handy klingelte. Violet. Ich atmete tief ein. Dann noch einmal. Als ich meiner Stimme wieder traute, ging ich ran.

»Hey, Violet.«

»Hey du«, sagte sie. »Du klingst furchtbar. Erkältung?«

Ich räusperte mich. »Nein, ich … mir geht's gut.«

»Das ist gut. Ich weiß, es ist spät, aber es ist so lange her, seit wir geredet haben.«

»Es ist etwa einen Monat her. Nicht, dass ich mitzählen würde«, fügte ich hinzu und zwang mich zu lächeln. »Was machst du? Wie geht's Miller?«

»Es geht ihm großartig. Perfekt sogar, jetzt, wo er nicht mehr auf Tour ist.«

»Ich freue mich für dich.«

»Danke, River.«

Hastig wechselte sie das Thema, als würde ihr Glück an meiner Einsamkeit scheuern. Sie erzählte von ihren Fortschritten im Studium und dass sie und Miller überlegten, bald nach Santa Cruz zu kommen.

»Ich hätte nichts dagegen, dich hierzuhaben«, sagte ich.

»Ich kann es nicht abwarten. Ich vermisse es so sehr. Ich vermisse dich und Shiloh …«

Sie verstummte, und ich konnte den Schmerz in ihrer Stimme hören.

»Willst du über sie reden?«, fragte ich langsam. »Oder Ronan …?«

»Nein«, sagte sie schnell. »Es ist zu traurig, und ich will alles von dir hören. Was machst du gerade?«

»Rate mal«, sagte ich bitter.

»Du liest *Mitternachtsgötter.*«

»Zum sechsten Mal, solltest du dazusagen. Du brauchst meine lächerliche Existenz nicht schönzureden.«

»Stopp. Du bist nicht lächerlich. Erstens ist das Buch großartig, und ich habe es selbst zweimal gelesen. Zweitens ist es total er. Als … als hätte er sich die Brust aufgerissen und alles in seinem Inneren offenbart.«

Ich schloss die Augen. »Ich weiß.«

»Du hast immer noch nichts von ihm gehört?«

»Nein. Also habe ich was Dummes getan und bin auf ein Date gegangen.«

»Wirklich?« Violet quietschte praktisch. »Das ist großartig … Überhaupt nicht dumm. Warum sagst du das?«

»Weil es sinnlos war. Ich habe die Zeit von diesem Typen verschwendet und mich gefühlt, als würde ich Holden betrügen.«

»River«, sagte Violet leise. »Es ist drei Jahre her, seit du mit jemandem zusammen warst. Zwei Jahre, seit du ihn gesehen hast. Du hast das Recht, dein eigenes Leben zu leben.«

»Ich weiß, aber ich habe ihm gesagt, dass ich auf ihn warten werde, egal wie lange es dauert. Nur … Gott, manchmal fühle ich mich, als würde ich platzen. Ich kümmere mich um die Familie, den Betrieb …«

»Wer kümmert sich um dich?«, fragte Violet sanft.

»Mir geht's gut …«

»Hör auf, das zu sagen. Ich kann den Kummer in deiner Stimme hören. Und am liebsten würde ich sofort kommen. Wie geht es dir wirklich?«

»Nicht so toll«, gab ich zu. »Deshalb hab ich mich verabredet, Vi. Um mal wieder so was wie eine Verbindung zu spüren oder … ich weiß es nicht. Aber es war ein Fehler.«

»War er ein Arschloch?«

»Das absolute Gegenteil. Er war wirklich nett. Allerdings war das nicht genug. Es war völlig ohne Bedeutung.« Ich seufzte und fuhr mir mit der Hand durchs Haar. »Vielleicht bin ich gar nicht schwul. Vielleicht will ich nur Holden.«

»Oder vielleicht liebst du ihn einfach.«

»Tja … leider sieht es so aus, als wäre die Sache ziemlich einseitig. An welchem Punkt sollte ich aufgeben?«

»Gar nicht. Wenn es Liebe ist, kannst du nicht aufgeben. Ich liebe Miller, seit wir dreizehn Jahre alt sind. Das Schicksal und die Umstände wollten uns auseinanderbringen, aber es hat nicht funktioniert. Nichts wird funktionieren. Du und Holden, ihr werdet wieder zueinanderfinden. Das weiß ich.«

»Danke, Vi«, sagte ich und war wirklich dankbar für ihre Freundschaft und ihre Unterstützung. Ihre Theorie funktionierte allerdings nur, wenn Holden das Gleiche für mich empfand.

Ich hatte lediglich sein Buch, und wenn sich die Antwort in den Seiten verbarg, konnte ich sie nicht finden.

Oder vielleicht war das die Antwort: nichts.

31. Kapitel

Holden

»Ich habe es gerade gehört«, sagte Elliott aufgeregt.

Mein Agent eilte in den Vorraum des *Frederick P. Rose Auditoriums*. Im Saal auf der anderen Seite der Wand warteten zweihundert Leute darauf, dass ich aus *Mitternachtsgötter* vorlas.

»Du wurdest gerade in die engere Auswahlliste für den National Book Award aufgenommen. Der jüngste Autor, der jemals darauf war.« Er zählte an seinen Fingern ab. »Der jüngste Autor, der für den Preis des National Critics Circle nominiert wurde, für den PEN/Faulkner-Preis, den Lambda Literary … Bei dem Tempo ist der Pulitzer nicht weit.«

»Okay, okay, wir wollen nichts überstürzen«, sagte ich und strich mit einem Blick in den Spiegel mein Jackett glatt. »Ich bin auch der jüngste Autor, der von sechs Bibliotheksverbänden auf den Index gesetzt wurde.«

Elliot lachte. »Jede Presse ist gute Presse, mein Lieber. Das Gerede darüber steigert bloß das Interesse. Und wir verkaufen mehr Bücher.«

»Wir haben schon ziemlich viele Bücher verkauft, Elliot.«

»Das sagst du nicht mehr, wenn die Honorarschecks eintrudeln.«

Ich unterdrückte ein Lachen. Ich konnte mir mit den Schecks den Arsch abwischen, wenn man sie mit den Einkünften aus den Investitionen verglich, die ich mit meinem Erbe getätigt hatte.

Allerdings war das kein Grund, sich deswegen wie ein Idiot aufzuführen.

Mette Olsen trat zu uns. Meine Verlegerin, groß, mit kurzem blondem Haar und freundlichen blauen Augen, war eher wie eine zweite Therapeutin für mich; sie steuerte mein Schiff in ruhigere Gewässer, wenn es schwierig wurde. Was oft vorkam.

»Sie warten auf dich, Holden«, sagte sie. »Zeit loszulegen. Nervös?«

New York City war die erste Station auf einer Lesereise durch dreißig Städte, wo ich Passagen aus meinem Buch lesen und Fragen aus dem Publikum beantworten sollte. Menschen, die *bezahlt* hatten, um mich zu sehen. Die sich Zeit genommen hatten, um mich über meine Arbeit labern zu hören.

Meine Hand griff automatisch nach meinem Flachmann in meiner dünnen schwarzen Jacke. Zwei Jahre ohne einen Tropfen – man sollte meinen, dass ich mir allmählich abgewöhnt hätte, danach zu greifen, aber der Durst verschwand nie ganz. Er lauerte in den finsteren Winkeln, vor allem an Tagen, an denen mir Alaska dichter im Nacken saß. Oder an Tagen, an denen ich mich nach River sehnte.

Also an allen Tagen.

Ihn zu vermissen war das Schlimmste, schlimmer als der Durst; ich tastete öfter in leeren Hotelbetten nach ihm als nach meinem Flachmann in der Jacke.

Meine Therapeutin meinte, ich hätte in den letzten zwei Jahren große Fortschritte gemacht. Doch sie bestand darauf, dass ich selbst entscheiden müsste, ob ich bereit war, River zu kontaktieren – egal wie oft ich sie bat, es mir zu verordnen. Wie ein Rezept: *Treffen Sie sich mit River Whitmore, und rufen Sie mich am nächsten Morgen an.*

Jedes Mal, wenn ich daran dachte, mich bei ihm zu melden, erstarrte ich.

Weil er mich vergessen hat. Nach zwei Jahren Funkstille hat er keine andere Wahl.

Mette wartete auf eine Antwort.

»Cool«, sagte ich. »Los geht's.« Ich ging auf die Tür zu, als mein Handy klingelte. Der Anwalt der Familie, Albert Bernard. »Hey, Bernie. Wer ist jetzt schon wieder sauer auf mich?«

»Bisher niemand, aber der Tag ist noch jung.«

»Ein Fortschritt. Und die Stiftung?«

Anstatt auf meinem Geld zu sitzen oder es zu verschwenden, war ich dabei, eine Stiftung für LGBTQA+-Kids zu gründen, die von ihren Eltern rausgeworfen worden waren, damit sie ein Dach über dem Kopf hatten, weiter zur Schule gehen oder Arbeit suchen konnten. Ich würde niemals von Natur aus so selbstlos und herzensgut sein wie River, aber ich konnte selbstlosen Menschen Geld geben, damit sie Gutes damit taten.

»Mit der Stiftungsgründung geht es gut voran«, berichtete Monsieur Bernard.

»Großartig. Ich muss gleich vor zweihundert Leuten sprechen. Kann ich mich danach bei Ihnen melden, wenn es nicht wirklich dringend ist?«

»Ich will Sie nicht aufhalten. Ich wollte nur sagen, dass Ihre Eltern sich bei mir gemeldet haben.«

»Wirklich.« Meine Hand griff in meine leere Tasche.

»Ja. Sie haben mich gebeten, zwei Forderungen an Sie weiterzuleiten. Erstens, dass Sie für Ihr aktuelles Buch nicht Ihren richtigen Namen benutzen.«

Wut rumorte in meinem Magen, als die Kälte in mich hineinsickerte. »Ich kann das Buch nicht unter anderem Namen neu veröffentlichen. Das ist lächerlich.«

»Ich habe versucht, ihnen genau das klarzumachen, aber sie

beharren darauf. Sie sind nicht glücklich, vor allem, dass ein Buch mit ihrem Namen darauf in manchen Kreisen wegen expliziter sexueller Inhalte und der Schilderung von Drogenmissbrauch verboten worden ist.«

Ich biss die Zähne zusammen. »Und die andere Forderung?«

»Ihnen ist zu Ohren gekommen, dass Sie vorhaben, ein Interview zu veröffentlichen, in dem Sie über Ihre Zeit als Jugendlicher in Alaska sprechen.«

»Bei Ihnen klingt das wie ein Campingurlaub. *Meine Zeit in Alaska* war eine Konversionstherapie, Bernard, die mich fast das Leben gekostet hat. Und da solche Programme nach wie vor existieren, ist es ja wohl das *Mindeste*, alles in meiner Macht Stehende zu tun, um dieser Praxis ein Ende zu bereiten.«

»Ich verstehe. Ich gebe nur die Bedenken Ihrer Eltern weiter. Sie haben den Eindruck, es würde ein unvorteilhaftes Licht auf die Familie werfen, wenn ihre Seite der Geschichte nicht ebenfalls berücksichtigt wird.«

»*Ihre* Seite …« Ich riss ungläubig die Augen auf. »Nur zu. Sagen Sie ihnen, sie dürfen *ihre* Seite der Geschichte gern erzählen, Bernie. Sie dürfen der Welt gerne mitteilen, dass sie einen schwulen Sohn hatten und nicht wollten, dass er schwul ist, weshalb sie ihn sechs Monate lang foltern ließen, woraufhin er ein Jahr in ein Sanatorium musste, was dann dazu geführt hat, dass er das Beste, was ihm je passiert ist, sabotiert hat. Er war gezwungen, vor dem einen Menschen davonzulaufen, den er mehr geliebt hat als jeden anderen auf der Welt, weil er sich seiner nicht würdig fühlte, nachdem er diesen Menschen in Gefahr gebracht hatte, und lieber sterben würde, als das noch mal zu tun. Sagen Sie ihnen *das*.«

Ich unterbrach meine Tirade, um Luft zu holen. Mette und Elliot starrten mich mit großen Augen an, dann taten sie schnell, als wären sie mit etwas anderem beschäftigt.

»Mr Parish«, sagte Bernie mit ruhiger Stimme. »Ihre Eltern haben mich gebeten, Ihnen zu bestellen, dass sie vorhaben … Sie zu enterben, falls Sie dieses Interview geben und den Namen Parish nicht von dem Buch entfernen.«

Ich taumelte einen Schritt zurück, mein Blut wurde kalt; der Chor der alten Flüsterstimmen stimmte erneut sein bösartiges Säuseln an.

Wertlos. Sie wollen dich nicht. Niemand will dich …

Ich schluckte schwer. »Das ist … dumm. Es ist zu spät. Ich habe ihr Geld bereits, und ich bin einundzwanzig. Sie können mich nicht enterben …«

»Es wäre natürlich nur eine symbolische Geste«, erklärte Bernard leise.

»Sie wollen nicht, dass ich ihren Namen trage.«

»Darauf läuft es hinaus.«

Ich lehnte mich an die Wand des Vorraums, umklammerte das Handy so hart, dass mir die Knöchel wehtaten. »Was ist mit meiner Tante und meinem Onkel? Haben die etwas dazu gesagt?«

Ich hasste es, wie armselig ich klang. Schwach und bedürftig. Reg und Mags waren wieder in ihre Villa in Florida gezogen, nachdem ich Santa Cruz verlassen hatte. Sie hatten keine Möglichkeit, mich zu kontaktieren; nur über Bernard.

»Ich habe nichts von ihnen gehört. Also nein.«

Ich nickte. Mir war bewusst, dass Mette und Elliot auf mich warteten.

»Vergessen Sie, was Sie meinen Eltern sagen sollten«, sagte ich. »Meine Antwort auf ihre beiden Forderungen ist *Fickt euch* und *ihr könnt mich mal.* Wenn Sie mich jetzt entschuldigen würden? Ich muss aus meinem verbotenen Buch vorlesen.«

Ich legte auf, stellte das Handy stumm und schob es mit zitternden Händen in die Tasche. Der Rat meiner Therapeutin fiel mir ein: Ich atmete gegen die flüsternden Stimmen an, lauschte dem sanften Ein und Aus und nicht ihnen.

Ich lebe. Ich bin noch da.

Als mir wärmer wurde, zwang ich mich, für Mette und Elliot ein strahlendes Lächeln aufzusetzen.

»Tut mir leid. Ein kleines Familienproblem.«

»Geht es dir gut?«, fragte Mette.

»Nein«, sagte ich und lächelte dankbar. »Aber es wird langsam.«

Mette begegnete meinem Blick mit sanfter Miene und drückte mir eine Ausgabe von *Mitternachtsgötter* in die Hand. »Sie werden dich lieben.«

Und das ist nicht nichts, dachte ich und betrat die Bühne.

Donnernder Applaus begrüßte mich, begleitet von ein paar Rufen und Pfiffen. Das Ganze überwältigte mich – all die Anerkennung und Akzeptanz … und um ein Haar hätte ich auf der Stelle kehrtgemacht. Aber ich atmete langsam ein und hielt mich mit beiden Händen am Rednerpult fest.

»Hi, mein Name ist Holden, und ich bin Alkoholiker«, sagte ich. »Hoppla, falsche Gruppe.«

Lachen erklang in der Menge.

»Es kommt mir unwirklich vor, so viele Menschen hier zu sehen, die wegen mir und meinem ungezogenen kleinen Buch hier sind, aber danke, dass ihr da seid.«

Noch eine Runde Jubel und Applaus; lächelnde Gesichter warteten gespannt darauf, was ich zu sagen hatte.

»Ich soll eigentlich aus *Mitternachtsgötter* vorlesen, aber ich hab es mir anders überlegt. Wenn ihr das Buch schon gelesen habt, würdet ihr euch langweilen. Wenn nicht, würde ich spoilern. Und ich muss meine eigenen Sachen nicht laut vorlesen. Ich kann mir jederzeit einen runterholen – und tue es auch; dafür brauch ich kein Publikum.«

Mehr Gelächter und ein paar Pfiffe.

»Anstatt zu lesen, springe ich einfach gleich zu dem Teil, wo ich eure Fragen beantworte.«

Hundert Hände schossen nach oben.

»Wenn die Frage mit dem Ende des Buches zu tun hat, nehmt die Hand wieder runter.«

Neunzig Prozent der Hände wurden gesenkt.

Ich lachte. »Ihr habt euer Ende. Meines verrate ich euch nicht. Nächste Frage.«

Ein paar scherzhafte Buhrufe und Gelächter waren zu hören, dann hob ein Typ in dunkler Jacke und Baseballmütze weiter hinten seine Hand.

»Jules leidet unter einer ziemlich heftigen Alkohol- und Drogensucht«, sagte er. Seine Stimme kam mir vage bekannt vor. »Sie haben gesagt, das Buch wäre eine fiktionale Erinnerung. Falls die Frage nicht zu persönlich ist: Basiert eine der Figuren auf persönlichen Erfahrungen?«

»Kunst *ist* persönlich. Und ja, mein kleiner Witz vom Anfang ist eigentlich kein Witz. Ich bin Alkoholiker, aber ich bin seit zwei Jahren trocken.«

Applaus donnerte durch den Saal, und mir brannten die Augen. Ich versuchte, einen besseren Blick auf den Typen zu erhaschen, doch jemand anders stellte bereits die nächste Frage. Mehr folgten: über meine Ideen, meine Inspiration und darüber, wie ein so junger Mensch mit solcher Tiefe schreiben konnte.

»Wenn man in den Abgrund hinabsteigt«, antwortete ich, »hat man etwas zu sagen, wenn man wieder rauskommt.«

Als die Frage-und-Antwort-Session vorbei war, stellten die Anwesenden sich an, um ihre Bücher signieren zu lassen. Mette und Elliot standen neben mir und reichten mir die Bücher.

Ich fügte meinem Autogramm jedes Mal noch eine kurze Botschaft hinzu; die Namen der Fans waren bereits auf kleinen Haftnotizen vermerkt worden, damit ich die Widmung nicht versaute. Viele Leute sagten mir, wie viel ihnen meine persönlichen Worte bedeuteten. Ich konnte mit Komplimenten nichts anfangen, schaffte es allerdings, das Ganze durchzustehen, und war so dankbar und liebenswürdig wie möglich zu allen.

Endlich kamen wir zum letzten Gast. Ein Buch wurde vor mich hingelegt. Auf dem Zettel stand *Silas*.

Ich erstarrte, dann hob ich langsam den Blick zu Silas Marsh.

Er trug ein blaues Hemd, Jeans und eine Baseballmütze, die er abnahm, als er mich vorsichtig anlächelte. Silas Haar war so blond, wie ich es aus Alaska in Erinnerung hatte, es war jedoch nicht mehr strähnig und dreckig und hing ihm nicht ins Gesicht, sondern war kurz geschnitten und aus der Stirn gekämmt. Er war damals achtzehn gewesen, stärker und größer als ich. Jetzt strotzte er vor Gesundheit, sein Körper füllte seine Kleider aus, und er stand aufrecht da, während er in Alaska gebeugt gewesen war.

»Silas«, brachte ich heraus.

»Hi, Holden.« Seine Stimme klang ebenfalls belegt. »Ist 'ne Weile her.«

Ich stand mit zitternden Knien auf, ein Teil von mir wollte weglaufen, als die Dämonen aus Alaska zu flüstern anfingen. Erinnerungen kamen zurück, eine nach der anderen. Doch nun hatte ich Werkzeuge, um damit umzugehen – Waffen, um mich zu wehren. Es hatte zwei Jahre gedauert, und ich war noch nicht fertig – das würde ich vielleicht nie sein. Aber als die Kälte mit eisigen Fingern nach mir griff, dachte ich stattdessen an Silas Güte. Als ich damals in dieser zugigen Hütte so sehr gezittert hatte, dass ich dachte, meine Knochen würden splittern, hatte er sich zu mir gelegt und mich umarmt, seine Wärme mit mir geteilt. Ein paar Momente lang war ich in Sicherheit gewesen.

Silas versuchte zu grinsen, aber seine Augen schimmerten feucht, und plötzlich stürzte ich um den Tisch herum auf ihn zu. Wir umarmten uns fest; er hielt meine bebenden Schultern, und ich spürte den stockenden Atem in seiner Brust.

Wir lösten uns schnell voneinander, wischten uns die Augen, lachten und weinten und umarmten uns wieder.

»Scheiße, es tut so gut, dich zu sehen, Holden. Du siehst großartig aus.«

»Du auch. Ich hab das Gefühl zu träumen. Was machst du hier?«

»Ich habe online nach etwas zu lesen gesucht und deinen Namen gesehen. Ich konnte nicht glauben, dass du es bist; ich habe sogar das Foto auf dem Umschlag angezweifelt. Aber dann hab ich das Buch gelesen und … heilige Scheiße, Mann, ich hab geheult wie ein Baby. Alaska war überall. Selbst in den Szenen, in denen es nicht da war.«

»Es musste raus.«

»Und bist du es losgeworden?«

»Es wird immer ein Teil von mir sein. Ich werde einfach allmählich besser darin, nicht mehr zuzulassen, dass es jede Sekunde meines Leben kontrolliert. Wie sieht es bei dir aus?«

»Ähnlich, aber es war ein verdammt langer Weg.«

»Wem sagst du das? Meine Eltern haben mich etwa acht Sekunden, bevor ich auf die Bühne gegangen bin, enterbt.«

Silas riss die Augen auf und schüttelte den Kopf. »Dann bin ich noch stolzer auf dich. Ist es zu früh, das zu sagen?«

»Ich nehm's gern«, sagte ich mit einem dankbaren Lächeln. »Lass uns irgendwo hingehen. Du musst mir alles erzählen.«

Obwohl ich noch eine After-Party und einen Fototermin hatte, sagte ich alles ab, und Silas und ich gingen in ein kleines chinesisches Restaurant in Midtown. Ich bestellte Kung Pao Chicken, und Silas hantierte ungeschickt mit seinen Stäbchen herum, während er sich über eine großen Portion gebratene Nudeln hermachte. Wir redeten ein bisschen über mein Buch, und er erzählte mir, dass er das große Vermögen seiner Familie, die einen Pharmakonzern besaß, dafür einsetzte, die von ihnen mitverschuldete Opioid-Krise zu überwinden.

»Ich vermute mal, dass du dich nicht zufällig in diesem Bereich engagierst«, sagte ich langsam. »Du hast mich auf der Veranstaltung nach meiner Sucht gefragt.«

»Ich war eine Weile süchtig. Ich musste irgendwas fühlen, auch wenn es nur künstlich war. Aber Alaska war sogar stärker als die Drogen. Es hat mich gelehrt, dass es besser wäre, nichts zu fühlen, als etwas ›Falsches‹ oder ›Unnatürliches‹. Ich habe lange so gelebt. Wie ein Roboter in Menschengestalt.«

»Ich hab es genau andersrum gemacht«, sagte ich. »Ich hab alles getan, was ihnen zufolge falsch war. Es war eine traurige kleine Rebellion, die mich noch mehr verletzt hat. Aber manchmal war ich fast wie besessen, von Kräften, die ich nicht kontrollieren konnte. Sie haben immer geflüstert, dass ich nicht gut genug wäre. Nichts wert wäre. Und als ich dann jemanden kennengelernt habe, der praktisch alles *Gute* in der Welt verkörperte, habe ich die Beziehung sabotiert.«

Silas' Augen leuchteten auf. »Du hast jemanden kennengelernt?«

Ich nickte. »Ich bin mir allerdings ziemlich sicher, dass ich es gründlich vermasselt habe. Ich hab ihn in den letzten drei Jahren nur einmal gesehen.«

»Warum?«

»Meine Therapeutin sagt, ich sei in einer ›Atmosphäre der

Deprivation‹ aufgewachsen. River war wie eine Infusion von allem, was mir gefehlt hat – eine plötzliche Veränderung des Status quo. Es war zu schön, mit ihm zusammen zu sein.« Tränen brannten in meinen Augenwinkeln. »Ich habe mich die ganze Zeit dagegen gewehrt.«

»Dieser River war gut zu dir?«

»Er ist der Beste.«

»Ich mag ihn jetzt schon.« Silas biss von einer Frühlingsrolle ab. »Warum versuchst du es nicht noch mal? Du hast dich weiterentwickelt, seit du ihn das letzte Mal gesehen hast.«

»Mag sein. Ich trinke nicht mehr. Und ich hatte zwei sehr lange Jahre keinen Sex, was, wenn man mich kennt, so unwahrscheinlich ist, wie eine Mondfinsternis, den Halley'schen Kometen und einen Sternschnuppenschauer zur selben Zeit am Himmel zu sehen.«

Mir stockte der Atem, als mir der Meteorschauer und die perfekte Nacht mit River – unser erstes Mal – wieder einfielen …

»Das ist nicht nichts«, sagte Silas und echote meine eigenen Gedanken von vorhin.

»Sobald ich ein bisschen Klarheit hatte, war die Sache plötzlich ganz einfach«, sagte ich. »Nach River gab es nie jemand anderen für mich. Und das hat sich nicht geändert.«

»Worauf wartest du dann?«

»Ich weiß es nicht. Ich habe Angst, es wieder zu vermasseln. Vielleicht brauche ich noch mehr Zeit, um zu heilen.«

Silas dachte kurz nach und verschränkte dann die Hände auf dem Tisch. »Vor etwa einem Jahr war ich da, wo du jetzt bist. Und dann hab ich jemanden kennengelernt.«

Ich lehnte mich zurück. »Wow. So wie du das gerade gesagt hast, muss ich gar nicht mehr wissen. Du bist wahnsinnig in ihn verliebt.«

Silas lachte leise. »Ganz genau. Er heißt Max, und er … bedeutet mir einfach alles. Ich hätte nie gedacht, dass so etwas Gutes und Schönes möglich wäre. Aber es war nicht leicht. Ich habe auch eine Therapeutin, ich gehe zu einer Selbsthilfegruppe – und Alaska versucht trotzdem nach wie vor, sich zwischen uns zu drängen und unser Glück zu sabotieren. Doch in solchen Momenten hilft Max mir. Weil er mich so sehr liebt wie ich ihn. Ich kenne diesen River nicht, er klingt allerdings ein bisschen wie mein Max.«

»Ich würde mein rechtes Ei hergeben, um ihn *meinen* River nennen zu können.«

»Es ist nicht zu spät.«

»Vielleicht doch. Möglicherweise hat er bereits jemanden gefunden. Er will ein Haus mit einem weißen Holzzaun und 2,5 Kinder, während ich eher Wanderlust im Blut habe.«

»Dann macht ihr eben einen Kompromiss.« Silas beugte sich über den Tisch zu mir herüber. »Hör zu. Wenn alles Scheiße ist, kann man sich ein Leben, das besser ist, nicht vorstellen. Aber es ist möglich. Man braucht nur genügend Selbstvertrauen, um danach zu greifen.«

Plötzlich rang ich mit den Tränen. »Und wenn er mich aufgegeben hat?«

»Dann wirst du es überleben. Du bist schon so weit gekommen. Aber glaubst du das wirklich?«

»Ich hab's ihm nie gesagt«, flüsterte ich stockend. »Er hat mir gesagt, dass er mich liebt, und ich hab die Worte nie erwidert. Nicht so, dass er es hören konnte.«

»Geh zu ihm und sag es einfach.«

»Weil das ja so leicht ist.«

»Nein, es ist extrem Furcht einflößend«, sagte Silas. »Aber verdammt noch mal, Holden, denk daran, was auf der anderen Seite auf dich warten könnte.«

Der Kellner kam und brachte die Rechnung. Ich griff danach, doch Silas war schneller. Er versuchte, sie zu sich zu ziehen, ich hielt sie jedoch fest, und ein kleines Tauziehen begann.

»Sieh uns nur an«, sagte ich. »Zwei dämliche Milliardäre streiten sich darum, wer die 30 Dollar fürs Essen bezahlen darf. Wenn die Revolution kommt, werden Sie uns zuerst aufhängen.«

Silas warf den Kopf zurück und lachte, und ich schnappte mir die Rechnung.

Draußen war die Nacht warm und schwül – Sommer in New York, und ich trug nur eine leichte Jacke. Ein ziemlicher Erfolg, auch wenn es niemand wusste.

River würde es wissen. Ihm würde es sofort auffallen.

»Ich muss nach Seattle zurück«, sagte Silas. »Aber lass uns in Kontakt bleiben, okay?«

»Wehe, wenn nicht. Sobald ich mit der Lesereise weitermache, habe ich einen Termin in Seattle. Bring *deinen* Max mit.«

»Sobald du mit der Lesereise *weiter*machst? Heißt das, du willst sie unterbrechen, um *deinen* River zu treffen?«

Ich atmete ein. »Ich muss es versuchen. Ich liebe ihn zu sehr.«

Silas Augen füllten sich mit Tränen. »Du weißt, dass das ein Sieg über Alaska ist, oder? Jemanden ohne Selbsthass, Scham und Schuldgefühle lieben zu können. Wir müssen uns diese Siege holen, wo wir können, und daran festhalten.«

Ich nickte, auch meine Augen brannten erneut. Ich umarmte Silas. »Danke, dass du gekommen bist. Und danke für das, was du in Alaska für mich getan hast. Du hast mich in dieser Nacht gerettet und bist dafür bestraft worden …«

»Ich würde es immer wieder tun«, sagte Silas grimmig, seine Stimme klang rau. »Und du hast mich ebenfalls gerettet, Holden. Wegen dir hab ich nicht den Verstand verloren. Wenn du nicht gewesen wärst, hätte ich es nicht da raus geschafft.«

»Ich finde das schwer zu glauben«, sagte ich. »Aber ich versuch's.«

32. Kapitel

River

Auf dem Weg zum Abendessen bei Dad und Amelia machte ich einen kurzen Zwischenstopp bei Amelias Lieblingsrestaurant und bestellte thailändisches Essen zum Mitnehmen. Ein Friedensangebot. Sie redete kaum noch mit mir, und Dad sagte, sie würde meistens erst spät nach Hause kommen. Lärm, laute Musik, Geschrei, außerdem gingen Leute, die er nicht kannte, in seinem Haus ein und aus.

Es tat weh, weil ich meine Schwester kannte und wusste, dass sie das nicht wirklich war. Es ging immer weiter bergab mit ihr. Vor Jahren hatte sie lediglich die Schule geschwänzt, jetzt hing sie mit Arschlöchern ab. Wenn das so weiterging, würde noch etwas Schlimmeres passieren.

Ich parkte vor dem Haus und entdeckte einen 92er Dodge Challenger, der mit laufendem Motor in der Einfahrt stand, weiß, aber dreckig und zerkratzt. Er ratterte und spuckte Abgaswolken aus. Zwei Personen saßen darin und stritten sich; ich hörte gedämpftes Geschrei – eine Stimme klang tief und barsch, die andere gehörte meiner Schwester.

Etwas Schlimmeres …

Ich stieg genau in dem Moment mit der Tüte mit dem Take-away aus dem Wagen, als der Typ eine abrupte Bewegung machte und Amelias Kopf zurückflog und gegen das Beifahrerfenster knallte. Sobald ich hörte, wie ihr Kopf auf die

Scheibe traf, ließ ich das Essen fallen. Für den Bruchteil einer Sekunde erstarrte ich, dann durchfuhr mich die Wut wie eine Treibstoffinjektion. Ich sprintete mit großen Schritten auf den Dodge zu, mein Atem kam zischend durch meine Nase.

Amelia stieg aus und schlug die Beifahrertür zu; sie weinte und hielt sich das Gesicht. Der Typ – Kyle –, in zerrissenen Jeans, Chucks und einem fleckigen T-Shirt, lief vorn um das Auto herum.

»Lauf nicht einfach weg, wenn ich mit dir rede«, brüllte er und schüttelte sich das straßenköterblonde Haar aus dem Gesicht.

»Lass mich in Ruhe!«, schrie Amelia und wich zurück. Ihre rechte Wange war angeschwollen, und auf der Schläfe bildete sich ein Bluterguss.

Kyle ging mit erhobenen Fäusten auf sie zu. »Ich hab gesagt, lauf nicht …«

Der Rest seiner Worte wurde abgeschnitten, als ich mich auf ihn stürzte. Mein Gesicht schrammte über das Pflaster der Auffahrt, als wir beide hart zu Boden gingen.

»River!«, kreischte Amelia wie aus weiter Ferne.

Ich konnte kaum etwas sehen oder hören, als die Wut meine Sicht trübte wie ein roter Nebel und mir das Blut in den Ohren pochte. Ich rollte den Typ auf den Rücken, setzte mich auf ihn und schlug ihm mit der Faust ins Gesicht. Sein Kopf schnellte zur Seite, Blut spritzte.

»Verpiss dich, Arschloch!«, stieß er hervor.

Er schlug nach mir, streifte allerdings nur mein Kinn. Ich packte ihn am Kragen, riss ihn hoch und schlug seinen Kopf aufs Pflaster.

»Du rührst sie nie wieder an verstanden?«, brüllte ich. »Wenn ich dich noch einmal in der Nähe meiner Schwester sehe, bring ich dich um.«

Kyle knurrte, seine Hand schnellte vor, und er boxte mich gegen den Hals. Ein stechender Schmerz explodierte in meiner Kehle, und er rutschte unter mir hervor. Ich rappelte mich keuchend auf und stellte mich zwischen ihn und Amelia.

»Was ist hier los?«, fragte eine Stimme hinter uns.

Mein Dad kam mit geballten Fäusten aus dem Haus, sein Gesicht lebendiger als seit Jahren – und voller Wut. Er sah aus wie der Footballspieler, der er früher gewesen war, wenn er auf der Seitenlinie nach vorn rannte, bereit, jemandem den Kopf abzureißen. Er warf einen einzigen Blick auf Amelias zuschwellendes Auge, und sein Gesicht nahm einen mörderischen Ausdruck an.

»Hast du das meiner Tochter angetan?«

Kyle, jetzt in der Unterzahl, wich zurück. »Hey, Mann, ist doch nichts passiert. Ist einfach ein bisschen aus dem Ruder gelaufen.«

»Du gehst in den Knast, Arschloch«, sagte ich, als ich Amelia in meinen Arm nahm und ihr Gesicht an meinen Rücken drückte.

»Ruf doch die Cops«, sagte Kyle, doch seine Stimme bebte. »Du hast mich angegriffen. Du hast meinen Kopf auf den Boden geknallt …«

»Ich werde noch sehr viel mehr tun, als deinen Kopf auf den Boden zu knallen«, versprach Dad eisig, und seine Stimme verhieß Gefahr. Er drängte Kyle rückwärts gegen dessen Auto, hob die Faust und packte ihn vorne am T-Shirt. »Du wirst dir wünschen, nie geboren worden zu sein …«

»Lassen Sie mich los!«

Kyle schubste meinen Vater zurück und rannte auf die andere Seite des Autos. Er sprang hinein und fuhr mit quietschenden Reifen an, der Motor stotterte und spuckte schwarzen Rauch aus. Ich merkte mir das Nummernschild, während er davonraste und zwei schwarze Streifen auf unserer Einfahrt hinterließ.

Als er weg war, warf sich Amelia in Dads Arme. Er umarmte sie und strich ihr übers Haar.

»Ach, mein Mädchen. Es tut mir leid. Geht's dir gut? Es tut mir so leid …«

Sie schüttelte den Kopf an seiner Brust. Über ihrer Schulter begegnete Dad meinem Blick.

»Was ist mit dir, Junge?«

»Ich bin okay«, stieß ich hervor. »Ich rufe die Cops an.«

Wir gingen alle ins Haus, und kurze Zeit später kamen zwei Polizisten und nahmen Amelias Aussage auf. Nachdem die Officers ihr zerschundenes Gesicht gesehen hatten, waren sie der Meinung, sie hätten einen hinreichenden Verdacht, um Kyle festzunehmen. Sie wollten uns auf dem Laufenden halten und uns weitere Anweisungen geben, sobald er in Haft war.

Noch eine ganze Weile, nachdem sie fort waren, saßen Amelia und Dad auf der Couch, und ich ging auf und ab. Dad hatte den Arm um meine Schwester gelegt, und sie schien seine tröstliche Umarmung auf keinen Fall verlassen zu wollen.

»Es tut mir leid«, brachte Amelia abgehackt hervor. »Es tut mir so leid. Ich weiß nicht, was ich tue. Es ist fast, als würde ich das Schicksal herausfordern, mir etwas Schlimmes anzutun, nur damit ich … irgendwas anderes fühle.«

»Es ist meine Schuld«, sagte Dad. »Ich schulde euch beiden eine Entschuldigung. Ich war wie ein Schlafwandler. Ich … ich vermisse eure Mom einfach so sehr. Jeden Tag. Aber ihr verdient etwas Besseres. Ich werde mich bessern, das verspreche ich.« Er sah Amelia an. »Ich wünschte bloß, du hättest nicht erst verletzt werden müssen, damit ich endlich aufwache.«

Sie umarmten sich wieder, und Amelia wandte sich mir zu. »River? Du bist so still.« Sofort begann sie wieder zu weinen. »Oh Gott, dein Gesicht …«

»Es ist nur ein Kratzer«, brummte ich.

Mein Herz hämmerte noch immer, meine Fäuste waren nach wie vor geballt, und ich hätte am liebsten auf irgendetwas eingeschlagen. Meine Attacke auf dieses Arschloch hatte auch in mir etwas geweckt; die Dämme in mir drohten zu brechen, und ich wünschte mir insgeheim, Kyle wäre noch hier, damit ich wieder und wieder auf ihn einprügeln könnte …

»Ich brauch frische Luft.«

»River, warte.« Dad stand auf. »Du hast so hart gearbeitet und alles zusammengehalten. Ich werde versuchen, mehr für dich da zu sein. Ich werde meine Arbeit in der Werkstatt machen und mir Mühe geben, dass wir zu Hause wieder eine richtige Familie sind, so wie deine Mutter es sich gewünscht hat. Okay?«

»Okay«, sagte ich angespannt.

»Ich weiß, du vertraust mir nicht. Du hast keinen Grund dazu, aber …«

»Schon okay. Ich glaube dir. Ich muss nur … ich muss los. Du bist okay, Amelia?«

Sie nickte. »Danke, River.«

Ich murmelte einen Abschied, und die beiden blickten mir mit bekümmerter Miene nach, als ich ging. Ich hasste es, ihnen Sorgen zu bereiten, aber das Gefühl verging rasch wieder. Ich hatte nichts mehr zu geben.

Ich verließ das Haus, ohne zu wissen, was ich tat oder wo ich hinwollte. Mein Puls hämmerte schwer, und meine Knöchel schmerzten dort, wo sie Kyle getroffen hatten. Ich streckte die steifen Finger aus, aber sie ballten sich ganz von allein wieder zu einer Faust. Der Drang, einfach wegzulaufen, kehrte mit voller Macht zurück: Einfach immer weiterlaufen, bis ich zusammenbrechen und eine Million Jahre schlafen würde.

Ich ging zu meinem Pick-up, mit der vagen Idee im Kopf, nach Hause zu fahren. Ich hatte die Fahrertür offen gelassen, thailändisches Essen lag in der Auffahrt verteilt, und Holden stieg aus einem schwarzen Wagen …

Ich hielt inne und starrte die Fata Morgana an, die drei Jahre alt sein musste – der schwarze Wagen, James auf dem Fahrersitz, Holden …

Er trug Jeans, Stiefel, ein schickes enges T-Shirt – schwarz mit einem einzelnen weißen Streifen auf der linken Seite – und eine leichte, dem Wetter angemessene Jacke. Kein Schal, kein Pulli, kein dicker Mantel. Gott, er war wunderschön. Nach weiteren zwei Jahren füllte er seine Kleidung noch besser aus, schlanke Muskeln, breitere Schultern. Und seine Haut war zwar noch immer blass, strahlte allerdings vor Gesundheit.

»Bist du wirklich hier?«

»Ich bin hier«, sagte er und kam auf mich zu, betrachtete mein Gesicht, sein Blick verengte sich. »Wer hat dir das angetan?«

»Spielt keine Rolle. Was passiert hier gerade?«, fragte ich misstrauisch; ich traute mir selbst nicht. Aber Holden befand sich inzwischen beinahe direkt vor mir, nur noch einen Meter entfernt. Ich konnte das Grün seiner Augen erkennen und das kleine Muttermal auf seiner linken Wange.

»Ich wollte dich sehen.« Er schluckte. »Geht es dir gut?«

»Nein, es geht mir nicht gut. Mir geht's überhaupt nicht gut.« Ich fuhr mir mit der Hand durchs Haar. »Ein verdammtes Arschloch hat gerade meine Schwester geschlagen, also hab ich mich mit ihm geprügelt, und die Polizei war hier, und jetzt bist du hier …«

»Ich bin hier«, sagte er wieder und kam näher.

Ich wich einen Schritt zurück. »Ich … ich kann nicht …«

»River.« Holdens Stimme war leise. Ruhig. »Was brauchst du?«

Der Damm brach. Stein für Stein stürzte er in sich zusammen. Mein Atem ging schwer und keuchend.

»Ich muss hier weg. Ich weiß nicht, wohin ich gehen soll …«

»Ich schon. Komm mit.«

Ich folgte ihm wie in einem Traum, dann saß ich in dem schwarzen Wagen. James nickte mir vom Fahrersitz aus zu. Er fuhr uns zu den Klippen. Ich erkannte den Parkplatz mit dem Werkzeugschuppen wieder.

»Warten Sie bitte hier«, sagte Holden zu James.

»Ja, Sir.«

Anmutig rutschte Holden von der Rückbank, mit einer Ruhe, die ich nie zuvor bei ihm erlebt hatte. Oder vielleicht war ich einfach so aufgewühlt und kurz vorm Durchdrehen, dass Holden im Vergleich zu mir gelassen wirkte.

Er führte mich einen Strandweg entlang, über Steine und zwischen großen Felsen hindurch. Der Pfad war nicht leicht zu bewältigen; ab und zu leckte Wasser an meinen Stiefeln, und der Untergrund war an einigen Stellen felsig, wo die Klippen ins Meer gerutscht waren.

»Wo bringst du mich hin?«

»Zu einem Ort, an den ich dich schon vor langer Zeit hätte mitnehmen sollen.«

Schließlich wurde der Weg leichter; das Meer befand sich nun in sicherer Distanz. Wir umrundeten einen Felsblock, der größer als die übrigen war. Dahinter stand eine Hütte, dicht an den schweren Fels geduckt, sonnengebleicht und verwittert, die Tür hing an nur einer Angel.

»Es war seit Jahren keiner mehr da, aber hier haben wir uns getroffen«, sagte Holden. Hinter ihm sank die Sonne und färbte sein silbernes Haar golden. »Die Lost Boys. Hier hab ich hingehört. Dann hat Miller Violet mitgebracht und Ronan Shiloh. Ich wollte dich mitbringen«, gestand er mit belegter Stimme. »Aber wir waren ein Geheimnis.«

»Warum bringst du mich jetzt her?«

»Weil man an diesem Ort man selbst sein kann. Du kannst sein, wer auch immer du bist, niemand verurteilt dich. Es gibt nur dich und den Ozean.« Er kam näher und nahm meine Hand. »Lass es raus«, flüsterte er, seine Worte wurden vom Wind fortgerissen. »Hier kannst du das. Hier lässt du alles raus.«

Ich nickte, als ich begriff, was er meinte. Ich stolperte weg von ihm, vorbei an einer Mulde im Sand, die früher offenbar als Feuerstelle gedient hatte. Graue und weiße Holzscheite lagen halb im Sand vergraben – die Reste eines alten Lagerfeuers. Ich ging hinunter zum Wasser, zum Meer, das wartete und anbot, mir alles abzunehmen. Meine Trauer – ein brüllender Schmerz – stieg in meiner Brust auf, schwarz und verrottet, weil sie nie das Tageslicht gesehen hatte.

Mir stockte der Atem, ein Laut entrang sich meiner Kehle, und ich ließ ihn heraus. Ich schrie den Schmerz der ganzen drei Jahre heraus. Hinter meinen geschlossenen Lidern starrte mir die schreckliche Tatsache, dass ich meine liebevolle, lustige, wunderschöne Mutter verloren hatte, mit hässlicher Fratze ins Gesicht, und ich konnte nicht mehr wegsehen, ich hatte keine Wahl.

Erinnerungen kamen hoch – ihr Lächeln, ihr Lachen, ihre sanften Worte, wenn ich nachts einen Albtraum gehabt hatte. Die dummen Witze, die sie mit mir gemacht hatte; wie sie Amelia als Baby mit so viel Liebe auf dem Arm gehalten hatte, dass sie von innen zu strahlen schien … Ich ließ alles heraus, in einem unmenschlichen Schrei, der mich menschlicher machte, als ich lange Zeit gewesen war. Dann fiel ich auf die Knie in den Sand und weinte. Heftige Schluchzer, die mich erschütterten und dafür sorgten, dass ich mich nicht mehr aufrecht halten konnte.

Ein paar Sekunden lang war ich allein an diesem Strand, dann spürte ich seine Arme. Holden kniete sich in den Sand und hielt mich, gerade als ich glaubte, auseinanderzubrechen. Ich packte seine Jacke und klammerte mich an ihn, als sich noch mehr Schluchzer aus mir lösten. Er sagte nichts. Er ließ mich einfach sein.

Endlich ließ das Schluchzen nach, ich fühlte mich leer und erschöpft. Ich holte stockend Luft, bis die Ruhe wie ansteigendes Wasser in mich hineinströmte und die Leere füllte.

Holden umarmte mich fester. Er atmete ein, dann wieder aus. »Ich liebe dich«, sagte er.

Der Wind schnappte sich die Worte und flog mit ihnen davon. Ich fragte mich, ob ich richtig gehört hatte, und hob den Kopf. »Was …?«

»Ich liebe dich, River.«

Seine grünen Augen waren klar, sein typischer ironischer Ton fehlte, seine Worte wirkten nackt und ehrlich.

»Ich hätte es dir in all diesen Jahren tausendmal sagen können, aber ich hab geglaubt, es würde nichts bedeuten, wenn es von jemandem wie mir käme. Jemandem, der verkorkst und kaputt ist. Alaska hat mich das gelehrt, und ich habe lange gebraucht, um es abzulegen. Und ich bin noch nicht fertig damit.« Er schüttelte den Kopf, Tränen stiegen ihm in die grünen Augen und brachten sie zum Schimmern. »Jeder noch so geringste Schmerz, den ich dir je zugefügt habe, tut mir unendlich leid, River. Aber ich liebe dich, und wenn du mir eine Chance gibst, werde ich all diese Jahre wiedergutmachen. Jede Sekunde.« Er schluckte. »Und … wenn du willst, dass ich gehe, gehe ich. Wenn es zu spät ist …«

»Es ist nicht zu spät«, brachte ich heraus und hielt ihn fest. »Ich liebe dich auch. Gott, ich liebe dich so sehr, ich weiß nicht, wie ich es die ganze Zeit ohne dich ausgehalten habe.«

»Es tut mir leid«, flüsterte er, legte seinen Mund auf meinen und küsste mich sanft. »Es tut mir so leid. Aber ich brauchte die Zeit, um für dich zu etwas Besserem zu werden, River. Weil du so gut bist. Du bist der Beste. Du verdienst das Beste, was ich dir geben kann.«

»Mir ist scheißegal, was ich verdiene«, sagte ich, legte ihm rau den Arm um den Hals und umfasste seinen Kiefer. »Ich will nur dich. Ich liebe dich. Ich liebe dich so sehr …«

Die Worte wurden erstickt, als wir uns küssten, innig und perfekt. Rein. Küsse, die uns durch unausgesprochene Versprechen miteinander verbanden. Wir legten uns in den Sand und taten nichts weiter, als uns zu umarmen und zu küssen. Um uns erneut zu finden, uns wieder miteinander vertraut zu machen. Ich erinnerte mich an seinen Mund, seinen Geschmack … an seinen Körper, der sich jetzt stärker anfühlte. *Er* war stärker. Ich spürte, wie seine Lebenskraft unter meinen Händen pochte.

Wir blieben lange dort, bis die Sonne nahezu verschwunden war und die Wärme mitgenommen hatte. Schließlich standen wir auf und gingen zurück zum Parkplatz, nachdem Holden einen letzten Blick auf die Hütte geworfen hatte.

»Es ist ein guter Ort«, sagte ich.

Er lächelte wehmütig. »Wir werden irgendwann hierher zurückkehren. Wir alle.«

Schweigend gingen wir zum Wagen, einfach nur froh, in der Nähe des anderen zu sein. James brachte uns zu meiner Wohnung.

»Sie ist nicht groß«, sagte ich zu Holden, als ich aufschloss. »Nicht der Standard, den du gewöhnt bist.«

Er sah sich um, die Hände in den Taschen vergraben und mit einem sehr holden-haften Blick in den Augen.

»Sie sieht unbewohnt aus.«

»Stimmt irgendwie. Ich *wohne* hier nicht wirklich.«

»Aber du hast ein Bett? Das ist die Frage.«

Ich lachte leise. »Ja, ich hab ein Bett.«

»Damit kann ich arbeiten.«

Holden nahm meine Hand und ließ neugierig den Blick durch meine Wohnung schweifen, bis wir das Schlafzimmer erreichten.

»Zieh dich aus«, befahl er.

»Holden …«

Er winkte ab. »Trotz des unglaublichen Bedürfnisses, mich direkt auf dich zu stürzen, werde ich mich benehmen. Du musst schlafen. Du siehst völlig erledigt aus.«

Er hatte recht. Es war noch ziemlich früh am Abend, dennoch konnte ich kaum die Augen offen halten. Ihn hier zu haben war zu schön. Wie ein Traum. Ich fürchtete, dass ich jede Sekunde aufwachen könnte und allein in meiner leeren Wohnung in einem leeren Bett liegen würde.

»Warte«, sagte ich, als Holden sich Jacke und Schuhe auszog. »Was wird das hier?«

»Das hab ich doch gerade gesagt. Wir machen ein Nickerchen.«

»Verarsch mich nicht, Holden. Ich meine, was machst du hier? Ich habe seit zwei Jahren nichts von dir gehört, und ich bin gerade ehrlich gesagt etwas dünnhäutig. Ich bin mir nicht sicher, wie viel ich noch ertragen kann. Wenn du einfach wieder abhaust …«

»Werd ich nicht, ich schwör's«, versprach er leise. »Aber du schläfst ja praktisch im Stehen ein. Ich sage dir alles, was du wissen willst, aber bitte leg dich hin, bevor du umkippst.«

Ich zog mich bis auf die Unterhose aus, meine Glieder fühlten sich an, als würde jedes hundert Kilo wiegen. Wir legten uns im Bett auf die Seite, einander zugewandt.

»Ich habe dich vermisst«, sagte ich müde. »Und ich habe Angst, wenn ich die Augen zumache …«

Schmerz zeigte sich auf Holdens Zügen. »Ich weiß. Ich wollte dich jeden Tag – jede verdammte Sekunde – in den letzten zwei Jahren anrufen, doch ich hatte einiges zu erledigen.«

»Was denn? Abgesehen davon, einen von der Kritik gefeierten Bestseller zu schreiben.«

Holden lächelte nicht. »Ich bin seit zwei Jahren nüchtern. Ich habe eine Therapeutin gefunden, mit der ich klarkomme. Ich gehe zu Selbsthilfegruppen.«

»Du hast aufgehört zu trinken?« Mein träges Gehirn versuchte, das alles zu verarbeiten. »Wow, das ist unglaublich. Ich freu mich so für dich.«

»Das ist nicht alles, womit ich aufgehört habe. Ich habe seit unserer Nacht in Paris keinen anderen Mann auch nur angeguckt.«

»Keinen einzigen?«

Er schüttelte den Kopf. »Ich will jemand sein, der gut für dich ist, River. Allerdings musste ich erst für mich selbst zu etwas Besserem werden.« Er senkte unsicher den Blick. »Ich kann jedoch verstehen, wenn du … ich meine, wenn du mit anderen Typen zusammen warst. Du hast jedes Recht …«

Ich grinste, während ich beobachtete, wie er stammelnd nach Worten suchte.

Er verzog das Gesicht. »Ist daran irgendwas komisch?«

»Du bist einfach süß, wenn du um Gnade winselst.«

»Es freut mich, dass mein Unbehagen dich amüsiert, aber kannst du mich bitte aus meinem Elend erlösen und mir sagen, ob es jemand anderen gibt?«

Ich stupste ihn müde gegen den Arm. »Ich hab dir doch gesagt, dass ich nur dich liebe, Dummkopf.«

»Du hast nicht mal eine Probefahrt mit einem anderen Modell gemacht? Nie?«

»Ich hab's versucht. Einmal. Sogar erst letzte Woche.«

Holdens Kiefer zuckte. »Ja? Und wie ist es gelaufen? Grottenschlecht, hoffe ich.«

»Du bist noch süßer, wenn du besitzergreifend bist«, sagte ich und strich ihm mit den Fingerspitzen über die Lippen, bis er sie entspannte. »Es ist nichts passiert. Er war nicht du. Ich hab doch gesagt, dass du der Eine für mich bist, Holden. Es wird nie einen anderen geben.«

Seine grünen Augen strahlten. »Für mich auch nicht. Es gibt niemanden außer dir, River. Und ich werde hierbleiben, solange du mich brauchst. Ich soll eigentlich eine Lesereise durch dreißig Städte machen, aber ich sag alles ab. Oder du kommst mit, ganz egal – ich will nicht noch einmal von dir getrennt sein.«

»Du würdest in Santa Cruz bleiben? Du hasst diese Stadt.«

»Sie ist mir irgendwie ans Herz gewachsen.« Sein Lächeln wurde weich. »Und du bist hier. Wenn wir nicht ab und zu verreisen, fällt mir wahrscheinlich die Decke auf den Kopf, aber das kriegen wir hin, oder?«

»Das kriegen wir hin.« Ich lächelte, und tief in mir rutschte etwas an seinen Platz. Der letzte Rest meiner Anspannung und Unsicherheit verschwand, und mir fielen die Augen zu.

Holden rollte mich auf die Seite, zog meinen Rücken an seine Brust und legte die Arme um mich. »Schlaf. Du brauchst Ruhe.«

»Ich brauche dich.«

Holden umarmte mich, seine Lippen lagen auf meinem Hals, und er küsste mich sanft.

»Ich gehe nirgendwo hin.«

Ich träumte von Kyle, davon, wie ich die Fäuste hob, um ihn zu schlagen, und wie Amelia weinte. Ich träumte von meinem Vater, der nach drei Jahren Winterschlaf wieder ins Leben zurückkehrte. Ich träumte von mir, wie ich am Strand kniete, vor mir das tosende Meer, und meinen Schmerz in den Wind schrie.

Und von Holden ...

Erschrocken wachte ich auf und setzte mich im Bett auf. Es war dunkel; die Uhr sagte, dass es kurz vor 23 Uhr war. Der vertraute Schmerz umklammerte mein Herz.

Ich hab ihn nur geträumt.

Ich legte mich auf den Rücken, neben mir im Bett regte sich eine Gestalt. Er lag auf der Seite, tastete im Schlaf nach mir. Seine Hand landete auf meiner Brust, und die Freude löschte den Schmerz aus.

Holden machte ein Auge auf und lächelte. Ein wunderschönes Lächeln, ohne Ironie oder irgendwelche Schutzmauern.

»Fühlst du dich besser?«, fragte er.

Ich nickte, den Kopf auf dem Kissen. »Die Trauer ist noch da, aber ich hab keine Angst mehr davor.«

»Ich weiß, was du meinst. Bei mir war es das Buch. Wie ein langer Schrei in den Wind.«

»Ich bin stolz auf dich, dass du das geschafft hast.«

»Ich bin auch stolz auf mich«, sagte er trocken. »Weil ich seit Stunden halb nackt neben dir im Bett liege, ohne den Verstand zu verlieren.«

Ein rauer Laut entfuhr meiner Brust, und ich drückte ihn auf den Rücken und legte mich auf ihn, sein Körper warm und schwer und real unter mir. Langsam rieb ich meine Hüfte an seiner. Einmal.

Er stöhnte. »Fuck, River.«

»Ja. *Genau.*«

Seine Augen weiteten sich bei meinem wilden Tonfall, und der Puls pochte in seiner Halsgrube. Ich senkte den Kopf und küsste ihn dort, dann leckte ich über seinen Hals, bog seinen Kopf zurück, entblößte seine Kehle. Ihm stockte der Atem, und er packte meine Taille und zog mich an sich. Ich arbeitete mich zu seinem Kinn hinauf und saugte langsam an seiner Unterlippe.

Unsere Köpfe waren jetzt auf einer Höhe, und Holden blickte mir in die Augen. Grünes Feuer brannte darin, dahinter glühte die Liebe.

Mein Herz war so voll und mein Körper hellwach. Ich küsste ihn hart, meine Zunge verlangte Einlass, und er öffnete sich für mich. Er zog mich fester an sich, schlang die Beine um mich, unsere Erektionen rieben durch die Unterhosen aneinander. Holden küsste mich jetzt aktiver, nahm und gab, seine Zunge bewegte sich an meiner, erforschte jeden Winkel meines Mundes, verschlang mich.

»Ich hab dich vermisst«, flüsterte ich an seinen Lippen.

»Ich dich auch … Gott, River, ich hatte keine Ahnung, wie gut es sein kann.«

Drei Jahre unausgelebter Gefühle sammelten sich zwischen uns, zwei Stürme, die bereit waren, über den anderen hinwegzufegen. Unsere Küsse wurden rauer, gieriger, wir neigten den Kopf, änderten den Winkel, um alles zu schmecken. Ich drückte Holden aufs Bett und stieß meine Hüften gegen seine. Holden spreizte die Beine, ließ mich an sich heran, bog sich mir entgegen. Wir bewegten uns, als würden wir schon ficken, unsere Schwänze sehnten sich nach mehr, wollten nackte Haut.

Ich stützte mich über ihm ab, um ihn ganz zu umfangen. Ihn zu nehmen, wie ich ihn nehmen wollte. Doch Holden war stark, sein Körper war straff vor Muskeln, und sein Verlangen war so groß wie meins. Er schob mich von sich herunter und setzte sich rittlings auf meine Beine.

»Ich werde es dir besorgen«, verkündete er mit leiser, rauer Stimme.

Das Versprechen in diesen Worten war beinahe eine Drohung und erhitzte mein Blut mit all den Fantasien von uns, die ich über Jahre mit mir herumgeschleppt hatte.

Holden nickte, als könnte er meine Gedanken lesen, ein verführerisches Lächeln auf den Lippen. Mit der Hand rieb er über den Stoff über meinem Schwanz, dann umfasste er ihn. Ich drückte mich hoch, seiner Berührung entgegen. Sein Atem stockte, und er leckte sich die Lippen.

»Ich hatte fast vergessen, wie groß du bist.«

»Gott, Holden …«

»Ich werde diesen Schwanz reiten, River«, sagte er und drückte noch einmal zu. »Du wirst so heftig kommen, dass du danach sofort wieder schlafen willst.« Er beugte sich über mich und flüsterte mit heißem Atem. »Aber ich werde dich nicht lassen.«

Fuck.

Meine Brust wurde eng, mein Schwanz war hart und tropfte, er wollte ihn. Holden rollte sich lange genug von mir herunter, um sich komplett auszuziehen. Seine eigene Erektion war groß und steinhart, und allein beim Anblick lief mir das Wasser im Mund zusammen. Sein gesamter Körper war eine Augenweide – in den letzten zwei Jahren durch harte Arbeit perfektioniert, obwohl er bereits perfekt gewesen war. Perfekt männlich und hart und alles, was ich wollte.

Er zog mir die Unterhose aus, und mein Schwanz reckte sich empor, Erwartung schoss durch meinen Körper wie elektrischer Strom.

»Du bist wunderschön«, flüsterte Holden und betrachtete

meinen nackten Körper voller Ehrfurcht. »Ich habe dich vermisst. Jeden Teil von dir.« Er beugte sich vor und küsste meine Schwanzspitze. Dann leckte er langsam über meine Erektion und hatte dieses sündige Glitzern in den Augen, das ich so liebte.

»Ich werde nach zehn Sekunden kommen …«, warnte ich ihn und hielt mich am Laken fest.

»Hast du alles, was wir brauchen?«

Ich deutete mit dem Kopf auf den Nachttisch, wo ich alles aufbewahrte, was nötig war – das dort ungenutzt verstaubte und auf diese Nacht gewartet hatte. Holden wühlte in der Schublade und holte ein Kondom und ein Fläschchen Gleitmittel heraus.

Ich drückte mich ins Sitzen hoch, während Holden auf meinen Schenkeln saß, und nahm ihm die Flasche aus der Hand.

»Lass mich das machen.«

Wir küssten uns wieder, gierig, Mund an Mund, während ich meine Finger mit dem Gel überzog und dann zwischen seine Beine griff, um ihn für mich bereit zu machen. Bei der ersten Berührung ließ Holden den Kopf zurückfallen; meine Lippen streiften sein Kinn, als er stöhnte.

»Ja«, flüsterte er. »So verdammt gut …«

Gut war nicht genug. Es sollte perfekt sein. Für ihn und für mich. Für uns. Die Jahre fielen Minute für Minute von uns ab. Jede Berührung, jeder heiße Atemzug, jeder Kuss war ein Versprechen, dass es keine kalten Nächte in leeren Betten mehr geben würde.

Holden wiegte sich auf meinen zwei Fingern und keuchte, als ich einen dritten dazunahm. Sein Gesicht verzog sich vor Lust, und ich küsste das Stöhnen von seinen Lippen und schluckte es herunter.

Irgendwann unterbrach er atemlos den Kuss. »Das genügt. Ich bin bereit. Verflucht, ich bin so was von bereit.«

Ich zog meine Finger aus ihm raus, während er ein Kondom über mich rollte. Ich nahm mehr Gleitgel und überzog mich damit, strich über meinen hart geschwollenen Schwanz, während Holden zusah.

»Jetzt«, hauchte er. »Ich will dich in mir haben.«

Er drückte mich auf das Kissen, und ich positionierte mich unter ihm. Das Herz hämmerte mir in der Brust, als er sich langsam herabsinken ließ und mich mit seiner unglaublichen Enge umfing. Ich knirschte mit den Zähnen, hielt seine Unterarme fest, bis er mich ganz in sich aufgenommen hatte.

»Oh Gott«, stöhnte Holden, sein Hals und seine Bauchmuskeln waren angespannt.

Dann atmete er aus und entspannte sich. Ich unterdrückte ein Stöhnen, als er anfing, sich zu bewegen, erst langsam, dann schneller. Ich packte seine Oberschenkel, spürte die Muskeln unter der Haut, als er immer wieder auf mich sank. Ich kam ihm entgegen, in einem gleichmäßigen Rhythmus, tausend Empfindungen ließen meinen Orgasmus wie eine Flutwelle auf mich zurollen.

Holden blickte auf mich herab, beobachtete jede Reaktion, und sein Körper trieb mich dem Höhepunkt immer weiter entgegen. Sein Schwanz reckte sich zwischen uns nach oben, tropfend und steif und vernachlässigt. Ich griff danach, doch er schüttelte den Kopf.

»Wenn du mich anfasst, werde ich kommen.«

»Ich will, dass du kommst«, brachte ich atemlos hervor. »Auf mir.«

Holden stöhnte, wir bewegten uns noch schneller. Ich nahm seinen Schwanz in die Hand und holte ihm in unserem drängender werdenden Rhythmus einen runter. Er ritt mich hart, und ich stieß ihm die Hüften wieder und wieder entgegen. Ich konnte nicht tief genug in ihm sein, konnte ihm nicht genug von mir geben.

Alles. Ich will ihm alles geben.

Mit einem erstickten Grollen kam Holden und spritzte über meinen Bauch und meine Brust. Sein heißer Samen brannte sich durch meine Einsamkeit, und ich bewegte mich wie ein Besessener, packte seine Hüften und stieß in ihn, bis mein eigener Orgasmus zum Greifen nahe war.

»Holden …« stieß ich hervor.

»Komm, Baby«, flüsterte er und beugte sich über mich, nahm meine Hände und verschränkte seine Finger mit meinen. »Komm in mir. Jetzt.«

Mein Körper gehorchte. Ich ließ alles raus, genau wie vorher am Strand. Eine andere Art des Loslassens von aufgestautem Schmerz, Liebe und Lust, die nirgendwo hingekonnt hatten. Bis jetzt.

Ich kam heftig, beim Orgasmus spannten sich alle meine Muskeln an und nahmen mir den Atem. Holden nahm alles auf, wir verlangsamten unsere Bewegungen, damit es andauerte, dehnten den Moment aus, bis ich schwer und schlaff in die Kissen sank.

Holden stieg von mir herunter, und ich zog ihn an mich, Brust an Brust, sein Samen wie Klebstoff zwischen uns. Unsere Herzen schlugen im Takt, unser Atem verlangsamte sich im gleichen Rhythmus. Er vergrub sein Gesicht an meinem Hals, und wir blieben lange so liegen und genossen es, dass wir uns überall berührten.

Endlich hob Holden den Kopf, das Haar zerzaust, die Augen schimmernd. »Ich werde jetzt etwas sehr Emotionales und Ehrliches sagen. Nimm es mir nicht übel.«

»Du kannst mir alles sagen.«

Er schluckte schwer. »Danke, dass du mich geliebt hast, als ich es selbst nicht konnte.«

Ich legte die Hand an seine Wange wie damals vor langer Zeit, in einer lauen Nacht am Pool, als ich versprochen hatte, all jene umzubringen, die ihm wehtaten. Doch er hatte seine Kämpfe selbst ausgefochten und es geschafft, war verwundet worden und hatte Narben davongetragen und kämpfte immer noch weiter.

»Danke, dass du mich mir zurückgegeben hast«, sagte ich und hatte selbst Tränen in den Augen. »Und es tut mir leid.«

»Was?«

»Als du gegangen bist, dachte ich, die Einsamkeit würde mich umbringen. Aber heute an der Hütte hab ich gemerkt, dass ich dich ebenfalls einsam gemacht habe. Ich habe dich einsam gemacht, als wir noch zusammen waren, als wir uns wegen meiner dummen Ängste und Selbstzweifel versteckt haben. Es tut mir so leid, Holden. Du verdienst es, in aller Öffentlichkeit geliebt zu werden.«

Seine Lippen zitterten, und ich küsste ihn, schmeckte seine Tränen, und für den Rest der Nacht liebten wir uns immer wieder und bauten mit jedem Kuss und jeder Berührung eine neue Zukunft auf.

Der Morgen kam, und wir wachten umschlungen auf. Holden lag warm in meinen Armen, und ich schwor, dass ich nie zulassen würde, dass ihm jemand etwas wegnahm.

Epilog

Holden

Ein Jahr später …

»Nicht gucken, sonst schick ich es zurück«, sage ich und führe River hinaus in die brennende Sommerhitze und zur Garage unseres neuen Hauses.

Wir haben vor einem Monat einen Vertrag für ein (für meine Verhältnisse) bescheidenes kleines Häuschen mit vier Schlafzimmern und drei Bädern unterschrieben, mit einem Pool, den ich nicht wollte, doch River hat darauf bestanden. Das war das Einzige, worauf er bestanden hat, abgesehen davon, dass wir für das Ganze kein Vermögen ausgeben.

»Ich will kein Haus, ich will ein Zuhause«, hatte er gesagt.

Dagegen konnte ich nichts einwenden.

»Du schummelst, oder?«

River lacht, eine Hand über seinen Augen. »Nein, ich schwöre. Ich hab ehrlich gesagt Angst, die Augen aufzumachen.«

Wir kommen in die Garage, und mein Puls beschleunigt sich ein bisschen. »Okay, jetzt kannst du gucken.«

River zieht seine Hand weg und reißt die Augen auf. »Heilige Scheiße … Das ist ein 1967er Pontiac GTO Sportcoupé«, sagt er ehrfürchtig, während er um das rostige Ding herumgeht, das die nächsten sechs Monate unsere Garage verschandeln wird. »Nur etwa siebentausend Stück sind je davon hergestellt worden.«

Er kommt wieder zu mir, sein Lächeln ist unbeschreiblich schön. »Wem gehört der? Was soll gemacht werden?«

»Du kannst machen, was du willst. Er gehört dir.«

Seine blauen Augen weiten sich, und ich könnte heulen, so gerührt ist er über diese heruntergekommene Schrottkarre.

»Warum?«

»Was meinst du, *warum*? Um dich glücklich zu machen. Welchen anderen Grund könnte ich denn sonst haben, ein …?«

River zieht mich an sich und küsst mich lange und innig. Mir werden die Knie weich, und ich lehne mich an ihn. Die Leute haben *mich* als Vampir bezeichnet, aber Rivers Küsse saugen jeden rationalen Gedanken aus mir heraus und machen mich schwach und schwindelig – dieser sexy Mistkerl.

»Danke, Holden. Der Wagen ist wunderbar.«

»Dann ist es der beste Haufen Schrott, den ich je gekauft habe.«

»Wenn ich damit fertig bin, wird es kein Schrott mehr sein.«

Nein. Der stumpfe rote Lack wird glänzen, und die rostigen Chromteile werden wieder strahlen.

Weil es das ist, was er macht, denke ich und schaue zu, wie River das Auto bewundert. *Er erweckt Dinge zu neuem Leben.*

»Es ist mehr ein Geschenk für mich als für dich«, füge ich hinzu. »Du verbringst so viel Zeit in der Werkstatt und beraubst mich des Vergnügens, dich schwitzend und ölverschmiert in Arbeitsklamotten über ein Auto gebeugt zu sehen …«

»Ich beuge *dich* gleich über dieses Auto«, sagt River mit rauer Stimme und zieht mich wieder an sich.

Ich lege meine Hand auf die Vorderseite seiner Jeans. »Du traust dich ja eh nicht …« Ich drücke zu.

Er stöhnt, dann zieht er meine Hand weg. »Auch eine Möglichkeit, sich den neuen Nachbarn vorzustellen.«

»Eine Möglichkeit, die Spaß macht.«

River lacht, als wir ins Haus zurückkehren. »Vergiss nicht, dass wir heute Abend bei Dad und Amelia essen.«

»Vergessen? Du hast mich schon mindestens zehnmal dran erinnert.«

»Ich weiß, aber ...«

River spricht den Satz nicht zu Ende. Ich kneife die Augen zusammen. »Wir kommen ständig bei den beiden zum Essen vorbei. Es wär nicht gerade eine schreckliche Katastrophe, wenn wir zu spät kommen.«

River fährt sich durch das volle dunkle Haar. »Ich ... ich hab einfach viel in der Werkstatt zu tun. Vielleicht erinnere ich dich daran, damit ich es selbst nicht vergesse.«

»Aha. Soll ich Beatriz einladen?«

»Das hab ich schon.«

Die Sache wird langsam interessant ...

»Ich wusste nicht, dass du einen direkten Draht zu meiner Tia hast.«

»Ich habe sie auch lieb.« River grinst. »Du musst lernen zu teilen.

Beatriz hat sich mit einer Holden-Parish-Rente zur Ruhe gesetzt. Sie wollte nicht so viel annehmen, wie mir lieb war, aber es reicht, um ein bequemes Leben zu führen und ihre Familie in Salvador in Brasilien zu besuchen, wann immer ihr danach ist. Sie ist ein häufiger Gast bei unseren Abendessen bei Rivers Dad und seiner Schwester und wird es auch bei uns zu Hause sein, sobald wir uns hier richtig eingerichtet haben.

Ich will gerade etwas Bissiges erwidern, als River innehält. Ich folge seinem Blick und bin wie erstarrt.

Margaret und Reginald Parish kommen die Einfahrt hoch. Reg trägt ein großes Geschenk in silbernem Papier mit hellgrüner Schleife unter dem Arm. Es ist ein heißer Tag, er hat Shorts und ein Polohemd an, sie ein Sommerkleid. Beide lächeln hoffnungsvoll und nervös.

»Sind *sie* das?«, fragt River mit leiser, zorniger Stimme.

»Nein, meine Eltern würden nie so menschlich aussehen, nicht mal wenn man sie verkleidet. Das sind mein Onkel und meine Tante.«

Nachdem ich aus meinem selbst auferlegten Exil zurückgekehrt bin, habe ich ein Hintertürchen offen gelassen und Bernard gebeten, Reg und Mags anzubieten, dass sie über ihn mit mir Kontakt aufnehmen und reden könnten. Das ist ein Jahr her, und Bernie hat bisher nichts zu berichten gehabt. Außer dass meine Eltern mich offiziell enterbt haben.

Und zwar in aller Öffentlichkeit.

Mitternachtsgötter erscheint weiter unter meinem Namen, und ich habe ein Interview gegeben und in allen haarsträubenden Details von der Konversionstherapie berichtet, zu der sie mich geschickt haben.

Daraufhin haben meine Eltern eine komplette Seite in der *Seattle Times* reserviert, um zurückzuschlagen. Ich sei schon in meiner Kindheit eine »zerstörerische Kraft« in ihrem Leben gewesen. Unverbesserlich. Unmoralisch. Eine Schande. Alaska sei ein letzter Versuch gewesen, mir Disziplin beizubringen, ich hätte den Namen der Familie jedoch weiterhin besudelt, selbst nachdem sie mir großzügigerweise die vorzeitige Auszahlung meiner Erbschaft zugestanden haben.

Sie beendeten ihr kleines Exposé, indem sie erklärten, dass ich von nun an enterbt sei und kein Familienmitglied je wieder mit mir sprechen dürfe.

In der darauffolgenden Woche musste River mich jeden Morgen im Bad vom Boden aufsammeln und mich festhalten, während ich mich auf die gleiche Weise von ihnen befreite, wie er um seine Mutter getrauert hatte. Allerdings hat er um etwas getrauert, was er verloren hatte, und ich um etwas, das ich nie besessen habe.

Nachdem ich nichts von ihnen gehört hatte, bin ich davon ausgegangen, mein Onkel und meine Tante hätten sich auf die Seite meiner Eltern geschlagen, genau wie damals, als es um die Entscheidung ging, mich nach Alaska zu schicken.

Was wollen sie hier?

River atmet aus und nimmt meine Hand, seine ist warm und fest. Als ich nichts sage, räuspert er sich. »Hi, ich bin River. Ich glaube, wir kennen uns noch nicht. Sie sind Holdens Onkel und Tante, richtig?«

»Hallo, River«, sagt Onkel Reg. »Reginald und Margaret. Es freut mich, dich kennenzulernen.«

»Wie schön, dich zu sehen, River«, sagt Tante Mags mit einem weichen Lächeln. Sie deutet mit einem Nicken auf das Geschenk in Regs Armen. »Wir haben gehört, dass ihr in unser Viertel gezogen seid, und wollten ein kleines Geschenk zum Einzug vorbeibringen.«

»Wer hat euch das erzählt? Bernie?«, schreie ich praktisch.

»Ganz ruhig«, sagt River leise.

»Können wir reingehen und reden?«, fragt Reg. »Uns ein bisschen unterhalten?«

River sieht mich fragend an. Ich nicke.

»Gern«, sagt er.

Reg lacht leise und wirkt erleichtert und nervös. »Sehr gut. Das hier ist ganz schön schwer.«

River beeilt sich, ihm das Geschenk abzunehmen, und geht mit meinem Onkel vor, während Tante Mags und ich ihnen Richtung Haus folgen.

»Du siehst wundervoll aus, Holden«, sagt sie. »So gesund und glücklich.«

Ich deute mit dem Kinn auf River. »Dank ihm. Und ziemlich viel harter Arbeit meinerseits.«

Sie zuckt nicht zusammen angesichts meines beißenden Tonfalls. »Das freut mich sehr. Er scheint ein wundervoller junger Mann zu sein. Die Sridhars haben uns erzählt, was er aus der Werkstatt der Whitmores gemacht hat. Ganz großartig.«

»Seit wann seid ihr hier?«

»Erst seit letzter Woche. Wir sind nur einen Monat hier, dann machen wir eine Kreuzfahrt …«

»Mit meinen Eltern?«

»Nein.« Mag hebt die Hände, als wollte sie mich berühren, überlegt es sich dann jedoch anders. »Lass uns drinnen reden.«

River führt uns ins Wohnzimmer unseres neuen Hauses. Die gemütlichen, einladenden Möbel gehen auf seine Kappe. Die farbenfrohen Gemälde an den Wänden und ein paar Kunstgegenstände sind mein Beitrag. Eingebaute Bücherregale flankieren den Kamin, bis obenhin gefüllt mit unseren Büchern, bis auf ein Regalbrett in der Mitte. Darin steht nur *Mitternachtsgötter*. River sagt, es sei mein Regal, und nur die Bücher, die ich schreibe, würden jemals darin stehen.

Er legt das Geschenk auf den Couchtisch und nimmt mich beiseite. »Bist du okay? Soll ich hierbleiben?«

Oh, Mann, ich liebe ihn. Ich liebe ihn so sehr – mein Herz platzt gleich. »Es ist okay.«

»Ich liebe dich«, sagt er, laut genug, dass Mags und Reg es hören, und küsst mich auf den Mund. »Ruf an, wenn du mich brauchst.«

Er winkt meinem Onkel und meiner Tante zu. »Schön, euch beide kennenzulernen«, sagt er höflich, allerdings kann ich die unausgesprochene Warnung in seiner Stimme hören: *Wenn Sie ihm wehtun …*

Reg und Mags sitzen auf der Couch. Ich nehme ihnen gegenüber in einem großen Ohrensessel Platz und trommle mit den Fingern auf die Armlehnen.

»Nun«, sagt Mags mit einem strahlenden Lächeln. »Es ist eine Weile her.«

»In der Tat«, fügt Reg hinzu. »Aber wir haben deine Karriere verfolgt. Großartig, all die Preise für dein Buch.«

»Habt ihr es gelesen?«, frage ich unhöflich.

»Oh ja, das haben wir.«

Im Kopf blättere ich sofort durch eine Reihe expliziter Szenen, vor allem das Kapitel, in dem Jules sich eine zwielichtige Sex-Show in einem Undergroundclub in New York ansieht und dann an der Orgie teilnimmt.

»Wir fanden es beide unglaublich«, sagt Reg und lacht leise. »Ein bisschen gewagter als mein üblicher James Patterson, aber du hast wirklich Talent, Holden.«

Mags nickt. »Unglaubliches Talent. Wir sind so stolz auf dich.«

Ich weiß nicht, was ich sagen soll, doch ein Teil von mir will sich vorbeugen, wie um sich an einem Feuer zu wärmen.

»Danke.«

Reg legt die Arme auf die Oberschenkel und schürzt die Lippen. »Margaret und ich haben das letzte Jahr über sehr viel nachgedacht, Holden. Als wir von Albert Bernard gehört haben, dass wir dich über ihn kontaktieren können, haben wir zugegebenermaßen … gezögert.«

»Gezögert«, erwidere ich ausdruckslos. »Ein ganzes Jahr lang.« Ich winke ab, die alte Unsicherheit kommt zurück. »Spielt keine Rolle. Ich bin vor vier Jahren abgehauen, ohne mehr als nur einen armseligen Brief zu hinterlassen. Ihr schuldet mir nichts.«

Ich habe euch nie um irgendwas gebeten und werde euch auch nie …

»Doch, das tun wir«, sagt Mags und unterbricht meine Gedanken. »Wir schulden dir eine ganze Menge, Holden.«

»Angefangen damit, dass wir geschwiegen haben, als mein Bruder uns mitgeteilt hat, was er mit dir vorhatte«, sagt Reg ernst. »Wir beide – deine Tante und ich – fanden so eine Therapie falsch und waren der Meinung, dass Charles und Estelle einen schrecklichen Fehler begingen.«

»Aber ihr habt nichts gesagt.«

»Nein«, sagt Mags und sieht mir in die Augen. »Doch das hätten wir tun sollen.«

»Charles war immer der König in der Familie, schon als wir kleine Kinder waren«, erklärt Reg. »Er war der Liebling deiner Großeltern – sie waren ebenso rücksichtslos wie er. Man kam nur mit ihm zurecht, wenn man sich untergeordnet hat. Und, um es ganz ungeschminkt zu sagen, er besitzt den Großteil der Aktien an der Ölfirma der Parishs. Wenn er uns den Ruhestand schwer machen will, dann kann er das.«

»Aber Reginald und ich brauchen gar nicht so viel, wie wir dachten. Schicke Autos und Häuser auf zwei Kontinenten …« Mags schüttelt den Kopf. »Alles unnötig. Und sehr viel weniger wichtig als du.«

Ich lehne mich im Sessel zurück. »Wie meint ihr das?«

»Wir meinen damit, dass *wir* deine Eltern enterbt haben«, sagt Reg. »Wir haben sie aus unserem Leben entfernt, die Anteile an allen gemeinsamen finanziellen Unternehmungen entäußert und sie gebeten, uns nie wieder zu kontaktieren.«

Ich habe das Gefühl, sie würden jede Sekunde anfangen zu lachen und auf mich zeigen, weil ich auf ihren Witz hereingefallen bin.

»Warum …?« Ich räuspere mich und versuche es noch einmal. »Warum solltet ihr das tun?«

Beide tauschen einen Blick, und sie legt ihre Hand in seine.

»Du warst nur ein Jahr bei uns. Und wir haben kaum etwas von dir gesehen – du bist so viel für dich geblieben.«

Obwohl sie mich ständig eingeladen haben, Zeit mit ihnen zu verbringen.

»Aber es war schön, dich bei uns zu haben, Holden«, sagt Reg. »Wir haben keine eigenen Kinder – wir haben vom Parish-Vermögen gelebt, ohne jemals einen Finger zu rühren oder etwas Sinnvolles zu machen. Dich bei uns zu haben hat uns das Gefühl gegeben, etwas Wichtiges zu tun.«

»Und als du weg warst, hat es weit mehr wehgetan, als wir erwartet hatten.« Mags blinzelt heftig. »Wir haben dich vermisst.«

Mein Blick schießt zwischen den beiden hin und her, und ich wünsche mir insgeheim, ich hätte River nicht gehen lassen. Doch er ist nicht hier, um mich zu stützen. Ein Sturm von Emotionen wirbelt in mir, und ich muss selbst wissen, welche wahr und echt sind und welche mich nur verletzen werden.

»Ich habe euch auch vermisst«, sage ich und spüre sofort, dass es die Wahrheit ist.

In Mags Augen schimmern Tränen. »Ein Jahr war viel zu lang, um über etwas nachzudenken, das wir im Herzen schon in dem Augenblick wussten, als du abgereist bist.«

»Wir erwarten nicht, dass du uns vergibst, aber falls doch …« Reg macht eine Pause, und ich bin entsetzt, als ich auch in seinen Augen Tränen entdecke. »Falls doch, nun … würde uns das sehr glücklich machen.«

»Es gibt nichts zu vergeben. Ich sollte euch danken, dass ihr mich in meinem letzten Highschool-Jahr aufgenommen habt. Ich war schrecklich …«

»Das warst du nicht. Nie.«

Was passiert hier gerade?

»Wir sind jetzt Nachbarn«, fährt Mags fort. »Es muss ja

nicht sofort sein, aber … vielleicht können wir mit dir und River mal gemeinsam zu Abend essen?«

»Wie wär's mit heute?«, stoße ich hervor, die Worte kommen ohne Erlaubnis aus meinem Mund.

Sie lacht leise und erfreut. »Wirklich? Ja, sehr gern.«

Onkel Reginald nickt. »Wir würden uns sehr freuen.«

»Großartig. Ich muss nur kurz einen Anruf machen. Ich bin gleich zurück.«

Steifbeinig gehe ich in die Küche und ziehe mein Handy aus der Tasche. River geht beim ersten Klingeln ran, als hätte er auf meinen Anruf gewartet.

»Was ist los? Bist du okay?«

»Ich hab gerade meinen Onkel und meine Tante zu dem Abendessen bei deinem Dad eingeladen.«

»Wirklich?«, fragt River, und neben dem Misstrauen schwingt Freude in seiner Stimme mit.

»Was bedeutet das?«

Er lacht verwirrt. »Ich glaube, es bedeutet, dass du Zeit mit ihnen verbringen willst. So bald wie möglich.«

»Das denke ich auch«, sage ich, immer noch geschockt. »Ist das okay?«

»Äh, ja. Wenn du es willst, ist es mehr als okay.«

»Ich will es. Ich musste nur deine Stimme hören. Ich habe das Gefühl zu träumen.«

»Oh, Baby …« Rivers Stimme klingt plötzlich belegt und voller Emotionen.

»Fang jetzt bloß nicht damit an«, schimpfe ich. »Du bist schuld, dass eine sentimentale Heulsuse aus mir geworden ist.«

»Damit hab ich absolut kein Problem. Geh zurück zu deinem Onkel und deiner Tante«, sagt River, und ich kann wieder eine leichte Nervosität bei ihm wahrnehmen. »Ich sag Dad und Amelia Bescheid, dass sie für zwei Leute mehr decken sollen.«

Ich atme aus. »Danke. Ich liebe dich.«

»Ich dich auch. Und Holden: das Glücksgefühl, das du jetzt empfindest? Zweifel nicht dran. Du verdienst es.«

Ich beiße mir selbst in die Wange. »Du musst jetzt aufhören zu reden, sonst reiße ich dir die Kleider vom Leib, sobald ich dich das nächste Mal sehe, und dann schaffen wir es nie zu diesem Abendessen.«

»Genau wie an jedem anderen Tag.« Er lacht leise. »Geh. Ich bin bald zu Hause.«

Ich lege auf und kehre zu meinem Onkel und meiner Tante ins Wohnzimmer zurück. Sie sehen irgendwie anders aus, vertrauter als damals, als ich versucht habe, sie zu Fremden zu machen.

»Es ist alles abgemacht. Das Essen ist um sieben, bei Rivers Dad.«

Beide stehen auf und kommen langsam auf mich zu.

»Danke«, sagt Tante Mags. »Für die Einladung und dass du uns vergibst.«

Eine peinliche Stille senkt sich über uns herab, und keiner von uns wagt es, sich zu bewegen. Dann sagt Onkel Reginald: »Nun, wir gehen besser nach Hause und machen uns vor dem Essen noch kurz frisch. Kannst du uns die Adresse schicken?«

Wir tauschen Telefonnummern aus. Ich schicke ihm eine Nachricht mit Jerry Whitmores Adresse, und wieder herrscht unangenehmes Schweigen, als ich sie zur Tür bringe.

»Also ... sollen wir nachher etwas mitbringen?«, fragt Tante Mags. »Ein oder zwei Flaschen Wein?«

»Nicht nötig. Und ich trink eh nicht mehr. Bin seit 'ner Weile trocken.«

Auf dem Gesicht der beiden zeichnet sich eine identische Mischung aus Sorge und Stolz ab. Diese Miene erinnert so sehr an einen Ausdruck, den echte Eltern aufsetzen würden, dass ich plötzlich den Tränen nahe bin. Schon wieder.

Onkel Reg schüttelt den Kopf. »Holden … wäre es in Ordnung, wenn ich dich umarme?«

Ich kann mich nicht bewegen oder atmen, spüre nur, wie mein Kopf nickt. »Ja«, sage ich heiser. »Das wäre in Ordnung.«

Onkel Reg kommt zögerlich auf mich zu. Ich kann mich immer noch nicht rühren, so als wäre ich versteinert. Mein erster Roman hat den National Book Award gewonnen, doch das ist nichts im Vergleich zu diesem Moment. Er legt steif die Arme um mich, und bevor er mich wieder loslassen kann, erwidere ich die Umarmung. Unsere starre Haltung wird weich, und er drückt mich fest an sich; ich rieche Old-Spice-Deo und Zigarren, Rasierwasser und Weichspüler. Er riecht wie ein Dad, und diesmal drohen die Tränen, tatsächlich aus meinen Augenwinkeln zu entkommen.

Sobald er mich loslässt, steht Tante Mags bereit, die Hände vor sich ausgestreckt. »Jetzt ich?«

Ich nicke, und während Onkel Reg sich kurz umdreht und sich die Augen wischt, umarmt sie mich ebenfalls. Ihre Berührung ist leichter und zarter, aber ebenso warm.

»Danke«, flüstert sie, dann küsst sie mich auf die Wange und tritt zurück. »Bis später.«

»Bis später«, bringe ich schwach hervor und beobachte, wie die beiden über den kleinen Weg zur Straße gehen. Sie lächeln sich an; Reg legt den Arm um sie, und sie legt zufrieden den Kopf auf seine Schulter.

Ich mache die Tür zu und lehnte mich dagegen, warte, dass Alaska hervorkommt und zuschlägt, mir die Wärme nimmt und flüstert, dass alles nur ein kranker Witz sei.

Aber nichts passiert, und die Wärme bleibt noch lange,

nachdem die beiden fort sind. Eine Weile lang wandere ich durch unser Haus. Durch Rivers und mein Haus. Ich erkunde es noch immer, so wie ich früher in fremde Häuser eingebrochen bin und mich heimlich umgeschaut habe.

Ein bisschen fühle ich mich wie ein Fremder in einem fremden Land.

Dann erreiche ich das Schlafzimmer, stehe vor dem Schrank, wo Rivers langweilige Jeans und T-Shirts neben meinen fabelhaften Anzügen hängen. Wir ergeben keinen Sinn – sind wie Puzzleteile aus verschiedenen Kartons. Aber irgendwie passen wir doch … und beweisen es fast jede Nacht. Die Hitze von Rivers Körper und seine Liebe brennen die Kälte weg, von der ich geglaubt habe, dass sie sich permanent in meinen Knochen eingenistet hätte.

Und ich weiß, dass sie eines Tages ganz fort sein wird.

River

Ein paar Stunden später komme ich von der Werkstatt nach Hause, mein Magen ist noch fester zusammengeballt als vorher. Ich gehe rasch ins Haus, unsicher, wie es Holden wohl geht. Aber er sitzt in seinem Arbeitszimmer am Laptop und schreibt an seinem nächsten Buch.

»Hey«, sage ich von der Tür aus. »Alles okay?«

Er dreht sich auf seinem Schreibtischstuhl herum. Er trägt eine schwarze Hose und ein enges schwarzes T-Shirt, das seine schlanke muskulöse Brust betont; die kurzen Ärmel dehnen sich um seine Oberarme. Sein helles aschblondes Haar – seine natürliche Farbe – glänzt noch feucht nach einer Dusche.

Er breitet die Arme aus. »Was sagt man dazu? Ich habe einen Onkel und eine Tante.«

Seine Freude ist so ansteckend, dass es mir vorkommt, als würde ich schweben, während ich durch den Raum mit dem Holzboden und den Bücherregalen auf ihn zueile. Ich beuge mich vor, stütze die Hände auf die Armlehnen seines Stuhls.

»Ich bin kein bisschen überrascht. Wie könnten sie dich nicht lieben?«

Er verzieht das Gesicht. »Willst du die Kurzfassung? Ich hab ihnen das Leben nicht gerade leicht gemacht, als ich in ihrem Gästehaus gewohnt habe.«

»Nein, du hast es besser gemacht.«

Ich beuge mich vor und küsse ihn. Doch sobald meine dringendste Sorge sich auflöst, kommt die Nervosität zurück, die mir auf den Magen schlägt. Ich unterbreche den Kuss, bevor er es merkt.

»Ich dusche mich schnell, dann können wir los zu Dad und Amelia.«

»Hey«, sagt er. »Alles in Ordnung? Du verhältst dich merkwürdig. Als würdest du auf weltbewegende Neuigkeiten warten. Oder als wäre dein Browserverlauf gerade öffentlich gemacht worden.«

Ich werfe ihm einen vielsagenden Blick zu. »Es ist nicht *mein* Browserverlauf, um den ich mir Sorgen mache.«

Er kneift misstrauisch die Augen zusammen, und ich beeile mich, den Raum zu verlassen, bevor sein kluger Blick mich durchschaut.

Ich dusche, wasche den öligen Dreck der Werkstatt ab und ziehe Jeans und ein dunkelblaues Hemd an, das für ein gewöhnliches Abendessen mit meinem Dad und meiner Schwester eindeutig zu schick ist. Der Anblick wird Holdens Neugier noch mehr befeuern, das ist mir bewusst, aber ich riskiere es trotzdem. Er hat mir mal gesagt, dass er mich in diesem Hemd am liebsten mag, also trage ich es.

Schließlich ziehe ich eine leichte Jacke über, die ich an diesem warmen Sommerabend ganz sicher nicht brauche. Auch das wird Holden richtig argwöhnisch machen, ich brauche allerdings unbedingt eine Tasche.

Vor meiner Kommode werfe ich einen Blick über meine Schulter, um sicherzugehen, dass er nicht wie durch Zauberei hinter mir auftaucht – das ist so eine Angewohnheit von ihm. In der obersten Schublade krame ich unter einem Stapel Unterhosen das kleine schwarze Etui hervor und stecke es in die Jackentasche.

Ich atme ein und gehe wieder ins Arbeitszimmer, wo Holden immer noch tippt. Er hält inne, murmelt einen Fluch und legt den Finger auf die Entfernen-Taste.

Ich lächle und betrachte ihn stolz. Er hat es aus dem dunklen See herausgeschafft, in dem Alaska ihn zu ertränken versucht hat, und ich weiß, er wird weiterkämpfen, um nie zurück zu müssen. Und ich werde ihn bei jedem Schritt auf seinem Wegs begleiten.

Ich berühre das Etui in meiner Tasche.

Wenn er mich lässt.

Ich fahre uns zu Dad. Amelias Honda parkt in der Einfahrt. Im Herbst wird sie ihr Studium an der San José State anfangen, vierzig Minuten von Santa Cruz entfernt. Sie hat schon eine mögliche Mitbewohnerin gefunden, ein nettes Mädchen, das sie im Orientierungskurs kennengelernt hat. Es hat seither keine Kyles mehr in ihrem Leben gegeben, und ich glaube ihr, wenn sie sagt, dass das auch so bleiben wird.

Als wir hereinkommen, deckt sie gerade den Esszimmertisch.

»Hey, Jungs!«, begrüßt sie uns mit viel zu lauter Stimme. Sie weiß, dass es heute so weit ist, und ich werfe ihr einen warnenden Blick zu. Sie funkelt mich an, fährt jedoch in ruhigerem Ton fort: »Es gibt dein Lieblingsessen, Holden. Gegrillten Heilbutt. Dad ist im Garten, hoffentlich versaut er ihn nicht.«

Sie kommt auf uns zu und gibt uns beiden einen Kuss auf die Wange.

»Heilbutt?« Holden runzelt die Stirn. »Was ist der Anlass?«

»Einfach so«, sagt Amelia schnell. »Aber dein Onkel und deine Tante kommen, oder? Ein perfekter Anlass. Zum Glück gibt's keine Rippchen aus dieser Bratfetthölle, die River so mag.«

Sie rempelt mich im Spaß an, und ich seufze erleichtert, weil sie Holdens Verdacht zerstreuen konnte. Fürs Erste.

Meine Schwester ist neunzehn und hübsch in meinen Augen. Nicht nur wegen ihrer äußerlichen Schönheit – sie sieht Mom jeden Tag ähnlicher –, sondern vor allem deswegen, weil es ihr gut geht. Sie lächelt oft, wie früher. Die Trauer ist noch da – bei uns allen –, doch sie zeigt sich jetzt eher als eine Tiefgründigkeit in ihrem Blick, nicht als Schatten.

Von der Küche aus kann ich Dad auf der Terrasse sehen, mit einer Schürze, auf der *Boss of the Sauce* steht.

Genau wie Amelia sieht er gut aus. Gesünder. Wir waren alle drei bei einer Trauerberatung im Krankenhaus, und die Veränderung in ihm ist greifbar. Er verkriecht sich nicht mehr im Fernsehzimmer und arbeitet fast jeden Tag in der Werkstatt. Er sagt, er wird nie wieder auf ein Date gehen, und ich dränge ihn zu nichts, obwohl es mir Sorgen macht, dass er viel allein sein wird, wenn Amelia studiert. Allerdings hat sie unserem Dad versprochen, an den meisten Wochenenden und in den Sommerferien nach Hause zu kommen.

Und bei uns ist er jederzeit willkommen.

»Da sind sie ja«, sagt Dad, macht das Fliegengitter hinter sich zu und umarmt Holden. Er zwinkert mir zu – was heißt, dass Amelia ihm mein Geheimnis erzählt hat. »Ich hab gehört, dein Onkel und deine Tante kommen auch.«

»Ich hoffe, das ist okay, Jerry. Das Ganze war ziemlich spontan. Auch für mich, wenn ich es mir recht überlege.«

»Natürlich ist es okay«, sagt Dad. »Je mehr Familie, desto besser.«

Wie auf ein Zeichen hin hören wir, wie die Haustür aufgeht und Beatriz ruft: »Hallo? Ich komme rein.«

Ich grinse, und Holden geht die Frau begrüßen, die bis heute die einzige Familie war, die er je hatte. Als er nach Santa Cruz heimgekehrt ist, war sie nach mir die Erste, die er aufgesucht hat. Ich war nicht dabei, doch Holden ist von dem Wiedersehen mit geröteten Augen, aber glücklich zurückgekommen. An jenem Tag ist noch ein Puzzleteil an seinen Platz gerutscht.

Holden kommt mit Beatriz zurück, sie hat sich bei ihm untergehakt.

Vielleicht wird sie ihn so zum Altar führen?

Ich unterdrücke die gefährlichen Gedanken, die viel zu hoffnungsvoll sind, um sie in diesem Augenblick zuzulassen. Holden hat einen Großteil seines Lebens in der einen oder anderen Art von Gefängnis verbracht – in einem lieblosen Zuhause, in Alaska, im Sanatorium … Möglicherweise ist das, was ich vorhabe, noch zu viel verlangt und zu früh.

Amelia liest meine Gedanken und nimmt mich beiseite, während Dad Beatriz mit einem Kuss auf die Wange begrüßt. »Zweifel?«

»Nein. Aber was ist, wenn …?«

»Vergiss es.«

»Es ist erst ein Jahr her …«

»Ein Jahr und hundert Leben«, beharrt Amelia. »Es ist so offensichtlich, dass jeder es sehen kann: Wie sehr ihr euch liebt … Es ist einfach wundervoll.«

»Ich wünschte, Mom könnte es auch sehen.

»Kann sie.« Amelia drückt meinen Arm. »Sie sieht alles.«

»River, meu doce menino«, begrüßt mich Beatriz und tätschelt mir die Wange. »Du siehst sehr gut aus heute Abend. Nicht wahr?«, fragt sie an die anderen gewandt und legt sich die Hände aufs Herz.

Ich lache und gebe ihr einen Kuss auf die Wange. »Hallo, Beatriz. Schön, dass du da bist.«

Sie nimmt mein Gesicht in die Hände. »Meu Deus. Sieh dir deinen Mann an!«, sagt sie zu Holden. »So hübsch heute. Was ist der Anlass? Hab ich Geburtstag?«

Ich werfe Amelia einen panischen Blick zu; sie reagiert sofort und zieht Beatriz und Dad in die Küche, um sie irgendwas über die richtige Zubereitung von Wildreis zu fragen.

Holden lehnt sich mit der Schulter an mich. »Es gibt doch nichts Schöneres, als zu sehen, wie deine siebzigjährige Tante nach deinem Freund schielt.«

»Sie hat einen guten Geschmack.«

Holdens Lachen schallt durch den Raum, aber als es klingelt, endet es abrupt in einem erstickten Laut. »Sie sind da.«

»Ich geh schon!«

Amelia saust an uns vorbei zur Tür und kommt mit Margaret und Reginald zurück. Er hat eine Flasche alkoholfreien Cider in der Hand und sie einen Strauß Sonnenblumen. Sie werden Dad vorgestellt und umarmen Beatriz, als wäre sie eine alte Freundin und nicht eine ehemalige Angestellte.

Ich taste nach dem Etui in meiner Tasche. Eigentlich habe ich nicht mit einem größeren Publikum gerechnet und fühle mich nervös, bis ich sehe, wie Holden sich mit Margaret und Reginald unterhält und wie alle drei lächeln, und ich begreife, dass der Abend nur perfekter geworden ist.

Das Essen wird aufgetragen, und wir setzen uns und reichen

Wildreis, Spargel mit geschmolzener Butter, warme Brötchen, Salat und den gegrillten Heilbutt herum, den Dad perfekt hingekriegt hat.

Doch ich schmecke das Essen kaum. Jeder Bissen, jede Minute bringt mich *dem großen Moment* näher. Ich blicke über den Tisch zu Holden. Er sitzt zwischen seinem Onkel und Beatriz. Er ertappt mich, wie ich ihn ansehe, und ich erwarte eigentlich, dass er irgendwas Anzügliches mit einem Spargel anstellt. Er benimmt sich jedoch. Ist zurückhaltend, allerdings auf eine zufriedene Art und Weise.

Will ich das kaputt machen? Ihn zum Ausrasten bringen? Damit er zum nächsten Notausgang rennt?

Ich zwinge mich, mich zu beruhigen, bevor *ich* ausraste. Margaret, rechts von mir, berührt mein Handgelenk und deutete auf den leeren Stuhl am Kopfende des Tisches, gegenüber von Dad.

»Warten wir noch auf jemanden?«

Mein Magen verkrampft sich, und Amelia senkt kurz den Kopf.

»Meine Frau, Nancy – Rivers und Amelias Mom –, ist vor vier Jahren gestorben«, sagt Dad. »Krebs …«

Holden sieht erschrocken aus. »Oh, Mist, ich hätte es euch sagen sollen …«

»Aber nein«, sagt Margaret. »Wir haben so viel aufzuholen. Mein Beileid. Für euch alle.«

»Danke«, sagt Amelia. »Nach dem Essen kann ich euch ein paar Fotos von ihr zeigen. Wenn ihr möchtet.«

Onkel Reg lächelt. »Das wäre sehr schön.«

Der ernste Moment verwandelt sich, ist plötzlich mit einer tiefgreifenden Wärme erfüllt, die Unterhaltung verläuft angeregt, und unsere Mutter ist jetzt ein Teil davon, so viel mehr als nur ein leerer Stuhl.

Mir kommt es allerdings so vor, als würde die Zeit rasend schnell vergehen. Ich trinke einen Schluck Wasser; meine Kehle ist staubtrocken, und plötzlich wird schon der Tisch abgeräumt. Kaffee und Nachtisch – Beatriz' selbst gemachte Pé-de-moleque, Quadrate aus Erdnüssen und Karamell – werden serviert. Amelia tritt mich unterm Tisch gegen das Schienbein.

Ich atme ein und will gerade aufstehen, doch Dad ist schneller.

»Normalerweise machen wir das am Anfang des Essens, aber besser spät als nie.« Dad hält sein Wasserglas hoch. »Auf Margaret und Reginald. Holden ist ein so wichtiger Teil unserer Familie geworden, und wir sind froh, euch ebenfalls bei uns zu haben. Auf die Familie.«

Alle erheben das Glas. Dad lächelt mich stolz an. Im letzten Jahr haben wir viel über meine Beziehung zu Holden geredet. Dad brauchte ein bisschen, um sich daran zu gewöhnen, war jedoch nicht homophob, wie sich herausgestellt hat. Genau wie ich ist er davon ausgegangen, dass es beim Football einen sehr spezifischen Standard gäbe, von dem man nicht abweichen darf, und sein Wunsch, mich in dem Sport glänzen zu sehen, hat alles andere getrübt. Dass ich mit Holden glücklich bin, hat er mir schließlich gesagt, sei besser als jeder Super-Bowl-Sieg.

»Wobei ich auch gegen so einen nichts hätte«, hat er gewitzelt.

Ich lächle und sehe, wie Holden es geduldig über sich ergehen lässt, dass Beatriz ihm einen Schmatzer auf die Wange gibt. Er ist von Liebe umgeben, und ich weiß, ein Teil von ihm zweifelt nach wie vor daran, dass das alles real ist.

Meine Nervosität schwindet, weil ich mir meiner Liebe zu ihm absolut sicher bin. Ich könnte noch fünf Jahre warten, aber wozu? Es wird nie jemand anderen für mich geben als ihn. Das wusste ich von Anfang an. Holden kann Nein sagen, allerdings wird er sich wenigstens nie fragen, ob meine Liebe nur vorübergehend ist. Wird nie Angst haben, dass ich gehe oder ihn in der Kälte alleinlasse.

Ich räuspere mich und stehe auf. »Ich will auch was sagen.«

Alle sehen mich an, und Amelia drückt sich jetzt schon eine Serviette an den Mund.

»Ehrlich gesagt bin ich nicht gut darin, Reden zu halten. Aber der Abend heute ist schöner geworden, als ich ahnen konnte. Reginald und Margaret, danke, dass ihr hier seid. Danke, dass ihr meinen Holden so liebt, wie er es verdient.«

Holden senkt den Kopf und schüttelt ihn leicht.

»Doch, tust du«, sage ich zu ihm. »Du verdienst so viel, Baby.«

Ich schiebe den Stuhl zurück und gehe auf seine Seite des Tisches. Holden starrt mich an, seine grünen Augen weit und ungläubig. Ich lasse mich auf ein Knie sinken, und Amelia gibt ein Schluchzen von sich, unterdrückt es jedoch rasch. Beatriz hält sich die Hände ans Herz, ihre Tränen fließen bereits.

»Was machst du da?«, flüstert Holden heiser.

»Ich mach Nägel mit Köpfen.«

Ich nehme seine Hand, habe einen Kloß im Hals. Ich muss es sagen, bevor ich anfange zu heulen.

»Ich liebe dich, Holden. Ich liebe deinen Humor und deinen Scharfsinn. Ich liebe es, dass du immer der am besten gekleidete Mensch im Raum bist. Und der klügste. Ich liebe, dass du jeden Penny deines Reichtums ohne zu zögern jemandem geben würdest, den du liebst. Ich liebe, dass du das Gleiche für Fremde tust. Du bist durch die Hölle gegangen, und ich liebe es, wie hart du jeden Tag kämpfst. Du hast so viel verloren …«, sage ich und weiß, er versteht, dass ich damit das meine, was seine Eltern ihm angetan haben, »… und ich habe nicht viel zu geben, aber ich kann dir meinen Namen geben. Wenn du ihn willst.«

Ich hole das Etui aus meiner Jackentasche und öffne es. Holden mustert verdattert den Ring aus Damaszenerstahl mit den fließenden Linien, die seine Oberfläche überziehen wie die Ringe eines Baums.

»Willst du mich heiraten?«

Holdens Blick zuckt vom Ring hinauf zu mir. Mein Atem ist in meiner Brust gefangen, und ein erwartungsvolles Schweigen erfüllt den Raum.

»Ja.«

Er antwortet so leise in die Stille hinein, dass ich es kaum hören kann.

Meine Hände zittern. »Ja …?«

Holden lächelt, und es ist einfach das Schönste, was ich je gesehen habe.

»Ja, River. Ich heirate dich.« Mein Herz zieht sich zusammen, als er meine Wange berührt, kein schützender Witz, kein abwehrender Spruch. »Ich weiß nicht, wie ich es die ganze Zeit ohne dich ausgehalten habe«, sagt er und wiederholt die Worte, die ich vor einem Jahr am Strand zu ihm gesagt habe.

An dem Tag, an dem er zu mir zurückgekommen ist.

Um uns herum hört man die Laute von kaum kontrollierten Gefühlen. Mit zitternden Händen nehme ich den Ring aus dem Etui und stecke ihn ihm an den Finger.

»Er ist schwer«, sagt er, und ich warte auf einen Witz über Handschellen oder eine Sträflingskugel. Doch er hat immer noch das weiche Lächeln im Gesicht. »Er ist perfekt. Danke.«

Sein *Danke* bricht mir das Herz und füllt es gleichzeitig bis zum Rand mit Glückseligkeit. Ich beuge mich vor und recke den Hals, um ihn zu küssen, als unser Publikum in Schniefen und Applaus ausbricht. Amelia lehnt sich an Dad. Reginald reicht Margaret eine Serviette, und Beatriz hält sich die Hände vors Gesicht.

Ich drücke meine Stirn an Holdens, und einen Moment lang besteht die Welt nur aus ihm und mir. Wir küssen uns, flüstern »*ich liebe dich*«, ohne die Lippen voneinander zu lösen, und mein Glück ist unendlich, weil ich weiß, dass Holden es nicht nur fühlt, sondern auch glaubt.

Wir verabschieden uns und vereinbaren, uns in Zukunft öfter für solche Abendessen zu treffen. Mehr Zeit mit dieser neuen Familie zu verbringen, die durch Holden und mich entstanden ist. Die Nacht ist heiß und schwül, als wir zu Hause ankommen. Ich hänge meine Jacke in der Diele auf und zupfe an dem verschwitzten Hemd, das an meiner Haut klebt.

»Angstschweiß«, sage ich. »Das war das Nervenaufreibendste, was ich je getan habe.«

Holden hebt eine Augenbraue. »Du hast gedacht, ich würde Nein sagen?« Er winkt ab, als ich antworten will, und stellt sich dicht vor mich. »Du warst heute sehr mutig, dein Herz so vor allen zu entblößen.«

»Vor dir«, antworte ich. »Nur vor dir.«

Holden seufzt und legt die Stirn an meine Brust. »Was habe ich dir über derartige Bemerkungen gesagt? Ich werde schmelzen, und es wird nichts von mir übrig bleiben als der Ring. Du wirst mich hier vom Boden dieser Diele aufwischen müssen.«

»Vom Boden *unserer* Diele«, sage ich und küsse ihn.

Bevor die Flamme zwischen uns auflodern kann, spüre ich, wie mir der Schweiß zwischen den Schulterblättern hinabläuft.

»Ich bin total verschwitzt«, sage ich. »Und wahrscheinlich stinke ich. Wär's okay, wenn ich kurz in den Pool springe?«

Holden nimmt meine Unterlippe zwischen die Zähne, saugt

daran und gibt sie dann mit einem feurigen Blick frei. »Wenn es unbedingt sein muss.«

»Ich beeile mich«, sage ich mit heiserer Stimme und mache mir noch nicht einmal die Mühe, eine Badehose anzuziehen. Ich gehe in den Garten, ziehe mich bis auf die Unterhose aus und springe ins Wasser. Es ist kühl im Vergleich mit der schwülen Hitze der Nacht, aber nicht zu kalt.

Ich schwimme ein paar Bahnen, dann kehre ich zum Rand zurück, um hinauszuklettern. Ich tauche unter, und als ich wieder an die Oberfläche komme, liegt Holden auf dem Bauch am Rand des Pools und berührt mit den Fingern die Wasseroberfläche.

»Ich liebe diesen Ring«, sagt er, während das Schmuckstück aus Damaszenerstahl und Silber im Dämmerlicht glitzert.

»Er ist schön geworden«, sage ich. »Shiloh hat ihn gemacht.«

»Wirklich? Jetzt liebe ich ihn noch mehr.«

»Sie hat wirklich Talent«, sage ich. »Dieses Holzmuster ist unglaublich.«

»Holz?« Holden runzelt die Stirn und betrachtet den Ring an seinem Finger. »Das Muster auf diesem Ring soll Wasser darstellen.«

»Ich dachte, es sieht wie gemasertes Holz aus.«

»Weil du nicht den geringsten Hauch von Egoismus in dir hast. Das Muster ist wie die Strömung eines Flusses. *Fluss – River*!«

Gott, er hat recht. Die fließenden Linien sind eine Strömung, die einen Kreis zieht, nie unterbrochen wird oder stillsteht.

»Mein River«, sagt Holden und beugt sich vor, um mich noch einmal zu küssen. Dann legt er das Kinn wieder auf seine Hände, einen merkwürdigen Ausdruck in seinen Augen.

»Woran denkst du?«, frage ich.

»An dich«, sagt er. »Mich. Wie sehr *ich* bei *dir* sein will.«

Ich lache. »Du bist bei mir. Immer.«

»Ich meine es wörtlich. In diesem Moment.«

Dann steht er auf und zieht sich Schuhe und Socken aus, Jacke und Hemd.

»Was hast du vor?«, frage ich, und das Herz hüpft in meiner Brust.

»Vielleicht etwas Dummes«, sagt er, jetzt nackt bis auf die Unterhose. »Aber wir haben uns heute verlobt. Weil du mutig warst. Ich fühle mich auch ein bisschen mutig.«

Heilige Scheiße.

Genau das habe ich mir schon so lange für ihn gewünscht. Deshalb wollte ich unbedingt ein Haus mit Pool. Ich hatte gehofft, er würde es irgendwann ausprobieren, und wenn es so weit war, wollte ich auf jeden Fall dabei sein. Ich hatte nur keine Ahnung, dass es so schnell gehen würde.

Holden setzt sich an den Rand des Pools, lässt die Beine ins Wasser hängen. Sein Gesicht ist reglos, allerdings klammert er sich dermaßen am Rand fest, dass seine Knöchel weiß werden.

»Holden …«

»Komm bitte her.«

Ich stürze zu ihm, lege die Hände auf seine Beine, lasse ihn wissen, dass ich da bin. »Was brauchst du?«

Er lächelt dankbar, dann füllt sich sein Blick mit Entschlossenheit. Und Mut.

Er atmet kurz ein und lässt sich ins Wasser gleiten. Er keucht, als es ihm bis zu seiner Brust reicht. Der Pool ist einen Meter fünfzig tief, das Wasser umspült seine Schultern und Schlüsselbeine. Instinktiv lege ich die Arme um ihn.

»Bist du okay?«, bringe ich hervor. Ich bin so stolz auf ihn, dass ich heulen könnte, doch dieser Moment gehört allein ihm, also reiße ich mich zusammen.

Er nickt hastig. »Lass mich nicht los.«

»Niemals.«

Das Wasser zwischen uns ist kühl und glatt. Sein Stand ist fest und sicher, direkt hinter seinem Rücken befindet sich der Rand des Beckens. Ich umarme ihn und spüre sein Herz an meiner Brust. Wir bleiben so stehen, bis man unseren Herzschlag nicht mehr auseinanderhalten kann.

Ich frage noch mal: »Alles okay?«

»Mir geht's gut. Das ist albern.«

»Ist es nicht. Du bist so verdammt mutig.«

Auf seinem schönen Gesicht liegt dasselbe Lächeln wie vorher, dann kehrt die Entschlossenheit zurück. Er schiebt mich auf Armlänge von sich und hält nur noch meine Handgelenke fest.

Und dann lässt er los.

Ich lege meine Arme auf den Rand und beobachte atemlos, wie er sich in die Mitte des Pools bewegt. Mein Blick verschwimmt, doch ich blinzle die Tränen fort. Ich will keine Sekunde verpassen.

Holden taucht unter und kommt mit einem leisen Keuchen wieder an die Oberfläche. Ich unterdrücke den Impuls, zu ihm zu schwimmen, aber Holden geht es gut, er lässt sich auf dem Rücken treiben und blickt in den Himmel. Dann seufzt er, als würde er etwas loslassen. Etwas, das er zu lange in sich getragen hat.

Nach einem Augenblick stellt er sich wieder hin.

»Okay, das genügt«, sagt er und watet mit großen Schritten auf mich zu. »Ein Mann hat schließlich nur eine begrenzte Kapazität für Wiedersehen und Verlobungen und Durchbrüche an einem einzigen Abend.«

Er kommt zu mir, und ich ziehe ihn an mich. Wasser strömt in kleinen Bächlein über seine markanten Wangenknochen zu seinen vollen Lippen. Wortlos presst er seinen Mund auf meinen und entfacht ein Feuer, das kein Wasser auf der Welt löschen kann. Wir küssen uns innig, dann leidenschaftlich, unsere Zungen und Lippen scheinen zu einer Einheit zu verschmelzen. Er verbrennt mich mit seiner Hitze und seiner Liebe. So viel Liebe.

Ich drücke ihn an den Rand des Pools, unsere Hände wandern über nackte Haut, nass und glatt vom Wasser. Das Wasser *unseres* Pools. Hinter *unserem* Haus. Ich küsse Holden Parish, meine Liebe zu ihm pulsiert in mir mit wildem Stolz. Weil er es geschafft hat. Er ist hier.

Er ist endlich zu Hause.

Ende

Anmerkung der Autorin

Der Roman handelt von den schrecklichen Auswirkungen von Konversionstherapien, die mehr als 80 000 junge LGBTQ-Personen in den kommenden Jahren erleiden werden. Informationen darüber findet man hier www.thetrevorproject.org/advocacy/

Auch psychische Probleme und Sucht werden angesprochen, wovon jedes Jahr viele Millionen Menschen betroffen sind. Ich möchte jeden, der damit kämpft, liebevoll bitten, sich Hilfe zu suchen.

Danksagungen

Wie bei jedem Buch braucht es ein Team von liebevollen Unterstützerinnen und Unterstützern, damit es den Weg von der ersten vollgeschriebenen Seite bis zur Veröffentlichung schafft. Ich kann das nicht allein bewältigen, und ich bin den im Folgenden hier aufgezählten Menschen dankbar, weil sie diesen Pfad mit mir beschreiten.

Ganz lieben Dank an Robert Hodgdon, meinen wunderbaren Sensitivity-Leser. Danke, dass Sie mich durch dieses Buch geleitet und mir dabei geholfen haben, die Geschichte mit der Authentizität und Liebe zu erzählen, die River und Holden verdienen. Ihre Ermutigung bedeutet mir mehr, als Sie ahnen. ♥

Unendlich viel Liebe und Dankbarkeit für Joanna Louise Weightman, für Ihre Führung, Einsicht und die klugen Vorschläge, die jedes Buch auf ein neues Niveau heben. Ich danke Ihnen so sehr dafür und für Ihre Freundlichkeit. Alles Liebe.

Danke an Marissa D'Onofrio und Joy Kriebel-Sadowski, meine furchtlosen Beta-Leserinnen, die sich durch die ersten Versionen dieses Buches gequält haben, damit ihr das nicht müsst. Danke für Ihre Ideen und Ihre Ermutigung. ♥

Vielen Dank an Júlia Moreira, Bruna Rafaela und Eliana da Silva, die sichergestellt haben, dass mein Portugiesisch korrekt und authentisch ist, sowie an Emma White, die mir geholfen hat, mein Französisch aufzupolieren. Vielen lieben Dank für Ihre Zeit und Expertise.

Ich bedanke mich bei Annette Chivers, die seit Jahren eine gute Freundin ist und mich emotional unterstützt – eine offizielle Erklärung meiner Liebe und Anbetung war längst fällig. Danke, dass es dich gibt. ♥

Ich danke Lori Jackson dafür, dass sie ihr Können und ihr grenzenloses Talent mit mir teilt. Du hast Holden zum Leben erweckt, und ich bin so dankbar, dass es dich gibt. (Und für diesen Berg. #NailedIt)

Alles Liebe an meine Entourage, meine Leser:innen, die Blogger:innen – eine stille Armee der Bücherliebe und Unterstützung. Ich liebe und schätze euch alle so sehr für das, was ihr tut. Ohne euch wäre ich nicht hier, und das werde ich euch nie vergessen. Ihr seid ein Universum. ♥

Ganz viel Liebe und Dankbarkeit an Nina Grinstead und das gesamte Team von Valentine PR. Ich liebe euch alle so sehr und bin dankbar für eure Unterstützung bei dieser Reise, auf der ich mich als Schriftstellerin gerade befinde. Ich bin gespannt, wohin sie uns noch führt. ♥

Danke an Melissa Panio-Petersen … Ich weiß nicht mehr, wie ich mich für alles bedanken soll, was du tust. Und auch dafür, dass du zusätzlich zu allem anderen immer so liebevoll und umsichtig am anderen Ende der Leitung bist. Ich werde dir immer dankbar sein. Alles Liebe. ♥

Und Robin Hill. Es heißt, man braucht ein Dorf, um irgendetwas zu stemmen, aber wenn Robin in diesem Dorf wohnen würde, würden alle anderen herumsitzen und Pralinen futtern, während sie sich um alles kümmert. Ich werde immer in deiner Schuld stehen, nicht nur für die Liebe und Fürsorge, die du mir jeden Tag zeigst, sondern auch für den Trost, den ich in meinen schlimmsten Momenten finde, weil ich weiß, dass du da bist und jeden Schritt mit mir gehst. Danke.

Und ganz viel Liebe für meinen unsichtbaren Engel, von

dem ich weiß, dass er immer bei mir ist und mir ins Ohr flüstert, dass Liebe Liebe ist und kein Ende kennt. Also erzähle ich weiter Liebesgeschichten, Liebes. Sie sind alle für dich.

Triggerwarnung / Anmerkung der Autorin

Einige Inhalte dieses Buches können für empfindsame Leser:-innen einen Trigger darstellen, darunter der Tod eines Familienmitglieds, Depressionen, psychische Probleme, die Auswirkungen einer Konversionstherapie und sexuelle Ausbeutung (außerhalb der Handlung). Ich hoffe, diese Themen mit der Achtsamkeit dargestellt zu haben, die sie verdienen.

Kann die Liebe eine gebrochene Seele heilen?

Emma Scott
SOMEDAY, SOMEDAY
Aus dem amerikanischen
Englisch von
Inka Marter
480 Seiten
ISBN 978-3-7363-1586-0

Max hat es geschafft, von der Straße wegzukommen, und sich ein ganz neues Leben aufgebaut. Der Job als Pfleger für Pharma-Mogul Edward Marsh scheint ein Glücksfall zu sein. Doch Max hat nicht mit Silas Marsh gerechnet – Erbe des Pharma-Imperiums und so kalt wie Eis. Aber Max sieht den Schmerz und den Selbsthass in seinen Augen – sieht, wie er sich verzweifelt gegen die Gefühle wehrt, die zwischen ihnen aufkeimen. Doch nur, wenn Silas zu seinem wahren Selbst steht, hat ihre Liebe eine Chance.

»Mein Herz ist so voller Gefühle, dass ich es kaum beschreiben kann.« TBB SISTERHOOD

LYX

Manchmal braucht man die Worte eines anderen, um seine Geschichte zu erzählen ...

Emma Scott
NEVER DOUBT
Aus dem amerikanischen
Englisch von
Inka Marter
496 Seiten
ISBN 978-3-7363-1280-7

Für das, was vor einem Jahr geschah, hat Willow keine Worte. Erst als sie die Rolle der Ophelia am städtischen Theater bekommt, sieht sie eine Chance, ihren Schmerz mit den Zeilen Shakespeares in die Welt zu schreien. Ihr Hamlet ist Isaac Pearce, der Bad Boy der Stadt. Instinktiv versteht Isaac ihren Hilferuf, und mit jeder Konfrontation der tragischen Liebenden auf der Bühne kommen Willow und Isaac sich näher. Doch um wieder wirklich zu leben, muss Willow ihre eigenen Worte finden ...

»Es gibt nicht genug Worte, die beschreiben könnten, welche Gefühle Emma Scotts Geschichten in einem auslösen.« TOTALLY BOOKED BLOG

LYX

„Manchmal können genau die Dinge uns retten, vor denen wir gerettet werden möchten."

Amy Harmon
A DIFFERENT BLUE
Aus dem amerikanischen
Englisch von
Frauke Lengermann
448 Seiten
ISBN 978-3-7363-1492-4

Blue Echohawk hat nur ein Ziel: herausfinden, wer sie wirklich ist. Von ihrer Mutter als Kleinkind am Straßenrand zurückgelassen, ist Blue in dem schmerzhaften Glauben aufgewachsen, ganz allein auf der Welt zu sein. Doch dann trifft sie auf ihren neuen Geschichtslehrer Darcy Wilson. Darcy ist der erste Mensch, der an Blue glaubt und hinter ihre abweisende Fassade blickt. Aber Blue und Darcy wandern auf einem schmalen Grat. Denn während sich die beiden einander immer mehr öffnen, wissen sie auch, dass eine Liebe zwischen ihnen unmöglich ist …

»Alles an diesem Buch ist einfach nur wunderschön.« ALL ABOUT ROMANCE BLOG

LYX

Starkomponist. Bad Boy. Der Junge, den sie nie vergessen konnte.

Mia Sheridan
MORE THAN WORDS
Aus dem amerikanischen
Englisch von
Patricia Woitynek
384 Seiten
ISBN 978-3-7363-1766-6

Als Teenager teilten Jessie und Callen ihre Träume und Hoffnungen miteinander. Doch an dem Tag, als sie sich zum ersten Mal küssten, verschwand Callen einfach aus Jessies Leben. Jahre später erfährt sie, dass ihm der Durchbruch als Filmkomponist gelungen ist. Sie ahnt jedoch nicht, dass Callen auf dem Weg ist, sich selbst zu zerstören. Als sie sich zufällig in Frankreich treffen, ist die alte Anziehung sofort wieder da. Aber damit ihre Liebe eine Chance hat, müssen sie sich den Dämonen ihrer Kindheit stellen, die sie damals voneinander getrennt haben …

»Ich habe mich Hals über Kopf in dieses Buch verliebt.« *EYE HEART ROMANCE*

LYX